いろは順 歌語辞典

―有賀長伯『和歌八重垣』―

三村晃功

和泉書院

はじめに

筆者はさきに、一般読者を対象にした『古典和歌の詠み方読本―有賀長伯編著『和歌八重垣』の文学空間―』（平成二十六年十二月、新典社）なる書物を上梓したが、これは古典和歌を読解・鑑賞する際に、従来の啓蒙書の大半が、古典和歌を完結した文学作品として享受する立場から執筆されていた状況の中にあって、和歌の創造的世界を構築するにはどのような方法・原理があるかという観点から、古典和歌を制作（詠作）する側の視点に立って追究、執筆を試みた代物であった。

その際、筆者が種々様々の方面から思考・熟慮した結果、裁定し依拠した指南書が有賀長伯《あるがちようはく》の編著『和歌八重垣』であったが、事実、本書を完成してみた感想として、この書物は筆者が構想した古典和歌の入門・概説書を執筆、体現するのに、まさに打って付けの指南役をつとめてくれたように実感されたのであった。

ちなみに、拙著『古典和歌の詠み方読本』の構成内容は、次のとおりである。

この『和歌八重垣』に依拠して出版した拙著の構成内容を一瞥すると、それは古典和歌に興味・関心を抱いて和歌の詠作を試行、実践してみようと決意した、江戸時代の和歌の初心者が、和歌を詠作する上で取り組まねばならなかった、基礎的な諸作法・教養事項を具体的に網羅した、いわば、和歌制作の便覧とも評しえる実用書を再現、復旧させせているともいえようか。

すなわち、第1章から第3章は、和歌を詠む際の決意・心得・方法原理に関する事項、第4章から第12章は、和歌の種類や和歌の用語・表現技巧の諸々の約束事などに関する事項、第13章から第17章は、歌会（会席）における心得や歌題などに関する事項、第18章は、四季・恋・雑部の歌題と熟字との結合による結び題に関する事項の多方面に及んでいる。

このうち、第18章の四季・恋・雑部における歌題と熟字とが結合した「結び題」に関する事項は、第1章から第17章までの項目とは本質的に趣を異にする内容となっている。たとえば、春部の「天象」の事例を引用してみよう。

1「天象」

「春ノ天象」「夏ノ天象」「秋ノ天象」「冬ノ天象」などと分類される。日・月・星・雲・風・雨・雪・霜・霰《あられ》・露・氷・烟《けぶり》・雷・霧・霞の類を「天象」という。「春ノ天象」とあれば、以上のものに春の季を結び、夏には夏のそれを結べば、それでいいわけだ。

『雪玉集《せつぎょくしゅう》』に「春ノ天象」の題で、三条西実隆《さんじょうにしさねたか》の例歌（証歌）が載る。

○掻き暗らし降るとはすれどあは雪に春の声聞く軒の玉水（雪玉集・春・三条西実隆・六二六、空を真っ暗にして降ってはいるけれども、軒に積もった淡雪が溶けて、玉水となって落ちる音に、春の訪れの声を聞くことだ）

この例示内容は、和歌を詠む上での心得や規則、禁止事項などの、第1章から第17章までに論述、展開された、所謂、和歌の諸作法を説いた記述とは本質的に趣を異にする論述であって、それは一言でいうならば、「結び題」についての簡にして要を得た解説と、それを実証する適切な例歌（証歌）の提示と解釈の二本立てになっていると要約されようか。

ちなみに、熟字と歌題を結合させた「結び題」の項目数は総数百五十五項目に達しているが、この第18章の内容は、和歌の詠作を志す初心者にとって、歌題面からの願ってもない基本的な知識・教養を提供してくれる貴重な宝庫になっていると評価できるのだ。と同時に、この第18章は、実は、『古典和歌の詠み方読本』では、あえて収載、言及しなかった『和歌八重垣』の最終章に所収されている、「和歌の詞部類　幷びに、註釈読方」の論述内容と、はなはだ密接に共通する性格・側面をも担っている。

すなわち、『和歌八重垣』の第19章は、歌ことば・歌語を、いろは順に編纂した歌語辞典ともいうべき性格を持った内容で、和歌の詠作方法などにはまったく言及せず、ひたすら歌語の内容説明と例歌（証歌）の指摘に終始している。その点、「結び題」の解説と例歌（証歌）の提示に言及するのみの『和歌八重垣』の第18章と軌を一にしているといえようが、実は、この『和歌八重垣』の第19章の内実は、全七巻のうち、巻四から巻七に至る、全体の半分以上を占める膨大な分量となっている。したがって、歌語辞典の性格を担うこの部分は、拙著『古典和歌の詠み方読本』ではあえて収載せずに割愛しておいたのだが、その主たる理由は、実は、この部分に備わっている情報・価値は、ボリュームの問題以上に、独立した歌語辞典として活用されたほうが一段と有意義に機能するのではないかと、筆者には思量されたからにほかならない。

このようなわけで、『和歌八重垣』に依拠した拙著『古典和歌の詠み方読本』は、この歌語辞典の性格を持つ第19章の内容が補完されてはじめて、有賀長伯の歌学・歌論を体現した和歌の入門書としての資格を担うことができると認定されるのではなかろうか。

ちなみに、『和歌八重垣』の「歌語辞典」の趣を呈する、巻四から巻七に至る第19章の内実に、ここで改めて言及すると、歌語の分量は、巻四・四百三十一語（〔い〕～〔と〕）、巻五・六百六十語（〔ち〕～〔な〕）、巻六・六百五十四語（〔ら〕～〔て〕）、巻七・六百五十語（〔あ〕～〔す〕）の合計二千三百九十五語（三語重複）の大量に及んでいる。

目次

五十音順　歌語目次

一、本書は「歌語」を「いろは順」で配列しているので、利用者の便益のために、五十音順に従って配列した索引を目次として付して、冒頭に配置した。見出し語は本文と同様に、歴史的仮名遣いに従い、目次番号を漢数字で掲出した。

【あ】

【い】

【う】

【き】

【さ】

【し】

【す】

【ち】

【つ】

【に】

【ぬ】

【ね】

【の】

凡例

一、本歌語辞典は古典和歌の入門・概説を主に担うものであるが、一方で、現代歌人・俳人の詠作のための基礎的知識を併せて提供するものであり、特に、歌語辞典のなかに込められた「詠作する側の視点に立って追及する」ことにより、歌語に関する有効な情報を得ることができる。「五十音順歌語目次」「和歌索引」などはそのためにも利用されたい。

一、本歌語辞典は、有賀長伯編著『和歌八重垣』巻四から巻七に収録される歌語二千三百九十五語（三語重複）について、長伯の解説を中核に据えて、筆者の見解（要約）も加えたうえ、総合的に補訂を図って歌語辞典としたものである。表題は、私に『いろは順歌語辞典―有賀長伯『和歌八重垣』―』と命名した。

一、『和歌八重垣』の底本は、架蔵の明和五年（一七六八）五月刊行の版本に拠った。

一、見出しの歌語は歴史的仮名遣いの平仮名書きによる太字で示し、便宜的に算用数字で項目番号を順次付した。なお、見出しは『和歌八重垣』の掲載順に掲げたため、正しくいろは順になっていない箇所もある。また、歌頭にくる「い」と「ゐ」、「を」と「お」、「お」と「を」の識別（順序）も長伯は混同しているので、歴史的仮名遣いに改めたが、掲載順は長伯の意図を重視して、そのままにしておいた。しかし、歌語目次では歴史的仮名遣いに従って掲載し直した。

一、歌語辞典は、初めに見出しの歌語を、漢字仮名交じりで表記し、次に歌語の意味内容を記述した。その際、『和歌八重垣』の内容に依拠して、できる限り簡略に記すようにつとめたが、場合によって、記述内容に繁簡の差が生じていることはご海容願いたい。なお、解説の漢字は新字体、仮名は現代仮名遣いを用いた。

一、歌語辞典本文の解説の中に「　」を多用しているが、これは長伯が定義した歌語の意味内容のほか、歌語の意味が多種（多義）にわたる際に、諸種の古語辞典類を参照して筆者なりに纏めて特定した結果内容を、あえて地の文においてアクセント（区別・格差・重点）をつけて区別するために、「　」で括って提示したためである。

一、解説中の例歌（証歌）は○の下に掲げた。『和歌八重垣』で採り上げられた例歌（証歌）はすべて本文どおりに掲載し、それ以外は必要に応じて筆者の判断で例歌を『新編国歌大観』によって追加（補充）して、＊を付した。また、例歌（証歌）にはすべて筆者による出典と現代語訳を付したほか、漢字には歴史的仮名遣いによるルビを適宜付した。なお、出典番号は『明題拾要鈔』が古典文庫刊、『類題和歌集』が和泉書院刊、『続撰吟抄』が思文閣出版刊による以外は、すべて新編国歌大観本に拠ったが、『万葉集』の番号は旧番号に拠った。

一、解説中の〔詠み方〕（『和歌八重垣』では「読み方」）では、当該の歌語がどのような言葉とともに詠むことがふさわしいかなどに言及した。

一、歌語への理解を深めていただくために、「歌ことば・歌語の略史」を収載した。

一、歌語の解説に活用した諸文献は、巻末に参考文献として一括して掲載した。

一、解説に引用された例歌（証歌）の和歌索引を付した。

一、歌語がいろは順で掲載されているため、五十音順の歌語目次を付し、歌語辞典本文の前に配置した。

いろは順 歌語辞典

――有賀長伯『和歌八重垣』――

〔い（ゐ）〕

1 いろことに

この語は表記によって意味に異同がある。「色殊にして」と表記すると、「色彩が格別である」意になるし、「色異になる」と表記すると、「変色する」意になる。また、「色毎《いろごと》に」と濁って表記すると、「その色彩その色彩ごとに」「色彩がかわるたびに」の意となる。なお、「色」には、「色彩」、「顔色」「表情」、「気配」「様子」「態度」「風情」、「服色」、「喪服の色」「鈍色《にびいろ》」、「色情」「恋愛」、「女性」「恋人」「遊女」、「華美」、「種類」「品」などの諸種の意がある。この語は、目で把握できる「物体の色彩」や「顔色」が基本的な意味であり、ここから、「顔立ち」「華美」「気配」「風情」など、さまざまな意味を派生した。「色好み」のような形で、「女色」「色欲」などを表わすようになったのは中古以降の用法。

2 いろのちくさ

「色の千種」「色の千草」と表記し、「色彩が色とりどりであること」。〔詠み方〕種々様々の趣で用いるようだ。「紅葉」「草花」「菊」「撫子《なでしこ》」などに詠まれる。そのほか、何についても、数の多い事例に用いるようだ。「草木」に限定しない表現・措辞。

3 いろごろも

「色衣」と表記し、「色で染めた衣」「美しい色彩の衣」のこと。とくに変わったいわれはない。

4 いろいろごろも

「色々衣」と表記し、「つぎはぎした衣服のこと」をいう。〔詠み方〕通常、「賤山賤《しづやまがつ》のいやしき衣」（山里に住む木こりや猟師などの着る衣服）に詠むといい。「宮人の袖つぎ衣」は、「立派に仕立てられた衣服」のこと。

○賤の女《め》が爪木《つまき》とりにと朝起きていろいろ衣袖まくりして（夫木抄・雑《ぞう》部十五・いろいろ衣・読み人知らず・一五五〇八、木こりの女房が、薪にする小枝を取りに行くというので朝早く起きて、つぎはぎした衣服の袖をまくり上げて、準備に余念のないことだ）

5 いろはえて

「色映えて」「色栄えて」と表記し、「色彩が引き立って」「色彩がさらに美しく見えて」の意。〔詠み方〕「色彩が可憐に引き立って、見栄えがする」趣に用いたり、また、「色彩と色彩とが映発し合っている」趣にも用いる表現・措辞。

6 いろめく

「色めく」と表記し、「美しく色づく」「はなやかな彩りになる」、「好色なように見える」「動揺して浮き足立つ」などの意がある。「なまめかしい」という意味合い。「めく」は「春めく」（春らしくなる）などの類。〔詠み方〕「女郎花《おみなえし》」や「草花」などに詠まれている。また、「好色めかしき人」にも詠むようだ。

○白露や心置くらむ女郎花色めく野辺に人通ふとて（金葉集二奏本・秋部・藤原顕《あき》輔《すけ》・二三二、白露は遠慮しているのだろうか、女郎花に。女郎花が色鮮やかに咲いている野辺に、人が通ってくるというので）

7 いろどり

「色鳥」と表記し、「秋に渡ってくる種々様々な小鳥」のこと。秋の末に山野などを背景に詠むといい、「むらむら飛び交ふ」「渡る」などが縁語になる。

○さらにまた渡るも悲し山路行く秋や限りの色鳥の声（明題拾要鈔《めいだいしゅうようしょう》・巻七・山道秋過・冷泉為孝《ためたか》・六〇六二、改めて再び、渡ってくるのを待つのも悲しいことだ。山路を飛んで行く、今年の秋もこれが最後だと名残惜しそうに鳴いている、種々様々の小鳥の声が聞こえてくるよ）

8 いはとのせき

「岩戸の関」と表記し、天の原の入り口

を関所に見立てて、「天」のことをいう。〔詠み方〕「明けわたる」「春立ちこゆる」などの表現と関連づけて用いる。また、「霞」「霧」などと結合させて、「閉づる」「隔つる」などと詠む。ただし、「閉づる」の措辞は、「岩戸」には不吉の用例だ。充分注意しなければならない。

9 いはだたみ

「岩畳」と表記し、「岩が敷き重なっている所」の意。「凝り敷く」「敷き重なれる」などと続けて詠むといい。

10 いはわだ

「岩曲」と表記し、「岩が水に沿って曲がり、水が淀んでいる所」をいう。〔詠み方〕「川」で詠むといい。「水が岩の間に流れ滞って、いっぱいになっている所」のこと。

○山河《やまがは》のあたりはこほる岩曲に流れもやらず鴛鴦《をし》ぞ鳴くなる（新撰六帖・第二帖・をし・藤原光俊《みつとし》・九三五、山の中を流れている河の周辺一帯は、今は冬のこととて、凍っている岩曲のために、河水が充分に流れることもできないので、鴛鴦が悲鳴を上げて鳴いている声が聞こえてくるよ）

11 いはまくら

「岩枕」「石枕」と表記し、「岩根を枕にすること」「野宿」のこと。〔詠み方〕普通、「旅」に詠まれる。また、「納涼」などにも詠まれている。また、「七夕」の題で、「天の河原の岩枕」とも詠まれている。

12 いはがねのとこ

「岩が根の床」と表記し、「地中に根をおろしたような大きな岩の床」「岩の根もとの床」のこと。「岩根の床」ともいう。〔詠み方〕「旅」の題で詠むといい。

13 いはねかたつき

「岩根片付き」と表記し、「岩の根の側に一方的に寄る」の意。「片付き」は、「岩根の側に付いて」の意。

○深山路《みやまぢ》や岩根片付き寄りゐつつ月とともにとなほぞ休らふ（新撰六帖・第一帖・居待ち・藤原知家《ともいえ》・三一三、山奥の道の、大きな岩の根元に一方的に寄り添って腰を下ろしながら、座って待っているうちに出てきた、陰暦八月十八日の月とともに、わたしはさらに身体を休めることだ）

14 いはかど

「岩角」と「岩門」の二種類の表記がある。まず、「岩角」の表記は、「岩石の突出た所」の意だが、「岩門」の表記は、「岩戸」「岩のような堅固《けんご》な門」の意となる。なお、後者には、「岩の簾《すだれ》」の意があり、「簾」の趣は味わい深いという。

○逢坂の関の岩角踏み鳴らし山立ち出づる桐原の駒（拾遺集・秋・藤原高遠《たかとお》・一六九、逢坂の関の、ごとごつとした岩の角を踏みしめながら、霧の立つさなか、都に向かって山から出で立つ、桐原の駒よ）

15 いはとがしは

適当な用字法が見当たらないうえに、語義未詳。「永久に変わらない」譬えに用いられる。後世、「吉野川に生育する植物」とも、「いは（岩）と柏」と表記して「堅固な岩石の呼称」ともいわれる。長伯は、「石をいふ」とする。〔詠み方〕「海」「川」に詠むといい。

○つれなさのためしはありと吉野川いはとがしはを洗ふ白波（新勅撰集・恋歌一・藤原頼氏《よりうじ》・六九六、あの人のつれなさといったら、ほかには例のないものだと思っていたら、吉野川の激しい波に洗われる岩が、その例だと思わせるものであったことだ）

16 いはねふみかさなるやま

「岩根踏み重なる山」と表記し、「岩が幾重にも重層している山」の意。「踏み」は「踏みのぼる」の意で、「歩行」の趣。〔詠み方〕「山の難所」の趣で詠むといい。また、「山奥に分け入る」趣、あるいは「旅」でも詠むといい。

○岩根踏み重なる山を分け捨てて花も幾重のあとの白雲（新古今集・春歌上・藤原雅《まさ》経《つね》・九三、岩を踏み幾重にも重なる山を通

り過ぎて、桜の花もまた通り過ぎて来たあとに、幾重にも重なる白雲となっているよ）

17 いはのあらやま

「岩の荒山」と表記し、「岩根が険しくて難所である山」「人けがなくて寂しい山」のことをいう。「旅」の歌でも詠むといい。

18 いはがねのこりしくやま

「岩が根の凝り敷く山」と表記し、「地中に根をおろしたような大きな岩が幾重にも敷き重なっている山」のこと。「難所」の趣で詠むといい。

19 いはのかけみち

「岩の懸け道」と表記し、「岩場を縫って行く険しい山道」「断崖に木材で棚を架けるようにして作った道」「崖道」のこと。〔詠み方〕「歩行」の趣で詠むといい。

20 いはかき

「岩垣」と表記し、「岩が垣根のように取り巻いて連なっている所」のこと。「岩垣淵」「岩垣沼」「岩垣紅葉」などと詠む。〔詠み方〕「恋」の歌で、「言へばえに岩垣沼」と詠めば、「言はむとすれどもえも言はれぬ」（胸のうちを打ち明けようとするのだけれども、とても打ち明けることができない）という意味。

21 いはき

「岩木」と表記し、「岩と木」「『非情なもの』の譬え」の意。〔詠み方〕「風流を解しないこと」に詠むといい。また、「人の心の岩木ならぬ」の措辞は、「人には風流を解する心がある」の意味を担っている。

22 いはきのなかのおもひ

「岩木の中の思ひ」と表記し、「岩木のような非情なもの、感情のないものにも、『情熱がある』という譬え」のこと。「思ひ」の「ひ」は、「火」であり、情熱のことで、「岩」にも「木」にも、情熱という「火」はあるものだの意。〔詠み方〕「恋」などに寄せて、「心のない岩木でさえ、内部には情熱がある。まして『人の心には』」という趣で、詠むもの。

○心なき岩木の中の思ひだに室《むろ》の八島の煙りとぞなる（夫木抄・明玉集《めいぎよくしゆう》・雑《ぞう》部一・前中納言雅具《まさとも》・七九一五、感情を持たない岩木の中の思いという火でさえ、室の八島の池から、水蒸気という煙となって見えていることだ。だから、あなたも、わたしへの恋心を形にして示してほしいものです）

23 いはのおひさき

「岩の生ひ前」と表記し、「大きな岩となる以前の状態のこと」の意。通常の「生ひ先」と表記する用語とは逆転した用字法。「砂子長じて巌となる」という諺《ことわざ》は、「小さな砂も次第に成長して巨大な岩となる」の意だが、この語の場合、成長した「岩」の時点から、成長前の「砂子」の時点を想定しているわけだ。なお、ここに掲げた諺の意味は、「砂が次第に成長して大きな岩になる」の意で、「非常に長く栄えること」を祝っていい、昔は、石が成長して大きくなると信じられていたのだ。なお、この諺には、「小さな、取るに足りないものでも、たくさん集まれば大きなもの、価値のあるものになる」の意もある。〔詠み方〕「祝い」の趣、または、「幼子を祝う」趣で用いるといい。ちなみに、長伯は、「おひさきは生ひ行くさきなり。成長の心なり」と注を付している。

24 いはぎし

「岩岸」と表記し、「岩の岸」の意。〔詠み方〕「水辺」また、「山の岸」などでも詠むといい。

25 いはせのたま

「岩瀬の玉」と表記し、「岩の多い川の浅瀬で飛び散る水玉」の意。「玉」は「水玉」のこと。〔詠み方〕「滝川」などの、水の流れが速い所で詠むといい。「恋」などに寄せて、「袖の泪《なみだ》の間なく乱るる」趣を、「岩瀬の玉」にかこつけて詠むといい。

26 いはみづ

「岩水」と表記し、「谷の岩の間から流れ

出る水のこと」をいう。

27いはゐ

「岩井」と表記し、「岩の窪んでいる中から湧き出てくる水」のこと。「岩井の水」「岩井の清水」などともいう。〔詠み方〕「納涼」などで数多詠まれている。「掬《むす》ぶ」「汲む」などに寄せて詠むといい。

28いしゐ

「石井」と表記し、「岩間に湧く清水の溜まった所」、「石で囲った井戸」などの意がある。前項の27「いはゐ」に同じ。

29いはばしのよるのちぎり

「岩橋の夜の契り」と表記し、「久米路《くめじ》の岩橋の工事が中途半端に終わったような、夜に交わした二人の逢瀬」のこと。「岩橋の中絶ゆる」「岩橋の渡しも果てぬ」と詠まれるのは、次の伝説に依拠している。昔、役《えん》の行者《ぎょうじゃ》の命令で、一言主《ひとことぬし》の神は、葛《かつ》城山《らぎさん》と金峰山《きんぷせん》の間に岩橋を架けようとしたが、容貌の醜いのを恥じて、夜間しか働かなかったために、橋は完成しなかったという。夜明けを嫌う一言主の神に重ね合わせて、暁の別れを悲しみ、もの思いをする女性の微妙な心理を吐露した表現・措辞。〔詠み方〕物事が成就しないことを譬えて、「渡しも果てぬ岩橋」という。また、男女の仲が途絶えて、恋が実らないことを、「渡しも果てぬ岩橋」とも、「久米路の橋の中絶ゆる」とも詠む。「久米路」という場所に、この橋を渡しているので、「久米路の橋」ともいうのだ。「一言主の神」は、「葛城の神」とも「久米路の神」ともいう。

○岩橋の夜の契りも絶えぬべし明くるわびしき葛城《かつらぎ》の神（拾遺集・雑賀《ぞうが》・左近《さこん》・一二〇一、久米路の岩橋の工事が中途半端のまま終わったように、夜に交わした二人の愛情も、きっと途中で絶えてしまうことだろう。夜が明けることがつらいことだ。葛城の神のような、醜いわたしだから）

○いかにせむ久米路の橋の中空に渡しも果てぬ身とやなりなむ（新古今集・恋歌一・藤原実方《さねかた》・一〇六一、どうしよう。わたしの身は、久米路の橋が中途までで渡し終わりもしなかったように、恋が遂げられないで、中絶してしまうことであろうか）

30いはきりとほしゆくみづ

「岩切り通し行く水」と表記し、「激浪・激流が岩を削り開いて激しく流れること」をいう。〔詠み方〕「水の流れが急速な」趣で用いるのが適切。

○吉野川岩切り通し行く水の音には立てじ恋ひは死ぬとも（古今集・恋歌一・読み人知らず・四九二、吉野川の岩間を切り開き音高く激しく流れていく水のように、わたしは心中の思いを声に出して、あの人には告げようとはするまい。たとえ耐えかねて恋い死にしても）

31いはぬいろ

「言はぬ色」と表記し、「梔子色《くちなし》」「濃い黄色」のこと。「梔子」を「口無し」に掛けて「言はぬ」としたもの。「山吹」「女郎花《おみなえし》」などに詠まれる。これらの花は、梔子色であるからだ。〔詠み方〕「恋」の歌で、「相手のことを心の中で恋しく思っているのに、言葉を発しない」趣を、「山吹」に寄せて詠んでいる。また、「女が恋のもの思いに悩んで、口には出さず憂愁に沈んで憂い顔をしている面持ち」に装えて、「女郎花」に詠むわけだ。

32いへばえに

「言へばえに」と表記し、「口に出して言おうとするのだけれども、とても言うことができない」という意。〔詠み方〕「言へばえに言はぬ」と続く表現・措辞。古歌には「言へばえに岩根の松」「言へばえに岩垣沼」などの用例が見られる。多くの場合、「恋」の歌に、「心のうちを打ち明けようと試みるのだけれども、とても打ち明けることができない」という趣で用いられている。

33いはけなき

「稚けなき」と表記し、「あどけない」「幼稚だ」「未熟だ」の意。類義語の「いとけなし」が、単に「幼い」「年が少ない」意であるのに対し、「いはけなし」は、「年少である」意とともに、「幼くて頼りない」「子どもっぽい」の意も表わす。とはいえ、どちらも「幼き」趣ではある。

34いほりさす

「庵さす」と表記し、「庵を造って住む」の意。「さす」は「設ける」という意。「庵す」「庵を結ぶ」に同じ。

○庵さす淀の川岸水越えて浮きぬばかりの五月雨のころ（夫木抄・貞応三年百首・藤原為家《ためいえ》・一四三七六、わたしが仏道修行のために結んだ淀川の河辺の庵には、川岸を越えて水が流れて来て、わが庵も浮くばかりの五月雨のころだよ）

35いとゆふ

「糸遊」と表記し、「春の二月、三月のころ、風もなくのどかな空に、ちりちりと糸が乱れたような感じで、地面から立ちのぼる蒸気」「かげろう」のこと。「あそぶいとゆふ」とも詠む。〔詠み方〕「春の、風もなくのどかな景気」に詠むのがいい。歌題にも、「遊糸」と出ている。

36いとなき

「暇無き」と表記し、「暇がない」「絶え間がない」「忙しい」の意。「いとま」と表現すべきところを、言葉を省略して「いと」と表現しているわけだ。

37いとみづ

「糸水」と表記し、「朝から糸のように滴る雨だれ」のことをいう。〔詠み方〕「春雨」「五月雨」などの「日数が連続して降りしきる雨」に相応する。「絶えぬ」「乱れぬ」などの表現・措辞を添えて詠むといい。

38いともかしこし

「いとも畏し」と表記し、「はなはだ畏れ多い」の意。敬して遠ざける趣がある。〔詠み方〕神仏の誓い、または、主君、貴人に対して用いる表現・措辞である。

○勅なればいともかしこし鶯の宿はと問はばいかが答へむ（拾遺集・雑《ぞう》下・家主の女〈『大鏡』では紀貫之女《きのつらゆきのむすめ》〉・五三一、勅命だから、この紅梅を献上することを断わるのは、まったく畏れ多いことだが、もし鶯がやって来て、いったいわたしの宿はどこに行ってしまったのだろうか、と問うたならば、どのように答えようか）

39いとたけ

「糸竹」と表記し、「『楽器』の総称」、「音楽」「遊芸」などの意がある。なお、「糸」が「琴・琵琶・和琴《わごん》」の類、「竹」が「笛・笙・篳篥《ひちりき》」の類を指す。〔詠み方〕「管弦」に詠むもの。「しちく」に同じ。「声」「調べ」などの表現・措辞を添えて詠むといい。

40いちひめのかみ

「市姫の神」と表記し、「市場・商人を守る女神」のこと。

○市姫の神の斎垣《いがき》のいかなれや商ひ物に千代を積むらむ（為頼集《ためよりしゅう》・藤原為頼・四三、市場・商人を守る市姫の斎垣の中に、どういう理由で、今日は商売物に千代を積んでいるのだろうか。そういえば、今日は左大弁の御子の五十日《いか》のお祝いだから、商売物をたくさん積みあげているように、祝いの品を積み上げてあるのだろうか）

41いちめ

「市女」と表記し、「市で物を商う女性」をいう。

42いちみのあめ

「一味の雨」と表記し、「法《のり》の雨」のことで、「国土草木に平等に降り注いで、すべてを一様に潤す雨」を意味する。「仏の教えが機根《きこん》の差に関係なく、同じように与えられることの譬え」にもいう。〔詠み方〕「釈教」に詠むといい。

43いちじるき

「掲焉」「著き」と表記し、「はっきりと際立っているさま」をいう。詞書《ことばがき》などに多く見えるが、和歌にはまれにしか詠まれな

い（ゐ）

い。

44 いちはやき

「逸早き」と表記し、「一途《いちず》だ」の意。物の早速で激しい趣をいう。この語も前項同様、詞書《ことばがき》に多くみられる反面、歌にはまれにしか見られないようだ。

45 いりぬるいそ

「入りぬる磯」と表記し、「海の磯が満ち潮に隠れる部分」をいう。だから、「潮満てば入りぬる磯」と詠まれている。〔詠み方〕「物が隠れていること」に関連づけて詠むと効果的だ。「海松藻《みるめ》」「波の下草」など詠み合わせられている。

46 いりなみ

「入り波」と表記し、「港・湾などに入ってくる波のこと」をいう。「海」「江」などとともに詠むといい。

47 いりあや

「入り綾」と表記し、「舞楽が終わって、舞人が退場するとき、行きかけて戻り、改めて舞いながら退場すること」、また、「その舞い」のことをいう。「入り舞ひ」に同じ。

48 いぬめり

「往ぬめり」と表記し、「立ち去るようだ」の意。「めり」は「推定」「婉曲」の助動詞。「往ぬる」「往ぬべくは」「往にけり」など、どれも同じ用法。〔詠み方〕「春秋の暮れ行く」にも、また、「人の帰り行く」にも詠むといい。

49 いをねぬ

「寝を寝ぬ」と表記し、「寝ない」「睡眠をとらない」「眠らない」の意。「寝ることができない」の趣で用いるのがいい。「い」の文字については、そのほか口伝《くでん》が多いが、この類のことは数多い。

50 いをやすくぬる

「寝を安く寝る」と表記し、「安らかに眠る」「安眠する」の意。

51 いのねられぬ

「寝の寝られぬ」と表記し、「寝ようとしても寝られない」「安眠できない」の意。

52 いこそねられね

「寝こそ寝られね」と表記し、「寝ようとしても寝られない」「熟睡できない」の意。

53 いやはねらるる

「寝やは寝らるる」と表記し、「安らかに寝ることができるであろうか、いやとてもできない」と反転する趣。

54 いほよ

「五百夜」と表記し、「数多くの夜」の意。この歌語は『八雲御抄《やくもみしょう》』に出ている。〔詠み方〕「夜ごろ久しき」（このところ毎晩、長く続く）趣に詠むといい色合いが出るようだ。

55 いほへのくも

「五百重の雲」と表記し、「幾重にも重なっている雲」のこと。〔詠み方〕「山深くつづくる」（連続して重なり合っている）趣に用いるといい。

56 いほえのすぎ

「五百枝の杉」と表記し、「数多くの枝が繁っている杉」のこと。「枝が繁って、密生している」趣で、「伊勢の外宮《げくう》」にのみ用いる措辞。「内宮《ないくう》」は、「百枝《ももえ》の松」と詠む。

57 いほはた

「五百機」と表記し、「織女が織る織機《しょつき》」をいう。〔詠み方〕「七夕」（織女）のほかには詠んではならない。「七夕の五百機衣」「七夕の五百機立てて織る布」などと詠まれている。

58 いほしろをだ

「五百代小田」と表記し、「田地の広さが十反もある、広い田」をいう。「十代田《そしろだ》」というのは、「五十歩の広さの田地で、狭い田」をいう。

59 いかにやいかに

「如何にや如何に」と表記し、「（思いつめた不安な気持ちで、うかがい問う意を表わして）いったいどんなものだろうか」「どうしたものか」、「（相手に強く、または大声で呼びかける言葉で）なんともしもし」「ややあ」「おおい」などの意がある。

○世の中をかく言ひ言ひの果て果てはいかにやいかにならむとすらむ（拾遺集・雑《ぞう》上・読み人知らず・五〇七、この世の中を、このようにあれこれと言い言いして、そのあげくの果ては、いったいまたどのようになろうとするのだろう）

60 いかまほしき

「生かまほしき」「行かまほしき」と表記し、前者が「生きていたい」、後者が「行きたい」の意を表わす。

○限りとて別るる道の悲しきにいかまほしきは命なりけり（源氏物語・桐壺巻・桐壺の更衣《こうい》・一、定めある寿命のことと、帝とお別れして参らなければならない死出の道が悲しく思われるにつけて、わたしが本当に行きたいのは、生きる道のほうなのです）

61 いかばや

「生かばや」「行かばや」と表記し、前者が「生きていたい」、後者が「出かけて行きたい」の意を表わす。

62 いかでかは

「如何でかは」と表記し、「どうして…か（いや、…ない）」の反語の意を表わす。〔**詠み方**〕「ものをとがむる」趣で用いる。

63 いかなれや

「如何なれや」と表記し、「（原因や理由を疑う意を表わして）なぜなのだろうか」、「（状態や内容について疑い、詠嘆する意を表わして）どういうものかなあ」などの意がある。〔**詠み方**〕「とがめたる」趣、または、「疑ふ」趣で用いるといい。「如何なれば」の場合も同じで、歌詞の続け具合によって、どちらを用いるかを判断すればいい。

64 いよいよ

「愈愈」「弥弥」などと表記し、「いっそう、ますます」の意。〔**詠み方**〕この歌語は俗語のような感じがするが、撰集の歌にも折々見えている。とはいえ、充分に吟味して詠まなければならない表現・措辞だ。

65 いたつき

「労き」「病き」などと表記し、「苦労・心配」、「病気」などの意がある。「煩ひ、悩む」趣。〔**詠み方**〕『古今集』にあるというけれども、それほど艶言ともいえないようだ。もっとも、そのあたりのニュアンスを心得て用いなければならないことは、言うまでもない。

＊咲く花に思ひつくみのあぢきなさ身にいたつきの入るも知らずて（拾遺集・物名《もののな》・大伴黒主《くろぬし》・四〇五、咲く花に執着する身の無益なことだ。身体に病気が取り付くのも解からないで）

66 いたりいたらぬ

「至り至らぬ」と表記し、「到達するところと、到達しないところ」の意を表わす。次の用例は、「普《あまね》く到達している」趣。

○春の色の至り至らぬ里はあらじ咲ける咲かざる花の見ゆらむ（古今集・春歌下・読み人知らず・九三、春の気配が至る里、至らない里の相違はあるまい。それなのに、どうして咲いている花、咲かない花の違いがあるように見えるのだろうか）

67 いたく

「甚く」と表記し、「程度が甚だしく」「ひどく」「非常に」の意を表わす。「強く」という趣、または、「度を越している」趣にも用いる。

○ながむとて花にもいたく慣れぬれば散る別れこそかなしかりけれ（新古今集・春歌下・西行・一二六、しみじみとした思いで見つめるといっては、桜の花にもひどく慣れ親しんでしまったので、その花の散り去るという別れは悲しいことだ）

68 いたづらぶし

「徒ら臥し」と表記し、「思い慕う人に会えずに、ひとり寂しく寝ること」の意。〔**詠み方**〕「恋」の歌で詠むといい。

69 いたぶね

「板舟」と表記し、「薄い板で作った小舟」をいう。深い水田で早苗や刈り稲を載せるのに用いる。〔詠み方〕「田子の板舟」と詠まれている。「早苗」に詠むのはいいが、そのほかの題材ではどうであろうか。

70 いただきまつる

「戴き奉る」と表記し、「（謙譲の意を表わして）頭に戴せ申しあげる」、「お受け申しあげる」、「食べ申しあげる」「飲み申しあげる」などの意がある。

○おほぢ父むまご輔親《すけちか》三代《よ》までに戴き奉《まつ》るすべらおほん神（後拾遺集・雑六・大中臣《おおなかとみ》輔親・一一六一、祖父頼基《よりもと》、父能宣《よしのぶ》、頼基の孫に当たる輔親と、大中臣家三代にわたって戴き申しあげる皇祖神のご託宣を謹んで承ります）

71 いそま

「磯間」と表記し、「入り江になっている磯」をいう。「いそわ」（磯回・磯廻）に同じ。

＊明け方の与謝の磯間に舟とめて傾く月を浦路にぞ見る（弘長百首・雑《ぞう》二十首・藤原行家《ゆきいえ》・六二九、夜明け頃の丹後国与謝《よさ》の海の入り込んだ磯に舟を止めて、舟の通り道に傾く月を見たことだ）

72 いそのかみ

「石上《いそのかみ》」と表記し、「『大和国』の名所」のこと。石上神宮がある。〔詠み方〕石上の地に「布留《ふる》」の地が含まれているところから、地名「布留」に、また、同音の「古る」「降る」「振る」などにかかる枕詞としても用いられる。

73 いそな

「磯菜」と表記し、「磯に生え、食用にする海藻類」をいう。「若菜」の題で詠まれる。

○今日とてや磯菜摘むらむ伊勢島や一志《いちし》の浦の海人の乙女子（新古今集・雑歌《ぞうか》中・藤原俊成《としなり》・一六一二、七草の今日は若菜を摘む日だというので、磯菜を摘んでいることであろうか。伊勢島の一志の浦の海人乙女たちは）

74 いそわ

「磯廻」と表記し、「磯の入り込んだところ」をいう。

75 いそまくら

「磯枕」と表記し、「磯辺で石を枕に寝ること」をいう。「磯に寝る」趣。和歌では、「七夕」の「二星」（織女星・牽牛星）が天の河原で会うことをいう場合が多い。〔詠み方〕「旅泊」の歌に詠むのがいい。「旅泊」とは、「海辺の旅寝」をいう。

76 いそね

「磯寝」と表記し、「磯辺に宿って寝ること」をいう。〔詠み方〕「磯枕」に同じ。

77 いそなみ

「磯波」と表記し、「磯に打ち寄せる波」をいう。

78 いそしみづ

「磯清水」と表記し、「海の磯辺にある清水のこと」をいう。

79 いつしか

「早晩しか」「何時しか」などと表記し、「いつの間にか」「早くも」の意を表わす。気づかぬうちに事態が実現してしまったという気持ちを表わす。〔詠み方〕「昨日までなかったことが、今日は起こる。今朝までなかったことが、夕方に起きる」という趣で用いるといい。「いつしかに」「いつしかと」などと続けるわけだ。

○秋来ぬと思ひもあへぬ荻の葉にいつしかかはる風の音かな（新後撰集・秋歌上・京《きょう》極為兼《ごくためかね》・二五五、秋がやってきたとは思いも及ばない荻の葉に、いつの間にか秋の到来を感じさせる風の音がしていることだなあ）

なお、この用語は、ある事態が一刻も早く実現してほしい気持ちを表わす場合にも用いる。その際は、「早く」と訳す。

○今日よりはいま来む年の昨日をぞいつしかとのみ待ちわたるべき（古今集・秋歌上・壬生忠岑《みぶのただみね》・一八三、今日からはまた、これ

からやってくる来年の昨日〈七月七日〉を、早く早くとばかり待ち続けることになるのだろうか)

80 いつはとは

「何時はとは」と表記し、「何時だとはわからない」の意を表わす。後に「何時とは分かぬ」と続く表現・措辞。

○いつはとは時は分かねど秋の夜ぞもの思ふことの限りなりける(古今集・秋歌上・読み人知らず・一八九、もの思いをするのはいつだと言うように、季節によって違いがあるわけではないが、秋の夜こそもの思いをすることの極みであることだ)

81 いづこ

「何処」と表記し、「どこ」「どちら」の意。「いづく」「いどこ」ともいう。

82 いづち

「何方」「何処」と表記し、「どちら」「どの方向」「どの方面」、「どちらへ」「どこへ」「どの方面へ」などの意がある。「ち」は場所を表わす接尾語。「いづく」に同じ。以上、「いづこ」「いづち」「いづく」は不定称の指示代名詞で、各々、歌によって使い分けるという。

83 いつつのにごり

「五つの濁り」と表記し、仏教でいう、「末世に現われる五つの穢れ」のこと。「劫《ごう》濁《じょく》」(天災)・「見濁」(悪い見解)・「煩悩濁《ぼんのう》」(盛んな欲望)・「衆生濁《しゅじょう》」(人びとの質の低下)・「命濁《みょう》」(短命)をいう。「ごぢょく」(五濁)に同じ。〔詠み方〕主として「釈教《しゃっきょう》」の歌に詠む。

84 いつつのさはり

「五つの障り」と表記し、仏教でいう、「女性が生まれながらにしてもつとされる五つの障害」と、「仏道修行の妨げになる五つの障害」のこと。前者は、「梵天《ぼんてん》」「帝《たい》釈天《しゃくてん》」「魔王」「転輪聖王《てんりんじょうおう》」「仏」の五つになれないという障害。後者は、「煩悩」「業《ごう》」「生」「法」「所知」の五つの障害のこと。「ごしゃう」(五障)に同じ。

85 いづら

「何ら」と表記し、「どこ」「どのあたり」、「さあさあ」「どうだどうだ」「どうした」、(「いづらは」の形で)「どうしたのだろう」「どうなったのだろう」などの意がある。「どれ」「どこに」の趣。〔詠み方〕「目に障害となる生類、草木の類」はもちろん、「そうでないもの」にも詠まれる。

○世の中にいづら我が身のありてなしあはれとや言はむあな憂とや言はむ(古今集・雑歌《ぞうか》下・読み人知らず・九四三、この世の中に、いったいどうしたのか、我が身はあってなきがごとしだ。ああおもしろい、と言おうか、それともああいやだと言おうか)

86 いづてぶね

「伊豆手船」と表記し、「伊豆国で造られた船」をいう。なお、古くは「いつてぶね(五手船)」として、「十挺櫓《じっちょうろ》の船」の意、また、「帆、舵《かじ》、錨《いかり》、櫓《ろ》、櫂《かい》の五つを備えた船」の意と解した。

○防人の堀江漕ぎ出づる伊豆手船梶取る間なく恋は繁けむ(万葉集・巻二十・大伴家《やか》持《もち》・四三三六、防人《さきもり》が堀江を漕いで出て行く伊豆手船の梶をとるように、絶え間なく恋しさは募るだろう)

87 いつもとやなぎ

「五本柳」と表記し、「五本揃って生えている柳」をいう。和歌では「いつもいつも」を導く序詞となる場合が多い。なお、長伯は、唐土《もろこし》の「五柳先生」のこととする。〔詠み方〕はるかかなたの村里に生えている柳を見遣って、「誰《た》が宿の五本柳」などと詠むのは、五柳先生の昔を連想して言っているわけだ。

88 いつはのまつ

「五葉の松」と表記し、「一つのがくから針状の葉が五本出ている松」のこと。「ごえふ」(五葉)に同じ。

89 いつまでぐさ

「何時迄草」「壁生草」と表記し、「きづ

た」（木蔦）「まんねんぐさ」（万年草）の異名のこと。なお、「壁に生える草」をもいう。〔詠み方〕「壁に生ふる何時迄草のいつまでか」のように、和歌では、「いつまで」の序詞として用いる。「無常」の趣で用いたり、「はかなき」ことに詠まれている。

90 いづさいるさ

「出づさ入るさ」と表記し、「出たり入ったり」の意。「出づさ」は「出て行く様子」、「入るさ」は「入って行く様子」をいう。

91 いづるひのたかみのくに

「出づる日の高皇の国」「出づる日の高御の国」と表記し、「日本国」をいう。「高皇」「高御」は「たまみむすひ」（高皇産霊・高御産霊）の略で、神名である。天地開闢《かいびゃく》の時に、天御中主神《あめのみなかぬしのかみ》に続いて出現した独り神で、「太陽が昇るような高皇産霊神の国」、つまり「日本国」の意だ。

○出づる日の高みの国を安国と祈る末をば神や照らさむ（夫木抄・巻三十・国・卜部《うらべ》兼直《かねなお》・一四一三二、太陽が昇るような、高皇産霊神らが創ったすばらしい日本国を、平穏に治まっている国であるようにと祈る将来までも、神は照覧賜わるであろうか）

92 いねがてに

「寝ねがてに」と表記し、「寝ることができないで」の意。

93 いなのめ

「稲目」「寐寝の目」などと表記し、「夜明け」の意。枕詞「いなのめの」が「明く」にかかるところから転じたもの。「寐寝の目を開ける」の意で「明く」にかかるとする説、「わらを編んで作ったむしろの目」の意で、編み目に差し込む陽光で明け方を察したことから、「明く」にかかるとする説などがあり、定説をみない。長伯は、「稲目」と表記し、「暁」の異名とする。

94 いなびめ

適当な用字法を見当たらないが、「いなのめ」の転か。「暁」の異称。『八雲御抄《やくもみしょう》』に「いなひめ　いなのめ同事也」とある。〔詠み方〕長伯は、「姫」という文字に関係があるときに、用いるといいとする。

95 いなばのくも

「稲葉の雲」と表記し、「一面に実った稲穂が風にそよぐ様子を、雲に見立てていう語」。

96 いなばのなみ

「稲葉の波」と表記し、前項の95「いなばのくも」に同じ。

97 いなすずめ

「稲雀」と表記し、「稲に群がっている雀」をいう。

98 いなじきのふせや

「稲敷きの伏せ屋」と表記し、「稲葉を敷いた、屋根を地面に伏せたような小さい粗末な家」をいう。〔詠み方〕「田家」または、「賤《しず》が住処《すみか》」の趣で詠むといい。

99 いなむしろ

「稲莚」「稲席」と表記し、「稲わらで編んだむしろ」をいう。また、「稲が実って稲穂が倒れ伏したさまを、『むしろ』に譬えていう語」でもある。なお、「岸の柳の稲莚」とは、「柳の枝葉が水面に映ってなびくさまを、むしろを編むのに見立てていう語」のこと。

100 いなぶきのいほ

「稲葺きの庵」と表記し、「稲わらで屋根を葺いた庵のこと」をいう。「わら葺きのこと」であろう。〔詠み方〕「田家」「賤《しず》の家」などに詠むといい。

101 いなくき

「稲茎」と表記し、「稲を刈り取ったあとに残る株」をいう。〔詠み方〕「冬田の寂しき景気」に詠むといい。

○鴫《しぎ》の伏す刈田に立てる稲茎のいなとは人のいはずもあらなむ（後拾遺集・恋一・藤原顕季《あきすえ》・六三一、鴫がねぐらとする刈田に立っている稲茎ではないが、あなたはわたしに逢うことを「いな」とは言わないでほしいものだ）

102 いなぶね

「稲舟」と表記し、「刈り取った稲を摘んで運ぶ小舟」のこと。最上川のものが有名。

○最上川上れば下る稲舟のいなにはあらずこの月ばかり（古今集・東歌《あずまうた》・陸奥歌《みちのくうた》・一〇九二、最上川を上り下りしている稲舟ではないが、否とお断わりしているわけではありません。今月だけはどうしても都合が悪くてお逢いできないのです）

「最上川」は出《で》羽国《わのくに》の名所。この川は急流で、舟を引き上らせる際に、舟の舳《へ》先《さき》の揺り動くさまが、人が頭を左右に振って不承諾の意を表わすのに似ているので、「否ぶ」の意味も担っているのだ。〔詠み方〕すでに言及したように、ものを「否」という趣を、「稲舟」に引き寄せて、多くの場合、詠みならわされているわけだ。

103 いな

「否」と表記して、相手の申し出を拒絶する語で、「いや」「いいえ」の意。「いやだ」という趣。

104 いむてふつき

「忌むてふ月」「斎むてふ月」と表記し、「穢れを避けるために、不吉なこと（もの）として避けるという月」のこと。「独りもの思いに沈んで月を見るのは避けるものだ」といわれている。「月は陰気な状態で向かうと、心配事を生じる」ともいわれている。『白氏文集《はくしもんじゅう》』の「内に贈る」という詩で、白楽天が「月の明かきに対して往にし事を思ふなかれ。君が顔色を損し、君が年を減ぜむ」（皓々と照り輝いている月に対して、過去の思い出を回想してはならない。君の顔色を損ない、君の寿命を短くするからだ）と詠じている。だから、和歌でも「忌むてふ月」と詠まれているわけだ。

105 いられごころ

「焦られ心」と表記し、「いらいらする気分」「やきもきする気持ち」の意。

106 いひをしひのはにもる

「飯を椎の葉に盛る」と表記し、「ご飯を器ではなく椎の葉に盛る」という意。旅の途上にいるので、器物もないゆえに、ご飯を椎の葉に盛るというのだ。〔詠み方〕「羇《き》旅《りょ》」の艱難辛苦《かんなんしんく》の趣に詠むといい。

○家にあれば笥《け》に盛る飯《いひ》を草枕旅にしあれば椎の葉に盛る（万葉集・巻二・挽歌・有間皇子・一四二、家にいるときは立派な器に盛るご飯を、旅の途中なので椎の葉に盛ることだ）

107 いのちにむかふ

「命に向かふ」と表記し、「命に匹敵する」「命がけである」の意。〔詠み方〕「命にかけて思い悩むこと」に詠む。

○夜もすがら月にうれへて音《ね》をぞ泣く命に向かふもの思ふとて（続後撰集・恋歌二・藤原定家・七三三、わたしは一晩中、月に対して憂いを訴えて、声を出して泣く。命にかかわるまでの、恋のもの思いをして）

108 いぐし

「斎串」「五十串」などと表記し、「榊や小竹などの小枝で作り、神前に備えた神聖な串」のこと。「祓《はら》えをするとき、四手《しで》を切って、はさむ串」のこと。「五十串立て祓ふる」「五十串の四手」などと詠まれている。また、旧暦二月ころ、田の苗代の時、「水口祭《みなくちまつり》」といって、初めて苗代水を引き、その水口に五十串を立てて神酒を供え、田の神を祭る行事がある。それにも、「五十串立て水口まつる」と詠まれている。

109 いくそ

「幾十」と表記し、「どれほど多く」「数多く」の意を表わす。「幾許《いくばく》」の趣。「いくその春」「いくその人」などと詠まれている。

110 いくそたび

「幾十度」と表記し、「いくたび」「何度となく」の意。

○芦辺漕ぐ棚なし小《を》舟《ぶね》いくそたび行き帰るらむ知る人をなみ（玉葉集・恋歌一・在原業平・一二七一、芦の生えた水辺を漕ぐ小さな棚なし舟が、何十遍も行ったり帰ったりするように、わたしの恋心はあの人のあたりを何十遍行ったり来たりするのだろう。それと知ってくれる人もないままに）

111 いくら

「幾ら」と表記し、「どれほど」「どれくらい」の意。「いかほど」という趣。

○うとましや木《こ》の下陰の忘れ水いくらの人の影を見つらむ（金葉集二奏本・補遺歌・読み人知らず・六九九、いやなことだ。木の下影の忘れ水のように、わたしはどれほど人の姿を見ては、忘れられたことだろう）

112 いくくすり

「生く薬」と表記し、「不老不死の薬」のこと。

○君がため蓬が島もよりぬべし生く薬とる住吉の浦（夫木抄・雑《ぞう》部十四・薬・藤原家《いえ》隆《たか》・一五〇六五、蓬莱の島〈蓬莱山〉もきっと近寄ってくるだろう。あなたのために不老不死の薬を採取している住吉の浦に）

113 いや

「弥」と表記し、「いよいよ」「ますます」、「もっとも」「いちばん」、「はなはだ」「きわめて」、「重ねて」「つぎの」などの意がある。「いや遠ざかる」「いや年の端」「いやはるばると」の類である。

114 いやはかな

「弥果敢無」と表記し、「いよいよ頼みにならないことだ」の意。

○寝ぬる夜の夢をはかなみまどろめばいやはかなにもなりまさるかな（古今集・恋歌三・在原業平・六四四、共寝をした夜の夢のような出逢いがはかなく思われて、うとうとしていると、ますますはかない気持ちになっていくことだ）

115 いやましに

「弥増しに」と表記し、「いよいよ多く」「さらにいっそう」の意を表わす。「いよいよまさる」趣。「いやましの思ひ」などと続く。

116 いやしきもよきも

「賤しきも良きも」と表記し、「身分の低い者も身分の高い者もみんな」の意。「いやしき」は、身分の賤しき者を、「よき」は、貴人、高位の人をいう。〔詠み方〕「貴賤」の趣で、多く詠まれている。

○いにしへの倭文《しづ》の苧環《をだまき》賤しきもよきも盛りはありしものなり（古今集・雑《ぞう》歌《か》上・読み人知らず・八八八、古代の倭文を織る時に用いた苧環ではないが、賤しい者も身分の高いものもみな同じように、若くて盛りの時はあったものなのだよ）

117 いやおひ

「弥生ひ」と表記し、「草木がますます生い茂ること」、「陰暦三月の別称」「やよい」などの意がある。「草」に詠む。「春三月のころ、若草がいやがうえに生い茂る」趣。三月を「弥生」というのも、草がますます生い茂る時節だからだ。「弥生」は「ますます生い茂る」趣。

○あづさゆみ末野《すゑの》の草のいやおひに春さへ深くなりぞしにける（新撰六帖・第一帖・弥生・衣笠家良《きぬがさいえよし》・四一、見渡すと、野原のはずれの草がますます生い茂っているようだが、その草のように、春までもがいよいよ深まったことが実感されることだなあ）

118 いやしきふれる

「弥頻き降れる」と表記し、「いよいよ盛んに降り積もることだ」の意を表わす。「いや」が「いよいよ、ますます」の意。「しき触れる」が「ますます降り積もっている」意。

○ま柴刈る道や絶えなむ山賤《やまがつ》のいやしき降れる夜半の白雪（続拾遺集・冬歌・藤原頼氏《よりうじ》・四五二、山で生活する身分の卑しい者が雑木を伐採する道は閉ざされてしまっただろうか。ますます降り積もっている昨夜からの白雪によって）

119 いまはのとき

「今はの時」と表記し、「最期の時」「臨終の時」の意。「人が死ぬ時」をいう。〔詠み方」通常の歌には遠慮するのがいい。「無常」の歌には用いてもいい。

120 いまは

「今は」と表記し、「臨終」「今となっては」の意。「今はの心」「今はの空」などの類で、前者は、「今はお別れと思う心」「もう別れなければならと思う気持ち」のこと、後者は、「つい今しがたの空」の意味。

121 いまはとて

「今はとて」と表記し、「今となっては」の意。「別れの時」の表現・措辞。

122 いまはのやま

「今は野山」と表記し、「現在は野や山が…」の意。「山住まいなどしてみようと決心すること」をいう。『古今集』の長歌に「今は野山し近ければ…」（一〇〇三）とある。

123 いまぞしる

「今ぞ知る」と表記し、「今初めて知った」の意。

124 いまはた

「今将」と表記し、「今はまた」「今はもう」「今となっては」の意を表わす。「はた」には意味がない。「ただ今は…」という趣。なお、「今又」の意で用いるという説もある。

○わびぬれば今はた同じ難波《なには》なる身をつくしても逢はむとぞ思ふ（拾遺集・恋二・元良《もとよし》親王・七六六、これほどまで思い悩んでいるのだから、今となっては、どうなったとしても、もう同じことだ。難波にある澪《みお》標《つくし》ではないが、たとえ我が身を滅ぼしても、あなたと逢おうと思う）

125 いまもかも

「今もかも」と表記し、「いまごろはもう」の意を表わす。「いまもや」の趣。

○今もかも咲きにほふらむ橘の小島の崎の山吹の花（古今集・春歌下・読み人知らず・一二一、いまごろはもう昔と変わることなく美しく咲きほこっていることだろうか。あの橘の小島の崎の山吹の花は）

126 いましはと

「今しはと」と表記し、「今となっては」と「今度こそは」の意の両説がある、と長伯は言う。前者は、「絶望の気持ち」を表わすのに対して、後者は、「願望の気持ち」を表わす。

○今しはとわびにしものを蜘蛛《ささがに》の衣《ころも》にかかり我を頼むる（古今集・恋歌五・読み人知らず・七七三、今となってはもうやって来ないだろうと、つらく思っていたけれども、蜘蛛《くも》が着物に這いかかってきて、またわたしに期待を抱かせることだ）

＊今しはと思ひしものを桜花散る木《こ》の本《もと》に日数経《へ》ぬべし（金槐集《きんかいしゅう》・春・源実朝《さねとも》・五四、今度こそは立ち去ろうと思ってながめているうちに、花の散る桜の下でまだまだ何日も過ごしてしまいそうだ）

127 いける

「生ける」と表記し、「生きている」の意。「生ける世」「生ける身」「生ける命」などと詠まれている。

128 いけらじと

「生けらじと」と表記し、「生きていたくないと」「長生きすることはないだろうと」の意を表わす。

○わび人は憂き世の中に行けらじと思ふことさへかなはざりけり（拾遺集・雑上・源景明《かげあきら》・五〇五、失意の我が身は、憂き世の中に生きていたくない、と思うことまでが、かなわないことであった）

129 いけのこころ

「池の心」と表記し、「池の中心」「池の底」、「池を『人の心』に譬えたもの」「池」などの意がある。

○庭におつる滝の白糸かぞふれば池の心に通ふ千代かな（明題拾要鈔《めいだいしゅうようしょう》・池水久澄・飛鳥井雅親《あすかいまさちか》・五六一三、庭園に設けた滝から落下する白糸のような水の数を数えてみると、永遠に存続する池に通底する心があることだ）

130 いけのいひ

「池の樋」と表記し、「池の水量を調節する仕掛け」のこと。池などから水を引いた所に箱状のものを埋め、戸を開閉して水門《みなと》とした。和歌では多く「言ひ」に掛ける。『八雲御抄《やくもみしよう》』に「池の水を放つところをいふ」とある。〔詠み方〕「樋」を「言ふ」趣に用いて、「恋」の歌に、「池水のいひいでがたき」、「池水のいひは漏らさじ」などと多く詠まれている。

○酌《く》みて知る人もあらじな思ふことといはれの池のいひし出でねば（永久百首・雑三十首・池・大進《だいしん》・五四七、こちらの心中を察して推し量ってくれる人もないでしょうね。磐余《いわれ》の池ではないが、わたしは心の中で思っていることを、言い表わさないでいるので）

131 いふめるは

「言ふめるは」と表記し、「言っているようなのは」「言っているように見えるのは」の意。「める」は、推定、婉曲の助動詞「めり」の連体形。「は」は主題を表わす係助詞。

○ふるさとの野辺見にゆくといふめるをいざもろともに若菜摘みてむ（後撰集・春上・行明《ゆきあきら》親王・一〇、わたしたちのゆかりの野辺を見に行くと言っているようですから、さあご一緒に行って若菜を摘みましょうよ）

132 いふめれば

「言ふめれば」と表記し、「言うようなので」「言うようだから」の意を表わす。「言ふなれば」の趣。

○埋もれ木は中むしばむといふめれば久米路の橋は心して行け（拾遺集・雑恋《ぞう》・読み人知らず・一二三七、土の中に埋もれていた木は、中が蝕んで朽ちているようだから、久米路の橋は注意して渡って行けよ）

133 いぶせき

この歌語には用字法が見当たらないが、「心が晴れない」「憂鬱《ゆううつ》だ」の意。『源氏物語』の注釈書『岷江入楚《みんごうにつそ》』に「不審未審とかけり。おぼつかなき心と」云々とあるが、「いぶせき」も同じ趣だ。

○たらちねの親の飼ふ蚕《こ》の繭《まゆ》ごもりいぶせくもあるか妹《いも》に逢はずして（拾遺集・恋四・柿本人麻呂・八九五、親の飼う蚕が繭に籠もっているように、心が晴れないことだ。愛する女性に逢うことがないので）

134 いで

この歌語も前項と同じく用字法が見当たらないが、希望・勧誘を表わす感動詞で、「どうぞ」「さあ」などと訳せよう。つまり、発語の用語で、「いで」と言葉を起こして、以下に思う心を続けるわけだ。また、「いで」と、「我が心を起こして使う言葉である」ともいわれている。

○いで我を人なとがめそ大船のゆたのたゆたにもの思ふころぞ（古今集・恋歌一・読み人知らず・五〇八、どうかわたしを人は誰もとがめないでおくれ。大船がゆらゆらと揺れるように、恋の思いに取りつかれて、心も揺らいで落ち着かないでいる時だから）

なお、「いでや」「いで人は」「いでいかに」などと詠まれている歌語も、同じ用法だ。

135 いぶかし

「訝し」と表記し、「はっきりしないので気にかかる」「知りたい」「気がかりだ」、「不審だ」「疑わしい」、「気分がすっきりしない」「気がふさぐ」などの意がある。「不審」とも記し、「ものが疑わしく、不審である」趣を表わす。

136 いでにしたま

「出でにし魂」と表記し、「身体から抜け出した魂」の意を表わす。「人魂が身から浮かれ出ること」を意味し、「あくがれ出づる魂」と詠まれている。

○思ひあまり出でにし魂のあるならむ夜深く見えば魂結《たまむす》びせよ（伊勢物語・第百十段・男・一八九、あなたを思うあまり、わたしの身体から抜け出た魂があるのでしょう。

夜が更けてまた、夢に見えたなら、魂結びの呪いをしてください）

137 いさよふ

適当な用字法が見当たらないが、「ためらう」「漂う」「たゆたう」の意を表わす。中世以降は「いざよふ」の表記。「やすらふ」の趣。「いさよふ波」は「宇治川」に詠まれていて、宇治川の網代木《あじろぎ》に波が漂っている情景を詠じたもの。「いさよふ月」とは、「山の端《は》にしばらく出そうで出ないで、ためらっている月」をいう。「いさよひの月」とは、「陰暦八月十六日の夜の月」をいう。「真木《まき》の戸口にいさよふ」とは、「立派な木の戸の前で、しばらくたたずむ」のをいう。

138 いざ

適当な用字法が見当たらないが、「（相手を誘う時などに、呼びかけて）さあ、さあ」、「（自分で行動する決意を表わして）さあ」などの意がある。「いざさらば」「いざけふは」「いざ見にゆかむ」など、いずれも「勧誘」の趣。あるいは、「いざ」と人を誘い、または、「自分の心を誘う」趣にも詠まれている。

139 いざやこら

「いざや子等」と表記し、「さあ皆のものよ」の意を表わす。「子等」は、「小児」のことをいうのではなく、一般の「人」を指していう。「いざ」は前項138に同じ。

○いざ子ども（いざや子ら（万葉集））はや日の本《もと》へ大伴の御津《みつ》の浜松待ち恋ひぬらむ（新古今集・羇旅《きりょ》歌・山上憶良《おくら》・八九八、さあ、人びとよ。早く日本へ帰ろう。大伴の御津の浜の松が、わたしたちを待ち焦がれていることだろう）

140 いざこども

「いざ子供」「いざ子等」「いざ児等」と表記し、139「いざやこら」の項に同じ。

141 いさ

適当な用字法が見当たらないが、「（相手の質問に対して言葉を濁すときに用いる感動詞で）さあて」「さあ」、「（相手の言葉を否定して）いいえ」「でも」、「（下に「知らず」などの語を伴って）さあどうだか（知らない）」（副詞）などの意がある。この語は、本来は「相手の発言を遮《さえぎ》る」意の語であったが、否定の気持ちが強まって用いられるようになり、副詞化する。「勧誘」などの意を表わす感動詞「いざ」と混同されるようになり、「いざ知らず」の「いざ」は「いさ」の意である。

○人はいさ心も知らず故里《ふるさと》は花ぞ昔の香ににほひける（古今集・春歌上・紀貫之・四二、あなたのお気持ちは以前と変わりがないかどうか、さあよく分かりませんが、なじみ深いこの土地では、梅の花だけは昔と変わらない香りで美しく咲いていることですよ）

また、「いさ」といって、下に「知らず」と受けない歌もまれにある。

○かりそめの別れと今日を思へどもいさやまことの旅にもあるらむ（新古今集・離別歌・俊恵法師《しゅんえほうし》・八八一、ほんのしばらくの別れだと、今日の別れを思っているのだが、さあ、どうであろうか。再び逢うことのできない本当の旅の別れであるのかもしれない）

また、「いさ知らず」「いさしら雪」「いさしら露」などとも続けている。

142 いさむ

「勇む」と表記し、「奮い立つ」「勇気が湧く」の意を表わす。「勇む心」「勇める駒」などと詠まれている。

143 いさむる

「諫むる」と表記し、「諫言《かんげん》する」「忠告する」意を表わす。

144 いさらゐ

「いさら井」と表記し、「小さな湧き水」「水の少ない井戸」の意。

○亡き人の影だに見えずつれなくて心をやれるいさらゐの水（源氏物語・藤裏葉《ふじのうらば》巻・雲居雁《くもいのかり》・四五二、亡くなられた大宮の影さ

えも見えず、そ知らぬ顔で、心地よげに流れている、いさら井の水であることだ）

145 いさり

「漁り」と表記し、「海で漁をすること」の意。鴨長明が曰く、「ある人の説に、漁師が朝漁をするのを『あさり』といい、夕方にするのを『いさり』という」と云々。「漁り火」とは、「その時焚《た》く火」のこと。

146 いざとき

「寝聡き」と表記し、「（眠りからすぐに）目が覚めやすい」ことの意を表わす。「眠れない」趣をいう。また、「夜聡き」ことをいう。「枕寝聡き」などと詠まれている。

147 いささめに

適当な用字法が見当たらないが、「かりそめに」「いい加減に」の意を表わす。

○いささめに時待つ間にぞ日は経ぬる心ばせをば人に見えつつ（古今集・物名《もののな》・紀乳母・四五四、ついうかうかと逢う機会を待っている間に、日が経ってしまった。わたしの気持ちだけは、先方に知らせておいたが）

148 いささむらたけ

「いささ群竹」と表記し、「ささやかに群生している竹」「竹の小さな茂み」の意。細い竹が群生しているのをいい、「窓近きいささ群竹」などと詠まれている。

149 いささをがは

「いささ小川」と表記し、「細い流れの小川」を意味する。水が少し流れている小川のこと。

150 いさをし

「功し」「勲し」と表記し、「勤勉である」、「勇ましい」、「功績がある」などの意がある。『八雲御抄《やくもみしょう》』に「帝に忠功があること」と記す。

151 いさめしつゑ

「諫めし杖」と表記し、「伯愈《はくゆ》杖に泣く」の故事を意味する。すなわち、中国、漢の伯愈がある日過ちを犯し、母に鞭《むち》で打たれた。今まで泣くこともなかったわが子が泣くので、母がそのわけを尋ねた。すると息子は、かつて痛かった母の鞭が痛くなくなってしまったのは、母が衰えたからであろうと思って泣いたのだという、その故事のこと。

152 いきしにのふたつのうみ

「生き死にの二つの海」と表記し、この世を海に譬えた言葉「生死《しょうじ》の海」のこと。「生死流転《るてん》を繰り返す迷いの世界」、「生きるか死ぬかの重大な瀬戸際《せとぎわ》」「生死の分かれ目」などの意がある。

153 いきうし

「行き憂し」と表記し、「行くのがつらい」「行きたくない」の意を表わす。「遠方へ出かける人が、出向くのがつらい」ということ。「い」と「ゆ」とは五音相通《ごいんそうつう》である。なお、「五音相通」とは、五十音図の同じ行《ぎょう》の音《おん》が互いに通用すると考える、昔の音韻学用語。

○人やりの道ならなくに大方は行き憂しといひていざ帰りなむ（古今集・離別歌・源実《さね》・三八八、別に人から命じられて行く旅というわけではないのだから、よく考えてみて、行きたくないと言って、さあ帰ってしまおうかしら）

154 いきのを

「息の緒」と表記し、「命の限り」「命をかけて」の意を表わす。「命」をいう。「出で入る息」のこと。

155 いめびとのふしみ

「射目人の伏見」と表記し、「（射目人の）伏見」の意。弓の射手が狩りの時に、身を伏して獲物をねらい見るところから、地名の「伏見」にかかる枕詞となったわけだ。ちなみに、長伯は、「いめ人」は、五音相《ごいんそう》通《つう》で「夢《ゆめ》人」のこと。「ふしみ」は山城国の「伏見」。つまり、「ふしみ」を「伏す」趣に捉えて、夢は伏して見るものだから、「伏見」の枕詞となり、『万葉集』から用いられている、と解説している。

156 いしかは

い(ゐ)

「石河」と表記し、「賀茂河」のことをいう。加茂川を「いし河や瀬見《せみ》の小河」というからだ。また、「砂川ならぬ石のある河」をもいう。

157 いはばしるたき
「石走る滝」と表記し、「石《いは》走る」が「滝」にかかる枕詞。「石」を通常「いは」と読むのは、滝の水が岩の上を走り流れるので、そのようにいうわけだ。

158 いしのひ
「石の火」と表記し、「石を打ち合わせて出る火」のことをいう。〔**詠み方**〕「石の火」は、すぐに消えることから、「時間の短いこと、命のはかないことなどの譬え」に用いられて、「無常」の歌などに詠まれている。

159 いしなごのたま
「石投の玉」と表記し、「幼子の遊戯の一種」をいう。すなわち、「小石をまき、中のひとつを投げ上げ、落ちる前に他の石をすくって、数を競う遊び」のことで、いまの「お手玉」に似ている。
○石なごの玉の落ちくる程なさに過ぐる月日は変りやはする(聞書集《ききがきしゅう》・西行・一七五、石なごの玉の落ちてくる間もなさと、過ぎてゆく月日は変わっているだろうか、いやまったく変わりはしないよ)

160 いしになるみ
「石になる身」と表記し、「望夫石《ぼうふせき》」のこと。これは『神異経《しんいけい》』に見える伝説に依拠した、妻が戦場に行く夫との別れを悲しみ、その後姿《うしろすがた》を遥かに望みつつ石に化したというもの。中国では、湖北省武昌の北の山にある。また、日本でも松浦佐用姫《まつらのさよひめ》のなったという石など、各地に存在する。いずれの場合も、「恋」に関係する故事なので、「恋」の歌に詠まれている。

161 いへをいづる
「家を出づる」と表記し、「出家」の訓読語で、「仏門に入る」「出家すること」をいう。

162 いへづと
「家苞」と表記し、「家に持ち帰る土産」のこと。

163 いへびと
「家人」と表記し、「家族」「妻」、「貴族などの家に仕えている人」、「令制《りようせい》に定められた賤民のひとつ」などの意がある。

164 いへのかぜ
「家の風」と表記し、「家に伝わる伝統や流儀・技術」を意味する。
○ひさかたの月の桂も折るばかり家の風をも吹かせてしがな(拾遺集・雑上・菅原道《みち》真母《ざねのはは》・四七三、あなたが成人して元服したからには、月の桂を折り、才名を上げるくらいのことをして、儒学の家の伝統を継承し、おおいに家名を高めてほしいものだ)
なお、これは菅原道真の母の歌で、菅家は儒家にまでなったので、息子に家業の振興を願ってこのように詠んだわけだ。

165 いへにつたふる
「家に伝ふる」と表記し、「先祖からの家伝」をいう。

166 いへうつり
「家移り」と表記し、「家を変えて他所へ移ること」「転居」「引っ越し」のこと。

167 いも
「妹」と表記し、男性から、年齢の上下に関係なく、女性を親しんでいう語。「(妻・恋人に)あなた」、「女性同士が親しんでいう語」「あなた」、「(代名詞的に用いて)あの娘」「彼女」などの意がある。

168 いもがり
「妹許」と表記し、「妻や恋人」、「親しい女性の所」をいう。「がり」は「許」の趣で、接尾語。「妹がり行く」とは、「恋人の所へ行く」ということ。

169 いもがかきね
「妹が垣根」と表記し、「恋しい人が住む垣根」のこと。

170 いもこひしら

「妹恋しら」と表記し、「恋人を恋しく思って」の意を表わす。「ら」は「そのような状態」を表わす接尾語。
○あたら夜を伊勢の浜荻折り敷きて妹恋しらに見つる月かな（千載集・羇《き》旅《りょ》歌・藤原基俊《もととし》・五〇〇、美しくもったいないこの良夜を、伊勢の国の浜辺の荻を折り敷き旅寝をして、都の妻を恋しく思いながら、月を眺めることだよ）

171 いもにくるくさ
「妹に似る草」と表記し、「山吹」の異名。
○妹に似る草と見しより我《わ》が標《し》めし野辺の山吹誰《たれ》か手折りし（万葉集・巻十九・大伴家持《やかもち》・四一九七、あなたに似た草だと見た時から、わたしが標を結んだ野辺の山吹を、いったい誰が手折ったのですか）

172 いもせ
「妹背」と表記し、「互いに『妹』と呼び『背』と呼ぶような、親しい男女の関係」「夫婦」、「兄と妹」「姉と弟」などの意がある。「妹と背」ともいう。

173 いもひ
「斎ひ」「忌ひ」と表記し、「精進潔斎《しょうじんけっさい》」をいう。つまり、神に対して心身を清め、穢《けが》れを避けて慎むこと。「斎ひの標《しめ》」「斎ひの庭」などと詠まれている。〔**詠み方**〕「神祇《じんぎ》」の歌などに詠むといい。

174 いもひのみやこ
「斎ひの都」と表記し、「伊勢斎宮《さいくう》の御在所」をいう。
○（前略）わたらひの　斎ひの都　神風に　い吹き惑はし　天雲を　日の目も見せず　常闇《とこやみ》に　覆《おほ》ひたまひて（後略）（夫木抄・巻三十・雑《ぞう》・一四二一四、度会《わたらい》の伊勢の神宮から、神風の力で敵を混乱させ、天雲をもって日の目も見せず、真っ暗に覆い隠して）

175 ゐもりのしるし
「井守の印」「宮守の印」と表記し、「雌雄一対の井守の血を女の肌に塗って、貞操のしるしとしたもの」の意。すなわち、井守の血を採って女の肘《ひじ》に塗れば、もし女に密通がある時には、肘を洗っても血は落ちないという。また、張華《ちょうか》の『博物志』には、井守を飼って、朱を食わせて赤くして、その血を採って女の身体に塗ると、一生消えることはない。もし良くない振る舞いをすると、その血が消え失せると、載っている。
○あせぬともわれ塗りかへむ唐土《もろこし》のゐもりもまもる限りこそあれ（俊頼髄脳《としよりずいのう》・作者未詳・二四九、塗られた血の色がたとえ薄くなったとしても、わたしは改めて塗りますよ。その血を採る唐土産の井守が、いくら男性によって厳重に守られていても限界はあるものですよ）

176 いせわたる
「五十瀬渡る」と表記し、「多くの瀬を渡る」の意。
＊五十瀬渡る河は袖より流るれどとふにとはれぬ身は浮きぬなり（後撰集・雑《ぞう》四・伊勢・一二五六、多くの瀬を辿って渡る大河は、わたしの袖を伝って流れていますのに、わたしのほうからお便りしても、お便りをいただけないわたしの身は河に浮いているように、またまさに憂き身そのものであると思われます）

177 いせぢゆく
「伊勢路行く」と表記し、「伊勢に行く街道」のこと。「鈴鹿」より遠方は、「伊勢路」である。

178 いせをのあま
「伊勢男の海人」と表記し、「伊勢の海辺に住む漁師」のこと。

〔は〕

179 はひりのには
「這入りの庭」と表記し、「家の入り口にある狭い庭」のこと。
○柴の屋のはひりの庭に置く蚊火《かび》のけぶりうるさき夏の夕暮れ（堀河百首・夏十五首・

蚊遣火《かやりび》・藤原顕仲《あきなか》・四九〇、柴で屋根を葺いた粗末な家の入り口に置いた蚊遣火の煙ではないが、人びとの会話が騒がしい夏の夕暮れ時だなあ）

180 ははそのもみぢ

「柞の紅葉」と表記し、「小楢《こなら》」「楢《なら》」「櫟《くぬぎ》」などの総称をいう。俗に「母疎」という木で、この木は紅葉するけれども、色が薄いといわれている。なお、「ははそ」の紅葉は美しく、佐保山《さほ》が有名だ。和歌では「母」を掛けることが多い。〔詠み方〕「浅紅葉」「黄紅葉《きもみじ》」などの題に、多く「ははそ」と詠まれている。

＊秋霧は今朝はな立ちそ佐保山のははその紅葉よそにても見む（古今集・秋歌下・坂上《さかのうえの》是則《これのり》・二六六、秋霧は今朝は立たないでほしい。佐保山のははその紅葉を、せめて遠くからでも見ようと思うから）

181 ははきぎ

「箒木」と表記し、「信濃国園原《そのはら》に生えていたという伝説上の樹木」。遠くからは見えるが、近づくと見えなくなってしまうという「箒《ほうき》」に似た木だという。〔詠み方〕姿は見えるのに、会えないことに関係づけて、多く詠まれている。

○園原や伏屋《ふせや》に生ふる箒木のありとは見えて逢はぬ君かな（新古今集・恋歌一・坂上《さかのうえの》是則《これのり》・九九七、園原の伏屋に生えていると いう箒木草が、あると見えてないように、いるとは見えて親しく逢わない君であることよ）

182 ははこつむ

「母子摘む」と表記し、「母子草を摘む」の意。「母子草」は「御形《ごぎやう》」の別名で、春の七草のひとつ。陰暦三月に摘むので、「ははこ摘む弥生」と詠まれている。

183 はにやま

「埴山」と表記し、「真赤土の山」の類をいう。「埴」は「きめの細かい赤黄色の粘土」のことで、陶器の材料や衣服の染料に用いた。「真赤土《まはに》」ともいう粘土。

184 はにふのこや

「埴生の小屋」と表記し、「真赤土《まはに》で塗っただけの粗末な小屋」、「土間に筵を敷いて寝る粗末な小屋」などの意がある。「こや」は「をや」とも。

185 はえなき

「映え無き」と表記し、「見栄えがしないこと」「引き立たないこと」の意。たとえば、「ものの色合い」にいう場合は、「艶や光がない」趣をいう。

186 はとふくあき

「鳩吹く秋」と表記し、「立秋の日より、猟師が鳩の鳴き声のような音を出して、鹿をおびき寄せたり、仲間どうしの合図として用いたこと」を意味する。また、ある説では、「鷹を捕獲するために、鳩の鳴きまねをすることをいう」とある。〔詠み方〕「秋の初め」の歌に詠むといい。

○朝まだき袂に風の涼しきは鳩吹く秋になりやしぬらむ（六条修理大夫集《ろくじょうしゅりだいぶしゅう》・藤原顕季《あきすえ》・二一六、夏の様子をまだ残している早朝に、袂に吹く風が涼しく感じられるのは、猟師が鳩の鳴き声のような音を出す秋の季節になったからであろうか）

187 はるされば

「春されば」と表記し、「春が来ると」「春になると」の意。「春になれば」の趣。

188 はるさりくれば

「春さり来れば」と表記し、「春がやって来ると」の意。

189 はるくらし

「春来らし」と表記し、「春がやって来るらしい」の意。

190 はるのながめ

「春の眺め」「春の長雨」と表記し、「春の長雨の降るなか、もの思いをしながらぼんやりと見やる」こと。「もの思いをしながらじっと見入る」意の「眺め」と、「長雨」とを掛けた表現・措辞。〔詠み方〕「降る」

「曇る」「晴れぬ」「雫」「露」などの「長雨」に縁のある言葉を用いるといい。そのように詠まないと、「ただ単にもの思いに沈む」趣ばかりが詠出されて、「春雨」に疎遠な雰囲気の歌となるからだ。

○つくづくと春のながめの寂しきはしのぶにつたふ軒の玉水（新古今集・春歌上・行慶《ぎょうけい》大僧正・六四、春の長雨に、じっと見入ってもの思いをしながら、身にしみて寂しさを感じるのは、忍ぶ草につたわる軒の雨だれであるよ）

191 はるのみや

「春の宮」と表記し、「皇太子の宮殿」、「皇太子」などの意がある。

192 はるやまのきり

「春山の霧」と表記し、「春の装いをした山にかかっている霧」のこと。「霧」は秋の景物だが、『万葉集』では春の歌に見えている。

○春山の霧に迷へるうぐひすも我にまさりて物思はめや（万葉集・巻十・春の相聞・一八九二、春山の霧に閉じ込められて迷っている鶯も、わたし以上にもの思いをするだろうか、いやしないだろう）

193 はわけのかぜ

「葉分けの風」と表記し、「葉を一枚一枚分けて吹く風」のことをいう。「荻」「篠竹」などに詠まれている。

194 はるけき

「遥けき」と表記し、「（空間的・時間的に）遠く隔たっていること」の意。「はるかなる」趣をいう。

195 はるけばや

「晴るけばや」と表記し、「心が晴れるようにしたい」の意。「思ひを晴るけばや」「心を晴るけばや」などと詠まれている。「ばや」とあるので、「心のうちを晴らしたい」と願う趣。

○静かなる心のうちに晴るけばや空行く月は霧隔つとも（続後拾遺集・釈教《しやつきよう》歌・覚助《かくじょ》法親王・一三〇〇、落ち着いた心の状態で晴れるようにしたいものだ。大空を行く、悟りの境地を体現する月が、迷いにも譬えられる霧に隔てられたとしても）

196 はるかさで

「晴るかさで」と表記し、「晴らさないで」「晴らさずして」の意を表わす。

○胸に満つ思ひをだにも晴るかさでけぶりとならむことぞ悲しき（千載集・哀傷歌・皇后宮以子《いし》・五七五、胸に溢れる思いさえも晴らさないで、荼毘《だび》の煙りとなってしまうことは、何とも悲しいことだ）

197 はかな

「果無」と表記し、「頼るべきめどがつかないこと」「頼りないこと」、「空しいこと」「甲斐がないこと」、「取るに足りないこと」「つまらないこと」、「ほんの少しの程度であること」「あっけないこと」、「分別がないこと」「たわいないこと」、「（「はかなくなる」の形で）亡くなること」「死ぬこと」などの意がある。形容詞「はかなし」の語幹。なお、「はかなし」は、処理すべき仕事量の区分・目安を表わす名詞「はか」に形容詞「なし」が複合した語。努力しても目指す結果を得られなくて、むなしい気持ちを表わす。また、量や内容が明確でないところから、取るに足りない無益なさまを表わす。さらに、あっけないさまを表わし、「はかなくなる」の形で「死ぬ」意を表わす。

○寝《ね》ぬる夜の夢をはかなみまどろめばいやはかなにもなりまさるかな（古今集・恋歌三・在原業平・六四四、共寝《ともね》をした夜の夢のような出逢いがはかなく思われて、うとうとしていると、ますますはかない気持ちになくなっていくことだ）

198 はかなみ

「果無み」と表記し、「頼りなく思われるので」の意。前項の197「はかな」にほぼ同じ。

199 はかりなきいのちあるくに

「計り無き命ある国」と表記し、「際限がなく命が続く国、つまり極楽」をいう。「無量寿仏《むりようじゆぶつ》の浄土」のこと。

○たのもしなこの世尽きても計りなき命ある国に移る行く末（続撰吟集《しよくせんぎんしゆう》・巻一・三条《さんじよう》西実隆《にしさねたか》・五〇、頼もしいことだなあ。この現世で寿命が尽きても、際限もなく命が続く極楽に生まれ変わることのできる将来であるとは）

200 はだれ

「斑」と表記し、「ぱらぱらと雪が降るさま」、「雪や霜がうっすらと降り積もるさま」、「斑雪《はだれゆき》の略」などの意がある。「まだらなる様態」をいう。〔詠み方〕「霜・雪がまだらに降っている状態」を、「はだれに置く霜」「はだれに降る雪」などと詠む。

○ゆふこりのはだれ霜降る冬の夜は鴨の上毛もいかにさゆらむ（堀河百首・冬十五首・霜・藤原公実《きんざね》・九一三、うっすらと降り積もった霜が、夕方になって凝りかたまっている冬の夜は、鴨の上毛もどんなにか凍って、冷え冷えしていることだろうよ）

また、『万葉集』に「はだれ降り覆ひ消《け》なばかも」（二三三七、薄雪が降りかぶさって消えるようにねえ）と詠まれているが、これも「雪」を詠んでいるわけだ。

201 はたすすき

「旗薄」と表記し、「長く伸びた穂が旗のように靡《なび》いている薄」のこと。穂の出た薄をいう「花薄」にほぼ同じ。

202 はたちあまりいつつのすがた

「二十歳余り五つの姿」と表記し、「阿弥陀仏の来迎《らいごう》に従って来る、観音《かんのん》・勢至《せいし》以下の二十五の菩薩《ぼさつ》」のこと。

○紫の雲たなびきて二十歳余り五つの姿待ち見てしがな（玉葉集・釈教《しやつきよう》歌・従三位《じゆさんみ》為子《ためこ》・二六八二、わたしの死ぬ時には、紫の雲がたなびいて、それに乗って阿弥陀仏のお供をしてくる二十五菩薩のお姿を、どうか待ちもうけて拝みたいものです）

203 はつをばな

「初尾花」と表記し、「はじめて出る薄の穂」のことをいう。なお、長伯は、「はつ」は「初」の意味ではなくて、「長」の字が相当し、「長谷」を、「はつせ」という場合と同じだと記す。

204 はつせめ

「初瀬女」「泊瀬女」と表記し、「大和国の初瀬の里の女性」のこと。「河内女《かわちめ》」というのと同じ趣。

205 はつか

「僅か」と表記し、「（物事のほんの一部分が把握できるさま）ほんのちょっと」「ちらっと」の意。多くは、視覚・聴覚でとらえた印象についていう。春の若葉がわずかに芽を出し始める状態を、「はつかに萌ゆる」という。また、「僅かに見る」趣は、「はつかに見てし」などと詠む。総じて、「僅かなる」趣に用いるのがいい。

○奥山の峰飛び越ゆる初雁のはつかにだにも見でややみなむ（新古今集・恋歌一・凡《おおし》河内躬恒《こうちのみつね》・一〇一八、奥山の峰を飛んで越える初雁がほんの僅かに見える――そのようにちらとでもあの恋しい人の姿を見ないで終わってしまうのであろうか）

206 はつはつ

適当な用字法が見当たらないが、「ちょっと」「かすかに」「ほんの僅か」の意。

○はつはつの若菜を摘むとあさる間に野原の雪はむら消えにけり（夫木抄・春部一・若菜・源仲正《なかまさ》・一九八、雪間にわずかに顔を出した若菜を摘もうと、探し求めている間に、野原の雪は、まだらに消えてしまったことだ）

207 はつき

「泊木」と表記し、「物を干すため、枝のある二本の木を柱にして、それに竿や縄を渡したもの」をいう。漁師の麻衣《あさぎぬ》などを干す。

○濡れ衣《ごろも》いまぞ泊木にかけて干す潜《かづ》きしてけり浦の蜑人《あまびと》（永久百首・雑三十首・白水《あ》

郎《ま》・源兼昌《かねまさ》・六五七、濡れ衣をいまに泊木にかけて干すことだ。海辺に住む漁師が海に潜って漁をしていることだから）

208 はたつもり
「畑つ守」と表記し、「『令法《りようぶ》』という木の名の異名」のこと。歌語として多く用いられた。

209 はつせかぜ
「初瀬風」と表記し、「初瀬に吹く風」のこと。「飛鳥風」「佐保《さほ》風」などという表現・措辞と同じで、どれも場所を指していう。

210 はつせぢ
「初瀬路」と表記し、「初瀬街道《かいどう》」のこと。「東路」「伊勢路」の類である。

211 はつかぐさ
「二十日草」と表記し、「牡丹」の別名。白楽天の「牡丹芳」の詩の一節に、「花開き花落つ二十日」とあるのによる歌語。

212 はつねのけふのたまばはき
「初子の今日の玉箒」と表記し、「正月初子の日に、蚕室を掃くための、玉飾りとつけた箒」のことをいう。「玉」は、「美しいもの、貴重なもの」の意を添える詞。「箒」は「ほうき」の意。

213 はねをならぶる
「羽を並ぶる」と表記し、「比翼の鳥」をいう。これは中国の伝説上の鳥で、雄雌それぞれは一目一翼で、二羽揃ってはじめて空を飛ぶことができるという。「夫婦・男女の仲や愛情が深いこと」の譬え。「羽を交はせる鳥」とも、「羽を並ぶる契り」とも詠まれている。〔詠み方〕「契りの深きこと」に詠むといい。

214 はなだのいろ
「縹の色」と表記し、「薄い藍色」「花色」「浅葱《あさぎ》色」のこと。青花（「露草」の別称）で染めるという。〔詠み方〕「恋」などに詠む場合は、心の「移りやすき」趣を詠む。「青花」は、色が移りやすいものだからだ。「縹《はなだ》の帯」「縹の糸」などと詠まれている。「移りやすく、中絶ゆる」趣をいい、「結ぶ契りも移りやすし」とも、また、「青柳の縹の糸」ともいう見立てである。
○石河やあはに契りや結び置きし縹の帯のうつりやすさは（続後拾遺集・恋歌三・後鳥羽院下野《しもつけ》・八七九、河内国の石河の水の泡ではないが、ほどけやすい帯のように、わたしは浅い契りを結んでおいたのだろうか。縹色の帯が色あせやすいように、移りやすいあの人とは）

215 はなずりごろも
「花摺り衣」と表記し、「萩や露草などの花を衣に摺りつけて、色を染めた衣服」をいう。「秋萩の花摺り衣」「萩が花摺り」とも詠まれている。萩が多く咲き乱れている中を分けて行くと、袖に萩の色が移るのをいうわけだ。〔詠み方〕「野萩」などを分け行くときに詠む。「月草の花摺り衣」とも詠まれている。また、「月草」は「青花」のこと。格別に移りやすい草花なので、「人の心の移りやすき」に譬えて、多く「恋」の歌に詠まれる。

216 はないろごろも
「花色衣」と表記し、「咲いている花を衣に見立てていう語」、「その花の色の衣服」、「薄藍色に染めた衣」などの意がある。「山吹の花色衣」（白色）と詠まれている。

217 はなぞめのそで
「花染めの袖」と表記し、「露草の花の汁で染めた袖」「桜色に染めた袖」をいう。色がさめやすいことから、「移ろいやすいもの」に譬えられる。また、ある説には、ただ花の色香に触れたことを、「染むる」という。「桜色に染めし衣」とも詠まれている。これは桜の淡い紅色に染めたのをいう。〔詠み方〕「更衣《ころもがえ》」や「恋」などで詠まれている。「更衣」では、「花染めの袖を脱ぎ変えて、春の名残りを慕う」趣を詠む。「恋」では、桜ははかなく散ってしまうものだから、人の心が浮気っぽいのに関連付けて、「うつろひやすき花染めの袖」など

は

と詠むのだ。

218 はなのあに

「花の兄」と表記し、「梅の別名」のこと。
それは「梅」がほかの花よりも時期的に早
く咲くところからの命名。

219 はなのおとと

「花の弟」と表記し、「『菊』の別名」のこ
と。それは「菊」がほかの花よりも時期的
に遅く咲くところからの命名。

220 はなのとぼそ

「花の枢」と表記し、「花が一面に咲いて
いる状態を、閉まっている扉《とびら》（戸）に見立
てた語」のこと。「禁中」に詠む。「正花」
に用いて「禁中花」などの題でも詠む。

221 はなをそふ

「花を添ふ」と表記し、「花に心情を託し
て詠む」ことをいう。なお、長伯は、「花
を訪ねること」をいうとする。『古今集』の
仮名序に、「あるは花をそふとてたよりな
き所をまどひ」（ある時は、花に心情を託
して歌を詠もうとして、不案内な場所をさ
まよい）とある一節を引用して、「これ以
降、花を尋ねることを、『花を添ふ』とい
うことになった」と解説するのだが、いか
がであろう。

222 はなのかがみ

「花の鏡」と表記し、「花の影が映った水
面を『鏡』に譬えたこと」をいう。「花の下
水」のこと。

223 はなのみやこ

「花の都」と表記し、「桜の花の咲き乱れ
る美しい都」「はなやかな都」「『都』の美
称」をいう。

224 はなのふち

「花の淵」と表記し、「花が多く咲き乱れ
ている所」をいうようだ。〔詠み方〕長伯
は、「花の淵」は「水辺」にあるのではない。
けれども、「水辺花」「河辺花」などの題で
詠むのがいい、という。

225 はなのうきはし

「花の浮橋」と表記し、「桜の花が水面に
散り敷いている状態を、浮き橋に見立てて
いう語」のこと。〔詠み方〕「水辺落花」な
どの題に詠むといい。

226 はないかだ

「花筏」と表記し、「水面に散った花びら
が連なって流れているのを筏に見立てた
語」「筏に花の枝が折り添えてあるもの」
「筏に花の散りかかっているもの」、「紋所
のひとつ」「筏に花の枝をあしらった図柄
のもの」、「みずき科の落葉低木」などの意
がある。

227 はなのゑまひ

「花の笑まひ」と表記し、「花のような美
しい微笑《ほほえ》み」の意。「ゑまひ」は「笑みの眉」
のこと。「笑い顔」をいう。花の美しい姿
を、笑み顔に見立てたわけだ。

228 はるのき

「春の木」と表記し、「筆」のことをいう。
『八雲御抄《やくもみしょう》』の「筆」の項目に、「水ぐき。
はるの木」とある。なお、長伯は、この歌
語を、「花の木」と立項して誤記している
が、語順に問題はあるものの、ここに配列
しておいた。

229 はなにゑふ

「花に酔ふ」と表記し、「桃の花に心を奪
われる」意を表わす。曲水の宴で、桃の花
の紅の色が水面に映って、空までもが紅色
になっているのを、「空も花に酔ふ」といっ
ているわけだ。漢詩にも、「天酔《ツ》レ花《ニ》」とあ
る。

○天の川岸辺の桃や咲きぬらむ空さへ花の
色に酔ひぬる（夫木抄・春部五・桃・権僧《ごんのそう》
正公朝《じょうこうちょう》・一七六五、天の川の岸辺では桃
の花が咲いたのであろうか。空までもが桃
の花の色のように、うっすらと赤くなって
いるよ）

230 はながたみ

「花筐」と表記し、「若菜や花を摘んで入
れる籠《かご》」をいう。「筐」とは、「竹などで作っ
た、目の細い小さな籠」のこと。

231 はなかつみ

「花かつみ」と表記し、「水辺に生える草の名」の意。「花菖蒲《しょうぶ》」「まこも」などの諸説がある。陸奥《むつ》国の「安積《あさか》の沼」に生える。〔詠み方〕「安積の沼の花かつみ」と詠まれるが、「且《か》つ見る」との掛詞としても詠まれる。「且つ見る」とは、「逢う一方で恋しく思う」意で、逢っていても恋しさが満たされない気持ちを表わす。

232 はなはのまつ

「塙の松」と表記し、「山の突き出した所、または、土の盛り上がった小高い所に生えている松」のことだが、歌枕では「陸奥《むつ》国の武隈《たけくま》の松」をいう。「根元から二株に分かれた松」で、「武隈の塙の松」と詠まれている。

233 はなれそ

「離れ磯」と表記し、「陸から離れて海上に突き出ている磯」のこと。

234 はなちどり

「放ち鳥」と表記し、「羽を切って池などに放し飼いにした水鳥」、「追善などのため、飼っている鳥を放してやること」などの意がある。長伯は、「無人の作善《さくぜん》のために、籠の内の鳥を放すことだ」と、注を付する。〔詠み方〕「無常」を主題に詠む以外には、通常の歌には詠むのを遠慮するのがいい。

235 はなひもとく

「鼻嚏紐解く」と表記し、「くしゃみをして、衣服の紐が解けるのは、異性から恋しく思われている」の意。なお、「紐が解ける」のは「異性と逢うしるしだ」と、昔から世間でいわれている。

○めづらしき人を見むとやしかもせぬ我が下紐の解けわたるらむ（古今集・恋歌四・読み人知らず・七三〇、久しく逢ってない人に逢えるという前兆だろうか。解こうとするつもりもないのに、衣の下紐がひとりでに何度も解けかかるのは）

236 はらはぬには

「払はぬ庭」と表記し、「掃除をしていない庭」のこと。〔詠み方〕「荒廃した宿」「閑居《かんきょ》」の歌に詠むといい。

237 はらから

「同胞」と表記し、「同じ母親から生まれた兄弟姉妹」、転じて、一般に「兄弟姉妹」のことをいう。

238 はらへぐさ

「祓へ草」「祓へ種」と表記し、「大祓《おおはら》え」などに、祓った罪、穢れなどを負わせて川に流す人の形代《かたしろ》」。祓えの具に浅茅《あさじ》を使ったので、「浅茅」のこともいう。

239 はらかのにへ

「腹赤の贄」「鮭の贄」と表記し、正月元日の節会《せちえ》などのために、筑紫国大宰府から毎年朝廷に献上した、「鮸《にべ》・鱒《ます》・鯛などの海産魚の供え物」をいう。

240 はのぼるつゆ

「葉上る露」と表記し、「露が葉末《はずえ》に結ぶこと」をいう。露は上からも置き、また、朝夕などは葉先へ上るものだ。

＊露のぼる蘆《あし》の若葉につき冴えて秋を争ふ難波江の浦（山家集《さんかしゅう》・夏・海辺夏月・西行・二四二、蘆の若葉に露が上り、月が宿る。難波の浦では、月と露とが争って涼しげに秋を感じさせているよ）

241 はぐくむ

「育む」と表記し、「親鳥が雛を守る『羽含む』」の意が原義。「羽で包み込む」、「養育する」、「大切にする」「慈《いつく》しむ」、「保護する」「面倒をみる」などの意がある。

242 はやかは

「早川」と表記し、「流れの早い川」のこと。なお、相模《さがみ》国を流れる「早川」も歌枕として有名。

243 はやたつ

「速立」と表記し、「河」をいう。『八《や》雲御《くもみ》抄《しょう》』に、「河」を「『はやたつ』と云ふ」とある。

○淵瀬をもそことも知らぬはやたつの漲《みなぎ》り

わたる川の流れは（堀河百首・雑二十首・肥後・一三九〇、淵と瀬がそこにあるとも知らないで、水が満ち溢《あふ》れんばかりに滔滔《とうとう》と流れている川であることだ）

244 はやく

「早く」と表記し、「(形容詞「はやし」の連用形の副詞化で）以前に」「昔」、「(下に完了・過去の助動詞を伴って）とっくに」「すでに」、「(下に断定・推量の表現を伴って）もともとは」「そもそもは」、「(多く「はやく…けり」の形で）なんとまあ」「実は」などの意を表わす。「もとより」の趣。「むかし」の趣にも用いる。「早くの世より」「早く言ひてし」「早く見し」など、どれも「もとより」の趣。

245 はやち

「疾風」と表記し、「突然の強風」「突風」の意。ちなみに、「ち」は風の意。

246 はやま

「端山」と表記し、「人里に近い山」をいう。「端山・繁山《しげやま》」というが、「繁山」は、「山深く、草木の茂った山」のこと。

247 はまえ

「浜江」と表記し、「浜辺の入り江」のこと。

248 はまづと

「浜苞」と表記し、「海辺の土産物《みやげ》」「浜に行った土産」のこと。

249 はまな

「浜菜」と表記し、「浜辺に生えている食用の草」の意。「若菜」に用いるといい。

250 はまゆふ

「浜木綿」と表記し、植物の名で、「はまおもと」の異称。海辺の砂地に生え、白い花をつける。「み熊野の浦」に詠む。葉は芭蕉に似て、花は木綿を切りかけたような姿。葉が幾重にも重なっているところから、「幾重」「百重《ももえ》」を導く序詞として、また、葉が重なり茎を隔てていることから、「幾重にも隔てるもの」に譬える。〔詠み方〕「恋」に「人を幾重にも深く思う」趣に関連させて詠む。

○み熊野の浦の浜木綿《はまゆふ》百重《ももへ》なす心は思《も》へどただに逢はぬかも（万葉集・巻四・相聞・柿本人麻呂・四九六、み熊野の浦の浜木綿が幾重にも重なっているように、幾重にも心ではあなたを思うけれども、直接には逢わないことだよ）

251 はまびさし

「浜庇」と表記し、「浜辺の家の庇」、また、「浜辺の砂が波にえぐられて庇状になったもの」ともいう。多く、「久し」を導く序詞《じょことば》に用いられる。

○霜置かぬ南の海の浜びさし久しく残る秋の白菊（拾遺愚草《しゅういぐそう》・神祇・新宮・庭上冬菊・藤原定家・二九一〇、冬でも霜が置かない南の海の浜屋の庇の下に、秋の白菊が久しく咲き残っているよ）

252 はまひさぎ

「浜楸」「浜久木」と表記し、「浜辺に生えている楸の木」のこと。和歌では同音反復で「久し」の序詞となることが多い。

○浪間より見ゆる小島の浜ひさぎ久しくなりぬ君に逢はずて（拾遺集・恋四・読み人知らず・八五六、波の間から見える小島の浜楸、その「ひさ」というように、久しくなってしまったことだ。あなたに逢わないで）

〔詠み方〕この『拾遺集』の歌から、「小島の浜楸」をいい、また、「浜楸久しく」と続けられるようになった。

253 はままつがえのたむけぐさ

「浜松が枝の手向け草」と表記し、「浜辺に生えている松を折って、神仏に供え物とする」意。なお、「神の供え物には、花・紅葉など手折《た》って供える」といわれているが、この歌語の場合、浜辺の松の枝を折って供えるわけだ。「手向け草」とは、「神仏への供え物」のこと。また、一説には、「手向け草」とは、「松に生えている苔のこと」だともいう。

○白波の浜松が枝の手向け草幾世までにか年の経ぬらむ（新古今集・雑歌《ぞうか》中・河島皇子・一五八六、白波の寄せる浜の松の枝の手向け草は、どれほどの世までに、年が経ってしまっているのであろうか）

254 はふりこ

「祝り子」と表記し、「神社に仕える人」の総称で、「神主」「禰宜《ねぎ》」よりも下級の神職のこと。〔詠み方〕「神祇」の歌に詠むのがいい。「祝り子が祝ふ社」「祝り子が立ち舞ふ袖」「祝り子がかざす榊《さかき》」「神の祝り子」などと続ける表現・措辞がある。

255 はふらさじ

「放らさじ」と表記し、「放し飼いにすまい」という意。

○身は捨てつ心をだにも放らさじつひにはいかがなると知るべく（古今集・雑体《ざってい》・俳諧歌・藤原興風《おきかぜ》・一〇六四、この身は捨ててしまった。だが、せめて心だけは打ち捨てないでおこう。しまいには捨てた身がどうなるか、知ることができるように）

256 はふきあまた

「這ふ木数多」と表記し、「玉葛《たまかずら》が這いまつわる木が多く」の意。「葛」の類は、多くの木に這いまつわるものだから、「玉葛這ふ木あまた」と詠まれている。また、「藤葛這ふ木あまた」とも詠まれている。〔詠み方〕「人の心は一般に、誰彼の区別なしに移りやすい」ので、それに関連づけて、「恋」の歌に多く詠む。

257 はこやのやま

「藐姑射の山」と表記し、「中国で、不老不死の仙人が住むという想像上の山」をいう。なお、「上皇の御所、仙洞《せんとう》をあがめていう語」でもある。〔詠み方〕「千世」「よろづ世」「限りなき」「きなき藐姑射の山」などと詠む。

258 はぎがはなずり

「萩が花摺り」と表記し、「萩の花を布に摺り込んで染めること」「そのようにして染めた布」のこと。なお、215「はなずりごろも」の項にすでに叙述した。

259 はぎがはなづま

「萩が花夫」と表記し、「『鹿』の異称」のこと。「萩」は「鹿」と取り合わせることが多いので、「萩を鹿の妻」と見立てたわけだ。だから、「鹿の花妻」ともいう。〔詠み方〕「妻」に関係づけて、「なつかしき」とも、「色むつましき」などともいう。また、「露に伏し、風に靡《なび》く」のを、「ねたまし」とも「鹿の思ひたはるる」とも詠んでいる。

260 はぎのと

「萩の戸」と表記し、「清涼殿《せいりょうでん》の部屋の名」のこと。藤壺の上の御局《みつぼね》と弘徽殿《こきでん》の上の御局の間にあった。戸障子に萩が描かれていたからとも、庭に萩が植えられていたからともいう。「禁中」以外では詠んではならない。

261 はぎのかりいほ

「萩の仮庵」と表記し、「萩を一時の間に合わせに葺《ふ》いた庵」のこと。「尾花《をばな》が庵」の類。〔詠み方〕「秋の野の庵」などに詠むといい。「露」など結んで相応な感じだ。

262 はぎにあげて

「脛《すね》に挙げて」と表記し、「着物の裾を脛の上まで捲《まく》り上げて」の意。「袴《はかま》の裾《すそ》などを、脛高く括《くく》り上げて、急いで歩く」趣。また、「河などを渡る」趣にも詠む。

○いつしかとまたく心を脛にあげて天の川原を今日や渡らむ（古今集・雑体《ざってい》・俳諧歌・藤原兼輔《かねすけ》・一〇一四、いつ逢えるかとはやり立つ心で、脛まで衣の裾を捲り上げて、天の川を今日にでも渡ってしまおうか）

263 はしゐ

「端居」と表記し、「家の端近くに座っていること」「暑さを避け、涼しい縁先などに入ること」をいう。〔詠み方〕「納涼」の歌に多く詠まれている。また、「月見」などの趣にも相応するであろうか。

264 はしたか

「鷂」と表記し、「鷹の一種で、小型の鷹

ハイタカの古名」のこと。腹部に黄黒、または赤黒のまだらがある。「はしたか」は雌《めす》の呼称で、雄はずっと小さく「このり」という。鷹狩りに用いるが、大鷹が雁などを捕るのに対して、小鷹には小鳥類を捕らせた。なお、鷹は天竺《てんじく》はし国から渡来したゆえの命名とか、麻の箸《はし》を焼いて、鳥屋《とや》に入れる時に呪うことがあることからの命名とか、の説がある。要するに、「鷹」の総称と心得て、「鷹狩」の歌などに詠めばいい。

265 はしたかのみよりのつばさ

「鷂の身寄りの翼」と表記し、「鷹の右方の羽」のことをいう。鷹狩りで、鷹を左手に据えたとき、わが身に近くなるほうの翼なので、「身寄り」いう。なお、左の羽は、「手《た》な先《さき》」という。

266 はしたかのたぶるひ

「鷂のた震ひ」と表記し、「鷹が身震いすること」をいう。

267 はしたかのとかへるやま

「鷂のとかへる山」と表記し、「鷹が飛び帰って来る山」の意。ただし、「とかへる」には、「鷹の羽が抜け変わる」（袖中抄《しゆうちゆうしよう》）意もある。

268 はしたかのこゐ

「鷂の木居」と表記し、「鷹狩りに使う鷹が木に止まっていること」、また、「その木」のこと。〔詠み方〕「木居」を「恋」に引き寄せて、「身ははしたかのこひゆゑに」などと詠む。これは「はしたか」が「鷂」と「端」（中途半端）の意を、「こひ」が「木居」と「恋」の意を掛けているからだ。

269 はじもみぢ

「櫨紅葉」「黄櫨紅葉」と表記し、「紅葉した櫨《はぜ》の木」のこと。「櫨」は弓の材としても適し、樹皮は染料に用いられる。〔詠み方〕「紅葉」の題にも詠まれる。

270 はしたなき

「端なき」と表記し、「中途半端なこと」「不都合なこと」「不似合いなこと」、「きまりが悪いこと」「恥ずかしいこと」「困惑すること」、「見苦しいこと」「みっともないこと」「無作法なこと」、「人情味がないこと」「そっけないこと」、「程度がはなはだしいこと」「ひどいこと」「激しいこと」などの意がある。『八雲御抄《やくもみしよう》』に「たけく、こはしといふ心なり」、『伊勢物語闕疑抄《けつぎしよう》』に「弱き者に強く当たるやうの心なり」と載る。なお、「はしたなし」は、中途半端であるさまを表わす「はした」に、程度のはなはだしさを表わす接尾語「なし」が複合した語で、「中途半端もはなはだしい」の意を表わす。また、どっちつかずで、どうしようもない状態を表わす。そこから生じる心理的な恥ずかしさや困惑なども表わす。

271 はしけやし

「愛しけやし」と表記し、「ああ、いとしい」「ああ、恋しいなあ」の意。上代語で、愛惜・追慕・歎息などの気持ちを表わす。「はしきやし」「はしきよし」に同じ。『八雲御抄《やくもみしよう》』に、「一説、女の名なり。範兼《のりかね》説には、愛する心なり。愛するは『ちかし』とも詠めり。もし近き心歟《か》。範兼説いかが」と云々。

272 はびえ

「這び枝」と表記し、「地面を這うように伸びている枝」のこと。「松」に詠まれている。

273 はひうら

「灰占」と表記し、「火桶の灰や灰中の埋み火をかくなどして、吉凶を占うこと」、また、「その占い」の意。

○手すさびにとふはひうらのあたるまで埋めど消えぬ我が思ひかな（正治初度百首《しようじしよどひやくしゆ》・冬・小侍従《こじじゆう》・二〇七一、退屈紛れに手遊《てすさ》びに占う灰占で、吉が出るまで埋み火を灰の中に埋めるけれども、埋み火が消えないように、隠そうと努力しても消えない我が心配事だなあ）

274 はもりのかみ

「葉守の神」と表記し、「夏を司って、樹木に宿って葉を守る神」のことで、一般に「柏の木」に宿るという。〔**詠み方**〕「新樹」などに詠む。「梢の若葉を守る」趣で詠むといい。

〔に〕

275 にはつとり

「庭つ鳥」と表記し、「（庭にいる鳥の意から）鶏」の別称。「つ」は上代の格助詞。また、「（庭で飼う鳥の意から）『鶏《かけ》』にかかる枕詞」でもある。

276 にはのをしへ

「庭の訓へ」と表記し、「家庭で親が子に授ける教育」「親の教訓」「親の教え」の意。「庭訓《ていきん》」の訓読語。「たらちねの庭のをしへ」と詠まれている。

277 にはたづみ

「行潦」「庭潦」と表記し、「雨が降って、地上に溜まった水たまり」のこと。〔**詠み方**〕「雨中」の景気に詠むといい。

278 にはた

「庭田」と表記し、「庭にある田」のこと。「田家」の姿。

279 にはもせ

「庭面」「庭も狭」と表記し、前者が「庭の表面」「庭の全体」「庭の様子」、後者が「庭いっぱい」「庭一面」の意。

280 には

「庭」と表記し、「庭園」「家屋の周りの空き地」「（神事・狩猟・説教など）物事が行なわれる場所」、「広い水面」「海面」などの意がある。「海面」の場合、「にはよくなりぬ」などの用例がある。〔**詠み方**〕「船出」または「海辺」の風景などに詠むといい。

281 にはび

「庭火」「庭燎」と表記し、「庭で焚いて明かりとする火」「宮中で神楽《かぐら》を奏するときの篝火《かがりび》」のこと。「庭火焚く」「庭火の影」などと詠まれている。また、「庭火の影霜に白くる」とも「庭火の影に宮人の立ち舞ふ袖見ゆる」とも詠まれている。

282 にほてる

「鳰照る」と表記し、「近江の湖水」また「琵琶湖の水面、またはその周辺の露などが、月の光に照り映えて輝くさま」をいう。「鳰照るや近江のうみ」「鳰照るうみ」などと続けて詠む。〔**詠み方**〕すべて「近江湖水」には「ささ波」という詞が名目《めいもく》。「鳰照るうみ」と詠む場合にも、必ず「ささ波」を関連づけて詠むのがいい。また、「鳰照る」を「月日の影の照る」趣に関係づけて詠む場合もある。ちなみに、「鳰照るや」は、地名「近江の海《み》」「志賀の浦」「八橋《やばせ》」にかかる枕詞である。

283 になく

「二無く」と表記し、「ふたつとないこと」「比類ないこと」「めったにないほどのこと」の意。

284 にひぐはまゆ

「新桑繭」と表記し、「その年に新しく出た桑の葉で育てた蚕の繭」のこと。

285 にひなめ

「新嘗」と表記するが、「新嘗の祭り」の略。これは、「陰暦十一月の中の卯《う》の日に、天皇が、その年の新穀を神々に供え、みずからも食べた儀式」のこと。とくに、天皇の即位後に行なわれるものを、「大嘗祭《だいじょうさい》」という。「新嘗祭」「新嘗会《しんじょうえ》」に同じ。

○契りあれや神の簀薦《すごも》をうちはへて新嘗祭る昔思へば（白河殿七百首・雑《ぞう》百五十首・新嘗祭・後嵯峨院・五六〇、宿縁があるからだろうか。神膳の下に簀薦を広く敷いて、引き続いて新穀を祭ることだ。歴代の天皇のことを考えると）

286 にひしまもり

「新島守」と表記し、「新しく島の番人になった人」「新人の島守」のこと。なお、長伯は、「はじめて島に流された人」と記す。

287 にひまくら

「新枕」と表記し、「男女が初めて枕を交わすこと」「初夜」のこと。「新手《た》枕」ともいう。

288 にひごろも

「新衣」と表記し、「新しく仕立てた着物」のこと。

289 にひばりのつくば

「新治の筑波」「新墾の筑波」と表記し、「新たに土地を開墾した地の筑波」の意となる。しかし、和歌の表現・措辞にはこの歌語はなく、「新治」と「筑波」が各々、独立して存在する。前者が「常陸《ひたち》国新治郡」の地名で、後者が「常陸国」の地名だが「筑波嶺《つくばね》」という歌枕で詠まれ、ともに筑波山を中心とした地域のこと。

290 にげなき

「似げ無き」と表記し、「似つかわしくないこと」「似合わないこと」「ふつりあいなこと」の意。なお、「相応しない」趣にも用いる。

291 にほふけぶり

「匂ふ煙り」と表記し、「煙がほのかに立ちのぼること」をいう。「にほふ」は「ほのかなる」意だと長伯はいうが、元来は「赤く色づく」意で、「ぱっと目に飛び込んでくるような視覚的な美しさ」に用いられた。〔詠み方〕「遠里《とおざと》のけぶり」などの措辞がふさわしい。

292 にしかは

「西河」と表記し、「都の西にある地名」のこと。「鳴滝《なるたき》や西の河瀬」と詠まれている。「鳴滝」のあたりにある河をいう。

293 にきたへのころも

「和栲の衣」「和妙の衣」と表記し、「打って柔らかくした布の衣服」「折り目の細かい布で仕立てたたい服」をいう。多く「神に供える」のに用いる。

294 にきて

「和幣」と表記し、「楮《こうぞ》や麻の繊維で織った布」のこと。木の枝に掛けて神に捧げる。「幣《ぬさ》」ともいう。「白幣」「青幣」などと詠まれている。〔詠み方〕「神祇」の歌に詠むもの。

295 にしのみかど

「西の御門」と表記し、「西門」を意味するようだ。「祇園」に詠まれる。『夫木抄』に「にしのかど」の項目がある。

＊霧のうちにまづ面影に立つるかな西のみ門の石のきざはし（夫木抄・雑《ぞう》部十三・祇園社百首・にしのかど・藤原俊成《しゅんぜい》・一四九七四、霧があたり一面を覆っているなかで、まず姿がはっきりと思い浮かぶものは、西門にある石の階段であることだ）

296 にしきにあける

「錦に飽ける」と表記し、「（紅葉の）錦に満ち足りている」の意。

○手向《た》けにはつづりの袖も裁るべきに紅葉に飽ける神や返さむ（古今集・羇旅《きりょ》歌・素《そ》性《せい》法師・四二一、手向けにはわたしのこの粗末な衣の袖でも切って捧げなければならぬところですが、この美しい紅葉の幣《ぬさ》に満足しきっておられる神は、きっとお返しになることでしょう）

この歌の「飽ける」は、「飽き飽きする」「すっかり嫌になる」意の「飽く」ではなくて、対象に「満足している」趣。〔詠み方〕「山の紅葉が真っ盛りで、錦に染め満ちている景色」に詠むといい。

297 にしはつ

「二四八」と表記し、「杜鵑《ほととぎす》の初音《はつね》」のことか。『奥義抄《おうぎしょう》』『袖中抄《しゅうちゅうしょう》』に次の古歌が載る。

＊奈良坂《ざか》を来《き》鳴き響《とよ》ます時鳥《ほととぎす》二四八とこそをちかへり鳴け（奥義抄・下巻余問答・作者未詳・六一八、奈良坂を飛び越えて来て、響き渡るようになく時鳥は、二四八と初音を若返ったように鳴くことだ）

ちなみに、『奥義抄』は、この歌を引用

して、「二四八は初音といふことなり」と注解している。しかし、実際は、意味不詳とするのが穏当であろうか。

298 にへや

この歌語の適当な用字法が見つからないが、「美しい」の意であろう。長伯は、出典を明記しないが、「伊奘諾尊《いざなぎのみこと》、伊奘冉尊《いざなみのみこと》のまぐはひましまして、『あなうれし、にへやうまし乙女に逢ひぬ』」（伊奘諾の尊と伊奘冉の尊とが結婚なさって、「なんとまあ嬉しいことだ。美しい、すばらしい女性と結婚することができた」）云々、と言及しているからだ。

299 にしきぎ

「錦木」と表記し、陸奥《みちのく》の風習で、「男が思いを寄せる女の家の門に立てた、一尺（約三十センチ）ほどの五色《ごしき》に彩色した木」のこと。女が男の思いを承諾すれば家中に取り入れられるが、取り入れられないと、男は毎日一束ずつ重ね、千束《ちづか》になるまで誠意を示したという。**〔詠み方〕**「初恋」などには「今日立て初むる」旨を詠む。「不レ逢《ルハ》恋」などに関連づけて、「錦木の千束もむなしく崩る」などと詠まれる。

○思ひかねけふ立てそむる錦木の千束もまたで逢ふよしもがな（詞花集・恋上・大江匡房《まさふさ》・一九〇、恋しさに耐えかねて、今日立て始める錦木が千束になるのを待たずに、あの人に逢う方法はないものだろうかなあ）

〔ほ〕

300 ほに

「穂に」と表記するが、「穂に出づ」の省略形で、「穂先に実を結ぶ」「人目につくようになる」の意。「秋の田の穂にこそ人を恋ひざらめ」などと詠まれる。「穂に」とは、「穂に出づる」を表わす。「穂に出づる」とは、「心のうちを、表情や態度に表わして、人を恋すること」をいう。それを「穂」にかこつけて、「秋の田の穂に」とも「花薄穂に」とも続けるわけだ。

301 ほにいづる

「穂に出づる」と表記し、「穂先に実を結ぶこと」「人目につくようになること」の意。300「ほに」の項に同じだが、「恋」などで詠む場合は、すべて表情や態度に表わしていうわけだ。「稲」「薄《すすき》」「蘆《あし》」「荻《おぎ》」など、どれも穂の出るものに関係づけて詠む。

302 ほほゑむ

「微笑む」と表記し、「にっこり笑う」「微笑する」、「花のつぼみが少し開く」などの意がある。梅に「ほほゑむ梅」と詠む。これは梅が少し咲き出したのを、笑い顔に譬えていっているわけだ。

303 ほほゆがむ

「頬歪む」と表記し、「顔が変な形になる」、「話が事実と違う」「誤って伝わる」などの意がある。「真っ直ぐではなく、少しゆがんだ面持ち」の趣をいう。歌には詠まれず、詞書《ことばがき》に多く用いられている。

304 ほとけのわかれ

「仏の別れ」と表記し、「二月十五日の釈尊の入滅」をいう。

305 ほとほとしく

「殆しく」「幾しく」と表記し、「あやうく…しそうで」「もう少しで…しそうで」、「今にも死にそうで」「危篤状態で」などの意がある。なお、長伯は、「疎疎《うとうと》しく」（他人行儀で）の意と、「おどろおどろしく」（おおげさで、はなはだしく）の意があるとしたうえで、この歌語は「木を切る斧《おの》の音」の擬音語「ほとほと」に関連づけて、「斧の柄のほとほとしく」「斧の音のほとほとしく」などと詠まれている、と説明している。

○なげ木こる人入る山の斧の柄のほとほとしくもなりにけるかな（拾遺集・恋四・読み人知らず・九一三、投げ木を樵《こ》る人が入る山の斧の柄が朽ちるように、わたしは嘆きが凝り固まって、今にも死にそうな思い

をしていることだ）

306 ほとけのくに

「仏の国」と表記し、「極楽」のこと。「仏の御国」ともいう。

307 ほとけのみてにかくるいと

「仏の御手に掛くる糸」と表記し、「人が臨終の時、仏に掛ける御手の糸」をいう。

308 ほどにつけつつ

「程に付けつつ」と表記し、「身分・家柄などに応じながら」、「それぞれの分際に相応して…」などの意を表わす。

309 ほかげ

「火影」と表記し、「ともしびの光」「火の光」、「灯火の光で見える姿や影」などの意。「灯火の影」などに詠むといい。「闇の火影」「窓の火影」などと詠まれている。

310 ほがらほがら

「朗ら朗ら」と表記し、「朝日が昇り始めて、だんだんと明るくなってゆくさま」をいう。「しののめのほがらほがらと明け行けば」と詠まれている。ただし、好んで詠んではならない詞句といわれている。

311 ほたるかかやくかみ

「蛍耀く神」と表記し、「邪神」のことだと、長伯は言う。「悪しき神」のこと。「御祓」に詠まれる。

○蘆《あし》原や蛍耀く神までも飛び散るばかり祓《はら》へ捨つなり（夫木抄・夏部三・夏越《なごし》の祓へ・権僧正公朝《ごんのそうじょうこうちょう》・三七八七、夏越の祓えでは、蘆が一面に生い茂っている広い原の、蛍が耀くような邪悪な神までもが、飛び散って亡くなるくらいに、すっかり罪や穢れを取り除くというそうだ）

312 ほたるよりけに

「蛍より異に」と表記し、「蛍よりもずっと…」「蛍よりもいっそう…」の意を表わす。

○夕されば蛍よりけに燃ゆれども光見ねばや人のつれなき（古今集・恋歌二・紀友則《とものり》・五六二、夕方になると、蛍よりもずっと激しく恋の思いに燃えているのに、光が見えないので、あの人は平然としているのか）

この歌の趣旨は、「わが胸の思いは蛍よりも勝っている」ということ。「けに」は「勝っている」「それ以上だ」という意。

313 ほだのうづみび

「榾の埋み火」と表記し、「薪《たきぎ》にする木の切れ端や枯れ枝などが、炭火となって灰の中に埋もれている状態」の意。冬の山里などで「榾を焼いて、埋み火にする」のだ。

314 ほだし

「絆」と表記し、「馬の足にかけて、自由に動けなくする縄」、「（身体的に）人の手足の自由を奪うもの」「手かせ・足かせ」、「（心理的に）人を自由に行動できなくするもの」「妨げ」「束縛」などの意がある。

○世の憂き目見えぬ山路へ入らむには思ふ人こそ絆なりけれ（古今集・雑歌《ぞうか》下・物部《もののべの》良名《よしな》・九五五、世の中のつらい目に出逢わない山路に入ろう〈出家しよう〉とするのには、愛する人が足かせだったよ）

人を戒める際に、「絆」というものを打つ。そのように、「心が魅せられて、身の自由が利かないこと」を、「思ふ人こそ絆なりけれ」と詠じているのだ。好んで詠んではならない語である、といわれている。

315 ほなみ

「穂波」と表記し、「麦や稲などの穂が波のように順に靡《なび》いてゆくこと」の意。なお、「穂並」の表記の場合には、「穂が並んでいる状態」をいう。

316 ほづつしめなは

「帆筒標縄」と表記し、「帆柱《ほばしら》を立てるときの受け柱と、帆を上げるときの縄」のこと。なお、長伯は、「舟の帆柱に筒をつけて、縄を繰り上げ、繰り下ろす」ものだと説明している。

○藻刈り舟帆筒しめ縄心せよ川沿ひ柳風に並《な》み寄る（堀河百首・春二十首・柳・源俊頼《としより》・一二〇、藻刈り舟は帆筒や帆綱に気をつけよ。川沿いの柳の枝が風に吹かれて、

ほ

みな同じ方向に靡いているよ）

317 ほのみし

「仄見し」と表記し、「かすかに見た」「ほのかに見た」の意。

318 ほのかたらひし

「仄語らひし」と表記し、「少しだけ話をした」、「ほのかに契りを結んだ」、「時鳥《ほととぎす》がかすかに鳴いた」などの意がある。

319 ほむけ

「穂向け」と表記し、「稲の穂、荻《おぎ》の穂などが秋風に吹かれて、一方へ片寄り、靡《なび》くこと」をいう。「秋の田の穂向けの風」「荻の穂向けの片寄りに」などと詠まれている。

320 ほのめく

「仄めく」と表記し、「ほのかに…する」「かすかに…する」の意。（見える・聞こえる・薫る・言う・立ち寄るなど）「人や物の姿」「音・香」など知覚できるもののほか、「人の訪問や手紙」「気持ち」など広く用いる。なお、「ほのめかす」は、「ほのかにそれと知らせる」「におわせる」の意。

321 ほぐし

「火串」と表記し、「狩りのとき、鹿などをおびき寄せるための松明《たいまつ》を挟んでおく木」のこと。これは「照射《ともし》」の松を挟む木のことだ。「ほぐしの松」「立つるほぐし」などと詠む。

322 ほや

「穂屋」と表記し、「薄《すすき》の穂で葺いた神事用の仮屋」のこと。信濃国諏訪《すわ》明神《みようじん》の祭りに造る小屋。

323 ほこる

「誇る」と表記し、「自慢する」「得意になる」、「豊かな生活をする」などの意がある。和歌にはまれに詠まれている。好ましくない表現・措辞であろうか。

324 ほしのはやし

「星の林」と表記し、「星のたくさん集まっているさまを、林に見立てていう語」。

325 ほしまつり

「星祭り」と表記し、「七夕祭り」をいう。

326 ほしのくらゐ

「星の位」と表記し、「星座」、「雲上人《うんじようびと》を『星』に譬えて、その位や三公（太政大臣・左大臣・右大臣）以下、禁中に列する公卿《くぎよう》、殿上人《てんじようびと》」などの意がある。

327 ほしをいただく

「星を戴く」と表記し、「夜明け前の、まだ星のある時刻から出て勤める」「星の残っている早朝から、星の出る夜まで勤め励む」ことをいう。「熱心に勤め励むこと」の譬え。

○年を経て星をいただく黒髪の人よりしもになりにけるかな（詞花集・雑《ぞう》下・大中臣《おおなかとみの》能宣《よしのぶ》・三七四、長年の間、朝は星のあるうちに登庁し、夜は星を見て退庁するほどに、精勤し続けて、黒髪は霜のように白くなった。そのわたしが人よりも下位になってしまったとはなあ）

328 ほしをとなふる

「星を唱ふる」と表記し、「正月元日の四《し》方拝《ほうはい》の儀式に、天皇がその年に当たる属星を拝し唱えること」をいう。

329 ほしうたふ

「星謡ふ」と表記し、「『神楽《かぐら》』の謡い物」をいう。

330 ほずゑ

「穂末」と表記し、「穂先」のこと。「穂末を結ぶ荻《おぎ》の葉」などと詠まれている。

〔へ〕

331 へがたくみゆる

「経難く見ゆる」と表記し、「長い年月を経にくいようだ」「一生を過ごしにくいように思われる」の意。**〔詠み方〕**「述懐」の歌などに詠むといい。

332 へなみ

「舳波」と表記し、「船首が切り立てる波」のこと。

○熊野川瀬切《せぎ》りに渡す杉舟の舳波に袖の濡れにけるかな（続古今集・神祇歌・後嵯峨院・七三五、熊野川の早瀬に渡す杉舟の舳波のために、袖が濡れてしまったことだ）

333 へた

「辺」「端」と表記し、「そば」「ほとり」の意だが、特に「水ぎわ」「波打ち際」「海辺」をいう。「なにしかもへたのみるめを思ひけむ」（どうして海辺の海松布《みるめ》ならぬあの人の容姿を恋しく思ったのだろう）などと詠まれている。また、「海べた」とも詠まれている。

334 べみ

推量の助動詞「べし」の語幹相当部分に、接尾語「み」が付いたもの。「…にちがいないので」「…そうなので」の意を表わす。主に上代の用法だが、平安時代の和歌では、多く「ぬべみ」の形で使われる。「人知りぬべみ」などと続くわけだ。

335 べらなり

推量の助動詞「べし」の語幹相当部分に、接尾語「ら」と、断定の助動詞「なり」が付いたもの。「…ようだ」「…そうだ」の意を表わす。平安時代初期の漢文訓読文に用いられる。男性の会話や、歌語としては平安時代末まで用いられたが、中世以降はほとんど用いられない。

と

〔と〕

336 とばかり

これには二つの用法がある。第一は、副詞の「と」に、副助詞の「ばかり」が付いたもので、「ちょっとの間」「しばらく」の意。「とばかり見つる」「とばかり休む」などと詠まれている。第二は、格助詞の「と」に、副助詞の「ばかり」が付いたもので、「…とだけ」「…とぐらい」の意を表わす。これは「と」の受ける内容を限定する意を表わすもの。「今はただ思ひ絶えなむとばかりを」などの用例がある。

337 とは

「永久」「常」と表記し、「いつまでも変わらない」「永遠だ」の意。「とはに恋しき」「とはに悲しき」などの類である。この語は、古くは「とことば」（常永久）の形で用いられた。のち、「とこ」と「とば」が分離し、平安時代以降「とは」となった。

○津の国のなには思はず山城のとはに逢ひ見むことをのみこそ（古今集・恋歌四・読み人知らず・六九六、津の国の難波ではないが、何もあれこれと思うことなく、山城の鳥羽のように、永遠に逢い続けることをだけ一途に願っていることだ）

この歌の「とは」は、山城国の「鳥羽《とば》」と、「永遠」を掛けているわけだ。

338 とばり

「帷」「帳」と表記し、「室内の仕切りや、戸外《こがい》との隔てのために垂れ下げる布」のこと。「雲の帳」「霧のとばり」は、「雲」「霧」を「とばり」に見立てているわけだ。

339 とどろ

「轟」と表記し、「大きな音が響き渡るさま」「ごうごう」「どうどう」の意。

340 とどめがたみ

「止め難み」「留め難み」「停め難み」と表記し、「引きとめにくいので」「制止しにくいので」「中止しにくいので」、「あとに残しにくいので」、「殺しにくいので」、「心をとめにくいので」などの意がある。なお、「かたみ」は「形見」ではない。

341 とりのみち

「鳥の道」「鳥の路」と表記し、「空」のことをいう。

342 とりがなくあづま

「鳥が鳴く東（の国）」「鶏が鳴く東（の国）」と表記し、「（鶏が鳴く）東（の国）」の意。つまり、「鳥が鳴く」が「東」にかかる枕詞。その理由には、東国のことばが鳥の囀《さえず》りのように聞こえるからとか、鶏は東より鳴き始めるからとか、鶏は東雲《しののめ》を知らせて、「東天光《とうてんこう》」と鳴くからとか、諸説ある。

343 とりのあと

「鳥の跡」と表記し、「文字」「筆跡」の意。古代中国で、蒼頡《そうけつ》という人が、鳥の足跡を見て文字を作ったという故事による。「浜千鳥跡」と続けて、筆跡にした歌もある。

344 とりくもにいる

「鳥雲に入る」と表記し、「春、北に帰る渡り鳥が雲に入って、姿を消すこと」をいう。長伯は、これは「暮春」の詞句で、「暮春には、花は根に帰り、鳥は雲に入る」と説明する。

345 とりのねぐら

「鳥の塒」と表記し、「鳥の寝る所」の意。「ねぐらの鳥」ともいう。

346 とりすらも

「鳥すらも」と表記し、「鳥でさえも」「鳥だって」の意。「すら」（副助詞）は、「こんなことでさえ成立するのだから、まして…」と類推させる効果の役割をもつ。

347 とりのそらね

「鳥の空音」と表記し、「鶏の鳴きまねをすること」の意。中国で、斉《せい》の孟嘗君《もうしょうくん》が秦《しん》の国から脱出するとき、函谷関《かんこくかん》の関所で鶏の鳴きまねをして、番人に夜明けの開門の時刻と思い込ませ、無事に通り抜けたという故事による。

○夜をこめて鳥のそらねにはかるともよに逢坂《あふさか》の関は許さじ（後拾遺集・雑《ぞう》二・清少納言・九三九、孟嘗君は、まだ夜が明けないうちに、鶏の鳴きまねでだまして函谷関を開けさせることもできたでしょうが、あなたとわたしが逢うという逢坂の関は決して開けることなど許しませんよ）

この歌が詠まれてから、「逢坂の関」に「鶏の空音」が詠まれるようになった。しかし、「逢坂の関」以外で「鶏の空音」を詠んでも一向に構わない。

348 とををを

「撓を」と表記し、「弓なりになるさま」「たわむさま」の意。枝が撓《たわ》んでいる状態をいう。「たわわ」というのも同じ。「枝もとををを」「梢とをを」などと詠まれている。

349 とをつら

「十列」と表記し、「十人」「十人の列」、「近衛府の官人が十騎で行なう競技」、「競べ馬の一種」などの意。社前で舞楽「東遊《あずまあそ》び」を奉納する舞人が騎手となり、二十騎を左右に分けて行なうとも、十騎一斉に馳《は》せさせる競技ともいう。青摺りの袍《ほう》、染めの下襲《したがさね》、老懸《おいかけ》・帯剣の舞人装束《しょうぞく》で行なう華麗な法楽《ほうらく》のための競べ馬である。古くは宮中でも行なわれ、舞人は多く衛府《えふ》の官人であった。なお、『花鳥余情《かちょうよせい》』に詳細な記述がある。

○ちはやぶる神の木綿《ゆふ》四手《しで》引きかけてけふはことなる十列の馬（夫木抄・馬・為家《ためいえ》・一二九九一、神前の注連縄《しめ》に木綿四手を垂らして、今日はいつもと異なる、十列の馬を一斉に馳せさせる競技が、宮中で催行されることだ）

350 とをのいましめ

「十の戒め」と表記し、「仏道を修行《しゅぎょう》する者が守らなければならない十の戒律」のこと。「殺生《せっしょう》」（生き物を殺す）「偸盗《ちゅうとう》」（盗みをする）「邪淫《じゃいん》」（性行為をする）「妄語」（嘘をつく）「悪口」（悪口をいう）「両舌」（矛盾したことをいう）「綺語《きご》」（うまいことをいう）「貪欲《どんよく》」（むさぼり欲張る）「瞋恚《しんい》」（怒り憎む）「邪見」（因果の道理を無視した誤った考え方をする）の「十悪」に対する戒律をいう。なお、これは宗派・教典によって異なる。

351 とをよる

「撓よる」と表記し、「しなやかにたわむ」意を表わす。なお、長伯は、「遠ざかる」意だと注をつける。

○かりがねのとをよる翅《つばさ》雲消えて村雨《むらさめ》こゆる秋の山本（夫木抄・秋部三・雁・冷泉為相《ためすけ》・四九六〇、雁のしなやかに撓む翅が、

雲の中に消えて姿が見えなくなる一方、地上ではにわか雨が通過してゆく、秋の季節の山の麓であるよ）

352 とがへりのはな
「十返りの花」と表記し、「松の花」の別名。なお、「松の花」は、百年に一度咲くといわれ、それを十回繰り返す花ということから、「十返り」は、「千年もの長い間」を意味する。また、松は千年に一度咲く花ともいわれている。要するに、非常に長い年月を祝う語として用いられる。〔詠み方〕「祝」の歌に詠むといい。

353 とがへるたか
「処返る鷹」と表記し、「羽が抜けかわる鷹」の意。「処返る」は「もとのままになる」の意。なお、長伯は、「獲物に向かって放った鷹が、飛び帰る」とか、「鳥屋《とや》に帰ってきた鷹」のことだと説明する。

354 とがり
「鳥狩り」と表記し、「鷹を使って小鳥を狩ること」「鷹狩り」をいう。〔詠み方〕「鷹狩り」に詠むといい。

355 とかげ
「常陰」と表記し、「いつも陰になっていて、日の当たらない場所」「山陰」のこと。

356 とほつみち
「遠つ路」と表記し、「遠い道程」「遠い道のり」のこと。

357 とほつひと
「遠つ人」と表記し、「遠方の人」をいう。しかし、この語は和歌では「枕詞」として用いられ、「遠くの人を待つ」意から、「待つ」と同音の「松」に、また、「遠くから飛んで来ること」から「雁」にかかる。

358 とほつあふみ
「遠つ淡海」「遠江」と表記し、東海道十五か国のひとつである、「遠江国《とおとうみのくに》」のこと。「たほたふみ」（遠江）に同じ。
○春雨は降りにけらしなとほたふみあと川柳深緑なり（歌枕名寄《うたまくらなよせ》・巻十九・吾跡川《あとがわ》・中務卿親王《なかつかさきょうしんのう》・五〇六一、春雨はもう降ってしまったらしいなあ。遠江の国の吾跡川沿いの柳が深緑に染まっているように見えるので）

359 とよのゆき
「豊の雪」と表記し、「豊年の予兆」を意味する。「雪」は「豊年の貢ぎ」といって、「雪の深い年は豊年となる」と言い慣らわされていた。「豊」は「豊かなる」の趣。

360 とよとし
「豊年」と表記し、「穀物の収穫量の多い年」のこと。

361 とよあきつしま
「豊秋津島」と表記し、「日本国」の美称。この歌語は「豊かな実りに満ちた国」の意で、「大和地域」をいうことからの命名。

362 とよくに
「豊国」と表記し、「大いなる国」「豊かな国」、「朝鮮のこと」、「九州地方北東部の古称」などの意がある。

363 とよみやびと
「豊宮人」と表記し、「優れておおらかな心を持った神官」の意。「豊」は、「優れておおらかな」趣のこと。「みやびと」は、「神に仕える人」をいう。

364 とよみてぐら
「豊御幣」と表記し、「幣帛《へいはく》」の美称で、「すばらしい御供物《おくもつ》」のこと。

365 とよみやがは
「豊宮川」と表記し、「伊勢神宮外宮《げくう》の西を通り、伊勢湾に注ぐ宮川」のこと。

366 とよみき
「豊御酒」と表記し、「『酒』の美称」「美酒」のこと。

367 とよのみそぎ
「豊の禊ぎ」と表記し、「天皇の即位後、大嘗会《だいじょうえ》の前月の、陰暦十月下旬に、賀茂川で行なわれた禊ぎの儀式」のこと。「御禊《ごけい》」に同じ。

368 とよのあかり
「豊の明かり」と表記し、「『豊の明かり

の節会《せちえ》』の省略。新嘗会《しんじようえ》、大嘗会《だいじようえ》の翌日（陰暦十一月中の丑の日、新嘗会は辰の日）、天皇が新穀を食べたのち、豊《ぶ》楽《らく》殿で行なわれた節会」のことで、その際、「五節《ごせち》の舞」が演じられる。

369 とよはつせぢ

「豊初瀬路」と表記し、「大和国初瀬への道程」のこと。210「初瀬路」の項に同じ。

370 とよらのたけ

「豊浦の竹」と表記し、「大和国豊浦寺（法建興寺）の竹」のこと。

371 とよはたくも

「豊旗雲」と表記し、「旗が風に靡《なび》くように大きくたなびく美しい雲」の意。「雲の旗手」に同じ。日が沈む際に、夕焼けして赤くいろいろな形の雲が旗に似る趣。**〔詠み方〕**「海辺」に多く詠まれている。この雲の輝きが赤い時には、その夜の月は明るく澄むといわれる。

○わたつうみの豊旗雲に入り日さし今夜《こよひ》の月夜《つくよ》すみあかくこそ（玉葉集・秋歌下・天智天皇・六二九、海のかなたに旗のように靡く美しい雲に、赤々と入り日がさし、今夜の月はさぞかし清らかに明るいことだろう）

372 とよさかのぼるひ

「豊栄昇る日」と表記し、「美しく輝いて昇る朝日」をいう。「とよさか」は、「天」のこと。

○曇りなく豊さかのぼる朝日には君ぞ仕へむ万代《よろづよ》までに（金葉集二奏本・源俊頼《としより》・三三三、曇ることなく、美しく輝いて昇る朝日〈天照大神〉に、あなた〈斎宮〉はお仕えすることだろう、万代までも）

373 とよむ

「響む」「動む」と表記し、「鳴り響く」こと。「山下とよみ行く水」「山とよむまで鳴くしか」「声とよむ」などと詠まれている。

374 とたびのみな

「十度の御名」と表記し、「念仏を十回唱えること」をいう。「念仏十念」に同じ。

375 とつくに

「外つ国」と表記し、「畿内以外の国」、「外国」「異国」などの意がある。

376 とつかのたち

「十拳の太刀」「十握の大刀」と表記し、「刀身の長さが十握りほどもある長い剣」の意。『八雲御抄《やくもみしよう》』に「大和国石上《いそのかみ》の宮にあり」と記す。「神剣」である。なお、「とつかのつるぎ」も同じ。ちなみに、『八雲御抄』は「あめのとつかのたち」とする。

377 とつかはまゆみ

「十津川檀」と表記し、「大和国吉野の十津川から産出する檀」のこと。檀の幹はよくしなるので、弓に用いられたが、「丸木《まろき》の弓」とも称された。

378 となふるほし

「唱ふる星」と表記し、「正月一日の四方拝の儀式に、天皇がその年に当たる属星を拝し唱えること」をいう。

379 となりたえたるやま

「隣り絶えたる山」と表記し、「隣り近所に誰一人住む人もいない山」のこと。「山深くほかに家もなく、孤立した住処《すみか》」の趣。**〔詠み方〕**「山居」「山住み」の歌に詠むとよい。「山深く、寂しき」趣に詠作したらいい。

380 となりをかふる

「隣りを代ふる」「隣りを換ふる」「隣りを替ふる」と表記し、「孟母三遷の教え」のこと。これは、孟子の母が、子の教育に適した環境を選んで居所を三度移し変えたという『古列女伝』に見える故事をいう。最初墓の近くに住んでいたが、孟子が葬式の真似をしたので、教育上望ましくないとして、市場の近くに移った。すると今度は、商人の駆け引きの真似をしたので、再度、学校のそばに転居したところ、今度は礼儀作法の真似をした。孟母はここそふさわしい環境であるとして、居を定めた。

381 となりのふえ

「隣りの笛」と表記し、『蒙求《もうぎゅう》』の一句「向秀聞笛」の故事を指す。これは、西晋の向《しょう》秀《しゅう》は嵆康《けいこう》と親交があり、康が誅《ちゅう》されたのち、その旧宅の所を通りかかると、隣人が笛を吹いていたので、琴笛の名手であった康をしのび、「思旧賦《ふ》」をつくったという故事。

382 とらふすのべ

「虎伏す野辺」と表記し、「猛虎が潜んでいる原野」「人跡まれな辺境の地」のこと。「物の恐ろしき」事例にいう。

○唐国の虎伏す野辺に入るよりもまどふ恋路の末ぞあやふき（六百番歌合《ろっぴゃくばんうたあわせ》・二十二番左・藤原有家《ありいえ》・一〇六三、外国の虎の伏す野辺に入るよりも、迷っている恋の道の行く先のほうが危険だよ）

383 とのへ

「外の重」と表記し、「宮中の外の門」、「門を警備する左・右衛門の陣」などの意がある。〔詠み方〕「禁中」の題に詠むとよい。

384 とのへもるみ

「外の重守る身」と表記し、「宮中の左右の衛門の陣を警護する官人」のこと。

385 とのもり

「主殿」「殿司」と表記し、「令制《りょうせい》で『宮内省』に属し、天皇の輿・湯あみ・灯火・燃料・庭の清掃などをつかさどった役所」のこと。「主殿寮《とのもれう》」に同じ。

386 とのづくり

「殿作り」「殿造り」と表記し、「御殿を造ること」「御殿を造った様子」のこと。「禁中」に詠まれている。

387 とのゐ

「宿直」と表記し、「宮中や役所などに泊まりこんで、夜間の警備や仕事にあたること」、「女性が夜間、帝や高貴な人の側に仕え、相手をすること」などの意がある。

388 とぐら

「鳥座」「塒」と表記し、「鳥のねぐら」「鳥の止まり木」のこと。

389 とやま

「外山」と表記し、「人里に近い山」「連山の端のあたりにある山」をいう。246「端山」の項に同じ。なお、長伯は、この語には三義あるという。その一は、高い山に続いている低い山、その二は、高い山の前にある低い山、その三は、近くの山のこと。

○高砂《たかさご》の尾上《おのへ》の桜咲きにけり外山の霞立たずもあらなむ（後拾遺集・春上・大江匡房《まさふさ》・一二〇、高砂の高い峰の桜が咲いたことだなあ。まわりの人里近い山やまの霞は立たないでほしいものだ）

○深からぬ外山の庵《いほ》の寝覚めだにさぞな木の間の月は寂しき（新古今集・秋歌上・藤原家隆・三九五、深くない端山の庵の寝覚めですら、木の間を洩れる月の光はさぞかし寂しいことだろう。まして、深山《みやま》の庵を照らすこの月の寂しさは…）

390 とぶひのわかな

「飛火野若菜」と表記し、「大和国飛火野の若菜」の意。「飛火」は「狼煙《のろし》」の意。

391 とふのすがごも

「十編の菅薦」と表記し、「陸奥国《みちのくに》の十府で作られた粗末な菅のむしろ」、また、「これを処置した十筋の荒い編み目の菅のむしろ」のこと。『八雲御抄《やくもみしょう》』に曰く、「陸奥国に限らず、但馬にある『とふのすがごも』も」と。〔詠み方〕「恋」に詠まれている。

○陸奥の十府の菅薦七生《ななふ》には君を寝させて三生《みふ》にわれ寝む（俊頼髄脳《としよりずいのう》・作者未詳・一三四、共寝《ともね》に敷いて寝るこの陸奥の十府の菅薦の、七筋目まではあなたが使っておやすみなさい。わたしは残りの三筋分だけで寝ますから）

この歌から、「七生寂しきとふのすがごも」の表現・措辞が生まれたという。

392 とぶさ

「鳥総」と表記し、「梢や枝葉の茂った先の部分」をいう。きこりが木を切った後に、これを立てて山の神を祭る習慣があった。

また、「木を伐る際に、木のくずが飛ぶこと」をいう。
○とぶさ立て船木伐るといふ能登の島山今日見れば木立《こだち》繁しも幾代神びそ（万葉集・巻十七・大伴家持《やかもち》・四〇二六、鳥総を立てて船木を伐るという能登の島山。今日見ると木立が繁っている。幾代経て神々しくなったのだろう）

393 とことは
「常とは」「恒とは」と表記し、「永久不変」のこと。「常住不変」の趣。『万葉集』に「常不止」（とことはに）と記す。**〔詠み方〕**「松」に多く詠まれている。また、「祝」の趣にも用いられる。

394 とこしへ
「常しへ」「長しへ」と表記し、「永久不変であること」の意。「常（長）しなへ」に同じ。

395 とこよ
「常世」と表記し、「常世の国」の略。これは、「海のかなたにある、祖先の霊が集まっている国」、また、「不老不死の理想郷」（蓬萊山）のこと。「雁の来るところ」ともいわれている。「常世の雁」「雁の常世」と詠まれている。

396 とこよもの
「常世物」と表記し、「『橘』の異称」。田《た》道間守《じまもり》が常世の国から持ち帰ったという伝説から、このように呼称する。「常世物花橘」と詠まれている。

397 とこゐ
「常井」と表記し、「常に水が絶えない井戸」のこと。

398 とこまつ
「常松」と表記し、「四季を通じてその緑を変えない、『常盤《ときは》の松』」をいう。

399 とこなめ
「常滑」と表記し、「川床などの石に水苔がついていて、いつも滑らかなところ」をいうが、一説に、「その水苔」のことだとある。「とこなめ走るあなし川」と詠まれている。
○水泡《みなわ》まき常滑走る穴師《あなし》川隙《がはひま》こそなけれ波の白ゆふ（堀河百首・雑《ぞう》二十首・川・藤原公実《きんざね》・一三七七、水の泡を巻き上げながら常滑を走る穴師川には、ひっきりなしに波の白木綿がひらひらしているよ）

400 ところせき
「所狭き」と表記し、「場所が狭いこと」「いっぱいであること」、「不自由で窮屈なこと」「気詰まりなこと」、「うっとうしいこと」「面倒なこと」、「いかめしいこと」「重々しいこと」「おおげさなこと」などの意を表わす。この語は、「空間がいっぱいで狭く感じられる」意が原義。それを心理的な面に用いて、周囲の状況から気詰まりや不自由を感じる場合に用いる。転じて、周囲が狭く感じられるほど、威圧感があるさまを表わす。

401 とさけび
「鳥叫び」と表記し、「鷹狩りで、鷹匠がそれた鷹を呼び叫ぶこと」、「狩人が鳥を追い出すために、大声で叫ぶこと」などの意がある。

402 とざしせぬよ
「鎖しせぬ世」と表記し、「民が門や戸を閉ざさないで、安心して暮らせる世の中」のこと。世の中が太平に治まって、民の戸も昼夜、閉ざして用心することもない状況をいう。「閉ざさぬ御世」とも、「関の戸ささぬ」とも詠む。**〔詠み方〕**「太平の代を祝う」趣で詠むといい。

403 ときぞともなく
「時ぞとも無く」と表記し、「いつと時を決めずに」「時節の区別もなく」の意。

404 ときつかぜ
「時津風」「時つ風」と表記し、「満潮時など時を定めて吹く風」、「その時にふさわしく吹く風」「順風」などの意がある。なお、「吹く」と同音を含む地名「吹飯《ふけひ》」にかかる枕詞でもある。「五日の風、十日の雨」

といわれている。

405 とつぎをしへどり

「嫁ぎ教へ鳥」と表記し、「鶺鴒《せきれい》」の異称。伊弉諾《いざなぎ》と伊弉冉《いざなみ》の二神が、この鳥の行動から夫婦の交わりの方法を教えられたという。「恋教へ鳥」に同じ。

406 ときめく

「時めく」と表記し、「時流に乗って栄える」、「寵愛《ちょうあい》を受けて栄える」などの意がある。〔詠み方〕「人が時流にあったこと」にも、「草木が時節を得て、花開く」などにも詠まれている。「時節に遭い、見事なさま」をいう。

407 ときうしなへる

「時失へる」と表記し、「時流に合わず、勢力が衰えたこと」「失意の人となること」をいう。「時失ふ」に同じ。

408 ときしもあれ

「時しもあれ」と表記し、「ちょうどその時」「ほかに時もあるのに」「よりによってこんな時に」の意を表わす。「時節こそあれ、かかる時節に」というような趣で用いるといい。

○時しもあれ秋やは人の別るべきあるを見るだに恋しきものを（古今集・哀傷歌・壬生忠岑《みぶのただみね》・八三九、時もあろうに、秋に人が死に別れてよいものだろうか。生きている人を見ても恋しく思われるような、心細くて悲しい季節なのに）

409 ときしまれ

「時しまれ」と表記し、408「ときしもあれ」の前項に同じ。

410 ときはかきは

「常磐樫磐」と表記し、「永遠に変わらないこと」の意。「常住不変」の趣。〔詠み方〕「松」に詠むといい。また、「松」でなくても、「普遍的な」趣で用い、「祝」の趣で用いるといい。

411 ときあらひぎぬ

「解き洗ひ衣」と表記し、「糸を解きほどき洗い張りした衣服」のこと。

○夕されば衣手寒しわぎもこが解き洗ひ衣行きてはや着む（拾遺集・雑《ぞう》上・柿本人麻呂・四七八、夕方になると、袖のあたりが寒くなってくる。わたしの妻が洗い張りした衣を、家に帰ってはやく着たいものだ）

412 とみに

「頓に」と表記し、（多く下に打ち消しの語を伴って）「急には」「すぐには」「にわかには」の意。なお、「頓《とみ》」は、「にわかであるさま」「急なこと」「至急であること」の意。

413 とみくさ

「富草」と表記し、「稲」の別称。「稲の実りをよくする草」の意で、「蓮華《れんげ》草《そう》」のこととも いう。「とみくさの花」と詠まれている。「稲の花」のこと。〔詠み方〕「富む心」に掛けて詠むといい。

414 とめて

「尋めて」と表記し、「探し求めて」「尋ね求めて行って」の意を表わす。「とめ来る」「とめて来し」など、どれも「尋ね求め来る」の意味。

415 とめこかし

「尋め来かし」と表記し、「尋ねて来てくださいよ」の意。「来かし」は「来てくださいよねえ」と、念を押す表現・措辞。

416 としなみ

「年並み」「年次」と表記し、「年ごと」「毎年」、「年数」「年齢」などの意がある。「月並み」「日並み」の「並み」と同じ用法。和歌では、「なみ」に「波」を掛けることが多い。〔詠み方〕一般に、「としなみ」は、「立つこと安きとしなみ」「行く年なみ」「過ぐるとしなみ」「立ちもとまらぬとしなみ」などと詠まれている。「立つ」「過ぐる」「行く」など、すべて「波」の縁語だからだ。また、「海辺」「水辺」に寄せて、「歳暮《せいぼ》」の歌に詠まれている。

417 としきはる

「年極る」と表記し、「命が極まり終わる」

の意。『万葉集』に「年切《としきはる》」と記されている。「年が老い、極まる」の意である。

○としきはる世までと定め頼みたる君によりてし言《こと》の繁けく（万葉集・巻十一・正述《せいじゅつ》心緒《しんちょ》・作者未詳・二三九八、年の尽きるまでと心に決めて、頼りに思うあなたに寄り添ったのに、人の噂がうるさいことです）

418 としのは

「年の端」と表記し、「毎年」「年ごと」、「年齢」などの意がある。〔詠み方〕「毎年」の趣で詠むといい。「いや年の端に」とも詠むが、これは「いやはや」「いよいよ年ごとに」という趣。

419 としのを

「年の緒」と表記し、「年月」のこと。ちなみに、この歌語は、長く続く年を「緒」に譬えた語で、「緒」の文字には特別の意味はない。〔詠み方〕「緒」という文字に事寄せて、「長き」「結ぶ」「絶えぬ」「繰り返す」など、縁のある表現・措辞に関係させて詠むもの。また、「歳暮」の歌にも詠まれている。

420 としたけて

「年長けて」と表記し、「年を取って」「老年になって」の意を表わす。「年の老けた」趣をいう。

421 としたかき

「年高き」と表記し、「高齢になること」「年長になること」の意。〔詠み方〕「老人」の趣で用いるといい。

422 としぎつむ

「年木積む」「歳木積む」と表記し、「新年の用意として年末に切り出しておく薪を積む」の意。「年の暮れに、山人が春を迎える準備のために薪を樵《こ》り積むこと」をいうわけだが、「木樵る」ともいう。〔詠み方〕「歳暮」の歌に詠むといい。

423 としのや

「年の矢」と表記し、「年月が速く過ぎること」をいう。つまり、「年月の経過の速いことを、『射られた矢』に譬えていう語」。〔詠み方〕「光陰の速く過ぎる」趣、また、「歳暮」の歌に詠むのがいい。「速く過ぎ行く」「引きもとどめぬ年の矢」などと詠み、「梓弓《あずさゆみ》」などと関係させるといい。

424 としのわたり

「年の渡り」と表記し、「一年に一度、彦星が天の川を渡って織女星に逢うこと」をいう。「七夕」に詠み、「一年に一度、天の川を渡る」趣。

425 とひがたみ

「問ひ難み」と表記し、「尋ねにくいので」「質問しにくいので」の意。

426 ともし

「照射」と表記し、「夏の夜、鹿狩りで鹿をおびき出すために、山中で篝火《かがりび》を焚いたり、松明《たいまつ》を灯したりすること」、また、「その火」をいう。

427 ともまつゆき

「友待つ雪」と表記し、「次の雪が降るまで消えずに残っている雪」のこと。つまり、「前に降った雪が次に降る雪を待っているような状態」をいうわけだ。

428 とものぞめき

「友の騒き」と表記し、「友達の騒ぎ」「友達同士の賑わい」の意。「ぞめき」は「騒き」と表記して、「騒がしい」趣をいう。

429 ともしづま

「乏し妻」と表記し、「なかなか会えない恋しい妻」のことをいう。多く、「七夕」の「織女星」を指して用いる。

430 ともしびのはな

「灯火の花」と表記し、「灯心の燃えさしの先端にできる黒いかたまり」のこと。「丁子《ちょうじ》頭《がしら》」ともいう。それは形が「丁子の実」（フトモモ科の常緑高木「丁子」の実）に似ているところからいわれている。俗に、「これを油の中に入れると、財貨を得る」といわれ、吉兆瑞祥《ずいしょう》とした。

431 ともすれば

適当な用字法が見当たらないが、副詞

で、「ややもすると」「何かというと」の意を表わす。

（以上、巻四）

〔ち〕

432 ちいほあきみづほのくに

「千五百秋瑞穂の国」と表記し、「限りなく長い年月、よい稲の多く実る国」「永遠に存続する、豊饒《ほうじょう》の国・日本」のこと。『日本書紀』の神代巻に「千五百秋瑞穂国」とある。「瑞穂の国」「千五百秋津」と記す場合もある。

433 ちはやぶる

「千早振る」と表記し、「(ちはやぶる)神」、「(ちはやぶる)宇治」などの意。ともに枕詞を伴う語。前者は、「霊力が盛んである」という意から、「神」や神名・神社など「神」に関係する語にかかる一方、後者は、「勢いの盛んな人」の意で、「氏」と同音の「宇治」にかかるわけだ。なお、長伯は、この語には種々様々な言説と表記があり、秘伝もあるが、ただ「神」という枕詞と心得て詠ずればいいとする。ちなみに、「ちはやぶる松」とも続くが、これは「永遠」の趣を表わすもの。

434 ちはやひとうぢ

「千早人宇治」と表記し、「(ちはやひと)宇治」の意。「千早人」が「勇猛な」の意ゆえに、その「氏」の意から、同音の地名「宇治」にかかる「枕詞」であることを示す。なお、よく理解できないが、長伯は、或説に「ちはや人うち」は、「みちはや人打」と記され、「道行をうつといふ」とあるとしたうえ、ほかに口伝もあるという。

435 ちぢにものおもふ

「千々に物思ふ」と表記し、「あれこれもの思いにふける」意を表わす。「千々」は『文選《もんぜん》』に「千旦」と記され、「数々にもの思いにふける」趣。「千々に悲しき」も同じ意味合い。

436 ちりのまがひ

「散りの紛ひ」と表記し、「花や紅葉が散り乱れること」「しきりに散って、入り交じること」をいう。散り乱れた状態で、見分けがつきにくいこと。「落花」に詠まれている。〔詠み方〕「落花」「落葉」などに詠むといい。

437 ちりかふ

「散り交ふ」と表記し、「(花などが)あちこちに散り乱れる」「入り乱れて飛び散る」こと。〔詠み方〕436「ちりのまがひ」の項に同じ。

438 ちりにまじはるかみ

「塵に交はる神」と表記し、「俗世とかかわりを持って、衆生《しゅじょう》を救おうとする神仏」のこと。「和光同塵《どうじん》」の趣。〔詠み方〕「神祇」に詠むといい。

439 ちりかひくもる

「散り交ひ曇る」と表記し、「花や雪などが散り乱れて、あたりが曇るほどになる状態」のこと。〔詠み方〕「落花」に詠まれている。また、「降る雪を花に見立てて」詠むといい。

440 ちりひぢ

「塵泥」と表記し、「塵と泥」「塵あくた」、「取るに足りないもの」「つまらないもの」などの意がある。

441 ちりのほか

「塵の外」と表記し、「世俗の煩わしさを離れたところ」「俗世間と隔たった場所」「憂き世の外」のこと。「塵外《じんがい》」の訓読みに依拠した表現・措辞。「塵の憂き世」という措辞から、「憂き世」の外を「塵の外」というわけだ。〔詠み方〕「山家」の歌などに詠むといい。

442 ちりにつぐことのは

「塵に継ぐ言の葉」と表記し、「遺業を継ぐ和歌」の意。これは、『古今集』の真名序に、「詞人才子、慕ヒレ風ヲ継グレ塵ニ」(詞人才子、風を慕ひ塵に継ぐ。詩人や才学のある人

ち

は、その作風を慕い、後塵《こうじん》を拝そうとした）とある表現・措辞に依拠したもの。

〇数知らず誰も書き置く名のみして塵に継ぐべき言の葉もなし（新撰六帖・第一帖・塵・藤原為家《ためいえ》・四八二、数限りないくらい多くの人が、誰でも書き残す、名ばかりの和歌集ではあるが、『古今集』の遺業を継ぐような和歌とてはないことだ）

443 ちかひ

「誓ひ」と表記し、「誓うこと」「神仏にかけて約束すること」、「衆生《しゆじよう》を救おうとする神仏の誓願」などの意がある。「神仏」に詠む場合は、「誓願」だが、「恋に誓ひてし」「誓ふ言の葉」などの場合は、「人を忘れじ」と「誓言」をする意。

444 ちからぐるま

「力車」と表記し、「人力で引く荷車」「物を多く積んで引く車」をいう。「りきしゃ」ともいう。

445 ちかひのうみ

「誓ひの海」と表記し、「衆生《しゆじよう》を救おうとする仏の誓願の深さ・広大さを『海』に譬えた語」のこと。「弘誓《ぐぜい》の海」ともいう。**〔詠み方〕**「釈教《しやつきよう》」の歌に詠むといい。

446 ちかひのふね

「誓ひの船」と表記し、「衆生《しゆじよう》を極楽の彼岸に渡そうとする仏の誓願を『舟』に譬えた語」のこと。「弘誓の船」ともいう。

447 ちかきまもり

「近き守り」と表記し、「左近衛府《えふ》・右近衛府の官人」のこと。

448 ちよみぐさ

「千代見草」と表記し、「『松』の異名」、「『菊』の異名」などの意がある。

449 ちたびうつきぬた

「千度打つ砧」と表記し、「何度も何度も数限りなく打つ、砧の音」をいう。漢詩の「八月九月、正ニ長夜、千声万声、無シ二止ム時一」に依拠して生まれた表現・措辞。冬着の準備のために、秋の夜長に、一晩中、数多く砧を打つので、秋の風物詩とされた。

450 ちなにたつ

「千名に立つ」と表記し、「数々の噂が立つ」「いろいろな評判になる」の意。『万葉集』に「千名の五百名《いほな》に立ちぬとも」（巻四・七三一、千回五百回噂が立ったとしても）とあり、「種々に浮き名が立つこと」をいうわけだ。

451 ちのわ

「茅の輪」と表記し、「茅《かや》を編んで作った輪」のこと。古くは腰などに着ける小さなものだったが、平安時代以降、陰暦六月晦日の「夏越《なごし》の祓《はら》へ」に、浅茅《あさじ》で大きく作った輪をくぐるようになった。その輪はその後、川に流したので、「流す茅の輪」と詠まれている。災難・疫病を除くことができると信じられていた。

452 ちのなみだ

「血の涙」と表記し、「ひどく悲しんだときに流す涙」「血のにじむような涙」のこと。「ものを強く嘆いて、涙が尽きると血が出る」といわれている。**〔詠み方〕**「恋」の歌に、「袖の涙の色かはる」などと詠まれているのは、「血の涙」のことだ。

453 ちくさ

「千種」と表記し、「様々な草」「多くの草」、「薄い浅葱《あさぎ》色《いろ》」などの意。2「いろのちくさ」の項で、すでに言及したので、以下は省略する。

454 ちまちだ

「千町田」と表記し、「千町もある田」「広い田」のことをいう。**〔詠み方〕**「早苗」「秋の田」に詠まれている。

455 ちぶさのむくい

「乳房の報い」と表記し、「母の恩に報いること」をいう。

456 ちぎ

「千木」と表記し、「屋根の両端の榑で二本の材木を交差させて、屋根の上に突き出させたもの」をいう。古代の建築様式で、現在でも神社建築に見られる。このうち、先端の片側が切り落としてあるものを、「片削《かたそ》ぎ」という。「片削ぎの千木」と詠まれているのがこれだ。〔詠み方〕「神祇」「社頭」の歌に詠むといい。

○片削ぎの千木は内外《うちと》にかはれども誓ひは同じ伊勢の神風（風雅集・神祇歌・度会朝棟《ともむね》・二一二二、千木の一角の削ぎ方は、内宮《ないくう》は内削ぎ、外宮《げくう》は外削ぎと異なるけれども、国を護る誓いはまったく同じである、伊勢神宮の神威を示す風よ）

457 ちしまのゑぞ

「千島の蝦夷」と表記し、「千島列島の蝦夷地」の意。「蝦夷が千島」とも「千島の蝦夷が手束弓《たつかゆみ》」とも詠まれている。

458 ちさと

「千里」と表記し、「多くの村里」、「遠い道のり」「長い距離」「遠方」などの意がある。〔詠み方〕「遠きこと」に詠むといい。「千里の外」「千里の春」「千里の秋」「千里の月」などと詠まれている。

459 ちぎりきな

「契りきな」と表記し、「約束しましたね」の意。「互いに約束を交わしたよね」という趣。

○契りきなかたみに袖をしぼりつつ末の松山波越さじとは（後拾遺集・恋四・清原元輔《もとすけ》・七七〇、誓いあいましたね。お互いに涙でぬれた袖を何度も絞りながら、あの末の松山を波が越すことは絶対にあるまい、そのように決して心変わりはするまいと）

ちなみに、「末の松山」は、陸奥《みちのく》の歌枕で、「末の松山を波が越えることは絶対にありえない」ということから、「波が越えること」を、「男女の間の愛情を裏切って心変わりすることの譬え」として詠むことが多い。

460 ちひろのうみ

「千尋の海」と表記し、「海」の総称のこと。ちなみに、「千尋」とは、「とても長いこと」「とても深いこと」の意。なお、「紀の国の名所」にもある。「ちひろの底」とも詠まれている。

461 ちひろあるかげ

「千尋ある陰（蔭）」と表記し、「竹」のことをいう。〔詠み方〕「祝」の歌、「竹」の題に詠むといい。「千尋ある陰」「千尋の陰」と表現するので、「竹」に適うのだ。

462 ちびきのいは

「千引きの岩（石）」と表記し、「千人がかりで引かなくては動かないほどの大岩」のこと。〔詠み方〕「恋」に関連づけて、「人の心は引いても容易に揺るがないこと」に譬えるといい。

〔り〕

463 りちのしらべ

「律の調べ」と表記し、「音楽で、律と呼ばれる和様の旋律の調子」のこと。「呂《ろ》」は「春・夏の調子」、「律」は「秋・冬の調子」をいう。

〔ぬ〕

464 ぬばたま

「射干玉」と表記し、「ひおうぎ（植物名）の実か」というが、未詳。なお「ぬばたまの」は、「ぬばたま」の実が黒いことから、「黒」「髪」「夜」「夕べ」「宵」「月」「夢」、また、「いめ（夢）」と類音の「妹」などにかかる枕詞。「むばたまの」「うばたまの」に同じ。〔詠み方〕「ぬばたまの夜」とも「ぬばたまの闇」「ぬばたまの黒髪」とも続く。

1097「むばたま」の項参照。

465 ぬるめる

「寝るめる」と表記し、「寝たようだ」の意。「める」は助動詞「めり」の連体形で、婉曲の意。

466 ぬるでもみぢ

「白膠木紅葉」と表記し、「ぬるでの木の

葉が紅葉したもの」をいう。うるし科の落葉小高木。〔詠み方〕「露にぬるで」などと詠むといい。「紅葉」の歌に詠まれている。

467 **ぬかづく**

「額づく」と表記し、「額を床につけるようにして礼拝する」「最敬礼する」の意。主として「仏」に対しての行為をいう。

468 **ぬかのこゑごゑ**

「額の声々」と表記し、「仏を礼拝して読経する声々」のこと。

469 **ぬなは**

「蓴」と表記し、「水草の名」「『蓴菜《じゅんさい》』の古名」。沼や池に生え、若芽は食用。和歌では、茎が永く伸びていることから、「繰る」を縁語にすることが多い。なお、長伯は、992「ねぬなは」の項で詳述すると注記する。

470 **ぬれぎぬ**

「濡れ衣」と表記し、「濡れた衣服」、「根も葉もない噂」「無実の罪」などの意がある。「濡れ衣を着る」とは、「無実の罪を受ける」ことで、「濡れ衣を着する」とは、「人に無実の罪を着せる」こと。

471 **ぬかり**

この語の適当な用字法は見当たらないが、「雨・雪・霜どけなどで、堅い地面がやわらかい状態になっていること」。「泥」をいう。「行く道が泥状になった」のを、「道のぬかり」という。

○畦を越す苗代水のほど見えて道のぬかりの乾く間もなし（為尹《ためまさ》千首・春二百首・路苗代・冷泉為尹・一六三、田んぼの畦を越えてくる苗代水の程度が予測されて、畦道のぬかるみの乾く間とてないことだ）

472 **ぬさ**

「幣」と表記し、「神に祈るときのささげ物」、「餞別」などの意がある。古くは麻や木綿《ゆう》をそのまま用いたが、後には細長く切った布や紙を棒につけて垂らした。また、旅の安全を祈願して道祖神《どうそじん》にささげる場合は、細かく切った布や紙を撒き散らして供え物とした。なお、昔は、旅立つ人の餞別に、幣を袋に入れて遣わした。歌集の詞書《ことばがき》に多く見られる。「和幣《にきて》」「幣帛《へいはく》」ともいう。294「にきて」の項、2140「みてぐら」の項参照。

473 **ぬきみだるたま**

「貫き乱る玉」と表記し、「貫いていた糸が抜けたために乱れ散った玉」、「貫いていた糸を抜き取って乱れ散らされた玉」などの意がある。〔詠み方〕「露の白玉」「滝の白玉」などの措辞は、「水滴が乱れ散る」のを、「玉を抜き乱る」ことに見立てて、「抜き乱る露の白玉」「貫き乱る滝の白玉」など詠んでいるわけだ。

474 **ぬきをうすみ**

「緯を薄み」と表記し、「横糸が弱いので」の意を表わす。なお、「緯」は「織物の横糸」のこと、「縦糸」は「経《たて》」という。

○春の着る霞の衣ぬきをうすみ山風にこそ乱るべらなれ（古今集・春歌上・在原業平・二三、春が着ている霞の衣は横糸が弱いので、山風が吹くと乱れてしまいそうだ）

475 **ぬきすのみづ**

「貫き簀の水」と表記し、「細く削った竹で編んだ簀で覆われた手水《ちょうず》」のこと。手を洗うとき、水が飛び散るのを防ぐため、たらいの上などに掛けた。「朝手洗ふぬきすの水」などと詠まれた。

476 **ぬすたつとり**

「盗起つ鳥」と表記し、「鷹狩りで、鷹に追われた鳥が草の陰などに隠れて、秘かに飛び立って逃げ去ること」をいう。「盗み起つ」わけだ。〔詠み方〕「鷹狩」に詠むといい。

〔を（お）〕

477 **をろのかがみ**

「尾ろの鏡」と表記し、「（光沢のある雄の山鳥の尾に、谷を隔てた雌の影が映るというところから）尾が光って影が映るのを鏡に見なしていったもの」。「『異性への慕情』の譬え」に用いられる。「山鳥のはつをの鏡」の省略形。「はつ尾」は、「山鳥の尾の中で一番長い尾のこと」。なお、『歌林良《かりんりょう》材集《ざいしゅう》』には、このほかに、山鳥という鳥は、鏡に自分の姿を映して鳴く習性があるという説などを紹介している、と長伯は言及する。1463「やまどりのをろのかがみ」の項参照。

478 をはりのけぶり

「終はりの煙（烟）り」と表記し、「今はこの世にいない人（故人）を、火葬にする際に立ちのぼる煙」のこと。

479 をはぎつむ

「菟芽子摘む」「薺蒿摘む」などと表記し、「嫁菜《よめな》という草を摘む」の意。なお、「をはぎ」は「うはぎ」（「よめな」の古名）の変化したもの。春野に生える草で、摘んで羹《あつもの》にする。

480 をにのしこぐさ

「鬼の醜草」と表記し、（草の名で）「紫《し》苑《をん》」の別名。「物忘れをしない草」という。〔詠み方〕物の異名は、和歌には詠まないものだといわれているが、「しをん」（紫苑）などは、和歌には詠みにくいので、「鬼の醜草」と異名で詠むのだと、藤原為家《ためいえ》が説いている、と長伯はいう。1262の項と重複する。

481 をとめご

「少女子」「乙女子」と表記し、「成人した若い女性」「未婚の女性」をいう。「まだ嫁していない」趣。総じて、若い女性をいうか。「天つ少女」は「天人」、「海人の少女子」は「漁師の子」、「八少女」は「大嘗祭《だいじょうさい》や新嘗祭《にいなめさい》の神事に奉仕する八人の少女」、また、「神社に奉仕して神楽を奏する八人の少女」のこと。

482 おどろ

「棘」「荊棘」と表記し、「草木や茨などが乱れ茂っていること」、また、「その場所や様子」をいう。「おどろ垣根」などと詠まれている。

483 おどろのみち

「棘の路（道）」「荊棘の路（道）」と表記し、「草木や茨などの生い茂っている道」「藪道」、「『公卿《くぎょう》』の別称」などの意がある。後者の意味は、「棘路《きょくろ》」の訓読語で、中国で「九卿《きゅうけい》」（九人の大臣）を「棘路」と称したことから、「公卿」の別称となった。「春日野のおどろの路」と詠むと、「藤原氏の公卿」のことになる。和歌では多く、「公卿」の意に掛けて用いられる。

484 をちこち

「遠近」「彼方此方」と表記し、「遠くと近くと」「あちらこちら」、「未来と現在」などの意がある。

485 をちかたびと

「遠方人」と表記し、「遠くにいる人」「向こう側にいる人」、「旅人」などの意がある。

486 をちかへりなく

「復ち返り鳴く」と表記し、「繰り返し鳴く」の意。「百千返り鳴く」とも記し、「数声鳴くこと」をいう。〔詠み方〕「時鳥《ほととぎす》」に多く用いられる。「ひっきりなしに、多く鳴く」趣。また、「千鳥」にも詠まれている。

487 をりはへ

「折り延へ」と表記し、「時を延長して」「長く続けて」、「長く延ばして広げて」などの意をもつ。「はへ」の用字は「永へ」「延へ」などが相当する。「長く続く」趣。「打ち延へ」などの表現・措辞に同じ。ただし、「唐錦《からにしき》おり延へ」「水の綾おり延へ」などは、「織る」趣の意味が相当する。「時鳥《ほととぎす》」などに、「をりはへきなく」とある場合は、「打ち延へ」に同じ。「数声長く鳴く」趣。

488 おりひめ

「織女」と表記し、「機を織る女性」、「織女星」などの意がある。〔詠み方〕「七夕」の歌に、「彦星」とも「織女」とも詠むといい。

489 をがたまのき

「黄心樹」と表記し、「木蓮科の常緑高木」をいう。山地に自生するが、神社の庭などにも植えられる。春、芳香のある黄色がかった白い花が咲く。『古今集』で物名の題とで「古今伝授」の「三木《さんぼく》」のひとつとされた。

490 をかみする

「岡（傍）見する」と表記し、「極月《ごくげつ》晦日の晩に、蓑《みの》を逆さに着て岡の上に登り、梢越しに自分の家を見て、気の立ちようで、明年の吉凶、運勢、天候を知る」ことをいう。民間習俗のひとつ。「吉凶の気《け》」を「言《こと》霊《だま》」という。1624「ことだま」の項参照。

○ことだまのおぼつかなさに岡見すと梢据へても年を越すかな（堀河百首・冬十五首・除夜・源俊頼《としより》・一一二二、来年の吉凶が気にかかるので、今年は木に登ったまま年を越すことだ）

491 をだまき

「苧環」と表記し、「（「苧」は麻糸、「環」は丸い玉の意から）紡いだ麻糸を、中を空洞にして、細長い環状に巻いたもの」、「枝も葉もない枯れ木」、「紋所のな」などの意がある。「巻子《へそ》」「苧玉《をだま》」に同じ。「倭文《しづ》の苧環《をだまき》」と詠まれる。〔詠み方〕「苧環」には「繰り返す」という表現・措辞に縁がある。

○いにしへの倭文の苧環繰り返し昔を今になすよしもがな（伊勢物語・第三十二段・男・六五、古代の倭文布を織るための苧環の糸を手《た》繰り戻して、あなたと仲のよかった昔を、今に取り戻す手だてがあったらよいのになあ）

この『伊勢物語』の所収歌から、「倭文の苧環」は、「昔を今に繰り返すこと」に多く詠まれるようになった。たとえば、『新古今集』に収載の、

○それながら昔にもあらぬ秋風にいとどながめを倭文の苧環（新古今集・秋歌上・式子《しょくし》内親王・三六八、吹く風は昔のままとは言うものの、それを聞くわたしはすっかり変わってしまって、昔を今に返したいと思いながら、じっともの思いに沈んでいることだ）

の式子内親王の詠歌の類である。なお、昔のことに言及しなくても、「ものを繰り返す」ことには、この歌語を用いてもいい。なお、2192「しづのをだまき」の項参照。

492 おそのたはれを

「鈍の戯れ男」と表記し、「愚鈍な遊び人」「鈍感な好色な男」の意。『万葉集』に次の逸話が載っている。あるとき、石川の女郎《いらつめ》という女が、大伴の田主《たぬし》という男に恋心を抱いて、策略として東隣りに住んでいる貧しい女のまねをして、真っ暗な夜中に灯火《ともしび》を求めてやってきた。田主は、それを誰とも知らないで、暗いものだから灯火だけを渡して、気の利いた言葉も掛けないでそのまま帰したところ、翌朝、女郎が次の歌を寄こしてきた。

○みやび男と我は聞けるを宿貸さず我を帰せりおそのみやび男（万葉集・巻二・相《そう》聞《もん》・石川女郎・一二六、私はあなたを風流の士と聞いていたのに、あなたは泊めてもくれないでわたしを帰しました。鈍感な風流な士よ）

なお、『歌林良材集《かりんりょうざいしゅう》』は、この歌の初句と結句を「たはれ男」としたうえ、「おそ」は「河うそ」という獣で、「獺」という字を当てる。この獣ははじめは戯れているが、のちには互いに噛《か》み付き合う動物なので、この点、「田主」に譬えて「おそのたはれ男」といったとする。

493 おのがじし

「己がじし」と表記し、「めいめいに」「それぞれに」「てんでに」の意。長伯は、「各競」「己自欲」などとも書く、と記す。「おのがさまざま」の趣。

494 おのづから

「自ら」と表記し、「ひとりでに」「自然に」、「いつのまにか」「そのうちいつか」、

「偶然に」「たまたま」、(仮定・推定の表現を伴って)「もしも」「ひょっとすると」などの意がある。「何もしないで、自然であること」の意。この語は、「そのもの自身」の意の代名詞「おの」に、「の」の意の上代の格助詞「つ」が付き、さらに「性質」の意を示す「から」が付いてできた語。自分の意志からではなく、自然に行なわれていく様子を表わす。同じ漢字を用いる「みづから」は「身つから」が語源であり、こちらは「自分の意志から行なう」意を表わす。〔詠み方〕「おのづから」という表現は、「よく自然の道理に適う」ときに用いるといい。たとえば、

○おのづから涼しくもあるか夏衣《なつごろも》日も夕暮れの雨の名残に(新古今集・夏歌・藤原清輔《きよすけ》・二六四、自然に涼しくなったなあ。夏衣の紐を結ぶ夕暮れ、折も折、降った夕立の名残で)

の詠歌の場合、「夕暮れの雨の名残り」が、涼を人工的に求めずに、「自然と」涼しいというわけだ。

495 おのがよよ

「己が世々」と表記し、「それぞれ別の自分の生活をすること」をいう。『伊勢物語』に、「おのが世々になりにければ、疎くなりにけり」(第二十一段、それぞれ別に愛人を得て暮らすようになってしまったので、二人の間は疎遠になってしまった)とあるのは、夫婦が離別して、各自、「おのれおのれの世」になったというわけ。

496 をののえくつる

「斧の柄朽つる」と表記し、「少しの間と思っているうちに、長い年月が経過してしまったこと」、また、「久しい年月」をいう。この歌語は中国の次の故事から生まれた。すなわち、晋の王質《おうしつ》が山中で仙童の囲碁を見ているうちに、側に置いた斧の柄が腐り、家に帰ると、すでに長い年月が経過していたという『述異記《じゅついき》』などに見える故事。ここから「囲碁」のことを「爛柯《らんか》」ともいうようになった。「爛」は「腐る」意。「柯」は「斧の柄」のこと。〔詠み方〕「ものの久しきこと」の例証に詠むといい。

497 おくらす

「後らす」と表記し、「(先に死んだり、外出したりして、人を)後に残す」「置き去りにする」ことをいう。「後らかす」とも。

498 おのころじま

「磤馭盧島」と表記し、「伊邪那岐命《いざなぎのみこと》と伊邪那美命《いざなみのみこと》の二神が、天降ってはじめて作ったという『淡路島』」のこと、すなわち「日本国」のこと。『日本書紀』の「神代巻」に載る。

499 をぐるまのにしき

「小車の錦」と表記し、「牛車の形を織り出した錦」のこと。黒地に黄糸で織り出すものと、黄地に黒糸で織り出すものとの二種があった。伊勢神宮の御衣に用いる。

500 をやまぬ

「小止まぬ」と表記し、「(声・音・雨・雪などが)少しも止むことがない」ことをいう。〔詠み方〕「ものがしばらくの間も止む時がないこと」に用いるといい。「春雨・五月雨が連続して降り続いて、晴れ間がないこと」を、「を止まぬ」「を止みなき」などと詠んでいる。

501 をみごろも

「小忌衣」と表記し、「大嘗会《だいじょうえ》・新嘗会《しんじょうえ》などの際に、公卿・女官・舞人などが装束の上に着る単衣《ひとえ》の衣」のこと。狩衣《かりぎぬ》に似た衣で、春草や小鳥の模様を青摺りにした白地の麻布で作り、右肩(舞人は左肩)に二本の赤ひもを垂らし、左右の袖にこよりをつけた。

502 おしね

「遅稲」「稲」と表記し、「遅く成熟する稲」「晩生の稲」をいう。一説に、「食《お》し稲《ね》」が変化した語、または、「お」を接頭語とし、「稲」の意とする。「おしねもる刈り穂」「山田のおしね」などと詠まれている。

「奥手《おくて》」に同じ。

503 **おしあけがた**

「押し明け方」と表記し、「明け方」の意。ちなみに、この歌語は「天の戸を押しあけ方の」と詠まれ、「あけ」に、「押し開け」の「開け」と、夜の「明け方」の「明け」とを掛けて、「天の戸を押し」が「あけ」（明け）を起こす有心《うしん》の序ともなっている。また、「池にすむをし明けがた」と詠まれているのは、「池に住む鴛鴦《おし》」を受けているのだ。

504 **をすくに**

「食す国」と表記し、「天皇が統治《とうち》なさる国」の意。長伯は、「一説に、すべての国の名だとある」と紹介する。

505 **おしなみ**

「押し靡み」と表記し、「一様に靡《なび》かせて」の意。

○今よりはつぎて降らなむ我が宿の薄おしなみ降れる白雪（古今集・冬歌・詠み人知らず・三一八、これからは続けて降ってほしい。我が家の薄を押し靡かせて降り積もっている白雪よ）

506 **をしへやし**

「愛しへやし」と表記し、「恋しいことだなあ」「愛おしいことだなあ」の意。『八雲《やくも》御抄《みしょう》』に、「愛するなり」と注解する。

507 **おしてるやなには**

「押し照るや難波」と表記し、「光が一面に明るく照らす、摂津国の難波」の意。「押し照るや」が「難波」にかかる「枕詞」。「おしてる」は、一説に、「難波の崎は、押し出だしたる様なれば、『押し出』といふ心なり」とある由。また、ある説に、「おしてるは、潮出るやといふ心なり」と云々。なお、長伯によれば、口伝《くでん》があるという。

508 **をしのふすま**

「鴛鴦の衾」と表記し、「（鴛鴦は雌雄が仲睦まじい鳥なので）仲睦まじい男女が共寝をする夜具のこと」をいう。〔詠み方〕「契り深きこと」に詠むといい。また、「恋」の歌にも最適。

〔わ〕

509 **わりなき**

「理りなき」と表記し、「筋の通らないこと」「道理に合わないこと」、「つらいこと」「苦しいこと」「やりきれないこと」、「やむをえないこと」「仕方がないこと」、「格別であること」「はなはだしいこと」、「すぐれていること」「すばらしいこと」などの意がある。「無理に」「詮む方もなき」という趣。長伯の考えは次のようだ。古歌に詠まれた内容を勘案《かんあん》するに、「物が切羽詰《せっぱつ》まって、余裕《よゆう》のないような」趣で用いられている。この趣旨で理解すれば、「無《シ》レ破《リ》」という字義に、相適っているか。なお、「わりなし」は、「理（ことわり）」の「わり」と同類の「わり」に「無し」が付いた語。道理に合わないさまをいう。そこから来る、苦しみや困惑の気持ちを表わす。道理に合わないことは、程度をはずれることであり、はなはだしいさまをも意味した。中世には、「すぐれている」「すばらしい」など、よい意味を表わすようになった。

510 **わがとも**

「我が友」と表記し、「竹」のことをいう。これは白楽天が竹を「我が友」（実際には「我が師」としたのを誤用）と呼んだことに拠る表現。ちなみに、『和漢朗詠集』に藤原篤茂《あつもち》の「竹」の漢詩の一節として、「唐の太子賓客《ひんかく》白楽天　愛して吾が友となす」（四三二、唐の白楽天は竹を愛して、吾が友といいました）とある。

○我が友と君が御垣《みかき》の呉竹は千世に幾世のかげを添ふらむ（千載集・賀歌・藤原俊成・六〇八、「我が友」と君が見る御垣の呉竹は、千世の長寿の君に相伴って幾世の影を添えることなのだろうか）

511 **わがたつそま**

「我が立つ杣」と表記し、「比叡山」の異称。伝教大師（最澄）が比叡山根本《こんぽん》中堂を建立したとき詠じた歌の語句から、このように呼称されるようになった。

＊阿耨多羅《あのくたら》三藐三菩提《さんみやくさんぼだい》の仏たち我が立つ杣《そま》に冥加《みやうが》あらせたまへ（新古今集・釈教《しやつきよう》歌・伝教大師・一九二〇、最上の知恵を持たれる仏たちよ。わたしの入り立つこの杣山〈比叡山〉に、冥加をお与えください）

512 **わがゐるやま**

「我が居る山」と表記し、「自分の住んでいる山」をいう。〔詠み方〕「山家」「山居」の歌に詠むといい。

513 **わがせこ**

「我が背子」「我が夫子」「我が兄子」と表記し、「（女性が兄、または、弟を呼ぶ語で）わたしの愛しい兄、または、弟」、「（妻が夫を、または、女性が恋人の男性を呼ぶ語で）愛しいあなた」、「（男性同士が、お互いを親しんで呼ぶ語で）あなた」などの意がある。女性が愛情を込めて、夫・恋人を、または、男性同士が親しみを込めて、呼ぶ時に使う。なお、この語は、男性が女性を親しんで呼ぶ上代語「わぎも」「わぎもこ」に対応する表現として使われることが多い。

514 **わがくに**

「我が国」と表記し、「自分の国」「自分の郷里」をいう。

515 **わがよのふけ**

「我が世の更け」と表記し、「我が人生の老年期」をいう。自分の年齢が終焉期《しゆうえんき》に入った趣をいう。〔詠み方〕「老いの述懐」に詠まれている。「夜が更けてゆく」のに寄せて詠むもの。

516 **わかえ**

「若え」と表記し、「若くなること」「若返ること」をいう。「若やぐ」趣。「若えつつ見む」「若えて」などと詠まれている。

517 **わかゆつる**

「若鮎釣る」と表記し、「若い鮎を釣る」意。「若鮎釣る玉島川」などと詠まれている。

518 **わかくさのつま**

「若草の端」と表記し、「若草の葉末」のこと。「つま」とは「端」をいう。また、「つま」を「若草の妻」ともする。要するに、「若草がみずみずしい」ところから、「若草の」が「新」「妻」「夫」などにかかる「枕詞」になるわけだ。〔詠み方〕「草」のことばかりにも用い、また、「草」に「妻」を兼ねても用いる。

519 **わかくさのにひたまくら**

「若草の新手枕」と表記し、「若草のようなみずみずしい男女が初めて枕を交わすこと」をいう。この「若草」は女性をいう。「新手枕」は、「女性と初めて手枕を交わすこと」をいう。〔詠み方〕「恋」に詠むといい。

520 **わかれのみくし**

「別れの御櫛」と表記し、「斎宮が伊勢へ下向するとき、天皇が別れのしるしにみずから斎宮の髪にさした櫛」のこと。また、通常の「恋」の歌にも詠まれている。

○君と我別れの櫛のさしもなど二度あはぬ仲となりけむ（師兼《もろかね》千首・恋二百首・寄櫛恋・花山院師兼・七八三、天皇のわたしと斎宮のおまえとは、こうして別れの御櫛を挿してしまった今は、どうしてこんなにも二度と会ってはならない関係になってしまったのであろうか）

521 **わたりがは**

「渡り川」と表記し、「冥途の三途《さんず》の川」をいう。〔詠み方〕「哀傷」の歌には格別に詠むが、通常の歌には遠慮しなければならない。

522 **わたり**

「辺り」と表記し、「あたり」「付近」のこと。「難波わたり」などという類は、どれも「あたり」の趣で、「渡り」の趣ではない。

523 **わたらぬなか**

わ

「渡らぬ中」と表記し、「男女の一線を越えない仲」のこと。「思ひ川渡らぬ中」などと詠む。「渡る」は「男女が逢う」、「渡らぬ」は「男女が逢わない」意。

524 わたぜ

「渡瀬」と表記し、「川などで歩いて渡れる浅瀬」のこと。「渡り瀬」の変化した形。

525 わたらひぐさ

「渡らひ種」と表記し、「世渡りの手立て」「生活のための手段や仕事」「生業《なりわい》」のこと。「世渡り種」ともいう。

526 わだのはら

「海の原」と表記し、「大海原《うなばら》」「大きく広がる海」「大海」をいう。「海」の総称。

527 われから

適当な用字が見当たらないが「割れ殻」の意で、「海草に付着する節足動物の一種」。「乾くと殻が割れる」ことから、この名があるという。和歌では、「我から」に掛けて用いることが多い。「海人《あま》の刈る藻に住む虫のわれから」（古今集・八〇八）とあるのは、藻の中に「われから」という虫がいるのを、「我が身から」（自分のせいで）という趣に寄せて表現しているわけだ。

528 われて

「破れて」「割れて」と表記し、「無理でも」「強いて」の意を表わす。しかし、和歌では、多く「割れて」と掛けて、「別々になって、心が千々に裂けて、思い乱れて」の意を表わす。「割るる心」「別るる心」「わりなき心」などの趣を掛けていう表現・措辞。たとえば、

○瀬をはやみ岩にせかるる滝川《たきがは》のわれても末に逢はむとぞ思ふ（詞花集・恋上・崇《す》徳院《とくいん》・二二九、岩に塞《せ》かれている滝のような急流は、瀬の流れが激しいので岩で砕け割れるが、下流でまた合流するように、逢瀬を塞かれているわたしも、なんとしてでも行く末はあの人に逢いたいと思うことだ）の詠歌の場合は、「割るる」と「別るる」とを掛けている。また、

○三日月のおぼろげならぬ恋しさにわれてぞ出づる雲の上より（金葉集二奏本・藤原永実《ながざね》・四八四、並々でないあなたへの恋しさのために、三日月が割れて雲から出るように、無理に心を砕きつつ宮中から出てきましたよ）

の詠歌では、「割るる」と「わりなき」とが掛けられている。

529 わたつうみ

「わたつ海」と表記し、「海」「大海原」「大海」の意。「海」の惣名。

530 わだづみ

「海神」「海童」と表記し、「海を支配する神」「竜神」、「海」「大海」などの意がある。

531 わらでくむ

「藁で組む」と表記し、「藁で垣を組むこと」をいう。「蘆《あし》（葦）で組む」に同じ。「藁で組む賤が垣根」と詠まれている。

532 わらはやみ

「瘧病み」「瘧」と表記し、「高熱を発する病気で、今のマラリア性の熱病」という。「童病み」の意で、「子供に多い病気」という。「おこり」。

533 わくらば

「病葉」と表記し、「夏、病気や虫害のために赤や黄色に変色した葉」「朽ち葉」のこと。また、「春・夏のころ、青葉の中に赤く色づいた葉があること」をいう。ちなみに、「わくらばに」（邂逅《かいこう》に）は、「たまたま」「まれに」「偶然に」の意。

534 わさだかりがね

「早稲田雁が音」と表記し、「早く実る稲を植えてある田んぼで、成熟した稲を刈るころに、飛来して来る雁」のこと。「早稲田を刈る」と秀句に掛けて詠んでいる。〔**詠み方**〕「山田」「沢田」「湊田」などに寄せて詠むといい。

535 わぎもこ

「吾妹子」「我妹子」と表記し、「(男性が愛情を込めて妻や恋人などを呼んで)わたしの愛しい妻」「いとしいあなた」「おまえ」の意。「わがいもこ」の縮まった形。

536 **わぎへのその**

「我家の園」「吾家の園」と表記し、「自分の家の庭園」の意。「わがいへのその」の変化形。

537 **わきたへのぬの**

「わきたへの布」と表記し、「神に奉る布」のことか。ちなみに、この語は、寡聞《かぶん》にして知らないので、長伯の解説をそのまま紹介した。

538 **わびしき**

「侘びしき」と表記し、「憂鬱なこと」「心が晴れないこと」、「困ったこと」「迷惑なこと」、「つらいこと」「苦しいこと」、「面白くないこと」「つまらないこと」、「寂しいこと」「心細いこと」「頼りないこと」、「みすぼらしいこと」「貧しいこと」などの意がある。「心に憂え、痛む感情を持つ」趣。なお、「侘びし」の語は、動詞「侘ぶ」の形容詞化したもの。物事が思うようにならないことからくる「つらさ」「困惑」を表わすのが原義。主観的に「苦しい」という心情を表わす場合と、客観的な事態に対する「期待はずれ」や、「貧困にある状態」などを表わす場合とがある。

539 **わびしらに**

「侘びしらに」と表記し、「わびしそうに」「寂しそうに」「切なそうに」の意。『古今集』の凡河内躬恒《おおしこうちのみつね》の、

＊わびしらにましらな鳴きそあしひきの山のかひある今日にやはあらぬ(古今集・雑《ざつ》体《てい》・凡河内躬恒・一〇六七、そんなに心細そうに猿よ、鳴かないでおくれ。山も峡《かい》なら効《かい》のある今日ではないか)

の詠歌に用いられている当該表現は、なまじっか真似しないほうがいい、といわれている。

540 **わすれぐさ**

「忘れ草」と表記し、「(植物の名で)萱草」の古い言い方。「憂いを忘れさせる草」といわれ、恋の苦しみを忘れるために、下着の紐につけたり、垣根に植えたりしたもの。また、「住吉の岸」に生えるともいわれた。ちなみに、長伯は、『伊勢物語闕疑《けつぎ》抄《しょう》』が『兼載聞書《けんさいききがき》』の「忍ぶ草忘れ草問答」を載せて、檜《ひのき》の葉に似ているのを「忍ぶ草」といい、一つ葉(岩柏)に似ているのを「忘れ草」と、通常いわれているが、草の形状を詮索しても仕方がない、と言及している。なお、「つらいことを忘れさせる」ことから「忘れ草」というのに対し、「人に忘れられる」草と見て、「自分を忘れようとする不実な相手に抗議する意を持つ草」という、正反対の解釈も生じていることを言い添えておこう。

541 **わすれみづ**

「忘れ水」と表記し、「野中や岩陰などを、人知れず流れる水」のことをいう。和歌では、多く「絶え絶え」などを導く序詞に用いられる。

542 **わすれがたみ**

「忘れ形見」と表記し、「忘れないために残しておく記念の品」「亡くなった人の記念となる物」、「親の死後に残された子」「遺児」などの意がある。ちなみに、「忘れ難み」とも表記されるが、その場合は、「忘れることができないので」の意となる。要するに、「形見」と「難み」とを掛けた語。

〔か〕

543 **かはと**

「川門」と表記し、「川の両岸が迫って、川幅が狭くなっている場所」、また、「川の渡り場」のことをいう。

544 **かはづら**

「川面」と表記し、「川のほとり」、「川の水面」などの意がある。

か

545 **かはをさ**
「川長」と表記し、「渡し守」「船頭」をいう。「淀の川長」とも、また、「天の川長」とも詠まれている。

546 **かはよど**
「川淀」と表記し、「川の水が淀んでいる所」のこと。

547 **かはくま**
「川隈」と表記し、「川の流れが折れ曲っている所」「川が折れ曲がって流れている所」のこと。

548 **かはしま**
「川島」と表記し、「川の中にある島」のこと。和歌では多く「交はす」に掛けて用いられる。〔詠み方〕「心を川島」などと続ける。「心を返す」と受けたのだ。また、「川島」は、水が両方へ分かれても、再び下流で合うものだから、「行く巡りても、あふ」ことに詠まれる。

549 **かはらのまつ**
「瓦の松」と表記し、「荒れはてた家の瓦の上に生えた松」のこと。白居易の『新楽《しんが》府《ふ》』の「牆有ニレ衣兮瓦有ニレ松」（牆《しょう》に衣有り、瓦に松有り）に依拠した表現。

550 **かはなぐさ**
「川菜草」と表記し、「川に生えている藻」の総称。『古今集』の「古今伝授」の「三木」の中のひとつ。

551 **かわらか**
「乾らか」と表記し、「さっぱりとして、こぎれいなさま」をいう。なお、「かはらか」と表記されることが多い。「さはやかに、きれいなる」趣。和歌にはそれほど詠まれず、物語の用語として用いられている。

552 **かはぼりあふぎ**
「蝙蝠扇」と表記し、「（開いた形が蝙蝠《こうもり》に似ていることから）骨の片側だけに紙を張り、閉じられるようになっている扇」「扇子」のこと。「かはぼり」は「蝙蝠」のこと。扇はもともと、蝙蝠を見て作り始めたもの。

○日暮るれば軒に飛び交ふかはぼりの扇の風も涼しかりけり（新撰六帖・第五帖・衣《きぬ》笠家良《がさいえよし》・一八四一、日が暮れると、軒端《のきば》のあたりを飛び交う蝙蝠の扇〈扇子〉の風も涼しいことだ）

553 **かばかり**
特に用字法が見当たらないが、「（「ばかり」が程度を表わす場合）これぐらい」「この程度」、「（特に、程度がはなはだしい場合）こんなにも」、「（「ばかり」が限度を表わす場合）これだけ」などの意を表わす。

554 **かはらや**
「瓦屋」と表記し、「瓦葺きの屋根」、「瓦屋根の建物」、「瓦を焼くための竈《かま》」などの意がある。

555 **かはやしろ**
「川社」と表記し、「川のほとりや滝の上にある神社」、「昔、六月に行なわれる『夏《な》越《ごし》の祓《はら》え』の時などに、川のほとりに棚を設けて、榊《さかき》や笹を立て、神楽などを奏して神を祭ったこと」、また、「そのための祠《ほこら》」などの意がある。なお、長伯は、藤原俊成《しゅんぜい》の説として、「川浪のたぎって落ちる音が、太鼓のように聞こえるのを、神楽に聞き倣《なら》していうこと」を紹介している。

556 **かはのいしのぼりてほしとなる**
「川の石上りて星となる」と表記し、「絶対にありえないこと」の譬え。『日本書紀』で、神功《じんぐう》皇后が新羅《しらぎ》を平定した時に、新羅の王が「阿利那礼《ありなれ》川の水が、逆さまに流れ、川の石が天に上って星となることがない限り、…」といった誓いの言葉に出てくるもの。

557 **かほどり**
「容鳥」「貌鳥」と表記し、「顔の美しい鳥」、「『郭公《かっこう》』の古称」などの諸説があるが、語義未詳。

558 **かほよどり**
「顔佳鳥」「容佳鳥」「貌佳鳥」と表記し、

「鳥の名だが、なに鳥かは不明」。中古以降はおおむね、「容姿の美しい鳥」と考えられているが、「雉の雄」「鴛鴦《おし》」「翡翠《かわせみ》」「雲雀《ひばり》」「郭公《かっこう》」など、諸説がある。

559 かへなし

「栢梨」と表記し、「昔、摂津国栢梨の庄から朝廷に献上した、梨で造った甘酒」のこと。宮中の「仏名会《ぶつみょうえ》」に公卿および衆僧の勧盃《けんぱい》の料とした。

560 かべ

「壁」と表記し、「夢」のことをいう。『歌《か》林良材集《りんりょうざいしゅう》』に「夢」のこととある。夢は「寝《ぬ》る」と見るが、壁も「塗る」ものだからだ。主として、和歌に用いられる。

561 かどさせりてへ

「門鎖せりてへ」と表記し、「門が固く閉ざされていて入れない、といっておくれ」の意。なお、「てへ」は「とい（言）へ」の省略形。

○今さらに訪《と》ふべき人も思ほえず八重葎《やへむぐら》して門させりてへ（古今集・雑歌《ぞうか》下・読み人知らず・九七五、今さらわたしを訪ねて来そうな人も思い浮かばない。生い茂った葎で門が閉ざされていて入れない、と言っておくれ）

562 かぢばしら

「楫柱」と表記し、「船の櫓《ろ》を仮に柱にしたもの」をいう。なお、長伯は、「船の楫には長き柄のあるを、かぢばしらと云ふ」と記す。

○海松布《みるめ》刈る海人の苫屋の楫柱しばし恨みぬ時の間ぞなき（堀河百首・恋十首・恨・源顕仲《あきなか》・一二七四、海松布を刈る漁師が住む苫葺きの家の楫柱よ。わたしはあの人に逢うこともなく、漁師が浦を見ない時がないように、ほんのしばしも恨まない時がないよ）

563 かぢまくら

「楫枕」「梶枕」と表記し、「（船の楫を枕にするという意から）船の中で泊まること」「船旅」をいう。〔詠み方〕「旅泊」の歌に詠むといい。

564 かじきはく

「橇履く」「樏履く」と表記し、「雪の上を歩きやすくするために、履物の下に輪のようなものを付けること」をいう。北国では雪の上を歩くとき、「樏」というものを履くと、雪に埋まらないで容易に歩行することができるのだ。「樏履く越《こし》の旅人」と詠まれている。

565 かちぬの

「褐布」と表記し、「播磨国飾磨《しかま》の里から産出される藍で染めた布」のこと。「飾磨の褐」と詠まれている。2175「しかまのかち」の項参照。

566 かりとなく

「かりと鳴く」と表記し、「雁がかりかりと鳴く」の意を表わす。「雁が音《かりね》」（雁）は「かりかりと鳴く」ので、「かり（雁）」と命名されたわけだ。「物の仮の姿」の趣に寄せている。

○行く月をにはかに隠す浮き雲はかりと鳴く音に消ゆる空かな（続撰吟集・詠三首和歌・三条西実隆《さんじょうにしさねたか》・一二九一、上空を巡る月を突然隠す浮雲は、仮の間だと鳴く雁の鳴き声とともに、まもなく消えてもとどおりの空が現われることだ）

567 かりのたまづさ

「雁の玉章」「雁の玉梓」と表記し、「手紙」「消息」をいう。中国の漢代の武将蘇《そ》武《ぶ》が、匈奴《きょうど》に捕らわれの身となったときに、故郷が恋しくなって、雁の脚に手紙をつけて運ばせたという「雁信」の故事によるもの。また、雁が列を作って飛行する姿を、文字の形に見立ててもいう。「雁の便り」、次項568の「かりのつかひ」に同じ。〔詠み方〕「春の雁」にも、「秋の雁」にも詠むもの。

568 かりのつかひ

「雁の使ひ」と表記し、前項の567「かりのたまづさ」に同じ。

○いにしへのその玉章は掛けずして足をふくめる雁の使ひか（久安百首・秋二十首・藤原隆季《たかすえ》・五四二、昔の例の蘇武の「雁信」の手紙は足に掛けないで、足を腹部に入れて運ぶ雁の使いであることよ）

569 かりかへりつばめくる

「雁帰り燕来る」と表記し、「（春の年中行事的な自然の運行・推移で）秋に飛来してきた雁が春に北国へ帰ると、入れ替わるように南国から燕がやって来ること」をいう。雁は二月の半ばに「常世」に帰り、燕は二月半ばに「常世」から来るといわれている。

570 かりのやど

「仮の宿」と表記し、「一時的な住居」のこと。多くの場合、「無常ではかないこの世」を暗示する。「仮の宿り」ともいう。要するに、「かりそめの宿」と理解すればよい。〔詠み方〕「この世」をさして、「仮の宿」といい、また、「旅の宿り」をもいうわけだ。

571 かりそめぶし

「仮初伏し」と表記し、「ちょっと横になって眠ること」「仮寝」、「出来心で男女が床を同じくすること」などの意がある。〔詠み方〕「秋の田のかりそめぶし」などと続け、「恋」に詠まれている。

572 かりふのすすき

「刈り生の薄」と表記し、「柴や草を刈ったあとに、再び芽を出した薄」のこと。

573 かりこも

「刈り薦」「刈り菰」と表記し、「刈り取った真菰《まこも》」（水辺に生える草）のこと。〔詠み方〕「菰」には「乱るる」という縁語があるので「恋」に寄せて、「刈り菰の思ひ乱るる」などと続けて詠まれている。

574 かりほ

「仮庵」と「刈り穂」の両表記がある。前者は「仮に作った簡単な小屋」の意。後者は「刈り取った稲の穂」の意。ただし、「刈り穂の庵」となると、「刈り穂」は「仮庵」に掛けた語となり、「仮庵」と同じ歌語となる。具体的には、「茅や薄の穂で仮に作った庵」の意味を担う。なお、長伯は、「借庵」の用字法もあって、これだと「かりそめの庵」の趣とする。どちらの説であれ、「仮」の「庵」と詠めばいいわけ。

575 かりすごしやまだ

「刈り過ごし山田」と表記し、「稲を刈り過ごした後の山田」のこと。

576 かるもかくふすゐ

「枯る草掻く臥す猪」と表記し、「枯れ草をかき集めて寝るという猪」の意だが、「枯る草掻く」が「臥す猪」にかかる「枕詞」である。猪は枯る草を敷いて寝るということから、「かるも掻く臥す猪」と詠むのだ。〔詠み方〕「かるも」には「乱るる」という語が縁語。「恋」に関連させて、「ひとり寝」を、「臥す猪の床」に準えて、「涙の露乱るる」由などを詠む。1601「ふすゐのかるも」の項参照。

○待ちわびて臥す猪のかるもかくばかり乱るとだにも思ひやは知る（延文百首・恋二十首・寄猪恋・尊道《そんどう》法親王・八八一、あなたのお出でを待ち焦がれて、枯れ草をかき集めて寝る猪にも比される、わたしの寝床がこんなにも乱れているとさえ、よもやご存知ではないでしょうね）

577 かるる

「離るる」と表記し、（空間的に）「離れること」「遠ざかること」、（時間的に）「途絶えること」「間遠になること」、（心理的に）「関係が絶えること」「疎遠になること」などの意がある。「離るる」の趣。「目離るる」「人目離るる」「夜離るる」「離れゆく中」「離れ離れの中」などの表現・措辞はどれも、「離」の字。〔詠み方〕「離」を、「草木が枯れる」に寄せて、「人目も草もかるる」などと詠まれている。なお、「離る」の語は、身近にあったもの、大事に思っていたものが「離れ遠ざかる」意を持ち、空間的・時間的・心理的の三つの局面で用いられる。平安時代以降は、「枯る」と掛けるなど、和歌に用いた例が多い。

578 かをとめて

「香を尋めて」「香を求めて」「香を覓めて」と表記し、「香を探し求めて」「香を尋ねて」の意。「とめて」（「とむ」の連用形＋接続助詞「て」）は、「求む」の意で、「留《とど》む」の意ではない。〔詠み方〕「梅」「桜」「橘」「菊」などに詠まれている。

579 かをさしてむまといふ

「鹿を指して馬と言ふ」と表記し、「間違ったことを、権力をもって強引《ごういん》に押し通すこと」をいう。中国の秦の趙高が、始皇帝の死後、丞相となって擁立した幼少の皇帝に、鹿を献上しておき、自己の権力でそれを馬だと押し通したという、『史記』の故事に依拠している。

○鹿をさして馬といふ人ありければ鴨をも鴛鴦《をし》と思ふなるべし（拾遺集・雑《ぞう》下・藤原仲文《なかふみ》・五三五、昔、中国で、鹿をさして馬と言った人があったから、あなたも鴨を鴛鴦と思うのだろう。――あなたは、かもをわたしに貸すのを、惜しいと思っているのだろう）

580 かかし

「案山子」と表記し、「田畑が鳥獣に荒らされるのを防ぐため、それらの嫌う匂いを出して、近づけないようにしたもの」「獣の肉を焼いて串に刺したり、毛髪、ぼろ布などを焼いたものを、竹に下げたりして田畑に置くもの」「おどし」、「竹や藁《わら》で作った等身大、または、それより少し小さい人形」「弓矢を持たせたり、蓑《みの》や笠をかぶせたりして、田畑などに立てて人がいるように見せかけ、作物を荒らす鳥や獣を防ぐもの」「かがせ」「そほづ」、「見かけばかりで、地位に相当した働きをしない人」「見掛け倒し」などの意がある。「山田の案山子」と詠まれている。「鳥おどし」ともいう。

581 かよわき

「か弱き」と表記し、「いかにも弱そうな感じであること」の意。

582 かたいと

「片糸」と表記し、「縒《よ》り合わせる前の、細い糸」のこと。弱くて切れやすく、「片思ひ」などの象徴として和歌によく詠まれる。〔詠み方〕「片恋」に寄せ、また、「片糸のあはで乱るる」などと表現して、「不ルレ逢ヘ恋」にも多く詠まれている。「結ぶ」「絶ゆる」「逢はぬ」「乱るる」「結ぼほる」などが縁語である。なお、「片糸の」は、「片糸」に縁のある「よる」「くる」「あふ」などにかかる「枕詞」。

583 かたぬくしか

「肩抜く鹿」と表記し、「鹿の右肩の骨を抜き取って、朱桜《ははか》（ウワミズザクラ）の木で焼き、表面に出た裂け目の裂けかたによって吉凶を占う上代の占法」のこと。天照大神が天の岩戸を閉じて籠もられたとき、思兼《おもいかね》の神が深謀遠慮をめぐらして、天照大神が岩戸から出て、姿を現わすように占うために、天児屋命《あめのこやねのみこと》と布刀玉命《ふとだまのみこと》に命令して、天の香具山《かぐやま》の真男鹿《まおしか》を捕らえて、上述の方法で占いをさせたという話で、『続歌《か》林良材集《りんりょうざいしゅう》』が紹介している。

○かぐ山のははかがもとにうらとけて肩抜く鹿は妻恋なせそ（堀河百首・秋二十首・鹿・大江匡房《まさふさ》・七〇六、香具山に生えている朱桜の木の根元の部分で、鹿の肩の骨を焼いて、そのひび割れ具合で吉凶禍福を占った、その占いではないが、心の中でする占いが打ち解けたからといって、肩の骨を抜いた鹿は、妻恋をしてはいけないよ）

584 かたうづら

「片鶉」と表記し、「雌雄相伴わないで、離れている鶉」のこと。

585 かたをなみ

「潟を無み」と表記し、「干潟がなくなるので」の意。「和歌の浦」に詠まれる。「潮が満ちて干潟がなくなる」趣。「無み」は、形容詞の語幹について、原因・理由を示すミ語法。俗説に、「和歌の浦」は、「男波」（高く強い波）ばかりで、「女波」（低く寄せてくる波）がないので、「かたをなみ」（片男波）というとあるが、まさに荒唐無稽な説だ、と長伯はいう。

586 かどある

「才ある」と表記し、「才能がある」、「趣のある」などの意。「才ある人」とは、「才気があって、物事を理路整然と主張できる人」をいう。

587 かたかど

「片才」と表記し、「わずかな才能や技術」「少しのとりえ」をいう。

588 かたしろ

「形代」と表記し、「神や霊などの代わりとして祭るもの」、「陰陽師《おんみようし》などが、禊《みそぎ》や祈禱《とう》のときに用いる人形」（紙や藁で作り、それで人のからだを撫でて穢《けが》れを移してから身代わりとして水に流した。「撫で物」「人形」に同じ）、「本人の身代わり」などの意がある。

589 かたへ

「片方」と表記し、（対になるものの）「一方」「片側」、（全体のうちの）「半分」「一部分」、「かたわら」「そば」、「側にいる人」「仲間」などの意がある。「傍ら」の趣。「片方の人」は「側にいる人」の意。

○夏と秋と行きかふ空の通ひ路はかたへ涼しき風や吹くらむ（古今集・夏歌・凡河内《おおしこうちの》躬恒《みつね》・一六八、去る夏と来る秋と、二つの季節が行き違う空の通り道は、片側では涼しい風が吹いているのだろうか）

これは「片側」の趣。「庭のかたへ」などは、「庭の傍ら」の趣。

590 かたえ

「片枝」と表記し、「木や草の片側の枝」「片っ方の枝」「片枝」の意。

591 かたかへり

「片廻り」「片回り」「撫鷹」などと表記し、「生後二歳の鷹」をいう。なお、鷹の羽が夏の終わりから冬にかけて抜け、生え変わることを、「鳥屋《とや》」というので、「一《ひと》鳥屋」ともいう。ちなみに、「諸《もろ》廻り」とは、「三年を経た鷹」をいい、「二《ふた》鳥屋」ともいう。

592 かたみ

この歌語には三義がある。まず、「形見」と表記し、「過ぎ去ったことを思い出させるもの」「記念品」「思い出のよすが」、「死んだ人や別れた人が残していったもの」「遺品」「遺児」「形見の品」などの意がある。次に、「筐」と表記し、「竹などで作った、目の細い小さな籠」「勝間《かつま》」の意。最後に、「互（に）」と表記し、「お互いに」「かわるがわる」の意を表わす。なお、平安時代、「かたみに」は和歌や和文に用いられ、類義語の「たがひに」は漢文訓読文に用いられた。

593 かたしきのそで

「片敷きの袖」と表記し、「自分の衣の片袖だけを敷いて寝る、ひとり寝の袖（衣）」のこと。「恋」に多く詠まれている。「片敷き衣」「衣片敷き」も同じ。

594 かたそぎ

「片削ぎ」と表記し、「神社の屋根の『千《ち》木《ぎ》』で、先端の片側が切り落とされているもの」をいう。456「ちぎ」の項で言及したので、詳細は省略に従う。「神社」「社頭」の歌に詠むといい。

595 かたより

「片寄り」「偏り」と表記し、「中央の部分やある標準の位置から外れて一方に寄ること」をいう。古くは、「に」を伴って、「ただ一方によって」「ひたすら」の意で副詞的に用いられる。「荻の葉向けの片寄りに」などと詠まれている。「片一方へ靡《なび》き寄る」の意。「竹の葉」「稲葉」「尾花」などにも詠むといい。

596 かたやまざと

「片山里」と表記し、「辺鄙《へんぴ》で寂しげな山

里」「片田舎の村里」の意。

597 かたぶち

「片淵」と表記し、「川の片一方の岸が深くなって、淵となっている所」をいう。

598 かたしがひ

「片し貝」と表記し、「二枚貝の、合わさっていた貝殻の離れた一片」をいう。〔詠み方〕「片思ひ」に寄せて、「かたし貝逢はでもの思ふ」などと続ける。

599 かぞいろは

「父母」と表記し、「父母」「両親」のこと。「かぞ」は「父」、「いろは」は「生みの母」の意。「かぞいろ」に同じ。

600 かづきする

「潜きする」と表記し、「海人が水中に潜ること」「海人が水中に潜って、貝や海草などをとること」をいう。「海人の潜き」とも「潜きする海人」とも詠まれている。

601 かつらををる

「桂を折る」と表記し、「官吏の登用試験に文章生《もんじょうしょう》が及第すること」をいう。『晋書《しんじょ》』の郤詵伝《げきせんでん》で、「優れた学才を『桂の枝』に譬えた故事」による。

○ひさかたの月の桂も折るばかり家の風をも吹かせてしがな（拾遺集・雑《ぞう》上・菅原道真母・四七三、あなたが成人して元服したからには、月の桂を折り、才名を上げるくらいのことをして、儒学の家の伝統を継承し、おおいに家名を高めてほしいものだ）

このように詠んだのは菅原道真も儒家であったからだ。

602 かづらのを

「葛の弦」「蔓の弦」と表記し、「（隠者が葛などを琴の弦としたということから）隠者などが奏でる音楽」「実際には聞こえない、心の中の音楽に譬えられること」の意。

603 かつ

「且つ」と表記し、「（相反するような二つの動作・事態について）一方では」、（異なる動作・事態が同時に存在するさまをいい、「…かつ…」「かつ…かつ…」の形をとることが多い）「一方では…し、一方では…する」「…しては、…する」、（二つの動作・事態がほぼ同時に引き続いて行なわれるさまを表わし）「…（すると）すぐに」「たちまち」「ようやく」「わずかに」などの意がある。これらは「副詞」の用法。なお、「接続詞」の用法もある。（二つの動作・事態がほぼ同時に引き続いて行なわれるさまを表わして）「さらに」「その上」「また」の意がある。なお、この語は、一方である動作が行なわれると同時に、他方でも別の動作が行なわれることを示す。「かつ…かつ…」というように用いられる場合と、「かつ」のみで用いられる場合とがある。接続詞の「かつ」は、副詞から転じたもの。

○憂きながら人をばえしも忘れねばかつ恨みつつなほぞ恋しき（新古今集・恋歌五・読み人知らず・一三六三、薄情がつらいとは思いながら、人を忘れることができないので、一方では恨みながら、やはり恋しいことだ）

これは副詞の用法が適応される例歌（証歌）である。

○暮れぬまの身をば思はで人の世のあはれを知るぞかつははかなき（新古今集・哀傷歌・紫式部・八五六、今日が暮れてしまうまでのわずかな時間、それだけが自分に残された命であるのかも知れないのに、明日をも知らぬわが身のことは忘れて、他人の死から、人の世がどれほどはかないものかを知るとは、これもまた、はかないことだ）

＊恋のごとわりなきものはなかりけりかつ睦《むつ》れつつかつぞ恋しき（後撰集・恋一・読み人知らず・五八三、恋のように理屈に合わないものはありはしないよ。一方では親しく接しながら、それだけでは満足できず、また一方で恋い慕ってしまうのだから）

これらの例歌（証歌）も、副詞の用例に適応しよう。

604 かつがつ

か

「且つ且つ」と表記し、「不十分ながら」「不満足ながら」「ともかくも」「ともあれ」、「かろうじて」「ようやく」、「とりあえず」「ひとまず」、「早くも」「もうすでに」などの意を表わす。

○岩井汲むあたりの小笹《をざさ》玉越えてかつがつ結ぶ秋の夕露（新古今集・夏歌・藤原兼実《かねざね》・二八〇、岩井の水を汲んでいるあたりのささの上を、水の玉がころころと転がって、少しずつ結ぶ秋の夕露よ）

605 **かづらきのかみ**

「葛城の神」と表記して、「葛城山にいるという一言主神《ひとことぬしのかみ》」の異称。29「いはばしのよるのちぎり」の項で、すでに言及しているので、ここには省略する。

606 **かつみ**

適当な用字法が見当たらないが、「真菰《まこも》」「菖蒲」の異称など、諸説がある。陸奥国《みちのくに》安積《あさか》の沼に生える草で、「菖蒲」に似た草の由。古くから和歌で「安積の沼の花かつみ」として知られ、よく「且つ見」との掛詞としても用いられる。〔詠み方〕「かつみを見る」趣に寄せて、「恋」に詠まれている。

607 **かづらこ**

「縵児」と表記し、『万葉集』巻十六に伝える伝説上の女性」のこと。『歌林良材集《かりんりようざいしゆう》』は次のように引用する。昔、大和国に三人の男がいて、一人の女に恋をした。その女（縵児）は三人の男から同時に求婚されて、男たちの気持ちが和らげられそうにないので、耳無《みみなし》の池で入水《じゆすい》自殺した。三人の男は悲しみに耐えられなくて、次のように各々、歌を詠んだ。

○耳無の池し恨めし我妹子《わぎもこ》が来つつ潜《かづ》かば水は涸《か》れなむ（万葉集・巻十六・作者未詳・三七八八、耳無の池は恨めしい。あの娘が来て身を投げたら、水が涸れてほしかったなあ）

○あしひきの山縵《やまかづら》の児今日行くと我に告げせば帰り来《こ》ましを（万葉集・巻十六・作者未詳・三七八九、山縵の乙女が、今日行くとわたしに予告してくれていたら、帰って来るのだったのに）

○あしひきの山縵の児今日のごといづれの隈《くま》を見つつ来《き》にけむ（万葉集・巻十六・作者未詳・三七九〇、山縵の乙女は、今日わたしが見るように、どの曲がり角を見ながら来たのだろうか）

608 **かねごと**

「予言」と表記し、「あらかじめ言っておく言葉」「未来を予想して言う言葉」「男女が約束した言葉」のことをいう。「将来・行く末のことを契ること」をいうわけで、「恋」に詠むもの。

609 **かなづる**

「奏づる」と表記し、「神楽の舞を舞うこと」「手足を動かして舞うこと」、「音楽を奏でること」などの意がある。「奏づる巫《き》覡《ね》」「奏づる袖」などと詠まれている。

610 **からき**

「辛き」と表記し、「舌を刺すような味のこと」「塩からいこと」、「残酷なこと」「つらいこと」「切ないこと」「苦しいこと」、「いやなこと」「不快なこと」「みっともないこと」、「危ないこと」「危ういこと」、「（悪い意味で程度が）はなはだしいこと」「並々でないこと」などの意がある。〔詠み方〕「塩」に関連させて、「焼く塩のからくも」などと続ける表現がある。「からき目」「からき憂き世」なども詠まれている。

なお、「からし」は、鋭く痛みを伴うような刺激を感じるさまを表わす語。「味」については、塩味に限らず、「酒」「唐辛子」「わさび」「山椒」「生姜」「胡椒」にも用いる。古語では、肉体的・精神的苦痛を表わす用例が多い。ちなみに、「からし」「いたし」「くるし」「わびし」は、自分の苦しい気持ちを表わす。「からし」はもともと、味が塩辛いから、「厳しい」「辛い」「苦しい」の意。「いたし」は、肉体的痛みから、

「精神的に苦しい」の意。「くるし」「わびし」は、状況による、「辛い」「苦しい」の気持ちを表わす。また、「からき命」は「危ない命」のほかに、「細々と暮らしている命」の意としても用いられる。

○おしてるや難波の御津《みつ》に焼く塩のからくも我は老いにけるかな（古今集・雑歌《ぞうか》上・読み人知らず・八九四、難波津で焼く塩がからいように、つらいことにわたしは年老いてしまったよ）

611 から

「殻」「骸」と表記し、「外皮」、「（虫などの）抜け殻」、「亡骸」「死体」などの意がある。「なきがら」とも続ける。「うつせみのから」というのは、「蝉の抜け殻」のこと。

○空蝉《うつせみ》は殻を見つつもなぐさめつ深草の山煙だに立て（古今集・哀傷歌・僧都《そうず》勝延《しょうえん》・八三一、蝉の脱け殻を見るように、葬られる前には亡骸を見ては、わたしは心を慰めていた。だが、火葬された今となっては、それも適わないことだ。深草の山よ、せめて煙だけでも立てておくれ）

612 からに

接続助詞で、適当な用字法が見当たらないが、（上の動作・状態が起こると、引き続いてすぐに下の動作・状態が起こることを表わす用法で）「…やいなや」「…とすぐに」、（上の動作・状態が、下の動作・状態の原因・理由であることを表わす用法で）「…ので」「…ため」、「（推量の助動詞「む」に付いて「むからに」の形で）たとえ…ても」などの意がある。「吹くからに」「聞くからに」の類。

○吹くからに秋の草木のしをるればむべ山風を嵐といふらむ（古今集・秋歌下・文屋《ふんや》康秀《やすひで》・二四九、吹くとたちまち秋の草木がしおれてしまうものだから、なるほどそれで山風を嵐というのだろう）

＊袖の香をよそふるからに橘のみさへはかなくなりもこそすれ（源氏物語・胡蝶巻・玉鬘《たまかずら》・三七〇、袖の香りを〈亡き母〉になぞらえられるので、橘の実〈私玉鬘〉までもがはかなく死んでしまうのではないかと心配だ）

613 からすばにかくたまづさ

「烏羽に書く玉章」「烏羽に書く玉梓」と表記し、「烏の羽に書いた手紙」のこと。黒一色で見分けられないのだが、この羽を湯気で蒸し練り絹に押しつけると容易に読み取ることができたという。敏達《びだつ》天皇の御世に高麗から日本の知恵をはかろうとして、烏の羽根に墨で書かれた表を献じてきたという、『日本書紀』の故事を踏まえて、「そのままでは読めないこと、見分けがたいこと」を譬えていう。

＊わが恋は烏羽《からすば》に書く言《こと》の葉のうつさぬほどは知る人もなし（堀川百首・恋十首・藤原顕季《あきすえ》・一一四一、烏の羽に書いた言葉が、絹に写さないうちは分かる人がいなかったように、わたしの恋も誰かが語らない限り知る人はないよ）

614 からごろもはる

「唐衣春」「韓衣春」と表記し、「衣は張るものだから、『春』というために、『からごろも』と置く」のだと、長伯は言及する。ちなみに、「唐衣」は通常、衣服の縁から、「着る」「裾」「袖」「裁つ」「紐」などの語と、それらと同音の語にかかる「枕詞」とされる。なお、「からごろも」は、「中国の衣服」「舶来の衣服」、「衣の美称」などの意があるが、「からごろも」の実体は未詳。元来は文字通り、韓の国から渡来した中国風の衣服を指したのだろうが、万葉時代から歌語になっていたらしい。平安時代には、女官の正装である「唐衣《からぎぬ》」を指す歌語として意識されていたという説もあるが、具体的な衣服を指し示しているというより、歌語としてそうした衣服を着る上流の女性を連想させ、雰囲気を持たせる用いられかたがされていると考えるべきか。

615 からたま

「唐玉」「韓玉」と表記し、「舶来の美しい玉」をいい、美しさと気高さを象徴するものであった。ある説に曰く、「韓国には殊に玉を重宝《ちようほう》する」と。だから、「韓玉」というのだろう。

616 かのこまだら

「鹿の子斑」と表記し、「小鹿の毛の色のように、茶褐色の地に白い斑点のあるさま」をいう。鹿の子の毛は、まだらに所々白いので、「鹿の子斑」という。それを、雪が所々斑である状態に詠むのは、「鹿の子」に見立てて言っているわけだ。**〔詠み方〕**「雪」が所々にある、または「卯の花」などが所々に咲いている野を、「鹿の子」に援用しているのだ。

617 かのくに

「彼の国」と表記し、「仏の悟りの境界」「極楽浄土」のこと。

○法《のり》の道跡なき後の百年《ももとせ》をなほかの国に迎へありとや（続撰吟集・巻三・釈教《しやつきよう》・姉小路基綱《もとつな》・一一五八、仏教では、足跡《そくせき》のなかった行ないの結果としての現世の、後の百年を、さらに仏の悟りの境界で過ごせよ、そうすればお迎えがあるといわれている）

618 かくて

「斯くて」と表記し、（「かく」で支持される内容を受けて）「このようにして」「こうして」、（後述の内容を説き起こす接続詞となったもので）「さて」「こうして」などの意がある。

619 かくや

「斯くや」と表記し、「このような様子だろうか」の意。

620 かくしこそ

「斯くしこそ」と表記し、「このようにも…」「こんなふうに…」の意を表わすが、「こそ」の結びが省略されているので、已然形の活用語を適当に補って読解するとよい。

621 かくしつつ

「斯くしつつ」と表記し、「このようにしながら…」「このようにしきりに…して」の意。

622 かくろふ

「隠ろふ」と表記し、「隠れている」「ひっそりと人目に付かないようにしている」の意。連用形の「隠ろひ」（四段形）、「隠ろへ」（下二段形）ともに同じ意味。

623 かくみ

この語について、長伯は「如是」と表記し、『万葉集』に「如是《かくみ》」と記すので、「かくのごとく」の意だとする。しかし、同集は「如是」を「かくのごと」（巻十六・三七九三）と訓読しており、「如是」を「かくみ」と判読しえるのか否か、現時点では筆者には分明でなく、紹介するに留めておきたい。

624 かくれぬ

「隠れ沼」と表記し、「草などで隠されている沼」のこと。

625 かぐはしみ

「芳しみ」「馨しみ」と表記し、「香りがいいので」「香ばしいので」「美しいので」「心が惹《ひ》かれるので」「すばらしいので」などの意がある。「香をかぐはしみ」と詠まれている。

○榊葉《さかきば》の香をかぐはしみ尋《と》め来《く》れば八十氏《やそうぢ》人ぞまとゐせりける（拾遺集・神楽歌・五七七、榊の葉の香りがよいので、その場所を求めて尋ねてくると、多くの氏の人たちが楽しそうに寄り集まっていることだ）

626 かくらくのはつせ

「隠らくの初瀬」と表記し、「山の中にこもっているような地形の初瀬」の意。「隠らくの」は「こもっているような」の意だが、通常は、「隠りくの」といい、「初瀬」にかかる「枕詞」。だから、「隠らくの」も、「初瀬」にかかる「枕詞」と理解すればよかろう。なお、長伯は、この歌語には、二説があるとする。第一は、「極楽の初瀬」で、

「か」と「く」は五音相通《ごいんそうつう》（153の項参照）だからだとする。第二は、「隠ら口の初瀬」で、なぜなら、「初瀬は一方口」であり、三方から山で囲まれているので、「隠れている」趣がある「隠らく」と表現し、「初瀬」の「枕詞」となっているからとする。

627 かやひめ

「萱姫」「茅姫」と表記し、「草の生え始め」をいう。「くさかやひめ」とも、「かやのひめ」ともいう。『八雲御抄《やくもみしょう》』に、「かやのひめ」「草を植ゑけるはじめの名なり」とある。長伯は、またの説に、「草葉を守る神なり」とあるとする。

628 かやまくら

「萱枕」「茅枕」と表記し、「萱（茅）で作った枕」のこと。

629 かやむしろ

「萱筵」「茅筵」と表記し、「萱（茅）で作った筵」のこと。

630 かげふむみち

「陰踏む道」と表記し、「青柳《あおやぎ》や橘などの木が茂って、木陰をつくっている道」のことをいう。「青柳の陰ふむ道」「橘の陰ふむ道」などと詠まれている。〔詠み方〕「青柳」「橘」に詠むとよい。

631 かげとなるみ

「影となる身」と表記し、「（水面に映る）影のようになった我が身」のこと。「身が痩せ衰えて影のようになった」趣をいう。〔詠み方〕「恋」に詠むとよい。

○篝火《かがりび》の影となる身のわびしきは流れて下に燃ゆるなりけり（古今集・恋歌一・読み人知らず・五三〇、篝火の水に映る影のようになったわたしの身の悲しさは、流れる水底に篝火の光が燃えて見えるように、泣きながら心の奥底で思いの火に燃えていることだよ）

632 かけはなれにし

「掛け離れにし」と表記し、「遠く離れてしまった」、「（人間関係が）疎遠になってしまった」などの意がある。「世の中をかけ離れにし」「心にはかけ離れにし」などと詠む。〔詠み方〕「掛け物」に寄せていう場合は、表現が細やかで、好ましい。たとえば、「あやめぐさかけ離れにし」「ゆふだすき掛け離れにし」「岩橋の架け離れにし」などの類。なお、「その面影が離れてしまった」の意の「影《かげ》離れにし」の用例が、『続千載集』（七三七）に載る。

633 かけて

「掛けて」「懸けて」と表記し、（ある行為や動作が対象となる範囲に及んでいくさまを表わして）「…を兼ねて」、「…になって」「…にわたって」「…にいたって」、「…を目指して」「…に向かって」などの意がある。なお、副詞として、「心にかけて」、（下に打ち消しの表現を伴って）「決して…ない」「少しも…ない」などの意もある。

○行く末を掛けて契りしうつつをば跡なき夢にいかがなすべき（新後撰集・恋歌三・藤原為経《ためつね》・一〇五〇、二人の将来に向かって約束をしたこの現実を、他愛もない夢でどうして終わらせることができようか）

634 かけのたれを

「鶏の垂れ尾」と表記し、「長く垂れ下がった鶏の尾」をいう。「かけの垂れ尾の長き夜」と詠まれている。

635 かげぶちのこま

「鹿毛斑の駒」と表記し、「体の毛は褐色、たてがみと尾・膝の下は黒色に、白色などの斑点のある馬」のこと。

636 かげろふ

「陽炎」と表記する場合と「蜻蛉」「蜉蝣」と表記する場合の両義がある。まず、「陽炎」の場合は、「強い陽光に暖められて、地表から立ち昇る水蒸気に光が反射し、ゆらゆら揺れて見える空気」のこと。春の晴天の日などによく見られる。「かげろふの燃ゆる春日」など、「春の陽気」をいう。また、平安時代の和歌では、「実体のないもの」「はかなく消えやすいもの」の譬えとして用いられることが多い。〔詠み方〕「春」の歌に詠むといい。

次に、「蜻蛉」「蜉蝣」の場合は、「とんぼの古い言い方」のこと。「かげろふのあるかなきか」といい、「夕暮れに命かけたるかげろふ」などと詠まれているのが、この場合の用例だ。形はとんぼに似ているが、体は小さく、水辺にいるものが多い。体や羽は弱々しく、また、成虫での生存期間が短いことから、「はかないもの」に譬えられる。〔詠み方〕「物のはかなきこと」に寄せて詠むといい。

637 **かげろひて**

「影ろひて」と表記し、「日がかげって」「光が遮《さえぎ》られて陰になって」、（光や姿が）「ほのめいて」「ちらついて」「ちらちらして」などの意がある。「雲にかげろふ」などの表現は、「雲によって陰になった」ということ。

638 **かげのいほ**

「陰の庵」と表記し、「木の陰などにある庵」のこと。

639 **かけまくもかしこき**

「懸けまくも畏き」と表記し、「口に出していうのも畏れ多いこと」の意。「神」の語を引き出す序として、「祝詞《のりと》」によく用いられる。〔詠み方〕「神祇」などに多く詠まれる。

640 **かけてもいはじ**

「掛（懸）けても言はじ」と表記し、「ちょっとでも言うことはあるまい」「かりそめにもいうことはあるまい」「全然口に出すつもりはない」の意。〔詠み方〕「波」「露」「糸」などの類の掛け物を寄せて、詠むといい。

○逢ふことはかけても言はじあだ波の越ゆるにやすき末の松山（続拾遺集・恋歌五・藤原道良《みちよし》・一〇二六、あなたと逢って契りを結ぶなど、かりそめにも約束はいたしません。いたずらに立ち騒ぐ波〈あなたの浮気な心〉が越えるのはたやすい末の松山〈わたし〉ですから）

641 **かこつ**

「託つ」と表記し、「他人のせいにする」「かこつける」「口実にする」、「嘆く」「恨みに思って愚痴をこぼす」、「（関係づけて）頼みとする」などの意がある。なお、「かこつ」は、もともとは「原因・理由などを他のせいにする」意。それを言い続ければ、自然と愚痴になり、恨み言となるわけだ。

642 **かごと**

「託言」と表記し、「他のことに無理に結びつけてそのせいにしていう言葉」「言い訳」「口実」、「恨み言」「不平」「愚痴」、（「かごとばかり」の形で）「ほんのすこし」「ほんの申し訳程度」「形だけ」などの意がある。たとえば、『源氏物語』の紅葉賀巻の、

○中絶えば託言や負ふとあやふさにはなだの帯を取りてだに見ず（源氏物語・紅葉賀巻・光源氏・九八、もしもあなたと典侍《ないしのすけ》との仲が絶えたならば、わたしに帯を取られたせいだと、あなたから恨み言を言われはしないかと心配で、この縹《はなだ》の帯は手を触れて見ることもいたしません）

の詠歌では、「託言」は「託《かこ》つけがましき」の意で用いられている。また、

○東路《あづまぢ》の道の果てなる常陸帯《ひたちおび》のかごとばかりも逢ひ見てしがな（古今六帖・巻五・帯・作者未詳・三三六〇、東国の道の果てにある常陸国の常陸帯の鉸具《こうぐ》ではないが、ほんのすこしだけでもあなたに逢いたいものだ）

の詠歌では、「かごとばかり」は「ほんの少しだけ」の意味である。

643 **かごめに**

「香込めに」「香籠めに」と表記し、「香を含んで」「香ごと」の意。「梅」「桜」などに詠む。

○今日桜雫に我が身いざ濡れむ香込《かご》めにさそふ風の来《こ》ぬ間に（後撰集・春中・源融《とおる》・五六、今日は桜だ。さあ桜の雫に我が身は濡れよう。雫どころか、香りまで誘って行っ

てしまう風が来ない間に）

644 かさやどり

「笠宿り」と表記し、「雨にあって軒下や木陰などで雨宿りをすること」、「しばらくの間身を寄せること」などの意がある。

645 かさにぬふてふありますげ

「笠に縫ふてふ有馬菅」と表記して、「笠に縫い綴るのに用いるという、摂津国の有馬の菅」のこと。なお、「有馬菅」は、同音の繰り返しから「あり」にかかる「枕詞」。

646 かざまつり

「風祭り」と表記し、「大風が吹かないように、風の神に祈る祭り」のこと。豊作を祈って、二百十日ごろに行なわれた。

647 かざしのたま

「挿頭の玉」と表記し、「挿頭の飾りの玉」のこと。

648 かざし

「挿頭」「髪挿し」「簪」と表記し、「草木の花や枝葉を頭髪や冠に挿すこと」、「一族」「同属」「先祖」「家系」、「髪の毛」などの意がある。「梅」「桜」そのほか、「草木の花」を折って、頭に折りかざす趣。

649 かざしぐさ

「挿頭草」と表記し、「『桜』の別称」、「賀茂の祭りにかざす『双葉葵』の別称」などの意がある。

＊ももしきの大宮人はいとまあれや桜かざして今日も暮らしつ（新古今集・春歌下・山部赤人《やまべのあかひと》・一〇四、宮中に仕える人はひまがあるのだろうか。桜の花を頭に挿して今日も一日過ごされたことだ）

この詠歌は、前者の「桜」に該当する。また、次の、

○神祭る今日のみあれの挿頭草長き世かけてわれや頼まむ（夫木抄・光明峰寺《こうみょうぶじ》入道摂政家歌・藤原資季《すけすえ》・二四七八、葵祭りに先立って行なわれる上賀茂神社の御生《みあ》れ祭では、双葉葵を冠にかざして、賀茂別雷神《かものわけいかずちのかみ》が今後、長い間にわたって永久不変であることを、わたしはお祈りすることだ）

の詠歌の用例は、「双葉葵」を意味している。

650 かさのかりて

「笠の仮手」と表記し、「笠の内側の中央につけた輪のこと」で、この輪にひもをつけた。「わ」を導く序詞の一部になる。

651 かささぎのはし

「鵲の橋」と表記し、「陰暦七月七日の七夕の夜に、牽牛星と織女星が会うとき、鵲が羽を並べて天の川にかけ、織女星を渡したという想像上の橋」、「（宮中を天上に見立てて）宮中の殿舎の階段」などの意がある。

○鵲の渡せる橋に置く霜の白きを見れば夜ぞ更けにける（新古今集・冬歌・大伴家持《やかもち》・六二〇、天の川に鵲が翼を連ねて渡した橋に置いた霜の真っ白なのを見ると、夜もすっかり更けてしまったことだ）

この詠歌の用例は、通常、訳出したように、「想像上の橋」と理解される。しかし、細川幽斎《ゆうさい》撰『百人一首抄』では、「この歌の鵲の橋は、ただ『天のこと』で、『霜満ツレ天ニ』という義をいっているだけ」と解されている。なお、長伯は、「鵲の橋」には大秘伝があり、伝授を受けるべき歌語だという。「鵲の渡せる橋」に同じ。2041「ゆきあひのはし」の項参照。

652 かささぎ

「鵲」「笠鷺」などと表記し、「鵲」は「かちがらす」のこと。烏よりやや小さく、尾が長い。日本では北九州に生息する。七夕伝説で有名な鳥。「笠鷺」は、現在の「あおさぎ」、または、「こさぎ」のことだといわれている。

653 かさまつ

「笠松」と表記し、「枝が周りに広がって笠のような形になった松」のこと。和歌では「笠」に見立てて詠む。「わだの笠松」と詠まれる。長伯は「摂津国わだの岬の松」だと述べている。

654 かきたれて
「掻き垂れて」と表記し、「雨や雪などが激しく降って」の意。「掻き曇っている空模様」の趣。〔詠み方〕「雨」「雪」などに詠む。「掻き暗らす」に同じ。

655 かきならすこと
「掻き鳴らす琴」と表記し、「弾き奏《かな》でる琴」の意。

656 かぎわらび
「鉤蕨」と表記し、「頭部が鉤の手のように曲がった蕨の芽」のこと。〔詠み方〕「鉤」の縁で、「谷の戸」「とやま」「あくる」などの措辞に関連させて詠むといい。
○けふの日はくる外山《とやま》のかぎわらびあけばまた見むをり過ぎぬ間に（新拾遺集・雑《ぞう》歌《か》下・六条知家《ともいえ》・一九一四、今日一日は暮れてゆくが、里山に生えた鉤蕨は、夜が明けたなら、再び観察しよう。蕨の盛りの時季にそれが折り取られてしまわない間に）

657 かみさびて
「神さびて」と表記し、「神々《こうごう》しい姿をしていて」「厳かであって」、「古めかしくなって」「古風であって」、「年をとって」「経験を積んで」「年功を積んで」などの意がある。「神さぶる」「神さびわたる」「年神さび」などと表現されている。「神さびした」趣。〔詠み方〕「神社」に寄せて多く詠まれている。

658 かみわざ
「神業」「神事」と表記し、「神に関する行事」「祭礼」「神事」の意。

659 かみのみけし
「神の御衣」と表記し、「神に奉る御衣」のこと。「御衣《おんぞ》」を「みけし」という。

660 かみのみぞ
「神の御衣」と表記し、前項の659「かみのみけし」に同じ。

661 かみのみむろ
「神の御室」と表記し、「神が降臨する所」「神を祭る神座や神社」のこと。「神の御室のますかがみ」などと詠む。〔詠み方〕「神祇」「社頭」の歌に詠むといい。

662 かみごころ
「神心」と表記し、「神慮」のこと。

663 かみかぜ
「神風」と表記し、「神の威力によって起こされると信じられていた、激しい風」のこと。「伊勢」に限定されており、それ以外で詠じてはならない。「神風の」となると、地名「伊勢」にかかる枕詞。「神風や」も枕詞で、地名「伊勢」、また、「五十鈴《いすず》川《がわ》」「御裳《みも》濯川《すそがわ》」「山田」などにかかる。「神風や五十鈴の川」「神風や御裳濯川」「神風や豊宮川」「神風や伊勢の海」「神風や伊勢路」「神風や伊勢の内外《うちと》の宮」などと詠まれている。それは、伊勢神宮のある「伊勢」は、神風の起こる土地とされていたので。「かむかぜ」ともいう。

664 かみあそび
「神遊び」と表記し、「神楽」に同じ。

665 かみまつるうづき
「神祭る卯月」と表記し、「神事が行なわれる四月」の意。四月は、十一月とともに神事が行なわれる月とされ、諸社で榊をさし、注連縄《しめ》を引いて神事が行なわれた。「四月神祭《うづきのかみまつり》」など月次絵《つきなみ》の画題にもなり、景物として卯の花が描かれることが多い。

666 かみのくに
「神の国」と表記し、「神がそのもとを開き、かつ守護する国」「日本」のこと。「神の御国」ともいう。

667 かしはぎ
「柏木」と表記し、四つの語義がある。第一は、「柏の木」のこと。第二は、「（柏の木に葉守《はもり》の神が宿っているということから）宮中を警護する兵衛府《ひょうえふ》の官人」の別称。第三は、『源氏物語』の登場人物で、「頭《とうの》中将《ちゅうじょう》の長男・柏木衛門督《えもんのかみ》」のこと。最後は、「『源氏物語』の三十六番目の巻名」。

668 かしはで
「膳夫」「膳」と表記し、「（柏の葉に食物を盛ったことから）宮中や寺社で、食事や食膳のことをつかさどる人」「料理人」、「料理」「ご馳走」などの意がある。なお、「神祇」に詠む場合は、「柏手」「拍手」と表記し、「神拝のとき手を打つこと」をいう。

669 かしこし

「畏し」「恐し」と表記し、（自然の霊威について）「恐ろしい」「おそるべきだ」、（尊貴な人・物について）「恐れ多い」「ありがたい」「もったいない」などの意を表わす。「かけまくも畏し」「見るも畏し」「聞くも畏し」などと表現する類。また、「賢し」と表記し、「（人柄が）優れている」「徳が高い」「尊い」、「（知能・学才などが）優れている」「賢い」「利口だ」、「（品質・技術などが）優れている」「立派だ」「すばらしい」「上手だ」、「都合がいい」「具合がいい」「幸運だ」、（連用形を副詞的に用いて）「はなはだしく」「まことにひどく」などの意がある。ちなみに、「かしこし」は、人間の力をはるかに超えた自然の力に対する恐れの気持ちを表わす。恐れおののく畏怖の気持ちから、恐れあがめる畏怖の気持ちを表わすようにもなる。さらに、そうした畏怖すべき特性を備えていること、何らかの点において人並みはずれて優れていることをも表わすようになった。

670 かしらのゆき

「頭の雪」と表記し、「白髪」のこと。「白髪」を「雪」に譬えていうわけ。

671 かしらのいと

「頭の糸」と表記し、「髪の毛」のこと。

672 かめのうへなるやま

「亀の上なる山」と表記し、「（大きな亀に背負われているとされる）蓬萊山」の別称。中国の伝説で、山東半島のはるか東方の海上にあり、不老不死の仙人が住んでいるといわれる。

673 かめやま

「亀山」と表記し、672「かめのうへなるやま」の前項に同じ。「死なぬ薬」を詠んでいる。「不老不死の薬」のこと。ちなみに、山城国の名所「亀の尾山」を「亀山」という。これは「小倉山」の南東に連なり、大《おお》堰《い》川を挟んで「嵐山」に対する。古くから貴族の遊宴地で、桜の名所。後嵯峨・亀山両上皇が院政をとった亀山殿があった。「亀の尾山」に同じ。

○いかにして行きて尋ねむ亀山に死なぬ薬はありといふなり（新撰六帖・第三帖・亀・六条知家《ともいえ》・九五三、何とかして出かけて行って尋ねたいものだ。蓬萊山には不老不死の薬があるということだから）

674 かびやがしたになくかはづ

「鹿火屋が下に鳴く蛙」と表記し、「鹿・猪が農作物を荒らすのを防ぐために、火を焚いて番をする小屋の付近で鳴く蛙」、「蚊を追い払うために火を焚く小屋の付近で鳴く蛙」などの意がある。俊成《しゅんぜい》は、「田畑を守る人が山田の庵に別居して、庵の内に煙をくゆらせて蚊を追い払って、鹿が近寄らないようにしたが、その付近で蛙が鳴くのを聞いて、慰めとした」という。また、顕《けん》昭《しょう》の説では、「田舎では、蚕を飼う小屋の周辺に、蚕を食おうと蛙が多く集まってくるのを、烟をくゆらせて追い払うための小屋だ」という。なお、これらの諸説については、『六百番歌合陳情《ろっぴゃくばんうたあわせちんじょう》』（顕昭）に詳しい。

○朝霞鹿火屋がしたに鳴く蛙声だに聞かばわれ恋ひめやも（万葉集・巻十・秋の相聞・作者未詳・二二六五、鹿火屋の陰で鳴く河鹿蛙のように、声だけでも聞くことができたならば、私は恋しく思うだろうか、恋しくは思わないだろうよ）

675 かびのけぶり

「蚊火の煙」と表記し、「蚊を追い払う焚き火の煙」のこと。

676 かびたつる

「蚊火絶つる」と表記し、「蚊を追い払うために焚く蚊《か》遣火《やりび》が消えたこと」の意。

677 かいまみ
「垣間見」と表記し、「隙間からそっとのぞき見ること」をいう。なお、長伯は、「私屏見」と表記し、「物の隙《ひま》よりうかがひ見ること」と言及している。ちなみに、「かいまみ」は、平安時代の物語では、恋の展開上欠かせぬ行動であった。当時の貴族女性は簾中《れんちゅう》に暮らして、他人に顔を見せることがない習慣から、偶然であれ意図的であれ、男が女を覗き見することは、評判の女性あるいは関心をもつ女性を確かめるチャンスであったわけだ。

678 かびらゑ
「迦毘羅衛」と表記し、「釈迦誕生の地」のこと。現在のネパール西南境のタライ地方チロラコート。

679 かひのぼる
「飼ひ上る」と表記し、「鵜《う》を川の上流へ進ませる」こと。「鵜川」に詠まれている。

680 かひくだる
「飼ひ下る」と表記し、「鵜を川下へ下らせること」をいう。

681 かひのくろこま
「甲斐の黒駒」と表記し、「甲斐の国から産出される毛色の黒い馬」のこと。

682 かすみのころも
「霞の衣」と表記し、「霞で織った衣」「山野に霞がかかるのを、『衣服をまとうこと』に譬えた歌語」、「(「かすみ」の「すみ」に「墨」を掛けて)薄墨色の衣」「喪服」などの意がある。

683 かすみのそで
「霞の袖」と表記し、「霞がかかった様子を『春の衣装《いしょう》』に譬え、そのたなびいた端を『袖』に見立てた歌語」、「仙人の着る衣」などの意がある。「霞の真袖」ともいう。

684 かものはいろ
「鴨の羽色」と表記し、「青みを帯びた艶のある緑色をした、鴨の羽の色」のこと。

685 かものあをば
「鴨の青羽」と表記し、「鴨の羽の中に緑の羽のあること」をいう。

686 かものうきふね
「鴨の浮き舟」と表記し、「鴨の浮いている姿を、『舟』に見立てたり、また、舟の浮かんでいる有様を、『鴨の浮いている姿』に見立てたりした歌語」。

〇氷して徒《かち》渡りする諏訪の湖《うみ》の出でわづらふは鴨の浮き舟(千五百番歌合《うたあわせ》・九百七十五番左・顕昭《けんしょう》・一九四八、湖面が一面に氷結してる諏訪《すわ》湖を、徒歩で歩き回るのが困難なのは、「浮き舟」に譬えられる鴨とて、同じことだ)

687 かもといふふね
「鴨と言ふ舟」と表記して、「鴨に見立てられるべき舟」の意で、「舟」のこと。

688 かもながら
「斯もながら」と表記し、「こうしたままで」「このまま」の意だと、長伯はいう。ただし、その根拠とするのが、次の『万葉集』の結句の「かもながらとぞ」である。
〇立山《たちやま》に降り置ける雪の常夏に消ずてわたるは神ながらとぞ(万葉集・巻十七・大伴池主《いけぬし》・四〇〇四、立山に降り積もった雪が真夏にも消えないのは、神のご意志だというぞ)
しかし、当該歌の結句は「神ながらとぞ」であるので、「かもながら」の語義の成否はともかく、根拠の用例にはならないことを、言い添えておく。

689 かぜのふきしく
「風の吹き頻く」と表記し、「風が吹きしきる」「風がしきりに吹く」の意。

690 かぜはやみ
「風早み」「風速み」と表記し、「風が速く吹くので」の意。

691 かぜのすがた
「風の姿」と表記し、「柳の枝などを吹く風を形容していう歌語」、「(「風姿」を訓読して)うるわしい姿のこと」などの意がある。〔詠み方〕風は目に見えないものゆえ、

「姿」はない。「柳」また「草木」に寄せて詠むといい。

692 かぜこほる

「風凍る」「風氷る」と表記し、「寒風」のこと。

○風こほる玉江の葦間なほ冴えて春の霞も立つそらぞなき（夫木抄・雑部《ぞう》一・風・宗《むね》尊《たか》親王・七七二六、寒風が吹きしきる、美しい入り江の葦の間はさらに冷え冷えしていて、空には春のしるしの霞が立つ気配さえないことだ）

693 かぜひやか

「風冷やか」と表記し、「風が冷ややか」なこと。

694 かぜのはふりこ

「風の祝り子」と表記し、「風を鎮めるため、風の神をまつる神職」をいう。また、一説に、「風伯神《ふうはくじん》の祝り子」ともいう。

○信濃路や風のはふりこ心せよ白木綿《しらゆふ》花《ばな》のにほふ神垣（夫木抄・春部四・源家長《いえなが》・一一二一、信濃路では風の祝り子は注意しなさい。とくに白色の「木綿」が美しく輝いている神社では）

695 かぜのたより

「風の便り」と表記し、「風が吹き伝えること」「風という伝《つて》」、「風聞」「うわさ」、「ふとした機会」「ちょっとしたついで」などの意がある。〔詠み方〕「人の風聞」にも、また、「花・紅葉の便り」に誘われてくる場合にも、「風の便りに」と用いる。

○花の香を風の便りにたぐへてぞ鶯さそふしるべには遣る（古今集・春歌上・紀友則《とものり》・一三、花の香を風の便りに添えてやって、鶯を誘い出す道案内として送ろう）

この詠歌は、こちらから「風の便り」に言付けて遣るという場合だ。

696 かぜをいたみ

「風を甚み」と表記し、「風が激しいので」の意。

697 かぜすさぶ

「風荒ぶ」「風進ぶ」「風遊ぶ」と表記し、「風が勢いを増す」「風が吹き荒れる」、「風が吹き止む」などの意がある。

698 かぜぞしくめる

「風ぞ頻くめる」と表記し、「風が吹きしきる」「風が盛んに吹く」の意。

699 かぜのおとかはる

「風の音変はる」と表記し、「耳に聞こえる風の響きに変化が認められる」こと。どの季節にも詠まれるが、一般には「秋の初め」のころに詠まれるもの。

700 かずまへらるる

「数まへらるる」と表記し、「人並みに取り扱われる」「一人前として認められる」「人数の中に入れられる」「仲間に入れられる」こと。「数まへられぬ」は、「人数の中に入れられない」ことをいう。

701 かすみのほら

「霞の洞」と表記し、「仙人の住処《すみか》」、（転じて）「上皇の御所」「仙洞《せんとう》御所」などの意がある。「仙洞」に同じ。

702 かすみのまど

「霞の窓」と表記し、「窓にかかった霞」、「霞を『窓』に見立てていう歌語」などの意がある。

703 かすみのまがき

「霞の籬」と表記し、「立ちこめた霞を、『籬』に譬えていう歌語」。

704 かすみのなみ

「霞の波」「霞の浪」と表記し、「立ちこめた霞を、『波』に譬えていう歌語」。〔詠み方〕「海辺」「水辺」に寄せて詠むといい。

705 かすみのおき

「霞の沖」と表記し、「霞のかかっている海の沖」をいう。〔詠み方〕「海辺」に詠むといい。

706 かすみのみを

「霞の水脈」「霞の澪」と表記し、「霞が深くかかっている海の、船の往来する所」をいう。〔詠み方〕「海辺」「水辺」に詠むといい。

707 かすみのあみ
「霞の網」と表記し、「一面に霞が立ちこめているのを、『網を張った』のに譬えていう歌語」。〔詠み方〕「海辺」に詠むといい。

708 かすみをあはれむ
「霞を憐れむ」と表記し、「霞を賞美する」の意。

〔よ〕

709 よろづよのこゑ
「万代の声」「万世の声」と表記し、「天皇の治世《ちせい》の永遠を、皇居で、何度も『万歳』と唱え呼び続ける声」のこと。〔詠み方〕「松風の声」などを、「万歳」の声に聞き做《なら》してもいう。「祝歌」に詠むといい。

710 よばふ
「呼ばふ」と表記し、「何度も呼ぶ」「呼び続ける」、「婚ふ」と表記して、「結婚を申し込む」「呼びかける」「言い寄る」などの意がある。

711 よはのけぶり
「夜半の煙」と表記し、「夜に立ちのぼる煙」「とくに夜、火葬する時の煙」をいう。「無常の煙」のこと。

712 よはひたけたる
「齢長けたる」「齢闌けたる」と表記し、「年齢が高齢に達している」、「寿命に達している」などの意がある。

713 よはひゆづる
「齢譲る」と表記し、「自分の年齢を君主に譲ると鳴く鶴」の意。「ゆづる」が、「譲る」と「鶴」を掛けた措辞。「鶴」に詠むもの。「齢を譲る鶴」と秀句に詠んだのだ。〔詠み方〕「祝歌」に詠むといい。

714 よどの
「夜殿」と表記し、「夜寝る部屋」「寝室」のこと。

715 よとで
「夜戸出」と表記し、「夜、戸外へ出ること」「夜の外出」をいう。

716 よどこね
「夜床寝」と表記し、「夜の寝床で寝ること」をいう。

717 よとともに
「世と共に」「代と共に」と表記し、「いつも」「つねづね」「終始」の意。なお、「夜と共に」と表記すると、「一晩中」「夜もすがら」の意。

718 よるべのみづ
「依瓮の水」と表記し、「神社の神前に置かれた水瓶に入れた水」のこと。そこに「神霊が寄る」ともいい、また、その「神寄《かみより》板《いた》」に注ぐと「神の御姿が映る」ともいう。なお、一説に、「賀茂神社に限る」とある。〔詠み方〕俊成《しゅんぜい》の説にも、「大体、賀茂に限るやうに聞こえたり」と。だから、神の御名をささず、「神垣のよるべの水」などという場合には、子細はないが、神の御名をさしていう場合には、「賀茂」のほかは注意する必要があろう。また、「よるべ」は「縁のある」趣で表現するので、「依瓮の水」をも「縁ある」意味に関係させて詠み、また、「神に諸願を祈る」趣に関係させて詠み、また、「祈る恋」の歌にも詠まれている。

719 よるのおとど
「夜の御殿」と表記し、「清涼殿《せいりょうでん》にある天皇の寝室」のこと。「夜の御座《おまし》」に同じ。

720 よるはすがらに
「夜はすがらに」と表記し、「一晩中」「夜通し」の意。「よもすがら」「よるもすがら」も同じ。

721 よるのころもをかへす
「夜の衣を返す」と表記し、「夜着を裏返しに着て寝る」こと。こうして寝ると、夢で恋しい人に会えるという俗信があった。〔詠み方〕「恋」の歌に多く詠まれる。「恋」の歌を詠む場合、衣を裏返しても寝られないので、夢にも恋しい人に逢えない旨を詠み、また、衣を裏返して見た夢が名残惜し

よ

いので、いよいよ悲しくなる由をも詠んでいる。「恨む」「着る」「返す返す」など、「衣」の縁に関連させて詠むといい。1603「ころもをかへす」の項参照。

○いとせめて恋しき時はむばたまの夜の衣を返してぞ着る（古今集・恋歌二・小野小町・五五四、胸が締め付けられるように恋しくてたまらないときは、夜の衣を裏返しに着て寝ることだ）

722 よるのにしき

「夜の錦」と表記し、「（夜、美しい錦の着物を着ても目立たず、見る人もないことから）無駄な事」「甲斐のないこと」をいう。「闇の夜の錦」に同じ。中国の前漢の政治家・朱買臣《しゅばいしん》が、武帝に仕え、会稽《かいけい》の太守となって出世したときに、「富貴《ふうき》にして故郷に帰らざるは、錦を着て夜行くがごとし」と言ったという諺があるが、この諺から誕生した歌語という。〔詠み方〕「なすべき方法や手段のない」ときに、詠むといい。

723 よるひかるたま

「夜光る玉」と表記し、「暗夜《あんや》に光を放つという宝珠」、「とくに昔、中国で隋侯《ずいこう》が蛇を助けて、その蛇から授かったと伝えられる玉」のことをいう。「夜光の玉」ともいう。〔詠み方〕「露」「蛍」などを「玉」に見立てても詠まれている。

724 よをしるむし

「夜を知る虫」と表記し、「蛍」のことをいう。

725 よがれ

「夜離れ」と表記し、「夜、男性が女性のもとに通って来なくなること」「男女の仲が絶えること」をいう。〔詠み方〕「恋」などに詠む。「毎夜、来るはずの人が、夜を隔てて来なくなる」ということ。

726 よかは

「夜川」と表記し、「夜、篝火《かがりび》をともして鵜飼をする川」をいう。「鵜川」に同じ。「夜川立つ」「夜川の篝」などと詠む。「鵜川」とは、鵜を川に放し、鮎などの魚を捕らえること。

727 よがたり

「世語り」と表記し、「世間の語りぐさ」「世間話」「世間の評判」のこと。「浮き世語り」とも。なお、「夜語り」は、「夜間に物語ること」「夜話」をいう。

728 よわたるみち

「世渡る道」と表記し、「生活をしてゆく、様々な方法」「暮らしを立てる方法」のこと。なお、「夜渡る道」と表記した場合は、「夜中に渡り歩く道」のこと。

729 よだち

「夜立ち」と表記し、「夜に旅立つこと」「夜深く旅の宿舎を立つ」こと。「旅」に詠まれる。「深き夜立ち」ともいう。

730 よただ

「夜直」と表記し、「一晩中」「夜通し」の意。「よもすがら」に同じ。

731 よそねしま

用字法は不明だが、『俊頼髄脳《としよりずいのう》』『八《や》雲御《くもみ》抄《しょう》』などには「巌《いわお》」のことと注記する。また、『能因歌枕《のういんうたまくら》』（広本）は「水海《みずうみ》」と注記する。

732 よつのちまた

「四つの巷」「四つの岐」「四つの衢」と表記し、「四辻《よつつじ》」、「卵生《らんしょう》・胎生《たいしょう》・湿生《しっしょう》・化《け》生《しょう》の四種の生まれによって生ずる生物界」などの意がある。

733 よづま

「夜妻」と表記し、「夜をともに過ごす女」「夜にしのびあう女」「隠し妻」のこと。〔詠み方〕「恋」に詠まれる。また、「七夕」にも詠まれている。

734 よつのを

「四つの緒」と表記し、「（弦が四本であるところから）琵琶」の別称。

735 よつのふね

「四つの船」と表記し、「遣唐使船」の別称。大使・副使・判官《じょう》・主典《さかん》の四人の遣唐使と、その随員たちが四隻の船に分乗していたことから、このように呼ぶ。

736 よつのむま
「四つの馬」と表記し、「四頭立ての馬車」のこと。

737 よをり
「節折り」と表記し、「陰暦六月と十二月の晦日に、女蔵人《にょくろうど》が、天皇・皇后・東宮の身長を竹で測り、等身に折った竹で祓《はら》えをする儀式」のこと。紫宸殿《ししんでん》または清涼殿《せいりょうでん》で行なわれた。なお、「よ」は「竹の節《ふし》」のこと。

738 よぐたち
「夜降ち」と表記し、「夜が更けること」「夜更け」のこと。

739 よこやまずみ
「横山炭」と表記し、「和泉国横山から産出される、白炭の一種」のこと。

740 よこぎる
「横切る」と表記し、「雲や霞が横にたなびくこと」をいう。「霞横切る」「横切る雲」などと詠まれている。

741 よこほる
「横ほる」と表記し、「横たわる」「横になる」の意。
○甲斐《かひ》が嶺《ね》をさやにも見しがけけれなく横ほり臥せる小夜の中山（古今集・東歌《あずまうた》・甲斐歌・一〇九七、甲斐の山をはっきりと見たいものだ。それなのに、心なく手前に横たわっている、小夜の中山だよ）

742 よごゑ
「夜声」と表記し、「夜中に聞こえる声」「夜の高声」のこと。「笛竹の夜声」などと詠まれている。

743 よごのうみのをとめ
「余呉の湖の乙女」「余呉の湖の少女」と表記し、「余呉の湖に伝わる羽衣伝説に登場する天女」のこと。昔、近江国余呉の湖に天女が舞い降りてきて、羽衣を脱いで水浴したことに端を発する伝説が伝わるが、この伝説にまつわる天女のこと。
○余呉の湖に来つつなれけむ乙女子が天の羽衣ほしつらんやぞ（好忠集《よしただしゅう》・七月・曾禰《そね》好忠・一九四、ここは、余呉の湖に天から降って慣れ親しんでいたという天女が、水浴をする時に、空を自由に飛び廻る羽衣を脱いで乾かしたという場所だ）

744 よさむ
「夜寒」と表記し、「秋が深まって、夜の寒さが身に感じられること」、「その寒さやその季節」などの意がある。「秋」の季節を表わす措辞で、「夜」を「寒み」「冴ゆる」などと表現する場合は、「冬」になる。

745 よきて
「避きて」と表記し、「よけて」「避けて」の意。「よくる」に同じ「避けよける」意。
○吹く風にあつらへつくるものならばこの一本は避きよと言はまし（古今集・春歌下・読み人知らず・九九、吹く風に、もしも注文がつけられるものならば、この花盛りの一本だけは避けてくれ、と言うのだが）
○住の江の岸に寄る波夜さへや夢の通ひ路人目避くらむ（古今集・恋歌二・藤原敏行《としゆき》・五五九、住の江の岸にひたひたと寄る波、その夜の夢の中の通い路でまでも、あの人は人目を避けようとするのだろうか）

746 よしや
「縦や」と表記し、（不満足だが、しかたがないという気持ちで）「ままよ」「まあいい」の意と、（下に逆説の仮定条件を伴って）「たとえ」「かりに」の意を表わす場合の用法がある。前者は、「よしやさもあらばあれ」に同じ。〔詠み方〕前者の用法は、たとえば、「かくあれかし」（こうあってほしい）と思うけれども、「さはあらぬ程に、是非もなし」（そうはいかないので、やむをえない）「よしやさもあらばあれ」（ままよ、それならそれで構わない）という趣で用いる。「単に構わない」というだけでは、状況に過不足なく適合しない用法。

747 よしさらば
「縦し然らば」と表記し、「しかたがない」

よ

「やむを得まい」「ままよ」の意。「縦し然ば」に同じ。

748 よしやさは

「縦しや然は」と表記し、「まあいい、それならば」「ままよ、それならば」「仕方がない、それならば」の意。「縦しや」は、「不満ではあるが、やむをえないと考えて、放任・許容するさまを表わす語」のこと。「縦しや然らば」に同じ。

749 よしゑやし

「縦しゑやし」と表記し、「仕方がない」「ままよ」、（逆接の仮定条件を伴って）「もしたとえ」「仮に」「よしんば」などの意がある。

750 よひとさだめよ

「世人定めよ」と表記し、「世間の人が決めてください」「世の中の人が決めてください」の意。

＊掻《か》きくらす心の闇に惑ひにき夢うつつとは世人さだめよ（古今集・恋歌三・在原業平・六四六、わたしもまっくらな心の闇にまどってしまってよく分かりません。夢か、現実かということは、世間の人よ、定めてください）

751 よもぎふのやど

「蓬生の宿」と表記し、「蓬などの雑草が生い茂った所にある、粗末な荒れ果てた宿」のこと。〔詠み方〕荒れた宿の様子。「閑居」「故郷」などに詠む。また、「恋」で詠む場合は、『源氏物語』の「蓬生」巻を想起するといい。この巻の女主人公・末摘花《すえつむはな》は、光源氏に忘れられて、古風な邸で寂しく年月を過ごしていたが、邸内の蓬は軒を覆うほど生い茂って、荒れ放題であった。そんなある日、源氏の君がその邸の前を通過した際に、ふと彼女のことを思い出し、従者の惟光《これみつ》に蓬生の露を払わせながら、邸内に立ち寄ったが、源氏の着物の袖は露でひどく濡れていた。「恋」の歌を詠む際には、このような「蓬生」の巻の雰囲気を反映させて、雑草を分けながら尋ねてくる人もない旨を詠み、また、露でぬれた袖を払ってくれる人もないところから、袖にいっぱい置いた「露」だけが得意顔で、袖の涙を連想させて、いまは昔の恋人も仲が途絶え尋ねてこないために、庭一面には蓬ばかりが繁茂している有様を示唆《しさ》するのだ。このように、「恋」の歌と「蓬」との関連は『源氏物語』にあるわけだ。

752 よもぎのまど

「蓬の窓」と表記し、「蓬の茂っている荒れ果てた家の窓」の意。「荒れ屋」「閑居」「幽栖《ゆうせい》」などの題に詠むといい。

753 よもぎがねや

「蓬が閨」「蓬が寝屋」と表記し、「荒れ果てて、蓬などの雑草が茂った家の寝室」をいう。

754 よもぎがやど

「蓬が宿」と表記し、「蓬などの雑草が生い茂った宿」「粗末な、荒れ果てた宿」の意。「蓬の宿」に同じ。

755 よもぎがには

「蓬が庭」と表記し、「荒れ果てて、蓬などの雑草が生い茂っている庭」のこと。

756 よもぎがそま

「蓬が杣」と表記し、「蓬が生い茂って杣山のようになった所」、「荒れ果てた家」、「自分の家を謙遜していう」などの意がある。「庭の面は蓬が杣と荒れ果てて」などと詠む。

757 よもぎがもと

「蓬が本」と表記し、「蓬などの深く生い茂っている所」「荒れ果てた宿」をいう。なお、「今はこの世にいない人を葬送する墓場」もいう。〔詠み方〕「無常」の歌のみで、通常の歌には詠んではならない。

758 よもぎのかみ

「蓬の髪」と表記し、「蓬のようにほつれ乱れている髪」のこと。不快を招く髪の状態。

759 よもぎにまじるあさ

「蓬に交じる麻」と表記し、「茎の曲がりくねっている蓬の中に生えたために、自然と曲がりくねるように育った麻」のこと。「善人も悪人と交わると、自然と悪に染まるようになる」という譬え。「朱に交われば赤くなる」に同じ。

○今はさは蓬にまじるあさはかに心ともなき心をも見む（柏玉集《はくぎょくしゅう》・巻七・寄草馴恋・後柏原院《ごかしわらいん》・一四二九、それではこれからは、蓬の中に交じる麻ではないが、思慮が足りないけれども、あなたにどれほど感化されるか、わたしの心を見ようと思う）

760 **よもぎのまろね**

「蓬の丸寝」と表記し、「蓬の生い茂った荒れた宿で、着物を着たままで寝ること」「粗末な宿でごろ寝をすること」をいう。

761 **よもぎがしま**

「蓬が島」と表記し、「蓬萊《ほうらい》の島」「蓬萊山《さん》」、「『日本』の別称」などの意がある。「賀」の歌に寄せて詠むといい。

762 **よもつくに**

「黄泉つ国」と表記し、「死者の魂が行くと信じられていた地下の世界」「あの世」「黄泉の国」「冥途」「根の国」のこと。「黄泉《よみ》」に同じ。

763 **よすが**

「縁」「便」「因」と表記し、「（身や心を）寄せるところ」「拠り所」「ゆかり」、「頼りとする縁者」「夫」「妻」「子」「後見人」、「手段」「方法」「手掛かり」などの意がある。なお、この語は、「寄す処」を語源とし、「身や心を寄せる拠り所」がもともとの意であるが、「頼りとする人」や「手段」などの意にも用いられる。ちなみに、類義語に「よるべ」「ゆかり」があるが、「よすが」が積極的に便りを求める手段を表わすのに対し、「よるべ」は、すでに頼れるものがある場合に用いる。また、「ゆかり」は、血縁や人のつながりをさす場合が多い。

〔た〕

764 **たわわ**

「撓」と表記し、木の枝などが、「しなうほどである」「撓むほどである」の意。「枝もたわわ」と詠まれている。枝が撓んでいる様子。「とをを」も同じ。

765 **たはやすく**

「たは易く」と表記し、「たやすく」「容易に」、「考えが足りずに」「軽はずみに」などの意がある。

766 **たはれを**

「戯れ男」と表記し、「好色な男」「放蕩《ほうとう》をする男」「遊び人」「風流ぶった男」のこと。

767 **たわつけて**

「撓付けて」と表記し、「枕などに押されたために髪についた癖をつけて」の意。

○朝寝髪たが手枕《たまくら》にたわつけて今朝は形見《かたみ》とふりこして見る（金葉集二奏本・恋部上・津守国基《つもりのくにもと》・三五八、朝寝髪を、いったい誰の手枕でつけた寝ぐせというのか、今朝はそれを形見だと肩越しに前に回して見ているのは）

768 **たばなすたか**

「手放す鷹」と表記し、「飼いならした鷹を手からはじめて離すこと」をいう。

769 **たばしる**

「た走る」と表記し、「激しい勢いで飛ぶ」「ほとばしる」の意。「た」は接頭語。俗に、「とばしる」というのに同じ。「霰《あられ》たばしる」「たばしる霰」などと詠まれている。

770 **たはれめ**

「戯れ女」と表記し、「歌や踊りで人を楽しませたり、売春をしたりする女」「遊女」のことをいう。

771 **たにのと**

「谷の戸」と表記し、「谷の出入り口」のこと。〔詠み方〕「谷の戸」は、居所ではないが、「山家」「山居」の歌にも「谷の戸」に住む由を詠じており、「自然」か「居所」

の趣にも通じる。「さす」「明け暮れ」「閉ざす」「閉づる」「出で入る」などに寄せて詠むといい。いずれも「戸」の縁語である。

772 **たにのひびき**
「谷の響き」と表記し、「谷のもつ自然の音響」をいう。「谷」には自然に鳴り響く音響がある。「むなしき谷の響き」ともいう。

773 **たどる**
「辿る」と表記し、「思い迷う」「思い悩む」「考え迷う」「途方にくれる」、「探し求める」「探し当てる」「探り当てる」、「道を辿りながら行く」「道に迷いながら進む」、「物事の筋道や道理にそって考える」「あれこれ考える」「詮索する」などの意がある。〔詠み方〕「行路」に寄せて多く詠まれる。「道中が不安で、迷いながら尋ねて行く」趣。しかし、「不安な気持ちを持ちながらも、ひたすら進行する」趣にも詠む。

774 **たどたどし**
適当な用字法が見当たらないが、「その道に精通していない」「未熟だ」「おぼつかない」「不確かだ」、（未熟なために）「はかどらない」「なめらかにいかない」、「はっきりしない」「ぼんやりしている」などの意がある。「道たどたどし」とも詠まれている。

775 **たちえ**
「立ち枝」と表記し、「高く伸びた枝」のこと。「梅の立ち枝」と詠まれているのは、「梅の細長くまっすぐ伸びた若枝」のことをいう。〔詠み方〕「梅の立ち枝を他所《ほか》に見てまれなる人の訪《と》ひくる」（梅の高く伸びた枝をよそで見て、思いがけない恋人が訪れてくる）由をいい、また、「他所までも立ち枝はそれと見ゆらめど尋ねて人の来《こ》ぬ」（よそでもわたしの庭の梅の高く伸びた枝は、はっきりと見えているであろうが、恋しいあの人は訪ねてこない）由をもいう。総じて、「立ち枝」は、「梅」または、「櫨紅葉《はじもみじ》」という「程よく紅葉する木」である「櫨」に用いる以外には、詠まないもの。

776 **たちぬはぬきぬ**
「裁ち縫はぬ衣」と表記し、「布を裁って衣服に縫い上げたのではなく、木の葉などで仕上げた仙人の衣服」のこと。なお、「立ち縫はぬ衣着る人」とは、「仙人」のこと。

777 **たちまちのつき**
「立ち待ちの月」と表記し、「（立って待っている間に出てくる月の意から）陰暦十七日の夜の月」のこと。「山の端《は》出《い》づる月を立ちやすらひて待つ」（山の稜線《りょうせん》から出てくる月をあてもなく歩きまわって待つ）趣を詠むと、とてもいい。

778 **たるひ**
「垂氷」と表記し、「軒端《のきば》などから垂れ下がるつらら」のこと。平安時代、平らかに張りつめた板状の氷は「つらら」と言った。後に、柱状の氷をも指すようになり、次第に「たるひ」は用いられなくなった。

779 **たをやめ**
「手弱女」と表記し、「しなやかで優しい女性」「か弱い女」の意。「たわやめ」とも。

780 **たかてらす**
「高照らす」と表記し、「空高く照らす」意から、「日」にかかる「枕詞」となった。

781 **たかがき**
「竹垣」と表記し、「竹の垣根」のこと。

782 **たかむしろ**
「竹筵」「竹席」「簟」と表記し、「藤や細く割った竹などで編んだ夏用のむしろ」のこと。

783 **たかはかりしき**
「竹葉刈り敷き」と表記し、「竹の葉を刈り取って地面に敷いて」の意。〔詠み方〕「羇旅《きりょ》」の歌に詠むといい。

784 **たかとりのおきな**
「竹取りの翁」と表記し、伝奇的物語の『竹取物語』に登場する人物の翁」のこと。通常、「たけとりの翁」と呼ぶ。

785 **たかのこゐ**
「鷹の木居」と表記し、「鷹狩りに使う鷹

た

が止まっている木」、「鷹が木の枝などにとまっていること」をいう。

786 **たかのならを**

「鷹のなら尾」と表記し、長伯によれば「鷹の尾の中で、なら尾のこと」だという。

787 **たがへるたか**

「手返る鷹」と表記し、長伯によれば、「獲物に合わせた鷹が鷹匠の手に戻ってくる鷹」のこと。

788 **たかのやまわかれ**

「鷹の山別れ」と表記し、「鷹が巣を出て、親子の別れをすること」をいう。一説に、七月二十五日に別れるという。

789 **たかせぶね**

「高瀬舟」と表記し、「小形の川舟」のこと。古くは小形で底が深かったが、後世のものは大形で、底が平たくて浅い。「川」に詠まれている。

790 **たかのをのたすけ**

「鷹の尾の助け」「鷹の尾の扶け」「鷹の尾の佐け」と表記し、「鷹の尾羽」の名称。

791 **たからのかめ**

「宝の亀」と表記し、古来、「鶴」と並んで、「長寿・祝賀の象徴とされる亀」の意。なお、光仁《こうにん》天皇の代の年号を、「宝亀」（七七〇―八〇）という。

792 **たからのいけ**

「宝の池」と表記し、「極楽浄土にある七宝で飾られた池」のことで、「八功徳《はつくどく》の水が湛えられている」という。〔**詠み方**〕「釈教《しやつきよう》」の歌に「蓮」などとともに詠まれている。

793 **ただうど**

「直人」「徒人」と表記し、「（神仏や変化《へんげ》の者に対して）一般の人」、「（天皇や皇族に対して）臣下」、「（摂関や公卿に対して）普通の貴族」などの意を持つ。

794 **たたまくをしき**

「裁たまく惜しき」と表記し、「（立派な錦を）裁ち切ることが惜しいように、むざむざと途中で座を立って帰ることは惜しいことだ」の意を表わす。ちなみに、「裁つ」に「立つ」を掛ける。なお、この歌語を含む例歌（証歌）は次のとおり。

＊思ふどち円居《まとゐ》せる夜は唐錦たたまく惜しきものにぞありける（古今集・雑歌《ぞうか》上・読み人知らず・八六四、気の合っている者どうしが団欒《だんらん》している夜は、立派な錦を裁ち切ることが惜しいように、むざむざと途中で座を立って帰るのはまったく惜しいことだ）

795 **たたむいかだ**

「畳む筏」と表記し、「いくつも流れ繋《つな》がっている筏」のこと。

796 **たれしかも**

「誰しかも」と表記し、「いったい誰がまあ…か」くらいの意。「しかも」は、疑問を表わす語に付いて意味を強める用法。

797 **たれこめて**

「垂れ籠めて」と表記し、「帳《とばり》や簾《すだれ》などを垂らして、その中に閉じ籠もって」の意。

＊垂れ込めて春の行方《ゆくへ》も知らぬ間に待ちし桜もうつろひにけり（古今集・春歌下・藤原因香《よるか》・八〇、部屋の中に閉じこもって、春の進みぐあいも知らないでいるうちに、早く咲いてほしいと待っていたこの桜も、もう散りぎわになってしまったことだ）

798 **たづさはになく**

「鶴多に鳴く」「田鶴多に鳴く」と表記し、「鶴がたくさん鳴く」の意。

799 **たつたひめ**

「竜田姫」「立田姫」と表記し、「秋の女神」のこと。平城京の西方にある「竜田山」を神格化したもので、五行思想で西が秋の季節に当たることに拠る。竜田山の紅葉が美しかったことから、木々の紅葉はこの女神が染めると考えられた。

800 **たつかゆみ**

「手束弓」と表記し、一手に握り持つ弓」「握りの太い弓」のこと。「紀伊の関守が手束弓」などと続ける。

801 **たづきもしらぬ**

「方便も知らぬ」と表記し、「手掛かりも見つからない」「手段・方法もわからない」「様子もわからない」「見当もつかない」などの意がある。なお、「たづき」は、「手の様子や動かし方」の意の「手付き」が語源だという説があるが、定かではない。「拠《よ》るべき手段や状態」の意を表わすのに用いられる。上代は「たつき」「たつぎ」とも、中世以降は「たつき」「たどき」ともいう。

○遠近《をちこち》のたづきも知らぬ山中におぼつかなくも呼子鳥《よぶこどり》かな（古今集・春歌上・読み人知らず・二九、どこがどこやら見当もつかない奥深い山の中で、頼りなさそうに人を呼んでいる呼子鳥だよ）

802 **たづきなき**

「方便なき」と表記し、「方法がないこと」「頼りどころがないこと」「よるべがないこと」の意。

803 **たつをだまき**

「断つ苧環」と表記し、「伐採された、枝も葉もない枯れ木」のこと。「苧環」とは、「檜《ひのき》」のこと。また、一説に「山谷の枯れ木」とある。なお、2192「しづのをだまき」の項とは別の歌語。

804 **たつのみやひめ**

「竜の宮姫」と表記し、「竜宮城の乙姫」のこと。なお、竜宮にいる竜王の娘「竜《りゅう》女《にょ》」をもいうが、その場合は、「沙羯羅竜《しゃかつらりゅう》王《おう》の娘」のこと。八歳で悟りを開き、釈迦の前で男子に化身して、成仏した。

805 **たつのむま**

「竜の馬」と表記し、「竜のように足が速い立派な馬」をいう。「竜の駒」に同じ。

806 **たそかれ**

「黄昏」「誰そ彼」と表記し、「（薄暗くて、人の顔・姿が見分けにくく、「誰そ彼」〈誰だあれは〉といぶかる時刻のことから）夕方の薄暗い時分」「夕暮れ時」のことをいう。「黄昏時」ともいう。

807 **たなゐ**

「種井」と表記し、「（春に苗代を作るときに、田の片脇に井戸を掘って稲の種を浸すが、その）苗代に蒔く前に、稲籾を浸すために掘る井戸」のこと。

○道際の畦《あぜ》の囲ひにしめさして種井の種ははや蒔きてけり（新撰六帖・第二帖・春の田・藤原為家《ためいえ》・六三二、田んぼの道際の畦の種井の囲いに注連縄を張って、苗代に蒔く稲籾はもう浸してしまったよ）

808 **たなさき**

「掌先」と表記し、「鷹の左の羽」のこと。ちなみに、右の羽は、「身寄りの翅《つばさ》」という。2091「みよりのつばさ」の項参照。

809 **たなつもの**

「穀」「水田種子」と表記し、「『五穀』の総称」「穀物」「田に植える稲」などの意がある。後者は、「陸田種子《はたつもの》」（畑つ物）に対していう。

810 **たなぐもり**

「棚曇り」と表記し、「空一面に曇ること」をいう。「だんだん曇る」趣。

811 **たなきりあふ**

「棚霧り合ふ」と表記し、「あたり一面に霧がかかる」意。「空一面に霧がかかって、曇っている状態」をいう。「棚霧《き》らふ」に同じ。

812 **たなはし**

「棚橋」と表記し、「手すりがなく、棚のように板を渡しただけの橋」のこと。「家の前に小さくうち渡した橋」で、「前の棚橋」と詠まれている。

813 **たなしをぶね**

「棚無し小舟」と表記し、「船棚《ふなだな》のない小さな舟」のこと。「舟」は、艫《とも》にも舳《へ》にも棚を掛けて、その上にのぼって舵を取り、櫓を押すものだが、小さな舟には、棚がない。よって、「棚無し小舟」というわけ。

814 **たなばたつめ**

「棚機津女」「織女」と表記し、「機《はた》を織る女」、「（人に見立てて）織女星」などの意

た

がある。
＊天の川紅葉を橋に渡せばやたなばたつめの秋をしも待つ（古今集・秋歌上・読み人知らず・一七五、天の川は紅葉の葉を橋のように架け渡すからなのであろうか、それで織女星が秋を待っているのだなあ）

815 **たなれのこま**
「手慣れの駒」「手馴れの駒」と表記し、「扱いなれている馬」「飼いならしてある馬」のことをいう。

816 **たなれのこと**
「手慣れの琴」「手馴れの琴」と表記し、「使い慣れて、手に馴染んだ琴」の意。

817 **たなれのたか**
「手慣れの鷹」「手馴れの鷹」と表記し、「扱いなれている鷹」「飼いならしてある鷹」のこと。

818 **たらちね**
「垂乳根」と表記し、「母」、「父」、「両親」などの意を表わす。なお、「母」は次の819「たらちめ」の項に同じ。「父」は820「たらちを」の項に同じ。

819 **たらちめ**
「垂乳女」と表記し、「母」をいう。

820 **たらちを**
「垂乳男」と表記し、「父」のこと。

821 **たむけのかみ**
「手向けの神」と表記し、「供え物をして、旅の安全を祈る神」「道祖神《どうそじん》」のこと。旅人が、この「道祖神」に幣《ぬさ》などを手向けて行くわけだ。〔詠み方〕「羇旅《きりょ》」の歌に詠むといい。

822 **たのむのかり**
「田の面の雁」と表記し、「田の表面に下りている雁」の意だが、「田の面」に「頼む」を掛けて、「（我が）頼む雁」の意味も持つ。これは『伊勢物語』の第十段の贈答歌に引かれる「田の面の雁」なる歌語にまつわる言説。なお、この歌語について、長伯は、『俊頼髄脳《としよりずいのう》』や『袖中抄《しゅうちゅうしょう》』が引用する、藤原基俊《もととし》の説とされる「頼もしの狩」なる説を掲げている。それは、東国では鹿狩りをする際に、「頼母子《たのもし》の狩り」と称して、近所の人たちが互いに協力し合って狩りをして、その日捕獲した鹿はすべて、その日に指導的立場に立った人に与えるという説。その後の狩りの日でも、交互に指導者になった人が輪番に全収穫を得るので、この狩りを、「たのむのかり」と称するようになったという。しかし、基俊説はそれほど流布せず、「雁」の動静についての説に定着しているようだ。

823 **たのきのさゐ**
「田の際の小魚」と表記し、「田と田の間にある畦の片側に沿って、少し深くなっている所の溜まり水にいる、小さな淡水魚」の意。なお、「さゐ」は、『俊頼髄脳《としよりずいのう》』では「さい」と表記される。また、「さゐ」は『奥義抄《おうぎしょう》』では「小さき井」といい、『八雲《やくも》御抄《みしょう》』では「草」という説を載せる。
○雨過ぐる田ぬきのさいの水溜まりありはつまじきよをや頼まむ（新撰六帖・第三帖・いを・藤原知家《ともいえ》・九五八、通り雨で溜まった畔の窪みの小魚のいる水溜まりは、いつまでも同じ状態が持続するはずがないのに、その状態を期待するのであろうか）
＊山里のたのきのさいもくむべきに晩稲《おしね》ほすとて今日も暮らしつ（俊頼髄脳・作者未詳・三六四、山里にある田の際の溜まり水にいる小魚も捕りたいと思っているのだが、晩稲を乾すために今日も、とうとう一日経ってしまった）

824 **たくなは**
「栲縄」と表記し、「楮《こうぞ》の繊維で作られた白い縄」のこと。「海士《あま》のたくなは」と詠まれている。なお、長伯は、この歌語には清濁の両説があるという。「たぐなは」と濁った場合は「手繰る縄」で、「網の縄などを手繰る」意。「たくなは」と清音の場合は「火に焚く」の意で、「海士の縄焚き」と詠まれているのに同じ、という。

た

825 **たぐへて**

「類へて」と表記し、「一緒にいさせて」「寄り添わせて」、「一緒に行動させて」「一緒に行かせて」、「つりあわせて」「まねさせて」などの意がある。なお、「たぐへやる」は、「物を言伝《ことづ》て遣《や》る」趣。

826 **たぐさのえだ**

「手草の枝」と表記し、「歌ったり舞を舞ったりする時などに、手に持つもの」の意。「『神楽』の採り物としての笹など」をいう事例が多いという。なお、長伯は、「神前の御薬湯を飲む際の竹の小枝のこと」という説をあげる。

827 **たまくら**

「手枕」と表記し、「腕を枕にすること」をいう。なお、『万葉集』では、「相手の腕を枕に共寝《ともね》する状態」の用例が多いが、『古今集』以後はこの用例は意外に少ない。

828 **たまのを**

「魂の緒」と表記し、「複数の玉を貫いてつなぐための紐」、（この紐が細くて絶えやすいところから）「ほんの少しの間」「わずかな間」、（「玉」に「魂」をかけて、身体につないでおく紐の意から）「命」「生命」などの意がある。「ながき」「結ぶ」「たゆる」「たえぬ」などに寄せて詠む。すべて「緒」の縁語。

829 **たまかけしころものうら**

「玉掛けし衣の裏」と表記し、「以前、大乗の教えを授けられながら悟ることができなかったが、後に、釈迦から法華経を聞くにいたって悟ることができたという譬え」、また、「本来持っている仏性《ぶつしょう》を、『衣の中の宝珠』に譬えたもの」の意。前者は、『法華経・五百弟子授記品《ごひゃくでしじゅきぼん》』にある、釈迦が説いたたとえ話から出た言葉で、「法華七喩《ほっけしちゆ》」のひとつ。友が昔、着物の裏に宝の玉を縫い付けてくれたのを知らず、窮乏生活をしていた愚かさを、後にその友から指摘されて気づいたという話。「衣の裏の玉」「衣裏《いり》宝珠《ほうじゅ》」に同じ。〔詠み方〕「釈教《しゃっきょう》」に詠むとよい。

830 **たまのこゑあるふみ**

「玉の声ある文」と表記し、「文章のすばらしい響き」をいう。『和漢朗詠集』に、白楽天の「故元少尹後集《こげんしょういんこうしゅう》に題す」という、「遺文三十軸　軸々金玉の声有り」（白楽天・四七一、君が残していった遺文は三十巻、これらを吟詠すると、一巻一巻から金玉の響きが聞こえてくる）の漢詩がある。

831 **たまのえだ**

「玉の枝」と表記し、「（想像上の理想郷にある）玉のように美しい木の枝」のこと。「蓬莱山に宝樹あり」と、また、「竜宮城に玉樹あり」といわれている。

832 **たまばはき**

「玉箒」と表記し、「『ほうきを作る木や草』の異称」、「（上代、陰暦の正月の初子《はつね》の日に、蚕室を掃くのに用いた）玉で飾った儀式用のほうき」などの意がある。

833 **たまだすき**

「玉襷」と表記し、「美しいたすき」、「（「たすき」は「懸く」ものであることから）中途でかかずらわって物事がすすまない譬え」、（「たすき」を項《うなじ》にかけることから）「かく」「うね」「うな」「うねび」にかかる「枕詞」などの意がある。

834 **たまかづら**

「玉鬘」と表記し、「多くの玉に糸を通して髪の飾りとしたもの」、（玉鬘を髪にかけることから）「かけ」「かげ」にかかる「枕詞」、「（『源氏物語』の登場人物で）頭《とうの》中将《ちゅうじょう》と夕顔の娘」、「『源氏物語』の二十二番目の巻名」などの意がある。「玉鬘面影に見ゆ」と続く。

835 **たままくくず**

「玉纏く葛」と表記し、「若葉の葉の先が玉のような形で美しく巻いている葛」のこと。

836 **たまゆら**

「玉響」と表記し、「ちょっとの間」「し

た

ばらくの間」の意。

837 たまむすび

「魂結び」と表記し、「肉体から遊離していく魂を、肉体に結びとどめる呪《のろ》い」のことをいう。

○思ひあまり出でにし魂のあるならむ夜深《よぶか》く見えば魂結びせよ（伊勢物語・第百十段・男・一八九、あなたを思うあまり、わたしの身体から抜け出た魂があるのでしょう。夜が更けてまた、夢に見えたなら、魂結びの呪いをしてください）

この詠歌の用例は、「人魂」の趣。なお、「魂結び」の歌は、『袋草紙《ふくろぞうし》』の次の歌が有名。

○魂は見つ主は誰とも知らねども結び留めつ下交《したが》ひの褄《つま》（袋草紙・上巻・誦文歌《ずもんか》・二九〇、人魂を確かに見た。どなたの魂か知らないけれど、着物の下前の褄を結んで、その魂を閉じ込めておいたよ）

ちなみに、呪いには、この歌を三回唱えて、着物の下前の褄を結ぶのだ、と昔から言い伝えられている。

838 たまほこ

「玉桙」「玉鉾」と表記し、「（枕詞の「たまほこの」が「道」にかかることから転じて）道」の意。

839 たまだれ

「玉垂れ」と表記し、「玉で飾った美しい簾」「簾」の美称。「玉すだれ」に同じ。〔詠み方〕「たまだれ」には、「ひま」「間」「隙間」「まどほ」などの縁語がある。また、長伯は、「こ」という語に、枕詞の「たまだれの」を置く、「たまだれのこ」と続く秘伝があるという。

840 たまがしは

「玉柏」と表記し、「柏」の美称。なお、「玉堅磐」と表記すると、「水底の固い岩」のこと。

○難波江の藻にうづもるる玉がしはあらはれてだに人を恋ひばや（千載集・恋歌一・源俊頼《としより》・六四一、難波の入り江の藻に埋もれている岩が、水の面に現われるように、せめて思いをあらわにして、人を恋したいものだ）

この詠歌の場合は、「岩」のことを指している。

841 たまもかりぶね

「玉藻刈り舟」と表記し、「美しい藻を刈る舟」の意。「海」「浦」「江」などに詠む。

842 たまのうてな

「玉の台」と表記し、「珠玉をちりばめた、美しくて豪華な御殿」のこと。「玉台」を訓読した歌語。〔詠み方〕「禁中」などで詠むといい。

843 たましくには

「玉敷く庭」と表記し、「玉石を敷いたように美しい庭」のこと。「客を迎えるため、家などを飾る」意の常套句《じょうとうく》。〔詠み方〕「禁中」で詠むといい。

844 たまのみぎり

「玉の砌」と表記し、「玉を敷いたように美しい石畳」のこと。「砌」は庭のこと。〔詠み方〕「禁中」で詠むといい。

845 たまのみはし

「玉の御階」と表記し、「神社・宮中などの階段」の尊称。とくに、「紫宸殿《ししんでん》の南階段」をいう。

846 たまでのみづ

「玉出の水」と表記し、「（大阪市天王寺区にある）四天王寺の境内にある亀井の井水」のこと。

847 たまぐしのは

「玉串の葉」と表記し、「神前にささげる榊の枝の葉」のこと。「玉串」は、「木綿《ゆう》をつけて神前にささげる榊の枝」をいう。「伊勢の皇大《こうたい》神宮」に詠む。

848 たまがきのうちつみくに

「玉垣の内つ御国」と表記し、「玉垣をめぐらした神域の内にある御国」「日本国」の意。

849 たまはやすむこ

「玉囃す武庫」と表記し、「(玉のようにもてはやす)武庫」の意。「玉囃す」は「武庫」にかかる「枕詞」。「武庫」は摂津国の地名。

850 たまのをごと

「玉の小琴」と表記し、「美しい琴」の意。

851 たまのありか

「魂の在り処」「魂の在り所」と表記し、「魂の所在」「魂の存在する所」の意。「幽冥の地」であろう。

852 たまのみやこ

「玉の都」と表記し、「都」の美称。「玉つ都」に同じ。

853 たまものまくら

「玉藻の枕」と表記し、「水の上の玉のように美しい藻の枕」の意。「水鳥」に詠まれている。

854 たまものとこ

「玉藻の床」と表記し、「美しい藻の寝床」の意。「水鳥」に詠まれている。

855 たまざさのはわけのしも

「玉笹の葉分けの霜」「玉篠の葉分けの霜」と表記し、「美しい笹の一枚一枚の葉に配り分けて置いている霜」の意。「笹の葉の一枚一枚を区別して、下葉にまでも霜が置いている」趣なのだろう。

856 たまざさうたふ

「玉笹謡ふ」と表記し、「神楽歌を謡う」の意。なお、「笹」は、「神楽を舞う時に手に持つ、九つの品」のひとつ。

857 たまのをやなぎ

「玉の緒柳」と表記し、「美しい柳」と理解されている。長伯は、「柳」を「玉の緒」に見立てているのだが、「嫌ひ詞」であるゆえに、和歌に詠んではならない、という。

858 たまのむらぎく

「玉の群菊」と表記し、「ある箇所にまとまって、美しく咲き誇っている菊」の意。なお、長伯は、「大嘗会《だいじょうえ》の名所《などころ》。玉の村の菊なり」と説明する。

859 たまのちり

「玉の塵」と表記し、「雪」の異称。「玉塵」に同じ。

860 たままつり

「魂祭り」「霊祭り」と表記し、「(祖先など、死者の霊を迎えてまつる行事で、七月の)精霊会《しょうりょうえ》」のこと。昔は、十二月の晦日にも行なわれていた。「盂蘭盆《うらぼん》」に同じ。

861 たままつがえ

「玉松が枝」と表記し、「松」の美称。「み吉野の玉松が枝」と詠まれる。「吉野」のほかには詠まれない。

862 たまくしげ

「玉櫛笥」「玉匣」と表記し、「櫛を入れる美しい箱」、(「櫛箱を開く」意から)「ひらく」「あく」などに、また、(「箱の蓋・身」の意から)「ふた」「み」にかかる「枕詞」などの意がある。**〔詠み方〕**「あくる」「ふた」「み」などに寄せて詠む。すべて「玉櫛笥」の縁語。また、「たまくしげあかつき」なども続ける。これは「櫛笥」は手に触れるものだから、「垢」がつくので、そのように表現するのだ。

863 たまきはる

「玉極はる」「魂極はる」「霊極はる」と表記し、「魂が極まる」「魂が終わる」、「珠玉をちりばめて、結構な」などの意がある。なお、「枕詞」としては、(「魂が極まって内にみなぎる」の意から)「うち」「命」「幾世」「世」「吾」などにかかる。また、鎌倉時代前期に成立の建春門院中納言《けんしゅんもんいんちゅうなごん》の日記『建春門院中納言日記』の別名を、『たまきはる』という。

864 たけのはわけ

「竹の葉分け」と表記し、「竹の葉を一枚一枚に配り分ける」の意。「呉竹の葉分けの風」と詠まれている。「竹の葉を吹き渡る風」のこと。

865 たけくまのまつのふたき

「武隈の松の二木」と表記し、「陸奥《みちのく》国の武隈にあった、根元から二株に分かれた松」のこと。能因《のういん》・西行・芭蕉などが訪れた古来有名な歌枕。「二木」から「見き（三木）」を導く詠み方が多い。〔詠み方〕「二木」を「二季」に見なして、「春」と「夏」の「二季」を掛けて詠まれている。
○武隈の松は二木を都人いかがと問はばみきと答へむ（後拾遺集・雑《ぞう》四・橘季通《すえみち》・一○四一、武隈の松は幹が二本なのだが、都人が、どうだったと尋ねたなら、「三木（見き）」と答えよう）

866 **たけのそのふ**
「竹の園生」と表記し、「竹の生えている園」、「（中国で梁《りょう》の孝王が庭に竹を植え、「修竹苑《しゅうちくえん》」と称したことから）『皇族』の別称」などの意がある。

867 **たけのはやしのともずり**
「竹の林の共擦り」と表記し、「竹の葉が互いに擦れ合うこと」をいう。

868 **たけのみやこ**
「多気の都」と表記し、「多気の宮の所在地で、斎宮の居所を皇居の延長と見ての呼称」。

869 **たけのは**
「竹の葉」と表記し、「（「竹葉」の訓読語で）『酒』の別称」をいう。

870 **たけがり**
「茸狩り」と表記し、「森や林などできのこを探して採ること」をいう。「松茸狩り」などの類。和歌には登場しないが、詞書《ことばがき》には見えている。

871 **たけのはにかけしころも**
「竹の葉に掛けし衣」と表記し、「畜類にまで及ぶ深い慈悲」の譬え。「魔訶薩埵《まかさった》王子が、子を生んで飢えている虎を憐れみ、衣を脱ぎ竹の枝に掛けて、我が身を虎に与えた」という『金光明経《こんこうみょうきょう》』にある故事に拠る。

872 **たけのおちば**
「竹の落ち葉」と表記し、「（「竹」は五月のころ、葉が落ちるので）夏」を意味する。

873 **たけのさえだ**
「竹の小枝」と表記し、「竹の小さな枝」のこと。

874 **たけのはやま**
「竹の端山」と表記し、「人里近くの浅い竹藪」のこと。この場合の「山」は、山のことではなく、竹が多く茂っている状態を、「山」に見立てているのだ。

875 **たぶさ**
「手房」と表記し、「手首」、「腕」の意がある。人の手を下へ下げれば、「房」を下げているのに似ているので、このようにいう。なお、「髻」と表記すれば、「髪の毛を頭の上に集めて束ねたところ」「もとどり」の意。

876 **たご**
「田子」と表記し、「田を耕す人」「農民」のこと。「田人《たうど》」に同じ。「早苗」に詠む。「早苗取る賤《しづ》」をいう。「早苗取る田子」「おり立つ田子」「田子の裳裾《もすそ》」「田子の諸声《もろごえ》」などと詠まれている。

877 **たきまくら**
「滝枕」と表記し、「滝つ瀬が枕のように盛り上がっているところ」、「滝のほとりで寝ること」、「涙が枕を濡らすこと」などの意がある。「瀬枕」に同じ。〔詠み方〕「山家」「山居」などの歌に詠むといい。

878 **たぎつごころ**
「滾つ心」「激つ心」と表記し、「湧きかえるように激しく動く心」のこと。滝水が張《みなぎ》り落ちるように、心の水が堰き止めがたい状態をいう。〔詠み方〕「恋」の歌に多く詠まれている。

879 **たきぎつきにし**
「薪尽きにし」と表記し、「釈迦が入滅してしまった」、「人が死んでしまった」などの意がある。

880 **たきのみやこ**
「滝の都」と表記し、「大和国吉野の宮」のこと。

881 **たみくさ**

「民草」と表記し、（増えていく人民のようすを「草」に譬えて）「人民」「万民」「人びと」のこと。「民の草葉」「民の千種」とも詠まれている。

882 たみのと
「民の戸」と表記し、「人民の家」「人家」のこと。

883 だみたるこゑ
「濁たる声」と表記し、「濁った感じの、きたない声」、「共通語の発音と違って、訛《なま》りのある声」などの意がある。

884 たゆたふ
「揺蕩ふ」と表記し、「揺れ動く」「漂って定まらない」、「心が動揺して、決心がつかない」「ためらう」などの意がある。

885 たびやかた
「旅館」と表記し、「旅人を泊める家」「宿屋」のこと。

〔そ〕

886 そぼつる
「濡つる」と表記し、「ずぶぬれになること」、「雨などがしとしと降ること」「降り注ぐこと」などの意がある。「そぼち」も同じ。「そぼつる袖」などと詠む。

887 そほふるあめ
「そほ降る雨」と表記し、「しとしとと降る雨」のこと。長伯は、「添雨」「壮雨」などと表記し、「添雨」は、「小止みなく添え降る雨」のことで、「壮雨」は、「盛んに降る雨」の趣だとする。〔詠み方〕「春雨」「時雨」などに詠まれる。「春雨」は「添雨」、「時雨」は「壮雨」の趣が強いか。

888 そぼれ
「戯れ」と表記し、「ふざけること」「じゃれること」、「しゃれていること」などの意がある。

889 そへにとて
適当な用字法が見当たらないが、「だからといって」「それだからといって」の意。

890 そとものくに
「外面の国」と表記し、「外国」の意。一説に、「都の外の国」（地方）、「畿内の外の国」（地方）などの意もあるという。

891 そとも
「外面」と表記し、「家の外」「外側」「外部」のこと。「外面の野辺」「外面の岡」などと詠まれている。なお、「背面」と表記し、「北側」「後ろ側」の意もある。

892 そとものたに
「背面の谷」と表記し、「裏手の谷」「山の後ろ側の谷」のこと。

893 そがひ
「背向」と表記し、「山と山とが交差している間」「山の背面」などをいう。「山の峡《かい》」に同じ。「山のそがひ」「そがひの道」などと詠まれている。1460「やまのかひ」の項参照。

894 そがぎく
「承和菊」と表記し、「承和《しょうわ》の帝（仁明《にんめい》天皇）が愛好した黄菊や一本《ひともと》菊」のこと。なお、「背向菊」の表記で、「岸の傍などに咲いている菊」ともいう。歌学書類に、承和の帝が、一本菊を愛好したので、この菊を「承和菊」といい、これが訛《なま》った（『俊頼髄《としよりずい》脳《のう》』）とか、同じく、黄菊を愛好したので、「黄菊」をいう（『奥義抄《おうぎしょう》』『袖中抄《しゅうちゅうしょう》』）などとある。

○かの見ゆる池辺《べ》にたてるそが菊の茂みさ枝の色のてこらさ（拾遺集・雑《ぞう》秋・読み人知らず・一一二〇、あちらに見える池のほとりに立っている黄菊の、茂みや枝の何とも濃く美しいことよ）

895 そをだに
「其をだに」と表記し、「それをさえ」、「せめてそれだけでも」などの意がある。

896 そりにのる
「橇に乗る」と表記し、「積雪の上を滑らせて遊んだり、物を運んだりするものを利用する」の意。越《こし》の国（北陸地方）では、雪が深く積もった時には、「橇」に乗って行き来したのだ。橇に綱をつけて引くのを、「橇の早緒」という。
○道遠みそりの早緒の一筋に雪や心の行衛《ゆくゑ》なるらん（類題和歌集・巻十八・冬三・行路雪・冷泉為広《ためひろ》・一七二四四、行き先までの道程が遠いので、橇の早緒によって雪の上につけられた一筋の行跡に、わたしの心の方向〈考え方〉が示されているのであろうか）
＊たゆみつつ橇の早緒も付けなくに積もりにけりな越の白雪（山家集・冬・西行・五二九、まだ大丈夫だと油断して、橇の引き綱をつけないままにしていたが、越の国にはもう白雪が積もってしまったよ）

897 そよ

適当な用字法が見当たらないが、「静かに風が吹くさま」「かすかに物音がするさま」をいう。草木に寄せて「そよ」という場合は、「そよぐ」趣。また、「そよさぞ」とは、「そうよ、さぞかし」の意で、「そよ」に、風が立てるかすかな音を写す擬音語を掛けている。
○荻の葉にそよと聞こえて吹く風に落つる涙や露と置くらむ（続古今集・秋歌上・安《あん》法法師《ぼうほうし》・三〇〇、荻の葉に、そよぐと聞こえて吹く風に、落ちる雁の涙が、露となって置いているのだろうか）
＊夜寒なる穂屋《ほや》のすすきの秋風にそよさぞ鹿も妻を恋ふらむ（続古今集・秋歌下・藤原実経《さねつね》・四三六、夜寒の穂屋のすすきを、そよそよと音を立てて吹く秋風に、そうよ、さぞかし、牡鹿《おじか》も妻の牝鹿《めじか》を恋しがっているのだろう）

898 そよぐ

「戦ぐ」と表記し、「風が吹くなどして、そよそよと音を立てる」意。「草木の葉に風が触れて靡《なび》き、音を立てる」趣。

899 そよさらに

「其よ、更に」と表記し、「そうそう、そのうえ」「それそれ、重ねて」の意。〔詠み方〕この措辞は、一般的に「草木の葉がそよぐ音」に寄せて表現する。
○霰《あられ》降る賤《しづ》が笹屋よそよさらに一夜ばかりの夢をやは見る（続後撰集・冬歌・藤原定家・五〇四、霰がぱらぱらと音を立てて降る木こりなどの笹葺きの小屋では、それそれ、重ねて一夜だけでもゆっくり夢を結ぶほど眠れるだろうか）

900 それかあらぬか

「其れかあらぬか」と表記し、「それなのか、それともそうではないのか」の意。

901 そながらあらぬ

「其乍らあらぬ」と表記し、「そのようでありながら、そのようでない」「そっくりそのままなのに、そのようでない」の意。「そのままそっくりなのに、そのようにも思われない」趣。

902 そそや

適当な用字法が見当たらないが、（驚いたり、注意を促したりする時に発する語で）「あれあれ」「それそれ」の意。「すはや」に同じ。〔詠み方〕この語も、草木のそよぐ音に掛けて表現するのがよかろう。
○いつしかと荻の葉向けの片よりにそそや秋とぞ風も聞こゆる（新古今集・秋歌上・崇徳院《すとくいん》・二八六、いつの間にか、荻の葉が一方に向けて靡き、風も、そそと音を立てて、あれあれさては秋だと聞こえることだ）

903 そなれまつ

「磯馴れ松」と表記し、「強い潮風のために、傾いて生え伸びている、海辺の松」のこと。〔詠み方〕「海辺」に詠むといい。

904 そらとるたか

「空捕る鷹」と表記し、「空を飛びながら獲物を捕る鷹」のこと。

905 そらだのめ

「空頼め」と表記し、「当てにならないことを頼みにさせること」の意。

906 そらおぼれ

「空おぼれ」と表記し、「素知らぬふりを

すること」をいう。「空おぼめき」に同じ。

907 **そらもとどろに**

「空も轟に」と表記し、「空にごうごうと大きな音が鳴り響くように」の意。「空に響き轟く」趣。「空も轟に鳴る神」などと詠まれている。

908 **そらのうみ**

「空の海」と表記し、「海のような大空」の意。「空を大海」に見立てていう語。

909 **そらのいろがみ**

「空の色紙」と表記し、「緑の紙」のこと。

910 **そのふのやま**

「園生の山」と表記し、「野菜・花・果樹などを栽培する土地のある山」のこと。「園の山」に同じ。

911 **そらだき**

「空薫き」と表記し、「どこからともなく香りが漂ってくるように、香《こう》をたくこと」「客が来る前に部屋に香をたきしめておいたり、別の部屋で香をたいて香りがいくようにすること」、「どこからともなく漂ってくる香り」などの意がある。

912 **そのこま**

「其駒」と表記し、「『神楽歌』の曲名」のこと。宮中で行なわれる御神楽の最終曲。

913 **そのかみ**

「其の上」と表記し、「ある事が起こったその時」「その昔」のこと。

914 **そのかみやま**

「其の神山」と表記し、「その昔から、賀茂神社の後ろにある山」のこと。「神山」の「神」に「その上《かみ》」（昔）を掛けているわけだ。

915 **そのあかつき**

「其の暁」と表記し、「迷いから抜け出て、涅槃《ねはん》の正理《せいり》に帰する、その時」「弥勒三会《みろくさんえ》の暁」、「ある物事が実現した、その時」などの意がある。〔詠み方〕前者では、「高野山」に詠まれている。高野山は、弘法大師が「三会の暁」を契って、入定《にゅうじょう》を果たした地であるからだ。

916 **そでまきほさむ**

「袖巻き干さむ」と表記し、「涙に濡れた袖を枕に共寝《ともね》して乾かそう」の意。

917 **そでがさ**

「袖笠」と表記し、「笠の代わりに袖を頭の上にかざすこと」をいう。〔詠み方〕「夕立」「時雨」「村雨」などに詠み合わせるといい。

918 **そでさしかへて**

「袖差し交へて」と表記し、「袖を互いに差し交わして」の意。なお、長伯は、「袖差し替へて」と理解して、「恋人と共寝《ともね》をした、暁の別れに、互いに袖を取り替えて、男が帰っていくこと」と説明している。

919 **そでひちて**

「袖漬ちて」「袖沾ちて」と表記し、「袖が水で濡れて」「袖が濡れる状態で」の意。

＊袖ひちてむすびし水のこほれるを春立つ今日の風やとくらむ（古今集・春歌上・紀貫之・二、夏の日に袖をぬらし手ですくった水が、冬になって凍っていたのを、立春の今日の風が溶かしていることだろうか）

920 **そでのしたみづ**

「袖の下水」と表記し、「涙」のことをいう。

921 **そでにすみつく**

「袖に墨付く」と表記し、「人に恋い慕われる前兆」のこと。

922 **そでつけごろも**

「袖付け衣」と表記し、「袖の付いている衣（袖のない「肩衣《かたぎぬ》」に対していう）」、「袍《ほう》・直衣《のうし》・狩衣《かりぎぬ》などのように、袖の先に『鰭袖《はたそで》』のある衣」などの意がある。「宮人の袖付け衣」と詠まれている。「結構な衣」のこと。

○宮人の袖付け衣秋萩ににほひよろしき高《たか》円《まど》の宮（万葉集・巻二十・大伴家持《やかもち》・四三一五、大宮人の袖付け衣が、秋萩に染まって美しい高円の宮だよ）

923 **そですり**

そ

「袖摺り」「袖擦り」と表記し、「袖が草木の葉などと摺り合うこと」「近寄って触れること」、「肘の上部」などの意がある。「垣ほの袖摺り」と詠まれているのは、「袖を垣根の植物などに摺って行く」こと。

924 そでつくなみ

「袖付く波」と表記し、「袖が川瀬の波に浸るほど浅い川」のこと。「沢田川袖つく波」「広瀬川袖つくばかり浅き瀬」などと詠まれている。

925 そでのたきつせ

「袖の滝つ瀬」と表記し、「衣の袖にかかる滝」の意で、「涙が激しく流れ出ること」の譬え。「袖の涙」を「滝」に譬えていっているわけだ。

926 そでのしぐれ

「袖の時雨」と表記し、「衣の袖に時雨が降りかかること」、「悲しみの涙で袖が濡れること」の譬えの意。〔詠み方〕「時雨」によって、「袖」の色が変わるのだ。「紅に袖の染まる」由などを詠む。

927 そでのなみむねのけぶり

「袖の波胸の煙り」と表記し、「袖に立つ涙の波、胸の思いの火で立つ煙」のこと。「袖の波」が、「衣の袖が悲しみの涙に濡れていることを『波』に譬えていう語」で、「胸の煙り」が、「胸の火が燃えるときに出る煙りのことで、胸の中の思いが充分にかなえられないさまを譬えていう語」。〔詠み方〕「恋」に詠むといい。

928 そでのしがらみ

「袖の柵」と表記し、「（流れる涙を押さえる袖を、「川の流れを堰き止める柵」に譬えて）袖で涙を抑えること」をいう。〔詠み方〕「恋」に詠むといい。

929 そこひなき

「底ひ無き」と表記し、「物事の極まるところがないこと」「限りなく深いこと」をいう。「底ひも知らぬ」に同じ。諸説多いが、「底なき」趣で適合しよう。

○底ひなき淵やはさわぐ山川《やまがは》の浅き瀬にこそあだ波は立て（古今集・恋歌四・素性《そせい》法師・七二二、底知れない深い淵は、静かに水を湛えていて水音も立たない。山川の浅瀬にこそあだ波が立つのだ）

930 そこはかとなき

「そこはかと無き」と表記し、「（場所や状況がはっきりしない）どこかはっきり分からないこと」「はっきりわからないこと」、「（理由や原因・範囲がはっきりしない）これといった理由がないこと」「とりとめがないこと」「何ということもないこと」などの意をもつ。「そこと当て所《ど》もない」趣をいう。

931 そまかた

「杣形」と表記し、「杣山（植林し、材木を切り出す山）に生えている木」、「草木の茂っている所」などの意がある。なお、『八雲御抄《やくもみしょう》』に「木の茂き所をいふ」とある。

932 そしろだ

「十代田」と表記し、「一町の田」をいう。『袖中抄《しゅうちゅうしょう》』に「一段を一代といふ」とあるので、「十代」は一町ということになる。

933 そみかくだ

「曽美加久堂」「蘇民書札」と表記し、「山伏や修験者《しゅげんじゃ》など」の別称。

934 そめがみ

「染め紙」と表記し、「（経文《きょうもん》が紺色や黄色に染めた紙に書かれたことから）「経」「仏教の経典」のこと。斎宮《さいくう》が、日本古来の「神」を憚って、仏教用語の使用を避けるために用いる「忌《い》み詞」。

935 そめいろのやま

「蘇迷盧の山」と表記し、「須弥山《しゅみせん》」のこと。仏教の宇宙観で、世界の中心にあるとされる高山。高さは八万由旬《ゆじゅん》で、金・銀・瑠璃《るり》・玻璃《はり》から成る。頂上には「帝釈天《たいしゃくてん》」が住み、中腹には「四天王」が住む。日や月は、中腹の周囲を回っているという。「すみのやま」の項参照。2386

936 そひやなぎ
「沿ひ柳」と表記し、「籬《まがき》などに生え沿っている柳」のこと。「まがきの沿ひ柳」などと詠まれている。

937 そひね
「添ひ寝」と表記し、「人の傍に寄り添って寝ること」をいう。次の938「そひぶし」の項に同じ。

938 そひぶし
「添ひ臥し」と表記し、「添い寝」、「東宮・皇子などの元服の夜、添い寝する女性」などの意がある。後者の場合、平安時代、公卿の娘が選ばれ、正妻になることが多かった。前項の937「そひね」に同じ。「恋」の歌に詠むといい。

〔つ〕

939 つぼのいしぶみ
「壺の碑」「壺の石文」と表記し、「陸奥《むつ》国上北郡天間林《てんまばやし》村にあったと伝えられ古碑」、「陸奥国の多賀《たが》城の碑」などの意がある。前者は、坂上田村麻呂《さかのうえのたむらまろ》が蝦夷征伐のとき、弓の弭《はず》で日本の中央であることを書きつけたという。後世、「多賀城の碑」を「壺の碑」といったために、両者が混同して呼ばれた。〔詠み方〕「石ぶみ」を「文」に掛けて詠まれている。
○みちのくのいはでしのぶはえぞ知らぬ書きつくしてよ壺の石文（新古今集・雑歌《ぞうか》下・源頼朝・一七八五、陸奥国の歌枕「岩手」や「信夫《しのぶ》」、あるいは蝦夷《えぞ》ではありませんが、「言わないで我慢しているのだ」と言われるのでは、お心のほどが分かりません。すっかり書き尽くしてください。「壺の石文」ならぬ文に託して）

940 つるのはやし
「鶴の林」と表記し、「（釈迦入滅の時に、沙羅双樹《さらそうじゅ》が鶴の白い羽毛のようになったという故事から）釈迦が入滅した沙羅双樹の林」のことをいう。四方に二本ずつ生えていた沙羅の木が、釈迦の死を悲しんで、それぞれが合わさって一本ずつになり、鶴の羽のように白く変色したとされる。〔詠み方〕「釈教《しやつきよう》」に詠むといい。「無常の煙り」を詠んでいる。
○薪《たきぎ》尽き雪降りしける鳥辺野《とりべの》は鶴の林の心地こそすれ（後拾遺集・哀傷・法橋忠《ほっきょうちゅう》命《みょう》・五四四、薪が尽きて、今、雪が盛んに降りしきっている白一色の鳥辺野は、あたかも釈迦入滅の際の林のような気持ちがすることだ）

941 つるにのるひと
「鶴に乗る人」と表記し、「仙人になり、白い鶴に乗って雲中に去ったという、周の霊王の太子晋」のこと。

942 つるのねぶり
「鶴の眠り」と表記し、「鶴のように、閑寂なところで安眠すること」をいう。鶴は、閑寂な場所で豊かに眠ることができる鳥。〔詠み方〕「仙人の住処」、または「閑居」の歌、「祝」の歌などに詠むといい。

943 つかねを
「束ね緒」と表記し、「物を縛る紐」「結び紐」のこと。

944 つかのま
「束の間」と表記し、「ごく短い間」「ほんの僅かな間」のこと。「手一束の間」のこと。「草」などを刈って、結わえた「束の間」のことで、「束」とは「手一束」のこと。〔詠み方〕「わずかの間」「しばしの間」の趣に詠むといい。「手一束の間」は、その間が僅かであるので、「少しの間」の趣にいう。
○東路《あづまぢ》に刈るてふ萱《かや》の乱れつつ束の間もなく恋ひや渡らむ（新古今集・恋歌三・醍醐天皇・一二一四、東国で刈るという萱が乱れるように、心が乱れつづけて、少しのやむ間もなく、恋い続けることであろうか）
○夏野行く牡鹿《をしか》の角の束の間も忘れず思へ妹が心を（新古今集・恋歌五・柿本人麻呂・一三七三、夏の野辺を行く牡鹿の角の間の

ように、ほんの短い間も忘れないで思うよ。愛しい妻のことを）

夏の鹿は、角が僅かに「手一束」ほどの間に生え出るので、これも「つかの間」というわけ。

945 つかや

「塚屋」と表記し、「墓守の住む家」「墓にある小屋」のこと。

946 つかのうへにかけたるたち

「塚の上に掛けたる太刀」と表記し、「友《ゆう》誼《ぎ》を忘れず、信を重んじること」の譬え。春秋時代の呉王寿夢《じゅぼう》の第四子・季札《きさつ》は、徐の国の君主が自分の剣を欲しがったことを忘れず、その死後に徐君の墓の木にかけて贈ったという故事による。これを「季札挂《ク》レ剣《ヲ》」（季札剣を挂《か》く）という。『史記』に詳しい。

947 つれなき

適当な用字法が見当たらないが、「関係がないこと」「無関心であること」、「冷淡なこと」「よそよそしいこと」、「平然としていること」「さりげないこと」、「何ごともないこと」「変化が起こらないこと」などの意がある。なお、長伯は「難面き」「強面き」などと表記する注釈書もある、と指摘する。「面強き」趣。なお、「つれなし」は、「連無し」で、「つながりや関連がない」意が原義。上代では、多く「つれもなし」の形で用いる。中古以降、主に、相手が自分の心情の動きに対して反応しない状態にあることを表わしている。「恋につれなき」と詠むと、「相手の表情が無愛《ぶ》想で承引しない」趣。「心のつれなき」の表現も同じ。ちなみに、類義語の「つらし」は、相手の冷淡な態度に対する非難の気持ちが込められているが、「つれなし」は、対人関係の冷ややかな状態を表わす。〔詠み方〕この歌語は「有明の月」「松」などに寄せて多く詠まれている。「有明の月」は、夜が明けても強情《ごうじょう》にも空に残っているから。また、「松」は、「霜」「雪」にも色を変えず、見た目が強い植物なので、「つれなき松」と詠まれる。「人の心のつれなき」に関係づけていうのだ。

○有明のつれなく見えし別れよりあかつきばかり憂きものはなし（古今集・恋歌三・壬生忠岑《みぶのただみね》・六二五、有明の月がそっけなく空にかかって見えた、一晩中かきくどいても逢うことができないで帰ってきた、あの別れのとき以来、暁ほどつらく感じられるものはない）

○浦風の激しき磯の松を見よつれなき色も靡《なび》きやはせぬ（新後撰集・恋歌二・津守《つもりの》国冬《くにふゆ》・八九三、激しく吹き荒れる海辺の磯の松を見よ。平然とした表情の松も、靡きかねない面持ちだよ）

948 つづりさせてふ

「綴り刺せてふ」と表記し、「『衣服のほころびを繕《つくろ》え』と鳴く（蟋蟀《きりぎりす》の鳴き声）」をいう。蟋蟀（今の「こおろぎ」）の鳴き声が、冬を迎える準備に、衣服のほころびなどを、「縫い繕え」と鳴いているように聞こえたことからいう。「きりぎりす」は、「させてふ虫」とも、「つづりさせてふきりぎりす」とも詠まれている。

949 つつゐのかはづ

「筒井の蛙」と表記し、「筒の形に作った井戸の中の蛙」、「広い海を知らない蛙のように、自分が持っている狭い知識だけで、何でも推し量って済ます、浅はかさの譬え」などの意がある。「井の中の蛙」に同じ。〔詠み方〕「外部の広いことを知らない、自己の料簡の狭い事例」に詠むといい。

○はかなしや筒井の蛙われればかりほかをも知らず浅き心は（夫木抄・春部五・藤原為顕《ためあき》・一九三一、思慮分別のないことだ。「井の中の蛙」ではないが、わたしだけが外部の広い世界のことを知らないで、浅薄な考えでいるとは）

950 つなで

「綱手」と表記し、「陸から舟を引く綱」、

「他の舟を引く引き舟の綱」などの意がある。「綱手縄」に同じ。

951 **つらなるえだ**
「連なる枝」と表記し、「連なる木の枝」、「（「連なる枝」ももとは同じであることから）兄弟姉妹」、「連理《れんり》の枝」、「（浄土真宗で）『法王の一族』の称」などの意がある。

952 **つららのまくら**
「氷柱の枕」と表記し、「枕としている氷」、「枕の比喩」などの意がある。「水鳥」に詠まれている。

953 **つらつらつばき**
「列々椿」と表記し、「たくさん連なっている椿」のこと。和歌では「つらつら」を導く序詞に用いる。「椿」は、葉の色に光沢があり美しいので、「つやつや椿」という趣。またの説では、「枝の茂き椿」をいう由。

954 **つひのみち**
「終の道」と表記し、「死出の道」「冥途の旅」のこと。

955 **つひにゆくみち**
「終に行く道」「遂に行く道」と表記し、「最期には行く道」「死出の旅」のこと。前項の954「つひのみち」に同じ。

956 **つひのけぶり**
「終の煙り」と表記し、「火葬の煙」のこと。

957 **つのぐむあし**
「角ぐむ蘆」と表記し、「新芽が角のように出始める蘆」のこと。「蘆」の目が出始める前は、角が生えたようになるから。

958 **つのぐむをぎ**
「角ぐむ荻」と表記し、「新芽が角のように出始めた荻」のこと。

959 **つくもがみ**
「江浦草髪」「九十九髪」と表記し、「（「つくも」という草に似ているところから）「老女の白髪」、転じて「老女」をいう。また、「九十九」の表記は、「白」の字が「百」から「一」を除いた形であることによる。なお、髪が短くて、「藻」などを捏《こ》ねたような形を、「江浦草《つくも》髪」という。

960 **つま**
「端」と表記し、「物の端」「ふち」、「建物の側面」、「軒先」「屋根の先端」、「きっかけ」「端緒《たんちょ》」などの意がある。「軒の端」「扇の端」「衣の褄《つま》」「草の端」など、要するに、「物のはし」をみな「つま」というわけだ。

961 **つまごと**
「爪琴」「妻琴」と表記し、「箏《そう》の琴（十三弦）」、「琴を爪弾くこと」などの意がある。「琴」は「爪」で弾くものなので、「爪琴」という趣。「ま」と「め」とは五音相通《ごいんそうつう》（153の項参照）。**〔詠み方〕**「妻」に寄せて「恋」の歌などにも詠まれている。

962 **つまむかへぶね**
「妻迎へ舟」と表記し、「妻を迎えに行く舟」、「七夕で、牽牛が織女を迎えに行くときに乗る舟」などの意がある。「七夕」に詠まれるもの。

963 **つげのをまくら**
「黄楊の小枕」と表記し、「黄楊の木で作った枕」のこと。「黄楊枕」ともいう。

964 **つげのをぐし**
「黄楊の小櫛」と表記し、「黄楊の木で作った櫛」のこと。

965 **つやつや**
適当な用字法が見当たらないが、（下に打消しの語を伴って）「少しも」「全然」、「すっかり」「完全に」、「よくよく」「充分に」などの意がある。長伯は、「一切」と表記するとする。歌にはそれほど詠まれないが、詞書《ことばがき》にはしばしば見られる。なお、「艶々」と表記し、「（多く、髪や衣服について）美しい光沢のあるさま」「つやつやと」の意もある。

966 **つきくさにすれるころも**
「月草に摺れる衣」「鴨跖草に摺れる衣」と表記し、「月草（露草）で染められた衣服」のこと。「露草」は、畑や道端などに自生する草で、夏、「藍色」の花をつける。〔詠み方〕「月草」の花で染めた色はあせやすいことから、「恋」に寄せて、「うつろいやすい」趣を詠むといい。

967 **つきくさのはなだ**
「月草の縹」と表記し、「月草で摺《す》り染められた薄い藍《あい》色」のこと。「縹の色」は「月草」によって摺り染められることからいう。

968 **つきくさのうつしごころ**
「月草の移し心」と表記し、「(「月草」で染めた色が移ろいやすいように) 月草のような心変わりしやすい人の心」をいう。「移し心」は「移ろいやすい浮気心」のこと。「月草」は、物に移りやすいから。〔詠み方〕「人の心が移りやすいこと」に準えて、「恋」の歌に詠むのに好都合。

969 **つきくさのうつろひやすき**
「月草の移ろひ易き」と表記し、「月草のように心変わりしやすいこと」をいう。

970 **つきのふね**
「月の舟」と表記し、「大空を海に見立てて、そこを渡って行く月を『舟』に譬えた語」、「半月」などの意がある。「半月」が「舟」の形に似ていることからいう。〔詠み方〕「雲の海」「岸出づる」「雲の波」または、「海辺」「水辺」などに寄せて詠むといい。
○空の海に雲の波立ち月の舟星の林にこぎかくる見ゆ（拾遺集・雑上《ぞう》・柿本人麻呂・四八八、空の海に雲の波が立ち、月の舟が星の林に漕ぎ入って隠れるのが見えるよ）

971 **つきのまくら**
「月の枕」と表記し、「月が映っている枕」のこと。

972 **つきのこほり**
「月の氷」と表記し、「澄んで氷のように見える月」、「月の光が水に映って、きらきら輝くこと」などの意がある。

973 **つきのよぶね**
「月の夜舟」と表記し、「月夜の舟」のこと。970「月の舟」の項のことではない。

974 **つきのかがみ**
「月の鏡」と表記し、「(その形を鏡に見做して) 晴れた空にかかる澄んだ満月」、「月を映した池を、鏡に見立てていう語」などの意がある。

975 **つきのうてな**
「月の台」と表記し、「澄んだ月に照らされた宮中の高殿」の意。

976 **つきのかつら**
「月の桂」と表記し、「古代中国の伝説で、月に生えているという、高さ五百丈（約千五百メートル）の桂の木」「月の中の桂」「月桂」のことをいう。〔詠み方〕四季を通じて詠む。春は「月の桂の影（月の光）が霞む」由を詠み、夏は「月の光が涼しい」由を詠み、秋は「月の桂も紅葉して照りまさる」由を詠み、冬は「月の桂も冬枯れするのか、月の光が寒く見える」などを詠むもの。ちなみに、『八雲御抄《やくもみしょう》』には、「月の桂の花は光をいふ」とある。
○秋来れど月の桂の実やは成《な》る光を花と散らすばかりを（古今集・物名《もののな》・源忠《ほどこす》・四六三、秋が来たけれど、月の桂には実が成るのだろうか。光を花のように散らしてばかりだが）

977 **つきよめば**
「月読めば」と表記し、「月数を数えること」の意。

978 **つきのねずみ**
「月の鼠」と表記し、「月日の移り行く早さ」をいう語。仏教で、人が象に追われて、木の根を伝わって井戸の中に隠れたところ、井戸の周囲には四匹の毒蛇がいて、その人を噛もうとし、また、木の根を黒・白二匹の鼠がかじろうとしていたという、『賓頭盧《びんずる》説法経』の話で、「象」を「無常」、「鼠」を「昼と夜」、「毒蛇」を「地・水・火・風の四大」に譬えているところからいう。なお、『俊頼髄脳《としよりずいのう》』は同種の寓話を『楼《ろう》炭経《たんきよう》』から紹介し、『賓頭盧説法経』の「象」を『楼炭経』では「虎」に、「毒蛇」を「鰐《わに》」に、「鼠」は同じく「鼠」として登場させて、各々「象」は「現世の業障《ごうしよう》」の、「鰐」は「地獄」の「鼠」は「月日」の比喩としている。

○のどけかれ月の鼠よ露のみを宿す草葉の程のなき世に（久安《きゆうあん》百首・釈教《しやつきよう》・無常・藤原清輔《きよすけ》・九九三、月の鼠よ、のんびりした、くつろいだ気持ちでいなさいよ。露だけを宿す草葉のような、無常な現世なのだから）

979 **つきのみやこ**

「月の都」と表記し、（唐の玄宗皇帝が月宮殿に遊んだという故事から）「月の世界の都」「月の中にあるという宮殿」（月宮殿）『月』の異称」、「都の美しさをほめたたえていう語」などの意がある。

980 **つきよよし**

「月夜良し」と表記し、「月が美しい」の意。

○月夜良し夜良しと人に告げやらば来てふに似たり待たずしもあらず（古今集・恋歌四・読み人知らず・六九二、月が美しい、すばらしい夜だ、とあの人に言ってやったら、来てほしい、と言っているのと同じように聞こえて気になる。と言って、待っていないわけでもないのだ）

981 **つきひとをとこ**

「月人男」「月人壮子」と表記し、「月を舟に見立てて、それを漕ぐ人」、「月を擬人化していう語」などの意がある。「桂男」ともいう。長伯は、『兼名苑《けんめいえん》』に「月中に河あり。河上に桂あり。高さ五百丈、下に一人ありて木を切る。姓は呉といふ。十六仙を学んでここにあり」と載る旨を、指摘する。

982 **つきゆみ**

「槻弓」と表記し、『槻』の材で作った丸木の弓」のこと。「梓弓 檀《まゆみ》 槻弓」などと続けていう。いずれも「弓」に作る木の名である。

983 **つゆのしたぞめ**

「露の下染め」と表記し、「時雨よりも先に露によって紅葉色にうっすらと染まることをいう。「紅葉」に詠まれている。「紅葉」は「時雨」によって染まるものだが、「時雨」よりも先に、「露」によって不十分ながら色づき染まることをいうわけ。

984 **つゆのぬき**

「露の緯」と表記し、「露を織物の横糸に見立てた語」である。

○霜のたて露のぬきこそ弱からし山の錦の織ればかつ散る（古今集・秋歌下・藤原関雄《せきお》・二九一、霜の縦糸、露の横糸が弱いらしい。山の紅葉の錦は、織り上げる片端から断ち切れて散らばってしまうことだ）

この歌から、「霜のたて」「露のぬき」と多く詠まれるようになった。織物の「たてぬき」に見立てて詠じたのだ。

985 **つゆのたまはし**

「露の玉橋」と表記し、「七夕の橋」のこと。「七夕」に詠まれている。「天の川水陰草の露の玉橋」のごとく「露の玉」と受ける。

986 **つゆをかなしむ**

「露を悲しむ」と表記し、「露に慈悲の心をかける」ことをいう。『古今集』の序に、「霞をあはれみ、露を悲しぶ」云々とあるが、これ以降、「露」の歌に詠まれるようになった。「露をあはれむ」趣。

987 **つみをかしなき**

「罪犯し無き」と表記し、「法律に違反することがないこと」の意。

988 **つもれるちり**

「積もれる塵」と表記し、「積もり積もった塵芥」のこと。〔詠み方〕「山」に詠む場合は、「高山生《ハズ》二微塵《ヨリ》一」（高山は微塵より生ず）の語句に依拠している。また、「恋」の歌に、「床の塵積もる」由を詠む時、「恋人が来ない夜」は、「床の塵積もる」由を詠み、「待ち得て」は、「床の塵をうち払ふ」由を詠む。また、「契りし人の中絶えて」の場合は、「徒に床の塵のみ積もりて、うちも払はぬ」由を詠むもの。

〔ね〕

989 **ねがひのいと**

「願ひの糸」と表記し、「陰暦七月七日、七夕の夜に、願いごとを託して竿の先にかけ、織女星にささげた五色《ごしき》の糸」をいう。「七夕」に詠む。

990 **ねぢけひと**

「拗け人」「佞人」と表記し、「心のひねくれた人」のこと。現在は「倭人」を「かだひと」と読む。

○奈良山の児《こ》の手柏《てかしは》の両面《ふたおも》にかにもかくにも佞人《ねぢけひと》かも（万葉集・巻十六・有由縁《ゆうゆえん》并雑歌《ぞうかをあわせたり》・消奈行文《しようなのぎようもん》・三八三六、奈良山の児の手柏のように、ふたつの顔を使い分けて、ああ言ったり、こう言ったり心の奸佞な人たちの仲間だ）

991 **ねるやねりそ**

「練るや練り麻」と表記し、「（藤蔓や小枝などを）捩《ねじ》り縒《よ》って縄の代用にしたもの」の意。「練り麻」は、「木の枝を縄の代わりに柔らかに縒って、草木を結ぶ代用にするもの」。「練る」とは、「縄に縒ること」をいう。

992 **ねぬなは**

「根蓴菜」と表記し、「（池や沼に自生する水草の）蓴菜《じゆんさい》」のこと。和歌では、同音反復で「寝」「寝ぬ名は」「ねたし」などの序詞としたり、茎が長く伸びていることから、「繰《く》る」を掛けて「来る」や「苦し」などの序詞としたりする。〔詠み方〕「恋」の歌に、「ねぬなは」を「寝ぬ」趣になして詠む。また、「うき」に詠む。「池のぬなは」などと詠む場合の「うき」は「泥」のこと。それを「憂き心」に寄せて詠むわけ。469「ぬなは」の項参照。

993 **ねわたし**

「嶺渡し」と表記し、「高い峰から吹きおろす風」「高い峰から峰へ吹いていく風」のこと。「比良《ひら》の嶺渡し」などと詠まれている。比良の峰から琵琶湖の湖面へ吹き渡す風。

994 **ねよとのかね**

「寝よとの鐘」と表記し、「人びとに寝なさいと知らせる鐘」のこと。「亥《い》の刻」（現在の午後十時ごろ）に打ち鳴らされた「初夜の鐘」をいう。「みな人を寝よとの鐘」などと続けている。

995 **ねたく**

「嫉く」「妬く」と表記し、「（相手の勝っていることが）しゃくにさわり」「憎らしく」、「自分の失敗が悔やまれ」「残念に思い」、「ねたましいほどすぐれて」などの意がある。この語は、自分の失敗や力不足にいらだたしさを感じる気持ちを表わしたり、また、相手に引け目を感じたり、腹をたてたりする気持ちを表わしたり、さらに、ねたましいほど相手が優れている場合にも用いられるなど、複雑な様相を呈する。

996 **ねなしぐさ**

「根無し草」と表記し、「池などの水中に生えている浮き草」のこと。「漂って居場所の定まらないことや、根拠のないこと」の譬えに用いられることが多い。「三室の岸」に詠まれて、「はかなきことのためし」に詠んでいる。

○明日知らぬ三室の岸の根無し草なにあだし世に生ひはじめけむ（千載集・雑歌《ぞうか》中・花園左大臣家小大進《こだいしん》・一一三一、明日をも知らぬ我が身は、三室の岸に生える根無し草のような、はかない存在なのに、どうして無常なこの世に生まれたのであろうか）

997 **ねらひがり**

「狙ひ狩り」と表記し、「夏の夜、山中に照射《ともし》を焚き、鹿狩りをすること」。

998 **ねくたれがみ**

「寝腐れ髪」と表記し、「寝て乱れた髪」のこと。〔詠み方〕「恋」などにも詠まれる。

999 ねぐらのとり

「塒の鳥」と表記し、「巣にいる鳥」、「鳥が梢や軒端《のきば》などに宿ること」などの意。

1000 ねやま

「根山」と表記し、「近くにある山」のことをいう。「ね山の裾のさを鹿の声」などと詠む。

1001 ねやのひま

「閨の隙」「寝屋の隙」と表記し、「寝室の戸や窓などの隙間」のこと。〔詠み方〕「恋」の歌には、「ひとり寝る夜半」「閨の隙明けやらぬを託《かこ》つ」趣などを詠む。

1002 ねまちのつき

「寝待ちの月」と表記し、「陰暦十九日の夜の月」のこと。「臥し待ちの月」ともいう。月の出がやや遅くなり、寝て待っている間に出てくる月の意からの呼称。一説に、「子待ち」の表記で、「二十日の月」のことをいうそうだ。

○夏の夜の空はあやなく明けぬべし寝待ちの月のほど過ぐる間に（続後拾遺集・夏歌・詠み人知らず・二二一、夏の短か夜は理不尽なことに今にもあけてしまいそうだ。寝待ちの月の出を待っている間に）

1003 ねこじのうめ

「根掘じの梅」と表記し、「根のついたまま掘り取られた梅の木」のこと。「根掘じて植ゑし」とは、「根とともに引き抜いて植えた」という意。

1004 ねごめうつろふ

「根込め移ろふ」と表記し、「根のついたまま庭に移し植える」「根こそぎ庭に場所を変える」意。「根込めうつろふ梅」と詠まれて、「根のついたまま庭に植える梅」のこと。「根掘じて植ゑし」に同じ。

1005 ねこしやまこしふくかぜ

「嶺越し山越し吹く風」と表記し、「峰を越え山を越えて吹く風」の意。「甲斐が嶺を嶺越し山越し吹く風」と詠まれている。「甲斐が嶺」は「甲斐の白根」をいう。

1006 ねてのあさけ

「寝ての朝明」と表記し、「共寝をした夜の明け方」の意。

1007 ねぎごと

「祈ぎ事」と表記し、「神仏に願い祈る事柄」「願いごと」「願掛け」の意。長伯は、或説に、「神への願いごとは、禰宜《ねぎ》を通じて申しあげるので、『ねぎごと』という」と紹介する。

1008 ねみだれがみ

「寝乱れ髪」と表記し、「寝て乱れた髪」のこと。998「ねくたれがみ」の項に同じ。

1009 ねひとつ

「子一つ」と表記し、「子の刻（現在の午後十一時から午前一時まで）を四等分した最初の時刻で、午後十一時から十一時三十分ごろ」をいう。一説に、「午前零時から零時三十分ごろ」をいう。

1010 ねもころ

「懇ろ」と表記し、「心を込めている」「細やかに行き届いている」、「心を込めて」「念を入れて」「熱心に」「こまやかに」などの意がある。「懇ろなり」に同じ。

1011 ねもみぬなか

「寝も見ぬ中」「寝も見ぬ仲」と表記し、「愛する人とまだ共寝《ともね》をしていない間柄」をいう。「恋」に詠まれている。

1012 ねずりのころも

「根摺りの衣」と表記し、「紫草の根で摺って染めた衣服」のこと。「紫の根摺りの衣」と詠まれている。これには二つの説がある。一説は、「紫は根を砕いて染めるものゆえに、根で染めた」趣という。またの説は、「紫の衣を着て共寝《ともね》をすると、紫の色が刷り移る」というもので、これは藤原清輔《きよすけ》らの説。しかし、藤原定家は、これらの説は採用しない旨、表明している。

○恋しくは下にを思へ紫の根摺りの衣色に出《い》づなゆめ（古今集・恋歌三・読み人知らず・六五二、恋しく思うのならば心中秘かに思っていなさい。紫草の根を摺り染めした

衣のように、人目につくようなことはけっしてするな）

〔な〕

1013 なはたつこま

「縄断つ駒」と表記し、「縄を断ち切ろうと暴れる馬」のこと。この歌語は『六百番歌合《うたあわせ》』の次の顕昭《けんしょう》の歌に見られる。

＊荒《あ》れぬれば縄断つ駒をいかにしてつなぎとむらむ野辺の初草（六百番歌合・十九番左・若草・顕昭・三七、気が荒れて縄を切ってしまう春駒を、今年はじめて芽生えた野辺の若草は、どのようにして繋ぎ留めるのであろうか）

この歌は『拾遺集』の平定文の次の詠歌に依拠して詠作されているようだ。

○引き寄せばただには寄らで春駒の綱引きするぞなはたつと聞く（拾遺集・雑賀《ぞうが》・平定文《さだふん》・一一八五、引き寄せても、簡単には寄らないで、春駒の綱引きをするように、あれこれと逆らっているうちに、「縄絶つ」というが、「名は立つ」、噂が立ったと聞くことだ）

1014 なにはめ

「難波女」と表記し、「摂津国に住む女性」のこと。「河内女《かわちめ》」などの表現・措辞の類。

1015 なにはづ

「難波津」と表記し、「摂津国の港」、「『難波津の歌』の略」などの意がある。後者は、手習いの初歩の手本としても有名。長伯は、「いろはの四十七字をいふ」とする。

＊難波津に咲くやこの花冬ごもり今は春べと咲くやこの花（古今集・仮名序、難波の入り江に咲いているよ、この花が。冬の間は隠れていたが、今は春になったと咲いているよ、この花が）

1016 なにはづのみち

「難波津の道」と表記し、「和歌の道のこと」。

1017 なにはわたり

「難波辺り」と表記し、「難波の周辺」のことで、「渡り」（渡し場）のことではない。

1018 なにくれ

「何くれ」と表記し、「なにやかや」「だれかれ」の意を表わす。

1019 なにしおふ

「名にし負ふ」と表記し、「名前として持っている」、「有名である」などの意がある。

＊名にし負《お》はばいざ言《こと》問はむ都鳥我が思ふ人はありやなしやと（古今集・羇旅《きりょ》歌・在原業平・四一一、都という名を持っているのなら、さあ尋ねてみよう。都鳥よ、わたしが愛する都の人は、いまでも無事に過ごしているのかどうかと）

1020 なにおふ

「名に負ふ」と表記し、直前の1019「なにしおふ」の項にほぼ同じ。強めの副助詞「し」のみを欠いているわけ。

1021 なにせむに

「何為むに」と表記し、「（反語の意を表わして）どうして…か、いや…ない」、「（疑問の意を表わして）何のために…か」「なぜ…か」などの意を表わす。「何にせむに」の略。

○何せむに玉の台《うてな》も八《や》重葎《へむぐら》出づらむ中に二人こそ寝め（古今六帖・第六・作者不詳・三八七四、美しく豪華な建物も、荒廃したみすぼらしい建物も、いったい何になろうか、何にもならないよ。目の前に現われた建物の中で、二人で仲良く寝よう）

1022 なへに

適当な用字法が見当たらないが、「（ある状態・動作と並行して、他の状態・動作が存在・進行していることを表わして）…につれて」「…と同時に」の意を表わす。612項の「からに」に近い。また、「ゆゑに」という趣。歌によって種々様々だ。

○我が門に稲負鳥《いなおほせどり》の鳴くなへに今朝吹く風に雁は来にけり（古今集・秋歌上・読み人

知らず・二〇八、我が家の門前で稲負鳥が鳴くのにつれて、一段と涼しくなって今朝吹いた風とともに初雁がやって来たことだ）

1023 **などてかく**

「などて斯く」と表記し、「どうしてこのように」の意。「何とてかくのごとくは」という趣。「などてかは」は「何とてか」の趣。「などもかくは」は「何ぞかくのごとくは」の趣。「などてかくに」に同じ。「など」「なぞ」には、「とがめる」趣がある。

1024 **なりはひ**

「生業」と表記し、「農作」「その作物」、「生活を立てるための仕事」「職業」などの意がある。『河《か》海抄《かいしょう》』に「農また穡《しょく》」とあり、「耕作」のこと。また、『遊仙窟《ゆうせんくつ》』に「家業」とあるが、これは「家の業作か」と、長伯は記す。

1025 **なほざり**

「等閑」と表記し、「特別に意にとめないさま」「何でもないこと」、「いい加減なこと」「おろそかなこと」「本気でないこと」、「適度なこと」「ほどほどであること」などの意がある。この語は、もともとは「返歌のない様子」の意とされ、そこから「深く気にとめない様子」の意が生じ、さらに「おろそかである様子」の意に転じた。

1026 **なかがは**

「中川」と表記し、「山城国の川で、東川（鴨川）と西川（桂川）の間、東京極大路の東端に近接して南流していた京極川」のこと。今の寺町の「溝川《みぞがわ》」のこと。『岷江《みんごう》入楚《にっそ》』に、『旧記』に「二条以北号《ス》二中川《ト》一」とある、と長伯はいう。和歌では、多く「仲」を掛けて詠まれる。

1027 **なかのころも**

「中の衣」と表記し、「上着と下着の間に着る衣」のこと。和歌では多く、「中」に男女の「仲」を掛けて用いられる。「人と添い寝をする時に、二人の間を隔つ衣」をいう。

〔詠み方〕相思相愛の間柄では、「両者の間に衣が横たわるのも疎ましい心地がする」由を、詠みならわしている。

○かたみにぞかふべかりける逢ふことの日数へだてむ中の衣を（源氏物語・明石巻・光源氏・二四〇、お互いに、形見《かたみ》として取り換えるべきなのですね。長い間二人の間を隔てて逢うのを妨げる中の衣を）

1028 **ながあめ**

「長雨」と表記し、「長い間降り続く雨」のこと。「ながめ」（長雨）に同じ。三日以上を「霖雨《りんう》」という。「春雨」は連日降り続くものなので、「春のながあめ」という。また、「五月雨」のころも、「ながあめ」という。また、「春のながめ」といって、「詠《なが》むる心」に「長雨」を兼ねて詠む場合もある。

1029 **ながきよ**

「長き夜」と表記し、「秋の夜長」、「死後の世界」などの意がある。

1030 **ながきやみぢ**

「長き闇路」と表記し、「後世」「真理を悟りえず煩悩《ぼんのう》に迷う道」「あの世への長い道程」をいう。

1031 **ながなく**

「汝が鳴く」と表記し、「お前が訪れて鳴く」の意。「な」は「汝」のこと。「ほととぎす」に詠まれる。

○ほととぎす汝《な》が鳴く里のあまたあればなほうとまれぬ思ふものから（古今集・夏歌・詠み人知らず・一四七、時鳥《ほととぎす》よ、お前が訪れて鳴く所は、ここだけではなく、あちこちにあるので、愛しく思うものの、やはり恨めしくなってしまうよ）

1032 **なかがき**

「中垣」と表記し、「隣家との隔ての垣根」のこと。〔詠み方〕「隣」という題に、「中垣」と詠めば相適う。

1033 **なかのほそを**

「中の細緒」と表記し、「箏《そう》の琴（十三弦）の第十二弦」、「第十三弦の呼称」などの意がある。

1034 **なかなか**

「中々」と表記し、「中途半端だ」「なまじっかだ」、「かえってしないほうがいい」などの意がある。なお、この語は、「中途」「半ば」の意の「なか」をふたつ重ねた語。中途半端でどっちつかずの状態をいい、そこから、「いっそないほうがましだ」「他を取ったほうがよい」などの意が生じた。上代には、「なかなかに」の形であったが、中古以降、「なかなかなり」の形容動詞とともに、副詞的に「なかなか」だけが用いられるようになった。長伯も、この語には二つの意味があるという。一つは、「かえって」という意味に用いられるが、それは次の『拾遺集』の藤原朝忠《あさただ》の歌に認められる。

○逢ふことの絶えてしなくはなかなかに人をも身をも怨みざらまし（拾遺集・恋一・藤原朝忠・六七八、逢うということがまったく期待できないのであるならば、すっかり諦めてしまって、かえって相手の無情さも自分の不運さも、恨むことはあるまいものを）

もう一つは、「なまじっか」という意味に用いられ、それは次の『古今集』の紀貫之の詠作に認められる。

○石《いそ》の上布《かみふ》留《る》の中道なかなかに見ずは恋しと思はましやは（古今集・恋歌四・紀貫之・六七九、石の上布留に行く中道ではないが、なまじっか逢わなかったならば、恋しいと思い焦がれることもなかったものを）

〔詠み方〕この語は歌の初五文字には置いてはならない。しかし、第二句以下には、どこに置いても構わない、といわれている。

1035 **ながはしのかはたけ**

「長橋の河竹」「長橋の川竹」と表記し、「内裏の清涼殿《せいりょうでん》から紫宸殿《ししんでん》に通じる廊下付近に植えてある竹」のこと。北側に植えられた竹は「呉竹」という。

1036 **なかのへ**

「中の重」と表記し、「内裏を囲む築地《ついじ》」、「神社・宮殿などの、殿舎と中門との間の空き地」などの意がある。前者は、四方に門（東に建春門《けんしゅんもん》。南に建礼門《けんれいもん》のほか二門。西に宜秋門《ぎしゅうもん》。北に朔平門《さくへいもん》、式乾門《しきかんもん》）があり、「宮門」と称して衛門府《えもんふ》が警備する。この内側に朱塗りの廊で囲まれた一郭があり、ここに内裏の殿舎がある。

1037 **なかとみ**

「中臣」と表記し、「姓氏」「古代の有力氏族」「天児屋根命《あめのこやねのみこと》の子孫」をいう。はじめ「連《むらじ》」、のちに「朝臣」の姓。宮廷の神事・祭祀《さいし》をつかさどった。鎌足が大化改新で活躍し、臨終の床で「大織冠《たいしょくかん》」と「内大臣」の位を授けられ、「藤原」の姓を賜与《しよ》された。『俊頼髄脳《としよりずいのう》』に「天をいふ」とする、と長伯はいう。

1038 **ながれぎ**

「流れ木」と表記し、「水面を浮いて漂う木」「流木」、「『流人《るにん》』を譬えていう語」などの意がある。和歌では、後者の意が多い。軽い罪は三年の刑、重い罪は六年の刑という。

○流れ木も三年ありてはあひ見てむ世のうきことぞかへらざりける（拾遺集・雑上《ぞう》・菅原道真・四八〇、流木も、三年経てば、もとの場所に戻って、再び見ることができる。ところが、左遷され浮き漂う我が身は、自分に敵意を持つものが多い世の中だから、もとの世にかえることもなく、いつ帰ることができるか分からない）

1039 **ながるるかすみ**

「流るる霞」と表記し、「たなびく夕焼け雲」（霞）、「仙人の飲む酒の名」（流霞酒）などの意がある。

1040 **ながれてのよ**

「流れての世」と表記し、「後の世」「末世」のこと。「流れて」は、「永らえて」の意だから、「永らえての世」となる。〔詠み方〕「川」などに寄せて詠むといい。

1041 **なかがみ**

「天一神」「中神」と表記し、「陰陽道《おんみょうどう》で祭る神の名」「六十日を周期として天地八方をめぐり、吉凶禍福をつかさどる神」のこと。この神は、己酉《つちのととり》の日から北東に六日、東に五日の順に、東・南・西・北に五日ずつ、北東・南東・南西・北西に六日ずつの、合わせて四十四日間地上をめぐり、癸巳《みずのとみ》の日から十六日間は天上にとどまる。天上にいるときは何事もないが、地上にいるときには、それがいる方角に行く者に災いをもたらすとされるために、その方角に行けないことを「方塞《かたふた》がり」といい、その方角へ向かわなければならないときは「方違《かたたが》え」をした。

1042 **なづむ**

「泥む」と表記し、「先に進めずに難儀する」「行き悩む」、「思い悩む」「苦しがる」、「なかなか成長しない」「伸び悩む」、「ひとつのことにこだわる」「執着する」、「ひたすらに打ち込む」「思い焦がれる」「思いを寄せる」などの意がある。「物に滞ること」をいう。「行き泥む」などは、「前進することができないで、休らい泥む」わけだ。また、「心の泥む」とは、「心が物に執着すること」。

1043 **なつむし**

「夏虫」と表記し、「夏にあらわれる虫の総称」、「蛾・蚊・蟬・蛍など」をいう。「夏虫の影」とは、「蛍」のこと。

1044 **なよたけ**

「弱竹」と表記し、「細くしなやかな竹」「なよなよとした竹」のこと。「萎竹《なゆたけ》」に同じ。

1045 **ななのやしろ**

「七の社」と表記し、「山王権現《さんのうごんげん》二十一社を、上七社・中七社・下七社に区分するときの、それぞれの七社の称」、「そのうちの上七社（大宮・二の宮・聖真子《しょうしんじ》・八王子・客人《まろうど》・十禅師《じゅうぜんじ》・三の宮）」などの意がある。「山王七社」に同じ。

1046 **ななますかみ**

「七座す神」「七坐す神」と表記し、1045「ななのやしろ」の前項に同じ。

1047 **ななわだのたま**

「七曲の玉」と表記し、「（幾重にも曲がった玉に緒を通せという難題を、老父母の指図で蟻《あり》に糸をつけて玉に通し、見事に解決したという故事に出てくる）幾重にも曲がっている玉」のこと。棄老《きろう》の習慣を無視して老父母を大切にした中将が、「幾重にも曲がった玉に緒を通すように」という中国の唐の国からの難題を、老父母の示唆によって、蟻を捕まえてきて、二匹ほどの蟻の腰に細い糸をつけて、一方の穴に蜜を塗り、もう一方の穴から蟻を入れたところ、蟻が蜜の匂いを嗅いで、上手に這い進んで、蜜をぬった穴から出るに及び、見事玉に緒を通すことができた。このように老人の知恵で難題を解決したことから、棄老の習慣は止むに至り、中将は上達部《かんだちめ》、大臣に任命され、後に神になったというが、この神が「蟻通《ありどお》し明神」というわけだ。この説話は『枕草子』に収載されている。

1048 **ななのかしこきひと**

「七の賢き人」と表記し、「中国晋代の竹林の七賢人」のこと。世俗を避けて竹藪に集まり、清談をしたという。「ななのさかしきひと」に同じ。

1049 **なつびきのいと**

「夏引きの糸」と表記し、「夏に蚕から採る糸や、夏に採る麻から紡いだ糸」のこと。「糸」は夏引くものだから、「夏引き」というわけだ。

1050 **ななつごのかがみ**

「七つ子の鏡」と表記し、「神功《じんぐう》皇后五十二年に、百済《くだら》の肖古王《しょうこおう》から、七枝刀《ななつさやのたち》とともに献ぜられたと伝えられる鏡」のこと。形状は「周囲に七個の子鏡がある」とも、「七鈴鏡」ともいわれた。

1051 **なよびか**

適当な用字法が見当たらないが、「（人の

容姿・人柄などが）もの柔らかで美しい」「上品で優美だ」「色好みだ」「色っぽい」「（物が）しなやかだ」「上品で美しい」などの意がある。

1052 **なだたる**

「名立たる」と表記し、「名高いこと」「有名であること」「評判が高いこと」の意。

1053 **なだらか**

適当な用字法が見当たらないが、「かどがない」「なめらかだ」「円満だ」「平穏無事だ」、「心が穏やかだ」「落ち着いている」、「無難だ」「程よい」、「流暢だ」「筆跡がよどみない」などの意がある。

1054 **なれ**

「汝」と表記し、（対称の人称代名詞で、親しい者や目下の者に対していう語）「おまえ」の意。「鳥」「獣」の類にも用いる。なお、「な」が格助詞を伴って用いられるのに対し、「なれ」は単独でも文節を構成する。平安時代以降は「なんぢ」が用いられ、「なれ」はわずかに和歌に用例が見える程度である。

1055 **なつそひく**

「夏麻引く」と表記し、「地名の『うなかみ』『うなひ』に、また、『いのち』にかかる枕詞」。夏、麻を畑から引いて「績《う》む」ところから、「う」の音を含む「海上」などに、また、麻を引いて糸を作るところから、「糸」の「い」の音をもつ「命」にもかかる。

1056 **なづさふ**

適当な用字法が見当たらないが、「水に浮かび漂う」「浮きさまよう」、「慣れ親しむ」「いつもそばにいる」などの意を持つ。

1057 **なぞへなく**

「準へ無く」と表記し、「比べようがなく」「なぞらえることなく」の意。「高下の区別がなく、平等なこと」をいう。

○あふなあふな思ひはすべしなぞへなく高き卑しき苦しかりけり（伊勢物語・第九十三段・男・一六七、身分相応に恋はするのがよい。比べようがないほど、身分の高い人と低い者との恋は、苦しいものなのだなあ）

1058 **なぞらへて**

「準へて」「准へて」「擬へて」と表記し、「準じて」「肩を並べて」、「引き比べて」「重ね合わせて」などの意がある。「なずらへて」ともいう。

1059 **なぞもかく**

「何ぞも斯く」と表記し、「いったいどうしてこのように」の意。「なにぞかくのごとくは」の趣。

1060 **なつこだち**

「夏木立」と表記し、「夏のころの茂った木立」のこと。「夏の梢が若葉でいっぱいの状態」をいう。

1061 **なつかりのあし**

「夏刈りの蘆」と表記し、「夏に刈り取った蘆」の意。ちなみに、「夏刈りの」は、「蘆」や「藺《ゐ》」が夏に刈り取ることから「蘆」、地名の「芦屋」に、また、「藺」と同音を含む地名の「猪名《いな》」にかかる枕詞。

1062 **ななのおほんかみ**

「七の御神」と表記し、「山王七社《さんのうしちしゃ》の御神」のこと。

1063 **ななのうゑき**

「七の植木」と表記し、「極楽浄土にあるという七宝《しっぽう》で飾られている木」のこと。「七重に並んで生えている」という。「黄金の根」「紫金の茎」「白銀の枝」「瑪瑙《めのう》の条」「珊瑚の葉」「白玉の花」「真珠の実」でできているとも、「金樹《こんじゅ》」「銀樹《ごんじゅ》」「瑠璃《るり》樹」「玻璃《はり》樹」「珊瑚《さんご》樹」「瑪璃《ばり》樹」「蝦蛄《かこ》樹」の七種の宝樹ともいう。「釈教《しゃっきょう》」に詠むといい。

1064 **ならのはがしは**

「楢の葉柏」と表記し、「橅《ぶな》科の落葉高木」のこと。「楢柏」に同じ。

1065 **ならのひろは**

「楢の広葉」と表記し、「楢の木の広い葉」のこと。楢は葉が広い樹木なのでいう。〔詠み方〕「新樹」の歌などに詠まれている。

な

1066 **ならむとすらむ**
適当な用字法が見当たらないが、「…だろうとするであろう」の意。

1067 **ならのはのなにおふみやのふるごと**
「楢の葉の名に負ふ宮の古言」と表記し、『万葉集』のこと。『古今集』に載る、「『万葉集』は何時ごろ編纂されたか」という清和天皇の質問に、文屋有季《ふんやのありすえ》が次のように返答した和歌に依拠している。
＊神無月《かんなづき》時雨降りおける楢の葉の名に負ふ宮の古言《ふること》ぞこれ（古今集・雑歌《ぞうか》下・文屋有季・九九七、十月の時雨に美しく染まった楢の葉にちなむ、奈良の都の時代の古歌を集めたものです、この『万葉集』は）

1068 **ならしば**
「楢柴」と表記し、「楢の木の枝で、燃料にするのに適した大きさのもの」をいう。

1069 **なのりそ**
「莫告藻」「神馬藻」と表記し、「海草のほんだわらの古名」。『万葉集』では、「な告りそ」（告げないで）や、「名告りそ」（名前をつげるな）に掛けるなど、しばしば詠まれたが、それ以降はあまり顧みられなくなった。「名乗る」意に掛けて「時鳥《ほととぎす》」などに詠み合わされた。

1070 **なのるほととぎす**
「名乗る時鳥」「名告る時鳥」と表記し、「鳴き声をあげる時鳥」のこと。

1071 **なくくり**
「肴括り」と表記し、「鳥や獣を捕らえるわな」のこと。

1072 **なやらふ**
「儺遣らふ」と表記し、「陰暦十二月の大晦日に宮中で行なわれた、悪鬼を追い払う中国伝来の儀式」のこと。大舎人《おおとねり》が鬼に扮し、殿上人が桃の弓と蘆の矢で射て追う。民間にも伝わり、今の節分の豆まきとなった。「追儺《ついな》」「鬼遣《や》らひ」に同じ。
○今年また暮れぬと思へば小夜深みなやらふ声を聞くまでもうし（類題和歌集・巻十八・冬三・夜歳暮・肖伯《しょうはく》・一八〇一八、今年もまた大晦日の今日で暮れてしまうと思うと、夜が更けて節分の豆まきの声を聞くのまでもが、つらく思われることだ）
＊諸人《もろひと》のなやらふ音に夜は更けてはげしき風に暮れはつる年（拾遺愚草員外《しゅういぐそういんがい》・冬五首・藤原定家・三一四、人びとが追儺の鬼を追い払う声に夜は更けて、激しい風が吹くうちに旧年はすっかり暮れてしまった）

1073 **なまめく**
「艶めく」「生めく」と表記し、「みずみずしく新鮮である」「若く美しく感じられる」、「優雅である」「上品な感じがする」、「優雅に振る舞う」「風流な態度をとる」、「好色な振る舞いをする」「色めかしいそぶりをする」などの意がある。「美しく艶なる容貌」に備わる趣。

1074 **なげ**
「無げ」と表記し、「なさそうなさま」、「いい加減なさま」「投げやりのさま」などの意がある。
○いざ今日は春の山辺にまじりなむ暮れなばなげの花の陰かは（古今集・春歌下・素《そ》性《せい》法師・九五、さあ、今日は春の山辺に分け入って存分に楽しもう。暮れたならばなくなってしまうような花の陰ではない。暗くなっても、存分に花の陰で時を過ごそうよ）
この歌では、「暮れなばなげの花の陰かはある」と、反語に表現しているのだ。「陰かは」の「かは」によって「ある」と反転するわけ。なお、ただ「なげ」とだけ表現されるときは、「無き」という趣。

1075 **なげのなさけ**
「無げの情け」と表記し、「真心のこもっていない情け」「かりそめの好意」「うわべだけの愛情」のこと。「恋」に多く詠まれる。「なげのあはれ」に同じ。

1076 **なげきこる**
「歎き凝る」と表記し、「嘆いてばかりいる」「ずっと悲嘆に暮れている」の意。〔詠み方〕この表現・措辞は、「木を樵《こ》る」に寄せて、「山」などに詠み合わせるといい。
○なげきこる山とし高くなりぬれば頬杖のみぞまづつかれける（古今集・雑体《ざってい》・大《たい》輔《ふ》・一〇五六、嘆きが凝り固まって、薪にする投げ木を樵《こ》る山のように高くなってしまったので、山に上る杖ならぬ頬杖だけが、何よりも先につかれるようになってしまった）

1077 **なごむ**
「和む」と表記し、「和やかになる」「穏やかになる」、「和やかにする」「穏やかにする」「鎮める」などの意がある。「神を和むる」などという場合は、「神をいさめやわらぐる」趣。

1078 **なごろ**
「余波」と表記し、「波が引いたあと海岸に残っている海水や海草」、「海の荒れがおさまってもなおしばらく立っている波」などの意がある。「沖のなごろ」と詠まれる。「なごり」に同じ。なお、「なごろ」は、「波残り」の変化した語。「波が打ち寄せたり、潮が引いたりした後、海岸のあちこちに残っている海水や海藻などや、海があれた後に風がおさまっても、しばらく立っている波など」の意を表わす。転じて、あることが過ぎ去ったあとも尾を引く気分や感情を表わし、さらに、「物事の最後」をいう意にも用いられる。

1079 **なごしのはらへ**
「夏越の祓へ」と表記し、「陰暦六月三十日に宮中や神社で行なわれる年中行事」のこと。茅《ちがや》で作った輪をくぐったり、人形《ひとがた》を作って体をなでたものを水に流したりして、半年間の罪や穢れを除き払う。神を和《なご》むるのだ。また、「夏を越す祓え」という趣だともいわれている。

1080 **なごやか**
「和やか」と表記し、「温和なさま」「穏やかなさま」をいう。

1081 **なごやがした**
「和やが下」と表記し、「柔らかで肌に快いもと」の意。
○蒸《む》し衾《ぶすま》なごやが下に臥せれども妹とし寝《ね》ねば肌し寒しも（万葉集・巻四・相聞・藤原朝臣麻呂・五二四、からむしの夜具の柔らかな中に寝ているけれども、あなたと寝ていないので、肌が冷たいよ）

1082 **なぎ**
「凪ぎ」「和ぎ」と表記し、「波風が静まって穏やかになること」、「心が落ち着き、穏やかになること」などの意。「和らぐ」趣をいう。「夕凪ぎ」「朝凪ぎ」などの措辞は、「波風が和らいだ」趣。また、「心はなぎぬ」の表現は、「心が和やかになった」趣。

1083 **なぎたるあさのそら**
「凪ぎたる朝の空」「和ぎたる朝の空」と表記し、「雲もなく風も静かな、穏やかな朝の空の様子」のこと。

1084 **なみよる**
「並み寄る」と表記し、「並んで一方による」「一方に寄り集まる」の意。

1085 **なみにはおもはぬ**
「並みには思はぬ」と表記し、「いい加減には思わないこと」「同等には思わないこと」の意。「深く思う」趣。

1086 **なみだのふち**
「涙の淵」と表記し、「流す涙が積もってできた淵」のこと。「涙」を「淵」に譬えていったわけだ。

1087 **なみだのあめ**
「涙の雨」と表記し、「涙が雨のようにとめどなく流れること」の譬え。

1088 **なみだのいろのくれなゐ**
「涙の色の紅」と表記し、「（深く悲嘆にくれて流す涙を「血の涙」を流すということから）血のような涙の色」のこと。「紅涙」ともいう。

1089 **なめし**
適当な用字法が見当たらないが、「無礼だ」「不作法だ」「失礼だ」の意を持つ。歌

な

には詠まれないが、詞書《ことばがき》に見られる語。なお、「なめし」が多く、上位・下位に関係なく相手をとがめるのに対し、類義語の「めざまし」は、上の者が下の者に対して用いることが多い。

1090 **なもしるし**

「名も著し」と表記し、「その名も有名な」「その名も顕著な」の意。

1091 **なしつぼ**

「梨壺」と表記し、「内裏の後宮の建物のひとつで、『昭陽舎《しようようしや》』の異称」をいう。

（以上、巻五）

〔ら〕

1092 **らにのはな**

「蘭の花」と表記し、「『ふじばかま』の異称」のこと。〔詠み方〕歌に詠む場合、「らん」とは詠じがたいので、「らに」と詠めばいい。

1093 **らのへうし**

「羅の表紙」と表記し、「薄く織った絹布《けんぷ》の表紙」「うすぎぬの表紙」「うすものの表紙」のこと。〔詠み方〕通常の詠歌には詠むべきでない措辞。「ら・り・る・れ・ろ」の頭字などを措いたときには、用いても構わない。

1094 **らちをゆふ**

「埒を結ふ」と表記し、「馬場の周囲の柵を設《しつら》える」、「物事の結末をつける」などの意。

〔む〕

1095 **むろのはやわせ**

「室の早早稲」と表記し、「室で苗を育てた成熟の早い稲」のこと。〔詠み方〕「早苗」に詠まれる。「早苗」の中でも「室の苗」は早く植えるもの。また、「苗代」にも「室の種」と詠まれている。

○田子《たご》の取る早苗を見れば老いにけりもろ手に急げ室の早早稲（堀河百首・夏十五首・早苗・肥後・四一四、田子の取る早苗を見ると、もう生育しすぎて、老いてしまったなあ。両手で急いで取れよ。室の早稲を）

1096 **むろのやしま**

「室の八島」と表記し、「下野国《しもつけのくに》の大神《おおみわ》神社にあったとされる池」のこと。『歌林良材集《かりんりようざいしゆう》』には、下野国の野中に島があって、俗に「室の八島」という。その野中に清水があって、そこから水が蒸発して煙のように見えることから、「室の八島の煙」と和歌に詠まれるのだ、と紹介されている。和歌では、常に煙の立つ所として、「恋に身を燃やす心情の譬え」に用いられ、『狭衣《さごろも》物語』（巻一）などにも見られる。なお、「八島」は「かまど」の意で、大晦日の夜、かまどを祓《はら》い清めたのち、灰の残り火の状態で翌年の吉凶を占う、「占いの一種」という説もある。

○いかでかは思ひありとも知らすべき室の八島のけぶりならでは（詞花集・恋上・藤原実方《さねかた》・一八八、いくら燃えても、心に思いの火があると知らせることはできはしない。室の竈の煙のような目に見える煙でなくては）

1097 **むばたま**

「射干玉」と表記し、「ひおうぎ（植物の名）の実か」というが、未詳。なお、「むばたまの」は、枕詞で、（この実が黒いことから）「黒」「夜」「闇」「髪」「夕」などに、また、「夜」のものである「夢」「月」などにもかかる。「ぬばたま」「うばたま」ともいう。464「ぬばたま」の項参照。

1098 **むべ**

「宜」「諾」と表記し、「（下に続く文の内容を肯定・確認する意で）もっともなことに」「いかにも」「なるほど」「道理で」」の意。「もっとも」という趣。「もっともと、ものを承諾する」趣に詠むといい。「むべ山風」「むべもとしとはいはれけり」という類で

む
ら

ある。「うべ」に同じ。

○吹くからに秋の草木のしをるればむべ山風を嵐といふらむ（古今集・秋歌下・文屋《ふんやの》康秀《やすひで》・二四九、吹くとたちまち秋の草木がしおれてしまうものだから、なるほどそれで山風を嵐というのだろう）

1099 **むかへのくも**

「迎への雲」と表記し、「臨終のときに、信心深い者を極楽浄土へ導くため、阿弥陀仏と二十五菩薩とが乗って迎えに来る、紫色のめでたい雲」のこと。1130「むらさきのくも」の項、1394「くものむかへ」の項参照。

1100 **むかひびつくる**

「向かひ火著くる」と表記し、「相手の怒りに対抗して、こちらも怒り、相手の勢いを抑えること」をいう。これは『古事記』（中巻・景行《けいこう》天皇）に載る、蝦夷が相模国の野原で、倭建命《やまとたけるのみこと》を焼き殺そうと、野に火をつけたのに対して、逆に、倭建命が火打ち石で火を打ち出して、向かい火をつけて向こうからくる火を焼き退けて、蝦夷を退治したという説話に依拠している。これを「向かひ火」というが、この故事が『源氏物語』に採用されて、互いに腹が立つことを、「向かひ火つくる」というようになったという。

1101 **むれて**

「群れて」と表記し、「一箇所に多数の人や物が集まって」「群をなして」の意。「うち群れて」などと詠まれている。〔詠み方〕「人が多く群がっている」場合にも、また、「鳥など」の場合にも詠まれる。

1102 **むれゐる**

「群れ居る」と表記し、「数多く群がって座っている」「群がっている」の意。「鳥」に詠むといい。

1103 **むれたつ**

「群れ立つ」と表記し、「多数の人や物が集まって立つ」「群れをなして立つ」の意。

1104 **むれのかね**

「むれの鉄」と表記し、『八雲御抄《やくもみしょう》』に「山のくろがね（鉄）なり。むれは山の名なり」とある。また、長伯は、「一説に『山の鐘』とある」と紹介する。

1105 **むつき**

「睦月」と表記し、「陰暦正月」の別称。正月は、親類などが互いに寄り集まって、「睦まじき月」という趣。

1106 **むつぶ**

「睦ぶ」と表記し、「仲睦まじくする」「親しくする」の意。「睦る」も同じ。

1107 **むつごと**

「睦言」と表記し、「男女が親しく語り合う言葉」のこと。「恋」に詠まれる。「睦語《がた》り」に同じ。

1108 **むつまじみ**

「睦ましみ」と表記し、「仲がいいので」「親密なので」「親しいので」、「心が惹かれるので」「懐かしいので」「慕わしいので」などの意がある。

1109 **むつのみち**

「六の道」と表記し、「（生前の行為の報いにより、衆生が死後必ず行くという）六つの迷いの世界」のこと。「地獄」「餓鬼」「畜生」「修羅《しゅら》」「人間」「天上」の六つをいう。「六道《りくどう》」「六趣《ろくしゅ》」「六つの巷」に同じ。〔詠み方〕「釈教《しゃっきょう》」に詠むといい。

1110 **むねのつき**

「胸の月」と表記し、「悟りを開いた心を、『清く澄む月』に譬えた語」、「心が清いさま」などの意がある。「心の月」のこと。「心月輪」の趣。〔詠み方〕前項1109に同じ。

1111 **むねのはちす**

「胸の蓮」と表記し、「胸の中の清浄な心を象徴する、美しい蓮」のこと。〔詠み方〕1109の項目に同じ。

1112 **むねのおもひ**

「胸の思ひ」と表記し、「胸に燃え立つ思いという火」のこと。「恋・嫉妬などで燃え上がる心」を、「思ひ」という「火」に譬えたもの。〔詠み方〕「火」というので、「燃

む

ゆる」「焦《こ》がるる」などの措辞を添えて詠む。「恋の歌」などに多く詠まれている。

1113 **むねのひ**

「胸の火」と表記し、「胸に燃え立つ激しい思い」をいう。「恋・嫉妬などで燃え上がる心」を「火」に譬えたわけ。

1114 **むねのけぶり**

「胸の煙り」と表記し、「胸の火が燃えるときに出る煙」、「胸の中の思い」、「胸の思いが充分に適えられないさまを譬えた語」などの意がある。〔詠み方〕「燻《ふすぶ》る」「咽《むせ》ぶ」などの措辞を添えて詠むといい。

1115 **むねはしりび**

「胸走り火」と表記し、「（「胸走り」と「走り火」とを重ねた語で）心が騒ぎ落ち着かない気持ちを、『ぱちぱちとはじける火』に譬えた表現・措辞」。

1116 **むねあきがたき**

「胸開き難き」と表記し、「思いに胸がふさがって、心が晴れ晴れとしない状態」をいう。〔詠み方〕「恋」「述懐」などに詠むといい。

1117 **むなぐるま**

「空車」と表記し、「車台だけで、上に屋形などのない車」、「人の乗っていない車」などの意。なお、長伯は、「胸がドキドキすること」「胸騒ぎすること」をいうと記す。

1118 **むなしきそら**

「虚しき空」と表記し、「虚空」の訓読語。「大空」「虚空」のこと。大空は空虚であるから、そのように表現する。

1119 **むなしきとこ**

「空しき床」と表記し、「人のいない床」のこと。〔詠み方〕「恋」に詠む場合は、「懇《ねんご》ろに交際し、契りも結んでいた恋人との関係も絶えて、逢う夜もなくなった空しい床」のことを詠む。また、「夫妻などの片方が死去した」後の「哀傷」の歌にも詠まれる。

1120 **むなしきから**

「空しき骸」と表記し、「死骸」「なきがら」のこと。

1121 **むなしけぶり**

「空し煙り」と表記し、「火葬の煙」「無常の煙」のこと。「空しき煙」に同じ。

1122 **むなしきたに**

「空しき谷」と表記し、「空虚な感じのする谷」の意。「谷」は空虚な感じがするから、「空しき谷の響き」とも詠まれている。「谷」には、何となく響きがあるものだ。

1123 **むなしきふね**

「空しき舟」「空しき船」と表記し、「（舟を「天皇」に譬え、「位を去った天皇」の意から）退位された天皇」「上皇」の別称、「船頭のいない舟」などの意がある。『俊頼髄《としよりずい》脳《のう》』が、次の後三条院の御製を引き、この歌語について、「下り居《おゐ》の帝を申すなり」と言及している。

○住吉の神はあはれと思ふらむむなし舟をさしてきたれば（後拾遺集・雑《ぞう》四・後三条院・一〇六二、住吉の神は感心だとお思いになるであろう。わたしは退位の帝として「空しき舟」に棹さして参詣しにやって来たのだから）

1124 **むらさきのちり**

「紫の塵」と表記し、「（「紫塵」を訓読した語で）紫色の塵」、「紫色の塵のような、小さな蕨《わらび》の芽」などの意がある。

○武蔵野のすぐろが中の下わらびまだうら若し紫の塵（夫木抄・春部三・早蕨・藤原長方《ながかた》・九〇〇、武蔵野の春の野焼きのあとの草や木が黒く焦げている中の、芽を出したばかりの蕨は、まだ若くてういういしい感じだ。まるで紫色の塵のように）

1125 **むらさきのねずりのころも**

「紫の根摺りの衣」と表記し、「紫草の根で摺って染めた衣のこと」だが、すでに1012「ねずりのころも」の項で言及した。

1126 **むらさきのつばめ**

「紫の燕」と表記し、「馬」のこと。『八雲《やくも》御抄《みしょう》』の「馬」の項に「むらさきのつばめ」とある。

1127 むらさきのそで

「紫の袖」と表記し、「平安時代、四位以上の人が着る袍《ほう》のこと」、「立派な服装」などの意がある。

1128 むらさきのたけ

「紫の竹」と表記し、「紫竹」（黒竹）のこと。長伯は、「舜《しゅん》（帝）崩御し給ひしを、娥皇《がこう》・女英《じょえい》恋ひ悲しみ給ふ。泪《なみだ》かかりて紫竹となりし」（出典不記）と、注記する。

1129 むらさきのには

「紫の庭」と表記し、「宮中の庭」「禁苑」のこと。なお、「むらさき」は「紫微宮《しびきゅう》」で、「宮中」の意。

1130 むらさきのくも

「紫の雲」と表記し、「紫色に輝く雲」、「めでたい時にたなびき、仏や天人が乗る雲」「二十五菩薩来迎の雲」、「『皇后』の別称」などの意がある。〔詠み方〕「釈教《しゃっきょう》」また「無常」の歌に詠まれている。1099「むかへのくも」の項参照。

1131 むらさきのこころをくだく

「紫の心を砕く」と表記し、「紫草の根を砕いて染めるように、心が乱れてあれこれと悩むこと」をいう。この歌語の「心」は、「心根」の措辞があるように、「根」のことをいう。「紫草は根を砕いて物を染める」ので、「心を砕く」というわけ。〔詠み方〕「紫」は「女性」に譬えられるので、「恋に心を砕く」ことに寄せて詠む。

1132 むらご

「斑濃」「村濃」と表記し、「同じ色で所々に濃淡の差を出す染め方」のこと。色によって、「紫斑濃」「紺斑濃《こむらご》」などがある。「紅の斑濃」などと詠まれる。むらむらに濃い紅色のこと。

1133 むくつけき

適当な用字法が見当たらないが、「不気味なこと」「ぞっとすること」、「（普通と違って）恐ろしい感じなこと」「（常識はずれで）恐ろしいこと」、「無骨なこと」「無風流なこと」などの意がある。この語は、現実では理解できない事態に接したときに感じる畏怖《いふ》・不快の心情を表わす。そこから、対象を評価的に捉えて、「無骨である」「無風流だ」の意を表わす。

1134 むやひする

「舫ひする」と表記し、「舟と舟とをつなぐ」「舟をつなぎとめる」意。「もやひする」ともいう。

○むやひする蒲の穂縄の絶えばこそ海人《あま》の端船ゆきも別れめ（堀河百首・恋十首・思・源俊頼《としより》・一二四〇、繋いである蒲の縄が切れたならば、漁夫の端船は行き別れることもあろう。わたしの思いが絶えたならば、恋しい人と離れることもあろうが、わが思いは絶えはしないよ）

1135 むやむやのせき

「有耶無耶の関」と表記し、「陸前《りくぜん》国の歌枕」。「とやとやとりのむやむやの関」と詠まれている。「うやむやの関」とも、「いなむやの関」とも、「もやもやの関」とも詠まれているが、どれも同じ関のこと。2345「もやもやのせき」の項参照。

1136 むまやぢ

「駅路」と表記し、「宿駅の設けられている街道」のこと。「宿駅」とは、令制《りょうせい》で、中央政府と地方との連絡のために街道沿いに三十里（約十六キロ）ごとに置かれた施設で、馬・人足・食糧などを備えた。「うまやぢ」に同じ。なお、宿駅を管理する人を「駅の長《おさ》」という。また、「駅の鈴」とは、公用の使者が宿駅を使用することを認められた印として、中務省または地方国司から下付された鈴のこと。「鈴鹿」「梨原《なしはら》」など、昔の駅である。

1137 むまのかひ

「午の貝」と表記し、「正午を知らせるために吹くほら貝」のこと。「うまのかひ」に同じ。

む

1138 **むささび**
「鼯鼠」と表記し、「栗鼠《りす》に似た小動物」のこと。前足と後ろ足の間に皮の膜があり、木から木に飛ぶ。「峰より落つるむささびの声」などと詠まれている。

1139 **むさしあぶみ**
「武蔵鐙」と表記し、「武蔵国特産の鐙」のこと。「鐙」とは、鞍《くら》の両脇に下げて、乗り手が足を踏み掛けるものだが、武蔵鐙は、鐙に鉄板が連なり、その先端に「刺《さす》鉄《が》」を付けたもの。〔詠み方〕「刺す」「掛くる」など、「鐙」の縁語。また、「武蔵鐙掛けて思ふ」などと続くのは、鐙が両方に掛けるものだからだ。

1140 **むぎのあき**
「麦の秋」と表記し、「初夏」のこと。「麦秋」に同じ。

1141 **むめがえうたふ**
「梅が枝謡ふ」と表記し、「世阿弥作の四番目物の謡曲『梅が枝』を謡うこと」。「うめがえ謡ふ」に同じ。

1142 **むめつぼ**
「梅壺」と表記し、（内裏の後宮のひとつで）「凝華舎《ぎようかしや》」の異称。中庭に、白梅・紅梅が植えられていたところから、この名がついた。「うめつぼ」に同じ。

1143 **むめのたちえ**
「梅の立ち枝」と表記し、「梅の高く伸びている枝」のこと。「うめのたちえ」に同じ。なお、詳細は775「たちえ」の項で言及したので、参照されたい。

1144 **むもれぎ**
「埋もれ木」と表記し、「樹木が土中や水中に長期間にわたり埋もれて、炭化したもの」、「（比喩的に用いて）世の中から忘れ去られた身の上」などの意がある。「谷」などに詠まれる。また、「名取川《なとりがわ》」にも詠まれている。〔詠み方〕「埋もれ木」は、「埋もれて人に知られない譬え」に用いて、「述懐」などに多く詠まれるもの。「うもれぎ」に同じ。

1145 **むもれみづ**
「埋もれ水」と表記し、「草木の陰などに隠れて流れる水」、「（比喩的に用いて）人に知られない思いや身の上」などの意がある。「うもれみづ」に同じ。〔詠み方〕前項の1144「むもれぎ」に同じ。

1146 **むもれゐ**
「埋もれ井」と表記し、「荒れ果てて塵や土などでふさがった井戸」のこと。「うもれゐ」に同じ。〔詠み方〕1144の「むもれぎ」に同じ。

1147 **むせぶ**
「咽ぶ」「噎ぶ」と表記し、「（飲食物・煙などが）のどにつまる」「咳き込む」、「喉につまらせたように泣く」「むせび泣く」、「むせび泣くような声や音を立てる」、「（流れなどが）つかえる」などの意がある。「霧にむせぶ鶯の声」の措辞は、「鶯の声がつまってうまく出ない状態」のこと。また、「霧にむせぶ宇治の川波」の措辞は、「川波が霧に閉じ込められて、波の音も滞るような状態」をいう。また、「涙にむせぶ」の措辞は、「涙にむせかえる状態」をいう。

1148 **むすびまつ**
「結び松」と表記し、「神仏へ祈願・誓約をしたしるしに、松の小枝を結び合わせること」「その松」のこと。「岩代の松」に詠まれている。

〔う〕

1149 **うはも**
「上裳」「表裳」「褶」と表記し、「腰から下にまとう衣」のこと。男性は「袴」の上に、女性は「下裳」の上に着る。

1150 **うゑやなぎ**
「植ゑ柳」と表記し、「植えてある柳の木」のこと。

1151 **うゑめ**
「植ゑ女」と表記し、「田植えをする女性」

のこと。「早乙女」に同じ。

1152 **うちはぶき**

「打ち羽振き」と表記し、「鳥がはばたきをすること」。「はぶく」は「羽風」をいう。「鶯」「時鳥《ほととぎす》」などに詠まれる。

1153 **うちつけ**

「打ち付け」と表記し、「突然だ」「にわかだ」、「軽率だ」「軽々しいさま」、「露骨だ」「現金だ」「ぶしつけだ」などの意がある。「打ちつける」意の「うちつく」に対応した形容動詞で、物を打ちつけるように「突然事が起きる様子」を表わす。「端的」な趣。

1154 **うちはし**

「打ち橋」と表記し、「川の両岸に板を掛け渡しただけの仮の橋」、「建物をつなぐ廊下の一部を切り、板を渡して橋とした部分」などの意がある。後者は中庭へ出入りするときなどに取り外せる便利さがある。

1155 **うちたれがみ**

「打ち垂れ髪」と表記し、「結い上げずに垂らして下げた髪」のこと。昔の女性、または、小児の一般的な髪型である。「うなゐこがうちたれ髪」と詠まれる。また、「柳」を「打ち垂れ髪」に見立てても詠む。

1156 **うぢのはしひめ**

「宇治の橋姫」と表記し、「伝説上の人物で、宇治川に架かる宇治橋を守る神」といわれ、宇治橋のたもとにある橋姫神社にまつられている。ある女性が嫉妬から宇治川に身を投げて、鬼になったというものなど、「宇治の橋姫」の伝説はさまざまな形で伝えられている。

○さむしろに衣片《ころもかたし》敷き今宵もやわれを待つらむ宇治の橋姫（古今集・恋歌四・読み人知らず・六八九、狭い筵《むしろ》にただひとり衣を敷いて、今夜もわたしを待っているだろうか。宇治の橋姫は）

この歌から、「橋姫」には、「さむしろ」「ころも片敷き」などと詠まれるようになった。

1157 **うちわたす**

「打ち渡す」と表記し、「（馬などを対岸に）渡らせる」、「ずっと並べる」「張り巡らす」、「ずっと見渡す」などの意がある。「打ち渡す遠方人」と詠むのは、「こちらから、ずっと向こうの遠くにいる人」のこと。

1158 **うちまつ**

「打ち松」と表記し、「篝火《かがりび》に入れて燃やす、細かく割った松の木」のこと。

1159 **うちきらし**

「打ち霧らし」と表記し、「霧や雪などが空一面を曇らせる」こと。「あま霧らし」「棚霧らひ」も同じ。ちなみに、『歌林良材《かりんりょうざい》集《しゅう》』にこの歌語についての言及がある。

○うち霧らし雪は降りつつしかすがに我家《わぎへ》の園にうぐひす鳴くも（万葉集・巻八・春の雑歌・大伴家持《やかもち》・一四四一、空一面を曇らせて雪は降り続いているが、それでもわたしの家の庭に鶯が鳴いている）

1160 **うちひさす**

「うち日さす」と表記し、「『都』『宮』にかかる枕詞」。「うちひさす宮路」などと詠まれている。ある説に、「うちひさす」とは、「日」は物の隙間《すきま》から射し入るものだから、そのようにいうとある。また、ある説では、「うちひさす宮」と詠まれるのは、天子は「聖日《せいじつ》」といって「日」に譬えられるので、「宮の内にまします」趣で、「うちひさす宮」と詠まれる、と説明している。

1161 **うるまのくに**

「宇流麻の国」と表記し、「琉球」の呼称。

1162 **うるさし**

適当な用字法が見当たらないが、「わずらわしい」「面倒だ」、「わざとらしい」「いやみだ」、「細かいところによく気がつく」、「優れている」「立派だ」「巧みだ」などの意がある。この語は元来、「わずらわしく不快である」意を表わし、「優れている」などの意は、「うるせし」との混同によって生じたともいわれる。現代語の「やかましい」意として用いられるのはまれである。

1163 うるはしみせよ

「麗しみせよ」と表記し、「親しみ愛せよ」「かわいがれ」の意。ちなみに、「うるはし」は、動詞「潤ふ」の形容詞化で、もともとは、「みずみずしく生気に満ち溢れた美しさ」の意があった。上代では、「見事で申し分のない美しさ」を、中古では多く、道徳・礼儀そのほかの理想に照らして「欠点のないさま」をいうようになったが、一面では「親しみにくい、かたくるしい」といった語感を否定しがたいのも事実。

1164 うかれめ

「浮かれ女」と表記し、「諸国を放浪して、歌舞の芸や色を売る女」のこと。「遊女」「遊び女」「遊び者」に同じ。

1165 うかれづま

「浮かれ妻」と表記し、「遊女」のこと。

1166 うたた

「転」と表記し、「いっそう」「ますます」、「(多く「うたたあり」の形で)ますますひどく」「不愉快な」「異常な」などの意がある。『八雲御抄《やくもみしょう》』は、「うたた」に「うたてなり」と注を付している。

○花と見て折らむとすれば女郎花《をみなへし》うたたあるさまの名にこそありけれ(古今集・雑《ざっ》体《てい》・俳諧歌・読み人知らず・一〇一九、花だと見て折り取ろうとすると、女郎花なんて、どうもいわくありげな、不愉快な花の名だったよ)

1167 うたて

適当な用字法が見当たらないが、「(事態や心情が、自分の意志とは関係なく、わけが分からないまま、どんどん進んでいくさまで)ますます」「しきりに」「どういうわけかひどく」、「(事態が自分の望んでいない方向へどんどん進んでいくのを嘆く気持ちを表わして)困ったことに」「嫌に」「不快に」、「(普通ではない異様な気持ちを表わして)異様に」「気味悪く」「変に」などの意を表わす。この語は、「うたた」の変化形。「事態が自分の意志とは関係なく進んでいくさま」が原義。「程度や量の変化がはなはだしいさま」を表わすが、「とくに不快な心情」を表現することが多い。また、それが、「はなはだしくどうにもならないところ」から、「異常なさまを嘆く気持ちを表わす」意が生じた。『歌林良材集《かりんりょうざいしゅう》』に曰く、「あまりにといふ趣だ」と。

○散ると見てあるべきものを梅の花うたてにほひの袖に留まれる(古今集・春歌上・素性《そせい》法師・四七、花はいつかは散るものと、未練を残さずに見ていればよかったのに、なまじっか手を触れたばかりに、困ったことに、梅の花の香が袖に残って気をもませるよ)

1168 うたかた

「泡沫」と表記し、「水面《みなも》に浮かぶ泡」のこと。「はかなく消えやすいもの」を譬えていうことが多い。長伯曰く、「水辺に寄せていうのは、水の泡をいう。『うたかたのあはれ』『水の泡のうたかた』などと続く」と。

○水の面《おも》に浮きてただよふうたかたのまだ消えぬ間にかはる世の中(続後拾遺集・哀傷歌・藤原師氏《もろうじ》・一二二九、水の上に浮かんで漂う泡がまだ消えないのに、早くも変わってしまう無常迅速なこの現世であることだ)

また、「しばし」の趣に、「水のうたかた」を兼ねている場合もある。

○思ひ河絶えず流るる水の泡のうたかた人にあはで消えめや(後撰集・恋一・伊勢・五一五、あなたへの思いゆえに絶えることなく、泣かれるのですが、その涙の河に浮かぶ水の泡のようにはかないわたしとて、あなたにお逢いしないままに消えてしまうことは、決してありません)

この詠歌の場合、「うたかた」の意味は古来、まちまちである。ある説は「寧《むし》ろ」という字の趣というし、あるいは、「しばし」の趣、また、「すこし」の趣だという説もある。また、「水の泡」にも寄せず、ただ「しばし」の趣、「すこし」の趣に解する説もある。

○うぐひすの来鳴く山吹うたがたも君が手触れず花散らめやも（万葉集・巻十七・大伴池主《いけぬし》・三九六八、鶯の来て鳴く山吹は、よもや、あなたの手に触れずに、花が散りはしないでしょう）

なお、この歌は「泡沫」の証歌ではなく、副詞の「うたがた（も）」の例歌であるが、長伯がこの項に引用しているので紹介したまでである。

1169 うれたき

適当な用字法が見当たらないが、「腹立たしいこと」「嘆かわしいこと」の意。「心《うら》痛き」が変化した語で、「うれはしき」意。また、「憂《うれ》へたき」趣だともいわれる。

1170 うれ

「末」と表記し、「草木の枝や葉の先端」のこと。「すすきのうれ葉」「萩のうれ葉」などと詠まれる。「上葉」に同じ。

1171 うづまく

「渦巻く」と表記し、「水や煙などが渦を巻いて動くこと」をいう。「うづまく川」「うづまく淵」などと詠む。

1172 うつしうゑば

「移し植ゑば」と表記し、「木や草花を庭に移植すると」の意。

1173 うつぶしぞめ

「空五倍子染め」と表記し、「漆《うるし》科の落葉樹である、『白膠木《ぬるで》』の木の葉にできる『五倍子《ふし》』（若葉や若芽に虫が寄生したためにできる瘤）を染料として、薄墨色に染色すること」をいう。

1174 うつたへに

適当な用字法が見当たらないが、（下に打ち消しの語や反語表現を伴って）「決して」「まったく」「いちずに」の意を表わす。「うちつけに」という趣。「うちつけに」とは、「やがて」という趣をいう。定家曰く、「ただ打つといふ趣に詠まれたり」と。また、「ひとへに」という趣で用いられている。これらは『歌林良材集《かりんりょうざいしゅう》』の説。なお、『八雲御抄《やくもみしょう》』は「うち絶えてなり。偏といふこころなり」と記述している。

○松が根を磯辺の波のうつたへにあらはれぬべき袖の上かな（新勅撰集・恋歌一・藤原定家・六七五、波が打ち寄せて、磯辺の松の根を露わにしてしまうように、まったく忍ぶ恋の思いが現われてしまいそうな、涙に濡れたわが袖よ）

1175 うつなへに

適当な用字法が見当たらないが、「…するとともに」「…するやいなや」の意。「うつからに」、また、「うつたへに」「うつゆゑに」に同じ。

〔**詠み方**〕「うつなへに」は、「波のうつ」「衣をうつ」などを言ひ掛けている。

1176 うつしごころ

「現し心」と表記し、「正常な気持ち」「意識がしっかりした状態の心」「正気」の意。また、「移し心」と表記し、「移ろいやすい人の心」「変わりやすい心」「浮気心」の意もある。なお、「現し心」のない人には、「現つ心」もなく、本心を失って、夢のような状態だ。

○いで人は言《こと》のみぞよき月草の移し心は色ことにして（古今集・恋歌四・読み人知らず・七一一、さあ、人は言葉だけは立派だ。月草で染めた衣のように、移りやすい心はうわべとは異なって）

○恋しさを忍びもあへぬうつせみの現し心もなくなりにけり（後拾遺集・恋四・大和宣旨・八〇九、恋しさをこらえきれずに鳴く蝉のように、わたしは声をあげて泣き、正気もなくなってしまいました）

1177 うづきのはな

「卯月の花」と表記し、「卯の花」のこと。和歌においては、「時鳥《ほととぎす》」と取り合わせて詠まれることが多く、その花の白さは、「月の光」や「雪」「波」などに見立てられた。

1178 **うづゑ**

「卯杖」と表記し、「陰暦正月最初の卯の日に大学寮（後に六衛府）から朝廷に献上された杖」のこと。「桃、梅、柊《ひいらぎ》の木などで作られた長さ五尺三寸（約一・六メートル）の棒を五色《ごしき》の糸で巻いたもの」。邪気を払うとされる。

1179 **うつぎかき**

「卯木垣」「空木垣」と表記し、「卯木を生け垣にした垣根」のこと。「卯木垣根」「卯の花垣根」に同じ。

1180 **うつせみ**

「空蟬」と表記し、「蟬の抜け殻」「生きた蟬」などをいう。なお、「うつせみ」は、語義の変遷は次のとおり。「実在する」「この世に生きている」の意の「現し」に、「臣」（人の意）がついた「うつしおみ」が「うつそみ」となり、さらに転じた語とされる。初期の例では、神話的発想に基づき、「神代に対する現世」、「神に対する人間」の意味を持つ。『万葉集』では、「空蟬」「虚蟬」などの字も当てられ、仏教の無常観と結びついて、「はかないこの世」という意味を持つようになった。さらに中古以来は、「空蟬」などの字面からの連想に基づいて、「蟬の抜け殻」「生きた蟬」の意として受け継がれた。

○空蟬は殻を見つつもなぐさめつ深草の山煙だに立て（古今集・哀傷歌・僧都《そうず》勝延《しょうえん》・八三一、蟬の脱け殻を見るように、葬られる前には亡骸を見ては、わたしは心を慰めていた。だが、火葬された今となっては、それも適わないことだ。深草の山よ、せめて煙だけでも立てておくれ）

1181 **うづらごろも**

「鶉衣」と表記し、「つぎはぎの着物」「弊《へい》衣《い》」のこと。「うづらぎぬ」に同じ。

1182 **うつせみのよ**

「空蟬の世」と表記し、「無常な現世」「はかないこの世」の意。〔詠み方〕「無常」などに詠むといい。

1183 **うつせみのみをかふる**

「空蟬の身を変ふる」と表記し、「蟬が身を変えて、抜け殻になること」をいう。『源氏物語』で、空蟬が光源氏に逢わないで、衣を脱ぎ置いて隠れているさまを、「蟬のもぬけ」に譬えて、次のように詠じている。

○空蟬の身をかへてける木《こ》のもとになほ人がらのなつかしきかな（源氏物語・空蟬巻・光源氏・二四、蟬が脱け殻を残して、姿を変えていなくなってしまった木の下で、もぬけの殻の衣を残して行ったあの人の気配が、やはり懐かしく思われるよ）

1184 **うつせがひ**

「空貝」「虚貝」と表記し、「肉が抜けて、中身が空になった貝」のこと。和歌では、「実なし」「むなし」などを導く序詞を構成する。

1185 **うづきのいみ**

「卯月の忌み」と表記し、「賀茂の祭りの関係者が、祭りのある四月に前もって精進《しょうじん》潔斎《けっさい》すること」をいう。「卯月は神事の月なので、諸々の神社に注連《しめ》縄を改めて引く」こともある。

1186 **うつくしよしとなくせみ**

「美し良しと鳴く蟬」と表記し、「（女郎花《おみなえし》の姿が）華麗で美しいといって鳴く蟬」の意。なお、長伯は、「蟬の鳴く音、『うつくしよし』と聞こゆるなり。『万葉』より出でたる詞なり」という。しかし、この語の用例は『散木奇歌集』に見える。

＊女郎花なまめき立てる姿をやうつくしよしと蟬の鳴くらむ（散木奇歌集・夏部・源俊頼《としより》・三四二、女郎花がみずみずしく美しい様子で立っている姿を見て、華麗で美しいといって、蟬が鳴いているのだろうか）

1187 **うなゐまつ**

「髫髪松」と表記し、「故人の形見として植えた墓上の松」、「亡き人の形見」などの意がある。

○恋しなむ我が身ぞいとどうなゐ松枝をかはさむ契りならねば（耕雲《こううん》千首・恋二百首・寄松恋・耕雲・六九六、恋死《じ》にするとしたら、我が身はいよいよますます形見として植えた墓上の松となるだろう。永遠の愛情で結ばれた、連理の枝の契りではないわけだから）

1188 うなひをとめのおきつき

「菟原処女の奥つ城」と表記し、「二人の男から求婚され、どちらとも決めかねて川に身を投げて死んだ、『菟原妻争い伝説』の女主人公・菟原処女を葬った墓」のこと。昔、摂津国葦屋の里に住んでいた菟原処女という女を、篠田男と千沼《ちぬ》男という者二人が、互いに競争して奪い合った。女はどちらとも決めかねて、思案した結果、

○住みわびぬ我が身投げてむ津の国の生田《いくた》の川は名のみなりけり（大和物語・百四十七段・摂津に住む女・一二三七、わたしはこの世に住んでいるのがいやになりました。ですから、我が身をこの川に投げてしまいましょう。となると、生きるという名を持った「生田川」は名前だけだったのですね。わたしはここで死ぬのですから）

という歌を詠んで、生田川に身を投げて死んでしまった。これを見た二人の男は、限りなく悲しんだあげく、二人とも女と同様に、この川に投身して虚《むな》しくなってしまった。この土地の人たちは、この三人亡骸を川から担ぎ上げて、女の墓を真ん中に、男たちの墓をその両側に築いて、埋葬したのであった。以上、『大和物語』に依拠して紹介した。

○古の小竹田壮士《しのだをとこ》の妻問ひし菟原処女の奥つ城ぞこれ（万葉集・巻九・田辺福麻呂《さきまろ》・一八〇二、遠い昔の小竹田壮士が求婚した菟原処女の墓なのだ、これは）

○葦屋《あしのや》の菟原処女の奥つ城を行き来《く》と見れば音《ね》のみし泣かゆ（万葉集・巻九・高橋虫《むし》麻呂《まろ》・一八一〇、葦屋の菟原処女の墓所を行き来のたびに見ると、声を出して泣けてくるよ）

1189 うらしまがこ

「浦島が子」と表記し、「伝説上の人物」。その話は『日本書紀』『丹後国風土記《ふどき》』の逸文、『万葉集』などによって伝えられてきた。中世の『御伽草子《おとぎぞうし》』になると、「浦島太郎」という名で広まった。『日本書紀』によれば、雄略天皇二十二年秋七月、水江浦島《みずのえのうらしま》が子が船に乗って釣りをしていたところ、一匹の大亀を得た。その亀が忽《たちま》ちに女となって、浦島の妻となり、浦島を蓬莱に誘い伴って行き、仙郷を見て回った、とある。『和歌八重垣』は続いて、次のように記す。

それから、三年ほどが経過して、浦島は故郷に帰りたい気持ちが生じて、女に暇乞いをすると、女は玉手箱を浦島に与えて、この箱の蓋を開けないようにと固く約束をさせて、浦島を故郷に帰らせた。浦島は故郷に帰ったが、昔の知り合いもいなく、以前の住居もみな姿を変えてしまっていた。実は、三年ほど経ったと思っていた間に、数百年も経過していたのであった。浦島は不審に思って、玉手箱の蓋を開けてみたところ、白雲が棚引いて、浦島の姿は急に変わって白髪となり、忽ちに寿命が尽きてしまった。この伝承から、「開けて悔しき玉手箱」の諺が生まれ、「開けて悔しきこと」に詠まれるようになった。この話は『万葉集』の長歌《ちょうか》（一七四〇）にも収載されるが、いまは省略に従う。

○夏の夜は浦島の子が箱なれやはかなくあけてくやしかるらむ（拾遺集・夏・中務《なかつかさ》・一二二、夏の夜は、あの浦島の子の玉手箱なのか、あっけなく明けて残念に思うことだろう）

1190 うらびれ

適当な用字法が見当たらないが、「悲しみに沈むこと」「わびしく思うこと」の意。公任《きんとう》の説では、「もの思ひ苦しげなる」趣。「しなへうらぶる」とは、「頭を傾け、物思

うさま」のこと。

1191 うらわけごろも

「浦分け衣」と表記し、「浦路を難儀して行くときに身につける衣服」のこと。

1192 うらがれ

「末枯れ」と表記し、「草木の枝先や葉先が枯れていくこと」の意。

1193 うらとけて

「うら解けて」と表記し、「うち解けて」の意。「うら」とは、「心」のこと。

1194 うらとふ

「占問ふ」と表記し、「占う」「占って吉凶を判断する」こと。詳しくは、亀の甲羅《こうら》などを焼き、そこに現われた亀裂の形で吉凶を判断する」こと。

1195 うらべかたやき

「卜部肩焼き」と表記し、「占いをつかさどった卜部氏が、亀の甲羅、または鹿の肩骨などを抜いて、これを火で焼き、ひびの入り方で吉凶を占うこと」をいう。

1196 うらわ

「浦廻」「浦回」と表記し、「海岸の湾曲した部分」をいう。「浦回《うらみ》」に同じ。なお、長伯は、「浦半《うらは》」の語を掲げて、「心なし」の意だとしている。

1197 うらやすのくに

「浦安の国」と表記し、「心安らかで穏やかな国」「大和の国」「日本国の美称」の意。

1198 うらさびし

「うら寂し」「うら淋し」と表記し、「もの寂しい」「何となく寂しい」の意。「うら」は「心」の意。**〔詠み方〕**「衣のうら」「浦」などに寄せて詠むといい。

1199 うらめづらしき

「うら珍しき」と表記し、「心の中で新鮮だと思うこと」の意。「心珍しき」趣。**〔詠み方〕**前項の1198「うらさびし」に同じ。

1200 うらがなし

「うら悲し」と表記し、「何となく悲しい」「もの悲しい」、「いとしい」「かわいい」などの意がある。「うら」は「心」の意。**〔詠み方〕**1198「うらさびし」の項に同じ。

1201 うらとけて

すでに言及した、1193「うらとけて」の項と重複するので、省略に従う。

1202 うららか

「麗らか」と表記し、「日の光がのどかなさま」、「声が明るく朗らかなさま」、「隠し隔てのないさま」「はっきりとしているさま」などの意がある。「うらら」とだけで詠む場合もある。「空ののどかな感じの春の言葉」の趣。

1203 うらうら

適当な用字法が見当たらないが、（空が晴れて、日差しが）「うららかに」「のどかに」、（人の気持ちや、あたりの様子が）「穏やかに」「のんびりと」などの意を持つ。「日のうらうら」などと詠む。

1204 うらわかみ

「うら若み」と表記し、「（草木が）若くてみずみずしいので」「（人や動物が）若々しいので」などの意がある。「若草」に詠まれる。「草の葉末《はずえ》の若き」をいう。「うら」は「葉末」のこと。「うらなく」「うらおもてなく」「真実」の趣。

1205 うらさびて

「うら荒びて」と表記し、「心細く思って」「心がすさんで」の意。「浦の景気のさびわたりて、ものさびしき」趣。

1206 うらがくれ

「浦隠れ」と表記し、「風・波などを避けて、入り江に船が入っていること」をいう。

1207 うのはなくたし

「卯の花腐し」と表記し、「五月雨が卯の花を腐らせること」「卯の花を散らし、いためること」をいう。「卯月の雨」の趣。

1208 うのはなづくよ

「卯の花月夜」と表記し、「卯の花が咲いている季節の月」、「卯の花を『月』に見立てていう語」などの意がある。

1209 うぐひすのかひごのなかのほととぎす

「鶯の卵子の中の時鳥」と表記し、「(時鳥が自分の巣を作らず、鶯の巣の中に卵を産んで孵《か》えさせることから)わが子でありながら、わが子でないという譬え」をいう。

○鶯の　卵子の中に　ほととぎす　ひとり生まれて　己《な》が父に　似ては鳴かず　己が母に　似ては鳴かず　卯の花の　咲きたる野辺ゆ　飛び翔《かけ》り(以下略)(万葉集・巻九・雑《ぞう》歌・作者未詳・一七五五、鶯の卵の中に、時鳥がひとり生まれて、お前の父である鶯に似ては鳴かず、お前の母である鶯に似ては鳴かない。卯の花の咲いている野辺を、飛び翔り、…)

なお、現今にも、鶯の巣の中から、時鳥の雛を見つけ出すことがあるといわれている。『袋草紙《ふくろぞうし》』『歌林良材集《かりんりょうざいしゅう》』などに、この故事が見えている。

1210 うけひ

「誓ひ」「祈ひ」と表記し、「分からないことを神意によって知るために、神に祈って誓うこと」「誓約」、「人の不幸や死を神に祈ること」「祈禱《きとう》」、「神に祈って人をのろうこと」などの意がある。

○罪もなき人をうけへば忘れ草おのが上にぞ生《お》ふといふなる(伊勢物語・第三十一段・男・六四、罪もない人を呪詛すると、忘れ草が自分の上に生えて、人に忘れられるとか申しますよ)

1211 うけく

「憂けく」と表記し、「つらいこと」の意。「けく」は、形容詞の語幹につく接尾語の「け」に、体言化する接尾語の「く」がついたもの。「心なし寒き」感覚を、「さむけく」という類。

○世の中の憂けくに飽きぬ奥山の木《こ》の葉に降れる雪や消《け》なまし(古今集・雑歌《ぞうか》下・読み人知らず・九五四、世の中のつらさはもう充分に味わい尽くしてしまった。奥山の木の葉に降りかかる雪が消えるように、わたしも奥山に行き消えてしまおうかしら)

1212 うごきなき

「動きなき」と表記し、「位置・状態が変わらないこと」、「揺れ動くことがないこと」、「感動することがない」などの意がある。〔詠み方〕「山」「巌」などに寄せて詠まれる。また、「賀」の歌に、「うごきなき国」などとも詠まれる。

1213 うきぬなは

「浮き蓴」と表記し、「水面に浮かんでいる水草の蓴菜《じゅんさい》」のこと。和歌では、「落ち着かないさま」の比喩や、「憂き」を掛けて用いられる。469「ぬなは」の項、992「ねぬなは」の項に同じ。「沼」「池」「江」などに詠まれる。

1214 うさかのつゑ

「鵜坂の杖」と表記し、「越中国の鵜坂神社の祭礼で、神官が女の尻を打つ時に使われた杖」のこと。「鵜坂の杖」の故事は、『俊頼髄脳《としよりずいのう》』に次のように見える。陰暦五月十六日、鵜坂神社では神官が祝詞《のりと》を述べる時に、参詣した女性にその年に契りを結んだ男性の数を言わせ、その数だけ、神官が榊の笞で女性の尻を打つという習慣があった。女性は自分の順番になると、神官に尻を向けてうつ伏せになる。その際、契った男性の数が多い女性が、恥ずかしさのあまり、その人数を少なめに申告すると、忽ちに神罰が下って鼻血がどっと流れ出し、女性は重ね重ね恥ずかしい思いをするのであった。これを、「尻打ちの祭り」ともいった。

1215 うきよのきし

「憂き世の岸」と表記し、「この世」「現世」のこと。浄土を「彼岸《ひがん》」というのに対していう。

1216 うきみる

「浮き海松」と表記し、「水の上に浮き漂っている海松(海草の名)」のこと。

1217 うきよのつな

「憂き世の綱」と表記し、「義理や人情など、生きるにあたって、人をしばりつけておくものを、綱にたとえたもの」。「憂き世」を離れがたいのは、「綱」に縛られているようなものなので、「憂き世の綱」というわけだ。

1218 うきまくら

「浮き枕」と表記し、「水辺や船中で旅ねすること」をいう。「水辺」「海辺」または「涙」などに寄せて詠む。「枕の浮く」に「憂き心」を兼ねている。

1219 うき

「泥土」と表記し、「泥の深い土地」「沼地」をいう。和歌では多く「憂き」に掛けて用いられる。「沢田のうき」「うきに生ふるあやめ」などという類。

1220 うききのかめ

「浮き木の亀」と表記し、「出会うのが難しいことや、めったにない幸運にめぐりあうことの譬え」のこと。大海に棲《す》み、百年に一度水面に浮かぶ盲目の亀が、浮き木に出会い、その穴に入ろうとするが、なかなかできないという、『法華経』の話に由来する。「盲亀《もうき》の浮木」に同じ。『往生要集』に、「猶如《ホシ》三一眼《ノ》亀値《フガ》二浮木《ノ》孔《ニ》一」（猶ほ一眼の亀浮木の孔《あな》に値ふが如し）とあって、「仏法に廻り合うのは、一眼の亀が浮き木の穴を得た時のようなものだ」の意。

○たとふなる波路の亀の浮き木かは逢はでも幾夜しをれきぬらむ（拾遺愚草《しゅういぐそう》・皇后宮大輔《たいふ》百首・藤原定家・三〇〇、盲亀の浮き木の譬えではないが、わたしはあの人に逢えないで、幾夜泣きしおれていることだろう）

1221 うみをのたたり

「績み麻の絡垜」と表記し、「細く裂いて長く合わせた麻糸の糸巻き」のこと。「乙女子がうみをのたたり」と詠まれている。「たたり」は、「糸を縒《よ》る時に用いた道具」「糸巻き」のこと。

＊娘子《をとめ》らが績み麻のたたり打ち麻掛けうむ時なしに恋ひわたるかも（万葉集・巻十二・寄物陳思・作者未詳・二九九〇、娘子らが、績み麻のたたりに麻の緒をうち掛けて績む、そのように倦《う》む時もなしに恋い続けることだなあ）

この歌の上三句は「績む」と同音語の「倦む」を導く序詞となっている。

1222 うみにますかみ

「海に座す神」と表記し、長伯は、「住吉明神」「竜王」「速秋津《はやあきつ》姫《ひめ》の神」などという。

1223 うみのみやこ

「海の都」と表記し、「海中にあって竜神や乙姫の住むという宮殿」「竜宮」のこと。

1224 うしろやすき

「後ろ安き」と表記し、「あとあと安心なこと」「心強いこと」「信頼できること」の意。

1225 うしろめたき

「後ろめたき」と表記し、「不安なこと」「気がかりなこと」、「油断がならないこと」、「気が許せないこと」「（持つべきでない秘密や悪意など、心にわだかまりがあって）やましいこと」「気がとがめること」などの意がある。この語は、「見通すことのできない、物事の背後、人間の内面・将来のことなどに、気がかりを感じ、不安に思う気持ち」を示すもので、「後ろ目痛し」の変化形とも、また、「後ろへ痛し」のちぢまった「後ろべたし」の変化形などともいわれる。類義語に、「はっきりしないので気がかりだ」という意の「おぼつかなし」、「気持ちだけが先走って落ち着かない」という意の「こころもとなし」がある。

1226 うしのつのもじ

「牛の角文字」と表記し、「（形が牛の角がふたつ並んでいるのに似ているところから）平仮名の『い』の字」のことをいう。一説に「ひ」の字ともいう。

1227 うしみつ

「丑三つ」と表記し、「（時刻の名で）丑の刻（午前一時から三時まで）を四つに分けた三番目の時刻。現在の午前二時から二時半ごろ」のこと。

1228 **うずのたまかげ**

「髻華の玉蔭」と表記し、「髪飾りとして挿した、美しい日陰蔓《ひかげのかずら》」のこと。「髻華」とは、「草木の花や枝などを髪や冠にさして飾りとしたもの」。造花や金銀の細工なども用いられたが、単なる装飾としてではなく、本来は、草木の生命力を人間に移して長寿を願う呪術であった。なお、源俊頼《としより》は『俊頼髄脳《としよりずいのう》』で、「うず」を「雲珠」と解して、「田の水口祭《みなくちまつり》で五十串《いぐし》を立て、それに豆を貫いて雲珠の形にして、神前の飾りにしたもの」と説明している。

1229 **うずざくら**

「雲珠桜」と表記し、「冠の飾りに挿す桜」の意。「雲珠」は「馬の鞍につける飾り」だが、地名の「鞍馬」との縁で、「鞍馬山の桜」を総称していう。「鞍馬の山のうずざくら」と詠む。「冠の挿すところ」を「うず」といい、また、「馬の鞍」にもある。よって、「鞍馬の山のうず桜」と詠みならわされた。

1230 **うすはなざくら**

「薄花桜」と表記し、「色の薄い桜の花」「その花の色」、「襲《かさね》の色目の名」などの意がある。後者は、「表は白」、「裏は紅色」で、春の着用。「紅のうす花桜」と詠む。

1231 **うすはなぞめ**

「薄花染め」と表記し、「薄い縹色《はなだいろ》（薄い藍色）に染めること」「その染めたもの」の意。

1232 **うすらひ**

「薄氷」と表記し、「薄い氷」「薄く張った氷」のこと。

1233 **うすきひかげ**

「薄き日影」と表記し、「秋の日影」のこと。

〔ゐ〕

1234 **ゐたち**

「居立ち」「居起ち」と表記し、「座ったり、立ったりすること」をいう。

1235 **ゐのこぐも**

「亥の子雲」と表記し、「むらむらと散り乱れている黒い雲」のこと。

1236 **ゐまちのつき**

「居待ちの月」と表記し、「（座って待っているうちに出てくる月の意から）陰暦十八日の月」のこと。とくに、季語として「八月の月」をいう。「ゐまちづき」に同じ。

1237 **ゐでこすなみ**

「井手越す波」「堰越す波」と表記し、「川の水をせき止めて、用水をためている所を越える波」のこと。

1238 **ゐていく**

「率て行く」と表記し、「連れて行く」「持って行く」の意。

1239 **ゐでのしたおび**

「井手の下帯」と表記し、「別れた男女が、再会して契りを結ぶこと」をいう。「井手」とは、「山城国」の地名。昔、内舎人《うちとねり》が大和へ旅したとき、「井出の里」のあたりで少女に会い、結婚の約束をして「帯」を渡し、のちに再びめぐり合って結婚したという、『大和物語』（第百六十九段）に見える故事に依拠している。**〔詠み方〕**「恋」の「行きめぐり逢ふ」事例に多く詠まれている。

○ときかへし井手の下帯行きめぐりあふ瀬嬉しき玉川の水（玉葉集・恋歌二・藤原俊成《しゅんぜい》・一四二八、井出の下帯の伝説の結末を語り直し、結んでいた下帯を解いて、種々の経緯の末にめぐり合った玉川の水のほとりで契りを結ぶ嬉しさよ）

〔の〕

1240 **のばゆる**

「延ばゆる」と表記し、「（時間的に）長くなること」、「（空間的に）長くなること」、「逃げ延びること」、「くつろぐこと」、「財産などがふえること」などの意がある。「のばふる」ともいう。

1241 **のべのけぶり**

「野辺の煙り」と表記し、「火葬の煙」のこと。「無常の煙り」をいう。

1242 **のべのむま**

「野辺の馬」と表記し、「暖かい春の日に地面からゆれのぼる気」「陽炎《かげろう》」のこと。「野馬《やば》陽炎」と記し、春の日差しがのどかな時に、野を見ると、駒などが疾走しているように見える語句があるが、これが「春の陽気」なのだ。「春駒」のことではない。

1243 **のりゆみ**

「賭弓」と表記し、「物品を賭けて弓の競技をすること」、「陰暦正月十八日に、弓場《ゆば》殿《どの》で、左右の近衛・兵衛《ひょうえ》府の舎人が天皇の前で弓を射る行事」などの意がある。後者は「賭弓の節《せち》」という。なお、そのほか、儀式、饗応の儀などがある。

1244 **のわき**

「野分」と表記し、「秋から冬にかけて吹く激しい風」「台風」のこと。「野の草を吹き分ける風」の意からの命名。なお、『源氏物語』の二十八番目の巻名をもいう。

1245 **のづかさ**

「野阜」「野司」と表記し、「野原の中で小高くなっている所」のこと。

1246 **のなかのしみづ**

「野中の清水」と表記し、「野原の中の清水」、「歌枕として、播磨国印南野《いなみの》にあった清水」などの意がある。なお、『歌林良《かりんりょう》材集《ざいしゅう》』に、「播磨国印南野にあった野中の清水は、昔は冷たいすばらしい水であったが、後世はぬるい水になってしまった。しかし、昔の評判を聞いた者は、ここを訪れて飲んだ」という故事が載っている。和歌には、「疎遠になった昔の恋人・友人」の譬えに用いられ、「ぬるし」などを詠み込んだ詠作が多い。

○いにしへの野中の清水ぬるけれどもとの心を知る人ぞくむ〈古今集・雑歌《ぞうか》上・読み人知らず・八八七、以前は冷たい水が湧き出ていた野中の清水も、今は生ぬるい水になってしまったが、昔のことを知っている人は相変わらず汲みに来てくれる〈今は落ちぶれたわたしだが、以前の心を知っている人は忘れずに訪ねたり、やさしい言葉をかけてくれる〉〉

1247 **のら**

「野ら」と表記し、「野」「野原」「原野」「草木の茂っている所」、「畑」「田畑」などの意がある。単に「野」という趣。また、「野原」という趣にも詠む。

1248 **のきばのやま**

「軒端の山」と表記し、「軒端に近い山」「軒端から見える山」のことをいう。

1249 **のきばのをか**

「軒端の丘」「軒端の岡」と表記し、「軒端近くの岡」「軒端から見える岡」のこと。

1250 **のきのつま**

「軒の端」と表記し、「軒のはし」「軒先」「軒端」のこと。「物のはし」を「つま」というのだ。

1251 **のきのいとみづ**

「軒の糸水」と表記し、「軒から落ちる雨の雫が、糸のように続いている状態」のこと。

1252 **のび**

「野火」と表記し、「早春、草がよく生えるように山野の枯れ草を焼く火」のこと。

1253 **のびけつきじ**

「野火消つ雉」と表記し、「雉が我が子のために、自分の翼を水に浸して、野火を消そうとする行為」をいう。

1254 **のもせ**

「野も狭」「野面」の用字法が想定される。「野も狭」と表記した場合、「野も狭いほど」「野原一面」の意。「野面」と表記した場合、「野原」の意。

1255 **のもりのかがみ**

「野守の鏡」と表記し、「野中の水に物影の映ることを『鏡』に譬えていうこと」。

昔、天智天皇が鷹狩りをしたとき、風に流されて鷹が行方不明になった。天皇は野の番人を召して行方を訪ねると、番人は地に伏したままで鷹の止まっている木の枝を見つけて示した。不審に思った天皇に、「身分柄いつも地上にたまる水を鏡として物を観察している」と番人は答えたという、『俊頼髄脳』《としよりずいのう》などに見える故事に依拠した話。

○はし鷹の野守の鏡得てしがな思ひ思はずよそながら見む（新古今集・恋歌五・読み人知らず・一四三一、はし鷹の行方を映すという野守の鏡を手に入れたいものだなあ。そうしたら、あの人がわたしを思っているのかいないのかを、それとなく映してみようと思うから）

この歌から、「恋」の歌に、人の面影をそれとなく観察することを、「野守の鏡」に寄せて詠むようになった。

1256 のもり

「野守」と表記し、「禁猟の野を守る番人」のことをいう。

〔お（を）〕

1257 をばながそで

「尾花が袖」と表記し、「尾花が風にそよぐ様子を、人を招くのに揺れる袖に見立てていう語」。「尾花」とは、「薄《すすき》の穂に出た状態」をいう。〔詠み方〕袖が風に靡《なび》くさまから、「尾花のそよぎを人を招く袖」に見立てて、詠んでいるわけ。

1258 をばなのなみ

「尾花の波」と表記し、「薄の穂に出た状態を、波に見立てた表現」のこと。

1259 をばななみよる

「尾花並み寄る」と表記し、「尾花が風に吹かれて一方に寄り集まる」ことをいう。「並み」には「波」が掛かっている。

1260 をばながもとのおもひぐさ

「尾花が下の思ひ草」と表記し、「薄などの根元に寄生する、煙管《きせる》に似た筒型の、淡い赤紫色の花をつける南蛮煙管」のことか。ちなみに、「思ひ草」には、「単なる草の名」（『歌林良材集』《かりんりょうざいしゅう》）、「露草」（『八雲《やくも》御抄《しょう》』）、「浅茅《あさじ》」（『色葉《いろは》和《わ》難抄《なんしょう》』）、「竜胆《りんどう》」（藤原定家説）、「女郎花《おみなえし》」（『蔵玉《ぞうぎょく》集』）など諸説があるが、「南蛮煙管」が最有力か。〔詠み方〕「恋」などに詠む。

○道の辺《べ》の尾花が下《した》の思ひ草今さらさらに何か思はむ（万葉集・巻十・作者不詳・二二七〇、道端の尾花の陰の思い草のように、わたしは今更に何を思い迷おうか、何も思い迷うものはないよ）

1261 をばすてやま

「姨捨山」と表記し、「信濃国にある月の名所で、姨捨伝説によって知られる山」のこと。『大和物語』に曰く、「信濃国の更級《さらしな》という里に住む男は、親代わりに養育してくれた伯母を実の親のように大切に世話していたが、妻はそのことを快く思わないで、差し出がましくも、夫に言い含めて、伯母を深山《みやま》の奥に捨ててくるように指図した。気のいい男は、妻の言うままに伯母をだまして家から連れ出し、ついに深山の奥に捨ててきたのであった。けれども、この男は、伯母を捨ててきたことが心底、悲しくて仕方なく、その山から昇ってきた月を眺めては、一晩中眠ることもできなくて、しんみりとした心で、次の歌を詠んだのであった。

○我が心慰めかねつ更級や姨捨山に照る月を見て（古今集・雑歌《ぞうか》上・読み人知らず・八七八、わたしは我が心をどうしても慰めることができないでいる。更級のその名も姨捨山の月を見ていると）

そして、男は再び、深山の奥に出かけて行き、伯母を連れ戻したのであった。それ以後、この山を『姨捨山』と呼ぶようになった」と。「慰めがたい」というとき、「姨捨山」を引き合いに出すのには、このような謂《いわ》れがあったのだ。

1262 **おにのしこぐさ**

「鬼の醜草」と表記し、（草の名で）「紫《し》苑《をん》」の別称。「物忘れをしない草」という。故事があるが、すでに480「おにのしこぐさ」の項（重複）で言及したので、ここには省略に従う。

1263 **おにこもる**

「鬼籠もる」と表記し、「女のこと」をいう。これは北村季吟著『八代集抄』に、「女を鬼と詠むこと、『伊勢物語』（第五十八段）にもあり。塚には鬼あるものなればなり」に依拠したもの。また、『拾遺集』に、「陸《み》奥《ちのく》国名取《なとり》の郡黒塚といふ所に、重之《しげゆき》がいもうとあまたあり、と聞きて言ひ遣はしける」の詞書《ことばがき》を付して、平兼盛《かねもり》の次の歌が載る。

〇陸奥の安達《あだち》の原の黒塚に鬼こもれりと聞くはまことか（拾遺集・雑下・平兼盛・五五九、陸奥の安達の原の黒塚に鬼が住んでいる、というのはほんとうか）

ちなみに、「おにこもる」の語には、『奥《おう》義抄《ぎしょう》』『和歌初学抄』『八雲御抄《やくもみしょう》』などは「ころにくきなり」と注を付している。

1264 **おほぬさ**

「大幣」と表記し、「大きな串につけた幣で、大祓《おおはら》えのときに用いるもの。式後、人びとがこれを引き寄せて身体を撫で、罪や穢れを移した」、「人気者」、「気が多いこと」などの意がある。「幣帛《へいはく》」ともいう。

1265 **おぼろけ**

適当な用字法が見当たらないが、（多く、打ち消しや反語の表現を伴って）「並一通りである」「普通である」、（「おぼろけならず」の意で）「いい加減でない」「並一通りでない」「格別である」などの意がある。この語は、多く、打ち消しの語を伴って用いられたが、のちには「おぼろけ」と「おぼろけならず」の区別が不明瞭になり、打ち消しの語を伴わずに「おぼろけならず」の意に用いられるようになった。〔詠み方〕「春月」などに寄せて多く詠まれている。

1266 **おほをそどり**

「大軽率鳥」「大嘘鳥」と表記し、（「をそ」は「そそっかしい」の意で）「あわてものの鳥」の意。烏をあざけっていう語。「からすてふおほをそ鳥」と続けて詠む。

1267 **おほよそびと**

「大凡人」と表記し、「世間一般の人」、「あまり関係がない人」などの意がある。「よそよそしい人」のことで、「おほよそ」の趣。

1268 **おほやけ**

「公」と表記し、「朝廷」、「天皇」「皇居」、「国家」「公的な事柄」などの意を表わす。この語は「大きな家」を表わす「大宅《おおやけ》」から、「皇居」「宮中」の意となった。そこから「国家」「朝廷」「政府」「天皇」、さらに「公的な事柄全体」を表わす意へと転じた。「おほやけごと」は「公事」のこと。

1269 **おほきみ**

「大君」「大王」「王」と表記し、「天皇の敬称」、「親王・内親王・諸王の敬称」、「身分のある立派な人の敬称」などの意を表わす。

1270 **おほかる**

「多かる」と表記し、「（数量が）多いこと」の意。「女郎花《をみなへし》多かる野辺」などと詠まれる。ちなみに、「おほかり」は「おほくあり」が縮まった形。

1271 **おほかた**

「大方」と表記し、「およそ」「総じて」、（下に打消しの語を伴って）「全然」「まったく」などの意を表わす。なお、接続詞として、「（話題を転換する時に用いる語で）そもそも」の意もある。〔詠み方〕在原業平の「おほかたは月をもめでじ」（古今集、八七九）という名歌の五文字なので、「遠慮して、初五文字に据えてはならない」と先達が戒めている。なお、初五文字以外の句には遠慮する必要はない。

1272 **おぼめく**

「朧めく」と表記し、「はっきりしない」「ぼんやりしている」、「不審に思う」「いぶかしく思う」、「知らないふりをする」「とぼける」などの意がある。「物がはっきりせず、ぼんやりした」趣。

1273 **おほみやびと**

「大宮人」と表記し、「宮廷に仕える百官の人すべて」をいう。

1274 **おほうみのはら**

「大海の原」と表記し、「広い海」のこと。「おほうなばら」（大海原）に同じ。

1275 **おほうちやま**

「大内山」と表記し、「皇居」「宮中」「内裏」、「山城国の地名」「宇多《うだ》天皇の離宮」などの意がある。前者は単に、「おほうち」ともいう。

1276 **おほみた**

「大御田」と表記し、「神社が所有する田」「大神田」のこと。

1277 **おほなむちのみこと**

「大己貴命」「大穴牟遅命」と表記し、「大国主命」の別名。『古事記』『日本書紀』『風土記』などに見える神。「素戔嗚尊《すさのおのみこと》」「須佐之男命」の御子。

1278 **おりたちて**

「下り立ちて」と表記し、「（高いところや乗り物から）おりて立って」、「自分で直接行なって」、「打ち込んで」「熱心に行って」などの意がある。「入り立つ」趣。「早苗」などに詠む場合は、「賤《しず》の女《め》が田に下り立つ」ことをいう。

1279 **おちぐさ**

「落ち草」と表記し、「鷹狩りで、鷹が鳥を追い落とした草むら」のこと。この語は「鷹狩り」の用語で、「鳥が鷹に追われて草むらに落ちること」をいう。

1280 **おちばごろも**

「落ち葉衣」と表記し、「木々の葉の間から漏れる月光が、着物に葉の影を映したもの」、「（一説に）木の葉で作った仙人の衣服」、「落ち葉の散りかかった着物」などの意がある。要するに、「落ち葉を衣に見立てた」表現・措辞。

1281 **おりゐのみかど**

「下り居の帝」と表記し、「退位した天皇」「上皇」「太上天皇」のこと。

1282 **およすげ**

適当な用字法が見当たらないが、「年を取っていること」「大人びていること」の意。和歌には用いられず、詞書《ことばがき》などに多く見られる。

1283 **おうな**

「老女」「媼」と表記し、「年を取った女」「老女」「老婆」のこと。なお、「女」を読み癖で「おうな」と詠むこともある。ちなみに、「をうな」は「若い女、女性」の意。

1284 **をのへ**

「尾の上」と表記し、「山の峰」「山頂」のこと。長伯は、「山の裾がなだらかな状態を『山の尾』というのに対し、尾の上は『尾の上』のことで、だいたい、山の半ばをいう」と説明する。なお、「尾上」と表記すると、「播磨国の地名」。「尾上の松」の形で古歌に詠まれた。

1285 **おくまれる**

「奥まれる」と表記し、「奥にいる」「奥のほうに引っ込んでいる」、「奥ゆかしい」、「深いたしなみがある」「控えめである」などの意がある。

1286 **おまし**

「御座」と表記し、「天皇や貴人のいる所の敬称」「御座所」「御寝所」、「天皇や貴人のための敷物や寝床の敬称」「お敷物」「おおしとね」などの意がある。

1287 **をぶさのすず**

「鞦の鈴」と表記し、「房のように広がった鷹の尾に付けた鈴」のこと。

1288 **おふしたつる**

「生ふし立つる」と表記し、「養育すること」「育て上げること」の意。「おほしたつる」に同じ。

1289 おやのおや

「親の親」と表記し、「祖父」のこと。「おほぢ」に同じ。

1290 をごしのさくら

「峰越しの桜」と表記し、「山の峰を越えて見える桜」のこと。

1291 をさをあらみ

「筬を荒み」と表記し、「布の織り目が粗いので」の意。「筬」とは、「機織り道具の一つで、薄い竹片を串の歯状に並べ、枠に入れたもの」。縦糸をその目に通し、横糸を織り込むたびに動かして、布の織り目を密にするわけだ。〔詠み方〕筬の入れ方が粗いと、衣の織り目が粗く、間遠になるので、「筬を粗み間遠」と続く。また、「恋衣間遠」などへも続く。「逢ふこと」が「間遠になる」と掛けていうわけ。

○須磨の海人《あま》の塩焼き衣筬をあらみ間遠《まどほ》にあれや君が来まさぬ（古今集・恋歌五・読み人知らず・七五八、須磨で塩を焼く漁師の着物が筬が粗いので織り目の間が離れているように、わたしたちの間も離れているからでしょうか。あなたがお出でにならないのは）

1292 をさをさし

「長長し」と表記し、「しっかりしている」「大人びて能力がある」「きちんと勤められる」ことをいう。物のかしらを「長」というので、「立派で、大人びているさま」を、「長長し」というわけ。「長し」に同じ。

1293 おきなさび

「翁さび」と表記し、「老人らしく振る舞うこと」「年寄りらしくなること」をいう。しかし、長伯は「老人が若々しく、気が利いている趣をいう」とする。

1294 おきなぐさ

「翁草」と表記し、「『松』の別称」、「『菊』の別称」、「（全体が白い絹毛に覆われていることから名づけられた）草の名」などの意がある。「猫草」に同じ。

1295 おきのいし

「沖の石」と表記し、「沖にある石」、「『人に知られない、隠れた』意の譬え」、「『濡れる』意の譬え」などの意がある。「常に波に覆われて、乾く間もない」趣を詠むもの。

1296 おきながは

「息長川」と表記し、「近江国坂田郡を流れていたという川」、「男女の仲が永遠に続くさま」「何が起ころうと、ふたりの仲はけっして絶えることはない、と男が女に誓うことば」などの意がある。長伯は、「沖《おき》中川《なかがわ》」と表記し、「川の中でも、支流が流れ注ぐ所は、ひととおり、水筋が立ちて越える。また、海中へ川が流れ注ぐ所は、潮が満ちるまで、水筋《みずすじ》が見える。これを、『沖中川』と呼ぶ」という。また、「鳰鳥《におどり》の息長川」とは、「息長き川」という趣。「鳰鳥は水中に長く潜っていられる」ので、「息長川」という趣であるわけ。なお、「おき」と「いき」とは五音相通《ごいんそうつう》（153の項参照）である。

＊鳰鳥の息長川は絶えぬとも君に語らむ言尽きめやも（万葉集・巻二十・馬史国人《うまのふひとくにひと》・四四五八、息長川は絶えることがあっても、君に語る言葉の尽きることはあり得ないでしょう）

○こほりゐて息長河のたえしよりかよひしにほのあとを見ぬかな（拾遺愚草《しゅういぐそう》・関白九条教実《のりざね》家百首・藤原定家・一四四一、氷が張って息長川の流れが絶えてからは、通っていた鳰鳥が水面を滑るように泳いだ跡を見ないよ）

1297 おきつも

「沖つ藻」と表記し、「沖の海中に生えている海藻」のこと。

1298 おきめかりがね

「沖布雁金」と表記し、「沖の若布《わかめ》を刈るわけではないが、雁」の意。「おきめ」は「沖の若布」のこと。「沖の若布を刈る」の「刈る」と「雁」を掛けていっているわけ。

お(を)

〔詠み方〕「海辺の雁」に詠むといい。

1299 をぎのともずり

「荻の共擦り」と表記し、「荻の葉がお互いに擦《す》れ合って音を立てること」をいう。

1300 おいかくる

「老い隠る」と表記し、「老いの姿が隠れること」をいう。「花などをかざして老いを隠す」わけ。

○鶯の笠に縫ふてふ梅の花折りてかざさむ老い隠るやと（古今集・春歌上・源常《ときわ》・三六、鶯が青柳《あおやぎ》の糸を縒《よ》り合わせて笠に付けるという梅の花を、折って頭に挿して飾りとしよう。老いの姿が隠れるだろうかと）

1301 おいとなるつき

「老いと成る月」と表記し、「人に老いをもたらす原因となる月」の意。「月は陰気で、対峙《たいじ》すると憂いを増し、顔色を損なう」といわれている。だから、『古今集』に業平の次の歌が載る。

○おほかたは月をも愛《め》でじこれぞこの積もれば人の老いとなるもの（古今集・雑歌《ぞうか》上・在原業平・八七九、生半可な気持ちで月は美しいなどと賞賛するようなことはやめておこう。よく考えてみると、これこの月こそは積もると人の老いをもたらすものなのだから）

この歌の心は、「月に執着して浮かれ歩くあまりに、我が身を顧みず、無常をも観ぜずして、むなしく残生《ざんせい》を送る結果となって、挙句《あげく》の果てには老人となるわけだから、そうむやみやたらに月を賞美してはならない」という趣。

○老いとなるつらさは知りぬしかりとてそむかれなくに月を見るかな（続後撰集・藤原信実《のぶざね》・三七四、老人となるつらさは身にしみて実感した。だからといって、背反するわけにもいかないので、いまでは心を深く寄せないで月を見ることだ）

1302 おいのそこ

「老いの底」と表記し、「老いの果て」「老いが極限に達した状態」をいう。「老い極まりたる」趣である。

1303 おいらく

「老いらく」と表記し、「年老いること」「老境」のこと。

1304 おいせぬもん

「老いせぬ門」と表記し、「不老門」のこと。これは漢帝の宮門の名で、洛陽にあった。慶滋保胤《よししげのやすたね》の次の漢詩が『和漢朗詠集』に載る。

○長生殿《ちょうせいでん》ノ裏《うち》ニハ春秋富メリ　不老門ノ前ニハ日月遅シ（和漢朗詠集・祝・慶滋保胤・七七五、長生殿のうち、不老門の中では、月日の歩みも遅く、我が君の寿も若く前途が豊かである）

この「老いせぬ門」の語は、この漢詩の「不老門」に依拠したもの。〔詠み方〕「祝い」の歌などに詠むといい。

1305 おひさき

「生ひ先」と表記し、「成長してゆく将来」「将来性」のこと。「人間の成長する行く末」をもいい、また、「草木の生い行く末」の趣にも詠む。『源氏物語』（帚木巻）に「生ひ先籠れる窓の内」などとあるのも、「幼い人の将来が期待される」意味合いに用いているわけ。

1306 おいずしなずのくすり

「老いず死なずの薬」と表記し、「不老不死の薬」の意。「蓬が島」（蓬萊山）に詠まれている。

1307 おもの

「御物」「御膳」と表記し、「貴人、とくに『天皇の食事・食べ物』の敬称」「お食事」「お召し上がり物」、「（「飯」の丁寧語で）ごはん」などの意がある。

1308 おもほえず

「思ほえず」と表記し、「思いもよらず」「意外にも」の意を表わす。

1309 おもひのいろ

「思ひの色」と表記し、「（「思ひ」の「ひ」に「緋《ひ》」をかけて）緋色」、「心に思うさま」

などの意。「思ひ」を「火」になして「火の色」（紅の色）の趣ともいう。「紅涙《こうるい》」を「思ひの色」とも詠まれる。「恋」などに詠まれている。

1310 **おもひのきづな**
「思ひの絆」と表記し、「情につながれて、逃れることのできないこと」「心のほだし」のこと。「思ひの綱」に同じ。

1311 **おもひがは**
「思ひ川」「思ひ河」と表記し、「思いが深く、絶え間がないことを、『川』に譬えた語」。なお、「筑前国の河で、いまの『染め河』の別称」の意の場合、「忍ぶ恋」の心情を表現し、「逢ふ瀬」「泡」「浪」「たぎつ」など、「川」の縁語が多く詠まれる。

1312 **おもひのたま**
「思ひの珠」「念ひの珠」と表記し、「数珠の珠」のことをいう。「思ひの珠をくりかへし」などと詠まれている。

1313 **おもひぐさ**
「思ひ草」と表記し、「南蛮煙管《なんばんギセル》」「女郎花《おみなえし》」などの異名。なお、1260「をばながもとのおもひぐさ」の項で詳細を記したので、以下省略する。

1314 **おもひきや**
「思ひきや」と表記し、「（以前からこうなると）思っただろうか（いや、思ってもみなかった）」「考えただろうか（いや、考えてもみなかった）」の意を表わす。和歌において好まれる表現。

1315 **おもひぐまなき**
「思ひ隈無き」と表記し、「考えが浅いこと」「よく考えないこと」、「思いやりがないこと」などの意。「思い残す方面のこともなく、すみずみまで思慮が行き届いていること」をいうわけ。

1316 **おもひのいへ**
「思ひの家」と表記し、「迷いに苦しめられるこの世」「火宅《かたく》」のこと。「思ひ」は「物思い」の意で、また、「思ひ」の「ひ」を「火」に掛けて、「火の家」（火宅）をいうわけ。
○世の中に牛の車のなかりせば思ひの家をいかで出《い》でまし（拾遺集・哀傷・読み人知らず・一三三一、この世の中に大乗の教えによそえられる、白牛の引く大きな車がなかったならば、どうして煩悩に苦しむ火宅の家を脱け出ることができようか、できはしない）

1317 **おもふどち**
「思ふどち」と表記し、「気の合った者同士」の意。

1318 **おもわすれ**
「面忘れ」と表記し、「顔を見忘れること」の意。

1319 **おもぎらひ**
「面嫌ひ」と表記し、「幼児が見知らぬ人を見て泣くこと」「人見知りすること」の意。

1320 **おもてぶせ**
「面伏せ」と表記し、「面目《めんぼく》を失うこと」「不名誉」の意。

1321 **おもなくて**
「面無くて」と表記し、「面目がなくて」「恥ずかしくて」、「厚かましくて」「恥知らずで」などの意がある。ちなみに、類義語に「はづかし」「やさし」がある。それぞれ羞恥心《しゅうちしん》を表わす点で共通するが、「はづかし」には根底に対象から受けたコンプレックスがある。「やさし」は、つつましい自己感情からの羞恥心を表わす点が、「面目ない」意の「おもなし」と異なる。

1322 **おもだたし**
「面立たし」と表記し、「面目の立つさま」「名誉だ」「光栄だ」の意。

〔く〕

1323 **くろどのごしょ**
「黒戸の御所」と表記し、「内裏の清涼殿《せいりょうでん》の北、滝口の西の細長い部屋」のこと。薪の煤《すす》で黒くなったので、この名があるといわれる。「黒戸」に同じ。

1324 くろふのたか

「黒斑の鷹」と表記し、「黒い斑点のある鷹の羽」をいう。「矢羽《やばね》」に用いる。

1325 くろふのすすき

「黒生の薄」と表記し、「春に野を焼いた跡から生えてきた薄」のことをいう。

1326 くろきのとりゐ

「黒木の鳥居」と表記し、「皮付きの丸木を掘り立てた、古い形式の鳥居」のこと。二本の柱と笠木および貫《ぬき》だけで直線的に組み立てられ、木鼻が柱から突き出すこともなく、島木や額束《がくづか》もないもの。

1327 くはのえびら

「桑の箙」と表記し、源俊頼《としより》の説として「蚕を飼う道具のこと」と、長伯は紹介する。

1328 くはこ

「桑子」と表記し、「（桑の葉を食べて育つことから）蚕」の別称。

1329 くにすら

「国栖ら」と表記し、「上代、異風俗をもち、宮中の節会《せちえ》に参上し、供物を献上して、風俗歌を奏した、大和国吉野川の上流に住んでいた土着の先住民たち」、「上代、常陸国に穴居していた土着の先住民たち」などの意がある。1412「くず（国栖・国巣）人」の項に同じ。

1330 くにつかみ

「国つ神」「地祇」と表記し、「天孫降臨以前から、各地に土着し、その地を守護してきた神」、「地方の豪族を神格化したもの」などの意がある。「地祇」を「くにつかみ」と読むのは、「天神」を「あまつかみ」というのに対して、「地祇」を「くにつかみ」というわけだ。

1331 くにのかぜ

「国の風」と表記し、「その国特有の風俗、習慣」、「ある地方の風俗、習慣をあらわすような詩歌や民謡」などの意。

1332 くにみ

「国見」と表記し、「天皇が高い場所に登り、国土や人民の様子を見ること」をいう。『万葉集』の長歌に、「天の香具山《かぐやま》　登りたち　国見をすれば」（巻一、二）と詠まれている。

1333 くにつみやこ

「国つ都」と表記し、「国家の首都」のこと。

1334 くにつやしろ

「国つ社」と表記し、「『国つ神』を祭神とした神社」のこと。

1335 くちのはがひ

「鷹の羽交ひ」と表記し、「鷹の羽」「鷹の両方の翼が重なり合ったところ」のこと。

1336 くちのやかたを

「鷹の矢形尾」「鷹の屋形尾」と表記し、「鷹の尾羽の様相」のこと。鷹の尾の切斑《きりふ》の形が、「屋形の形」または「矢形の形」をしているので、それぞれの名称があるわけ。1427「やかたをのたか」の項参照。

1337 くちのはにかかる

「口の端に掛かる」と表記し、「話題にのぼる」「噂にのぼる」の意。

1338 くちきがき

「朽ち木描き」と表記し、「朽ち木の残った木目を図案化した模様」「絵」のことをいう。『草根集《そうこんしゅう》』に「むなし契りの朽木がき」（八二九一）の用例がある。

1339 くるとあくと

「暮ると明くと」と表記し、「日が暮れることと夜が明けること」の意。「明け暮れ」の趣。

○暮ると明くと目かれぬものを梅の花いつの人まに移ろひぬらむ（古今集・春歌上・紀貫之・四五、日が暮れても夜が明けても、目を離すことがなかったのに、いったいこの梅の花は、見ていない間に、いつ散ってしまったのだろう）

く

1340 **くるしきうみ**

「苦しき海」と表記し、「(仏教語の「苦海」の訓読語で)苦しみの尽きないこの世を、広い海」に譬えた語。「生死流《しょうじる》転《てん》の苦海」の用例がある。

1341 **くがたち**

「探湯」「盟神探湯」と表記し、「上代に行なわれた裁判の一形態」のこと。訴訟などで物事の真偽を見極める、当事者に神に誓わせたのち、熱湯に手を入れさせた。正しい者は手がただれないが、不正な者は手がただれるとされた。なお、この「盟神探湯」は、中世では裁判の一方法として「湯《ゆ》起請《ぎしょう》」という形態で発展、継承された。

〇甘檮《あまかし》の丘の盟神探湯清ければ濁れる民も姓《かばね》すましき(日本紀竟宴和歌・是忠《これただ》親王・四一、允恭《いんぎょう》天皇が、甘檮の丘に盟神探湯の釜を据えて、それによって氏姓の真偽のほどを裁かれた際に、身が清廉・潔白である場合には、世間の穢れに染まっている諸人でも、氏姓は水が澄むように清浄であることだ)

1342 **くだら**

「百済」と表記し、「古代朝鮮半島西南部にあった国の名」。「三韓」のひとつで、日本に仏教をはじめ多くの大陸文化を伝え、人的交流も盛んに行なった。

1343 **くだらの**

「朽ら野」と表記し、「あらゆる草が枯れ果てた冬の野原」「枯れ野」のこと。

1344 **くたち**

「降ち」と表記し、「終わりに近づくこと」「日が傾くこと」「夜が更けること」の意。「夜ぐたちに」は、「夜が更けること」。また、『古今集』に載る、

〇笹の葉に降りつむ雪の末を重み本《もと》くたちゆく我が盛りはも(古今集・雑歌《ぞうか》上・読み人知らず・八九一、笹の葉に降り積もる雪の先のほうが重いので、茎がたわんでだんだん下がっていくように、衰えていくわが盛りだよ)

の歌の「くたち」は、「我が齢がだんだん傾いてゆく」の意。

1345 **くたす**

「腐す」と表記し、「(物を)腐らせる」「損なう」、「(気持ちを)腐らせる」「意気込みをくじく」、「非難する」「けなす」「そしる」、「名を汚す」「評判を落とす」などの意を表わす。「涙に袖をくたす」とは、「涙で袖が腐る」意。

1346 **くだるよ**

「降る世」「下る世」と表記し、「世が末世になる」「後世」の意。

1347 **くだりやみ**

「下り闇」と表記し、「陰暦で、月の下旬の闇夜」のこと。2243「しもつやみ」の項に同じ。

1348 **くたに**

「苦胆」「木丹」と表記し、「植物の名で、『竜胆《りんどう》』『牡丹』などの異称」といわれるが、未詳。長伯は、「薬種に用ゐるものなり」と記している。

1349 **くたかけ**

「腐鶏」と表記し、「(鶏が朝早く鳴くのをののしっていう語で)鶏め」「鶏」などの意。なお、長伯は、「東国では『家』を『くだ』というので、『家《か》鶏《けい》』をいう」と記す。

1350 **くれはとり**

「呉織」「呉服」と表記し、「上代に、呉の国から渡来した機織り工」、「呉の国伝来の技法で織った織物」などの意。『日本書紀』に、「応神天皇の御代に、使いを呉の国に派遣して、絹織物を織る女を探した際に、呉の王が四人の綾織り女を与えてくれたが、その女性の中に、『くれはとり』と『あやはとり』という女職人がいた。そこで、『くれはとりあや』と続けて詠まれたり、『くれはとり』が『あや(綾)』の枕詞《まくらことば》にもなっているのだ」とある。

1351 **くれなゐのこぞめ**

「紅の濃染め」と表記し、「染め色の名で、

紅花で濃い紅色に染めあげること。また、濃く染めたもの」をいう。

1352 **くれなゐのむらこ**

「紅の斑濃」「紅の村濃」と表記し、「（染め色の名で）紅色の同色で濃淡を染め分けたもの」の意。

1353 **くれなゐのふりでのいろ**

「紅の振り出の色」と表記し、「紅を水に振り出して染めること」をいう。「紅は振り出して染める」ので、「振り出の色」というわけ。

1354 **くれなゐにふりいでてなく**

「紅に振り出でて鳴く」と表記して、「真紅の色を染めるように声を振り絞り、血を吐きそうなほど悲しげに鳴く」こと。「時鳥《ほととぎす》」に詠まれる。「時鳥が声を高く振り絞って鳴くこと」を、「振り出でて鳴く」という。また、「紅花の汁を水に溶かして染めること」を、「紅に振り出づる」という。なお、「時鳥が初音を鳴く時には、口が裂けて血が出る」といわれているので、「紅に振り出づる」という。

1355 **くれなゐのかすみ**

「紅の霞」と表記し、「朝日や夕日が映って赤く見える霞」のこと。朝日や夕日の光に染まるからだ。

1356 **くれがた**

「暮れ方」と表記し、「日が暮れはじめて、もう少しであたりがすっかり暗くなるころ」の意。「春の暮れ方」「秋の暮れ方」などと詠む。「暮春」「暮秋」の趣。

1357 **くれはくれし**

「久礼波久礼志」と表記し、「案内人の名」のことで、これは『日本書紀』の応神天皇に出てくる説話に登場する。日本の朝廷が使者を呉の国へ派遣したとき、高麗王《こうらいおう》のもとへ案内人を要請したところ、王は「久礼波」と「久礼志」の二人の案内人を紹介してくれ、二人が呉の国への案内をしてくれたという。『袖中抄《しゅうちゅうしょう》』に次の歌が載る。

○夜をこめて春は来にけり朝日山くれはくれしのしるべなければ（袖中抄・作者未詳・二二六、夜が明けないうちに春はやって来たのだなあ。朝日山の「朝」はともかく、日が沈み暗くなってしまうと、久礼波・久礼志の案内人がいないので…）

1358 **くつてどり**

「沓手鳥」と表記し、「時鳥《ほととぎす》」の異名。『俊《とし》頼髄脳《よりずいのう》』に、「時鳥は昔は沓縫いであった」旨の説話が載っている。後述の2360「もずのはやにへ」（鵙の速贄）の項で詳述する。

1359 **くらべぐるしき**

「比べ苦しき」と表記し、「扱いにくいこと」「付き合いにくいこと」の意。「比べ難いこと」。「他人の心と自分の心とが比べ難い」趣に詠まれる。

1360 **くらべうま**

「競べ馬」と表記し、「馬場で馬を走らせて競う競技」のこと。宮中の年中行事として陰暦五月五日の節会《せちえ》で行なわれたほか、神事として、賀茂神社など諸所で行なわれた。1982「きほひうま」の項に同じ。

1361 **くらゐみじかき**

「位短き」と表記し、「官位が低いこと」をいう。

1362 **くらゐやま**

「位山」と表記し、「位が上がっていくことを『山』に譬えていったもの」、「飛騨国の山。その名から『官位』の意を重ねる」などの意がある。

1363 **くいのやちたび**

「悔いの八千度」と表記し、「何度も繰り返し後悔すること」「深く後悔すること」の意。

1364 **くやくやとまつ**

「来や来やと待つ」と表記し、「来るか来るかと思いながら男の訪れを待つ」の意。

1365 **くさなぎのつるぎ**

「草薙の剣」と表記し、「三種の神器《じんぎ》のひとつ。須佐之男命《すさのおのみこと》が退治した八俣大蛇《やまたのおろち》の尾から出てきて、天照大御《あまてらすおおみ》神《かみ》に献上されたといわれる剣」のこと。「倭建命《やまとたけるのみこと》が東征のときに火攻めにあった際、この剣で草をなぎ払って難を逃れた」と伝えられる。「天《あめ》の叢雲《むらくも》の剣」に同じ。

1366 くさまくら

「草枕」と表記し、「旅寝」「旅」の意。また、〈旅先で草を枕にして寝ることから〉「旅」「旅寝」「度《たび》」、地名の「田胡《たご》」などに掛かる枕詞。また、「〈草を結んで枕とすることから〉結ぶ」「結ふ」「夕」などに掛かる枕詞である。〔詠み方〕「草枕」といえば、「旅」になるわけ。「旅は野に伏し、山に伏して、『草』を『枕』にする」趣。

1367 くさのはら

「草の原」と表記し、「草の茂った野原」「草原」、「草深い墓所」などの意がある。

○憂き身世にやがて消えなば尋ねても草の原をば問はじとや思ふ〈源氏物語・花宴巻・朧月夜尚侍《おぼろづくよのないしのかみ》・一〇三、つらく悲しい自分の身がこの世からこのまま消えてしまうとしたら、〈名を知らないからといって〉捜し求めてでも、草深い墓所の場所を尋ねようとしないつもりだろうか〉

この『源氏物語』の朧月夜尚侍の歌に見られる用例は、「草深い墓所」の意味の用法。〔詠み方〕この歌語は「墓所」の意にも使用されるので、その時どきの場合によって、用捨しなければならない。

1368 くさのかう

「草の香」と表記し、「草の中に芳しい香りの草があること」、「みかん科の多年草」などの意がある。初夏に黄色の花が咲き、強い香がある。葉は香料や駆虫薬とした。

1369 くさのあるじ

「草の主」と表記し、「白菊」のこと。

1370 くさのいと

「草の糸」と表記し、「露の置いた草を、玉を貫いた糸に見立てた表現」、「細長い草を糸に見立てた語」などの意がある。長伯は、「草かづらの糸のごとくなるをいふ」と記す。

1371 くさのはやま

「草の葉山」と表記し、「草が茂って丈が高くなっているのを、山に見立てていう表現」。

1372 くさむすぶ

「草結ぶ」と表記し、「〈上代の占いで〉草の茎を結び合わせて吉凶を占う」、「道しるべとして草を結び合わせる」、「旅中で野宿する」などの意がある。夏野などを行くと、草が茂って道の所在が分かりにくくなっているので、「草を結んで道のしるしとした」というのが、「道しるべ」の意味。

1373 くさのかれふ

「草の枯れ生」と表記し、「草が枯れた跡に、再び生えてくること」をいう。

1374 くさどるたか

「草取る鷹」と表記し、「鷹狩りで、草むらの中で鳥を捕らえる鷹」のこと。「鷹狩り」の用語。鷹が、捕らえた鳥の飛び立つのを防ぐために、片方の足で地上の草を摑むわけだが、これを「力草《ちからぐさ》」という。

1375 くさとぶいぬ

「草飛ぶ犬」と表記し、「鳥を追いかけて、草原を飛びまわる猟犬」のこと。これも「鷹狩り」の用語。

1376 くさくちてほたるとなる

「草朽ちて蛍と為る」と表記し、「草が腐《ふ》食《しょく》して、蛍となる」の意。『礼記《らいき》』の「月令編」に、「腐草化《シテ》為《ルト》レ蛍」〈腐草化して蛍と為る〉とある句に依拠した表現。

○草むらにすむ夏虫は去年《こぞ》の秋朽ちし下葉のなるにやあるらむ〈永久百首・夏十二首・夏虫・源兼昌《かねまさ》・一八〇、草むらに巣くっている夏虫〈蛍〉は、去年の秋に腐食した草の下のほうの葉がなったのであろうか〉

1377 くきら

「拘耆羅」と表記し、「インドにいる時鳥《ほととぎす》に似た鳥」のこと。声はよいが、形は醜いという。日本では一般に「時鳥」の異名としてもいう。「拘翅羅《くしら》」に同じ。

1378 くぎぬき
「釘貫」と表記し、「柱や杭を立て並べて、横に貫と呼ばれる細長い板を通しただけの簡単な柵」、「町の入り口などに関として設けた木戸」「釘貫門」などの意がある。「関の釘貫」と詠まれている。

1379 くめのいはばし
「久米の岩橋」と表記し、「大和国の伝説上の橋」のこと。役《えん》の行者《ぎょうじゃ》が一言主神《ひとことぬしのかみ》に、葛城山《かつらぎさん》から吉野の金峰山《きんぷせん》に岩の橋を掛けるように命じ、完成しなかったという伝説による名称。「葛城の橋」「葛城の岩橋」「葛城の久米路の橋」という表現で詠まれる。「久米路の橋」に同じ。なお、29「いはばしのよるのちぎり」の項で詳述した。

1380 くみてしる
「汲みて知る」と表記し、「(人の心や事情を)斟酌《しんしゃく》して、推し量る」こと。「秘めた恋心」の暗喩。〔詠み方〕「水」などに寄せて詠む。
＊汲みて知る人もあらなむ夏山の木《こ》の下水は草隠れつつ(後拾遺集・恋一・藤原長能《ながとう》・六一五、汲んでそれと分かってくれる人もいてほしい。夏山の木々の下を行く水は、草に隠れながらも流れている。そのように、わたしはひそかにあなたを思っているよ)

1381 くしげのをぐし
「櫛笥の小櫛」「櫛匣の小櫛」「篋の小櫛」と表記し、「化粧道具に入った小さな櫛」のこと。

1382 くもがくれ
「雲隠れ」と表記し、「雲に隠れること」「隠れて姿が見えなくなること」、「(死を婉曲にいう語で)貴人の死」「ご逝去」などの意がある。『源氏物語』の「雲隠巻」は名称のみで本文は現存しないが、光源氏の死を暗示する巻であろう。なお、昔の和歌には、逝去のこと以外の、「月の雲に隠るる」などにも、「雲隠れ」と詠まれているが、現今では、禁忌《きんき》の用語として扱われて、「哀傷」のほかには詠むことはない。

1383 くもゐのよそ
「雲居の余所」と表記し、「遠く隔たった所」をいう。「忘るなよ雲居の余所《よそ》に別るとも」などと詠まれている。

1384 くものかへしのあらし
「雲の返しの嵐」と表記し、「雨ののち、雨雲を吹き返す嵐」のこと。多く「西北の風」をいう。雨雲の群がって、その雲の帰り道には、必ず風が吹くもの。「雲の返しの風」に同じ。
○春雨にぬれて尋ねむ山桜雲の返しの嵐もぞふく(金葉集二奏本・春部・藤原顕宗《よりむね》・五五、春雨に濡れながら尋ねて行こう、山桜を。雨雲を吹き返す嵐が吹くと困るから)

1385 くもゐのには
「雲居の庭」と表記し、「宮中の庭」「皇居の庭」のこと。

1386 くもゐのはし
「雲居の橋」と表記し、「宮中の階段」、「雲のかなたにかかっている橋で、七夕の夜、天の川に架けられるという『鵲《かささぎ》の橋』」などの意がある。

1387 くものかけはし
「雲の梯」と表記し、「たなびく雲を梯に見立てたもの」、「高い場所に架けられた橋」、「(宮中を「雲の上」に譬えて)宮中の階段」などの意がある。

1388 くものまがき
「雲の籬」と表記し、「立ち昇った雲が物を隠すのを垣根に見立てていう語」のこと。

1389 くものは
「雲の端」と表記し、「雲のはずれ」のこと。

1390 くもとり
「雲鳥」と表記し、「雲の中を飛ぶ鳥」、「模様のひとつで、雲に鶴を配したもの」「雲鶴」などの意。「雲鳥の綾」は、「綾」の織物には「雲鳥」を織るから。

く

1391 くもこる
「雲凝る」と表記し、「山に雲が幾重にも立ち重なっている状態」のこと。「夕凝りの雲」とは、「夕方になって、冬の寒空に雲が凝り重なっているさま」をいう。

1392 くものとざし
「雲の鎖し」と表記し、「立ち込めた雲が鎖しの役目をしていること」「雲に覆われた家」のこと。「山家」「谷の下庵」などに詠まれる。「戸などを固く閉じ込めたように、雲が一面に広がる」のをいうわけ。

1393 くものつつみ
「雲の堤」と表記し、「雲を堤に見立てていう語」。「天の川雲の堤」と詠まれている。

1394 くものむかへ
「雲の迎へ」と表記し、「臨終のときに、信心深い者を極楽浄土へ導くため、阿弥陀仏と二十五菩薩が紫雲に乗って迎えに来ること」をいう。1099「むかへのくも」の項参照。

1395 くものみね
「雲の峰」と表記し、「夏、山の峰のように聳《そび》え立っている積雲」「入道雲」のこと。『白氏文集《はくしもんじゅう》』にも、「夏雲多シ二奇峰一」（夏雲奇峰多し）とある。また、「大空にあやしき峰」とも詠まれている。〔詠み方〕「六月」の用語。この語は、ほかの季節には用いてはならない。
○水無月《みなづき》になりぬと見えて大空にあやしき峰の雲の色かな（夫木抄・雑《ぞう》三・峰・衣《きぬ》笠家良《がさいえよし》・九〇三五、六月になったと見えて、大空に他の季節には見られない入道雲の色彩が特徴的だなあ）

1396 くものはたて
「雲の旗手」と表記し、「雲のたなびくさまを、旗がなびくのに見立てた語」「旗のようになびく雲」のこと。「豊旗雲《とよはたぐも》」をいうが、「夕べに旗に似た赤い雲」という。なお、「雲のはたて」は、「雲の果て」「空の果て」の意を持つ。〔詠み方〕「四季」に詠むが、「雲の旗手」と詠むと、「夕べ」になる。

1397 くものあはたつやま
「雲の淡立つ山」と表記し、「雲が淡々しく立つ山」、「雲がたくさん湧き上がる山」などの意。なお、長伯は「粟田山」のこととする。
○憂き目をばよそ目とのみぞ逃れゆく雲のあはたつ山の麓《ふもと》に（古今集・墨滅歌《ぼくめつか》・物名《もののな》部・あやもち・一一〇五、世の中のつらいことをよそ目にみようと、わたしは逃れてゆくよ。雲が湧き上がっていく山の麓を目指して）

1398 くものみを
「雲の澪」と表記し、「雲が流れて行く道筋を、水の流れに見立てたもの」。〔詠み方〕「空の海」「天の川」、そのほか「海辺」「水辺」などに寄せて詠むといい。

1399 くものふるまひ
「雲の振る舞ひ」と表記し、「雲が立って舞うように、あちこちと動くこと」をいう。
○風騒ぐ雲の振る舞ひただならでかねて待たるる夕立の空（弘長百首・夏十首・夕立・西園寺《さいおんじ》実氏《さねうじ》・一九七、風が立ち騒いで雲の動きが尋常でないので、降る前から期待される夕立の空模様だ）

1400 くものふるまひ
「蜘蛛の振る舞ひ」と表記し、「蜘蛛が巣をかける動作」のことで、恋人が来る前兆と考えられていた。夕方に軒端《のきば》から蜘蛛が下がるのは、待ち人が訪ねて来る前兆だ。
○わが背子が来《く》べき宵なりささがにの蜘蛛の振る舞ひかねてしるしも（古今集・恋歌四・衣通姫《そとおりひめ》・一一一〇、わたしの夫が今晩は訪ねてきてくれそうだ。蜘蛛がしきりに動きまわっているのが、今からもうそれをはっきり示しているよ）

1401 くものはそで
「雲の端袖」と表記し、「雲の端を袖に見立てた語」のこと。

1402 くものうきなみ

「雲の浮き波」と表記し、「波立つように見える雲」のこと。雲が浮かんでいるのを、波に見立てていうわけ。「海辺」「水辺」に詠む。

1403 **くもかぜ**

「雲風」と表記し、「雲と風」のこと。

1404 **くもみづ**

「雲水」と表記し、「雲と水」「行方の定まらないもの」の譬えをいう。「山水」の類である。「景気」の歌などに詠むといい。また、「世捨て人」を、「身は雲水の」などと詠む。漢文にも、「雲水《ノ》客《かく》」とある。「世捨て人は、行方の知れないもの」なので、「雲水の当てがないことに譬える」わけ。

1405 **くもゐ**

「雲居」「雲井」と表記し、「雲のある所」「空」、「雲」、「遠くはなれた所」「天上」、「宮中」「皇居」、「都」などの意を表わす。

1406 **くものいづこ**

「雲の何処」と表記し、「雲は何処にあるのか、と広く全体を見渡したる趣」をいう。

1407 **くものあし**

「雲の脚」と表記し、「雲の動き」のこと。「雲が脚のように、下へ下がっている様子」をいうわけ。

1408 **くものつかひ**

「雲の使ひ」と表記し、「雲が行き来するさまを使いに見立てていう語」のこと。

○夕べ行く雲のつかひにことづてむうはの空なる便りなりとも（壬二集《みにしゅう》・洞院摂政家《とういんせっしょうけ》百首・不遇恋・藤原家隆《いえたか》・一四九六、夕方ごろ雲が急いで動いているのに伝言しよう。当てにならない使者ではあるとしても）

1409 **くもぢ**

「雲路」と表記し、「空や雲の中の道」のこと。鳥や月、天女などが通るとされた。

〔詠み方〕「雁」などに詠まれている。「雲井路」ともいう。

1410 **くもで**

「蜘蛛手」と表記し、「（蜘蛛が足を八方に広げた形から）川や道などが四方八方に枝分かれしている様子」、「（戦場で）四方八方に駆け巡ること」「四方八方に自由自在に振り回すこと」、「四方八方に綱や縄を張り巡らすこと」「十文字に材木を打ち付けること」、「橋の梁《はり》、桁《けた》を支えるために、橋脚から斜めに渡した筋交《か》いの支柱」、「あれこれと思い乱れること」などの意がある。

○並《な》み立てる松のしづ枝をくもでにて霞み渡れる天の橋立（詞花集・雑上・源俊頼《としより》・二七四、並び立っている松の下枝を「くもで」として、一面の霞の中に架け渡されている天の橋立だなあ）

1411 **くすりび**

「薬日」と表記し、「（「薬狩り」をした日ということから）陰暦五月五日のこと」をいう。

1412 **くずびと**

「国栖人」と表記し、「上代、神武天皇の御代、朝廷に帰順し、以後、宮中の節会《せちえ》に参内して歌笛を奏し、栗・菌《きのこ》・年魚（鮎）などの土地の産物を献上した、大和国吉野郡吉野川に住んでいた土着民」のこと。現今まで、その先例にならって正月元日に吉野の国栖人が禁裏に参上して、若菜を献上するといわれている。「くにすびと」とも。

1329 「くにすら」の項に同じ。

1413 **くすりこ**

「薬子」と表記し、「陰暦正月一日に天皇に奉る屠蘇《とそ》の毒見をする役の未婚の少女」のこと。

1414 **くすだま**

「薬玉」と表記し、「陰暦五月五日の端午《たんご》の節句に、邪気や不浄を払うために柱にかけたり、身につけたりした飾り」、「麝香《じゃこう》や沈香《じんこう》などの香料を袋に入れ、菖蒲や蓬などの造花で飾り、五色《ごしき》の糸を長く垂らしたもの」などの意がある。

1415 **くずのはのうらむ**

「葛の葉の恨む」と表記し、「葛の葉が風に吹かれて裏を見せるように、『うらむ』」

という意味。なお、「くずのはの」は「うら」「うらみ」などに掛かる枕詞。「葛の葉」が風に吹かれると、「葉の裏・表が翻《ひるがえ》る」ことをいったわけ。〔詠み方〕「恋」そのほかの「恨む」ことには、「葛の葉の恨み」「秋風に恨むる」「葛の裏風」などと詠まれている。

1416 **くずばな**
「葛花」と表記し、「葛の花」のこと。「秋の七草」のひとつ。

〔や〕

1417 **やはらぐくに**
「和らぐ国」と表記し、「日本国」のこと。「和国」ということからの命名。

1418 **やはらぐるひかり**
「和らぐる光」と表記し、「徳の光を和らげ包むこと」、「（仏教語で）仏菩薩が威徳の光を和らげ、仮の姿を衆生《しゆじよう》の間に表わすこと」などの意。〔詠み方〕「神祇」の歌に詠まれている。「和光」の趣。「和光同塵《どうじん》」「和光垂迹《すいじやく》」に同じ。

1419 **やへのしほかぜ**
「八重の潮風」と表記し、「はるか遠くの潮路を吹き渡って来る風」のこと。

1420 **やへやま**
「八重山」と表記し、「峰が幾重にも重なり合っている山」のこと。

1421 **やどりぎ**
「宿り木」「寄生木」と表記し、「他の植物に寄生する植物」の総称。和歌では「やどりき」（「き」は過去の助動詞）を掛けることが多い。なお、『源氏物語』の四十九番目の巻名を「宿木」という。

1422 **やどかるみね**
「宿借る峰」と表記し、「山に宿ること」をいう。〔詠み方〕「羇旅《きりよ》」の歌に詠むといい。

1423 **やどれるきり**
「宿れる霧」と表記し、「病気」のこと。

1424 **やちくさ**
「八千草」「八千種」と表記し、「たくさんの草」「たくさんの種類」のこと。「数多」の趣。〔詠み方〕「秋の草花の色とりどりのさま」を「百草」「千種」「八千種」などという。

1425 **やをとめ**
「八少女」と表記し、「大嘗祭《だいじようさい》や新嘗祭《しんじようさい》の神事に奉仕する八人の少女」、「神社に奉仕して神楽を奏する八人の少女」などのこと。

1426 **やほかゆくはま**
「八百日行く浜」と表記し、「きわめて多くの日数を行く浜」「八百日も行き続けるほど長い浜」の意。〔詠み方〕「祝い」の歌に、「八百日行く浜の真砂《まさご》は詠み尽くすとも齢《よはひ》の数は尽きせじ」（八百日も行き続けるのにかかるほど長い浜の砂は、数えつくせたとしても、神の寿命は永遠に続いて尽きることはないであろう）などと詠まれる。

＊八百日行く浜の真砂と我が恋といづれまされり沖つ島守（拾遺集・恋四・読み人知らず・八八九、八百日も通過するのにかかる浜の砂と、わたしの恋の思いと、どちらが数量においてまさっているか、沖の島の番人よ）

1427 **やかたをのたか**
「矢形尾の鷹」「屋形尾の鷹」「八形の尾」と表記し、「鷹の尾の羽の切斑《きりふ》が、矢の形、屋根の切妻《きりづま》の形、八の字の形などを連想させる鷹」のこと。1336「くちのやかたを」の項参照。

1428 **やよ**
適当な用字法が見当たらないが、「感動詞で、『やあ』『やい』と呼びかけに発する語」。「やよや、待て」「やよ、時雨《しぐれ》」「やよ、時鳥《ほととぎす》」などと詠む。

1429 **やよひ**
「弥生」と表記し、「陰暦三月」の呼称。

三月は草が成長する月なので、「いやおひ」（弥生ひ）という趣。

1430 やたけ

「岳」「嶽」と表記し、「高い山」「峰」のこと。『八雲御抄《やくもみしょう》』の地儀《ちぎ》部の「峰」の項に「やたけ」とある。

1431 やたけごころ

「弥猛心」と表記し、「ますます勇み立つ心」「はやる心」のこと。「もののふのやたけ心」と詠まれている。「いよいよ猛き心」の趣。

1432 やたのかがみ

「八咫の鏡」と表記し、「大きな鏡」「一説に、八角形の鏡」、「『三種の神器《じんぎ》』のひとつ」「神鏡」などの意がある。

1433 やたてのすぎ

「矢立ての杉」と表記し、「足柄山《あしがらやま》にある杉」のこと。武道の上達を祈る者が、この杉に矢を射立てて手向けるわけだ。

1434 やそしま

「八十島」と表記し、「多くの島々」、「『八十島祭り』の略」などの意がある。「八十島祭り」とは、「天皇が難波に使者を遣わして、住吉の神・大依羅《おおよさみ》の神・海《わた》の神などを祭り、国土の生成発展や皇室の安泰を祈った儀式」のこと。

1435 やそのふなつ

「八十の船津」「八十の舟津」と表記し、「多数ある船着き場」「数多《あまた》ある港」の意。「天の川」「七夕」の歌に詠まれている。

1436 やそせ

「八十瀬」と表記し、「多くの瀬」「瀬々」のこと。「鈴鹿川」に詠まれている。

1437 やそのちまた

「八十の巷」と表記し、「多くの道が交わって四方八方へ通じる所」のこと。

1438 やそとものを

「八十伴の緒」と表記し、「多くの部族の長」、「朝廷に仕える多くの役人たち」などの意がある。

1439 やつかほ

「八束穂」と表記し、「稲などの実った長い穂」のこと。稲の穂が長くて、握りこぶしの「八つ分」（八束）ほどの長さがあるというわけ。「豊年」の趣で詠むといい。

1440 やづま

「屋端」と表記し、「家の軒先」「軒端《のきば》」「軒」、「家」「家の中」などの意がある。

1441 やつがれ

「僕」と表記し、「(自称の人称代名詞で、自己を謙遜していう語で) わたくしのような者」「わたくしめ」の意。なお、この語は、和歌にはあまり用いられず、詞書《ことばがき》などに多く見られる。

1442 やな

「梁」と表記し、「川の瀬などに杭を打ち並べて水を堰き止め、一箇所だけあけて斜めに簀《すのこ》を張り、そこへ流れ込んでくる魚を捕らえる仕掛け」のこと。「網代《あじろ》」に同じ。「梁うつ」「梁瀬」「くだり梁」などと詠まれる。「梁瀬」は、「梁うつ瀬」のこと。「くだり梁」は、「秋、産卵のために川を下る鮎を捕るために仕掛ける梁」のこと。「あじろ」の項参照。1888

1443 やむごなき

「止む期なき」と表記し、「止まるはずのない期限」のこと。

1444 やくものみち

「八雲の道」と表記し、「和歌の道」「歌道」のこと。『古事記』の「八雲立つ出雲八重垣」の歌謡に依拠している。

1445 やや

「漸」「稍」と表記し、「(物事が少しずつ進行する様子を表わして) しだいに」「だんだん」「少しずつ」、「(物事の大小・長短・上下などの程度を表わして) いくらか」「少し」「多少」などの意を表わす。「漸く」の趣。

1446 やまだのそほづ

「山田の案山子」と表記し、「竹や藁で作った人形」のこと。田畑に立てて、鳥獣

や

の被害を防いだ。「山田のそほど」とも。一説に、「添水」と表記し、「一方を削って水がたまるようにした竹筒に、懸け樋《ひ》などで水を落とし、その重みで支点の片側が下がり、水が流れ出すと跳ね返って、他の端が落ち、そこに設けた石や金属を打って音を出すようにした装置」をいう。これも鳥獣の被害を防ぐためのもの。

1447 やまあゐ

「山藍」と表記し、「山の日陰に生える藍」のこと。葉の汁を青の染料とした。「山藍に摺《す》れる衣」などと詠む。また、「山の間《あい》」の趣にも詠む。

1448 やまとしまね

「大和島根」と表記し、「日本国の称」、「（海上から見ると、連なる山が連なる島のように見えることから）大和国を中心とする地域」などの意がある。なお、「大和島」は、「（瀬戸内海から見る生駒・葛城《かつらぎ》の連山が島のように見えることから）大和国の山やま」をいう。

1449 やまだもるすご

「山田守る素子」と表記し、「山を切り開いて作った田を守る身分の低い者」の意。

1450 やまわけごろも

「山分け衣」と表記し、「山道などを歩くときに着る衣服」「とくに、山伏の衣服」をいう。

1451 やままつり

「山祭り」と表記し、「山を祭ること」「猟に出ようとする者や、山林を伐採しようとする者などが、その山の神を祭ること」「その祭り」をいう。

1452 やまがた

「山形」と表記し、「山のような形」「中央が高くとがり、左右が斜めに下がっている形」、「馬の鞍で、前輪《まえわ》と後輪《しずわ》が山なりに高くなっている部分」、「紋所《もんどころ》の名で、山の形を図案化したもの」などの意がある。

1453 やまかたづきて

「山片付きて」と表記し、「山のほうに片寄って」「山に沿って」の意。

1454 やまざとびたる

「山里浸る」と表記し、「山里めく」「山里に住む人のように見える」「鄙びる」の意。「山里ぶ」に同じ。

1455 やまざくらど

「山桜戸」と表記し、「山桜の木で作った戸」、「山桜の咲いている所」などの意。なお、長伯は、「山桜の名所に家を作って住むこと」という。「山家」などに詠む。

○あしひきの山桜戸を開け置きて我が待つ君を誰か留むる（万葉集・巻十一・正述心《せいじゅつしん》緒《ちょ》・作者未詳・二六一七、山桜の戸を開けておいたまま、わたしが待っているあなたを、誰が引き留めているのだろうか）

1456 やまとほきみやこ

「山遠き都」と表記し、「四方の山々から遠く離れている都」のこと。「平安城（京）」は、四方の山々から遠い位置にあるので。

1457 やままゆ

「山眉」と表記し、「山の端《は》のほのかなさまを眉墨に、また、美しい眉を山の稜線に見立てていう語」。

1458 やまぶみ

「山踏み」と表記し、「山を歩くこと。多く、修行《しゆぎよう》のために寺詣でをすること」をいう。

1459 やまとしたかく

「山とし高く」と表記し、「山のように高くなって」、「歳月・年齢を重ねることなどに関係させていう語」などの意がある。

1460 やまのかひ

「山の峡」と表記し、「山と山の間の狭い所」「山あい」のこと。それを、「甲斐」に寄せて、「山のかひある山のかひなし」などと詠まれている。893「そがひ」の項、1464「やまのそがひ」の項参照。

1461 やまどりのをのしだりを

「山鳥の尾のし垂り尾」と表記し、「山鳥の尾のように、長く垂れ下がった尾」のこ

や

と。この措辞に「の」を付して、「長々し」を導き出す序詞として用いられる。

1462 **やまどりのをろのはつを**

「山鳥の尾ろの初麻」「山鳥の尾ろの端つ尾」と表記し、「山鳥の尾のような、その年に初めて収穫した麻」、「山鳥の尾のなかで、もっとも長い尾」などの意がある。

1463 **やまどりのをろのかがみ**

「山鳥の尾ろの鏡」と表記し、「山鳥の雄の光沢のある尾羽を『鏡』に見立てた語」、「（峰を隔てた雌の影が映るというところから）『異性への慕情』の譬え」などの意がある。「山鳥は雌鳥と同じ場所では寝ず、山の尾根を隔てて寝る」というが、暁方に雄鳥の光沢のある秀尾《はつお》に雌鳥の影が映るのを見て雄鳥が鳴くのを、鏡に見立てて、「山鳥の尾ろの鏡」といっているのだ。477「をろのかがみ」の項参照。

1464 **やまのそがひ**

「山の背向」と表記し、「山の後ろの方」「山の背面」のこと。「山と山とが行き合っているところ」をひ」という。1460「やまのかひ」の項に同じ。

1465 **やまのかたそ**

「山の片岨」と表記し、「山の一方が断崖になっていること」「断崖」「懸崖《けんがい》」のこと。「山のかたそば」に同じ。

1466 **やままたやま**

「山又山」と表記し、「山のうえにさらに山が重なって」「諸方の山」のこと。「山より山」の趣。

1467 **やまのかすみ**

「山の霞」と表記し、「火葬の煙を霞になぞらえた語」、「無常の煙」をいう。なお、「山霞」などの題に「山のかすみ」と続けて詠むのは、避けなければならない。古歌にはまま見えるようだが、現今ではやはり、心遣いしなければならない。

1468 **やまもせ**

「山も狭」と表記し、「山も狭いほど」「山一面」の意。「野も狭」「庭も狭」などと同じ用法。

1469 **やまのとかげ**

「山の常陰」と表記し、「山のいつも陰になっていて、日の当たらない場所」をいう。「木などに隠れて、常に陰になっている場所」のこと。

1470 **やまかづら**

「山鬘」「山蔓」と表記し、神事の際、髪などにつけて飾りにした「『ひかげのかずら』の異称」、「明け方に、山の端にかかる横雲」などの意がある。「暁」の題に、「山かづら」と詠めば、相適う。

1471 **やまぐちまつる**

「山口祭る」と表記し、「御杣山《みそまやま》で用材を伐り出すに当たって行なわれる伊勢神宮遷宮の際の最初の行事」、「きこりや狩猟する人が山に入る時、その山の入り口で山神をまつる祭り」などの意がある。

1472 **やまぐちしるき**

「山口著き」と表記し、「はっきりした前兆が見えること」をいう。「（杣人が山に入る際に、木々の繁茂している山は、その入り口でその実態が直感されるし、また、猟師が山の入り口で、その日の獲物の有無を直感することから）物事の兆候」「前触れ」をいう。よって、「子供などが成人した後の器量が推察されること」をも、「山口著し」という。そのほか、「何事でも、最初から将来が推察されること」に用いられる。

1473 **やまたちばな**

「山橘」と表記し、「山にある野生の橘」、「山地の日陰などに自生し、秋から冬にかけて球状の実をつける、『藪柑子《やぶこうじ》』の異称」、「『牡丹』の異称」などの意がある。長伯は、「『髪削ぎ』などに用ゐるものなり。一説に『牡丹』をいふとするが、用ゐず」と言及する。

1474 **やまのゐのあかで**

「山の井の飽かで」と表記し、「水が少し

しかない山の井のように、飽き足りないで」の意。なお、「山の井」は、「山の中の清水の湧き出る所」「山の中に湧き水などで自然にできた、井戸」のこと。〔詠み方〕「飽かぬ心」に寄せて詠む。

○むすぶ手の雫《しづく》に濁る山の井の飽かでも人に別れぬるかな（古今集・離別歌・紀貫之・四〇四、すくい上げる手から落ちる雫ですぐに濁ってしまう、水が少ししかない山の井のように、わたしは飽き足りないうちに、あなたとお別れしてしまうのですね）

1475 **やまひめ**

「山姫」と表記し、「山を守り支配する女神」、「『あけび』の別名」などの意がある。

1476 **やまつみ**

「山神」「山祇」と表記し、「山を支配する神」「山の神」「山の霊」の意がある。前項1475「やまひめ」に同じ。

1477 **やまびこ**

「山彦」と表記し、「山の霊」「山の神」「山に住む妖怪」、「山や谷などで、出した声や音が反響する現象」「こだま」などの意がある。「ひびく」「こたふる」などと詠むといい。

1478 **やまとよむ**

「山響む」「山動む」と表記し、「山が大きな音で鳴る」「山が鳴り響く」こと。「山に物の音が響くこと」をいう。

1479 **やましたとよみ**

「山下響み」と表記し、「物音が山の麓にとどろくこと」をいう。1478「やまとよむ」の項に同じ。

1480 **やまきののりのはな**

「八巻の法の花」と表記し、「八巻から成る仏典。とくに法華経のこと」をいう。

1481 **やさしき**

「優しき」「羞しき」「恥しき」と表記し、「身も細るほどにつらいこと」「耐え難いこと」（困難）、「肩身が狭いこと」、「恥ずかしいこと」（羞恥）、「慎み深いこと」、「控えめなこと」（慎み）、「優美なこと」、「優雅なこと」、「けなげなこと」、「感心なこと」などの意がある。この歌語は「痩《や》す」が形容詞化した語で、「身が痩せるような思い」を表わすもの。そこから、「身も細るほど肩身が狭い」「恥ずかしい」「つらい」意となり、それを他人から見ると、「控えめだ」「感心だ」という意味にもなった。

○なにをして身のいたづらに老いぬらむ年の思はむことぞやさしき（古今集・雑体《ざつてい》・読み人知らず・一〇六三、何をしてこの身は、むなしく老いてしまったのだろう。年はいったいわたしをどのように思って見ているだろうか。そのことが恥ずかしくてならない）

1482 **やきしめ**

「焼き標」「焼き帛」と表記し、「馬の尾の毛を木の串などに挟み、火をつけて煙らせて田に立てること」をいう。猪や鹿などがその臭気を嫌って、田畑に近づかないようにするためという。毛髪・獣の皮・ぼろなどを用いることもある。

1483 **やみのうつつ**

「闇の現つ」と表記し、「暗闇の中での現実」「実際にあってもはっきりしないさま」のこと。

○むばたまの闇のうつつは定かなる夢にいくらもまさらざりけり（古今集・恋歌三・読み人知らず・六四七、暗闇の中の逢瀬《おうせ》は現実であってもはかなくて、はっきりとした夢の中の逢瀬にくらべて、ほとんど勝っていないものだったよ）

1484 **やみはあやなし**

「闇は文無し」と表記し、「暗闇はわけが分からない」の意。「闇の夜は物の筋道が分からなくなる」趣。

1485 **やみぢ**

「闇路」と表記し、「闇夜の道」、「心が迷い『思慮分別のないこと』の譬え」「『煩悩《ぼんのう》に迷うこの世』の譬え」、「冥途《めいど》への旅」「冥途」などの意がある。

や

1486 **やしま**
「八島」「八洲」と表記し、「(多くの島の意から)日本国」の別称。「八洲国」に同じ。

1487 **やすのわたり**
「安の渡り」と表記し、「天の安の河(天の川)の渡し場」のこと。「天の河」にあり。「七夕」に詠む。

1488 **やすみしる**
「八隅知る」と表記し、「天皇として天下を隅々まで統治する」意。また、「八隅知し」となると、「わが大君」「わが天皇」にかかる枕詞となる。「八隅」は「四方四隅」のこと。「天皇は八方の国を治め統治する」趣。「八隅知る我が天皇《すべらぎ》」と詠まれる。

1489 **やすくに**
「安国」と表記し、「平穏に治まっている国」「日本」のこと。

〔ま〕

1490 **まゐこむ**
「参来む」と表記し、「(貴人のもとへ)参上しよう」「うかがおう」の意。「参り来む」のこと。

1491 **まばゆき**
「目映ゆき」「眩き」と表記し、「まぶしいこと」「目がくらむようなこと」、「目がくらむほど美しいこと」「華やかなこと」、「きまりが悪いこと」「恥ずかしいこと」、「気にくわないこと」「顔を背けたいほど嫌なこと」などの意がある。「日影が眩《まばゆ》く差し込み、向かいがたい趣」。『源氏物語』(桐壺巻)に、「いと眩き人の御おぼえなり」とあるが、これは桐壺の更衣《こうい》を帝があまりにも寵愛《ちょうあい》なさる行為を叙述したもの。「威勢の強い人は、仮面をかぶって人前に現われているものの、本来の姿を表わさない」趣があるようだ。

1492 **まにまに**
「随に」と表記して、「(他人の意志や事の成り行きに従う様子を表わして)「…ままに」「…どおりに」「…にまかせて」「…につれて」「…とともに」などの意がある。「心に任せる」趣。「神のまにまに」は、「神の心に任せて」の意。なお、「間に間に」の表記だと、「…の間に」の意で、「風のまにまに」は、「風が吹くままに」の意。

1493 **まぼろし**
「幻」と表記し、「実在しないものが実在するように見えるもの」「幻影」「『はかないもの』の譬え」、「幻術・魔法を行なう人」「幻術師」などの意がある。なお、玄宗皇帝の命《めい》を蒙って、楊貴妃の亡き魂を訪ねた「方志(道士)」を「まぼろし」という。これは「神仙の術を会《え》得《とく》した仙人」のこと。

1494 **まほ**
「真秀」「真面」と表記し、「よく整っているさま」「完全であるさま」、「充分であるさま」「確かなこと」、「正式であること」、「直接であるさま」「真正面」「あからさま」などの意がある。これと正反対のことを「片秀《かたほ》」という。〔詠み方〕「舟の帆」に掛けていうわけ。舟の帆を充分に掛けたのを「真帆」といい、不充分に掛けたのを「片帆」ということから。和歌では多く「まほ(真帆)」と掛けて用いられる。

1495 **まへのたなはし**
「前の棚橋」と表記し、「家の前にある小橋」のこと。「棚を架けたように打ち渡してある橋」なので、「棚橋」というわけ。

1496 **まどほ**
「間遠」と表記し、「(空間的・時間的に)間が隔たっていること」「間隔が離れていること」「遠く離れていること」、「編み目や織り目のあらいこと」などの意がある。「間の遠き」趣。

1497 **まとり**
「真鳥」と表記し、「立派な鳥。多くは『鷲』の別称」、「鷹・鶴・雉・鵜《う》などについてもいう」などの意がある。「真鳥住む雲梯《うなて》の神社《もり》」と詠まれている。

1498 **まとゐ**

「円居」「団居」と表記し、「円陣を組んで座り、楽しむこと」「団欒《だんらん》」「車座《くるまざ》」、「会合」「宴会」「集まり」などの意がある。「思ふどちまとゐせる夜は」などと詠まれる。

1499 **まとかがみ**

「円鏡」と表記し、「円い鏡」のこと。

1500 **まどにあつむるゆき**

「窓に集むる雪」と表記し、「苦労して勉学すること」「苦心して学問をすること」「苦学」の意。貧しくて灯火用の油が買えないため、晋の車胤《しゃいん》は蛍を集めてその光で書を読み、孫康《そんこう》は雪の明かりで書を読むという苦労をしたという、『晋書』（車胤伝）の故事に依拠している。「学びの窓の蛍窓に集むる雪」と詠まれる。「蛍雪の勤め」に同じ。1786「あつむるほたる」の項参照。

1501 **まがきののべ**

「籬の野辺」と表記し、「野辺のような垣根」のこと。「野辺近き家居」の趣。「まがきのそなたは野なる」趣。また、「庭も籬も荒れ果てて野となる」趣。

1502 **まがきのやま**

「籬の山」と表記し、「庭の籬を山に見立てた語」のこと。

1503 **まかねふく**

「真金吹く」と表記し、「砂鉄を含む赤土である『丹生《にふ》』に、また、鉄の産地である『吉備』に掛かる枕詞」のこと。「吹く」は「精錬する」の意。「真金ふく吉備の中山」と詠まれている。

1504 **またくこころ**

「急く心」と表記し、「待ちかねる心」「あせりはやる心」の意。「まだき心」の趣。「まだき」は「速き」の意。「時節に先立ちて、心がはやる趣」。

○いつしかとまたく心を脛《はぎ》にあげて天の川原を今日や渡らむ（古今集・雑体《ざってい》・俳諧歌・藤原兼輔《かねすけ》・一〇一四、いつ逢えるかとはやり立つ心で、脛まで衣の裾を捲り上げて、天の川を今日にでも渡ってしまおうか）

1505 **まよはぬこま**

「迷はぬ駒」と表記し、「独自の知恵を持っていて、とくに道の判断は正確で迷うことがない老いた馬」、「ものには、それぞれ学ぶべき点のあることの譬え」などの意がある。斉の桓公が孤竹を討っての帰途、往路の春とは異なった冬の道に迷った時、名臣管仲《かんちゅう》の進言を入れて老馬を放ち、その馬に導かれて道を見出したという、『韓非《かんぴ》子《し》』（説林）に見える故事に依拠する。「雪中」などに詠まれている。「老馬の智」に同じ。2076「みちしるこま」の項参照。

1506 **まだき**

「夙き」と表記し、「まだその時期でもないのに」「早くも」の意。「速き」の趣。「未だしき」趣ではない。「朝まだき」は「朝早く」の趣。

1507 **またねのとこ**

「又寝の床」と表記し、「一度寝覚めてから、再び寝る床」のこと。「恋」に詠まれる。「恋人と別れて、再度眠ること」をいうわけ。

1508 **まつらさよひめ**

「松浦佐用姫」と表記し、「伝説上の女性。欽明《きんめい》天皇の御代に、大伴佐提比古《さでひこ》が遣唐使として中国へ渡った時に、その妾の佐用姫が名残りを惜しんで、松浦山に登って、衣の領巾《ひれ》を振り、その船を招いたという伝説に登場する」。その後、彼女は死ぬが、そのまま石になったという。

○遠つ人松浦佐用姫夫恋《つまごひ》に領巾振りしより負へる山の名（万葉集・巻五・山上憶良《やまのうえのおくら》・八七一、これは松浦佐用姫が夫を恋うて領巾を振ったが、そのとき以来付いている山の名前だよ）

1509 **まつのこま**

「松の木間」と表記し、「松の木と木の間」のこと。「こま」は「このま」（木の間）に同じ。

1510 **まそほのいと**

「真赭の糸」「真朱の糸」と表記し、「蘇《す》芳《おう》色の麻の糸」のこと。

1511 **まそほのすすき**

「真赭の薄」「真朱の薄」と表記し、「穂が赤みを帯びている薄」のこと。1548「ますほのすすき」の項に同じ。

1512 **まそのしらゆふ**

「真麻の白木綿」と表記し、「楮《こうぞ》の代わりに麻で作った白色の木綿」のこと。

1513 **まそで**

「真袖」と表記し、「左右揃った袖」「両袖」のこと。なお、長伯は、一説に「美しき袖をいふ」とする。

1514 **まれ**

適当な用字法が見当たらないが、「…であっても」「…でも」の意を表わす。これは、係助詞「も」に、動詞「あり」の命令形が接続した「もあれ」の変化形。「鬼にまれ人にまれ」などという類。これは「鬼にてもあれ人にてもあれ」のこと。

1515 **まつはるる**

「纏はるる」と表記し、「からみつくこと」「絡まること」、「物事に執着すること」「付きまとうこと」などの意がある。

1516 **まなづる**

「真鶴」「真名鶴」と表記し、「ツル科の鳥で、中形の鶴」のこと。シベリヤ南東部などで繁殖し、冬季に中国・朝鮮・日本などに渡ってくる。

1517 **まつのしたもみぢ**

「松の下紅葉」と表記し、「松の木の下のほうの葉が紅葉すること」、「松の下にある紅葉のこと」などの意がある。松も下葉は色づくものだからだ。

1518 **またたく**

「瞬く」と表記し、「まばたきをする」、「星や灯火などが明滅する」「ちらちらする」、「やっとのことで生きながらえている」などの意がある。「灯火」に詠まれる。風に灯火の光がちらつくのが、人が瞬きをするように見えるから。

1519 **まつのけぶり**

「松の煙り」と表記し、「松を焚く煙」、「松の遠景が霞んで見えることの譬え」、「たいまつの煙」、「(松の油煙を原料とするところから)『墨』の異称」などの意がある。

1520 **まくさかる**

「真草刈る」と表記し、「荒野」に掛かる枕詞のこと。なお、「真草」は「『草』の美称で、とくに、屋根を葺くのに用いる草」をいう。長伯は、「馬を飼う草を刈ること」としている。

1521 **まくらのしたのうみ**

「枕の下の海」と表記し、「涙」のこと。

〔**詠み方**〕「恋」などに詠む。

1522 **まくらかるやま**

「枕借る山」と表記し、「山で旅寝をすること」をいう。

1523 **まくらのやま**

「枕の山」と表記し、「閨《ねや》に近い山」のこと。

1524 **まくらことば**

「枕詞」と表記し、「和歌の修辞法のひとつで、歌に彩を添えたり、声調を整えたり、情緒を醸し出したりするために、ある特定の語句の前に置く、五音または四音の詩句」のこと。たとえば、「年」を言い出す「あらたまの」、「奈良」を言い出す「あをによし」など。枕詞は『万葉集』で盛んに用いられたが、平安時代以後に創出された新しい枕詞では、形式的に置かれるだけではなくて、他の語と関連し合って文脈の形成や修辞に関わるものもある。なお、『古今集』の仮名序に「それ、まくらことば、春の花匂ひ少なくして」と意味不明の表現があるが、それが真名序に「臣等、詞《ハ》少《ナク》二春《ノ》花之艶一」(臣等、詞は春の花の艶少なく)とあることから、「臣下のことば」をいうと理解される。

1525 **まくらづくつまや**

「枕付く妻屋」と表記し、「枕を並べくっつけて寝る、妻屋（夫婦の寝室）」の意。ちなみに、「枕付く」は「妻屋」に掛かる枕詞。長伯は、一説に、「家を建てるのに、家の端に枕（土石）を突き固めて柱を立てるので、『枕突く』という」説を紹介する。

1526 まくりでのそで

「捲くり手の袖」と表記し、「腕捲りした袖」の意。「袖まくり」に同じ。

1527 まやのあまり

「真屋の余り」「両下の余り」と表記し、「屋根を前後二方に葺きおろした家の屋根の先端」のこと。「真屋」は「屋根を前後二方に葺きおろした家」。「余り」は「屋根の先端」「軒」の意。「あづまやのまやのあまり」とも詠まれている。「何かをし過ぎたり、限度を越えた結果」を意味する「…するあまり」「…のあまり」と掛けて用いられる。〔詠み方〕「真屋のあまりに恋しき」などと詠む。また、「真屋のあまりの雨そそぎ」とも詠む。

1528 ままのてこな

「真間の手児奈」と表記し、「『万葉集』に詠まれた古代の伝説上の女性」のこと。下《しも》総《うさ》国の葛飾《かつしか》の真間にいたとされ、多くの男性から求愛されて思い悩んだ結果、入り江に身を投げて死んだ、と伝えられる。『万葉集』では、山部赤人《やまべのあかひと》、高橋虫麻呂《むしまろ》の歌ほか、東歌《あずまうた》にも登場する。なお、東国のことばで、女性を「てこ」という。

1529 まぶしさす

「射翳さす」と表記し、「猟のとき、射手《いて》が鹿などをねらう際に、枝や木などで獲物から身を隠すこと」をいう。「まぶしさすさつをのねらひ」などと詠まれている。

1530 まごちふく

「真東風吹く」と表記し、「真東の方向から吹いてくる風」のこと。

1531 まさきのつな

「柾木の綱」「真拆の綱」と表記し、「柾木の葛《かずら》（定家葛）を綱に縒《よ》り縒ったもの」の意。杣木を引くのに用いる。

1532 まきたつそま

「真木立つ杣」「槙立つ杣」と表記し、「檜・松・杉などの常緑樹が生えている杣山」のこと。なお、長伯は、「槙断つ杣」の表記を掲げて、「檜などの常緑樹を切り出す杣山」のこととする説を紹介している。

1533 まきもく

「巻向」「纏向」と表記し、「大和国の地名」のこと。垂《す》仁《じん》天皇の珠城《たまき》の宮、景行《けいこう》天皇の日《ひ》代《しろ》の宮があったところ。「巻向の檜原の山」と詠まれている。「まきむく」ともいう。

1534 まきのふせや

「真木の伏せ屋」「槙の伏せ屋」と表記し、「檜・杉・松などの常緑樹を荒削りした材料で造った、屋根が地に伏せたような小さい粗末な家」のこと。「まきの伏せ庵」に同じ。

1535 まゆみ

「檀」「檀弓」「真弓」と表記し、「にしきぎ科の落葉樹。良質の弓の材料であったことからの命名」、「この木の幹で作った丸木の弓」などの意がある。樹皮は檀紙《だんし》の原料になり、幹は、よくしなるので弓に用いられた。「梓弓まゆみ」は、「檀の木で作った弓」のこと。「まゆみの紅葉」は、「檀の木が紅葉した」もの。「安達《あだち》の檀弓」は、「陸《みち》奥《のく》国の安達が原のまゆみ」のこと。

1536 まゆねかき

「眉根掻き」と表記し、「眉を掻くこと」をいう。眉がかゆくなるのは、恋人に会える前兆とされ、また、恋人に会うためのまじないにもした。「左手の弓取る方の眉根掻き」と詠まれている。「まよね掻き」とも。

1537 まゆごもり

「繭籠り」と表記し、「蚕が繭の中に入っていること」、「（転じて）人、とくに少女が家の外に出ないで、家の中に閉じこもって暮らすこと」などの意がある。

1538 **まゆかのふすま**

「まゆかの衾」「まゆかの被」と表記し、「天皇が寝るときに身体にかける夜具」のこと。『八《や》雲《くも》御《み》抄《しょう》』の「衾」の項に、「まゆかのふすま（あまつひこのふすまなり）」と記す。

1539 **まめやか**

「忠実やか」と表記し、「まじめだ」「誠実だ」、「本格的だ」、「実用的だ」「実際的だ」などの意がある。この語は、「まじめ・誠実」の意の「まめ」に、「いかにも…のような感じがする」意を添える「やか」が付いたもので、「まじめで誠実であるさま」を表わす。また、日常生活に関して、「現実的だ」「実用的だ」などの意にも用いられる。

1540 **ましみづ**

「真清水」と表記し、「澄んだ清らかな水」「清水」のこと。〔詠み方〕「納涼」に詠む。また、「増す心」に掛けて表現する。

1541 **ましらふのたか**

「真白斑の鷹」と表記し、「羽毛に真っ白な斑紋のある鷹」のこと。2000「しらふのたか」の項参照。

1542 **ましら**

「猿」と表記し、「猿の古名」のこと。〔詠み方〕「あはれましら」などと詠まれる。「増す心」に掛けて詠む。「山家山中」などに多く詠まれている。

1543 **ましらが**

「真白髪」と表記し、「真っ白な髪」のこと。「雪のましらが」などと詠む。

1544 **ますかがみ**

「真澄鏡」と表記し、「まったく曇りがなく、はっきり映る鏡」のこと。また、「（鏡を見るところから）見る」、および同音を含む「みぬめ」に、また、「（鏡に向かって姿を映すところから）向かふ」「うつる」にかかる枕詞でもある。1546「ますみのかがみ」の項、「照る鏡」「真澄み鏡」に同じ。

1545 **まそかがみ**

「真澄鏡」と表記し、1544「ますかがみ」の項に同じ。

1546 **ますみのかがみ**

「真澄みの鏡」と表記し、1544「ますかがみ」、1545「まそかがみ」の項に同じ。

1547 **ますうのすすき**

「真赭の薄」「真朱の薄」と表記し、「蘇《す》芳《おう》のように穂が赤い薄」をいう。

1548 **ますほのすすき**

「真赭の薄」「真朱の薄」と表記し、1547「ますうのすすき」の項に同じ。なお、長伯は、「増穂の薄」と理解し、「穂の長い薄」のこととする。

1549 **ますらを**

「益荒男」「丈夫」「大夫」と表記し、「勇ましくて強い男」「勇猛な武人」「立派な男子」、「（上代では）多く朝廷に仕える官僚や武人」、「狩人・漁師・農夫などを指す歌語」などの意がある。

〔け〕

1550 **けにもるいひ**

「笥に盛る飯」と表記し、「立派な器に盛る飯」の意。

○家にあれば笥に盛る飯を草枕旅にしあれば椎の葉に盛る（万葉集・巻二・挽歌・有間皇子・一四二、家にいるときは立派な器に盛るご飯を、旅の途上なので、椎の葉に盛ることだ）

1551 **けに**

「異に」と表記し、「（多く「…よりけに」の形で）…よりいっそう」「ますます」の意。「それよりまさりて」という趣で用いる措辞。

○夕されば蛍よりけに燃ゆれども光見ねばや人のつれなき（古今集・恋歌二・紀友則《とものり》・五六二、夕方になると、蛍よりもずっと激しく恋の思いに燃えているのに、光が見え

ないので、あの人は平然としているのか）

1552 げに

「実に」と表記し、「（前に思い当たることがあって納得し肯定する意味で）…のようになるほど」、「（感動をこめて強調する意味で）ほんとうにまあ」などの意を表わす。この語は、名詞「現」に格助詞「に」が付いて副詞化した「現に」が転じたものとされる。「以前からいわれていることや、他人の言動について、確かにそのとおりであると納得し、感動をこめて同調する」意を表わす措辞。「まことに」という趣。また、「気近き」「物近き」趣。

1553 けち

「消ち」と表記し、「（火・雪・霜・文字などを）消すこと」「除くこと」、「押さえつけること」「圧倒すること」、「傷つけること」「価値を損なうこと」、「ないがしろにすること」「軽視すること」などの意がある。なお、類義語に「消す」があるが、中古の和文・和歌では、「消す」ではなく「消つ」が用いられた。中世以降は次第に「消す」が一般的になっていった。

○いでていなば限りなるべみともし消ち年経ぬるかと泣く声を聞け（伊勢物語・第三十七段・乗れる男・七五、お柩《ひつぎ》が出てしまったならば、これが最後でしょうから、皇女さまの魂のようなこの灯が消えて真っ暗な中で、なんとはかないお命だったことかと、お偲びもうしあげて泣く人びとの声をお聞きなさい）

1554 けぢめ

適当な用字法が見当たらない（長伯は「結目」とする）が、「区別」「差別」、「隔て」「仕切り」、「移り変わり」「変わり目」などの意がある。「けぢめ分かれぬ」は、「物の道理が分からない」という趣。また、「けぢめ見せたる」は、「それ相当の分量を、基準を立てて示すこと」の趣。

1555 けをふききずをもとむ

「毛を吹き疵を求む」と表記し、「（毛を吹き分けて、小さな疵を探し出す意から）好んで人の欠点を指摘する」、「他人の弱点を暴いて、かえって自分の欠点をさらけだすことの譬え」などの意がある。「毛を吹いて過怠《かたい》の疵を求む」に同じ。『漢書』に依拠する語である。

1556 けたぬおもひ

「消たぬ思ひ」と表記し、「消えない思い」のこと。「思ひ」を「火」に見做《みな》して表現したわけ。

1557 けだもののくもにほえけむ

「獣の雲に吠えけむ」と表記し、「（仙薬をなめて昇天した）獣が雲の中で吠えたということ」、「それに値しないつまらない者が非常な栄誉を受けること」などの意がある。これは『古今集』の雑体《ざってい》の中にある、壬生忠岑《みぶのただみね》の長歌の一節である。ちなみに、この故事は、「淮南王《わいなんおう》の劉安《りゅうあん》が仙人になる薬を調合し、それを飲んで昇天したが、残りの薬を入れた器を庭に置いたままであったため、鶏や犬もその薬をなめて天に昇ってしまい、そのために鶏が雲中で鳴き、犬が天上に吠えるようになった」という、『神仙伝』に依拠している。

1558 けだもののすみ

「獣の炭」と表記し、「炭を獣の形に作ったもの」をいう。

1559 けなばけぬべく

「消なば消ぬべく」と表記し、（降る雪のように）「消えるものならば、この世から消えてしまいたい」の意。これは『古今集』の雑体《ざってい》・読み人知らず・一〇〇一の一節。

1560 けけれなく

「心無く」と表記し、「思慮分別がないこと」、「無情なこと」、「情趣を解さないこと」などの意がある。「けけれ」は甲斐国の方言で、「心」の意。

○甲斐が嶺《ね》をさやにも見しがけけれなく横ほり臥せる小夜の中山（古今集・東歌《あずまうた》・甲斐歌・一〇九七、甲斐の山をはっきりと見

たいものだ。それなのに、心なく手前に横たわっている小夜の中山だよ）

1561 けぶりくらべ

「煙り比べ」と表記し、「（「煙り」は「思ひの煙り」の意で）互いに相手に対する燃える思いの強さを比べ合うこと」をいう。
○立ち添ひて消えやしなまし憂きことを思ひ乱るる煙りくらべに（源氏物語・柏木巻・女三の宮・五〇二、できることならば、あなたの燃える煙りに立ち添って、一緒に消えてしまいたいくらいです。わたしのつらいもの思いの火に乱れる煙り——悩みは、あなたのとどちらが激しいかを比べるために）

1562 けふのほそぬの

「狭布の細布」と表記し、「奈良・平安時代に陸奥《みちのく》国から産出したという、幅の狭い白色の布」のこと。この語には諸説あって、「けふ」は「狭」の清音だが、「せばし」とも読む。つまり、音と訓とで、「けふのせば布」といった。また、「細布」ともいっている。「けふ」は「郡の名」という説もあるが、陸奥国には「けふ」という郡はない。これは「織り幅の狭い布」なので、背中のあたりまで覆われているけれども、前面には届いていないために、「胸あひがたき」と詠まれている。また、『俊頼髄脳《としよりずいのう》』には「けふの細布は、陸奥で鳥の毛を材料として織った布のこと。多くない材料で織った布であるから、織り幅が狭いのだ」とある。
○陸奥《みちのく》のけふの狭布《さぬの》のほどせばみまだ胸あはぬ恋もするかな（古今和歌六帖・第五・作者不詳・三五三九、陸奥のけふの狭い布の幅が狭くて胸までが合わないような、これまでにあったことが一度もない恋をしたことだなあ）

1563 けしう

「怪しう」「異しう」と表記し、（形容詞「けし」の連用形のウ音便の副詞化で）「はなはだしく」「ひどく」、（下に打ち消し・反語表現を伴って）「たいして（…ではない）」などの意を表わす。「あやしき」趣。ちなみに、「けし（怪し・異し）」は、形容動詞「けなり」と語源が同じ語で、「普通と異なる様子」が原義。そこから、「不誠実だ」「異様だ」「変だ」の意となる。平安時代以降、連用形のウ音便「けしう」の下に打ち消しの語を伴った「けしうはあらず」の形で広く用いられた。

1564 げしう

「下種う」「下衆う」と表記し、「下品だ」「卑しい」の意を表わす。「げしうはあらぬ」とは、「げすしくはあらぬ」の意。これは長伯の見解。

〔ふ〕

1565 ふぢのすゑば

「藤の末葉」と表記し、「藤原氏の末孫《ばつそん》・末裔《まつえい》」の譬えのこと。また、「春日大明神」は藤原氏の祖神なので、「春日山」に多く詠まれている。藤原氏の公卿の歌に多い。
＊春日山松に頼みをかくるかな藤の末葉の数ならねども（千載集・雑歌中《ぞうか》・藤原公行《きんゆき》・一〇七七、春日山の松に官位昇進の頼みをかけることだ。わたしは藤の末葉、藤原氏の末孫《ばつそん》としては物の数にも入らない存在なのだが）

1566 ふぢごろも

「藤衣」と表記し、「藤や葛などのつる性植物の繊維で織った着物」、「粗末な着物」、「喪服」などの意がある。これは丈夫であるが肌ざわりがかたく、粗末な衣服で身分の低い者が着用した。また、「藤の御衣《おおんぞ》」ともいったが、臣下の場合は、一般に父母や妻子が亡くなった際に用いた。ふつう麻布製で、色は上代では「白」、のちには「薄墨色」が用いられた。薄墨色には、死者との親疎により濃淡の区別があった。なお、これを着ることを「やつる」、または「やつす」という。総じて、「哀傷」のほかには、みだりに詠まない。

1567 **ふぢなみのかげなるうみ**
「藤波の陰なる海」「藤浪の陰なる海」と表記し、「越中国の多古《たご》の浦」をいう。なお、「藤波」は、「藤の花房が風に揺れるさまを、波がうねる姿に見立てたもの」で、和歌では、「池」や「海」などをともに詠み込むのがふつう。

1568 **ふりしく**
「降り頻く」と表記し、「絶え間なく降る」「盛んに降り続ける」こと。「降り頻る」に同じ。「雨・雪」などに詠む。なお、「降り敷く」の表記では、「敷き詰めたように一面に降る」の意。

1569 **ふりみふらずみ**
「降りみ降らずみ」と表記し、「降ったり降らなかったり」「降ったり止んだり」の意。なお、「み」は、「交互に繰り返す」意の接尾語。〔詠み方〕「時雨」などに詠まれる。

1570 **ふりさけみれば**
「振り放け見れば」と表記し、「振り仰いで、はるか遠くのほうを見ると」の意。

1571 **ふるす**
「旧す」「古す」と表記し、「古くする」「新鮮味を失わせる」、「飽きて見捨てる」「疎んじる」などの意を表わす。「物を使い古す」こと。また、「人古す里」は、「人が住んで古くなった」の意。また、「恋」などで、「人のわれをふるす」と詠むのは、「相手がこちらを忘れて捨てた」趣をいう。

1572 **ふるきふすま**
「古き衾」と表記し、「夫婦が睦み合って契りを交わした夜具で、今は両人が逝去したため、むなしく残っている夜具」のこと。なお、「恋」にも詠み、それは「睦み合って夜を共にした両人の仲が途絶えた後、なお残っている夜具」をいう。この場合、「哀傷」のほかには詠んではならない。

1573 **ふるきかぜ**
「古き風」と表記し、「古き良き時代に返そうとする風」のこと。

1574 **ふるえ**
「古る江」「旧る江」と表記し、「古くさびれた入り江」の意。

1575 **ふたばしらのかみ**
「二柱の神」と表記し、「伊邪那岐《いざなぎ》の命《みこと》と伊邪那美《いざなみ》の命《みこと》」のこと。

1576 **ふたしへに**
「二し重に」と表記し、「二重に」「重ね重ね」の意。

1577 **ふたりしてむすびしひも**
「二人して結びし紐」と表記し、「男女が別れるとき、下紐を互いに結び合って、再び逢うまでは解かないようにと堅く契りあった紐」のこと。「恋」に詠む。

1578 **ふねよばふ**
「船呼ばふ」と表記し、「向こうにある船にこちらから呼びかける」「船を呼び寄せる」の意。「ふなよばふ」ともいう。

1579 **ふなよばひ**
「船呼ばひ」と表記し、「船を呼び寄せること。また、その声」の意。前項の1578「ふねよばふ」に同じ。

1580 **ふなもよひ**
「船催ひ」と表記し、「出船の準備」、「船を飾ること」などの意がある。「船装ひ」に同じ。

1581 **ふなぎほふ**
「船競ふ」と表記し、「船を漕ぎ競う」「競争で漕ぐ」こと。

1582 **ふなれて**
「船馴れて」と表記し、「船に馴れて」の意。

1583 **ふぶき**
「吹雪」と表記し、「強い風に吹かれてよこなぐりに降る雪」のこと。

1584 **ふえのねにおつるうめ**
「笛の音に落つる梅」と表記し、「笛の曲名の『落梅』のこと」。

1585 **ふでのうみ**

「筆の海」と表記し、「書き記したもの」「書いたものの多い譬え」、「『硯』の異称」などの意がある。

1586 **ふでこころむる**

「筆試むる」と表記し、「正月の吉書《きつしょ》」をいう。

1587 **ふきとふく**

「吹きと吹く」と表記し、「風がしきりに吹く」「風が吹きまくる」こと。

1588 **ふきのまにまに**

「吹きの随に」と表記し、「風が吹くのに任せて」、「風が吹くにつれて」などの意。「秋風の吹きのまにまに」などと詠まれる。「吹くあいだあいだ」の趣。

1589 **ふきまふかぜ**

「吹き舞ふ風」と表記し、「巻くように吹き荒れる風」「吹きすさぶ風」のこと。

1590 **ふきしくかぜ**

「吹き頻く風」と表記し、「吹きしきる風」「しきりに吹く風」のこと。

1591 **ふゆのは**

「冬の葉」と表記し、「冬の木の葉」のこと。「落ち葉」に詠む。

1592 **ふみのかめ**

「文の亀」と表記し、「背の甲に模様や文字のある亀」のこと。これは中国の「祥瑞《しょうずい》思想」に依拠するもの。長伯に、「明王の代に、亀の甲に易《えき》の文字すわりたるが出現したることなり」と記している。『万葉集』に「あやおへるくすしき亀」（巻一・五〇）とある。「文負へる亀」に同じ。

1593 **ふみしだき**

「踏みしだき」と表記し、「踏みにじること」「踏み散らすこと」の意。「野草」などに詠まれる。「踏み敷く」趣。

1594 **ふみならし**

「踏み均し」「踏み平し」と表記し、「足で踏みつけて平らにすること」、「道が平らになるほど人が往き来すること」などの意。なお、「踏み鳴らし」の表記は、「踏んで音を立てること」「踏んで鳴り響かせること」の意。

1595 **ふしまちのつき**

「臥し待ちの月」と表記し、「陰暦十九日の月」のこと。これは月の出が遅いので「臥して待つ」の意からの命名。「寝待ちの月」ともいう。

1596 **ふしやなぎ**

「臥し柳」と表記し、「横に臥したように斜めに生えている柳」のこと。

1597 **ふしづけ**

「柴漬け」と表記し、「冬に柴を束ねて水中に漬けておき、集まった魚を春になって囲んでとらえるもの」、「私刑の一種で、人を簀《す》巻きにして水中に投げ入れること」などの意がある。前者は「淀川」に詠まれる。

1598 **ふしだつなへ**

「節立つ苗」と表記し、「茎が伸びて節があらわれた苗」「節くれ立った苗」のこと。「早苗」に詠まれる。早苗の節が多くなって植えると、品質が悪くなって都合が悪いので、節立たぬ前に植える。

1599 **ふししば**

「臥し柴」と表記し、「柴のこと」、「『真《ま》菰《こも》』の異名」などの意がある。

1600 **ふじのなるさは**

「富士の鳴る沢」と表記し、「駿河国と甲斐国にまたがる、激流や落石で鳴動するという富士山にある鳴沢」のこと。

1601 **ふすゐのかるも**

「臥す猪の枯る草」と表記し、「猪が敷いて寝る枯れた雑草」のこと。猪が寝るところには、「かるも」という枯れた雑草があるわけ。「臥す猪の床」とも詠まれている。576「かるもかくふすゐ」の項参照。

〔こ〕

1602 **ころもがへ**

「衣更へ」「更衣」と表記し、「衣服を着替えること」「喪服から常の服に着替えること」、「季節に応じて（陰暦四月一日と十月一日に行なう）、衣服をその季節にふさわしく替えること」などの意がある。なお、「衣更へ」のときは、衣服ばかりではなく、室内の調度類も、その季節に応じたものに改める。

1603 **ころもをかへす**

「衣を返す」と表記し、「衣服を裏返しに着ること」の意。こうして寝ると恋しい人を夢に見ることができるとされた。だから、「恋」の歌に多く詠まれている。721「よるのころもをかへす」の項参照。

○いとせめて恋しき時はむばたまの夜の衣を返してぞ着る（古今集・恋歌二・小野小町・五五四、胸が締め付けられるように恋しくてたまらないときは、夜の衣を裏返しに着て寝ることだ）

1604 **ころもしでうつ**

「衣しで打つ」と表記し、「衣に砧《きぬた》をしきりに打つ」の意。なお一説に、「衣四手打つ」と表記し、「二人で向き合って衣の砧をしきりに打つ」意だともいう。「擣衣《とうい》」に詠む。2223「しでうつ」の項参照。

1605 **ころもで**

「衣手」と表記し、「袖」、「（袖を水に浸す意から）同音を含む地名『常陸《ひたち》』にかかる、また、『葦毛《あしげ》』にかかる枕詞」などの意がある。多く和歌に用いられる語。

1606 **ころものうらのたま**

「衣の裏の玉」と表記し、「法華七喩のひとつ。ある人が昔、大乗の教えを受けながら、無明《むみょう》のため悟ることができずにいたのを、いま、仏から法華経を聞いて悟ったという譬え」、「本来持っている仏性《ぶっしょう》を、衣中の宝珠に譬えたもの」などの意がある。「衣の玉」に同じ。『法華経』の「衣裏《いり》宝珠《ほうじゅ》」の趣。

1607 **ころもかりがね**

「衣雁が音」と表記し、「衣を借りようとするが、なかなか借りられないと言って、雁が鳴く」の意。「衣雁」に「衣を借る」を言い掛けたもの。

1608 **ころものくび**

「衣の領」と表記し、「着物の襟《えり》。とくに、着物をかき合わせる部分」のこと。

1609 **ころもはるさめ**

「衣春雨」と表記し、「（わたしの夫の）衣を洗い張りする春になって、春雨（が降る）」の意。「衣春」に「衣を張る」を掛けた表現。

1610 **ころもかたしく**

「衣片敷く」と表記し、「衣服の片袖を敷いてひとり寝する」意。「恋」に「人待つ心」の趣を詠む。

1611 **こは**

「此は」と表記し、「（感動の気持ちを表わして）これはなんと」「なんてまあ」の意を表わす。

○忘れ草おふる野辺とは見るらめどこはしのぶなりのちも頼まむ（伊勢物語・第百段・男・一七六、わたしのことを、人忘れの忘れ草が生えた野辺とご覧になっておいででしょうが、これはなんと忘れ草ではなく忍ぶ草です。わたしは人目を忍んでいるのです。あなたのことはお忘れ申すどころか、お言葉に力を得て、今後もお心が変わらずお逢いできることを頼みにいたしましょう）

1612 **こほりのせき**

「氷の関」と表記し、「湖沼《こしょう》を一面に閉ざす『氷』を『関』に見立てた措辞」。「氷が張って、水がすんなり流れない」のを、「関」に見做《みな》して表現したわけ。

1613 **こほりのはし**

「氷の橋」と表記し、「川や湖などの水面に厚く氷が張り詰めて、人馬がその上を渡ることを、橋に見立てた語」。「信濃国諏訪《すわ》湖」に詠まれる。この湖は凍ると、その上を馬が行き通うので、「氷の橋」というわけ。

1614 **ことりづかひ**

「部領使ひ」と表記し、「新たに防人《さきもり》とし

こ

て徴発された兵士を引率して難波津まで連れてゆく役人」、「陰暦七月の『相撲《すもう》の節《せち》会《え》』の際に、地方の力士を召し出す使いとして、左右の『近衛府』の官人が任命されたが、その相撲の節会の責任者」などの意がある。「防人《さきもり》部領使ひ」「相撲の使ひ」に同じ。

1615 **ことにいでて**
「言に出でて」と表記し、「口に出して言って」「言葉に出して」の意。「言出で」に同じ。

1616 **ことたる**
「事足る」と表記し、「用が足りる」「不自由をしない」「満ち足りる」の意。

1617 **ことだつ**
「事立つ」と表記し、「通常とは違ったことをする」「特別なことをする」の意。

1618 **ごとならば**
「如ならば」と表記し、「このようであったならば」「こんなふうであったならば」の意。

1619 **ことばのはな**
「言葉の花」と表記し、「華やかで巧みなことば」、「和歌を上品に言うことば」などの意がある。

1620 **ことのはかぜ**
「言の葉風」と表記し、「和歌の与える印象」「和歌の姿」「和歌の風体《ふうてい》」の意。

1621 **ことばのうみ**
「言葉の海」と表記し、「『ことばが数多く、広大なこと』を譬えていう語」の意。なお、長伯は、「和歌の道の深甚《しんじん》なるを、『海』に譬へていふなるべし」と記す。

1622 **ことしげのみ**
「言繁の身」と表記し、「人のうわさがやかましい身」「評判がうるさい身」のこと。なお、「事繁の身」の表記だと、「することが多い身」「忙しい身」の意。

1623 **ことしおひのまつ**
「今年生ひの松」と表記し、「今年になって新しく生えた松」のこと。〔詠み方〕「子《ね》日」に詠まれている。

1624 **ことだま**
「言霊」と表記し、「ことばに宿っていると信じられていた不思議な霊力」をいう。なお、長伯は、民間習俗のひとつである「岡見」を、「言霊」のことと曲解したのか、「大晦日の夜、蓑を逆さに着て、岡とか梢に登って我が家を見ると、翌年の吉凶が見えるという習俗があった。これを『ことだま』という。『ことだまの春』とも詠まれている」と言及している。490「をかみする」の項参照。
○ことだまのおぼつかなさに岡見すと梢据へても年を越すかな（堀河百首・冬十五首・除夜・源俊頼《としより》・一一一二、来年の吉凶が気にかかるので、今年は木に登ったまま年を越すことだ）

1625 **ことぞともなき**
「事ぞとも無き」と表記し、「何ということもない」「何か事をなすということもない」の意。なお、「言ぞとも無き」と表記すると、「何と表現したらいいか、表現する言葉もない」の意。
○秋の夜も名のみなりけり逢ふといへばことぞともなく明けぬるものを（古今集・恋歌三・小野小町・六三五、長いといわれる秋の夜も、実は言葉の上ばかりのことだった。逢うという段になると、何か事をなすという間もなく、明けてしまうものだから）

1626 **ことぐさ**
「言種」「言草」と表記し、「ふだんよく口にする事柄」「口癖」、「話のたね」「うわさのたね」、「ことばの趣」などの意がある。
○山里に訪《と》ひ来る人のことぐさはこのすまひこそうらやましけれ（新古今集・雑歌《ぞうか》中・慈円・一六六九、山里のわたしの庵に訪れてくる人の言い草は、「この住まいはまことにうらやましいことだ」というものだ）

1627 **ことのはぐさ**
「言の葉種」「言の葉草」と表記し、「和

歌の草稿」「和歌」、「話のたね」「うわさ」などの意がある。1626「ことぐさ」の項に同じ。

1628 ことしあれば

「事し有れば」「事し在れば」と表記し、「何か事があると」の意。「し」は強めの助詞。

1629 ことやつてまし

「言や伝てまし」と表記し、「手紙を言伝てようか」の意。これは、前漢の蘇武の「雁信」の故事に依拠したもの。

1630 ことばのはやし

「詞の林」と表記し、「ことばの数の多いことを、『木の多い林』に譬えていう語。豊かな詩歌・文章の世界」のこと。「詞の苑」にほぼ同じ。

1631 ことのをたつ

「琴の緒を絶つ」と表記し、「親友、知己に死別することの譬え」をいう。「中国、春秋時代の伯牙《はくが》が自分の弾く琴をよく理解していた親友・鍾子期《しょうしき》の死を嘆いて、琴の弦を切り、再び琴を弾かなかった」という、『呂氏春秋《りょししゅんじゅう》』（孝行覧《こうこうらん》・本味《ほんみ》）などに見える故事に依拠する。「琴の緒絶ゆ」に同じ。

1632 こちふかば

「東風吹かば」と表記し、「東から吹いてくる風がもし吹くならば」の意。

1633 こりずま

「懲りずま」と表記し、「前の失敗に懲りていないようす」「性懲《しょうこ》りもないさま」のこと。「懲りずまの海士のみるめ」などと詠まれているのは、「須磨の浦」に掛けているわけ。

1634 こりさくはな

「凝り咲く花」と表記し、「寄り集まって咲く梅の花」のこと。和歌で多く、皇居の「凝華舎《ぎょうかしゃ》（梅壺）」に掛けて用いられる。

1635 こをおもふつる

「子を思ふ鶴」「児を思ふ鶴」と表記し、「（鶴は子を思う心が強いといわれるところから）子を大事に思う母の愛の譬え」をいう。「焼け野の雉子《きぎす》、夜の鶴」と詠まれる。

1636 こをおもふきじ

「子を思ふ雉」「児を思ふ雉」と表記し、『子を思う親心の深さ』を譬える」もの。「巣のある野を焼かれた雉が、自分を犠牲にしてまでも子を救おうとする」意の、「焼け野の雉子《きぎす》」に同じ。「焼け野の雉子子を思ふ」などと詠まれる。

1637 こがねのみね

「黄金の峰」と表記し、「大和国にある金《きん》峰《ぶ》山《せん》」のこと。

1638 こがくれ

「木隠れ」と表記し、「木の陰に隠れること」「木陰」のこと。

1639 こがらし

「木枯らし」「凩」と表記し、「晩秋から冬にかけて吹く冷たい風」のこと。「木を吹き枯らす風」の趣。「秋の木枯し」とも詠まれている。

1640 こよろぎのいそぐ

「子余綾の急ぐ」と表記し、「子余綾の磯ではないが、忙しそうに身をゆすって歩きまわる」の意。「子余綾の磯」は、相模国の歌枕。それを、「急ぐ」ことに掛けていうのは、『源氏物語』の帚木巻に、「あるじも肴求むと、こゆるぎのいそぎ歩く」（主人の紀伊守も肴を捜そうと、忙しそうに身をゆすって歩きまわっている）という部分に依拠している。ちなみに、『源氏物語』の記述は、催馬楽《さいばら》の風俗歌（玉垂《たまだれ》）に見えている。「こよろぎ」は「こゆるぎ」とも言う。

1641 こだるるまつ

「木垂るる松」と表記し、「枝が重みで垂れ下がった松」のこと。松は年を重ねると、枝が垂れ下がるもの。なお、「木足る」で、「木の枝葉が茂ってこんもりとなる」意ともいう。

1642 こだち

「木立ち」と表記し、「生い茂っている木」

「群がり立っている木」のこと。

1643 **こたへぬそら**

「答へぬ空」「応へぬ空」と表記し、「何も応答してくれない空」の意。長伯は、「天不《シテ》レ言《ハ》四時行《ハル》」（天もの言はずして、四時行なはる）に依拠した措辞かと言う。

1644 **こつみ**

「木積み」「木屑」と表記し、「木の屑。水辺などに打ち寄せられたもの」をいう。

○堀江より朝潮満ちに寄るこつみ貝にありせばつとにせましを（万葉集・巻二十・大伴家持《やかもち》・四三九六、堀江に朝潮が満ちるにつれて寄って来る木屑、これが貝だったら家への土産にしようものを）

1645 **こなぎつむ**

「小水葱摘む」と表記し、「水草の一種の小さな『水葱《なぎ》』を摘む」の意。「小水葱」は、沼や水田などに自生し、葉を食用にしたが、秋に咲く紫色の花は、染め物にも用いられた。

1646 **こむ（ん）よ**

「来む（ん）世」と表記し、「死後の世界」「あの世」「来世」「後世《ごせ》」のこと。なお、「来む（ん）夜」と表記すると、「今夜」のこと。「来る夜」の趣。

1647 **こむらさき**

「濃紫」と表記し、「濃く黒みがかった紫色」のこと。昔、三位以上の袍《ほう》の色などに用いたもの。

1648 **こら**

「児等」「子等」と表記し、「子の複数」「子供たち」、「人、とくに男性が女性を親しんで呼ぶ語」などの意がある。「いさや子等」などという類。

1649 **このねぬるあした**

「この寝ぬる朝」と表記し、「今日の寝起きの朝」の意。

1650 **このとの**

「この殿」と表記し、「この御殿」「この宮殿」「この御堂」のこと。なお、長伯は、「一説に関白殿をいふ」と注記する。

1651 **このしたやみ**

「木の下闇」と表記し、「生い茂った枝葉で木の下が暗いこと。また、その場所」をいう。

1652 **このはしぐれ**

「木の葉時雨」と表記し、「木の葉の飛び散るさま。また、その音を時雨に見立てていう語」。

1653 **このめはるさめ**

「木の芽春雨」と表記し、「木の芽が萌え出す春になって、春雨が降る」の意。「春」に「張る」を掛けた表現。

1554 **このはな**

「木の花」と表記し、「木に咲く花。とくに、梅や桜」をいうことが多い。長伯は、「兄花」と表記し、「梅の花をいふ。梅は花の兄といへばなり」と説明する。

1655 **このもかのも**

「此の面彼の面」と表記し、「あちら側とこちら側」、「あちらこちら」「そこここ」などの意がある。「筑波山このもかのも」と詠まれているので、「筑波山に限って用いるべき」という一説があるが、それは間違いで、先達《せんだつ》の説では、「何処の山でも詠じて構わない」と、長伯は紹介している。

1656 **このよのほか**

「此の世の外」と表記し、「この人間界でないところ。また、あの世。来世」のこと。なお、見馴れてない場所に出掛けたときには、「此の世の外の心地して」などと詠ずることもある。

1657 **このはざる**

「木の葉猿」と表記し、「身軽な小さな猿」のこと。なお、長伯は、「宗祇《そうぎ》曰く、『猿のさはがしきをいふ』」と紹介する。

1658 **このてがしは**

「児の手柏」と表記し、「手の形をしている檜科の常緑樹」、「葉はうろこ状で表と裏の区別がないので、『二心あるもの』の譬え」などの意がある。「奈良山」に詠まれて

こ

いる。葉は裏と表とが同じような形なので、風が吹くと裏と表とが翻る。だから、『万葉集』に、次のように詠まれている。
○奈良山の児《こ》の手柏《てかしは》の両面《ふたおも》にかくもかくにも佞人《ねぢけひと》かも（万葉集・巻十六・有由縁《ゆうゆえん》幷雑歌《ぞうかをあわせたり》・消奈行文《しょうなのぎょうもん》・三八三六、奈良山の児の手柏のように、ふたつの顔を使い分けて、ああ言ったり、こう言ったり心の奸佞な人たちの仲間だ）

1659 こぐれ

「木暮れ」「木暗れ」と表記し、「木が茂って暗い所」の意。

1660 こや

適当な用字法が見当たらないが、「（代名詞「こ」＋間投助詞「や」で）これはまあ」「これこそまさに」の意。「これや」の趣。また、「これや」と呼びかける趣にも詠む。また「来たれや」の趣を兼ねているともいわれる。
○津の国のこやとも人をいふべきにひまこそなけれ蘆《あし》の八重垣（後拾遺集・恋二・和泉式部・六九一、あなたに訪ねてきてほしいと言うべきでしょうが、津の国の蘆の八重葺きの小屋ではありませんが、人の見る目の隙がなくて言えません）
○見ても思ふ見ぬはたいかに嘆くらむこや世の人のまどふてふ闇（源氏物語・紅葉賀巻・王命婦《おうのみょうぶ》・八七、若宮をご覧になっている藤壺の宮もものの思いをなさいますが、ご覧にならぬ源氏の君もまた、どんなにお嘆きでしょう。これこそ世の人の、子ゆえに迷うという親心の闇でございましょう）

1661 こやた

「古堂」と表記し、「荒れ果てた古い堂」のこと。

1662 こまなべて

「駒並べて」と表記し、「馬を一列に並べて」「馬を連ねて」の意。「駒なめて」に同じ。

1663 こまぶえ

「高麗笛」「狛笛」と表記し、「雅楽で用いる横笛」のこと。歌口のほかに指穴が六つで、長さは三十六センチくらい。高麗《こま》楽《がく》・東遊びなどで用いた。

1664 こまむかへ

「駒迎へ」と表記し、「陰暦八月に、信濃・上野《こうずけ》・武蔵・甲斐の四国の御牧《みまき》から朝廷に献上される馬を、馬寮《めりょう》の官人が逢坂の関まで迎えに行くこと」、「馬を差し向けて、人を迎えに行かせること」などの意がある。

1665 こまにしき

「高麗錦」と表記し、「『高麗《こうらい》』から伝来した錦」、「高麗風の錦」などの意がある。

1666 こまがへり

「こま返り」と表記し、「年取った人が若々しくなること」「若返ること」をいう。

1667 こまくら

「木枕」と表記し、「木で作った枕」「きまくら」のこと。なお、「小枕」の表記だと、「木枕の上に載せ、頭を受けるための、そばがら・もみなどを入れた細長い袋」、「女性が髪を結うとき、かもじの根に巻き込んだつげの木や紙でできた円筒形のもの」などの意がある。

1668 こまのつまづき

「駒の躓き」と表記し、「乗った馬が躓くのは、人から思いを寄せられている証拠だ」ということ。
○朽ちぬらむ袖ぞゆかしきわが駒のつまづくたびに身をしくだけば（散木奇歌集・恋部上・源俊頼《としより》・一〇六二、恋の思いで朽ちている、あなたの袖が見たいものだ。わたしの乗っている馬が躓くたびに、わたしは身を砕くように思い悩むので）

1669 こけのみづら

「苔の髪」「苔の角髪」「苔の角子」と表記し、「苔を髪に見立てたもの」。「みづら」とは、「古代の男子の髪の結い方のこと。髪を頭の中央から左右に分けて、その先を両耳のところで束ねたもの」。もとは成人男子の髪型だったが、のちに元服前の少年の髪型となり、「総角《あげまき》」とも呼ばれた。「鬢《びん》頬《づら》」に同じ。

○年経《ふ》れば苔のみづらを結ひかけて岩の姿ぞ神さびにける（堀河百首・雑《ぞう》二十首・苔・一三三七、長い年月を経たので、角髪を結い掛けたように苔がむして、岩の姿は古色を帯びて神々しくなったことだ）

1670 こけごろも

「苔衣」と表記し、「（僧や隠者など俗世間を離れた人が着る）粗末な衣服」、「苔が生えている様子を、衣に見立てていう語」などの意がある。「苔の衣」「苔の袂《たもと》」に同じ。

1671 こけむしろ

「苔筵」と表記し、「一面に生えた苔の様子を、敷き物のむしろに見立てていう語」、「僧や隠者などが使う粗末な敷き物」などの意がある。「苔の筵」に同じ。

1672 こころのしめ

「心の注連」と表記し、「心を清らかにして神に祈ること」をいう。〔詠み方〕「神祇《じんぎ》」の歌などに詠むといい。

1673 こころをしむる

「心を染むる」と表記し、「心を寄せること」「思い込むこと」をいう。

1674 こころのうら

「心の占」と表記し、「心の中でする占い」「予想」「予感」のこと。「心でものを占う」趣。

○かく恋《こ》ひむものとは我も思ひにき心の占ぞまさしかりける（古今集・恋歌四・読み人知らず・七〇〇、このように激しく恋い慕うことになるだろうとは、わたしもかねがね思っていた。心の中で占った結果はまさに当たっていたよ）

1675 こころのあき

「心の秋」と表記し、「（「秋」に「飽き」をかけていう語で）心の中に訪れる秋」「心変わり」「飽きること」、「心に寂しさを感じること」「心の弱まり」などの意がある。「秋になると葉が変色するように、飽きて心変わりする」趣。

1676 こころむなしきたけ

「心空しき竹」「心虚しき竹」と表記し、「中味が空虚な竹」の意。竹は中が空洞になっているからだ。

1677 こころのみづ

「心の水」と表記し、「心の清濁や深浅・動静などのさまを、『水の状態』に譬えていう語」。「心水」という措辞があるからだ。

1678 こころくらべ

「心競べ」「心比べ」「心較べ」と表記し、「意地を張り合うこと」「根《こん》競べ」をいう。「恋」に詠まれている。

1679 こころのせき

「心の関」と表記し、「思いが通じないことを関所に見立てていう語」「かなわぬ思い」、「心で相手の行動をせき止めようとすることを関所に見立てていう語」「阻もうとする意志」などの意がある。総じて、人の胸中には「一の関」があって、これに躊躇《ちゅうちょ》して生死流転《しょうじるてん》するのだ。これを「悟道の一関」とも、または、「無門関」ともいう。詠まれるのは常に、何かに心が躊躇《ちゅうちょ》し、心が晴れない事象に直面したときであるようだ。なお、「肥前国の名所」にも存在する。

1680 こころはなぎぬ

「心は凪ぎぬ」と表記し、「心が和やかになって、落ち着く」という意。『伊勢物語』に、

＊大淀の浜に生《お》ふてふみるからに心はなぎぬかたらはねども（伊勢物語・第七十五段・女・一三五、伊勢の国の大淀に生えているという海松《みる》、そのみるという言葉どおり、あなたを見るともう、わたしの心は和やかになり、落ち着きました。契りを交わしはいたしませんでも）

と詠まれている。「心のやわらぎたるなり」の趣だ。

1681 こころのつき

「心の月」と表記し、「悟りを得た心」「そ

こ

こ

の澄んだ心境を『月』に譬えた語」のこと。「心月輪《がちりん》」の趣。

1682 こころづから

「心づから」と表記し、「自分の心から」「自分から求めて」「自分の意志で」「自分の心のままに」の意。

1683 こころのやみ

「心の闇」と表記し、「迷う心を『闇』に譬えていう語」「分別を失った心」「心の迷い」、「子を思うあまりに理性を失った親の心」などの意がある。「人の親の心は闇にあらねども」と詠まれている。また、「恋」にも詠まれる。

1684 こころのこま

「心の駒」と表記し、「煩悩《ぼんのう》のために心が狂い騒ぐ」意をいう。「煩悩のために情が動いて抑えがたいことを、『走る馬・騒ぐ猿』に譬えた語」の「意馬心猿《いばしんえん》」に依拠した措辞。

1685 こころのさる

「心の猿」と表記し、「煩悩のために情意が乱れて落ち着かないことを、『猿の挙動が忙しく騒がしい』のに譬えていう語」のこと。

1686 こころのまつ

「心の松」と表記し、「（「松」に「待つ」を掛けて）心中に期待すること」「人を待つ心」、「変わらない心を、松の常緑であることに譬えていう語」などの意がある。松は色が変わらず、不変のものだから、人の心の貞節を譬えていうわけ。

○杉立てる門《かど》ならませばとひてまし心の松はいかが知るべき（後拾遺集・恋二・藤原高遠《たかとお》・六九〇、目印の杉が立っている門ならば訪れもしようが、本当にわたしを待っているかどうか、その本心をどうして知ることができようか）

1687 こころがへ

「心替へ」と表記し、「心を他人の心と取り替えること」をいう。

○心替へするものにもが片恋は苦しきものと人に知らせむ（古今集・恋歌一・読み人知らず・五四〇、心が取り替えられるものであったらなあ。片思いがどんなにつらいものか、あの人に知らせてやりたいから）

1688 こころあひのかぜ

「心あひの風」と表記し、「心の合った風」「仲のいい風」の意。「恋人の隠喩《いんゆ》」とも見られる。「人との仲立ちをする」趣。この歌語は、次の催馬楽《さいばら》の歌謡が初出のようだが、ここには『袖中抄《しゅうちゅうしょう》』から引用する。

＊道の口　武生《たけふ》の国府《こふ》に　われはありと　親に申したべ　心あひの風や　さきむだちや（袖中抄・一〇四二、京都への入り口にあたる、若狭国の武生にわたしはいると、親御《おやご》さんに申してください。仲だちの風さんよ、みなさんよ）

○心あひの風ほのめかせ八重簀《す》垣《がき》隙《ひま》なき彼方に立ちやすらふと（散木奇歌集・恋部下・源俊頼《としより》・一一二八、仲立ちの風よ、それとなく知らせておくれ。わたしは幾重にも重なった、竹で作った透垣《すいがい》がびっしり立て込んだ彼方に佇んでいると）

1689 こころのたき

「心の滝」と表記し、「滝の水が逆巻《さかま》いて流れ落ちるように、情念が堰き止めがたい状態をいう」意。「心の内の滝」とも詠まれている。「恋」などに詠まれる。

1690 こころのくま

「心の隈」と表記し、「心の奥」「心のすみ」のこと。

1691 こころのはな

「心の花」と表記し、「移ろいやすい人の心を、『花の色のように変わりやすいこと』に譬えていう語」、「風雅を愛する美しい心」、「嬉しい気持ちの表われ」などの意がある。「恋」などに多く詠まれている。

1692 こころのすぎ

「心の杉」と表記し、「杉の木がまっすぐに伸びるところから、正直、誠実な心の譬え」、「常緑樹であるところから、ひたむきな変わらない心の譬え」などの意がある。

1693 こころあて
「心当て」と表記し、「あて推量」「憶測」「見当」、「心掛け」「心構え」、「心の頼りとするところ」「心頼み」などの意がある。

1694 こころのおに
「心の鬼」と表記し、「やましい気持ち」「良心の呵責《かしやく》」、「疑心暗鬼」などの意がある。

1695 こころのおく
「心の奥」と表記し、「心の底」「心の中」、「深い思慮」などの意がある。「奥深いこと」に詠まれる。また、「しのぶ山」などに寄せて詠まれる。「陸奥《みちのく》」を「おく」というので、寄せていう。たとえば、『伊勢物語』に次の参考歌がある。
○しのぶ山しのびて通ふ道もがな人の心のおくも見るべく（伊勢物語・第十五段・男・二三、こっそりと通う道があるといいなあ。陸奥の国に住むには不似合いのあなたの心の奥を、そっと見ることができるような道が…）

1696 こころいられ
「心苛られ」と表記し、「心がいら立つこと」をいう。

1697 こころなぐさ
「心慰」と表記し、「心を慰めること」「気晴らし」の意。

1698 ここのしな
「九品」と表記し、「人が極楽往生する際、その人の性質や行為によって生じる九つの階級」のこと。具体的には、「上品上生《じょうぼんじょうしょう》」「上品中生」「上品下生」「中品上生」「中品中生」「中品下生」「下品上生」「下品中生」「下品下生」の九階級をいう。「くほん」（九品）ともいう。「釈教《しゃっきょう》」の歌に詠むのは「九品の浄土」をいう。

1699 ここのへ
「九重」と表記し、「幾重にも重なること」、「内裏《だいり》」「宮中」「皇居」、「皇居のある場所」「都」「京都」などの意がある。

1700 ここのかさね
「九重」と表記し、「九重《きゅうちょう》」の訓読語で、「皇居」「内裏《だいり》」「宮中」の意。1699「ここのへ」の項に同じ。

1701 ここのふしのあやめ
「九節の菖蒲」と表記し、「根に九つの節《ふし》のある菖蒲」のこと。これは薬用として重宝された。

1702 ここのつのえだ
「九つの枝」と表記し、「灯」のこと。

1703 ここら
「幾許」と表記し、「（数量の多いさまを表わす語で）数多く」「たくさん」「大勢」、「（程度のはなはだしさを表わす語で）ひどく」「たいそう」などの意を表わす。この語は、「数量の多いさまや程度のはなはだしさ」を表わし、上代語の「ここだ」「ここば」が中古以降、この形で用いられるようになった。「多く」の趣で、「ここらの人」も「多くの人」の意。また、「時鳥《ほととぎす》」などに、「ここら鳴く」と詠むのも、「多く鳴く」の意。

1704 こてふのゆめ
「胡蝶の夢」と表記し、「夢と現実が一体となる境地」、「人生のはかない譬え」などの意がある。「中国の荘子《そうじ》が夢で蝶になったが、夢から覚めてみると、自分が蝶になったのか、蝶が自分になったのか分からなくなった」という、『荘子』（斉物論《せいぶつろん》）の故事に依拠している。〔詠み方〕「人間の一生は長年月を経過しているとしても、ただ夢の中の胡蝶の戯れに似ている」と譬えて詠むわけ。また、「花に眠る胡蝶を見て、荘周の夢の中の戯れに思い装《よそお》えて」も詠む。
○百年《ももとせ》は花に宿りて過ぐしきてこの世は蝶の夢にぞありける（堀河百首・雑《ぞう》二十首・夢・大江匡房《まさふさ》・一五三八、百年は花に宿って過ごしてきた。この世は荘子が言うように、胡蝶の夢のようにはかないものだった

のだなあ）

1705 **こてふににたり**

「来てふに似たり」と表記し、「来てくださいといっているのと、同じ措辞になる」の意だ。

＊月夜良し夜《よ》良しと人に告げやらば来てふに似たり待たずしもあらず（古今集・恋歌四・読み人知らず・六九二、月が美しい、すばらしい夜だ、とあの人に言ってやったら、来てほしい、と言っているのと同じように聞こえて気になる。と言って、待っていないわけでもないのだ）

1706 **こさめふる**

「小雨降る」と表記し、「たいした雨量にならない、細かな雨が降る」の意。「春雨」に詠まれる。

1707 **こさふく**

「胡沙吹く」と表記し、「（アイヌ語の「息」の意から）蝦夷人《えぞびと》が吐く息」のこと。それによって雲や霧が生ずるといわれた。「胡沙吹く蝦夷」と詠まれる。「蝦夷の島人は、口から霧のようなものを吹き出して、空を暗くする」という。「吐露」を「くさふく」といった。

○こさ吹かば曇りもぞする陸奥《みちのく》の蝦夷には見せじ秋の夜の月（夫木抄・秋部四・月・西行・五二二一、胡沙を吹くならば、空が曇って大変だ。蝦夷人には見せないようにしよう。秋の夜の美しい月を）

1708 **こきまぜて**

「扱き混ぜて」と表記し、「種類の違うものを混ぜ合わせて」「取り合わせて」「かき混ぜて」の意。「こき」は接頭語。「柳桜をこきまぜて」と詠まれている。

1709 **こきたれて**

「扱き垂れて」と表記し、「しごいたように垂れて」「垂れ下がって」「うなだれて」、「（雨や涙が）しきりに落ちて」「激しく零れ落ちて」などの意がある。なお、長伯は、「かきたれて（掻き垂れて）」の意で、「掻き曇るやう」の趣とする。

1710 **こゑのにほひ**

「声の匂ひ」と表記し、「声の余韻」のこと。「鶯」「時鳥《ほととぎす》」に詠まれる。「声のほのかなる」をいう。

1711 **こゑのしぐれ**

「声の時雨」と表記し、「鳴く声が時雨の音に似ている」のをいう。「蟬」などに詠まれる。

1712 **こゑのあや**

「声の文」と表記し、「声の調子」、「さまざまの声が入り混じっておりなす調べ」などの意がある。「声の文目《あやめ》」に同じ。「鶯」「時鳥《ほととぎす》」などの「声の調子が異なる」のをいう。「声のあやおる」というのは、「綾」と掛けて「織る」と表現しているのだ。

1713 **こひぐさ**

「恋草」と表記し、「草が茂るように、『恋心の激しいさまを譬えた語』。長伯は、「恋種」と表記し、「それを『草』に掛けていふなり。『恋草』といふ草あるにあらず」と言及する。

1714 **こひぢ**

「泥」「小泥」と表記し、「土や泥」「ぬかるみ」のこと。和歌では、多く「恋路」に掛ける。「沼地」「江田」などに詠まれる。「こひぢの菖蒲《あやめ》」は、「泥に生えた菖蒲」のこと。

○袖濡るるこひぢとかつは知りながら下《お》り立つ田子《たご》のみづからぞうき（源氏物語・葵巻・六条御息所《ろくじょうのみやすどころ》・一一五、袖が濡れる泥――恋路と知ってもいながら、その泥の中に踏み込む田子のように、恋の道に踏み込んでしまうわたしは、そういう我が身の運のつたなさが思われてなりません）

1715 **こひぬま**

「泥沼」と表記し、「小泥の沼」「泥沼《どろぬま》」のこと。〔詠み方〕「恋」に掛けて詠む。

1716 **こひすてふ**

「恋すてふ」と表記し、「恋をしているという」意。「てふ」は「といふ」の変化形。

こ

「恋すてふ我が名はまだき立ちにけり」(恋をしているというわたしの浮き名は、早くも世間に広まってしまったことだ) などと詠まれている。

1717 **こひみづ**

「恋水」と表記し、「恋の涙」のこと。

1718 **こひのやつこ**

「恋の奴」と表記し、「恋にとらわれて分別のつかない人」「恋の奴隷《どれい》」「恋のとりこ」、「(抑えきれない恋心を憎んで) 恋というやつ」「ままならぬ恋を擬人化した語」などの意。人に思いのままに使われる者を「やっこ」というので、恋に心が翻弄《ほんろう》されるのを「恋のやっこ」というわけ。

1719 **こひのせき**

「恋の関」と表記し、「互いに恋い慕う仲を隔て妨げること」「恋に心が拘泥し、先に進まないのを、『関』に譬えていう語」の意。「恋の関の戸」に同じ。

1720 **こひのやま**

「恋の山」と表記し、「積もる恋の思いを『高い山』に譬えていう語」「恋の山路」のこと。歌語としてしばしば用いられた。**〔詠み方〕**「入り初めてまよふ」趣をいい、「たよりなく踏み迷ふ」とも、「思ひ入る奥も知られぬ」趣などを詠む。

1721 **こひしきやなぞ**

「恋しきや何ぞ」と表記し、「恋しく思われるのは、どうしたことか」の意。「なぞ」は「問いただす」趣。

1722 **こもりえ**

「隠り江」と表記し、「(島や岬《みさき》、また葦などで) 隠れて見えない入り江」のこと。「水がこもりてある」趣。

1723 **こもりいし**

「隠り石」と表記し、「水の底などに隠れている石」のこと。

1724 **こもたり**

「子持たり」と表記し、「子供を持っていること。また、その女性」のこと。

○我のみや子持たるてへば高砂《たかさご》の尾の上《へ》に立てる松も子持たり (拾遺集・雑賀《ぞうが》・読み人知らず・一一六八、自分だけが子を持っているのか尋ねると、高砂の尾の上に立っている松も、子を持っていたことだ)

なお、この歌にある「てへば」は、「といへば」の約。

1725 **こもまくら**

「薦枕」と表記し、「真菰《まこも》を束ねて作った枕。転じて、仮寝や旅寝」をいう。なお、枕詞として、「薦枕」が普通の枕より高いことから、「たか」に掛かるほか、「かり」「あひまく」に掛かる修辞法(枕詞)ともなっている。

1726 **こもりくのはつせ**

「隠りくの泊瀬」と表記し、「(こもりくの) 泊瀬」の意。なお、「泊瀬」は大和国の歌枕。「こもりく」は、(山の中にこもっているような地形であることから)「泊瀬」に掛かる枕詞。なお、長伯は、「籠口初瀬」と表記し、「初瀬は一方だけが入り口で、出入口が三方から山に囲まれて、囲まれている趣だ」と叙している。また、「こもり江の初瀬」とも詠まれている。これは「籠口」の「口」の字を「江」の字に書き誤ったもの、という。

1727 **こす**

「小簾」「鉤簾」と表記し、「御簾《みす》」「すだれ」のこと。古く「おす」といったのを読み誤って「こす」と用いられた語。「たまだれのこす」と詠まれている。

1728 **こすのとこなつ**

「こすの常夏」と表記し、「津の国住吉の常夏(撫子《なでしこ》)」のこと。長伯は、「津の国こすのといふ所のとこなつなり」と記述するが、「こすのとこなつ」の所在が未詳。なお、例歌(証歌)に引いた類歌が『万葉集』に、上の句を「住吉の粉浜《こはま》のしじみ開けも見ず」(巻六・九九七)として載るので、あるいは「粉浜」のことかも知れない。

＊住吉のこすの常夏さくもみず隠れてのみ

や恋ひ渡りなむ（夫木抄・夏部三・瞿麦《なでしこ》・読み人知らず・三四四一、住吉のこすの撫子のように、咲いても見ないで、こもってばかりいて恋い続けるのだろうか）

1729 こずゑのあき

「梢の秋」と表記し、「（梢の「すゑ」に、秋の末の「末」を掛けていう語で）『陰暦九月』の異称」のこと。〔詠み方〕「紅葉」などに詠むといい。

1730 こずゑのはる

「梢の春」と表記し、「梢に展開する『鶯』『梅』『桜』などの景物を想定して感じる春」のこと。

〔え〕

1731 えにし

「縁」と表記し、「えん」「ゆかり」のこと。「縁し」（「えに（縁）」＋「し」）から「えにし」と読む。また、「え」とのみ表記して、「縁」の趣の用例もある。「えにこそありけれ」などの類。〔詠み方〕いずれの用例も、「江」に寄せて多く詠まれている。

○水鳥のはかなき跡に年をへて通ふばかりのえにこそありけれ（後撰集・恋四・読み人知らず・八三六、水鳥のはかない足跡――すぐ消えるようなはかないご筆跡で「手紙を見た」とご返事をいただくばかりで、むなしく何年も続くだけの、わけのわからない縁なのですね）

○人心木《こ》の葉ふりしくえにしあれば涙の川も色かはりけり（新勅撰集・恋歌五・中山兼宗《かねむね》・九九五、人の心は木の葉が降り敷く江で、ふたりの縁ははかない縁なので、江が紅葉で色を変えたように、わたしの流す涙の川も悲しみの紅涙の色に変わったのだなあ）

1732 えだをつらぬる

「枝を連ぬる」と表記し、「二本の別々の木の枝が連なり合って、一本の木のような状態になっている枝のことで、『男女の仲や愛情が深いこと』の譬え」をいう。「連理《れんり》の枝」に同じ。契りの深いことにいう。

1733 えぞしらぬ

「えぞ知らぬ」と表記し、「よく分からない」「とても知ることができない」の意。

1734 えならぬ

適当な用字法が見当たらないが、「（いいようもないほど）すばらしいこと」「よいこと」、「普通ではないこと」「並々ではないこと」などの意がある。全体として「実現が不可能なほど」という意味になり、それが物事の様態を表わす場合には、「すばらしいこと」の意になり、程度を表わす場合には、「普通ではない」の意になる。「えも言はれずおもしろきこと」「うつくしきこと」などに用いる。これは「賞賛する」趣。また、「ただならぬ（普通でない）」趣にも用いられる。

○いはけなき鶴の一声聞きしより葦間になづむ舟ぞえならぬ（源氏物語・若紫巻・光源氏・六二、幼い鶴〈若紫〉の一声を聞いて以来、早くもそちらへと気がせきながらも、葦の間を分けて行き悩むこの舟〈光源氏〉は、いうにいわれぬ思いです）

この用例での用法は「ただならぬ」の趣。

1735 えのはゐ

「榎の葉井」と表記し、「大和国の豊良《とよら》（豊浦・豊等）の寺付近にあったとされる名高い井戸」のこと。鴨長明の『無名抄《むみょうしょう》』に詳細な記述がある。

○古《ふ》りにけるとよらの寺のえのは井になほ白玉を残す月かな（無名抄・鴨長明・一五、すっかり古びてしまった豊良の寺、その榎の葉井には、催馬楽《さいばら》の「白玉しづくや」という詞どおりに、今でも月光だけは美しく照らしているよ）

1736 えやはいぶき

「えやは伊吹」と表記し、「どうして（あなたをこんなに愛していると）いえるでしょうか、とてもいえません。まして、伊吹山（の）…」の意。

＊かくとだにえやはいぶきのさしもぐささしも知らじな燃ゆる思ひを（後拾遺集・恋一・藤原実方《さねかた》・六一二、このように恋しているというだけでも、どうして口に出して言えるでしょうか。言えないから、あなたはそうとも知らないでしょうね。ちょうどもぐさのように、燃えるわたしの思いを）

なお、本詠は『百人一首』にも採られている。

1737 **えもいひしらぬ**

「えも言ひ知らぬ」と表記し、「（程度がはなはだしく）何ともいいようがないこと」、「何ともいいようがないほどすばらしいこと」、「何ともいいようがないほどひどいこと」などの意がある。この表現・措辞は、「言葉では表現できない趣」をいう。「ものを賞賛した」趣にも、また、「心中で思っていることで、言葉では表現できないこと」を、「善悪の両面でいう」趣。

〔て〕

1738 **てるひ**

「照る日」と表記し、「太陽が強く照りつける日」、「太陽」、「天下を治める天皇」などの意がある。「照る日の暮れし」などの表現は、「天子の崩御」のことに用いられるので、「忌《い》み詞《ことば》」と認識する必要がある。

1739 **てるつきなみ**

「照る月並み」と表記し、「（水面に）照り映える月を見て、月日の数（を数えると）」の意。「つきなみ」が、月影の映じた「月波」と、月の順序の「月並み」を掛けているわけ。

＊水の面《おも》に照る月なみをかぞふれば今宵ぞ秋の最中《もなか》なりける（拾遺集・秋・源順《したごう》・一七一、小波が立つ池の水面に照り映えている月を見て、月日の数をかぞえてみれば、今宵は秋の最中の八月十五夜であったよ）

1740 **てだまもゆらに**

「手玉もゆらに」と表記し、「手に巻いた飾りの玉もゆらゆらと音を立てるほどに」の意。『日本書紀』に「手玉玲瓏《れいろう》」と記されている。「手品ゆらり」という趣。「七夕の手玉もゆらに織る機」「乙女子が手玉もゆらに打つ衣」などと詠まれている。

1741 **てづくり**

「手作り」と表記し、「自分の手で作ること」「その作ったもの」「手製」、「手織りの布」などの意がある。1937の項にあるように、「さらすてづくり」と詠まれる。これは「布を晒《さら》す」わけ。

1742 **てななふれそも**

「手なな触れそも」と表記し、「手を触れてはならないぞ」の意。禁止の「な…そ」の措辞を含む。

1743 **てふ**

適当な用字法が見当たらないが、「という」の変化した形の語で、「…という」の意。主に平安時代から和歌で用いられた。「恋すてふ」「思ふてふ」などの類。なお、長伯は、「『ずてのてふ』といひて、『てふ』に心なきもあり」と言及している。

1744 **てもすまに**

「手もすまに」と表記し、「手も休めずに」「手も休めないで」の意。「手もすまに衣打つ」などと詠む。

1745 **てずさみ**

「手遊み」と表記し、「（退屈まぎれに）手でなんとなくする慰みごと」「手遊び」のこと。「手遊《てすさ》び」「手慰み」に同じ。

（以上、巻六）

〔あ〕

1746 **あはゆき**

「淡雪」と表記し、「（早春などに降る）うっすらと積もりやすい雪」「春雪」のこと。〔**詠み方**〕「春の雪」をいう。「冬の雪」には詠まない。「降れど溜まらぬ」趣を詠

あ

むわけ。

1747 あはれ

適当な用字法が見当たらないが、「(さまざまな感動をしたときに発して)ああ」(感動詞)、「しみじみとした風情」、「愛情」「好意」「人情」、「悲哀」「寂しさ」(名詞)、「しんみりとして趣深い」「しみじみと風情がある」、「しみじみとも寂しい」「悲しい」、「とても情愛深い」「しみじみとやさしい」、「かわいい」「いとしい」「心ひかれる」、「気の毒だ」「かわいそうだ」、「優れている」「立派だ」(形容動詞)などの意がある。この歌語は、上代の、心から感動したときに発する感動詞の「あはれ」から、中古になって、しみじみとした感動を表わす形容動詞が生まれ、主として、心から同情したり、心に深く愛情を感じたりする気持ちを表わすようになった。そのほとんどは、「もののあはれ」の趣を担っている。

1748 あへぬ

「敢へぬ」と表記し、「堪《た》えきれないこと」「我慢できないこと」、(他の動詞の連用形について)「…できないこと」「…しかねること」(…しきれず)「間に合わないこと」(「もあへぬ」の形で)「最後まで…しないうちに」「…するとすぐに」などの意がある。

○ちはやぶる神の斎垣《いかき》に這《は》ふ葛《くず》も秋にはあへず移ろひにけり(古今集・秋歌下・紀貫之・二六二、たけだけしい神の威光に守られた神社の玉垣に這いかかっている葛でさえも、秋の力にはかなわないで、すっかり色づいてしまったことだ)

この「あへず」は、「不ルレ堪ヘ也」で、「堪忍せぬ」(我慢することができない)の趣。

○山川《やまがは》に風のかけたる柵《しがらみ》は流れもあへぬ紅葉なりけり(古今集・秋歌下・春道列樹《はるみちのつらき》・三〇三、山の中を流れる川に掛けた柵というのは、流れようとしても流れることができないで滞っている紅葉だったよ)

この「あへぬ」は、「紅葉がひたすら散り続いて、流れ切らない」趣。

○秋とだに吹きあへぬ風に色かはる生田《いくた》の杜《もり》の露の下草(続後撰集・秋歌上・藤原定家・二四八、秋だといって吹くわけでもない風によって、早くも色は変わってしまった。生田の森の露の下草は)

これは、「秋とだにまだ吹き定めぬ」趣。「そのものにまだならぬ」ことの意。

1749 あとたるる

「跡垂るる」と表記し、「本地である仏が、衆生《しゆじよう》を救うために、仮に神の姿になってこの世に現われる」こと。「跡を垂るる」に同じ。「垂迹《すいじやく》」の訓読語。

1750 あどかはやなぎ

「吾跡川柳」「吾跡川楊」と表記し、「遠《とおと》江《うみ》国(今の静岡県西部)の吾跡川の川楊」のこと。

1751 あぢむら

「䳑《あぢ》群」と表記し、「あじ鴨の群」のこと。「あぢのむら鳥」とも詠まれる。多く集まる鳥類。なお、「あぢむらの」は、「(あぢ鴨が群れて騒ぐ意から)騒ぐ」「通ふ」にかかる枕詞。

1752 あぢさゐのよひらのはな

「紫陽花の四片の花」と表記し、「花弁が四片ずつある紫陽花の花」の意。「よひら」とは、「紫陽花は花弁が四片ずつある」から。

1753 あぢざけのみわ

「味酒の三輪」と表記し、「(うまさけの)三輪」のこと。「うまさけ」を「味酒」と表記するのを、そのまま「あぢざけ」と読んだ齟齬《そご》。長伯は、「神酒」を「みわ」というので、「あじざけのみわ」と続けたのだと説明する。ちなみに、『万葉集』の長屋王《ながやのおう》の詠歌(巻八・一五一七)の初二句の「味《うま》酒《さけ》三輪の社《やしろ》の」を、『夫木抄』では「あぢざけのみわのはふりが」(一五〇五一)と訓読した本文を載せている。

1754 あぢきなく

適当な用字法が見当たらないが（「味気なし」は当て字）、「道理にはずれていて、（自分の力では）どうにもならず」「まともでなく」、「おもしろくなく」「つまらなく」「にがにがしく」、「甲斐がなく」「無益で」「むなしく」などの意がある。この語は、上代語「あづきなし」の変化形。基本的な意味は、「通念や常識に反したものに対する違和感」を表わす。また、「そこからもたらされる不快感・虚脱感」を表わすもの。なお、長伯は、次のように記す。『古語拾遺』には「無為」とあって、「詮方《せんかた》なき」の趣。『日本書紀』には「無道」とあって、「道に背きたる」趣。また、秘説では、「無味気」とあって、「食物などの味なき」というのに同じで、「あぢなき」は「あぢきなき」の略訓。だから、「あぢきなき」という詞は、物の本心ではなく、「味なき」の趣で用いるものなのだと。

1755 **ありしよにけに**
「有りしより異に」と表記し、「以前よりもいっそう」「前よりも格段に」の意。「もとあったよりも勝っている」趣をいう。

1756 **ありあけのつき**
「有明の月」と表記し、「陰暦の毎月十六日以降（とくに二十日以降）、夜が明けても、まだ空に残っている月」「有り明け月」「残月」のこと。「有り明け月夜《づくよ》」に同じ。ちなみに、長伯は、次のごとく叙している。能因《のういん》の説は、「十五日より後の月」をいう。『綺語抄《きごしょう》』（藤原仲実《なかざね》著）には、「有明は大方は十四五日より、月が入らない先に夜が明けるのをいうはずだが、詳細にいえば、二十日以降をいうのではなかろうか」とある。『桂明抄《けいめいしょう》』（堯孝法印《ぎょうこうほういん》著）には、「暁にわたって待ち受ける末の月であって、二十日より以前の月でも、残月に及ぶならば、『有明』と呼んでいい旨、先達が教示している」とある。〔詠み方〕「暁」の題では「有明の月」は許容される。

1757 **ありなしぐも**
「有り無し雲」と表記し、「あるかないかわからないような、かすかな雲」の意。〔詠み方〕「世のはかなき」に譬えて詠むという。

1758 **ありふる**
「在り経る」と表記し、「生きて年月を送ること」「生き長らえること」の意。

1759 **ありか**
「在り処」「在り所」と表記し、「人や物が所在する所」「居所」「所在」の意。なお、「在り香」と表記すれば、「着物などに染み込んだ薫《た》き物のよい香り」、「嫌なにおい」「臭気」などの意となる。

1760 **ありそうみ**
「荒磯海」と表記し、「岩が多く、波が激しく打ち寄せる海」「荒磯《あらいそ》の海辺」のこと。なお、「越中国の海」もいう。「荒磯の海」に同じ。

1761 **ありとしもなし**
「有りとしも無し」と表記し、「あるというわけでもない」の意。

1762 **ありしにもあらず**
「在りしにも在らず」「有りしにも有らず」と表記し、「昔在ったのとはすっかり違うようになってゆく」の意。「もとあったようでもなく、変わってしまう」趣。

1763 **ありかさだめぬ**
「在り処定めぬ」「在り所定めぬ」と表記し、「居場所も定まらない」の意。

1764 **ありきあらずはしらねども**
「有りき有らずは知らねども」と表記し、「あったかなかったかは知らないけれども」の意。「いにしへにありきあらずは知らねども」と詠まれている。「いにしへにありしやらんあらぬやらん知らねども」の趣。

1765 **ありのまにまに**
「有りのまにまに」と表記し、「ありのままに」の意。
○言《こと》問はばありのまにまに都鳥みやこのことをわれに聞かせよ（後拾遺集・羇旅《きりょ》・和

泉式部・五〇九、もしわたしが尋ねたら、都鳥よ、ありのままに都のことをわたしに聞かせておくれ）

1766 **あるにもあらぬ**

「有るにも有らぬ」と表記し、「生きていても死んでいるのと同じようであること」「生きているともいえないほどであること」の意。

1767 **あをによしなら**

「青丹よし奈良」と表記し、「（あをによし）奈良」の意。「あをによし」は、上代、奈良で「青丹」が産出されたことから、「奈良」に掛かる枕詞。奈良山から、青や赤の絵の具の土が産出されたので、「奈良」の枕詞となったわけ。なお、「秘説がある」と長伯はいう。

1768 **あをにきて**

「青和幣」と表記し、「神への供物とする麻の布」のこと。幣帛《へいはく》には「青和幣」のほか、梶の木の繊維で織った白布の「白《しら》和幣《にきて》」などがある。

1769 **あをうま**

「白馬」と表記し、（上代では）「青毛の馬」（青駒）「淡灰色の馬」、（平安時代以降は）「白い毛の馬」「葦毛の馬」、「『白馬の節会《せちえ》』の略」などの意がある。「白馬の節会」は、「陰暦正月七日に宮中で行なわれた年中行事で、五節会《ごせちえ》のひとつ。天皇が紫《し》宸殿《しんでん》で、左右の馬寮《めりょう》から南庭に引き出した馬をご覧になり、その後に臣下に宴を賜わった儀式」。

1770 **あかほし**

「明星」「赤星」と表記し、「明け方の東の空に輝く金星」「明けの明星」のこと。

1771 **あかほしうたふ**

「明星謡ふ」と表記し、「神楽歌の曲『明星』を謡う」の意。

1772 **あがりたるよ**

「上がりたる世」と表記し、「遠い昔」「大昔」の意。「上がりての世」に同じ。「太古」のこと。

1773 **あからさま**

適当な用字法が見当たらないが、「急に」「突然に」「たちまち」、「ちょっと」「ほんのしばらく」「一時的に」、（「あからさまにも」の形で、下に打ち消しの語を伴って）「ほんの少しも」「まったく」「全然」、「ありのままだ」「明白だ」「露骨だ」などの意がある。ちなみに、この語の「あから」は、「ふと目をほかへそらす」意の「あからめ」の「あから」と同じく、「またたきをする一瞬」の意味がある。そこから、「急にちょっと」とか、「ちょっと一時的に」「ほんのしばらく」の意が生じた。「あからさまにも」の形で、下に打ち消しの語を伴う場合の意味は、「まったく」「かりそめにも」の意になるので注意。現代語の「はっきりしている」「露骨だ」の意は、近世以降のもの。

1774 **あからめもせぬ**

「傍目もせぬ」と表記し、「わき見もしないこと」、「ほかの異性に心を移すこともしないこと」、「雲隠れすることもないこと」などの意がある。「よそめもしないで見る」趣。

1775 **あかねさす**

「茜さす」と表記し、（「あかね色を発する」意から）「紫」に、（「あかね色が照り輝く」意から）「日」「光」「昼」「照る」「君」に、それぞれ、掛かる枕詞。

1776 **あがためし**

「県召し」と表記し、「『県召しの除目《じもく》』の略」。「県召しの除目」は、「国司などの地方官を任命した朝廷儀式」のこと。陰暦正月十一日から三日間行なわれたが、正月下旬から二月にかけて行なわれることも多かった。「春の除目」「春の県召し」ともいう。

1777 **あかつきやみ**

「暁闇」と表記し、「夜明け前の、月のない闇のことで、陰暦の一日から十四日ころまでの闇」をいう。「月が早く沈んで、暁闇になった状態」をいうわけ。

1778 **あかゐのみづ**

「閼伽井の水」と表記し、「仏前に供える水を汲む井戸から汲んだ水」のこと。

1779 **あだばな**

「徒花」と表記し、「咲いても実を結ぶことのない花」、「はかなく散ってしまう花。とくに、桜」などの意がある。

1780 **あだしちぎり**

「徒し契り」と表記し、「(男女間の愛情について)その場限りのはかない約束」をいう。「人の心のはかなく、変わりやすい」趣をいう。

1781 **あだしごころ**

「徒し心」と表記し、「誠意のない移り気な心」「浮気な心」の意。「忠誠な心」の対義語。「徒心《あだごころ》」に同じ。

1782 **あたらよ**

「惜夜」と表記し、「明けてしまうのが惜しい夜」「すばらしい夜」のこと。〔詠み方〕「あたら夜」は「夜が惜しい」趣だが、「世を惜しむ」響きがあるので、現今では詠まない表現・措辞。

1783 **あづまごと**

「東琴」と表記し、「日本固有の六弦の琴で、雅楽や神楽などに用いられるもの」の意。「和琴《わごん》」「大和琴」に同じ。「あづまの調べ」ともいう。

1784 **あづさゆみ**

「梓弓」と表記し、「梓の木で作った弓」、「梓巫女《みこ》が梓弓を用いて行なう呪術のときに用いる弓」などの意がある。なお、枕詞としては、(弓矢の各部の名称から)「本」「末」「弦」「矢」などに掛かる、(弓を射る時の動作や、弓の状態から)「射る」「張る」「引く」「寄る」などに掛かる、(弓矢が立てる音から)「音」に、それぞれ掛かるもの。

1785 **あつれしめらふ**

「暑れ湿らふ」「熱れ湿らふ」と表記し、「暑さと湿気に苦しめられる」こと。暑いころは身体から出る汗で濡れるわけ。

○秋来ては風冷かなる暮れもあるを暑さしめらひむつかしの夜や(永久百首・残暑秋十八首・源俊頼《としより》・二一三、秋が来たからには、風の冷ややかな感じのする夕暮れもあるものなのに、暑さと湿気に苦しめられる、なんとも不快な今日の夜だなあ)

1786 **あつむるほたる**

「集むる蛍」と表記し、「苦労して勉学すること」「苦心して学問をすること」「苦学」の意。「貧しくて灯火の油が買えないため、晋の車胤《しゃいん》は蛍を集めてその光で書物を読むという苦労をした」という、『晋書』(車胤伝)の故事に依拠している。なお、「孫康《そんこう》が雪の明かりで書を読む」という故事とともに、「蛍雪」の故事で伝わる。ちなみに、この故事は1500「まどにあつむるゆき」の項でも言及した。

1787 **あづまや**

「東屋」「四阿」と表記し、「四方の柱に屋根を葺き下ろしただけの家」のこと。なお、「催馬楽《さいばら》の曲名」、「『源氏物語』の五十番目の巻名」をもいう。「あづまやのまやのあまり」と続く。ちなみに、1527「まやのあまり」の項でも言及した。

1788 **あなたうと**

「あな尊」と表記し、「なんとまあ、尊いことだ」の意。

1789 **あなかま**

「あな囂」と表記し、「しっ」「静かに」「声が高い」の意。「ああ、うるさい」という意から転じ、人の話や周囲の騒ぎを制する表現となったもの。

1790 **あなじけ**

「あなじ風」と表記し、「北西の風」「船乗りを苦しめる風」のこと。「戌亥《いぬい》の風」のこと。長伯は、「又の説、辰巳《たつみ》の風なり。もとは、大和のあなじ山の風より言ひそめて、何処にもいふなり。『あなじけ』とは、あなしの風をもよほすなり」と記す。

1791 **あなたおもて**

「彼方面」と表記し、「あちら側」「向こう側」の意。「山」に詠まれる。

1792 **あなたのみがた**

「あな頼み難」と表記し、「なんとも信頼しにくいことだ」の意。

1793 **あらばあふよ**

「在らばあふ世」と表記し、「生きているならば、逢うことができる時」の意。なお、「世」に「夜」の意が掛かることが多くある。「恋」に詠まれる。

1794 **あらぶるかみ**

「荒ぶる神」と表記し、「荒々しく振る舞う神」「天皇の命令に従わない神」の意。

1795 **あらまし**

適当な用字法が見当たらないが、「前もっての計画」「心づもり」、「おおよそのこと」「概略」、（「あらましに」の形で用いて）「おおよそ」「だいたい」などの意がある。「あらましの山」とは、「『山居せむ』と前もって決意する『あらまし』のこと」。なお、「荒まし」と表記すると、「荒々しい」「激しい」「険しい」の意。この語は『源氏物語』特有の措辞で、宇治十帖に集中する。

1796 **あらひとがみ**

「現人神」と表記し、「人間の姿になってこの世に現われた神」「天皇」、「霊験《れいげん》あらたかな神、とくに、住吉・北野などの神」などの意がある。

○住吉のあら人神に誓ひても忘るる君が心とぞ聞く（拾遺集・恋四・読み人知らず・八六九、たとえ住吉の現人神に愛情を誓ったとしても、いずれ忘れてしまうような、少しも頼りにできない薄情なあなたの心と聞いている）

1797 **あらみさきのかみ**

「荒御前の神」と表記し、「軍勢の先頭に立って戦う勇猛な神」のこと。なお、「荒御裂の神」と表記すると、「男女の仲を裂くという、嫉妬心の強い女神」のこと。ちなみに、「鏡を手向けにして神の心を捕まえると、夫婦和合の守りとなる」という。

1798 **あらましきかぜ**

「荒ましき風」と表記し、「荒々しい風」「激しい風」のこと。

1799 **あらたまのとし**

「新玉の年」「荒玉の年」と表記し、「（あらたまの）年」の意。なお、「あらたまの」は、「年」「月」「来経《きへ》」などに掛かる枕詞だが、平安時代以降は「年」に掛かるのが一般的になった。「荒玉」は砥石《といし》で磨くので、「と（い）し」に掛かるという。

1800 **あらちを**

「荒ち男」と表記し、「（「あらしを」の変化形で）荒々しい男」「勇敢な強い男」のこと。「狩り人」などに詠まれる。

1801 **あらかねのつち**

「粗金の地《つち》」と表記し、「（あらかねの）地」の意。「粗金」は土の中に埋まっていることから、「粗金の」が「つち」に掛かる枕詞になったわけ。

1802 **あらればしり**

「あられ走り」と表記し、「踏歌《とうか》」の別称。歌舞が終わった後、「よろづとせ、あられ」（万年も、あられよ）と囃しながら、すばやく退場することからいう。「踏歌」は、「陰暦の正月に行なわれた宮中行事。平安遷都後、盛んになり、正月十四日または十五日が男踏歌、十六日が女踏歌と定められた」。「男踏歌」では、舞人・楽人《がくにん》となった者が催馬楽《さいばら》を歌い、宮中から外に出て、夜明けまで、集団で足を踏み鳴らしながら踊り歩く。「女踏歌」では、妓女・舞妓《まいこ》が南庭を三周して歌い舞う。

1803 **あらにこのかみ**

「荒和の神」と表記し、「乱暴な神を和らげる神」のこと。「御祓《おはらい》」の歌に詠まれる。

1804 **あくがれ**

「憧れ」と表記し、「本来の場所から離れること」「さまよい歩くこと」、「心や魂が人の身体から抜け出していくこと」「遊離すること」、「そわそわと他のことに心が惹き付けられること」、「心が離れること」「疎遠になること」などの意がある。なお、「あくがる」は、「人間の心や魂が本来の場所から離れてさまよい歩く」意が基本義。「あく」と「かる」の複合語と見られるが、「あく」の語源は不詳。「かる」は「離れる」の意。中世以降、「ある対象に心がひかれる」意にも用いられ、「あこがる」の形も現われた。これが現代語の「憧る」のもととなった。

1805 あくがれいづるたま

「憧れ出づる魂」「憧れ出づる玉」と表記し、「身体から抜け出して、当てもなくさまよいまわる魂」のこと。

○もの思へば沢の蛍も我が身よりあくがれ出づるたまかとぞ見る（後拾遺集・雑六《ぞう》・和泉式部・一一六二、思い悩んでいると、沢辺を飛ぶ蛍の火も、わたしの身体から抜け出た魂ではないかと見るよ）

1806 あくたび

「芥火」と表記し、「漁師が海岸でごみくずを集めて焼く火」のこと。「津の国三島江」などに詠まれている。詠みなれぬ場所では詠じてはならない。

○ほのかにもわれを三島の芥火のあくとや人の訪れもせぬ（拾遺集・恋五・読み人知らず・九七六、わたしとほのかに逢ったのに、三島の芥火の「あく」ではないが、飽きてしまったとでもいうのか、あの人は訪ねて来ようともしない）

1807 あやにく

「生憎」と表記し、「（期待や予想に反して、失望したり落胆する気持ちを表わして）あいにくだ」「都合が悪い」、「程度がはなはだしい」「あまりにも激しい」、「あまりにもきびしい」「意地が悪い」などの意を表わす。俗に、物事にあまりにも執着することを、「しつこき」というのと同じ趣。「あやにとばかり」「あやに恋しくありしかば」と詠まれる。どちらも「しつこき」趣。なお、この語は、感動詞「あや」に「憎し」の語幹「にく」がついてできた語。「ああ憎い」と思う状態を表わし、もともとの予想や期待に反したことになった失望・困惑などを表わす。近世以降「あいにく」となり、現代に及ぶ。

○見てもなほ飽かぬ心のあやにくに夕べはまさる花の色かな（続古今集・雑歌上《ぞうか》・藤原伊長《これなが》・一五二八、いくら見てもやはり満足できない心なのに、意地が悪いことに、夕暮れはいっそう濃く美しくなる、桜の色だなあ）

1808 あやなし

「文無し」と表記し、「すじが通らない」「わけが分からない」「道理に合わない」、「理由がない」、「意味がない」「つまらない」「無駄だ」などの意がある。なお、この語の「あや」はもともと「筋目や模様のこと」。「あやなし」は、対象の筋目がはっきりしない、どこがどこで繋がっているかはっきりしない状態を表わすところから、「物事の筋道がはっきりしない」意となった。またさらに、わけのわからない気持ちをも表わすようになった。

○春の夜の闇はあやなし梅の花色こそ見えね香やはかくるる（古今集・春歌上・凡河《おおしこ》内躬恒《うちのみつね》・四一、春の夜の闇は筋道が通らないことをするものだ。梅の花は、色が見えなくても香は隠れようもないのだから）

○見ずもあらず見もせぬ人の恋ひしくはあやなく今日やながめくらさむ（伊勢物語・第九十九段・中将なりける男・一七四、お顔をまったく見ないわけでもなく、見たともいえないあなたが恋しくて、今日は無駄にもの思いにふけって日を暮らすのでしょうか）

1809 あやな

「文無」と表記し、「わけもなく」「むなしい」の意。前項の「あやなし」の語幹。

1810 あやめもわかぬ

「文目も分かぬ」と表記し、「物事の筋道

も弁えないこと」「ものの道理も分からないこと」「分別がないこと」の意。「文目も知らぬ」にほぼ同じ。

1811 **あやめのまくら**

「菖蒲の枕」と表記し、「陰暦五月五日の夜、邪気を払うために菖蒲《しょうぶ》の葉を枕の下に敷くこと」をいう。

1812 **あやめ**

「菖蒲」と表記し、「草の名で、しょうぶ」のこと。剣状の葉は芳香が強く、邪気を払うとされ、陰暦五月五日の端午の節句には、魔よけとして、軒や髪に挿して飾った。後世では、入浴時、湯に入れる「菖蒲湯」なども行なわれた。これは「花しょうぶ」とは別で、「菖蒲草《あやめぐさ》」に同じ。和歌で多く「文目《あやめ》」をかける。なお、「花しょうぶ」「花あやめ」の意もある。これは初夏に紫色・白色の花をつける。また、混同して「襲《かさね》の色目の名称」の意もあり、表は青または白、裏は紅梅。陰暦五月に用いる。ちなみに、「くちなは」（蛇）をもいう。

1813 **あまぎる**

「天霧る」と表記し、「雲や霧が掛かって空一面が曇る」こと。「あまぎる雪」「あまぎる霞」などと詠まれている。1835の項と重複。

1814 **あまのすむさとのしるべ**

「海人の住む里の導」と表記し、「漁師の住む里の道案内」の意。

○海人の住む里のしるべにあらなくにうらみむとのみ人の言ふらむ（古今集・恋歌四・小野小町・七二七、わたしは漁師の住む里の道案内でもないのに、どうして人は浦を見たい、恨みたいとばかり言うのだろうか）

この例歌（証歌）から、「海人の住む里のしるべ」の措辞は「恨む」趣に用いられるようになった。「うらみむ」の表現が「浦見む」と「恨みむ」を掛けているから。このことは、『続古今集』の「恨身恋といふことを」の詞書《ことばがき》を付した、

○何とかは我が身をおきて海人の住む里のしるべを人に問ふべき（続古今集・恋歌四・藤原行家《ゆきいえ》・一二二四、どうしてわが身をさしおいて、浦を見ようとして漁師の住む里の道案内――冷淡の恨みを訴えるすべを、彼女に問えようか、問えはしないよ）

の行家の詠歌にも指摘しえるように、「恨む恋」に詠まれるようになったのだ。

1815 **あまのをとめご**

「海人の少女子」「海士の乙女子」と表記し、「漁師の未婚の女性」のこと。

1816 **あまのよびごゑ**

「海人の呼び声」と表記し、「網曳《あび》きの共同作業に従事する網子《あご》たちを督励《とくれい》する掛け声」のこと。ちなみに、長伯は、「海人が海中から上がって息を継ぐ音」の意とする。それは海中から上がって息を継ぐ音が、人を呼ぶ声に似ているからという。

1817 **あまをぶねはつせ**

「海人小舟初瀬」と表記し、「（あまをぶね）初瀬」の意。「海人小舟」は「漁夫が乗る小舟」のこと。「初瀬」は大和国の歌枕。なお、「海人小舟」は、舟が「泊つ」（停泊する）というところから、「はつ」に、「乗る」ところから、「のり」にそれぞれ、掛かる枕詞となる。『万葉集』に、船が停泊する場所を、「舟泊つる」「舟泊てて」などと詠まれている事例が見える。

1818 **あまつをとめ**

「天つ少女」と表記し、「天女」（天少女）、「（天女のように見えることから）五節《ごせち》の舞姫」などの意がある。「五節の舞姫」とは、「朝廷で、毎年の新嘗会《しんじょうえ》（稲の収穫を祝い、翌年の豊かな実りを祈願する神事。天皇がその年に収穫した穀物を神に供え、みずからも食べる儀式）や大嘗会《だいじょうえ》（天皇が即位した後の、新嘗会）のときに行なわれる、舞姫による舞楽《ぶがく》を中心とした行事」のこと。これは陰暦十一月の二回目の丑《うし》・寅《とら》・卯《う》・辰《たつ》の日に四日間行われた。

1819 **あまのまてがた**

「海人の両手肩」と表記し、「漁師が潮水を汲み入れて運んだり、または、藻塩草《もしおぐさ》を刈り集めたりなどするとき、両手両肩を使って忙しく働くこと」の意。「いとまなみ」「かきあつむ」などに、また、同音で「待て」などの措辞が続く。なお、長伯は、一説に、「浜に『馬刀《まて》』という貝が砂の中に入っているときに、その穴に塩を入れると、馬刀が浮き上がるのを『馬刀櫛』というもので刺し取ることをいう」とある、と紹介する。また、藤原清輔《きよすけ》などの説では、「海人のまくがた」のことで、「く」と「て」の文字が、草仮名では酷似しているので誤記した結果だという。ちなみに、「まくがた」とは、「漁師が干潟に海水をまいて、製塩すること」だが、要するに、この措辞は定説を認定しがたい難語であるようだ。

1820 **あまのたくなは**

「海人の栲縄」と表記し、「海人が海中に入る際の命綱」、「多くの釣り針のついた釣り糸」、「漁網を引いたり、上げたりする時に引く綱」などの意がある。なお、長伯は、『たぐ縄』と濁るのは、『手繰る縄』のこと、『たく縄』と澄むのは、『縄を火に焚《た》く』こと」で、「海人のなはたき」とも詠まれるとする。

1821 **あまのかるもにすむむし**

「海人の刈る藻に住む虫」と表記し、「漁師が刈る海草に住む虫の割れ殻《から》」のこと。「割れ殻」は、「海草に付着している節足動物の一種」。乾くと殻が割れることから、この名があるという。和歌では「我から」に掛けて用いることが多い。〔詠み方〕「恋」に寄せて、「我が身から物思ふ心」などに詠まれている。

○海人の刈る藻に住む虫のわれからと音《ね》をこそ泣かめ世をばうらみじ（古今集・恋歌五・藤原直子《なおいこ》・八〇七、漁師が刈る海草に住む虫の「割れ殻」ではないが、我が身の不運はみな「我から」、（わたし自身から）、招いたことと、声を上げて泣きこそすれ、このようになってしまった二人の仲を恨んだりはすまいと思う）

1822 **あまのさへづり**

「海人の囀り」と表記し、「鳥の鳴き声のように、漁師の話す声が聞き取りにくいこと」をいう。

1823 **あまとぶくも**

「天飛ぶ雲」と表記し、「天空を飛ぶ雲」「大空を飛びかける雲」の意。

1824 **あまつかみ**

「天つ神」と表記し、「天上界の神」「地上に降りてきた神」のこと。「あまつみかみ」ともいう。

1825 **あまぐも**

「天雲」と表記し、「空の雲」「雲」のこと。なお、「雨雲」と表記すると、「雨を降らせる雲」「雨気をおびた雲」の意。

1826 **あまづたふひ**

「天伝ふ日」と表記し、「空をめぐる太陽」の意。なお、「あまづたふ」は、「天の道を伝わって日が動く」ことから、「日」「入り日」の枕詞になる。

1827 **あまびこのおとはのやま**

「天彦の音羽の山」と表記し、「（あまびこの）音羽の山」の意。なお、「あまびこの」は、「こだま」の意から、「音」に掛かる枕詞。「音羽の山」は、「山城国と近江国の境の山」。逢坂山へと連なるため、「逢坂」と関わらせて詠むことが多い。「時鳥《ほととぎす》」が景物。

1828 **あまま**

「雨間」と表記し、「雨の一時止んでいる間」のこと。「あままも見えぬ五月雨の空」などと詠む。「雨の晴れ間も見えぬ」趣。

1829 **あまのいはふね**

「天の磐船」と表記し、「空中を飛行する堅固な船」、「天の川にあるという想像上の船」などの意がある。『日本書紀』では、高天原《たかまがはら》から下界に降りる際に用いた船として伝えている。

1830 あまのと

「天の戸」「天の門」と表記し、「高天原の入り口にある堅固《けんご》な岩の戸」、「空の、太陽や月の渡る道」、「天の川の渡し場」などの意がある。「天の岩戸」「天の岩屋」に同じ。〔詠み方〕「明け行く」「明け暮れ」など、縁のある表現・措辞を寄せて詠むといい。

1831 あまのははや

「天の羽々矢」と表記し、「天稚彦《あめわかひこ》が名無しの雉を射殺した、大蛇のような威力のある矢」のこと。「天稚彦」は、天孫降臨に先立ち、葦原の中つ国を平定するために高天《たかまが》原《はら》から遣わされた神。命令を果たさず、責任を追及しに来た名無しの雉を羽々矢で射殺したが、その矢を射返されて死んだ。

1832 あまのさよはし

「天の小夜橋」と表記し、「織女が渡る橋」のこと。中国の「七夕伝説」は、「一年に一度、七月七日の夜に、織女が天の川を渡って牽牛に会いに行く」というもので、奈良時代にわが国に伝えられた。しかし、日本では、「通い婚」の風習があったので、牽牛が織女のもとに通うように変えられた。

1833 あまばり

「雨晴り」と表記し、「雨が止んで空が晴れること」「雨上がり」のこと。「雨晴れ」に同じ。

1834 あまつつみ

「雨障み」と表記し、「雨に降られて外出できず、家に閉じこもっていること」をいう。「雨障《あまざは》り」に同じ。なお、長伯は、「あまづつみ」の表記を示し、「雨具なり」とする。

1835 あまぎる

「天霧る」と表記し、「雲や霧などが掛かって、空一面が曇る」こと。1813の項にすでに載り、重複《ちょうふく》する。

1836 あまざかるひな

「天離る鄙」と表記し、「(空の彼方に遠く離れる)田舎」の意。「天離る」は「鄙」にかかる枕詞。田舎は、空も一面に覆って、ひどく離れているように見えるから。

1837 あまそそぎ

「雨注ぎ」と表記し、「雨の雫」「雨だれ」のこと。

1838 あまつひつぎ

「天つ日嗣ぎ」と表記し、「『天つ神』の天照大御神の系統を受け継ぐこと」「皇位の継承」、「天皇の位」「天皇」などの意。

1839 あまつひれふる

「天つ領巾振る」と表記し、「天女が衣の上から肩に掛ける細長い布を振る」の意。「七夕」に詠まれる。

○七夕のあまつひれ吹く秋風に八十《やそ》の船《ふな》津《つ》をみ船出《い》づらし（千載集・秋歌上・藤原隆季《たかすえ》・二三六、織女の領巾を吹きなびかせる秋風が吹き始めて、天の川の八十の港を牽牛の船が出たらしいよ）

1840 あまのくひだ

「天の杭田」と表記し、「神にささげる稲を植える田」「神領《しんりょう》の田」「神田」のこと。長伯は「あまのくゐだ」と表記し、「素戔嗚《すさのお》尊《みこと》の御田なり」と叙述する。

1841 あけのそほぶね

「朱の曾保船」と表記し、「船体保護、装飾のために、朱塗りにした船」のこと。

1842 あけごろも

「緋衣」「緋袍」と表記し、「男性の束帯《そくたい》用の上着で、五位の者が着た緋色の袍《ほう》」「(転じて)五位の者」の意。「朱」「朱の衣」「赤衣」に同じ。ちなみに、この語は、「あけ」が同音であることから、「明け」にかかる枕詞でもある。

1843 あけぐれのそら

「明け暗れの空」と表記し、「夜がすっかり明ける前の、薄暗い時分の空」「未明の空」のこと。「暁」に関わる措辞。夜が明ける前には、ひとしきり暗くなるのをいうわけ。その後が「曙」だが、「明け暮れ」の措辞とは、趣を異にする。

1844 あけぬこのよ

「明けぬ此の夜」と表記し、「この夜は明けた」の意。「今夜が明けた」趣。倒置法。

1845 あふご

「逢ふ期」「合ふ期」「会ふ期」と表記し、「男女の逢う機会」のこと。「逢ふ期なき」は、「男女が逢い、契りを結ぶ機会がない」こと。「逢ふ期難《かた》み」は、「男女が逢って、契りを結ぶのがむつかしい」こと。

1846 あふにかふいのち

「逢ふに換ふ命」と表記し、「恋人と逢うことと交換する命」の意。「一夜でも恋人と逢うことができるならば、命に換えても構わない」という趣。

○命やはなにぞは露のあだものを逢ふにし換へば惜しからなくに（古今集・恋歌二・紀友則《とものり》・六一五、命だって、それが何だというのだ。露のように、はかなくむなしいものではないか。恋する人に逢うのに引き換えられるものならば、すこしも惜しくはないのに）

1847 あふさきるさ

適当な用字法が見当たらないが、「あちらがよければこちらが悪くて、うまくいかない」「うまくかみ合わない」「食い違っている」、「ああも思いこうも思う」「あれこれと思い悩む」、「行ったり来たりする」「行き違う」などの意がある。「あふさきるさに物思ふ」は、「右も左もあれこれ物思う」という意。

1848 あふなあふな

適当な用字法が見当たらないが、「身の程をわきまえて」「分相応に」の意。なお、「あぶなあぶな」（危な危な）と表記し、「おそるおそる」の意とする説、また、「おふなおふな」「おほなおほな」と同じ語とする説などの異説がある。

○あふなあふな思ひはすべしなぞへなく高き卑しき苦しかりけり（伊勢物語・第九十三段・男・一六七、身分相応に恋はするのがよい。比べようがないほど、身分が高い人と低い者との恋は、苦しいものなのだなあ）

1849 あごととのふる

「網子調ふる」「網子整ふる」と表記し、「（網を曳《ひ》く）共同作業をする網子を指揮すること」の意。「網曳《あび》きすと網子ととのふる」と詠まれている。「網を曳くというので網を曳く人を借り出し、指揮する」わけ。一説に、「網子」は「網の道具」とする説があるが、採用するには及ばない。

1850 あてなるひと

「貴なる人」と表記し、「身分の高い人」、「上品な人」などの意。この語は、「高貴である」が基本的な意。身分の高い人は、容姿や振る舞いが上品で優雅であることから、「上品である」意にもなった。ちなみに、「やむごとなし」が最高の身分・血筋を表わすのに対し、「あてなり」は「やむごとなし」より低い身分・血筋を表わす。皇族を上限として用いられ、皇子には用いないとされる。

1851 あさけ

「朝食」と表記し、「朝の食事」のこと。「あさけのけぶり」は、「朝の食事を整える竈の煙り」。ただし、「朝け夕け」は、食事の趣以外にも、「朝夕」の意で詠まれる。

1852 あさなけ

「朝な日」と表記し、「朝に昼に」「いつも」の意。「あさにけに」に同じ。

1853 あさあけ

「朝明け」と表記し、「朝になってあたりが明るくなること」「明け方」のこと。「朝《あさ》明《け》」に同じ。

1854 あさなぎ

「朝凪ぎ」と表記し、「朝方、海岸で、陸風から海風に変わる間、しばらく風が止んで波が静かになること」をいう。2027「わふなぎ」の項の反対語。「海辺」に関わる措辞。「波風も和らいで、静かな」趣。

1855 あさぼらけ

「朝朗け」と表記し、「朝、ほのぼのと明

るくなったころ」「明け方」のこと。「朝そのもの」の趣。

1856 **あさびらき**
「朝開き」と表記し、「停泊していた船が、朝早くに出港すること」「朝の船出」のこと。なお、長伯は、「『朝ぼらけ』に同じ。またの説に、『あさびやけ』の心と云々」とする。

1857 **あさまだき**
「朝まだき」と表記し、「夜がまだ明けきらないころ」「朝早く」の意。「朝早々」の趣。

1858 **あさもよひ**
「朝催ひ」と表記し、「朝食の準備」「朝食どき」のこと。ちなみに、長伯が「あさもよひき」の見出しを掲げて、「『あさもよひ』は、『き』とつづくる枕詞なり。『あさもよひ紀の関守』『あさもよひ木々』などいへる類なり」の説明を付しているのは、「あさもよし」(朝裳よし・麻裳よし)の語の誤解からであろう。しかし、「あさもよひ」を「き」の枕詞と理解している用例は、『夫木抄』などに数多く見出されるようだ。

1859 **あさとで**
「朝戸出」と表記し、「朝早く戸を開けて、出てゆくこと」をいう。

1860 **あさい**
「朝寝」と表記し、「朝遅くまで寝ていること」「朝寝」のこと。「朝いする」「朝いの床」などと詠まれている。

1861 **あさひこ**
「朝日子」と表記し、「朝日」のこと。「子」は親しみを込める意味でつける接尾語。

1862 **あさなつむ**
「朝菜摘む」と表記し、「朝食の副食物を摘み取る」こと。「朝菜」は、「朝食のおかずにする、海草や野菜などのこと」をいう。「若菜」に詠む。

1863 **あさひかげにほへるやま**
「朝日影匂へる山」と表記し、「朝の日の光で照り映えている山」のこと。ちなみに、「匂ふ」の語は、「に」が「丹」で「赤い色」の意、「ほ」が「秀」で「それが表面に現われる」意、「ふ」が「そのような状態になる」意の動詞を作る接尾語。このことから、「赤く色づく」意が原義で、ぱっと目に飛び込んでくるような視覚的な美しさに用いられた。中古以降、「強い香りを放つ」意も生じた。

1864 **あさづくひ**
「朝づく日」と表記し、「朝日」のこと。また、「向かふ」にかかる枕詞でもある。

1865 **あさひがくれ**
「朝日隠れ」と表記し、「朝日が雲などに隠れて見えなくなること」、「朝日が照らさないこと、また、そのような場所」などの意がある。

1866 **あさかはわたる**
「朝川渡る」と表記し、「朝に川を渡ること」の意。「浅い川を渡る」ことではない。

1867 **あさぎよめ**
「朝浄め」「朝清め」と表記し、「庭などを、朝、掃き清めること」「朝の掃除」、「朝、顔や手足などを洗い清めること」などの意がある。

1868 **あさせふむ**
「浅瀬踏む」と表記し、「川の、浅くて流れの速いところを踏み歩くこと」の意。和歌では、恋愛の問題に深入りしないさまを形容する場合がある。

1869 **あさねがみ**
「朝寝髪」と表記し、「朝、寝起きのままのだらしがない乱れた髪の毛」をいう。998「ねくたれがみ」の項、1008「ねみだれがみ」の項に同じ。

1870 **あさごち**
「朝東風」と表記し、「明け方の東風」のこと。

1871 **あささらずなく**
「朝去らず鳴く」と表記し、「毎朝鳴く」「朝ごとに鳴く」の意。「鶯」に詠む。なお、長伯は、「朝に軒端《のきば》を去らずに鳴く」と記す。

1872 **あさづまぶね**

「朝妻舟」「浅妻舟」と表記し、「琵琶湖の東岸の朝妻と、南岸の大津との間を往来した渡し船」のこと。遊女がこの舟に乗っていたことから、この名がついたともいわれる。

1873 **あさくらのこゑ**

「朝倉の声」と表記し、「『神楽』の名称」のこと。

1874 **あさはかに**

「浅はかに」と表記し、「(空間的に)浅く」「奥行きがなく」、「考えが足りず」「軽率に」、「取るに足りず」、「内容に深みがなく」などの意がある。

1875 **あさる**

「漁る」と表記し、「(動物が)餌を探し求める」、「(人が)魚貝などを採る」、「探し求める」などの意がある。「あさるきぎす」「あさる白鷺」などと詠む。

1876 **あさのさごろも**

「麻の狭衣」と表記し、「麻でできた粗末な着物」、「葬儀や喪中に着る白い麻の着物」などの意がある。「麻の衣」に同じ。

1877 **あさりする**

「漁りする」と表記し、「動物が餌を捜すこと」、「漁をすること」、「探ること」「物色すること」などの意がある。『無名抄《むみょうしょう》』に、「海士《あま》の朝に漁りするを『あさり』といひ、夕にするを『いざり』といふ」とある。

1878 **あさでほす**

「麻手干す」「麻手乾す」と表記し、「麻または、麻布を乾かす」こと。「あさで」とは、麻が人の手に似ているから。

1879 **あざむく**

「欺く」と表記し、「そそのかす」、「だます」、「見くびる」「侮る」「あざける」などの意がある。なお、長伯は、「変ずる心なり。そしり、あなどる心にはあらず」として、次の『古今集』の遍照《へんじょう》の詠を例歌(証歌)に掲げる。

○蓮葉《はちすば》のにごりに染《し》まぬ心もてなにかは露を玉とあざむく(古今集・夏歌・遍照・一六五、蓮の葉は泥水の中に生えていながら、少しも濁りに染まらない清らかな心を持っているのに、どうしてその上に置く露を玉と見せかけて人をだますのか)

1880 **あさがれひ**

「朝餉」と表記し、「天皇が『朝餉の間』でとる、日常の食事のこと」。これは正式な食事である「大床子《だいしょうじ》の御膳《おもの》」に対していう。

1881 **あきのななくさ**

「秋の七草」と表記し、「秋の野原に咲く代表的な七種の草花。萩・尾花《おばな》・葛《くず》・撫子《なでしこ》・女郎花《おみなえし》・藤袴・朝顔」をいう。

○萩の花尾花葛花撫子が花女郎花また藤袴朝顔の花(万葉集・巻八・山上憶良《やまのうえのおくら》・一五三八、〈秋の野に咲く花は〉萩の花、尾花、葛花、撫子の花、女郎花、それから藤袴、朝顔の花だ)

1882 **あきづしま**

「秋津島」「秋津洲」「蜻蛉島」と表記し、「(五穀豊穣《ほうじょう》にかかわる「蜻蛉《とんぼう》」の意から)日本国または大和国の称」、「『大和』にかかる枕詞」などの意がある。

1883 **あゆのかぜ**

「東風の風」と表記し、「(上代の北陸方言で)東の風」のこと。「あゆ」に同じ。

1884 **あめのいと**

「雨の糸」と表記し、「雨を糸に見立てていう語」。

1885 **あめすべらき**

「天皇」と表記し、「天皇」のこと。

1886 **あめのみはしら**

「天の御柱」と表記し、「神仏や貴人・賢者を敬って数える接尾語」。長伯は、「伊邪《いざ》那岐命《なぎのみこと》 伊邪那美命《いざなみのみこと》みとの目合《まぐは》ひありしとき、めぐりたまふ柱なり」と叙する。

1887 **あめもよ**

あ

「雨催」と表記し、「雨の降っているとき」の意。「あめもよひ」に同じ。長伯は、このほかに「雨の夜なり」の意を掲げている。

1888 **あじろ**

「網代」と表記し、「漁具の一つ。川の浅瀬に杭を打って竹や木などを編んで並べて魚を追い込み、端に簀《す》を置いて魚を取るもの。冬、宇治川で、氷魚《ひお》をとったのが有名」、「薄くそいだ檜・竹・葦を帯状にして編んだもの。これは垣根・天井・屏風・牛車の屋形・笠などに用いられた」、「『網代車』の略」などの意がある。「宇治川」「田上川」に詠まれている。ちなみに、「網代木」は、「網代の水中に打った杭」のこと。

1889 **あしづつ**

「葦筒」と表記し、「葦の茎」、「葦の茎の内側についている薄い皮」、「『薄いもの』の譬え」などの意がある。なお、「あしづつの」は、「(葦筒が薄いことから)薄し」「一重」にかかる枕詞。

1890 **あしのほわた**

「葦の穂綿」「蘆の穂綿」と表記し、「葦の穂の細毛がけばだったものを、摘んだもの」「それを衣服に入れて綿の代用にしたもの」をいう。「昔、継母が継子を憎んで、実子には真の綿を入れて着せ、継子には葦の穂を摘んで着せた」という故事がある。

1891 **あしすだれ**

「葦簾」と表記し、「葦で作ったすだれ」のこと。とくに、「諒闇《りょうあん》」で服喪中の天皇の借屋には、鈍色《にびいろ》の布で縁取ったものを掛けた。この通常の御殿よりも床を下げた板敷きの仮屋に、天皇は十三日間籠もるのだが、これは不吉なことなので「葦簾」は常には詠じない。ただし、「津の国難波」などに詠むのは構わない。

1892 **あしひきのあらし**

「あしひきの嵐」と表記し、「(あしひきの)嵐」の意。「あしひきの」は「山」にかかる枕詞だが、「嵐」が続いているのは、「嵐が山から吹き下ろすもの」ゆえに「あしびきの嵐」と詠み慣らわされているのだ。

○窓越しに月おし照りてあしひきの嵐吹く夜は君をしそ思ふ(万葉集・巻第十一・寄《き》物陳思《ぶっちんし》・作者未詳・二六七九、窓越しに月が一面に照り渡って、嵐の吹く夜はあなたを思うことだ)

1893 **あしひきのやま**

「あしひきの山」と表記し、「(あしひきの)山」の意。「あしひきの」は「山」「峰」や、「(山と同義である)岩根」「尾の上《え》」などにかかる枕詞。意味は諸説あるが、長伯が引用している説を紹介しておこう。それらは、「(神々が蘆《あし》を引き捨てて国土を開いたとき、その蘆を捨てたところが山になったことから)蘆引きの山」の意とする説、「(須佐之男命《すさのおのみこと》が山に入ったところ、風雪に合い、「悪しき日来る」と言ったことから)悪し日来の山」の意であるとする説、「(山に分け入ったところ、杭を踏んで足を引きずりながら歩いたところから)足引きの山」の意とする説などだが、なお秘説があるという。

1894 **あしで**

「葦手」と表記し、「葦手書き」の略。葦のような形に書いた文字の書き方。平安時代に行なわれた文字の戯《ざ》れ書《が》きのこと。水を絵に描き、歌を草仮名などで細長く続けて、水辺に葦の生え乱れているように書いたもの。また、葦の群生している水辺に字隠しをするように、文字化された岩や水鳥を配して、歌を書いたものをもいう。さらに、石や家・鳥などをも水辺に描き加え、いっそう絵画的になったものもある。

1895 **あしわけをぶね**

「葦分け小舟」と表記し、「生い茂った葦の間を掻き分けて進む小舟」のこと。葦の中を分けて進む舟は、あちらこちらに障害が多くて進みにくいものなので、「障害の多いこと」に譬えてもいう。「恋」に多く詠まれる。

○湊《みなと》入りの葦分け小舟《をぶね》さはり多みわが思ふ人に逢はぬころかな（拾遺集・恋四・柿本人麻呂・八五三、港に入る葦の間を分けて漕ぎ進む小舟のように、妨げになるものが多いので、わたしの思慕する人に逢えない、今日この頃だ）

1896 **あせて**

「浅せて」と表記し、「水が浅くなって」「涸れて」の意。なお、「褪せて」と表記すると、「（色などが）さめて」「移ろい変化して」、「衰えて」などの意。

1897 **あすかかぜ**

「明日香風」「飛鳥風」と表記し、「大和国明日香地方に吹く風」のこと。「初瀬風」「佐保《さほ》風」の類。

1898 **あすはのかみにこしばさす**

「阿須波の神に小柴刺す」と表記し、「上《かず》総《さ》国にある阿須波宮の神に祈願のために小柴を立てること」をいう。

○いまさらに妹《いも》帰さめやいちしるき阿須波の宮に小柴さすとも（散木奇歌集・神祇・源俊頼《としより》・八五二、いまさら恋人を帰してくれるだろうか、いやそんなことはないだろう。たとえ霊験《れいげん》あらたかな亜須波の神に小柴を刺して祈ったとしても）

〔さ〕

1899 **さいはひのみ**

「幸ひの身」「幸ひの実」の表記が考慮され、前者は「幸福な身分」、後者は「幸福の果実」。しかし、長伯は、「嶺をいふ」とする。ちなみに、「さいはひのみ」の歌語は、各索引には見出しえない。

1900 **さいたづま**

適当な用字法が見当たらないが、「『いたどり』（虎杖）の古名」、「春萌え出た若草」などの意がある。「つま」の部分に「妻」を掛け、「うらわかし」「うら」「わかし」を取り合わせる。

＊野辺見れば弥生の月のはつかまでまだうらわかきさいたづまかな（後拾遺集・春下・藤原義孝《よしたか》・一四九、野辺を見ると、弥生三月の二十日になるまで、まだ若々しさを保っている、いたどりの草だなあ）

1901 **さばへなすかみ**

「五月蝿なす神」と表記し、「五月の蝿のように、騒がしく荒々しい葦原の中つ国の神」の意。「さばへなす」は、「（陰暦五月ごろの蝿のように、「騒がしい」ということから）騒ぐ」「荒ぶ」にかかる枕詞。

1902 **さは**

「然は」と表記し、「そうは」「そのようには」、「それならば」「それでは」などの意がある。「いまはさは」などの類。

1903 **さばかり**

「然許り」と表記し、「それほど」「そのくらい」「その程度」、「あれほど」「あんなにまで」、「非常に」「たいそう」などの意がある。この語は、「さ」に「程度」の意の副助詞「ばかり」が付いたもの。「すでにある事柄の程度や限度」を表わす。その程度がよい場合にも、よくない場合にも用いられる。また、「程度のはなはだしさ、およびその強調」にも用いられる。「さほど」という趣。

1904 **さほかぜ**

「佐保風」と表記し、「大和国佐保のあたりに吹く風」のこと。「初瀬風」の類。

1905 **さほどの**

「佐保殿」と表記し、「佐保と称する人物の住んでいた御殿《ごてん》」のこと。佐保山の麓は、大伴家持《やかもち》などの貴族の邸宅地であった。ちなみに、長伯は、「『或抄』大和の佐保山に御殿を造られしこと、時代分明《ふんみょう》ならず。但し、淡海《おうみ》公の家を『佐保殿』といふ」と記す。

1906 **さほぢ**

「佐保路」と表記し、「佐保の方面への

道」、「佐保の地域を通過する道」などの意を表わす。「初瀬路」というのに同じ。

1907 **さほひめ**

「佐保姫」と表記し、「春の女神。佐保山の女神」の意。平城京の東方にある佐保山を神格化したもので、五行《ごぎょう》思想で東が春の季節に当たることによる。「春霞」はこの女神が織りなすと考えられた。

1908 **さとなるる**

「里馴るる」と表記し、「（鳥などが）人里になれること」。「時鳥《ほととぎす》」に詠まれる。この鳥は山から出てきて、里になれるから。

1909 **さとをばかれず**

「里をば離れず」と表記し、「里には、途絶えずに通うこと」の意。

＊今ぞ知る苦しきものと人待たむ里をば離れず訪《と》ふべかりけり（古今集・雑歌《ぞうか》下・在原業平・九六九、今はじめてわかりました、人を待つのはつらいものだと。わたしを待っている女の里には、途絶《とだ》えることなく通っておくべきでしたよ）

1910 **さとかぐら**

「里神楽」と表記し、「宮中の『御神楽《みかぐら》』に対して、諸社や民間で行なう神楽のこと」。古くは鼓や銅拍子《どびょうし》を打って巫女《みこ》が舞うものであったが、後には笛、大太鼓などを用い、面を付けて身振り手振りの演技も行なうようになった。なお、「里」は、「内裏《だいり》以外の所」の意。

1911 **さち**

「幸」と表記し、「狩りや漁で獲物《えもの》を捕らえる霊力」、「弓矢や釣り針などの、獲物を捕るための道具」、「狩りや漁で獲物があること、また、その獲物」、「しあわせ」「幸福」などの意がある。

1912 **さりげなき**

「然りげ無き」と表記し、「そんなことがあった様子ではないこと」「なにげない様子であったこと」の意。

1913 **さぬる**

「さ寝る」と表記し、「寝ること」「眠ること」、「男女が共寝《ともね》すること」などの意がある。長伯は、「小寝る」と表記し、「すこし寝ること」とする。

1914 **さぬらく**

「さ寝らく」と表記し、「寝ること、とくに、男女が共寝すること」をいう。前項の1913「さぬる」に同じ。

1915 **さぬるよ**

「さ寝る夜」と表記し、「男女が共寝《ともね》する夜」、「旅寝する夜」などの意がある。1913「さぬる」の項を一部含む。

1916 **さぬれて**

「さ濡れて」と表記し、「すこし濡れて」の意。

1917 **さるのみさけび**

「猿の三叫び」と表記し、「猿の三声は哀切で、断腸の思いがする」の意。中国の揚子江の急流地帯に巫峡《ふきょう》・瞿《く》塘峡《とうきょう》・西陵峡という、所謂「三峡」で猿の悲痛な鳴き声を三度聞くと、どのような人でも袖を濡らさない人はないという言い伝えがある。その趣を『芸文類聚《げいもんるいじゅう》』（獣部）には、「巴東《はとう》の三峡猿の鳴くこと悲し　猿鳴くこと三声にして涙衣を潤ほす」と記している。この漢詩文に依拠して「さるのみさけび」の語は掲げられたのであろう。

1918 **さをなぐるま**

「矢を投ぐる間」と表記し、「投げた矢が遠くまでゆく間」の意。長伯は「間隙《かんげき》なきものなれば、光陰の移りやすきにも譬へ、また、無常にも譬ふ」と記す。

〇何事も思ひ捨てたる身ぞやすき矢を投ぐる間の夢の憂き世に（和歌八重垣、どんなことも一切、思いを断ち切って見捨てた身は気楽なものだ。投げた矢が遠くまでゆく間の、夢のようなはかなくつらいこの世では）

1919 **さをに**

「さ青に」と表記し、「青色に」の意。「白きが至りて青きに」の趣。「白馬の節会《せちえ》」を

「あおうまの節会」という類。

1920 さかきばにかけしかがみ

「榊葉に掛けし鏡」と表記し、「（天照大御神が天の岩戸に隠れたのを、神々が出御を願って）榊の枝に諸種の神供《じんく》をかけて祈った際の鏡」のこと。天照大御神が天の岩戸に籠もって再び、姿を現わした具体的な経緯については、『日本書紀』（神代上）に詳細な記述がある。八百万神《やおよろずのかみ》が、榊の上の枝には玉をかけ、中の枝には鏡をかけ、下の枝には幣《ぬさ》をかけ、神楽を奏したという。

1921 さかゆく

「栄行く」と表記し、「いよいよ栄えてゆく」「繁栄してゆく」こと。この歌語は「坂行く」に掛けて詠まれるが、次の『古今集』の例歌（証歌）はその好例。

○今こそあれ我も昔は男山《をとこやま》さかゆく時もあり来《こ》しものを（古今集・雑歌《ぞうか》上・読み人知らず・八八九、今はこんな年寄りだが、わたしだって以前は男山の坂を登っていくように、男盛りで栄えていく時もあったのだよ）

1922 さかしき

「賢しき」と表記し、「賢いこと」、「判断力がしっかりしていること」、「気がきいていること」、「さしでがましい」などの意がある。この語は、何事につけても、的確な判断が下せて、物に動じることなく、てきぱきと処理できるさまをいう。そこから、「こざかしい」「差し出がましい」といった意が派生した。

1923 さがなき

適当な用字法が見当たらないが、「性格がよくないこと」「意地悪だ」、「口が悪いこと」「口やかましいこと」、「いたずらだ」などの意がある。この語は、「人に不快な感じを与えるような性質や行為・態度」が原義。子どもに対して用いられる場合は、「いたずらだ」「やんちゃである」といった、「ほほえましい」意に転ずる。「口さがなし」「ものいひさがなし」「心さがなし」などの形で現われることが多い。

1924 さかきとる

「榊取る」「榊採る」と表記し、「神事のための榊葉を採る」の意。「四月に神祭りなどのときに諸社で、とくに賀茂神社の葵祭りのために神山《かみやま》から榊を採ること」をさす場合が多い。

1925 さかきさす

「榊刺す」「榊指す」と表記し、「榊を柴垣の戸などに刺す」こと。「榊さす柴の垣戸」などと詠まれている。前項の1924に同じ。

1926 さなみ

「細波」と表記し、「さざ波」のこと。「小波」「細波《さざなみ》」に同じ。

1927 さつを

「猟夫」と表記し、「狩人」「猟師」のこと。「猟人」に同じ。

1928 さねこむ

「実来む」と表記し、「ほんとうに帰ってこよう」の意。「さね」は、「（多くの場合、下に打ち消し表現を伴って）少しも」「決して」、「ほんとうに」「必ず」「絶対に」などの意を持つ。次に掲げる例歌（証歌）は後者の事例。

○行きて見て明日もさね来《こ》むなかなかにをちかた人は心おくとも（源氏物語・薄雲巻・光源氏・三〇四、〈明石の君の所へ〉行って逢って、明日にも必ず帰ってこよう。むしろそのせいであちらの人が冷淡な態度をとるにしても）

ちなみに、長伯は、『河《か》海抄《かいしょう》』に、「『早来』なり。『はやくこん』なり。また、『実来』なり。『まことにこん』なり」とある、と言及する。

1929 さなへづき

「早苗月」と表記し、「（「早苗」を植える月の意で）陰暦五月」の別称。「さつき」に同じ。

1930 さなくても

「然無くても」と表記し、「そうでなくて

も」「そのようでなくても」の意。

1931 **さぞな**

「然ぞな」と表記し、「ほんとうに」「いかにも」「そのように」、「さぞかし」「きっと」などの意がある。「げに」という趣。

1932 **さつきのたま**

「五月の玉」と表記し、「五月五日の節句に、不浄を払うために飾る薬玉《くすだま》」のこと。一説に、「橘の実を糸に通して輪にし、かずらなどにしたもの」とも。

1933 **さつきのかがみ**

「五月の鏡」と表記し、「何回も磨き上げた鏡」、「光り輝くさまの譬え」、「中国の唐代、五月五日に揚子江上で鋳造して、天子に献上したという、伝説上の鏡」などの意がある。「旱魃《かんばつ》の時にこれを祭れば、忽ちに雨が降る」という。「百錬《ひやくれん》の鏡」に同じ。

1934 **さらさらに**

「更々に」と表記し、「いっそう」「ますます」、「いまさら」「改めて」、「(下に打ち消しの語を伴って)まったく」「決して」などの意がある。

1935 **さらば**

「然らば」と表記し、「それならば」「それでは」「そうしたら」、(下に打ち消しの語を伴って)「それなのに(…ない)」「しかるに(…ない)」「そのくせ(…ない)」、(別れの言葉として)「それでは」「さようなら」などの意がある。この語は、副詞「さ」に動詞「あり」が付いた「さあり」の変化した動詞「さり」の未然形に、接続助詞「ば」が付いたもの。「順接の仮定条件」、「逆接の確定条件」のいずれかの意で用いられる。また、「順接の仮定条件」の意の「それならば」に「お別れしよう」の意が加わって、別れの言葉として「感動」の意も生じた。

1936 **さらひする**

「浚ひする」と表記し、「かきのけること」「(煤《すす》などを払い)掃除すること」。

1937 **さらすてづくり**

「晒す手作り」「曝す手作り」と表記し、「川で晒す手作りの(布)」の意。ちなみに、「晒す」は、「屋外に置いて、日光や風雨などが当たるままにする」「ほうっておく」、「布などを白くするために、水洗いしたり日光に当てたりする」、「多くの人の目に触れるようにする」「人目に晒す」などの意がある。1741「てづくり」の項参照。

＊多摩川にさらす手作りさらさらになにぞこの児のここだかなしき(万葉集・巻十四・相聞《そうもん》・作者未詳・三三七三、多摩川で晒す手作りの布のように、さらにさらに、どうしてこの児がこんなに愛しいのだろうか)

1938 **さむしろ**

「狭筵」と表記し、「幅の狭い筵」「短い筵」、「敷き物」、「『地歌《じうた》』『箏曲』の曲名」などの意がある。「寒き心」に掛けて表現する場合もある。

1939 **さくらだに**

「桜谷」と表記し、「冥途」、「近江国の名所《などころ》」などの意がある。長伯は、「近江の名所にあり。されど、禁忌《きんき》なれば、名所にも忌《い》むなり」と、言及する。

1940 **さらぬだに**

「然らぬだに」と表記し、「そうでなくてさえ」「ただでさえ」「そうでなくても」の意。〔詠み方〕「そうでなくてさえ、このようであるのに、ましてそのようであるのは」の趣で用いるといい。

1941 **さらぬわかれ**

「避らぬ別れ」と表記し、「避けることのできない別れ」「死に別れ」「死別」のこと。

1942 **さのぼる**

「さ上る」と表記し、「農夫が田に早苗を全部植えて、田から引き上げてくること」。「早苗」に詠まれる。『大嘗会《だいじょうえ》悠《ゆ》紀《き》主《す》基《き》和歌』に例歌(証歌)がある。

1943 **さくらがり**

「桜狩り」と表記し、「花見。とくに、桜の花を訪ねて、山や野に行楽に出かけるこ

さ

と」「観桜」、「(交野《かたの》が桜の名所であり、また、皇室領の遊猟地でもあったので、桜を見ながら狩りをしたところから)『鷹狩り』の異称」、「馬術で用いる語」などの意がある。

1944 **さくる**

「避くる」と表記し、「触れないように遠ざかること」「よけること」をいう。

1945 **さくらあさ**

「桜麻」と表記し、「麻の雄株」「雄麻」のこと。「(花が薄紅色で桜のような五弁であるところから、また、桜の咲くころに種子を蒔《ま》くところから)桜麻」の名がついたといわれる。なお、「さくらあさ(桜麻)の」は、「麻生《おふ》」にかかる枕詞。

1946 **さくらだひ**

「桜鯛」と表記し、「桜の花の咲くころ、産卵のために内湾の浅瀬に群がり、漁獲される鯛」のこと。特に、瀬戸内海沿岸で称される。

1947 **さくらこ**

「桜児」と表記し、「『万葉集』巻十六に伝える伝説上の女性」のこと。桜児は二人の男性に同時に愛されたがいずれをも選べず、二人の争いを止めさせるために林の中に分け入り、立ち木に首をかけて自殺した。長伯は『歌林良材集《かりんりょうざいしゅう》』が引用するこの伝説を紹介するが、桜児の死を悼む二人の男性の歌は、次のとおり。

○春さらばかざしにせむと我《あ》が思ひし桜の花は散り行けるかも(万葉集・巻十六・作者未詳・三七八六、春になったら髪に挿そうと、わたしが思っていた桜の花〈桜児〉は散ってゆくのだなあ)

○妹が名にかけたる桜花散らば常にや恋ひむいや年のはに(万葉集・巻十六・作者未詳・三七八七、あなたの名前として冠した桜の花〈桜児〉が散ったら、そのたびに何時も恋しく思うことだろうか。毎年毎年)

1948 **さくさめのとじ**

「さくさめの刀自」と表記し、「女盛りも過ぎて、身を嘆く孤独、不遇な女」の意か。正確には語義未詳。「姑《しゅうとめ》」「差し出がましい主婦」、また、『類聚名義抄《るいじゅうみょうぎしょう》』に「暖　サクサム」とあることから、「さくさめのとし(年)」と表記し、「身を嘆く女」「憂い嘆く主婦」などの諸説がある。なお、長伯は、『俊頼髄脳《としよりずいのう》』に引用の大江匡房《まさふさ》の説、藤原定家の『僻案抄《へきあんしょう》』に引用の藤原顕綱《あきつな》の説などを紹介しているが、いまは省略に従う。

○今来《こ》むと言ひしばかりを命にて待つに消《け》ぬべしさくさめの刀自《とじ》(後撰集・雑四・女の母・一二五九、「またすぐにきましょう」とおっしゃったお言葉だけを命の糧にしてお待ちしていましたが、あの松明《たいまつ》が消えるように、命も消えてしまいそうです。さくさめの刀自は)

1949 **さごろも**

「狭衣」と表記し、「衣」「衣服」のこと。「狭」とあるが、「狭い」趣に拘泥せずに、単に「衣」に詠まれている。「麻のさごろも」ともいう。和歌に詠まれる措辞。

1950 **さえだ**

「小枝」と表記し、「小枝」、または、「草木の枝」をいう。「竹」に詠まれる。

1951 **さへのかみ**

「賽の神」「障の神」「道祖神」と表記し、「辻・峠などの境界に置かれ、悪霊《あくりょう》や疫病などの侵入を防ぎ、通行人を守る神」のこと。「行く道の手向けの神」と詠まれている。「道祖神《どうそじん》」「岐《くなど》の神」に同じ。

1952 **ささみづ**

「細水」と表記し、「わずかな水」、「少しの水のたまっているところで、小さな沼」などの意がある。

1953 **ささふ**

「笹生」と表記し、「笹の生い茂っている所」「笹原」のこと。

1954 **ささぐろめ**

「笹ぐろめ」と表記し、「笹垣など作って、家の囲いにする」こと。

1955 **さざなみ**

「細波」「小波」と表記し、「風によって細かく立つ波」「小さな波」のこと。「さざなみや近江のうみ」「さざなみや滋賀」「さざなみや平良《ひら》の高嶺《たかね》」など詠まれている。総じて、近江の湖水の名所《などころ》に、いずれも枕詞に用いるのは由緒があるから。また、「池」などにも詠まれる。

1956 **ささめごと**

「私語」と表記し、「小声でささやく話」「ひそひそ話」「ないしょ話」のこと。「ささめきごと」ともいう。夫婦秘かに相語らうことに詠まれる。

1957 **ささがに**

「細蟹」「細小蟹」と表記し、「『蜘蛛《くも》』の異称」「蜘蛛の巣」「蜘蛛の糸」のこと。形が小さな「蟹」に似ている所からの命名。「ささがにの蜘蛛」とも続けられる。

1958 **ささらなみ**

「細ら波」と表記し、「小さく立つ波」「さざ波」のこと。「さざれなみ」に同じ。

1959 **ささたけ**

「細竹」と表記し、「『小さな竹』の総称」。ちなみに、「ささたけの」は、宮中を「竹の園生《そのう》」というところから、宮中に関係する「大内山」「大宮人」に、また、竹の「節《よ》」ということころから、同音の「よ」にかかる枕詞。

1960 **さざれゆくみづ**

「細れ行く水」と表記し、「小石の上をさらさらと音を立てて流れる浅い水」のこと。

1961 **ささやか**

「細やか」と表記し、「物が細くて小さなさま」「こぢんまりとしたさま」、「人が細く小さいさま」「小柄なさま」などの意がある。

1962 **さきくさのみつばよつば**

「三枝の三つば四つば」と表記し、「（さきくさの）家屋が三棟にも四棟にも重なって造られるように、栄える」の意。「さきくさ」は枝先や茎が三つに分かれ、早春に花が咲く植物の名だが、具体的にどの植物を指すのかは未詳。「福寿草」「三椏《みつまた》」「檜」「沈丁花《じんちょうげ》」「山百合」「おけら」など諸説あるが、歌学書の『奥義抄《おうぎしょう》』『和歌色葉《わかいろは》』『色葉和難抄《いろはわなんしょう》』などは「檜木」とする。ちなみに、「さきくさの」は、『古今集』の序に、「三枝の三つば四つばに殿づくりせり」（いはひ歌）、『万葉集』に「さきくさの中にを寝むと」（巻五・九〇四）とあることから、「三つ」「中」の枕詞となっている。

○この殿はむべも富みけり三枝の三つば四つばに殿づくりせり（古今集・序・いはひ歌、この御殿はなるほど豊かに富んでいる。三棟にも四棟にも分かれて、殿造りをしている）

1963 **さしぐしのあかつき**

「挿し櫛の暁」と表記し、「（さしぐしの）暁」の意。「さしぐしの」は「暁」にかかる枕詞。ちなみに、長伯は、「櫛は髪の『垢《あか》』が付着するものなので、『暁』に掛けて表現している」と説明する。なお、「挿し櫛」は、「女の髪の飾りに、簪《かんざし》として挿す櫛」のことで、くしけずるためには用いなかった。「黄楊《つげ》」「沈《じん》」「紫檀《したん》」「象牙《ぞうげ》」などで作り、「蒔絵《まきえ》」や「螺鈿《らでん》」を施したものもあった。

＊さしぐしの暁がたになりぬとや八声《やこゑ》の鳥の驚かすらむ（堀河百首・雑《ぞう》二十首・肥後・一二九四、夜明け前になったというからか、鶏があんなにも目覚めさせているのだろうか）

1964 **さしすぎ**

「刺し杉」と表記し、「まっすぐな路に面して、曲がることなく、垂直に伸びた杉」のこと。長伯は、「刺し杉は直地《ただち》にゆがみなく差し上るものなればなり」と叙している。

○住みそめし山の垣穂にさし杉の陰となるまで宿ぞふりゆく（正徹《しょうてつ》千首・雑《ぞう》二百首・

山館杉・正徹・八四六、住み始めた山の麓の我が草庵の垣根に植えた杉の木が、瞬《また》く間に成長して今では、我が草庵に陰を落としているが、それにしても我が草庵も古くなったことよ）

1965 さしやなぎ

「刺し柳」「挿し柳」と表記し、「挿し木した柳」「挿し木の柳」、「（一説に）芽を出した柳」、「（挿し木した柳が根を張るところから）『ねはる』（根張る）の枕詞」などの意がある。

1966 さしながら

「然しながら」と表記し、「そのまま」「そのまますべて」、「さながら」「あたかも」などの意がある。「さながら」に同じ。

1967 さしもぐさ

「さしも草」と表記し、「菊科の多年草で、『蓬』の異名」のこと。葉でもぐさを作り、灸に使った。「させもぐさ」ともいう。近江の「伊《い》吹《ぶき》山」「燃ゆ」などの語とともに詠まれる。

＊かくとだにえやはいぶきのさしも草さしも知らじな燃ゆる思ひを（後拾遺集・恋一・藤原実方《さねかた》・六一二、このように恋しているというだけでも、どうして口に出して言えるでしょうか。言えないから、あなたはそうとも知らないでしょうね。ちょうどもぐさのように、燃えるわたしの思いを）

また、「観世《かんぜ》音《おん》菩薩に救われるべき『一《いっ》切衆生《さいしゅじょう》』（この世に生きる人のすべて）を譬えていう語」のこと。これは『新古今集』に清水《きよみず》観音の衆生済度《しゅじょうさいど》の誓いを述べた作と伝えられる、次の「釈教《しゃっきょう》歌」に依拠している。

＊なほ頼めしめぢが原のさせも草我が世の中にあらむ限りは（新古今集・釈教歌・一九一六、やはりわたしを頼みにし続けなさい。たとえあなたが、標茅《しめじ》が原のさせも草のように、胸を焦がして悩むことがあっても。わたしがこの世に存在する限りは）

1968 さしぐみに

適当な用字法が見当たらないが、「いきなり」「不意に」「前置きもなく」の意。「端的」の趣。「そのまま」の趣に用いるとよい。

○さしぐみに袖濡らしける山水にすめる心は騒ぎやはする（源氏物語・若紫巻・北山の僧都《そうず》・五〇、あなた〈光源氏〉がいきなり感涙に袖を濡らした山の水にも、久しく住んで行ない澄んでいる心は、騒いだりはしないことだ）

1969 さもあらばあれ

「然も有らば有れ」と表記し、「（不本意ではあるが）それならそれで構わない」「やむをえない」「ままよ」、「（話題を変える場合などに）それはともかくとして」「何はともあれ」などの意がある。〔詠み方〕物に反抗する表現・措辞。たとえば、「かくあるが本意なれど、然もなければ、せんかたなし。この上はよしや、然もあらばあれ」（こうあるのが望みであるけれども、そのようでもないので、どうしようもない。この上は、ままよ、やむをえまい）という勢いで用いるのがいい。

○思ふをも忘るる人はさもあらばあれ憂きをしのばぬ心ともがな（千載集・恋歌五・源有房《ありふさ》・九三三、こんなに思慕しているのに、わたしを忘れるような人は、もうどうとでもなれ。つれない人を恋い慕わない心でありたいものだ）

1970 さびえ

「錆び江」と表記し、「さびれた入り江」「水の濁った入り江」のこと。

1971 さすだけ

「刺す竹」と表記し、「突き刺したように、まっすぐな竹」の意。1964「さしすぎ」の項の類。ちなみに、「さすだけの」は、「君」「大宮」「大宮人」「舎人《とねり》」「皇子」などの宮廷関係の語にかかる、また、竹の「節《よ》」の意から、「よ」にかかる枕詞。

1972 さすらふ

「流離ふ」と表記し、「身を寄せる所も定まった目的もなく、あちこちさまよい歩く」「漂泊する」、「流罪《るざい》、左遷などにあって、都から遠く離れた土地に行く」「島流しになる」、「気持ちなどが離れる」「気持ちなどが定まらない」などの意がある。

〔き〕

1973 **きちかう**

「桔梗」と表記し、「草の名で、秋の七草のひとつ。『万葉集』の『あさがほ』はこの花のことともいう」、「襲《かさね》の色目の名。表は二藍《ふたあい》で裏は青」、「織り色の名。縦糸・横糸ともに縹色《はなだいろ》」などの意がある。

1974 **きりのおちば**

「桐の落ち葉」と表記し、「桐の木の落ち葉」のこと。「桐」は落葉高木で、初夏に淡紫色の花を咲かせる木の名。その材は琴や箪笥《たんす》・下駄《げた》などの材料として用いられる。「桐の一葉一葉散る」などと詠まれる。立秋より桐の一葉がまず散り始めるので、「桐の一葉」「桐の落ち葉」などと表現すると、「初秋」になるわけ。

1975 **きりにすむとり**

「桐に住む鳥」と表現し、「(古代中国で、麒麟《きりん》・亀・竜とともに四瑞《しずい》として尊ばれた)想像上の瑞鳥《ずいちょう》の鳳凰」のこと。頭は鶏、顎《あご》は燕、首は蛇、背は亀、尾は魚で、羽に五色《しき》の模様があり、桐の木に住むめでたい鳥で、天下に正しい道が行われれば現れるという。長伯は、「『鳳凰は桐にあらざれば住まず。竹の実にあらざれば食はず』といへり」と注を付す。

1976 **きりのみなか**

「霧の深中」と表記し、「霧の立ち込めている真っただ中」の意。「みなか」は「深中」で、「霧の深き中」のこと。

1977 **きりたちびと**

「霧立ち人」と表記し、「間に霧が立ち込めるように、心に隔てを作った人」の意か。『八雲御抄《やくもみしょう》』に、表現不足で意味がはっきりしないが、「へだてたるよしなり」とあって、歌語と認定された表現・措辞。なお、「切り断ち人」と表記し、「きっぱりとわたしを見限った人」とも解することができようか。

○今はとて秋はてられし身なれどもきりたちびとをえやは忘るる（後撰集・雑《ぞう》四・読人知らず・一三〇〇、もはやこれまでと、すっかり飽きられてしまったわたしではありますが、霧が立ち込めるように、心に隔てを作ったあなたを忘れることはできません）

1978 **きりのまがき**

「霧の籬」と表記し、「霧の立ち込めている垣根」、「霧が立ち込めて視界を遮るさまを『垣根』に譬えた語」などの意がある。

1979 **きりのうみ**

「霧の海」と表記し、「霧が一面に立ち込めている海」、「陸上に霧が立ち込め、海のように見えること」などの意がある。

1980 **きりのうきなみ**

「霧の浮き波」「霧の浮き浪」と表記し、「霧が立ちこめ、波がしらが砕けはじめ、白波や泡が水面に浮かんで、波のように見える」こと。

1981 **きぬぎぬ**

「衣々」「後朝」と表記し、「男女が双方の着物をかけて一夜を過ごしたよく朝早く、それぞれの着物を着て別れること」、「(転じて)男女の別れ」「夫婦の離別」などの意がある。中古・中世の貴族の結婚は、男が女の家に通う通い婚だったため、朝には別れなければならなかった。和歌には「きぬぎぬの別れ」のつらさを詠んだものが多い。「きぬぎぬの別れ」とも。

1982 **きほひうま**

「競ひ馬」と表記し、「競馬。または、それに出場する馬」のこと。1360「くらべうま」の項に同じ。

1983 **ぎよい**

「御衣」と表記し、「天子や貴人などを敬ってその衣服をいう語」。ただし、長伯は、「きよ衣」の見出しに、「精進潔斎《しょうじんけっさい》の衣なり」と説明しているので、「御衣」の表記ではなく、「浄衣《じょうえ》」のことであろうと推察する。「きよごろも」の熟語はないので、今後の検討課題といえようか。

1984 **きたごち**

「北東風」と表記し、「北東から吹いてくる風」のこと。

1985 **きたのおきな**

「北の翁」と表記し、「古代中国の、北辺の塞《さい》に住んでいた塞翁」のこと。ちなみに、「塞翁が馬」の故事は、「人生では、災いがいつ福の因になるかわからず、また、福がいつ災いの因になるか分からない。吉凶禍福の転変は計り知れず、禍も悲しむに当たらず、福も喜ぶに当たらないこと」にいう。「人間万事塞翁が馬」に同じ。

1986 **きたのふぢなみ**

「北の藤波」と表記し、「藤原氏四家（南家、北家、京家、式家）のひとつである北家の称」のこと。藤原北家は、その後、ほかの三家が滅んだため、藤原氏主流となり、冬嗣《ふゆつぐ》以降は皇室と姻戚関係を結び、他氏を排斥して藤原氏の権力を強化し、道長・頼通父子にいたって藤原氏摂関政治の最盛期となる。

1987 **きそのあさぎぬ**

「木曽の麻衣」と表記し、「信濃国木曽から産出する麻の布」のこと。

1988 **きつにはめなで**

「きつに嵌めなで」と表記し、「水槽に投げ入れないでおくものか」の意。「きつ」は、東北方言で、「水桶」「水槽」のこと。なお、「きつ」を「『狐』の別称」と見做《な》し、「狐に食わせてやる」と解釈する説も古くからある。

＊夜も明けばきつにはめなでくたかけのまだきに鳴きてせなをやりつる（伊勢物語・第十四段・女・二一、夜が明けたならば、水槽に投げ入れないでおくものか。鶏のやつが、夜が明ける前に早くも鳴いて、夫を帰らせてしまったよ）

1989 **きなるいづみ**

「黄なる泉」と表記し、「死者の魂が行くと信じられていた地下の世界」「あの世」「黄泉の国」「根の国」のこと。「黄泉《よみ》」、762「よもつくに」の項に同じ。

1990 **きやどる**

「来宿る」と表記し、「来てやどる」こと。「鳥」に詠まれる。

1991 **きえがて**

「消えがて」と表記し、「なかなか消えないさま」「消えがたいさま」の意。「消えやらぬ」趣。「雪」に詠まれる。

1992 **きのまるどの**

「木の丸殿」と表記し、「切り出したままの丸木で造った宮殿」のこと。斉明《さいめい》天皇が、新羅《しらぎ》に攻められた百済《くだら》を救済するために、斉明七年（六六一）に軍を九州に進めた折、この地に行宮《あんぐう》を造った。その宮は黒木（丸木）で造られたので、「木の丸殿」と呼ばれた。「きのまろどの」ともいう。

1993 **きのふよりをち**

「昨日より遠」と表記し、「昨日より彼方」「昨日よりも以前」「昨日より遠く隔たった時」のこと。「昨日よりそなた」という趣。

1994 **きいのせきもりがたつかゆみ**

「紀伊の関守が手束弓」と表記し、「紀伊の国の関守が持つという握りの太い弓」のこと。この故実は、『俊頼髄脳《としよりずいのう》』に次のように紹介されている。「昔、男がある女を愛していたが、夢にこの女が現われて、『わたしは遠くに行くが、形見《かたみ》を残しておく』と言って姿を消した。見ると、枕上に弓が立っていた。月日が経つうち、この弓が白い鳥になって飛び去った。男が追跡してゆくと、その鳥は紀伊の国で、もとの女に化身した」ということだ。この説話によって、

「紀伊の関」では「弓」を詠むわけ。

1995 **きくのと**

「菊の戸」と表記し、「（長伯によると）禁中にあり」という。ちなみに、『俊成五社《しゅんぜいごしゃ》百首』（住吉社百首和歌・秋二十首・菊・四五三）に「菊の戸の花」の用例が載る。

1996 **きくのきせわた**

「菊の被せ綿」「菊の着せ綿」と表記し、「菊の花にかぶせて、その香りと露をしみ込ませた綿」のこと。陰暦九月九日の重陽《ちょうよう》の節句の朝、前夜から菊の花にかぶせておいた綿を取り、身体をぬぐって長寿を願った。

1997 **きくなへに**

「聞くなへに」と表記し、「聞くと同時に」「聞くとともに」の意。

1998 **きみがきませる**

「君が来ませる」と表記し、「あなたがお出でになった」「あなたが来られた」の意。

1999 **きみませば**

「君座せば」と表記し、「天皇さまがいらっしゃるので」の意。

2000 **きみとひと**

「君と人」と表記し、「君主と臣下」「主人と家来」の意。

2001 **きみちよませ**

「君千世座せ」「君千代座せ」と表記し、「天子は永遠に生き続けてくださいませ」「天子の御代が永続してくださいませ」の意。

2002 **きすかくあま**

「きす掻く海人」と表記し、「（丹後国与《よ》謝《さ》の浦で）蛤に似た『きす』という貝を潮の引いた浅瀬から掘り出している漁師」の意。『秘蔵抄《ひぞうしょう》』に用例（一三一）がある。

〔ゆ〕

2003 **ゆるしいろ**

「許し色」「聴し色」と表記し、「位階などに関係なく、誰でも着用が許されていた衣服の色。淡い紅色や紫色」をいう。「禁色《きんじき》」に対していう。

2004 **ゆほびか**

適当な用字法が見当たらないが、「ゆったりとして穏やかだ」「豊かで広々としている」意。「（明石の海は）ゆほびかなる所」などと詠まれている。

2005 **ゆかりのいろ**

「縁の色」と表記し、「紫の色」をいう。その根拠は、次の例歌（証歌）にある。

＊紫の一本《ひともと》ゆゑに武蔵野の草はみながらあはれとぞ見る（古今集・雑歌《ぞうか》上・読み人知らず・八六七、なじみの紫草が一本生えていることから、武蔵野の草はすべて懐かしく心惹かれて見えることよ）

なお、「紫」は「女性」に譬えられるので、「紫のゆかり」といって、「愛《いと》しい人の縁者」の趣になる。**〔詠み方〕**「藤」「萩」そのほか、「紫の花」にはいずれにも詠むもの。

2006 **ゆだけのみぞ**

「弓丈の御衣」「弓長の御衣」と表記し、「神の召す御衣」のこと。「神の御衣」は、弓の丈に依拠しているから。弓一張りの長さは、七尺五寸（約二・二メートル）が普通。

2007 **ゆづる**

「弓弦」と表記し、「弓の弦」のこと。「弓弦を鳴らす」とは、「（魔除《まよ》けのまじないとして）弓をはじいて音を出す」の意。

2008 **ゆたかなるとしのみつき**

「豊かなる年の貢き」「豊かなる年の調き」と表記し、「豊年の租税として朝廷に差し出すもの」の意。

2009 **ゆたのたゆたに**

「寛のたゆたに」と表記し、「気持ちが揺れて定まらないさまに」の意。「揺られ漂う」趣。「ゆたにたゆたに」に同じ。

○いで我を人なとがめそ大船のゆたのたゆたにもの思ふころぞ（古今集・恋歌一・読み人知らず・五〇八、どうかわたしを誰も

とがめないでおくれ。大船がゆらゆらと揺れるように、恋の思いに取りつかれて、心も揺らいで落ち着かないでいる時だから）

2010 ゆくとくと
「行くと来と」と表記し、「（関などを）出て行くのと入って来るのと」の意。

2011 ゆくて
「行く手」と表記し、「進んでゆく方向」「前途」、「行くついで」「行きがけ」などの意がある。「道の行く手」と詠まれている。なお、「（またの説に）事のついで」の意がある。

2012 ゆくみちのたむけのかみ
「行く道の手向けの神」と表記し、「旅の道中、神仏に供え物をして、安全を祈る神」のこと。1951「さへのかみ」の項に同じ。

2013 ゆらぐたまのを
「揺らぐ玉の緒」と表記し、「揺れ合って、音を発する玉の緒」の意。長伯は、「『ゆらぐ』は、のぶるなり。『たまのを』は、命なり。命をのぶるなり」と注を付する。

2014 ゆふゐるくも
「夕居る雲」と表記し、「夕暮れに山の峰にかかっている雲」のこと。

2015 ゆふさりのくも
「夕さりの雲」と表記し、「夕方になると垂れ下がってくるの雲」のこと。長伯は、「冬の山に下り居る白雲の凝り固まれるやうなるをいふ」と注する。

2016 ゆふつけどり
「木綿付け鳥」と表記し、「『鶏』の異称」のこと。「世の中の騒乱の際に、鶏に『木綿』をつけて都の四境の関で祓《はら》えをした」という故事に依拠する。後世、誤って「（「夕べを告げる」意の）夕告げ鳥」とも呼ばれた。

2017 ゆふけとふ
「夕占問ふ」と表記し、「夕方に道端《みちばた》に立って、往来する人のことばを聞いて吉凶禍福を占う」こと。「ゆうけのうら」ともいう。

2018 ゆふかはわたる
「夕川渡る」「夕河渡る」と表記し、「夕暮れに河を渡る」こと。

2019 ゆふこえくらす
「夕越え暮らす」と表記し、「夕暮れに、山または歳末などを越して、日を暮らす」こと。

2020 ゆふづくよ
「夕月夜」と表記し、「夕方に空にかかっている月」、「月が出ている夕暮れ」などの意がある。また、枕詞として、「（夕方の月が出るころは、ほの暗いことから）をぐらし」、また、「（それと同音を含む地名）小倉」にかかる。さらに、「（月は「入る」ところから）いる」、また、「（同音を含む）いるさの山」「いる野」などにかかる。

2021 ゆふづくひ
「夕づく日」と表記し、「夕方の日の光」「夕日」のこと。

2022 ゆふばえ
「夕映え」と表記し、「夕方のあたりが薄暗くなるころ、夕日で物の色が美しく映えて見えること」をいう。「木・草の花」にも詠まれる。

2023 ゆふつづ
「長庚」「夕星」と表記し、「夕方に西の空に輝く金星」「宵の明星《みょうじょう》」のこと。「太白《たいはく》星《せい》」をいう。「ゆふづつ」とも。

2024 ゆふされば
「夕されば」と表記し、「夕方になると」の意。「毎夕」の趣。なお、長伯は見出しを「ゆふざれは」とする。

2025 ゆふとどろき
「夕轟き」と表記し、「夕方、何処《どこ》からともなく、物音などが騒がしく聞こえること」、「恋情などのために、夕暮れ方に胸が騒ぐこと」などの意がある。

2026 ゆふさらず
「夕去らず」と表記し、「夕をはなれない」意から、「夕べごとに」「夕方は何時も」「毎

ゆ

夕」のこと。「蛙」などに詠まれる。「夕に其処《そこ》を立ち去らぬ」から。

2027 ゆふなぎ

「夕凪ぎ」と表記し、「夕方、海風が陸風に変わるとき、しばらく無風状態になること」をいう。「海辺」に詠むといい。

2028 ゆふやまざくら

「夕山桜」と表記し、「夕暮れの中に見える山桜」のこと。長伯は、「豊後《ぶんご》の木綿《ゆふ》山の桜なり」と注を付ける。

2029 ゆふこりのしも

「夕凝りの霜」と表記し、「夕方になって凍り固まっている霜」のこと。

2030 ゆきもよ

「雪催」と表記し、「雪の降っている時」「雪の降る最中」の意。長伯は、「雪の夜なり。又の説、雪催す夜なり」と言及している。

2031 ゆきげ

「雪気」と表記し、「雪が降り出しそうな空模様」のこと。

2032 ゆきげ

「雪消」「雪解」と表記し、「（歌語で）雪が解けて消えること」「雪解け」、「雪解けの水」などの意がある。「雪げの水」「雪げの若菜」などと詠まれている。ちなみに、長伯は、この語の見出しを「雪け」としている。

2033 ゆきのたまみづ

「雪の玉水」と表記し、「雪の雫《しずく》を美しく言い表わした語」「雪どけの美しい雫」のこと。軒端《のきば》などに降り積もった雪が解けて、雫が玉のように連なって落ちるさまをいう。

2034 ゆきをいただく

「雪を戴く」と表記し、「白髪」のこと。

2035 ゆきのみやまになくとり

「雪の深山に鳴く鳥」と表記し、「インドのヒマラヤ山に住むという想像上の鳥で、寒苦鳥《かんくちょう》」のこと。「寒苦鳥」は終夜、雌は寒夜を嘆いて鳴き、雄は夜が明けたなら巣を作ろうと鳴くが、夜が明けると、朝日の暖かさにそのまま巣を作らないで怠ける。仏教では、この鳥を、「怠けて悟りを求めようとしない人」に譬える。

○朝な朝な雪の深山《みやま》に鳴く鳥の声に驚く人のなきかな（玉葉集・釈教《しゃっきょう》歌・藤原良経《よしつね》・二六八七、朝ごとに、インドの大雪山〈ヒマラヤ山〉で鳴く寒苦鳥の声にはっと気づいて、真に現世の苦を逃れて仏道に入ろうと決意するような人は、まったくいないものだなあ）

2036 ゆきのやまびと

「雪の山人」と表記し、「釈迦がその前世において、雪山で修行していた時の名で、雪山童子《どうじ》」のこと。「雪山大士《だいし》」に同じ。

2037 ゆきをれのこゑ

「雪折れの声」と表記し、「雪の重みで木や竹などが折れるときに、人が悲鳴を上げるような音を出すこと」をいう。「松や竹」に詠まれる。松や竹は葉替えをしないために、雪が深く降り積もると、「雪折れ」をするわけ。

2038 ゆきをあつむる

「雪を集むる」と表記し、（窓の雪を集めて本を読んだという、中国の晋の孫康《そんこう》の故事から）「苦心して勉学に励むこと」の意。
1500「まどにあつむるゆき」の項で詳細は言及した。

2039 ゆきぐれのそら

「雪暗れの空」「雪暮れの空」と表記し、「雪が降り出しそうで、空の暗いこと」、「雪が降り続いたまま日が暮れること」などの意がある。

2040 ゆきをめぐらすまひのそで

「雪を廻らす舞ひの袖」と表記し、「巧みに舞って、風に舞う雪のようにひらひらと翻す袖。また、そのような舞いぶり」のこと。なお、長伯は、「『廻雪』といふ舞なり」と注を付す。

2041 ゆきあひのはし

「行き合ひの橋」と表記し、「七夕の夜、牽牛と織女の二つの星が会うとき、かささぎが翼を並べて、天の川に渡すという橋」のこと。「七夕」に詠まれる。「二つの星の行き合ひ」に同じ。651「かささぎのはし」の項参照。

2042 ゆきあひのわせ

「行き合ひの早稲」と表記し、「夏から秋へと変わり目のころに熟する早稲」のこと。

2043 ゆきかふ

「行き交ふ」と表記し、「行き来する」「往来する」「行き違う」、「過ぎ去って、またやって来る」「移りゆく」「めぐりゆく」などの意がある。「夏と秋と行き交ふ」などと詠まれる。

2044 ゆきぶれ

「行き触れ」と表記し、「行ってそれに触れること」「行こうとして触れること」、「行って穢《けが》れに触れること」「行き合って穢れに染まること」などの意がある。

2045 ゆゆしき

「由々しき」「忌々しき」と表記し、「神聖で畏れ多いこと」「憚られること」、「不吉なこと」「忌まわしいこと」、「程度がはなはだしいこと」「大変なこと」「たいそうなこと」、「すばらしいこと」「立派なこと」「見事なこと」、「気味が悪いこと」「恐ろしいこと」「悪いこと」などの意がある。ちなみに、この語は、「神聖と禁忌《きんき》」の意を表わす「斎《ゆ》」と同じ語源の「ゆ」を重ねて形容詞化したもの。禁忌に触れると災いを招くと考えられたことから、「不吉」の意を表わすようになった。そこから、良くも悪くも通常ではない状態を表わし、「程度がはなはだしい」「立派だ」「恐ろしい」などの意に用いられるようになった。

○たなばたに衣は脱ぎて貸すべきにゆゆしとや見む墨染めの袖（詞花集・秋・花山院・八五、着ているものを脱いででも、織女に衣を貸すのが当たり前なのだが、かえって縁起が悪いと思うだろうか、わたしの墨染めの衣を）

2046 ゆめのただち

「夢の直路」と表記し、「夢の中に通うまっすぐな道」「夢の近道」のこと。夢が覚めると現実には何もないわけ。「夢のただち」とも。

2047 ゆめののしか

「夢野の鹿」と表記し、「（『摂津風土記《ふどき》』逸文、『日本書紀』仁徳三十八年七月の伝説記事に見える）摂津国菟餓野《とがの》に住んでいた鹿」のこと。その伝説は、次のとおり。「菟餓野の牡鹿《おじか》が、自分の背に雪が降り積もり、薄が生える夢を見て、それを妻の牝《め》鹿《じか》に話して聞かせたところ、牝鹿は夫を淡路島の野島に住む妾のもとに通わせたくなかったので、この夢を、『薄は矢が立つこと、雪は殺された後で白塩を塗られること』と占って、夫が淡路島に渡ることを阻止しようとした。しかし、夫は妻の忠告を聞き入れないで出かけた結果、途中で射殺された」という。この後、菟餓野は「夢野」と改名された。和歌などにもよく詠まれている。

○おのが身に霜置く夢や見えつらむ心細げに鹿の鳴くなる（夫木抄・秋部三・源忠季《ただすえ》・四六九四、自分の身に霜が置く夢でも見えたのであろうか。牡鹿が心細そうに鳴いている声が聞こえてくるよ）

○夜を残す寝覚めに聞くぞあはれなる夢野の鹿もかくやなきけむ（山家集《さんかしゅう》・秋・西行・四三七、年を取ると、鹿の鳴く声に夜更けでも目が覚めてしまうよ。鹿の声は哀切極まりないもので、伝説の夢野の鹿も、こんなにも切なく鳴いていたのであろうか）

2048 ゆめのうきはし

「夢の浮橋」と表記し、「夢のような危うい浮き橋」。転じて、『夢そのものや、夢のようなはかないもの』の譬え」の意。「夢のわたりの浮橋」に同じ。ちなみに、この歌

ゆ

語は、『源氏物語』の最後の巻名であることを踏まえて、「夢の中の逢瀬のような、はかない恋の譬え」として用いられることが多い。〔詠み方〕「かくる」「絶ゆる」「わたす」など、「橋」の縁を求めて、ただ「夢のこと」に詠むといい。

2049 ゆみはりのつき

「弓張りの月」と表記し、「弓を張ったような形をした月で、上弦または下弦の月」のこと。上弦の月を「上の弓張り月」、下弦の月を「下の弓張り月」という。半月の弓の弦を張った形に似ているから。長伯は「堯孝法印《ぎょうこうほういん》曰く、『上弦の月は七日・八日・九日の両三夜のうち、半月に見えるのを詠じ、下弦の月は二十一日・二十二日・二十三日の両三夜のうち、半月に見えるくらいのを詠むわけだ』」と、説く。

2050 ゆひやとふ

「結ひ雇ふ」と表記し、「田植えなどのときに互いに手伝い合うひとを雇うこと」をいう。「結ひの手間入る」などと詠まれる。「早苗」に詠む。

○残り田は十代《そしろ》に過ぎじ明日はただ結ひも雇はで早苗取りてむ（堀河百首・夏十五首・早苗・四一三、残りの田は十代に過ぎまい。明日はひたすら手伝ってくれる人の手も借りないで、早苗を取ってしまおう）

2051 ゆずゑ

「弓末」と表記し、「弓の末の方」「弓の上端」のこと。「狩り人のゆずゑ振り立て」とも詠まれている。

〔め〕

2052 めぢ

「目路」と表記し、「目で見通せる範囲」「視界」のこと。「はるかに見遣る」趣で詠むといい。

2053 めわたるとり

「目渡る鳥」と表記し、「目の前を鳥があてもなく飛翔する」こと。「無常」の譬え。「通常」の歌には用捨して詠まなければならない。

2054 めかれぬ

「目離れぬ」と表記し、「目が離れることがないこと」「疎遠にならないこと」の意。「目も離さず見る」趣。

2055 めかるかはづ

「目離る蛙」と表記し、「（俗に）蛙の目離り時といって眠くなるころ」をいう。

○つとめすと寝もせで夜半《よは》を明かす身に目離るかはづの心無さこそ（新撰六帖・第三帖・かはづ・葉室光俊《はむろのみつとし》・一〇〇〇、毎日、仏前で勤行するために、寝ることもしないで夜を明かす身には、目離る蛙――眠くなるころ――の何と思いやりのないことだろうよ）

2056 めづる

「愛づる」と表記し、「かわいがること」「愛すること」「ほめること」「賛美すること」、「気に入ること」「好むこと」「たしなむこと」などの意がある。

2057 めならぶひと

「目並ぶ人」と表記し、「見比べる人」の意。「目前に多く人がいる」趣。「花がたみ目並ぶ人」などと続けて詠まれる。「かたみ」は、「若菜や花などを摘んで入れる、竹などで作った、網目の細い小さな籠《かご》」のこと。籠は網目が多く並ぶものなので、それに寄せていう。

○花がたみ目並ぶ人のあまたあれば忘られぬらむ数ならぬ身は（古今集・恋歌五・読み人知らず・七五四、あの人のまわりには花籠《はなご》の編み目のように美しい人が大勢取り巻いているので、きっと忘れられてしまったのであろう。物の数でもないこのわたしなどは）

2058 めくばせ

「目配せ」と表記し、「目だけを動かして、気持ちを表わしたり、何かを知らせたりすること」をいう。

2059 めざましき

「目覚ましき」と表記し、「目にあまること」「不愉快なこと」「失礼なこと」「意外に立派なこと」「思いのほかすばらしいこと」などの意がある。この語は、動詞「目覚む」が形容詞化したもの。「めさまし」ともいう。いい意味でも、悪い意味でも、「目が覚めるほど意外に思う気持ち」を表わす。平安時代では、ふつう、「身分・立場の上位者が下位者の言動をとがめる」意で用いるが、「身分のわりに立派である」意でも用いられる。

2060 めざし

「目刺し」と表記し、「子どもの髪型のひとつ。これは額髪《ひたいがみ》を前に垂らし、目に届く（目を刺す）くらいの長さに切りそろえたもの」、「（転じて、この髪型をする年齢の）子ども」、『めざしかご』（目刺し籠）の略」などの意がある。「目刺し籠」は、「採った貝などを入れる籠」のこと。

2061 めあはすしか

「目合はす鹿」と表記し、「（狩猟用語で）照射のとき、松明《たいまつ》の光と目がぴったり合う鹿」のこと。鹿が狩人の正面に向いたことを意味し、これをしるしに鹿を射取るわけだ。ちなみに、「照射」とは、「夏の夜、狩りで獲物の鹿をおびき寄せるために山路に篝火《かがりび》を点しておくこと。また、その火」をいう。

2062 めもはるに

「目も遥に」と表記し、「見渡す限り遥かに」「見渡す限り遠くまで」「目の届く限り」の意。「目も遥かなる」趣。これを「木のめのはる」に寄せて詠む。和歌では、多く「春」「芽も張る」などに掛けていう。

〔み〕

2063 みいもひ

「御斎ひ」「御忌ひ」と表記し、「身心を清めつつしむこと」「神事などに先立ち、一定期間籠もって、飲食などを慎み、沐浴して身を清めること」「潔斎」「斎戒」のこと。「物忌み」に同じ。長伯は、「禁中の御《み》斎会《さいえ》なり。正月に行はるるなり」と注を付する。

2064 みはやす

「見栄す」と表記し、「見て賞美する」「うまく褒《ほ》めそやす」こと。「はやす」は、「もてはやす」意なので、「見てもてはやす」趣。

2065 みにおはぬ

「身に負はぬ」と表記し、「身分や中味にふさわしくない」「分相応でない」こと。

2066 みにいたつきのいる

「身に労きの入る」「身に病きの入る」と表記し、「身体に病気が取り付く」「身体に苦労や心配事が取り付く」ことの意。一説に、「矢の根を『いたつき』というので、それに寄せて『いる』というのだ」とある。

○咲く花に思ひつくみのあぢきなさ身にいたつきの入るも知らずて（拾遺集・物名《もののな》・大伴黒主《くろぬし》・四〇五。咲く花に執着する身の無益なことだ。身体に病気が取り付くのも解からないで）

2067 みへのおび

「三重の帯」と表記し、「普通なら、腰に一重に巻く帯が、恋をしたために、三重にも巻けるほどに、身体が痩せた」という意。これは『八雲御抄《やくもみしょう》』に見える説。「恋」に詠まれる。「恋をすると、身体が痩せて、一重の帯を三重にするほどに余ること」をいう。

○一重のみ妹が結《ゆ》ふらむ帯をすら三重に結ふべく我が身は成りぬ（万葉集・巻四・相聞・大伴家持《やかもち》・七四二。あなたがただ一重にだけ巻くという帯をさえ、三重に巻かなければならないほどに、わたしは痩《や》せてしまった）

2068 みどりのそで

「緑の袖」と表記し、「六位の人が着る緑

「緑色の袍《ほう》」、「『六位』の別称」などの意。「緑の衣」「緑衣」「緑衫《ろうそう》」に同じ。

2069 みどりのはやし

「緑の林」と表記し、「緑色の林」、「盗賊」などの意がある。「前漢の末、無頼《ぶらい》の徒が緑林山に隠れて盗賊になった故事」に基づく。「山」に住むのを「緑の林」といい、「海」に住むのを「白波」というが、いずれも「盗賊」のこと。

2070 みとのまぐはひ

「みとの目合ひ」と表記し、「男女の神が肉体関係を結ぶこと」「婚姻」のこと。ちなみに、「みと」は「陰部」の意。「まぐはひ」は「目合ひ」（目配せ）の転で、「交接」の意。「天の浮き橋にて、二神、陰陽交合ありしをいふ」わけ。

2071 みとせののちのにひまくら

「三年の後の新枕」と表記し、「子どものいない場合、夫が死んで三年の後に、改めて他に嫁ぐことができる」という意味。ちなみに、『令《りよう》』の「戸令《こりよう》」に、「已《すで》に成ると雖《いへど》も、其の夫外蕃《ぐわいばん》に没落して、子有りて五年、子無くして三年帰らざるとき、及び逃亡し、子有りて三年、子無くして二年出でざる者は、並に改嫁を聴す」（すでに結婚していたとしても、その夫が外国のえびすに没落して、子どもがいて五年、子どもがいなくて三年帰国しないとき、さらに、その場所から逃げて行方をくらまして、子どもがいて三年、子どもがいなくて二年姿を現わさなかった者は、ともに改めて嫁入りを許す）とある記述が参考になろう。

2072 みちとせになるてふもも

「三千年になるてふ桃」と表記し、「中国の伝説で、西王母の庭の桃は、三千年に一度花を開き、実を結ぶという仙界の桃」のこと。この伝説から、「桃」は通常、「三千年の花」「三千年かけて咲く桃」などと詠まれることとなった。

2073 みちゆきぶり

「道行き触り」「道行き振り」と表記し、「道の途中で出会うこと」「行きずり」、「旅行中の見聞記」「紀行」「旅日記」などの意がある。

2074 みちもせに

「道も狭に」と表記し、「道いっぱいに」「道をふさぐほどに」、「単に道に」などの意。1254「のもせ」の項の類。なお、「野も狭」は、「野もいっぱいに」「野原一面」の意。

2075 みちのぬかり

「道の泥濘」と表記し、「雨水などで地面がぬかること」の意。「ぬかり」は「泥」のことで、「雨が降って、道が泥になった状態」をいう。

○畦《あぜ》を越す苗代水のほど見えて道のぬかりの乾く間もなし（為尹千首・春二百首・路苗代・冷泉為尹《ためまさ》・一六三、田んぼの畦を越えてくる苗代水の程度が予測されて、畦道のぬかるみの乾く間とてないことだ）

2076 みちしるこま

「道知る駒」と表記し、「老いた馬は独自の知恵を持っていて、特に道の判断は正確で迷うことがないという故事から、ものには、それぞれ学ぶべき点のあること」の譬えをいう。「斉の桓公が孤竹《こちく》を討っての帰途、往路の春とは異なった冬の道に迷った時、名臣管仲《かんちゆう》の進言を入れて老馬を放ち、その馬に導かれて道を見出した」という『韓非子《かんぴし》』（説林）に見える故事に依拠する。1506「老馬の智」「老馬道を知る」に同じ。「まよはぬこま」の項参照。

2077 みぬま

「水沼」と表記し、「水を湛えた沼」のこと。〔詠み方〕「見ぬ」趣に寄せて、「恋」などに詠まれる。

2078 みるめ

「海松布」「海松藻」と表記し、「海藻の名」のこと。幹が房状になって、濃緑色をして、食用とされた。〔詠み方〕「見る」趣に寄せて、「海辺」の歌、「見る目」を掛けて「恋」の歌などに詠まれる。

み

2079 みるぶさ
「海松房」と表記し、「枝が房のような形状になった海松」のこと。髪削《そ》ぎの調度として用いたという。ちなみに、長伯は、「幼児の髪の房様なるをいふ。『海松』に見立てていへるなるべし」と注を付している。

2080 みるめなぎさ
「海松布渚」と表記し、「海松布がない波打ち際——逢う機会がない恋」の意。長伯は、「近江の湖水をいふ。海松布は塩海《しほうみ》ならではなし。よつて、湖海（琵琶湖）はみるめなぎさといふ」と注を付する。〔詠み方〕「不レ見《ル》」（みざる）趣に寄せて、「恋」に詠まれる。
＊伊勢の海みるめなぎさはかひもなし涙に拾ふ袖の白玉《しらたま》（続古今集・恋歌二・藤原基良《もとよし》・一〇五七、伊勢の海の海松布のない渚は、貝もない——逢う機会がないのは、恋い続ける甲斐もない。涙ながらに拾う、袖の白玉——泣きの涙で、袖にこぼれる涙を拾うことよ）

2081 みをつめば
「身を抓めば」と表記し、「（自分の身体をつねって他人の痛さを知ることから）自分の身に引き比べて他人に同情すると」「身につまされると」の意。

2082 みをしるあめ
「身を知る雨」と表記し、「（自分の悲しい運命や境遇を知る雨」の意から）涙」のことをいう。

2083 みをつくし
「澪標」と表記し、「往来する船に水路を示すために、海や川に立てる杭」のこと。〔詠み方〕和歌では、多く「身を尽くし」に掛けて「恋」に用いられる。なお、『源氏物語』の十四番目の巻名もこの名称。

2084 みわ
「神酒」と表記し、「神に供える酒」「おみき」のこと。「神酒据ゑ祈る」とは、「神に御酒を供えて祈ること」をいう。

2085 みわのしるしのすぎ
「三輪の徴の杉」「三輪の標の杉」と表記し、「奈良県桜井市の大神《おおみわ》神社の御神体である三輪山に生えている二本の杉」のこと。「三輪」に「徴の杉」を詠むのは、『古今集』の次の歌や伝説に由来するもので、目印とされた。
○我が庵《いほ》は三輪の山もと恋しくはとぶらひ来ませ杉立てる門《かど》（古今集・雑歌《ぞうか》下・読み人知らず・九八二、わたしの住まいは三輪の山の麓にある。恋しく思ったならば、訪ねてきておくれ。目印に杉が立っているこの門口へ）

2086 みかきもり
「御垣守」と表記し、「皇居の諸門を警護する役人」「衛士《えじ》」のこと。

2087 みかはみづ
「御溝水」と表記し、「宮中の殿舎や塀の周囲にある溝を流れる水」のこと。特に、清涼殿《せいりょうでん》の東庭のものが有名。

2088 みかさ
「水嵩」と表記し、「水かさ」「水量」のこと。「みかさ増す」「みかさ高き」などと詠まれる。なお、『古今集』の次の歌の「みかさ」は「御笠」と表記し、「笠」の尊敬語。
○みさぶらひ御笠と申せ宮城野の木の下露は雨にまされり（古今集・東歌《あずまうた》・陸奥歌《みちのくうた》・一〇九一、お供の人よ、「御笠をどうぞ」とご主人に申しあげなさい。何しろ宮城野の木の下露は雨以上に濡れるものだから）

2089 みがくれ
「水隠れ」と表記し、「水中に隠れること」「水中に入って姿の見えなくなること」をいう。ちなみに、長伯は、「みかくれ」と清音で表記する場合は、「見隠れ」で、「見えつ隠れつする」意と注を付する。

2090 みよのほとけ
「三世の仏」と表記し、「前世・現世・来世の諸仏」のこと。「さんぜの仏」に同じ。

2091 みよりのつばさ
「身寄りの翅」「身寄りの翼」と表記し、

み

「(鷹飼いの語で)鷹の右の羽」のこと。鷹を左手に据えたとき、その右が自分に近いところからいう。ちなみに、「左の羽」は、「たなさき」(掌先)という。808「たなさき」の項を参照。

2092 みだのみくに

「弥陀の御国」と表記し、「極楽浄土」「西方《さいほう》浄土」のこと。

2093 みたやもり

「御田屋守」と表記し、「神領の田を管理する人」の意。

2094 みだりごこち

「乱り心地」と表記し、「取り乱した心の状態」「理性を失った心」「取り乱した心」「気分のすぐれないこと」「病気」の意。「乱れ心地」に同じ。

2095 みそか

「密か」と表記し、「人目につかないようにこっそりとすること」「ひそかにすること」の意。ちなみに、「みそか」は多く和文に用いられるのに対して、漢文訓読文では「ひそか」を用いる。

2096 みそなへ

「見行へ」「見看へ」と表記し、「(皇族や神仏に用いて)ご覧になること」「照覧なさること」をいう。「神祇」に多く詠まれる。

2097 みそぢあまりふたつのすがた

「三十路余り二つの姿」「三十余り二つの姿」と表記し、「仏が備えているという三十二の優れた外見的な身体的特徴のこと」「仏が備えている三十二の優れた相好《そうごう》をほめたたえたもの」「仏の三十二相」のこと。

2098 みつのとも

「三つの友」と表記し、「(白楽天の詩「北窓三友」から)『琴』『酒』『詩』」のこと。「三友」に同じ。

2099 みつのともしび

「三つの灯」「三つの灯火」と表記し、「伏見稲荷大社の上・中・下の『倉稲魂神《うかのみたまのかみ》』『佐《さ》田彦命《たひこのみこと》』『大宮女命《おおみやめのみこと》』の三祭神」の譬えのこと。

○われ頼む人の願ひを照らすとて憂き世に残る三つの灯火(続古今集・神祇歌・稲荷大明神・六八七、これはわたしを信頼する人の願いを神仏が照覧しようと思って、つらい現世に残る、三つの灯火であることだ)

2100 みづのたまがき

「瑞の玉垣」と表記し、「伏見稲荷大社の上・中・下の三社の瑞垣《みずがき》」のこと。「稲荷大社の祭神」については、2099「みつのともしび」の前項に同じ。

2101 みつばよつば

「三つば四つば」と表記し、「殿舎がいく棟も立ち並んだすばらしい邸宅」のこと。なお、1962「さきくさのみつばよつば」の項に詳細は記している。

2102 みつのみち

「三つの道」と表記し、「(「三途《さんず》」の訓読語で)『地獄道』『畜生道』『餓鬼道』の三悪道」、「(漢の蔣詡《しょうく》が幽居の庭に「松」「菊」「竹」を植えた三つの道を作った故事から)どこの家にでもある三つの道。『三径《さんけい》』という『井戸』『門』『厠《かわや》』へ行く道」などの意がある。

2103 みつのよ

「三つの世」と表記し、「『前世』『現世』『来世』の三世《さんぜ》」のこと。

2104 みつのはじめ

「三つの初め」と表記し、「『年』『月』『日』の三つの最初のことで、『元日』」のこと。

＊あらたまの年も月日も行きかへりみつのはじめのはるはきにけり(建長八年百首和歌・三番左・藤原顕朝《あきとも》・五、年も月日も一巡して、三つの最初の新年がやって来たことだなあ)

2105 みつせがは

「三つ瀬川」と表記し、「冥途《めいど》に行く途中にある川」のこと。死者は死後七日目に渡る。「流れの急な瀬」「やや急な瀬」「緩やかな瀬」の三つがあり、生前の行為に応じて違う瀬を渡るという。「三途《さんず》の川」に同じ。

2106 **みづはぐむ**

「瑞歯含む」と表記し、「非常に年を取る」「たいへん年老いる」「長生きする」の意。「瑞歯さす」に同じ。長伯は、「三つ輪含む」と表記し、「老人の首、腰かがまりて、三つの輪を組みたるやうなればなり」と注を付する。

2107 **みづのひろまへ**

「瑞の広前」と表記し、「神前を敬っていう表現」のこと。

＊天の下はぐくむ神の御衣《みぞ》なればゆだけにぞたつ瑞の広前（後拾遺集・雑六《ぞう》・読み人知らず・一一七三、天の下を広く覆い護ってくださる御神のお召し物なので、御宝前で裄丈《ゆだけ》をゆっくりと仕立てますよ）

2108 **みづた**

「水田」と表記し、「水を湛えた田」のこと。

2109 **みづのけぶり**

「水の煙り」と表記し、「水から立つ蒸気」「水面に立つ霧」のこと。

2110 **みづかげ**

「水影」と表記し、「水面に映る物の影」、「物の影を映す水面」などの意がある。

2111 **みづかげぐさ**

「水陰草」と表記し、「水辺の物陰に生えている草」、「『稲』の異称」などの意がある。和歌では「天の川」に続けて詠まれることが多い。なお、「水掛け草」の表記だと、「（盆の迎え火をたいたあとで、盆棚《ぼんだな》に供えた水を注ぎかけて消す時に用いるところからの名で）みそはぎ（禊萩）」の異名。

2112 **みづのあや**

「水の紋」「水の文」と表記し、「水の表面に現われる波紋」のこと。〔詠み方〕「あや」を「綾」になして、「水の綾織る」など詠まれる。「波の文」も同じ。

2113 **みづのみわた**

「水の水曲」と表記し、「川の流れが曲り、水の淀んでいる所」をいう。「川」に詠まれる。

2114 **みづにかずかく**

「（行く）水に数書く」と表記し、「（流れる水に数を書いても跡が残らないことから）はかないこと、むなしいこと」の譬えのこと。『涅槃経《ねはんきょう》』に「是の身は無常にして、…亦水に画くに随つて画けば随つて合ふが如し」とあるのを踏まえたもの。

○行く水に数書くよりもはかなきは思はぬ人を思ふなりけり（古今集・恋歌一・読み人知らず・五二二、流れて行く水に数を書くよりもはかないことは、自分を思ってもくれない人を恋い慕うことだ）

2115 **みづぐき**

「水茎」と表記し、「筆」、「筆跡」「手紙」などの意がある。「みづくき」とも。「水茎の跡」に同じ。

2116 **みづむまや**

「水駅」と表記し、「古代の駅制で、陸路に対して河岸に設けられ、駅船を備えて運輸の用に当てた所」、「『男踏歌《おとことうか》』の一行が宮中に出て、歌舞しながら諸所をめぐるときに、簡単に酒や湯づけなどでもてなす所」、「ちょっと立ち寄る所」、「街道の茶屋」などの意がある。「みづうまや」とも。

2117 **みつのがしは**

「三角柏」と表記し、「先端が三つに分かれた大きな柏葉」のこと。『歌林良材集《かりんりょうざいしゅう》』に、「三角柏とは、先端が三つに分かれた三葉柏をいう。伊勢大神宮で、三の柏を取って、占って吉凶を定めることがあった。この柏の木を地面に投げたときに、それが立った場合は望みが叶い、立たなかった場合には、望みは叶わない。そういうわけで、立った柏を手にとって袖に包んで、悦んだわけ。また、『日本書紀』には、『御綱柏』と書いてある。『延喜式《えんぎしき》』には『三綱柏』と書き、『国史』には『三角柏』と書いている。また、『みつかしは』とも『水のかしは』とも読んでいる」と記す。

○神風や三角柏にこととひてたつをま袖につつみてぞくる（散木奇歌集・恋部下・源俊頼《としより》・一一八〇、伊勢神宮で、先端が三つに分かれた大きな柏の葉で恋の吉凶を占ったところ、葉っぱが立ったので、それを両袖で包んで帰って来て、悦ぶことだ）

2118 みなとかぜ

「水門風」「湊風」と表記し、「港のあたりを吹く風」のこと。

2119 みなれざを

「水馴れ棹」と表記し、「水に浸し使い慣れた棹」「長く使っていて、使い慣れた棹」のこと。「船」「筏」などに詠まれる。

2120 みなわ

「水泡」「水沫」と表記し、「水の泡」のこと。「みなわ逆巻《さかま》く」とは、「水の泡が渦に巻く」のをいう。

2121 みなみにまれにみゆるほし

「南に稀に見ゆる星」と表記し、「竜骨座のアルファ星、カノープスの中国名で、『老人星』」のこと。「古来、人の寿命をつかさどる星」とされる。「南極星」「寿星《じゅせい》」に同じ。

2122 みなみのとの

「南の殿」と表記し、「『紫宸殿《ししんでん》』の別称」のこと。「南殿《なでん》」に同じ。

2123 みらくすくなき

「見らく少なき」と表記し、「逢うことが少ないこと」をいう。

＊潮満《み》てば入りぬる磯の草なれや見らく少なく恋ふらくの多き（万葉集・巻七・雑《ぞう》歌《か》・作者未詳・一三九四、わたしが思う人は、潮が満ちると隠れてしまう磯の草なのであろうか。逢うことは少なく、恋い慕うことが多いことだ）

2124 みむろのかがみ

「御室の鏡」と表記し、「神の宝殿にかけてある鏡」のこと。

2125 みのしろごろも

「蓑代衣」と表記し、「蓑の代わりの雨具」「雨衣」のこと。

○降る雪のみのしろ衣うちきつつ春来にけりと驚かれぬる（後撰集・春上・藤原敏行《としゆき》・一、降る雪を防ぐ蓑代衣ならぬ白い大袿《うちき》を、何度も肩に掛けつつ、それを賜わり、我が身にも春が来たと、暖かいご厚情に、はっと気づいたことですよ）

2126 みを

「水脈」「澪」と表記し、「川や海で深い溝のようになっていて、水の流れる道筋」「船が往来する水路」のこと。「みをはや」とも詠まれる。また、「雲のみを」「霞のみを」というのも、「水脈」に見立てて、雲や霧の深いところをいうわけ。

2127 みくにつたはるのり

「三国伝はる法」と表記し、「『天竺《てんじく》（インド）』『震旦《しんたん》（中国）』『日本』の三国を経て伝来した仏法・経文《きょうもん》の類」のこと。

2128 みくさ

「水草」「みづくさ」と表記し、「水中や水辺に生える草」のこと。

2129 みくりなは

「三稜草縄」と表記し、「三稜草が水に漂うさまが、縄のようによじれて見えるもの」の意。「三稜草」は、水草の一種で、沼や沢に自生し、夏に白い花を咲かせる植物。茎は乾燥させて、簾《すだれ》や筵《むしろ》を編むのに用いる。

2130 みくさのたから

「三種の神器」と表記し、「皇位の象徴として、歴代天皇に伝えられる三つの宝物のこと。具体的には、『八咫《やた》の鏡』『八尺瓊曲《やさかにのまが》玉《たま》』『天の叢雲《むらくも》の剣』の三種」をいう。「三種の神宝」「三つの宝」に同じ。

2131 みやびとのそでつけごろも

「宮人の袖付け衣」と表記し、「大宮人が着る袖のついている衣（これは袖のない『肩衣』に対していう）」、「袍《ほう》・直衣《のうし》・狩衣《かりぎぬ》などのように、端《はた》袖のある長袖の衣服」などの意がある。なお、長伯は、「結構なる衣を、錦繍《きんしゅう》にて継ぎたる衣をいふなるべし」と注を付する。

○宮人の袖付け衣秋萩ににほひよろしき高《たか》円《まど》の宮（万葉集・巻二十・大伴家持《やかもち》・四三一五、大宮人の袖付け衣が、秋萩に染まって美しい高円の宮だよ）

2132 **みやびと**

「宮人」と表記し、「宮仕えをする人」「宮中に仕える人」、「皇子・皇女・斎宮などに仕える人」、「神に仕える人」「神官」「神主」などの意がある。

2133 **みやこのてぶり**

「都の手振り」と表記し、「あか抜けた都の生活習慣」「都の風俗」のこと。

2134 **みやぎもり**

「宮木守」と表記し、「宮殿や神殿を造営する用材や宮廷の樹木を守る人」のこと。「宮木引く」とは、「その材木を伐《こ》りて、山から引き出すこと」をいう。

2135 **みやばしらふとしきたつる**

「宮柱太しき立つる」と表記し、「宮殿の柱をしっかりと打ち立てて造営した」の意。

2136 **みやこのつと**

「都の苞」と表記し、「都への土産」のこと。

2137 **みやび**

「雅び」と表記し、「上品で優雅なこと」「優美」「風雅」「風流」なこと。これは「宮廷風・都会風である」「優雅で上品である」という意の動詞「みやぶ」の連用形が名詞化した語。平安時代の美的理念のひとつで、「行動や趣味が宮廷風・都会風に洗練されていること」を表わす。

2138 **みふゆづき**

「三冬月」と表記し、「『陰暦十二月』の別称」のこと。なお、「三冬」は、「陰暦十月・十一月・十二月の、冬の三箇月」の総称。

2139 **みこもり**

「水籠り」「水隠り」と表記し、「水の中に隠れること」、「心に秘めて表に表わさないこと」の意。「みこもり沼」などと詠まれる。

2140 **みてぐら**

「幣」「幣帛」と表記し、「神前に供えるもの」の総称をいう。472「ぬさ」の項、「へいはく」に同じ。

2141 **みてぐらしろ**

「幣代」「幣帛代」と表記し、「神前に幣《へい》帛《はく》を供える代わりに異物を供えること」をいう。

2142 **みあれ**

「御生れ」「御阿礼」と表記し、「陰暦四月の中の午の日、京都の上賀茂神社で葵祭に先立って行なわれる、神をお迎えする神事」、「『上賀茂神社』の異称」などの意がある。なお、この神事は現在では五月十二日に行われる。「御生れ祭」に同じ。

2143 **みさびえ**

「水錆び江」と表記し、「水面に錆び状のものが浮かんでいる入り江」のこと。

2144 **みさを**

「操」と表記し、「人柄や行ないが上品で美しいこと」「世俗を超えて清らかなこと」「世俗を超えて美しいこと」、「心を変えないこと」「節操」「貞節」などの意がある。「松」「竹」に詠まれる。松・竹は色が変わらず、不変であるから。「人の心のみさを」ともいう。これは心が不変であること。

2145 **みゆき**

「行幸」「御幸」と表記し、「天皇、上皇・法皇・女院、皇后や皇太子などがお出かけになること」をいう。なお、天皇に関しては「行幸」、上皇・法皇・女院に関しては「御幸」、皇后や皇太子に関しては「行啓」の用字を用いて、区別する。「行幸」の趣は、天皇の外出先では「幸福がある」という情趣をいう。

2146 **みゆきふる**

「深雪降る」と表記し、「深く降り積もった雪」のこと。

み

2147 **みしぶ**
「水渋」と表記し、「水面に浮かぶ錆び状のもの」をいう。「みさび」「みづあか」に同じ。

2148 **みすのあふひ**
「御簾の葵」と表記し、「（賀茂神社の祭りの日に、葵の葉を冠などに付けて飾ったが、これは）牛車の御簾に挿して飾った葵」のことをいう。上賀茂神社の「御生《みあ》れの葵」は、髪にも付け、簾《すだれ》そのほか諸々の調度にも掛けた。

〔し〕

2149 **しばなく**
「屢鳴く」と表記し、「しきりに鳴く」の意。「しげく鳴く」趣。「時鳥《ほととぎす》」「千鳥」「にはとり」などに詠まれる。

2150 **しばしば**
「屢」「屢々」と表記し、「何度も」「たびたび」「しきりに」の意。「しげき」趣。
○やまがつの庵に焚けるしばしばもこと問ひ来なむ恋ふる里人（源氏物語・須磨巻・光源氏・二〇八、山賊の小屋で柴を焚いているように、しばしば便りを寄せてほしい。恋しい故郷の人よ）
この歌では、「しばしば」に「柴」を掛けて詠じている。

2151 **しばふ**
「芝生」と表記し、「柴が生えている所」をいう。「野辺のしばふ」などと詠まれる。「雲雀《ひばり》にしばふの巣」とは、「雲雀が芝草に巣を作っている」のをいうわけ。

2152 **しばゐ**
「芝居」と表記し、「芝生に座ること」、「『猿楽』・『田楽』などで、舞台と貴人の桟《さ》敷《じき》席との間の芝生に設けられた、庶民の見物席」、「歌舞伎」「演劇」、「『歌舞伎』などの演劇を上演する建物」「劇場」などの意がある。「しばゐして」「しばゐする」などと詠む。〔詠み方〕「納涼」などに詠まれる。

2153 **しばたつなみ**
「屢立つ波」と表記し、「しきりに立つ波」の意。

2154 **しばぐるま**
「芝車」と表記し、「芝積み車」、「芝をまるく束ねて、山の上からころがり落とすこと」、「芝を結び合わせて作った橇《そり》」などの意がある。

2155 **しばふるひびと**
「しばふるひ人」としか表記しえないが、「咳《こ》る人」の表記が相当する「しばふるひと」と同義で、「咳《こ》をしがちな老人」の意か。ほかに、「皺古人」で、「皺の寄った老人」の意、「柴振る人」で、「柴刈りをして暮らす人」の意とする説などあるが、語義未詳の難語といえようか。『源氏物語』に「このもかのもの、しはふるひ人ども」（明石巻）とある箇所を、日本古典文学全集本（小学館）は「あちらこちらの山賊ども」と現代語訳している。

2156 **しほじむ**
「潮染む」と表記し、「潮水や潮気《しおけ》に身が染まる」「海辺の生活になれる」、「物事に慣れる」「世慣れる」などの意がある。「世にしほじむ」の措辞も、「世慣れたる」趣。
○世をうみにここらしほじむ身となりてなほこの岸をえこそ離れね（源氏物語・明石巻・明石入道・二四一、世間がいやさに、長年海辺で潮気に染みる身の上となっても、やはりまだこの海岸――穢《え》土《ど》を厭《いと》い離れることができないよ）

2157 **しほどけし**
「潮解けし」と表記し、「びっしょり濡れたさま」「涙にくれたさま」の意。
○寄る波にたちかさねたる旅衣しほどけしとや人のいとはむ（源氏物語・明石巻・明石の君・二三九、裁ち重ねてあるこの旅衣は、涙に濡れているからといって、あなたがお嫌いになるでしょうか）

2158 **しほかなふ**

「潮適ふ」と表記し、「潮も満ちて、船出に好都合になる」ことをいう。

2159 しほなれごろも

「潮馴れ衣」と表記し、「海の塩分が染《し》み付いた衣」「潮気に染みた衣服」のこと。「須磨の海人のしほなれ衣」と詠まれている。衣服が潮気を含んでよれよれになった状態。

2160 しほのみちひのたま

「潮の満ち干の珠」と表記し、「神話に現われる神宝で、潮を満ちさせる呪力と潮水を引かせる呪力の両方を兼ね備えた珠」のこと。長伯は、「神功《じんぐう》皇后が新羅《しらぎ》を攻めた際の、干珠満珠《かんじゆまんじゆ》」のことと注を付する。「潮満つ珠」、「潮干の珠」とも詠まれる。

2161 しほほ

適当な用字法が見当たらないが、「涙に濡れるさま」「ぐっしょり」の意。

○夕立に袖もしほほの狩り衣かつうつり行くをちかたの雲（拾遺愚草《しゆういぐそう》・藤川百首・夏十首・行路夕立・藤原定家・一五三〇、夕立に旅人の狩衣の袖もぐっしょり濡れてしまった。そのうちにも、遠くの方の雲は移って行く）

2162 しほならぬうみ

「潮ならぬ海」と表記し、「塩分を含まない海」の意。とくに「琵琶湖」をいう。

2163 しとどにぬるる

「しとどに濡るる」と表記し、「（ずぶぬれの様子を表わして）びっしょり濡れること」をいう。「強く濡れる」趣。

2164 しぢのはしがき

「榻の端書き」と表記し、「男の恋の激しいこと」、「『恋が思うようにならないこと』の譬え」などの意。これは、「昔、恋をした男が、相手の女に百日通い続けたなら会おうといわれ、毎晩榻の端に証拠の印をつけ九十九夜に至ったが、百夜目に事情があってどうしても行くことができず、遂に思いを遂げることができなかった」という伝説に依拠する。

○思ひきや榻の端書き書きつめて百夜《ももよ》も同じまろ寝せむとは（千載集・恋歌二・藤原俊成《しゆんぜい》・七七九、思ってもみたことであろうか、思いもしなかったことだ。榻の端書きをかき集めて、百夜も同じ丸寝をしようなどとは）

この例歌（証歌）には「臨ンデレ期ニ違フルレ約ヲ恋」の題が付せられて、上記の伝説に依拠した内容が詠まれていて、興趣深い。

2165 しりへのその

「後方の園」「後方の苑」と表記し、「邸の後方にある園」のこと。

2166 しるしのさを

「標の棹」「印の棹」「標の竿」などと表記し、「昔、北国で積雪の量をはかるために立てて置いた竿」のこと。

2167 しるしのすず

「標の鈴」と表記し、「昔、鷹狩りのとき、鷹につけてしるしとした鈴」の意。

2168 しをり

「枝折り」「栞」と表記し、「山道などで、木の枝を折って道しるべとするもの」をいう。

2169 しかのうはげのほし

「鹿の上毛の星」と表記し、「秋になると、鹿の上毛に星が現われること」をいう。夏の初めのころは、色合いがはっきりしないので、「鹿の上毛の曇り星」と詠まれている。

2170 しかのそのふ

「鹿の苑生」と表記し、「（釈迦が悟りを開いた後、初めて説法した所を「鹿野苑《ろくやおん》」というのを）和語的に表現した語」のこと。「鹿の苑」に同じ。

2171 しか

「然」と表記し、（連用修飾語として）「そのように」「そう」、（感動詞的に用いて）「そのとおり」「そうだ」などの意がある。この語は、「すでに述べられた状態を指し示す」意を表わし、中古以降、同義の副詞

「さ（然）」が一般的に用いられるようになり、「しか」は漢文訓読や男性の文章に見られるようになる。「かくのごとし」という趣。

○三輪山をしかも隠すか春霞人に知られぬ花や咲くらむ（古今集・春歌下・紀貫之・九四、春霞は三輪山をこのようにすっかり覆い隠しているよ。その霞の奥にはまだ人目に触れたことがない花でも咲いているのだろうか）

2172 しかすがに

「然すがに」と表記し、「それはそうだが」「そうはいうものの」「しかしながら」の意。ちなみに、「しかすがに」は上代に用いられた語で、中古になると、和歌以外では「さすがに」が用いられるようになった。

2173 しかながら

「然ながら」と表記し、「そのまま」「そっくり」、「しかしながら」の意がある。

2174 しかなぐさ

「鹿鳴草」と表記し、「『萩』の異名」のこと。「しかなくさ」に同じ。

2175 しかまのかち

「飾磨の褐」と表記し、「播磨国飾磨郡から産出された藍で染めた、濃紺や褐色に染めた布」をいう。所謂、「褐染め」のこと。565「かちぬの」の項に同じ。

○播磨なる飾磨に染むるあながちに人をこひしと思ふころかな（詞花集・恋上・曾禰《そね》好忠《よしただ》・二三〇、わたしの恋は飾磨の藍染の褐色ではないけれども、やたらとあの人を恋しいと思うこのごろだ）

この例歌（証歌）では、「かち」を「あながち」と言い掛けている。この詠歌あたりから、「あながちなる心」に多く詠み馴らわされてきたようだ。

2176 しがらみ

「柵」と表記し、「川の流れをせき止めるために設けた柵」「川を横切って何本かの杭を打ち並べ、竹や柴を絡み付けてつないだもの」、「からみつくもの」「まつわりつくもの」「せき止めるもの」などの意がある。「水のしがらみ」「波のしがらみ」「井出のしがらみ」などの類である。このほか、928項の「そでのしがらみ」「風のしがらみ」「苔のしがらみ」などと詠まれている。

2177 しがのやまごえ

「志賀の山越え」と表記し、「（諸説あるが）京都から志賀峠、志賀寺（崇福寺）を経て、いまの大津市北部滋賀里の付近へ抜ける峠道」のこと。「志賀寺参り」のために、しばしば都の人が利用した。『永久百首』『六百番歌合《うたあわせ》』に「春」の題で、いずれも「花」を詠じている。よって、「志賀の山越え」は「春」に限定されるようだが、四季を問わず行なわれる点、銘記しておかねばならない。

2178 しかのむなわけ

「鹿の胸分け」と表記し、「鹿が萩などの草木を胸で掻き分けて進むこと」をいう。鹿は胸で草木を掻き分けて行く動物だから。

○惜しめども散りやそめなむさを鹿の胸分けにする秋萩の花（白河殿七百首・秋百三十首・萩欲散・二条《にじょう》為氏《ためうじ》・二三〇、いくら惜しんでも、散りはじめるだろうか。牡鹿が胸で掻き分けて行く秋萩の花は）

2179 しがのてこら

「志賀の手児ら」と表記し、「近江国志賀の美しい少女」の意。

○さざなみの志賀の手児らがまかりにし河瀬の道を見れば悲しな（拾遺集・哀傷・柿本人麻呂・一三一五、さざなみの志賀の采《うね》女《め》が逝ってしまった、川瀬を見ると、悲しいことだ）

2180 したひもとくる

「下紐解くる」と表記し、「下裳《したも》・下袴《したばかま》など、表に見えない紐が自然に解ける」意のこと。この現象は「人に恋されたり、恋人に逢える前兆」を意味する。「逢恋」に詠まれる。「下ゆふひものうちとくる」とも詠まれている。ちなみに、「古代には、人に恋い慕われていると、下紐が自然に解ける」とされた。また、「男女が共寝《ともね》した後、互いに相手の下紐を結び合って、勝手に解かないのを愛の誓いのしるしとした」という。2185「したゆふひも」の項参照。

2181 したのおもひ
「下の思ひ」と表記し、「心の奥底で密かに抱く恋の思い」のこと。

2182 したのなげき
「下の嘆き」と表記し、「下積《づ》みの嘆き」のこと。なお、長伯は、直前の2181「したのおもひ」の項に同じとする。

2183 したやすからぬ
「下安からぬ」と表記し、「心の奥は思慕の情で落ち着かないで、悶えている状態」のこと。「水鳥の下安からぬ」と詠まれている。水鳥の水面を移動する有様は、見た目は平穏そのものだが、水面下ではせわしく脚を動かし続けて、動揺しているわけ。
〔**詠み方**〕「恋」に溺れている人の表情は、表面は落ち着き払っているようだが、内心は動揺の心を隠し切れない状態にあることを示唆している。

2184 したもみぢ
「下紅葉」と表記し、「木の下のほうの葉が紅葉すること。また、その葉」のこと。「山の下紅葉」「松の下紅葉」などと詠まれる。

2185 したゆふひも
「下結ふ紐」と表記し、「下裳《したも》や下着の紐」のこと。「下紐」に同じ。

2186 したついはね
「下つ岩根」と表記し、「地下の岩盤」「底つ岩根」のこと。伊勢大神宮が鎮座した所。「五十鈴《いすず》川下つ岩根」「動きなき下つ岩根」などと詠まれている。

2187 しづえ
「下枝」と表記し、「下のほうの枝」のこと。「松」に詠まれる。また、「やまぶきのしづえ」とも詠まれている。

2188 しづごころなく
「静心なく」と表記し、「落ち着いた気持ちもなく」「静かな心もなく」「穏やかな気分もなく」の意。

2189 しづけみ
「静けみ」と表記し、「静かなので」の意。

2190 しづはた
「倭文機」と表記し、「倭文を織る織機。また、それで織った布」のこと。なお、「倭文」とは、「日本古来の織物の名。楮《こうぞ》・麻などの繊維で作った糸を、赤・青などに染めて横糸とし、乱れ模様に織ったもの」。「倭文はたに思ひ乱るる」とは、「機糸のごとく思い乱れる」こと。

2191 しづはたおび
「倭文機帯」と表記し、「倭文でこしらえた帯」、「倭文の機を織るとき、腰に巻く帯」などの意がある。

2192 しづのをだまき
「倭文の苧環」と表記し、「倭文を織るのに用いる苧環」のこと。「苧環」とは、「紡いだ麻糸を、中が空洞になるように円形に蒔《ま》いたもの」。ちなみに、和歌では、「糸を繰り出す」意から「繰る」、「繰る」と同音の「苦《くる》し」、また、「しづ」を「賤」の意にとって「いやし」などの序詞の一部として用いられる。「繰り返す」の縁語でもある。「昔を今に繰り返す」などとも詠む。491「をだまき」の項参照。

2193 しづく
「沈く」と表記し、「水の底に沈む」「深く沈んでいる」、「水面に映る」「映って見える」などの意がある。「しづく石」「しづく花の色」などと詠まれる。「しづく石」は、「波に石が浮いたり沈んだりしているさま」をいう。「しづく花の色」とは、「水面に映っている花の姿が浮いたり沈んだりするように見えること」をいう。どちらも「しづく」と表現しているのは、波に揺られて、浮き沈むように見えるから。

し

2194 **しづりのゆき**

「垂りの雪」と表記し、「木の枝や軒端《のきば》などから滴り落ちる雪」のこと。

2195 **しなとのかぜ**

「科戸の風」と表記し、「『風』の異称だが、とくに罪や穢《けが》れをはらってくれる風」をいう。「乾《いぬい》の方の風」のこと。なお、「科戸」は、「風が生まれてくる所」の意。

2196 **しなてるや**

「級照るや」と表記し、「『片』『鳰《にお》の海』にかかる枕詞」。なお、長伯は、「山のかたさがりなる所をいふとなん」と注を付する。

2197 **しながどりゐなの**

「息長鳥猪名野」と表記し、「(しながどり)猪名野」のこと。なお、「しながどり」は「水鳥の名。『かいつぶり』の古名」。また、枕詞として、「しながどり」が「ゐ並ぶ」ことから、「ゐな」と同音の地名「猪名」に、また掛かり方は未詳だが、「安房《あわ》」にかかる。『俊頼髄脳《としよりずいのう》』や『八雲御抄《やくもみしょう》』が、この語の由緒・由来に言及しているが、伝承の域に留まっている。

2198 **しらつくし**

適当な用字法を見出しえないが、「『澪《みお》標《つくし》』と同じ意味」か。『八雲御抄《やくもみしょう》』に、「『みをつくし』同物なり。水の浅深のしるしなり。『みをつくし』は河にてもす。『清輔《きよすけ》抄《しょう》』に在り。なべては『江』などによむなり」とある。

2199 **しらじらし**

「白々し」と表記し、「しろじろとしている」「一面白っぽい」、「興ざめである」、「はっきりした嘘をつくさま」「しらばっくれている」などの意がある。「しらけたる」趣。

○しらじらししらけたる年月影に雪かきわけて梅の花折る（和漢朗詠集・白・作者未詳・八〇四、白髪の年老いた翁が、白い月の光の下で、白雪を掻き分けて白い梅の花を折っている。いかにもしらじらしいことだ）

2200 **しらふのたか**

「白斑の鷹」と表記し、「羽毛に、白いまだらな模様のある鷹」のこと。1541「ましらふのたか」の項参照。

2201 **しらまゆみ**

「白真弓」「白檀弓」と表記し、「皮をはいだだけで塗料を塗っていない、白木のままで作った弓」をいう。また、「(弓を張るところから同音の)春」に、「(弓を射るところから)い」を含む語に、また、「(弓を引くところから)ひ」を含む語にかかる枕詞。

2202 **しらぬひのつくし**

「しらぬひの筑紫」と表記し、「(しらぬひの)筑紫」の意。「しらぬひの」は「筑紫」にかかる枕詞。「(筑紫は大和国から遠くて、行き着くのに日数も知れないほどの距離にあるので、「知らぬ日を尽くす」の意から、「尽くす」と同音の)筑紫」にかかるとも、また、「『領《し》らぬ霊《ひ》憑く』の意で、『憑く』と同音の筑紫」にかかるともいうが、詳細は未詳に属する。ちなみに、「不知火《しらぬひ》」は、「陰暦七月末日ごろの夜中に、九州の有明海や八代海《やつしろかい》の沖に無数に見られる火《ほ》影《かげ》」のこと。『日本書紀』の「景行《けいこう》天皇」(巻四)の条に、「天皇が九州巡幸の際、航行中に日が暮れたが火影に導かれて岸に着くことができた。火の主は分からなかったが、この地を『火の国』と呼ぶようになった」という記事が見られる。

2203 **しらにのはな**

「紫苑の花」と表記し、「秋、淡紫色の花をつける草の名」。「しをに」「しをん」に同じ。「鬼の醜草《しこぐさ》」ともいう。480「おにのしこぐさ」の項参照。

2204 **しらにきて**

「白和幣」と表記し、「梶の木の繊維で織った白布の幣帛《へいはく》」のこと。

2205 **しらなみ**

「白波」「白浪」と表記し、「打ち寄せ砕けて白く見える波」、「盗賊」「盗人」などの意がある。「盗賊」の意は、『後漢書』にある「白波賊」に依拠している。ちなみに、山に住む盗賊を「緑の林」といい、海に住む盗賊を「白波」という。

2206 **しらぎのくに**

「新羅の国」と表記し、「古代朝鮮の国名」のこと。四世紀中ごろに建国。六世紀に任《みま》那《な》を滅ぼし、百済《くだら》・高句麗《こうくり》と三国時代を形成した。七世紀には唐と組んで百済・高句麗を滅ぼし、朝鮮半島を統一したが、九三五年高麗《こうらい》によって滅ぼされた。飛鳥・奈良時代の日本の文化に大きな影響を与えた。

2207 **しむる**

「占むる」「標むる」と表記し、「自分のものだというしるしをつけること」、「自分のものとして占有すること」「特に、自分の敷地として住むこと」、「性格・雰囲気・風情《ふぜい》などを身に備えること」などの意がある。「心を占むる」は「心を寄すること」。

2208 **しひのこやで**

「椎の小枝」と表記し、「椎の木の小枝」のこと。「こやで」は「『こえだ』の上代東北方言」。「椎」は「初夏に香りの強い花が咲き、実は食用となる木の名」。

2209 **しひしばのそで**

「椎柴の袖」と表記し、「(椎が喪服の染料となることから)喪服」の意。

2210 **しのすすき**

「篠薄」と表記し、「篠と薄」「群がり生えている篠と薄」、「穂の出ていない薄」などの意がある。和歌で、「思いが表面に現われる」意の「穂」を引き出す序詞の一部として用いられることもある。「しのすすき穂に出でず」と詠まれる。〔詠み方〕「篠薄」は穂には出ないものなので、「忍ぶ恋」などに寄せて詠まれる。

2211 **しのに**

適当な用字法が見当たらないが、「(草木が)しおれて」「しんなり」「なよなよと靡《なび》いて」「(感傷に浸る様子を表わして)しみじみと」「しんみりと」、「数多く」「何度も」「しきりに」「しげく」などの意がある。「しのにもの思ふ」は「数多く物思う」意。「しのに露散る」は「しきりに露(涙)が散る(流れる)」意。〔詠み方〕「小笹原」などに寄せて詠まれる。これは「篠」の「しの(笹)」に寄せたわけ。

2212 **しのだのもりのちえ**

「信太の杜(森)の千枝」と表記し、「和泉国信太の杜(森)の楠木の多くの枝」のこと。和泉国信太の杜(森)には、一本の楠木が這い広がって、千枝にわかれている。ところが、信太の杜の歌枕は、「楠木」の「楠」を「葛《くず》」に誤読した結果、「葛の葉」の名所にもなったのだ。ちなみに、「信太の森」といえば、安倍保名《やすな》に助けられた白狐が、葛の葉姫に変身し、保名との間に一子(安倍晴明)をもうけたという白狐(葛の葉)伝説がある、これは竹田出雲作『芦《あし》屋《や》道満大内鑑《どうまんおおうちかがみ》』の四段目「葛の葉子別れ」の段によって有名になる。

＊和泉なる信太の杜の楠の木の千枝に分かれてものをこそ思へ(古今六帖・第二・作者未詳・一〇四九、和泉国の信太の杜の楠の木が千枝に分かれているように、わたしは心が細かく分かれてしまって、しきりにもの思いをすることだ)

2213 **しのびづま**

「忍び夫」「忍び妻」と表記し、「密かに契りを結んだ男または女」「隠し男」「隠し妻」のこと。

2214 **しののめ**

「東雲」と表記し、「夜がほのかに明けて行くころ」「明け方」のこと。なお、「篠の芽」と表記すると、同音の「しのふ」を導く序詞の一部として用いられる表現・措辞。

2215 **しのびね**

「忍び音」と表記し、「あたりを憚《はばか》るようなひそひそ声」、「人に知られぬよう、声をひそめて泣くこと」、「『時鳥《ほととぎす》』の初音《はつね》（本格的に鳴き始める前の、声をひそめるような低い鳴き声）」などの意がある。「時鳥」に詠まれる。長伯は、「五月を『おのが月』といひ、卯月を『しのびね』といふ」と注を付する。

2216 **しののをふぶき**

「篠の小吹雪き」と表記し、「篠が吹雪きかと見紛うほどに、風に吹かれている様子」をいう。

2217 **しののはぐさ**

「篠の葉草」と表記し、「篠の葉の形をしている草」、「篠のように生い茂る草」、「（転じて）篠」などの意がある。長伯は、「一説、笹をいふ。また、にぐさなり」と注を付する。

2218 **しのぶもぢずり**

「忍捩摺り」「信夫捩摺り」と表記し、「摺り衣の一種で、忍草の茎や葉で、乱れ模様を布に摺りつけたもの。また、その模様」のこと。陸奥《みちのく》国信夫郡から産出されたという。〔**詠み方**〕「しのぶずり」は、紋を乱れ摺りにしているので、「乱るる」という縁語には多く、「しのぶもぢずり」と詠まれている。また、「恋」の歌に、「思ひ乱るる心」を「しのぶずり」に寄せて詠まれている証歌がある。

○陸奥《みちのく》のしのぶもぢずり誰《たれ》ゆゑに乱れむと思ふ我ならなくに（古今集・恋歌四・源融《とおる》・七二四、陸奥国の信夫郡産出の忍草で摺り染めにした模様が乱れているように、あなた以外の誰のためにも心を乱して恋い慕おうとするわたしではありません。すべてあなたのために思い乱れているのですよ）

また、「しのぶずり」は、「限りなき」という表現に縁があり、次の証歌がある。

○春日野の若紫のすりごろも忍ぶの乱れかぎり知られず（伊勢物語・第一段・男・一、春日野の若い紫草のように美しいあなたがたにお逢いして、わたしの心は、この紫の信夫摺りの模様さながらに、限りもなく乱れに乱れています）

2219 **しのぶのたか**

「信夫の鷹」と表記し、「陸奥国信夫郡から出た鷹」のこと。

2220 **しくめる**

「頻くめる」と表記し、「（風が）しきりに吹きつのるようだ」の意。動詞「頻く」の終止形に、婉曲の助動詞「めり」の連体形がついたもの。

○知りにけむ聞きても厭《いと》へ世の中は波の騒ぎに風ぞしくめる（古今集・雑歌《ぞうか》下・布留《ふるの》今道《いまみち》・九四六、もうとっくに分かっているだろうが、今ここで改めて聞いて厭わしく思いなさい。この世の中は、波が荒立っているところに、風が吹きつのるような、ひどいものなのですよ）

2221 **しぐれのいと**

「時雨の糸」と表記し、「時雨が降るのを、『織物の横糸』に譬えたもの」。

＊唐錦霜をば縦と頼めども時雨の糸のなほ弱きかな（堀河百首・秋二十首・紅葉・大江匡房《まさふさ》・八五〇、唐錦を織るのに、霜を縦糸として頼りにするが、時雨の横糸がやはり弱いことだよ）

2222 **しまき**

「風巻き」と表記し、「風が激しく吹き荒れること」「暴風」「旋風」のこと。なお、長伯は、「一説、志摩の国の海辺の風なり」と注を付する。

○浪の折る伊良虞《いらこ》の崎を出づる舟はや漕ぎわたせしまきもぞする（堀河百首・雑《ぞう》二十首・海路・源国信《くにのぶ》・一四四三、波が折れ返る伊良湖岬を出る舟よ、早く漕いで目的地に着くようにせよ。旋風が吹いたら困るから）

2223 **しでうつ**

「しで打つ」と表記し、「砧《きぬた》をしきりに打つ」意。一説に、「四手打つ」と表記し、「二人で向き合って砧をしきりに打つ」意ともいう。「擣衣《とうい》」の歌に、「ころもしでうつ」

（1604の項）と詠まれている。「衣をしきりに打つ」意。

2224 しでのたをさ

「死出の田長」と表記し、「『時鳥《ほととぎす》』の別称」のこと。語源としては、「死出の山から来て、『田長』（農夫の長）に農耕をすすめるから」という説、「（「賤《しず》の田長」の転で）田植えの時期を告げるから」という説などがある。

2225 しきしのぶ

「頻き偲ぶ」と表記し、「かさねがさね慕う」「しきりに恋い慕う」「じっと深く思う」こと。『万葉集』の「布暴《ぬのさらす》」を「布慕《しきしのぶ》」と誤って訓読したことから生じた語という。〔詠み方〕「夜半《よは》のさむしろしきしのぶ」などと続ける。「恋」などに詠まれる。

2226 しぎのはねがき

「鴫の羽搔き」と表記し、「夜明け方に、鴫が羽虫を取るために、繰り返しくちばしで羽をしごくこと」、「（転じて）物事の多い譬え」などの意がある。「数しげく搔く」ので「数搔く」とも「百羽《ももは》搔き」とも詠まれる。「必ず暁に羽を搔く鳥」なので、「鴫の羽搔き」といえば、「暁の時刻」を指すようだ。

2227 しきしまのくに

「敷島の国」「磯城島の国」と表記し、「日本国」のこと。

2228 しきしまのみち

「敷島の道」と表記し、「和歌の道」「歌道」のこと。「敷島の大和歌の道」の意。

2229 しきなみ

「頻き波」「頻き浪」と表記し、「次々と寄せてくる波」「しきりに寄せてくる波」のこと。

2230 しめゆふ

「標結ふ」「注連結ふ」と表記し、「神聖な土地であること、人の所有地であること、神社の境内《けいだい》や宮中であることを示し、立ち入りを禁ずるために、縄を張る」ことをいう。

○山高み夕日隠れぬ浅茅《あさぢ》原《はら》のち見むために標結はましを（拾遺集・雑《ぞう》下・柿本人麻呂・五四六、山が高いので、夕日が隠れてしまった。この浅茅原を、また後に見るために、標識の縄を張って置けばよかったのに）

2231 しめはへて

「標延へて」「注連延へて」と表記し、「注連縄を張り巡らして」「注連縄を差し渡して」の意。「神祇」に詠むといい。

2232 しめしの

「標し野」と表記し、「上代、皇室や貴人が領有し、一般の人が立ち入ることを禁止する縄張りをした野」「禁野《きんや》」のこと。「若菜摘まんと標し野」とは、「若菜を摘もうと自分が縄張りをして置いた野」のこと。このほかに、「標野」「標し野」は、「縄張りをする」趣で詠んだ歌が多い。また、「名所《などころ》」にもある。長伯は、「『しめし野』は『山城標之野なり』。『しめ野』は『大和標野なり』」と記す。

2233 しめのうちびと

「注連の内人」と表記し、「『禰宜《ねぎ》』の次の位で、物忌みや祭事に従事し、また、神に供える酒食《しゅしょく》のことをつかさどる、伊勢神宮の神官のこと」、「召し使いとして天皇から親王家や太政大臣家などに賜わった子ども」などの意がある。

2234 しみみに

「茂みみに」「繁みみに」と表記し、「びっしりと」「いっぱいに」「おびただしく」の意。「露もしみみに」などと詠まれる。「露のしげき」趣。

2235 しじがみ

「縮髪」「蹙髪」と表記し、「縮んで悪い髪」のこと。

2236 しじま

「無言」「黙」と表記し、「黙りこくっていること」「沈黙」のこと。

2237 しもやたびおく

「霜八度置く」と表記し、「霜がたびたび

置く」ことをいう。「やたび」は「たびたび」の趣。「霜やたび置けど枯れせぬ榊葉《さかきば》」と詠まれている。

2238 しものふりは

「霜の降りは」と表記し、「霜の降りかたは！」の意。「は」は詠嘆の終助詞。

2239 しものつる

「霜の鶴」と表記し、「鶴の羽毛《うもう》が白いさまを『霜』に譬えていう語」、「霜の中に立っている鶴」「霜夜の鶴」などの意がある。鶴は霜に苦しむ鳥なので、「霜夜の鶴」とも「霜の鶴」ともいうわけ。

2240 しものたて

「霜の経」「霜の縦」と表記し、「霜を織物の『縦糸』に譬えた」もの。「霜の経露の緯《ぬき》」と詠まれる。これは「露と霜」を織物の「縦糸と横糸」に見立てていうわけ。

○霜のたて露のぬきこそ弱からし山の錦の織ればかつ散る（古今集・秋歌下・藤原関雄《せきお》・二九一、霜の縦糸、露の横糸が弱いらしい。山の紅葉の錦は、織り上げる片端から断ち切れて散らばってしまうことだ）

2241 しものまゆ

「霜の眉」と表記し、「霜を置いたような白い眉」「老人の眉」のこと。

2242 しもよのかね

「霜夜の鐘」と表記し、「霜の置く寒い夜には、霜に感応して鐘が鳴る」という意。『山海経《せんがいきょう》』に「豊山《ぶざん》に九鐘有り、秋霜降れば則ち鐘鳴る」とある故事に依拠した歌語。長伯も、「霜置く夜には必ず、鐘の声さゆるよし、おほくよめり」と注を付する。

2243 しもつやみ

「下つ闇」と表記し、「陰暦の、月の下旬の夜の闇」のこと。1347「くだりやみ」の項に同じ。

2244 しもつせ

「下つ瀬」と表記し、「川の下流の瀬」のこと。上流の瀬は「かみつせ」という。

〔ゑ〕

2245 ゑぐのわかな

「ゑぐの若菜」と表記し、「かやつり草科の多年草で、黒慈姑《くろぐわい》」のこと。湿地に生える草で、地下の塊茎《かいけい》は慈姑に似て、食用となる。一説に、「芹」のことともいう。「若菜」に詠まれる。「ゑぐの若菜」「ゑぐの若立ち」「ゑぐ摘む」などと詠まれている。

2246 ゑじのたくひ

「衛士の焚く火」と表記し、「衛士が焚く警備の篝火《かがりび》」のこと。「衛士」は、「令制《りょうせい》で、諸国の軍団から選抜して交替で上京させ、『衛門府』『衛士府』に配して宿衛をさせた兵士」。常時武装して、夜は火をたき、宮門の警護に当たった。

2247 ゑひなき

「酔ひ泣き」と表記し、「酒に酔って繰り言《こと》などをいって泣くこと」「酔っぱらって泣くこと」の意。

〔ひ〕

2248 ひろまへ

「広前」と表記し、「（「神仏の前」を敬って表現する措辞で）御前」の意。「神の広前」「瑞《みず》の広前」などと詠む。

2249 ひとのきかくに

「人の聞かくに」と表記し、「人が聞くことになるから」の意。

2250 ひとのくに

「人の国」と表記し、「日本以外の国」「高麗《こうらい》」「唐土《もろこし》」「外国」「異国」、「都以外の地方の国」「田舎」などの意がある。

2251 ひとくといとふうぐひす

「『人来』と厭ふ鶯」と表記し、「『人が来た』と嫌がって鳴く鶯」の意。鶯の鳴き声の擬声表現の「ひとくひとく」を、「人来、人来」と「人が来るのを嫌がる」趣で詠じているわけ。「ひとくひとくといとふ」とも詠まれている。

○梅の花見にこそ来つれ鶯のひとくひとくと厭ひしもをる（古今集・俳諧歌・読み人知らず・一〇一一、わたしは梅の花を見に来ただけなのに、鶯は「人が来た、人が来た」と嫌がって鳴いているよ）

2252 **ひとがにしめる**

「人香に染める」と表記し、「他人の衣にたきしめた香の匂いが染みること」「人の移り香《が》に染まること」「人と寝て移り香に染まること」をいう。

2253 **ひとめもる**

「人目守る」と表記し、「人目を憚る」こと。〔詠み方〕「忍恋」に詠まれる。

2254 **ひとめづつみ**

「人目包み」と表記し、「人目を憚ること」をいう。和歌では、「包み」を「堤」に掛けて用いる。「人目包み」を「川の堤」に関係づけて、「おもひ川」「なみだ河」などに詠まれる。

2255 **ひとづま**

「人妻」「他妻」と表記し、「他人の妻」の意。「他夫」と表記すると、「他人の夫」のこと。

2256 **ひとやりのみち**

「人遣りの道」と表記し、「人から命じられて行く旅」のこと。〔詠み方〕「旅」に詠まれる。

○人やりの道ならなくに大方は行き憂しといひていざ帰りなむ（古今集・離別歌・源実《さね》・三八八、別に人から命じられて行く旅というわけではないのだから、よく考えてみて、行きたくないと言って、さあ帰ってしまおうかしら）

この例歌（証歌）は、「旅とは人に命じられて行くものではなくて、自分から進んで出かけて行く、自主的なものだ」という意味。

2257 **ひとやりならぬ**

「人遣りならぬ」と表記し、「他人から強制されるのではなく、自分の意志ですること」「自分の心からすること」「自分のせいであること」の意。〔詠み方〕「旅」に詠む。また、「恋」にも詠む。これも「人の遣るにはあらで、われとわが心の行き通ふ」趣などに詠まれる。

○世にも知らぬ秋の別れにうち添へて人遣りならずものぞ悲しき（千載集・恋歌五・源通親《みちちか》・九四九、九月尽の秋との別れのもの悲しさに加えて、世間でも知ることのない、わが心中の恋は、自分の心からのこととは言いながら、何とももの悲しい限りだよ）

2258 **ひとふるすさと**

「人古す里」「人旧す里」と表記し、「人を古くする里」「人を古びさせて駄目にする京の都」のこと。〔詠み方〕「故郷」に詠まれる。

＊人古す里をいとひて来《こ》しかども奈良の都も憂き名なりけり（古今集・雑歌《ぞうか》下・二条・九八六、わたしを古びさせて人から見捨てられるようにする、京の都がいやになってやって来たけれども、考えてみれば、奈良の都も古京と呼ばれて、いやな名だったよ）

2259 **ひとめかるる**

「人目離るる」と表記し、「人の目が遠ざかること」の意。「人の目が絶えた」趣。

2260 **ひとわらへ**

「人笑へ」と表記し、「世間の笑いものになるさま」「軽蔑され笑われるさま」の意。「ひとわらはれ」に同じ。

2261 **ひとだのめ**

「人頼め」と表記し、「人に頼もしく思わせること」「期待させて、その実がないこと」「そら頼み」のこと。

○大荒木《おほあらき》の森の木《こ》の間を漏りかねて人だのめなる秋の夜の月（新古今集・秋歌上・藤原俊成女《しゅんぜいのむすめ》・三七五、大荒木の森の深い木の間を、その名から、枝葉が粗くて、漏れやすいかと頼みにした光が、なかなか漏れてこないので、いたずらに人に期待を抱かせる、秋の夜の月よ）

○奥山の真木《まき》の葉しのぎ降る雪は人だのめなる花にぞありける（新勅撰集・冬歌・藤原基俊《もととし》・四二九、奥山の槙の葉を押さえつけるように降る雪は、あたかも春の実際の花ではないかと人に期待をさせることだなあ）

この基俊の詠は、俊成女の詠よりも、人への期待度が高い感じが強い用法のようだ。なお、一説に、「そらだのめ」に同じだという説があるが、「空頼め」のほうは、「当てにならないことを頼みにさせること」の度合いが強い点で、趣が少々異なるように思う。

2262 ひとしづまる

「人静まる」「人鎮まる」と表記し、「人が寝しずまる時刻である、亥の刻（午後八時ごろ）」をいう。これを「人定《じんてい》」という。

2263 ひとのあき

「人の秋」と表記し、「（「秋」を「飽き」に掛けて）人の飽きられる季節」「人との交わりが疎遠になること」をいう。「恋」に詠まれる。

＊忘れなむ我を恨むな時鳥《ほととぎす》人の秋には逢はむともせず（古今集・恋歌四・読み人知らず・七一九、もうあなたのことを忘れてしまおう。わたしのことを恨まないでくださいな。あの時鳥だって、人が飽きる秋まで待たないで姿を隠してしまう。わたしもあなたに飽きられるまで待っていたくないから）

2264 ひとのひ

「人の日」と表記し、「五節句《ごせつく》のひとつで、陰暦正月七日」のこと。「人日《じんじつ》」の訓読語。この日に「采羹《さいこう》」（若菜のあつもの）を服すれば、万病邪気を除くといわれている。ちなみに、正月一日は「鶏の日」、同二日は「犬の日」、同三日は「猪の日」、同四日は「羊の日」、同五日は「牛の日」、同六日は「馬の日」、同八日は「穀の日」という。

2265 ひとごと

「人言」と表記し、「他人の言うこと」「世間のうわさ」「評判」のこと。「ひとごとしげき」とも詠まれる。これは「人の何かと言ひ扱かふ言葉のしげき」をいうわけ。

○人言は夏野の草のしげくとも君と我としたづさはりなば（拾遺集・恋三・柿本人麻呂・八二七、人のうわさは、夏の野の草のように、ひっきりなしであったとしても、あなたとわたしとが連れ添っておられるものならば、どう言われても構わない）

2266 ひとよづま

「一夜妻」と表記し、「一晩だけ関係を結んだ女性」、「遊女（これは多く、街道筋などの旅籠《はたご》にいるものについていわれた）」などの意がある。なお、「一夜夫」と表記すると、「一晩だけ関係を結んだ男性」のこと。

2267 ひとよめぐりのかみ

「一夜廻りの神」「一夜巡りの神」と表記し、「（陰陽道で）、太白神《たいはくじん》（戦争や凶事をつかさどる神で、毎日居場所を変え、その神のいる方向は、何事につけても避けないと凶事が起こるという）」のこと。その場合、「方違《かたたが》え」をする。「ひとひめぐりのかみ」に同じ。「天一神」とも「指す神」ともいう。

○君こそは一夜めぐりの神と聞けなに逢ふことのかた違ふらむ（金葉集二奏本・恋部下・読み人知らず・四七九、あなたこそが一夜めぐりの神と聞いています。どうしてわたしと逢わないで、方違えなどするのでしょう）

2268 ひとよまつ

「一夜松」と表記し、「北野天満宮の境内《けいだい》に一夜のうちに数千本生えたという松」のこと。天暦九年（九五五）、菅原道真の霊が七歳の小児に憑《つ》いて託宣したところ、一夜のうちに松数千本を生ずる奇瑞《きずい》を示したので、ここに神殿を造営して「北野社」としたという故事に依拠する。

2269 ひとよざけ

「一夜酒」「醴酒」と表記し、「（一晩でできることから）甘酒」をいう。

2270 ひとはのあき

「一葉の秋」と表記し、「初秋に木の葉がまず、一葉散り落ちること」をいう。

2271 ひとりごち

「独りごち」と表記し、「ひとりごとを言うこと」「つぶやくこと」の意。

2272 ひぢかさあめ

「肘笠雨」と表記し、「笠をかぶる間もなく、肘をかざして防がなければならないくらいに、急に降り出した雨」「にわか雨」のこと。

○妹《いも》が門《かど》行き過ぎかねつ肘笠雨も降らなむ雨隠《あまがく》れせむ（古今六帖・第一・雨・作者未詳・四四八、恋人の住んでいる門の前をわたしは通り過ぎることができないよ。にわか雨でも降ってくれないかなあ。雨宿りして彼女の姿を瞥見するチャンスもあろうから）

2273 ひちて

「漬ちて」「沾ちて」と表記し、「水に漬かって」「水に浸って」「濡れて」の意。「ひどく濡れた」趣。ただし、「ひちて」の措辞は、現今では詠まないほうがいいといわれている。919「そでひちて」の項参照。

2274 ひるめのかみ

「日女の神」「日霊の神」と表記し、「『天照大神』の別称」のこと。

○いかばかりよきわざしてかあまてるやひるめの神をしばしとどめむ（袖中抄《しゅうちゅうしょう》・第十三巻・ひるめのかみ・神楽歌・五二七、どれほどすばらしい饗応をして、天上界から降臨《こうりん》なさった天照大神を、しばらくの間でもこの地上界に留め申しあげようかしらと、思案することだ）

2275 ひを

「氷魚」と表記し、「『鮎』の稚魚」のこと。氷のように無色半透明であることからいう。晩秋から冬にかけて、琵琶湖や宇治川で採れるものがとくに有名。「田上《たなかみ》川」「宇治川」などに詠まれる。「網代《あじろ》」を架けて採る。氷魚は川の流れに従って川下より一度に多く上るもの。よって、「ひをのぼる」「寄るひを」「瀬わけのひを」などと詠まれる。また、「網代」の歌に、「ひをふる」「ひをつむ」などと詠まれるのは、「氷魚」を「日を経る」に掛けて表現しているわけ。

2276 ひをむし

「蜉蝣」と表記し、「朝に生まれ、夕方には死ぬといわれる、『蜻蛉《かげろう》』の類」か。「はかないもの」の譬えにされる。「無常」に寄せて詠まれる。

2277 ひをさふる

「日を障ふる」と表記し、「日光を遮る」意。「日をさふる楢《なら》の広葉」など詠まれる。葉が茂って日影を遮るのだ。「隔つる」趣をいう。

2278 ひかたふく

「日方吹く」と表記し、「（日のある方向から吹く風の意で）夏の季節風」のこと。土地によって、「南東の風」とも「南西の風」ともいう。ちなみに、『八雲御抄《やくもみしょう》』には「未申《ひつじさる》の風なり」と、『俊頼髄脳《としよりずいのう》』には「辰巳の風なり」と、『和歌童蒙抄《わかどうもうしょう》』（藤原範兼《のりかね》著）には「東風《こち》の吹きやまぬなり」と各々、記す。

2279 ひかげのかづら

「日蔭の蔓」「日蔭の鬘」「日陰の葛」と表記し、「山地に生え、葉は杉の葉に似て密生し、茎は細くて地を這うように伸びる、神事の際の装飾に用いられた、羊歯《しだ》植物の名」、「大嘗祭《だいじょうさい》や新嘗祭《しんじょうさい》の奉仕者の冠の左右や、五節《ごせち》の舞姫が冠の笄《こうがい》につける、青または白の糸で組んだ装飾」などの意がある。「日陰」「日陰草」「日陰の糸」に同じ。

2280 ひたちおび

「常陸帯」と表記し、「常陸国鹿島《かしま》神宮に伝わる占いのひとつ」のこと。『俊頼髄脳《としよりずいのう》』に曰く、「この常陸帯とは、常陸国の鹿島明神の正月十四日の祭りの日に、女性の場合、求婚者が多数あるときは、それぞれの男性の名前を、布製の帯一枚一枚に書きて、それぞれ神前に並べ置く。そのたくさんの帯の中で、神がその女性と結婚するのがふさわしいと認定した帯だけが、自然と裏返しになるという。それを神官が取り分けてきて女に授けると、女がその帯を見て、この人ならと納得できる男の名前を記した帯であると、そのままその帯を神前で、女装束の上に掛けた掛け帯のように、肩に掛ける。それを聞き伝えたその男が、想いの丈を打ち明けて、その女性と懇意になるわけ。それはまるで占いなどのようなものだ」と。また、『奥義抄《おうぎしょう》』では、「男女の名前を記した帯を二つ折にして、折った部分を隠して端を禰宜《ねぎ》に結ばせ、不運の場合は離れ離れに結ばれ、幸運の場合は掛け帯のように、結び繋がれるという結果で、二人の仲を占う」と。「恋」の歌に詠まれる。また、「常陸帯のかごと」と続くのは、帯の留め金に「鉸《か》具《こ》」というものがあるから。なお、「かごと」は、「いささか」の趣を兼ねている。

○東路の道の果てなる常陸帯のかごとばかりもあはむとぞ思ふ（新古今集・恋歌一・読み人知らず・一〇五二、東路の道の果てにある常陸国の常陸帯の「かこ」ではないが、かごとばかり——ほんのすこしばかりでも、逢おうと思うことだ）

2281 ひたぶるに

「一向に」「頓に」と表記し、「いちずに」「ひたすらに」「ひたむきに」、「ただもう…に」「まったく…に」、「乱暴に」「向こう見ずに」、「（下に打ち消しの語を伴って）まったく」「いっこうに」などの意がある。この語は、「ひた」が「ひたむき」「ひたすら」などの「ひた」と同じで、「一筋に」の意。「ぶる」は接尾語。ひとつの方向にのみ気持ちが向かっているさまを表わす。行為に関しては、「一途にするさま」、また、状態や性質に関しては、「まったく…だ」「すっかり…だ」の意を表わす。〔詠み方〕「山田のひたぶるに」と続く場合、「山田」に「引《ひ》板《た》」を掛けて、鳥を驚かすのに寄せて表現している。

2282 ひたみち

「直路」と表記し、「一途なさま」「ひたすらだ」、「すっかり」「完全だ」などの意がある。2281「ひたぶるに」の項と同じく、これも「一向」の趣で、「ものを交えず、ひたみちな」趣。

2283 ひだのたくみ

「飛騨の匠」「飛騨の工匠」と表記し、「飛騨国出身の大工。律令制で、飛騨国から毎年交代で京都に来て、殿舎の造営や修理、調度の製作などに従事した大工」、「大工」などの意。個人に対する名称ではなく、国に対する名称である。「飛騨匠」「飛騨人」に同じ。

○とにかくに物は思はず飛騨匠打つ墨縄のただ一筋に（拾遺集・恋五・柿本人麻呂・九九〇、あれこれと、もの思いはしない。飛騨の工匠が引く墨縄のように、ひたすら一途に恋い慕おうと思う）

2284 ひつちだ

「穭田」「稲孫田」と表記し、「稲を刈り取ったあとの株に新たに生えた芽のある田」「ひこばえの田」のこと。「ひつちの稲」とも「山田のひつち」ともいう。

2285 ひつじのあゆみ

「羊の歩み」と表記し、「屠《と》殺《さつ》場に引かれて行く羊のような、力ない歩み」「『刻々、死に近づくこと』の譬え」、「歳月」「光陰」などの意がある。「屠所の羊の歩み」、「ひまゆくこま」（2297の項）ともいう。これらは「無常」の譬え。

2286 ひつぎのみかり

「日次の御狩り」と表記し、「天皇の毎日の食膳に供する鳥を獲るための鷹狩り」のこと。

2287 ひなのわかれ

「鄙の別れ」と表記し、「都から遠い田舎

へ別れて行くこと」をいう。

2288 **ひなのながち**
「鄙の長道」と表記し、「田舎から都への長く遠い道」のこと。長伯は、「田舎へ行く長旅なり」と注を付する。

2289 **ひなのあらの**
「鄙の荒野」と表記し、「片田舎の荒涼たる野」の意。

2290 **ひなばりのくに**
「夷ばりの国」と表記し、「異国」のことか。『八雲御抄《やくもみしょう》』に「ひなばりの国（異国なり）」とある。なお、長伯は、「日本をいふ」と注を付する。

2291 **ひなつぼし**
「火夏星」「熒惑星」と表記し、「火星」の異名。「みなみにすめるひなつぼし」と詠まれている。

2292 **ひらかのみたか**
「平鹿の御鷹」と表記し、「出羽国の平鹿から生まれ出た鷹」のこと。

2293 **ひむろ**
「氷室」と表記し、「冬の氷を夏まで蓄えておくために、山陰《やまかげ》に穴を掘って特別に設けられた室」のこと。室内には蕨《わらび》のほどろを敷き詰め、冬の厚氷を収めて、長期の保存に備えた。朝廷用の氷室は、山城国・大和国などにあり、陰暦六月一日に献上された。山城国の氷室山は松ヶ崎の続きにある。

2294 **ひのためし**
「氷の様」と表記し、「（「氷の様の奏《そう》」の略で）元日の節会に、前年氷室《ひむろ》に収めた氷の様子を天皇に報告する儀式」のこと。氷の厚いときは豊年、薄いときは凶年の兆しとされた。

2295 **ひのうらうら**
「日のうらうら」と表記し、「空が晴れて、日差しがうららかに」「のどかに」の意。「春」の季節。

2296 **ひのねずみ**
「日の鼠」と表記し、「月日の移り行く早さをいう語」のこと。978「つきのねずみ」の項に詳細を記した。

2297 **ひまゆくこま**
「隙行く駒」「暇行く駒」と表記し、「（壁の隙間から見る馬はたちまち通り過ぎて行くことから）『年月のたつのが早いこと』の譬え」をいう。〔詠み方〕「光陰の移り行く」趣、または、「無常の近づくこと」に譬えて、詠まれている。

2298 **ひこばえ**
「蘖」と表記し、「草木の切り株から新たに生えた芽」のこと。

2299 **ひこほし**
「彦星」と表記し、「七夕伝説で、織女星の夫とされる牽牛星」のこと。

2300 **ひきののつづら**
「日置野の葛」「引野の葛」と表記し、「摂津国と和泉国の境にあった日置野の蔓草《つるくさ》」の意か。なお、長伯は、「引野は壱岐《いき》の国名所《などころ》なり」と注を付する。「つづら」は蔓草の総称で、「あをつづら」「くまつづら」「はまつづら」「やまつづら」などと詠まれる。

2301 **ひきまゆ**
「匹繭」と表記し、「一匹の蛹《さなぎ》が入っている繭」「一つ繭」のこと。和歌では「こもる」「いと」などの縁語として用いられる。

2302 **ひじり**
「聖」と表記し、「『清酒』の別名」をいう。
○酒の名を聖と負《おほ》せし古への大き聖の言《こと》の宜《よろ》しき（万葉集・巻三・大伴旅人《たびと》・三三九、酒の名を聖人と名づけた、昔の大聖人の言葉の適切なことよ）
なお、「聖」には、ほかに、「君主。とくに天皇」、「優れた徳を身につけた人。儒教でいう聖人」、「諸道で優れた、達人」、「徳の高い僧」「高僧」、「修行者」「遊行僧《ゆぎょうそう》」、「仙人」「神仙」などの意がある。

2303 **ひじりのみよ**
「聖の御世」と表記し、「天皇の治世を褒《ほ》めたたえていう語」「よく治まっている御

ひ

世」のこと。日本では、「延喜《えんぎ》」（醍醐天皇）「天暦《てんりやく》」（村上天皇）の御代を、「聖代」と賞賛する。

2304 ひじきも

「ひじき藻」と表記し、「海藻の名」のこと。それを『伊勢物語』（第三段）で「ひじきものには袖をしつつも」（敷き物には袖を重ね引き敷いて）と表現しているのは、「引敷物」という措辞に掛けて詠んでいるわけ。

2305 ひもかがみ

「氷面鏡」と表記し、「池などの水面が凍って、鏡の面のようになったもの」を譬えていう。和歌では「紐」に掛けて用いられる。中世以降の造語で、あるいは、『万葉集』の「紐鏡」（巻十一・二四二四）の誤解から生まれたものか。歌や句に用いられることが多く、「解く」を導く序詞としても用いられる。

2306 ひもろぎ

「神籬」と表記し、「上代、神霊が宿るとされた場所の周囲に常磐木《ときわぎ》を植え、上座としたもの」の意。のちには、「広く神社のことや、室内・庭などに注連縄《しめ》を張り、中央の机に榊を立てたもの」をいう。なお、「胙」と表記すると、「神に供える米・肉・餅など」のこと。長伯は、「宗祇《そうぎ》曰く、『神に奉る飯なり』。又説、神祭には、『くぼて』『ひらて』とて、柏葉にてさして、飯菜を入る、と云々」と記す。

〔も〕

2307 もろかづら

「諸葛」と表記し、「賀茂の祭りで、桂の枝に葵をつけて簾《すだれ》や柱に掛けたり、頭にかざしたりするもの」、「『双葉葵』の別名」などの意がある。

2308 もろはぐさ

「両葉草」と表記し、「『双葉葵』の別名」をいう。「葵」は双葉なので、「双葉」という。

2309 もろもろ

「諸々」と表記し、「多くのもの」「多くの人」、「すべてのもの」などの意がある。

2310 もろごゑ

「諸声」と表記し、「多くの人が一緒に声を出すこと」「めいめいが諸共に鳴くこと」。多く、「蛙」「蟬」「虫の声」などに詠まれる。

2311 もろや

「諸矢」と表記し、「二本一組の対の矢」のこと。最初に射る矢を「甲矢《はや》」、後に射る矢を「乙矢《おとや》」という。矢二本を「一手」という。「一手矢《ひとてや》」に同じ。

2312 もろがみ

「諸神」と表記し、「もろもろの神」「多くの神」のこと。

2313 もろやしろ

「諸社」と表記し、「あちこちの多くの神社」のこと。

2314 もろこしのうめさくみね

「唐土の梅咲く峰」と表記し、「中国の大《だい》庾《ゆ》嶺《れい》」のこと。梅の多い名所。

＊一木だに匂ひは遠し唐土の梅咲く嶺《みね》を思ひこそやれ（夫木抄・春部三・文治六年五社百首・梅・藤原俊成《しゅんぜい》・六八〇、早咲きの一本でさえまだ馥郁《ふくいく》な感じにはほど遠い。それにつけても、中国の梅の多く咲く大庾嶺が想起されることだ）

2315 もろふし

「諸伏し」と表記し、「もろともに伏すこと」をいう。

2316 もろこしのうた

「唐土の歌」と表記し、「漢詩」のこと。これは日本の「和歌」と対比した言い方。

2317 もはら

「専ら」と表記し、「ひたすら」「まったく」、（下に打ち消しの表現を伴って）「全然」「すこしも」「いっこうに」などの意がある。

○逢ふことのもはら絶えぬるときにこそ人の恋しきことも知りけれ（古今集・恋歌五・読み人知らず・八一二、逢うことがまったく絶えてしまった今になって、はじめて、ほんとうにあの人が恋しいということが分かったよ）

2318 もにすむむし

「藻に住む虫」と表記し、「海藻に住む虫の『割れ殻《から》』」をいう。

＊海人の刈る藻に住む虫のわれからと音《ね》をこそ泣かめ世をばうらみじ（古今集・恋歌五・藤原直子《なおいこ》・八〇七、漁師が刈る海藻に住む虫のわれからではないが、我が身の不運はみな「割れ殻」（わたし自身から）、招いたことと、声を上げて泣きこそすれ、このようになってしまった二人の仲を恨んだりはすまいと思う）

2319 もにうづもるるたまがしは

「藻に埋もるる玉堅磐」と表記し、「海底の藻に埋もれている固い岩」のこと。

＊難波江の藻にうづもるる玉がしはあらはれてだに人を恋ひばや（千載集・恋歌一・源俊頼《としより》・六四一、難波の入り江の藻に埋もれている岩が、水の面に現れるように、せめて思いをあらわにして、人を恋したいものだ）

2320 もとつひと

「元つ人」「本つ人」と表記し、「昔からよく知っている人」「昔なじみ」「以前からの妻や恋人」のこと。

2321 もとつは

「元つ葉」「本つ葉」と表記し、「木草の古葉《ふるは》」のこと。

2322 もとつか

「元つ香」「本つ香」と表記し、「もともと身についている香り」のこと。

2323 もとのこころ

「本の心」と表記し、「はじめから持っていた心」「昔の心」、「人間としての本来の心」などの意がある。

2324 もとついろ

「元つ色」「本つ色」と表記し、「白色」をいう。「白色為《ス》二根本《ヲ》一」といって、白は色の根本をなすわけ。

2325 もとたつみち

「本立つ道」と表記し、「物事の根本精神に立った仁道」の意。「本立《チテ》而道生《ズ》」（本立ちて道生ず）という『論語』（学而編《がくじ》）から生まれた成語で、「人の道の根本たる孝《こう》悌《てい》を行なえば、自然に仁道にかなうようになる」という意。

2326 もとみしひと

「元見し人」と表記し、「昔懇意にしていた恋人」「昔なじみ」のこと。

2327 もとこしみち

「元来し道」「本来し道」と表記し、「これまで辿ってきた往路」、「これまで歩んできた道」などの意がある。

2328 もとくたちゆく

「本降ち行く」と表記し、「（根元が衰える意から）年老いて盛りを過ぎ、次第に衰えて行く」こと。

○笹の葉に降りつむ雪の末を重み本《もと》くたちゆく我が盛りはも（古今集・雑歌上《ぞうか》・読み人知らず・八九一、笹の葉に降り積もる雪の先のほうが重いので、茎がたわんでだんだん下がっていくように、衰えていくわが盛りだよ）

2329 もとめご

「求子」と表記し、「『東遊び』の歌曲のひとつ」をいう。「駿河舞」とともに「東遊び」の中心をなす。現在、寛平《かんぴょう》元年（八八九）、「賀茂の臨時祭」に藤原敏行《としゆき》の作った歌詞を伝えるが、これはもとの歌曲によって新作したもの。

2330 もとすゑのこゑ

「本末の声」と表記し、「『神楽歌』で、先に謡う『本方』の歌と、後に謡う『末方』の歌とがあるが、その拍子」のこと。

2331 もとあらのはぎ

「本荒の萩」「本疎の萩」と表記し、「根

も

元のほうの葉が散って、まばらになっている萩」のこと。和歌に好まれる題材で、「もとあらのこはぎ」の措辞が普通。

2332 **もとあらのさくら**
「本疎の桜」と表記し、「幹のほうの葉がまばらな桜」のこと。

2333 **もとあらのたけ**
「本疎の竹」の表記で、「幹のあたりがまばらな竹」の意だろうが、手許の索引類にはこの措辞を見出せない。長伯は、「背の低い竹」を想定して、この措辞を案出したのだろうか。

2334 **もちひのかがみ**
「餅の鏡」と表記し、「鏡餅」をいう。「もちひのますかがみ」とも詠まれる。

2335 **もちづき**
「望月」と表記し、「陰暦の十五日の夜の月」「満月。特に、陰暦八月の満月」（中秋の満月）のこと。なお、「信濃国望月町の地名」をもいう。これは平安時代、陰暦八月十五日の満月の日に、「望月の御牧《みまき》」で育てられた馬が宮中で天皇に披露《ひろう》されたことに拠る。

2336 **もちづきのこま**
「望月の駒」と表記し、「平安時代以降、信濃国望月の牧場から、毎年陰暦八月の望月のころに宮中へ献上した馬」のこと。「望月」が八月十五夜なので、「月」に寄せて詠むわけ。

2337 **もちのひ**
「望の日」と表記し、「陰暦の各月の十五日」のこと。

2338 **もちしほ**
「望潮」と表記し、「陰暦の十五日、つまり『十五夜』（満月）のときの満ち潮」をいう。前後の日にくらべて、もっとも大きく満ちる。

2339 **もかりぶね**
「藻刈り舟」と表記し、「藻を刈るのに用いる小舟」のこと。

2340 **もるたまみづ**
「漏る玉水」と表記し、「時を知らせる漏《ろう》刻《こく》の滴る水」「水時計の滴る水」のこと。「漏る白玉」に同じ。

2341 **もなく**
「喪無く」と表記し、「死者を悼み、慎んで暮らすこともなく」、「凶事もなく」などの意がある。
○出でてゆく君がためにと脱ぎつればわれさへもなくなりぬべきかな（伊勢物語・第四十四段・あるじの男・八三、出立なさるあなたのためにと脱いで裳《も》を差し上げましたので、わたしまでも、喪のような不吉なものはなくなってしまいましたよ）
この例歌（証歌）は、人に衣を脱いで与える、「裳《も》のなくなる」というのを、「喪のなき」に掛けて表現しているわけ。

2342 **もなか**
「最中」と表記し、「真ん中」「中心」「中央」のこと。「八月十五夜」を「最中の月」というのは、「秋の真ん中」だから。また、「池のもなかにすむ月」は、「秋の最中」を「藻中」に寄せて表現しているわけ。

2343 **もらぬいはや**
「漏らぬ岩屋」と表記し、「草葺きのように雨露が漏れるはずがない岩屋」をいう。長伯は、「吉野の笙《しやう》の窟《いはや》をいふ」と注を付する。

2344 **ものから**
適切な用字法が見当たらないが、（逆接の確定条件を表わす）「…けれども」「…のに」、（順接の確定条件を表わす）「…ので」「…から」などの意がある。

2345 **もやもやのせき**
「有耶無耶の関」と表記し、「出羽と陸奥《むつ》の国境の関」のこと。「うやむやの関」とも「むやむやの関」とも「いなむやの関」とも「もやもやの関」ともいうが、現在地は未詳に属する。1135「むやむやのせき」の項参照。

2346 **もや**

「母屋」と表記し、「寝殿造りの建物で、廂の内にある中央の部屋」をいう。

2347 **もぶしつかふな**
「藻伏し束鮒」と表記し、「藻に隠れている、握りこぶしほどの長さの小鮒」のこと。「束」は「親指以外の四本の指を握った幅ぐらいの長さ」をいう。
○ますらをが藻ぶしつか鮒ふしづけしかひ屋が下も凍《こほ》りしにけり（堀河百首・冬十五首・凍・藤原公実《きんざね》・九九三、漁師が、藻の中に生息する一束ほどの小鮒をふし漬けした飼屋の下も、氷が張ってしまったのだなあ）

2348 **もみづる**
「紅葉づる」「黄葉づる」と表記し、「木の葉が赤や黄に色づくこと」「紅葉すること」をいう。

2349 **もみぢぬ**
「紅葉ぢぬ」「黄葉ぢぬ」と表記し、「木の葉が赤や黄に色づいてないこと」「紅葉していないこと」の意。「もみぢぬ秋は」などと詠む。

2350 **もみぢがり**
「紅葉狩り」と表記し、「秋、山野に紅葉を観賞しに出かけること」をいう。

2351 **もみぢのふち**
「紅葉の淵」と表記し、「紅葉が川の淀んで深い所に散り敷いてたまっているさま」をいう。

2352 **もみぢのとばり**
「紅葉の帳」と表記し、「紅葉が一面に紅葉して錦のようであるさまを、『帳』に見立てていう語」。

2353 **もみぢのみふね**
「紅葉の御船」と表記し、「吹き飛ばされた紅葉で飾られた船」のこと。「もみぢのをふね」「もみぢのふね」とも詠まれる。

2354 **ももしき**
「百敷」「百磯城」と表記し、（「ももしきの」が「大宮」にかかる枕詞であることから、転じて）「皇居」「宮中」を意味する。なお、「百官《ひやっかん》の座を敷く」によって、名付けられたともいう。

2355 **ももくさ**
「百種」と表記し、「多くの種類」「さまざま」の意。なお、「百草」の表記だと、「多くの草」「種々の草」の意。ちなみに、「草花」などにいう場合は、「百種」を「百草」に寄せている。「草ぐさ多きなり」。「ももくさの花」「ちくさの花」ともいう。

2356 **ももとり**
「百鳥」と表記し、「多くの鳥」「さまざまな鳥」の意。2358「ももちどり」の項に同じ。

2357 **ももちのとり**
「百千の鳥」と表記し、「数多くの鳥」のこと。

2358 **ももちどり**
「百千鳥」と表記し、「多くの鳥」「さまざまな鳥」、「『鶯』の異称」、「『千鳥』の異称」などの意がある。なお、「古今伝授」の中の「三鳥」のひとつ。あとの二鳥は、「呼《よぶ》子鳥《こどり》」「稲負鳥《いなおおせどり》」。「いま、この鳥を詠んではならない」と長伯は言う。

2359 **ももえのまつ**
「百枝の松」と表記し、「たくさんの繁茂した枝をもった松」のこと。「伊勢内宮《ないくう》」に詠まれる。「伊勢外宮《げくう》」には「五百枝《いおえ》の杉」を詠む。「百枝の松」も「五百枝の杉」も「伊勢神宮」以外では詠じてはならない。

2360 **ももさへづり**
「百囀り」と表記し、「多くの鳥がいろいろな声で囀ること」「鳥が賑やかに囀ること」、「（転じて）多くの人が一度にしゃべること」「次から次へとしゃべりまくること」などの意がある。「鶯のももさへづり」と詠まれる。これは「あれこれと囀る」こと。

2361 **もずのはやにへ**
「鵙の速贄」「百舌の速贄」と表記し、「鵙が、虫・蜥蜴《とかげ》・蛙などを捕らえ、餌として木の枝などに刺しておくこと」の意。『俊

も

頼髄脳《よりずいのう》』は、「時鳥《ほととぎす》」と「鵙」を話題にした次の説話を紹介する。「昔、時鳥が沓縫《くつぬ》いであった時、鵙の沓を縫ったが鵙は料金を払わないで、四、五箇月後に払うと約束して飛び去った。その後なぜか、鵙は姿を現わさなかったので、時鳥は、騙《だま》されたかと気づいて、沓もしくは沓の料金だけは取り戻そうと決心して、夏、山辺にやって来て、『鵙はいるか、鵙はいるか』と呼び歩いた。ところが、鵙は、時鳥が来るころに、『鵙の速贄』をして、自分自身は草の中に身を隠していたのだった」と。この行為を「鵙の草潜《ぐ》き」という。

2362 もずのくさぐき

「鵙の草潜き」と表記し、「鵙が春になると、山に移り姿を見せなくなること」をいう。この鵙の行為を、古くは「草の中に姿を隠すこと」と考えた。その故事については前項の2361で紹介したが、ここには『奥義《おうぎ》抄《しょう》』の説を紹介する。「昔、男が野を行くと、女に出会った。女との会話も尽きて別れ際《ぎわ》に、男は再会を約束して、女の住む里を尋ねると、野原の『鵙の草潜き』のある方向だと教えた。男が翌年その場所を尋ねてみると、霞が一面に靡《なび》いているのみで、女の教えた『鵙の草潜き』は見当たらなかった。男はむなしく一日を過ごし、帰路についた」という。この故事は、「鵙の草潜き」を「霞」といい、「肉眼で見えない現象」と把握しているのだ。そこで、この歌語は「尋恋」に用いられるようになった。

〔せ〕

2363 せとのふきわけ

「瀬戸の吹き分け」と表記し、「淡路島に吹く風は、瀬戸内海から吹く風と、紀伊国の大島から吹く風とが、それぞれに左右に吹き分けられていること」をいう。「淡路の瀬戸のふきわけ」と詠まれている。

2364 せりつむ

「芹摘む」と表記し、「(平安時代の慣用的歌語で)思う心を相手に届けようと、かなわぬ苦労をする」意。ここには『奥義抄《おうぎしょう》』の説話を紹介する。「昔、まふくだ丸という童子が、池のほとりで芹を摘んでいた時、主人の姫君を見て恋に陥り、焦がれ死にそうになった。これを姫君が聞いてあわれがり、『手習い、学問をすれば、意に従おう』と言った。それに従った童子は学問ができるようになったところ、姫君はさらに出家を勧め、童子は修行に励んだ。が、その修行中に、姫君が死去したことを知り、童子は道心を起こして、遂に尊い聖になった」という。

○いかにせむ御《み》垣《かき》が原に摘む芹のねにのみ泣けど知る人もなき(千載集・恋歌一・読み人知らず・六六八、どうしたらよかろうか。御垣が原に摘む芹の根のように、音――声にばかり出して泣いてもわたしの思いを知る人はいないことだ)

2365 せな

「夫な」「兄な」「背な」と表記し、「(女性が夫や恋人などを親しみを込めて呼ぶ語で)あなた」と訳すといい。「せなの」「せなな」「せろ」ともいう。

2366 せつりもすだも

「刹利も頭陀も」「刹利も須陀も」「刹利も首陀も」と表記し、「古代のインド社会における四階級の第二位で、王族・武人の階級も、同じく最下位の第四階級で、アーリア人に征服された土着民族で賤業の階級も」の意。いずれも梵語《ぼんご》の音訳で、「刹利」は「刹帝利」の、「首陀」は「首陀羅」の略。

○いふならく奈落《ならく》の底に入りぬれば刹利も修陀《すだ》もかはらざりけり(俊頼髄脳《としよりずいのう》・高丘《たかおか》親王・六〇、よく言われるではないか。死後、地獄の底に落ちた人びとにとっては、生前どんなに身分が高かろうと、最下層の人であったとしても、まったく変わらない苦しみだと)

2367 せんすべなみ
「為む術無み」と表記し、「なすべき方法がないので」「とるべき手段がないので」「手立てがないので」の意。「せむかたなみ」に同じ。

2368 せみのをがは
「瀬見の小川」と表記し、「京都の下賀茂神社の境内《けいだい》を流れる小川」のこと。賀茂川に流入する。鴨長明の『無名抄《むみょうしょう》』に登場する。

2369 せみのはごろも
「蟬の羽衣」と表記し、「蟬の羽」、「『薄くて軽い絹織物』の譬え」などの意がある。「単《ひとえ》の薄き衣」のこと。「夏の衣」。「蟬の羽」に同じ。

2370 せきのとささぬみよ
「関の戸鎖さぬ御世」と表記し、「天下泰平の世」のこと。「関所の門をも閉ざさないで、往来が自由な状態にある」趣をいう。

2371 せきぢのとり
「関路の鳥」と表記し、「鶏」のことをいう。中国春秋時代の孟嘗君《もうしょうくん》が、鶏の鳴き声によって函谷関《かんこくかん》を脱出したという『史記』の故実や、それを踏まえて詠んだ清少納言の歌に依拠している。長伯は、世の乱れた時、鶏に木綿《ゆう》をつけて、「四関」で祓《はら》えをしたという「四境の祭」の故事を紹介する。「四関」とは、「逢坂の関」「鈴鹿の関」「竜田の関」「須磨の関」をいう。「関路の木綿付け鳥」はこのこと。なお、通常、「関」に「鶏」を詠むのは、「世の中が騒々しい」からではなくて、「単に夜明けを告げる」趣で詠んでいるわけ。2016「ゆふつげどり」の項参照。

＊夜を込めて鳥の空音《そらね》ははかるともよに逢坂の関はゆるさじ（後拾遺集・雑二・清少納言・九三九、孟嘗君は、まだ夜が明けないうちに、鶏の鳴きまねでだまして、函谷関を開けさせることもできたでしょうが、あなたとわたしが逢うという逢坂の関は、決して開けることなど許しませんよ）

〔す〕

2372 すはのうみのこほりのうへのかよひぢ
「諏訪の海の氷の上の通ひ路」と表記し、「信濃国の諏訪湖の氷の上にできた通路」のこと。長伯は、「信濃の諏訪湖は、氷が張ると、その上を人が通う。狐が渡り始めるのを見て、人が通うのだ。狐が帰って後は、人は通わなくなる」と注解する。

＊諏訪の海の氷の上の通ひ路は神の渡りてとくるなりけり（堀河百首・冬十五首・凍・源顕仲《あきなか》・九九八、諏訪湖の氷の上にできた通い路は、神が渡って溶けるのだったよ）

2373 すはのうみのこほりのはし
「諏訪の海の氷の橋」と表記し、「諏訪湖の氷の上にできた橋」のこと。前項の2372の内容と同じだが、長伯は、「これも上に記すごとく、氷の上を通ふを『はし』とはいふ」と注する。

2374 すべらおほんかみ
「皇大神」と表記し、「天照大神を敬っていう語」。

2375 すべらき
「天皇」「皇」と表記し、「地方を治める首長」「地方豪族の主」、「皇祖である天皇」、「時の天皇」などの意がある。「すめらぎ」「すめろぎ」に同じ。

2376 すがのねのながきひ
「菅の根の長き日」と表記し、「（菅の根のように）長き日」の意。「菅の根の」は枕詞で、「（菅の根の長く乱れているところから）長し」や「乱れ」にかかる。また、「（「すが」「ね」の同音の繰り返しから）すが」「ねもころ」にかかる。さらに、「（菅の根の「絶える」意から）耐ふ」にかかる。

2377 すがのむらどり
「菅の群鳥」と表記し、「海辺に群がって飛ぶ菅鳥」という。「菅鳥」については、「菅」は「管」の誤りで、「管鳥」とする説や、「鴛鴦《おし》」を指すという説があるが、具体的な鳥名は不詳。「海辺」に詠まれる。

2378 すだく

「集く」と表記し、「(人以外のものが)集まる」「群がる」「集まって騒がしくする」、「(虫や鳥などが)群がって鳴く」などの意がある。「虫」「蛍」「蛙」などに詠まれる。

2379 すなほなるたけ

「素直なる竹」と表記し、「形状が真っ直ぐで、曲がったりゆがんだりせず、癖のない性質の竹」をいう。人の心の正直な性格によそえて詠まれる。

2380 すくせ

「宿世」と表記し、「前世」「過去の世」、「前世の因縁」「宿命」などの意がある。仏教語。「人間界における出来事は、人間の力ではどうにもならない、前世の業《ごう》によって決定される」という「仏教」の教えから、「前世」および「前世からの因縁」の意を表わす。「宿世」の思想は、平安時代の文学に強い影響を与えている。

2381 すぐろのすすき

「末黒の薄」と表記し、「春先、野山を焼いたときに、先が焼けて黒くなっている薄」のこと。「粟津野《あわづの》」で詠まれる事例が多い。

＊粟津野のすぐろの薄つのぐめば冬たちなづむ駒ぞいばゆる（後拾遺集・春上・静円《じょうえん》・四五、粟津野の野焼きのあとの黒い薄の芽が出始めると、冬には立ち渋っていた駒が元気にいななくことだ）

2382 すご

「素子」と表記し、「身分の低い者」のこと。「賤《しず》」に同じ。これは中世に、『万葉集』巻頭歌の「菜摘ます子」を、「菜摘む、す子」と誤って訓読したことから生まれた歌語。『八雲御抄《やくもみしょう》』に、「酢こ（児。山田もる物なり）」とある。

2383 すさむ

「荒む」「進む」「遊む」と表記し、（四段活用の場合）「気のむくままにする」、「勢いが盛んになる」「はなはだしくなる」などの意が、（下二段活用の場合）「心にとめて愛する」、「厭《いと》い嫌う」「避ける」などの意がある。この語は、「勢いのおもむくままに事をなす」意が原義。物事の成り行きに任せた動きを表わすので、勢いが盛んになるさまだけでなく、勢いが衰え尽きるさまも表わした。動詞の連用形に付いて補助動詞的に用いられることも多い。ちなみに、長伯は、「風すさむ」が「風が吹く」こと、「雨すさむ」が「雨が降る」こと、「風吹きすさむ」が「風がやむ」こと、「雨降りすさむ」が「雨が降りやむ」こと、と言及するが、「風吹きすさむ」と「雨降りすさむ」の理解は、ともに間違っている。

2384 すさめぬ

「遊めぬ」「愛めぬ」と表記し、「賞美・賞翫《しょうがん》しないこと」「心を寄せないこと」の意。「人もすさめぬ」などという「愛せぬ」趣。

2385 すさみ

「荒み」「進み」「遊み」と表記し、「ある方向に心がどんどん進むこと」「勢いに任せてその気になること」「乗り気になること」「気まぐれ」、「心のおもむくままにすること」「慰み半分にすること」「もてあそび」「慰み」などの意がある。「手すさみ」「手なぐさみ」に同じ。

2386 すみのやま

「須弥の山」と表記し、「仏教の世界観で、世界の中心に聳え立つという高山」「須弥《しゅみ》山《せん》」のこと。「金」「銀」「瑠璃」「玻璃」の四宝からなり、頂上に帝釈天の、山腹に四天王の居城があり、日月が周囲を巡っているという。「須弥」「蘇迷盧《そめいろ》」「迷盧」に同じ。935「そめいろのやま」の項参照。

2387 すぎがてに

「過ぎがてに」と表記し、「通り過ぎようとして通り過ぎることができないで」の意。

2388 **すきもの**

「好き者」「数奇者」「数寄者」と表記し、「風流な人」「風雅な物事（和歌・音楽など）を好む人」、「恋愛を好む人」「好色な人」などの意がある。

2389 **すずろ**

「漫ろ」と表記し、「何とはなしに」「わけもなく心が動く」「当てもない」、「思いがけない」「不意である」、「根拠がない」「いい加減だ」「つまらない」、「無関係だ」「かかわりのない」、「軽率だ」「思慮に欠ける」、「むやみやたらなさま」などの意がある。この語は、「理由や根拠もなく、無意識に物事が進行すること」の意が原義。転じて、「予想外である、無関係である」などの意となり、「望ましくない」意にも用いられる。平安後期には「すずろ」の形も現われ、以降、「そぞろ」が優勢になった。「すぞろ」は『平家物語』に、「そぞろ」は『徒然草』に多く用いられている。

2390 **すずしきみち**

「涼しき道」と表記し、「極楽浄土へ通じる道」のこと。

2391 **すずみとる**

「涼み取る」と表記し、「納涼をとる」「夕涼みなどをする」こと。

2392 **すすたれ**

「煤垂れ」と表記し、「煤けていること」の意。

2393 **すずめいろ**

「雀色」と表記し、「雀の羽のような茶褐色」、「夕暮れ時」などの意がある。「すずめいろどき」ともいう。

2394 **すずぶね**

「鈴船」と表記し、「鈴のついた船」をいう。「駅馬《はゆま》に鈴をつけて朝廷の印としたと同様に、鈴をつけた官船をいう語」か。「須磨のすずぶね」などと詠まれる。

2395 **すゑつむはな**

「末摘花」と表記し、「『紅花《べにばな》』の別称」のこと。「末のほうから咲く花を摘み取ること」から名づけられた。『源氏物語』に登場する「末摘花」は、鼻が赤いことをからかって「紅花」の別称としたもの。「すゑつみはやすくれなゐ」とも詠まれている。なお、『源氏物語』の六番目の巻名。

（以上、巻七）

歌ことば・歌語の略史

一　はじめに

以上、本書に収載した二千三百九十五語（三語重複）の「歌ことば・歌語」について、有賀長伯《あるがちようはく》の編著『和歌八重垣』の第四巻～第七巻に展開される「十九　和歌の詞部類《ことばぶるい》　幷《なら》びに、註釈読方」（内題）の論述内容に依拠して、筆者は和歌を詠作する作者側の視点に立って、時には例歌（証歌）なども付加しながら、逐一具体的な論述につとめ、その概要を一応、記述し終えたのであった。

ところで、「歌ことば・歌語」の構想に関しては、鳥居正博編著『歌語例歌事典』（昭和六十三年六月、聖文社）、久保田淳・馬場あき子編『歌ことば歌枕大辞典』（平成十一年五月、角川書店）、片桐洋一著『歌枕歌ことば辞典　増訂版』（平成十一年六月、笠間書院）など、有益で著名な事（辞）典類が巷間《こうかん》に多数流布、横《おう》溢《いつ》している現況のなか、何故にいまさら屋上屋《おくじようおく》を架《か》すのかというと、次の理由による。

すなわち、前著『古典和歌の詠み方読本―有賀長伯編著『和歌八重垣』の文学空間―』（平成二十六年十二月、新典社）の執筆意図・編纂目的が、「序章」で言及しているように、「古典和歌を制作する側の視点に立った、和歌の創造的世界を構築するにはどのような方法が考慮されるであろうか」という観点からの考察に存していたので、このたび、長伯の『和歌八重垣』の第四巻～第七巻に準拠《じゆんきよ》して論述される本書が、謂わば、〝いろは順歌語辞典〟ともいうべき、前著とはまったく趣を異にする考察内容（展開）になっているとはいうものの、本書を執筆・論述することで、長伯の編著『和歌八重垣』に準拠する、古典和歌を制作する側に立っての概説書が、前著の理論面からの考察内容と、本書の歌語の資料面からの考察内容とが見事に総合され、有機的な関連性を持った構造体となって、換言すれば、両者が緊密な補完関係を保持した、古典和歌の初心者への理想的な入門書の提供となるべく構想・企図されたところに、本書の執筆意図を置いたからにほかならない。

そうして、この際、「歌ことば・歌語」に直接・間接的に言及した歌論・歌学書の系譜を個別に辿った研究書の類が存するかどうか探索を試みたところ、小町谷照彦著『古今和歌集と歌ことば表現』（平成六年十月、岩波書店）が『古今集』に視点を定めて「歌ことば表現」をめぐって卓越した論述を展開している。しかし、筆者が企図・考案するような書籍・出版物は残念ながら、ほとんど管見には入らないようだ。ゆえに、この機会に、「歌ことば・歌語」を直接取り扱った書目を個々に列挙し、簡単な解説を付すという形式で、その系譜を辿っておこうと企図したわけである。

なお、筆者には『古典和歌の時空間―「由緒ある歌」をめぐって―』（平成二十五年三月、新典社）において、「由緒ある歌」の視点から、歌論・歌学書の系譜を簡単に整理した考察が存するが、今回の考察で同書と記述内容にまま重複が指摘される点、ご容赦願いたい。

二　歌語の定義

さて、「歌ことば・歌語」を考察する際に参考になるのが、佐藤喜代治編『国語学研究事典』（昭和五十二年十一月、明治書院）収載の佐藤宣男氏の「歌語」と、『和歌文学大辞典』（平成二十六年十二月、古典ライブラリー）収載の久保田淳氏の「歌語」についての解説であろう。

まず、佐藤宣男氏は、「歌語」とは「散文または日常用いる言語に対して和歌特有の用語をさすのが一般の説である」としたうえで、本居宣長が『玉《たま》あられ』で、「歌と文との詞の差別」について説き及び、通常は「折る」「車」「夜ふけて」と表現するのを、「た折る」「小《を》車」「さ夜ふけて」と表現しているのが「歌語」だと定義する。ただし、この歌語意識には「ただこと」（日常口語）の扱いに、『歌経標式《かきょうひょうしき》』と『和《わ》歌所《かどころ》へ不審条々《ふしんのじょうじょう》』とでは評価に善悪の差が認められるように、個人差・時代差などがあることを指摘する。さらに、「歌語」を成立させる条件として、「涙川」のごとき「独特な比喩的表現」と、形容詞のカリ活用や「てふ」の縮約表現などの「音数率」を挙げている。そうして、「歌語」の性格として、「日常の口語」（俗語性）「漢語」「褻《け》の用語」「個人的な用語」などは、忌避《きひ》されるべき要素だと指摘したうえで、「枕詞」「掛詞」「縁語」などの修辞法も関係する問題だと付加する。

次に、久保田淳氏は、「歌語」を、「狭くは、日常語や散文にあまり用いられず、主として和歌をよむ時だけに用いられる言葉」と、「広く和歌の素材となる景物や事物、地名など、さらに歌枕や掛詞など、和歌表現に関わる言語を包括的に歌語と見なす場合」とがあって、「歌学歌論で対象とするのはこの広義の歌語」だとして、『能因歌枕《のういんうたまくら》』から『色葉《いろは》和《わ》難集《なんしゅう》』などを列挙して、このような「歌語を解説した歌学書が」平安時代から鎌倉時代にかけて、多く生まれたと言及している。そうして、「歌語は歌合や歌学書では『唯詞《ただことば》』と対をなす概念として、『歌詞（歌言葉）』といわれることが多」く、「近世歌論で『俗言』の対としていう『雅言』も歌語に近いといえる」と付加している。

なお、久保田氏は、「歌合の場では、しばしば歌詞にふさわしくない表現が批判の対象となっている」として、藤原俊成《しゅんぜい》の『古《こ》来風体抄《らいふうていしょう》』、藤原定家の『毎月抄《まいげつしょう》』、京極為兼《ためかね》の『為兼卿和歌抄』、荷田在満《かだのありまろ》の『国歌八論』、本居宣長の『排蘆小船《あしわけおぶね》』、および、内山真弓が祖述する（『歌学提要《かがくていよう》』）師・香川景樹《かがわかげき》の説などを逐一、要点を押さえて引用し、簡にして要を得た解説を加えながら、各人が主張する言説内容の当否を、簡明に紹介することも忘れない。

ちなみに、久保田氏は「歌語の変遷」（『ことば・ことば・ことば』平成十九年十月、翰林書房）で、『古今集』仮名序（紀貫之）、『毎月抄』（藤原定家）、『広田社歌合《ひろたのやしろのうたあわせ》』の判詞《はんし》（藤原俊成《しゅんぜい》）、『和歌庭訓《ていきん》』（二条為世《ためよ》）、『野守鏡《のもりのかがみ》』（作者未詳）、『詠歌一体《えいがのいってい》』（藤原為家《ためいえ》）、『西行上人談抄』（蓮阿《れんあ》筆録）、『為兼卿和歌抄』、『ふるの中道《なかみち》』『ちりひじ』『あしかび』（ともに小沢蘆庵《おざわろあん》）、『こぞのちり』（大隈言道《おおくまことみち》）、『歌よみに与ふる書』（正岡子規）、『八雲御抄《やくもみしょう》』（順徳院）などの言説を縦横無尽に引用して、「歌語」と「非歌語」の問題を検討し、「要は、その言葉を用いなければならないという必然性の有無で」、「その必然性は美に対する感動から生ずる」のであって、その美に対する感動に「最もふさわしい言葉を選ぼうとする基本的姿勢」の差異から生ずる問題と結論づけている。

それでは、「歌語」の定義をおおよそ以上のように把握して、以下に、「歌語」に関わる歌論・歌学書の略史に及ぼうと思う。

三　上代後期から中古前期

まず、歌論・歌学書の最初の著作は、藤原浜成《はまなり》の『歌経標式』と考慮して支障はあるまい。

『歌経標式《かきようひようしき》』は奈良時代に、弘仁《こうにん》天皇の勅命によって、宝亀三年（七七二）五月に撰述された歌学書。構成は序文・本文・跋文から成り、伝本には広本系統と抄出本系統とがある。序文は和歌の起源や意義、本書の意義に触れ、本文では、歌病《かびよう》を七種に、歌《か》体《たい》を三種に分けて論じるが、後者の「査体《さたい》七種」のうち、「直語《ぢきご》」が和歌における雅語の必要性と俗語の欠陥に言及しながら、音数率の問題を論じ、同じく「雑体《ざつてい》十種」のうち、「査体」が「古事意」と「新意」の概念から歌語と俗語の問題を説いて、用語の視点から和歌の修辞法に及んでいる点が、つまり、当面の「歌語」の問題を、音数率と修辞法の視点から説き及んでいる論述内容が、和歌を体系的に把握しようと試みた最初の歌学書として評価され、以後の歌学書のモデルとなったといえようか。

　つぎに、「歌語」の視点から、『歌経標式』に後続するのは、歌学書ではないが『古今集』の「仮名序」であろう。なお、従来の文学史では、『喜撰式』が後続していたが、本書は現時点では、平安時代中期成立の歌学書と想定されているので、ここでは『古今集』の仮名序の説明に入りたいと思う。

　さて、**『古今集』**の仮名序は延喜五年（九〇五）、紀貫之によって記され、和歌の本質と効用、和歌の起源、和歌の発展、和歌の六つのさま、和歌の本来の性格、『万葉集』賛美、六歌仙の歌、『古今集』の成立の経緯など、八つの部分から構成される。このうち、当面のテーマである「歌語」に関連するのは、「和歌の六つのさま」「六歌仙の歌」「『古今集』の成立の経緯」の部分が、「音数率」「独特な比喩表現」「枕詞・掛詞・縁語などの修辞法」の問題を具体的に扱う記述内容になっていて、そこに「歌語意識」の萌芽が認められる点で、きわめて重要な発想と具体的叙述であると評価されるであろうか。

　このような『古今集』の仮名序に展開される和歌の本質論を継承するのが、藤原公任《きんとう》の歌論書**『新撰髄脳《しんせんずいのう》』**であろう。本書は成立年代未詳。伝本は流布《るふ》本と異本とに大別できるが、内容に大差はない。現存本には序・跋はない。内容はまず秀歌論と秀歌例があり、次に歌病論・用語論が続き、さらに本歌取りの修辞論や旋《せ》頭歌《どうか》の歌体論に及び、最後に歌枕論で結ばれている。このうち、本歌取りの修辞論と歌枕論とが、当面の「歌語」の問題と関連性を持つが、「歌枕」「また古詞」「国々の歌」などの具体的な内容については、紀貫之が記述した歌学書を参照するように、として本書は省略に従っている。

　なお、同じ著者になる**『和歌九品《わかくほん》』**は寛弘六年（一〇〇九）以後に成立の歌論書。和歌を上品《じようぼん》・中品《ちゆうぼん》・下品《げぼん》に分け、さらに各品を上・中・下の計九品に分けて、各品に例歌（証歌）二首、計十八首を掲げ、その優劣を段階別に論じている。ちなみに、「九品」とは、当時流行の極楽浄土の「九品蓮台」「九品浄土」による分類化。標語は、「中品上」を「心詞とどこほらずして面白きなり」と評するように、貫之の歌論を継承深化させて、「心」と「詞」の調和による「余りの心」（余情の美）を庶幾《しよき》して、自身の歌論を展開している。このうち、「詞」を論じた箇所は、「歌語」に発展する要素・側面を担っている点、重要な評言といえるであろう。

　さて、後回しにしていた**『喜撰式《きせんしき》』**は、原名を「倭歌作式」といい、「和歌四式」の一つだが、成立は平安時代中期ごろと見做《みな》される、六歌仙の一人、喜撰の仮託書とされる歌学書だ。内容は冒頭に序があり、「四病《しへい》」から「畳句《じょうく》」「連句」におよび、「長歌」「混本歌《こんぽんか》」「八階」を説明し、最後に「八十八物」の「神世異名《いみょう》」を列挙する。このうち、「歌語」に関連があるのは、「神世異名」であって、ここには、「若詠天時」（若し天を詠む時は）「あまのはらと云ひ、また、なかとみのと云ふなり」と記述されるなどして、この「神世異名」の「八十八物」の部分は、「歌語」を記述、説明した歌学書では嚆矢《こうし》の位置にあると評価されるであろう。

次に、『喜撰式』に後続するのが『**類聚証**《るいじゅうしょう》』であろう。この歌学書は藤原実頼《さねより》仮託の書として制作されたものである。内容は、庚《こう》申待《しんま》ちの夜、小野宮（実頼《さねより》か）に歌人たちが集まり、珍しい歌語について談義を行ない、壬生忠岑《みぶのただみね》や紀貫之などが「証義者」（判歌者）となって解説し、三十四首の証歌をあげたのを、集成するという体裁をとる。成立は、後冷泉朝以後、『隆源口伝《りゅうげんくでん》』や『綺語《きご》抄《しょう》』と近い時期の作と見るのが穏当か。証歌として示された歌も奇妙で、提出者のものなのか、実作者のものなのかが不明で、改《かい》竄《ざん》された可能性が高い。しかし、証歌の一部に捏造《ねつぞう》した箇所や作為が指摘されるなど、負の価値が顕著に見られるとはいえ、「歌語」を制作ないし創造しようとする営為には、「歌語」に対する明確な意識・意欲が指摘されて、その意味では貴重な珍奇な歌学書といえるのではなかろうか。

次に、『**能因歌枕**《のういんうたまくら》』は、成立年次未詳の歌学書だが、平安中期ころの成立。伝本には広本と略本の二系統がある。内容は、古歌に詠み込まれた歌語を抄出した解説書と総括されよう。具体的には、簡潔な注釈や異名を示す部分、歌語の注釈を「ある人の抄云」のもとに記す部分、「国々の所々名」のもとに歌枕に言及する部分、「又或人の撰集に」のもとに、各月の歌題や異名を記す部分から構成されている。本書は「歌語」の解説や作歌の手引書の中では、もっとも初期の作品で、歌人に尊重されるとともに、重要視され、後の歌学・歌論書にもしばしば引用されるように、注目に値する歌学書といえるであろう。

四　中古後期

このような『古今集』の仮名序や、その後の『新撰髄脳《しんせんずいのう》』『能因歌枕』などの歌学・歌論書に認められる和歌の本質論を継承し、平安時代中期以降の歌学の基礎を築いたともいうべき、藤原公任《きんとう》の歌論書『新撰髄脳』に後続するのが、院政期ころに成立した作歌手引書の述作である『俊頼髄脳』、および「歌語」の用例の集成や解釈を説明した『綺語抄』『和歌童蒙抄《わかどうもうしょう》』などの歌学書であろう。

さて、『**俊頼髄脳**《としよりずいのう》』は、俊頼が関白藤原忠実《ただざね》の依頼により、その娘泰子（高陽院《かやのいん》）のための作歌手引書として述作したものだ。伝本は流布本系統と異本系統に大別されるが、内容に大差はない。成立は天永二年（一一一一）から永久元年（一一一三）までの間であろう。内容は、序・和歌の種類・歌病論・歌人の範囲・和歌の効用論・実作の諸相・題詠論・秀歌論・和歌の技法・歌語の由来と表現の様相・歌枕論などから構成される。この内容の骨格は公任歌論に学んだ痕跡が認められるが、このうち、題詠論・秀歌論に見られる歌論の展開、歌語に関する所説や解釈などには、俊頼独自の見解が提示されて、平安末期から鎌倉初期の歌論・歌学書に多大な影響を与えている。とりわけ「歌語」に関わる諸説や歌枕論は、当面の喫緊《きっきん》の問題と密接に関連して貴重であるうえ、さきに言及した『歌経標式』の「古事《ふるごと》」にも通底していることを言い添えておこう。

次に、『**隆源口伝**《りゅうげんくでん》』は成立年次未詳の歌学書だが、康和二年（一一〇〇）ころの成立と目されようか。伝本はすべて同一系統。近時、冷泉家に伝存する『口伝和歌釈抄《くでんわかしゃくしょう》』が紹介されたが、これは『隆源口伝』と祖本を同じくする歌学書だ。難解な「歌語」を掲げ、『万葉集』『古今集』から『後拾遺集』の勅撰集、『古今和歌六帖』などから例歌（証歌）を引用し、簡単な語釈と考証を示している。歌学書としてはそれほど高い価値をもつものではないが、『類聚証』を追うもので、『綺語抄』の撰集資料のひとつと目されている。なお、『和歌色葉《わかいろは》』や『八雲御抄《やくもみしょう》』などにも引かれる、『四条大納言歌枕』『古歌枕』などの散逸《さんいつ》書を引用している点、注目されるが、なによりも「歌語」に言及している点が、当面の主題と関連して重要な歌学書だ。

さきに言及した『**綺語抄**《きごしょう》』は藤原仲実《なかざね》の著になる歌学書だが、歌語辞典とも称しえよう。成立は仲実の没年の元永元年（一一一八）以前ごろか。内容は、「歌語」を天象・時節以下、動物・植物などの十七部門に分類して、簡潔な解説を施し、『万葉集』『古今集』『後撰集』などから例歌（証歌）を引用し、また、諸所に故事・説話・打聞《うちぎき》などの参考事項を挙げている。『口伝和歌釈抄』（隆源著か）『四条大納言歌枕』（散逸）を資料としながら、注目すべき「歌語」を選び、用例にもとづく注解を付している点、評価されよう。『八雲御抄』に「五家髄脳」のひとつに挙げられ、「歌語」辞典の先駆的役割も果たしているが、当面のテーマそのものを内容にしている至極重要な歌学書といえるであろう。

次に、『**和歌童蒙抄**《わかどうもうしょう》』は、藤原範兼《のりかね》の歌学書。成立は元永《げんえい》元年（一一一八）から大治《だいじ》二年（一一二七）までの間か。内容は、巻一から巻九までが『和名類聚抄《わみょうるいじゅうしょう》』の分類にならった辞典形式で、「歌語」の注解を、天部から虫部にいたる二十二の部門に分けて施している。「歌語」の注釈では、先行歌学書に依拠した部分が多く、『疑開抄《ぎかいしょう》』もそのひとつだ。引用される例歌（証歌）は『万葉集』および『古今集』から『後拾遺集』までの勅撰集、『古今和歌六帖』『堀河百首』などである。巻十は歌学一般で、雑体《ざってい》・歌病・歌合判に及ぶ、二十二部門から成っている。本書は俊頼・藤原基俊《もととし》の歌学を踏まえて、儒林出身の著者が『日本書紀』『古語拾遺』以下、漢籍・仏典などを博引、豊富な学殖によって独自の歌学を体系化し、作歌の実用にも供している点は注目に値するが、当面のテーマに関連していえば、巻一から巻九にいたる「歌語」の注解の箇所が重要な位置を占めていると評しえようか。

また、同じ著者の『**五代集歌枕**《ごだいしゅうたまくら》』は、成立時期は未詳だが、『和歌童蒙抄』より以降であろう。内容は、上冊が山・嶺・岳・隈から窟・杜・社・寺の十六項目の順に、これに属する名所《などころ》を詠んだ例歌（証歌）を、『万葉集』と『古今集』より『後拾遺集』までの勅撰集との五集から抄出して、類題集のように部類している。下冊が、海・江・浦・河・から関・市・道・橋の三十三項目の順に、上冊と同様に、名所を順次あげて、上記の五集から例歌（証歌）を抄出して提示している。このうち、『万葉集』が千五十首余りで、『古今集』以下が八百三十余首だが、『万葉集』の中には訓読上見るべきものが散見して、注目に値するが、本集もまた、当面の主題である「歌語」に深く関わる内容である点、重要な位置を占めている。

このような歌学書を著述した藤原範兼に後続するのが、『奥義《おうぎ》抄《しょう》』『和歌初学抄』『袋草紙《ふくろぞうし》』の著者である藤原清輔《きよすけ》であろう。

まず、『**奥義抄**《おうぎしょう》』は、久安末年（一一五一）ころに成立の歌学書。現存伝本はすべて追補本で、流布本系統・異本系統・系統未詳の三系統に分類される。序文に続き、「式」の上巻、「釈」の中・下巻、

「灌頂巻」の下巻余から成る。詳細には、上巻は六義・六体・三種体などの歌体、四病・七病・八病などの歌病、古歌詞・所名など二十六箇条について叙述し、中巻は『後拾遺集』三十八首、『拾遺集』二十一首、『後撰集』四十九首、「古歌」（『万葉集』『伊勢物語』『日本紀竟宴和歌《にほんぎきょうえんわか》』など）四十八首を、下巻は『古今集』百十六首を各々掲げて、「歌語」を中心に注釈を施している。下巻余は、従来難解とされてきた「歌語」や歌体二十四箇条について、問答形式で考証している。このうち、中巻・下巻・下巻余の部分が、当面の「歌語」を中心に論述されていて、とくに注目されるであろう。

また、同じ著者の**『袋草紙《ふくろぞうし》』**は平治元年（一一五九）に二条天皇に奏覧されたが、それは膨大な資料に基づいて集大成された、和歌説話・故実の白眉ともいえる藤原清輔独壇場の歌学書といえよう。内容は、上巻が和歌会の進行や作法・故実に及ぶ「和歌会次第」、勅撰集や主要な歌集の成立事情に言及した「故撰集次第」、和歌説話の集成の「雑談《ぞうたん》」、神仏聖人権化《ごんげ》などの「希代《きたい》和歌」など二十二項目から成る。下巻は、歌合の作法や心得を述べた「和歌合次第」、歌合における難判を具体的に列挙した「古今歌合難」、和歌の論難を記した「故人和歌難」、特殊な和歌の詠作例を提示した「証歌」から成る。これらの歌学に関する記事は『八雲御抄』などに継承され、「雑談」は歌人・和歌説話の宝庫である『十訓抄《じっきんしょう》』など、後世の説話集に多くの影響を及ぼしたが、「歌語」に関連する叙述も多く、当面の主題にも深くかかわって重要な歌学書であることは言うまでもない。

また、同じ著者の**『和歌初学抄《わかしょがくしょう》』**は、嘉応元年（一一六九）七月、摂政藤原基房《もとふさ》に献じられた歌学書。伝本はⅠ類本とⅡ類本に大別される。内容は、「古歌詞」「由緒詞」「秀句」「諷詞《ふうし》」「似物」「必次詞《かならずつぐことば》」「喩来物《ゆらいもの》」「物名《もののな》」「所名《ところのな》」「万葉集所名」「読習所名《よみならわすところのな》」「両所《ふたつところの》詠歌」の十二項目から成る。和歌の初学者向けに、古歌の語句に簡単に加注をするほか、縁語・掛詞・枕詞・比喩などの和歌の修辞法の分類整理、物の異名や歌枕の集成が成されている。出典は、『万葉集』『古今集』から『後拾遺集』の勅撰集、『伊勢物語』『大和物語』などに及んでいる。要するに、本書は「歌語」の辞典の性格を担った歌学書で、まさに当面のテーマに適合した恰《かっ》好《こう》の内容をもった初学者への手引書といえようか。

ところで、『隆源口伝』『和歌童蒙抄』などの内容を包含する**『和歌色葉《わかいろは》』**は、湯浅宗重《むねしげ》の男で、明恵上人《みょうえしょうにん》の叔父に当たる上覚《じょうかく》の著わした歌学書だ。成立は建久九年（一一九八）五月で、顕昭《けんしょう》の閲覧《えつらん》を経て、同年十二月ごろ、後鳥羽院の叡覧に供したらしい。『大鏡』ふうの構成を持ち、序・跋を付す。内容は、上巻が「和歌縁起」「種々名体」「避病次第」「詠作旨趣」「撰抄時代」「名誉歌仙」「通用名言」の七項目から成る歌論・歌学の諸知識の集成、中・下巻が「難歌会釈」の項目のみで、合わせて八項目から成る。ちなみに、「難歌会釈」は、中巻が『万葉集』『伊勢物語』『古今六帖』、下巻が『古今集』『後撰集』『拾遺抄』『後拾遺集』『堀河百首』からの抄出歌（中巻が百十三首、下巻が二百五首の計三百十八首）に各々、注釈が施されている。三巻ともに上覚の独創的な見解は乏しいと総括し得るが、当面の「歌語」の問題に関連していえば、上巻の「通用名言」の項目には、「一　天象部」「二　地儀《ちぎ》部」「三　海水部」「四　木草部」「五　時節部」「六　神祇部」「七　人倫部」「八　資具《じぐ》部」「九　居所《きょしょ》部」「十　畜類部」の部類別に、また、「一　天具」「二　時具」「三　地具」「四　生具」「五　水具」「六　畜具」「七　人具」「八　雑具」の細目別に各々、「物のことなる名」（異名）について、個別に列挙もしくは解説を施したり、さらに、「国々の中」の「所々の名」（歌枕）には、「山」「岡」「原」以下二十の項目別に歌枕を列挙したうえ、「万葉集所名」にも、「山」「峰」以下十九の項目別に、歌枕を分類している。これらの記述は、「難語」および「所名」（歌枕）などの列挙および解説の側面が多分に強いけれども、大まかにいえば、「歌語」もしくは「歌詞」辞典の様相を呈していて、当面の主題に密接に関係する内容といっても過言ではあるまい。

このように平安時代後期には、従来の歌学書の集成と体系化、数多の注釈作業や「歌語」の注解など、歌学の総合的な把握が必然的に進行しているが、こうした趨勢のなか、諸種の方面で就中《なかんずく》、注目に値する存在が六条藤家《ろくじょうとうけ》の代表的歌学者の顕昭《けんしょう》であろう。

その顕昭の著作の中で、もっとも注目される歌学書が『**袖中抄**《しゅうちゅうしょう》』であろう。本書は建久四年（一一九三）以後の成立か。内容は、『万葉集』『古今集』『伊勢物語』などから「歌語」約三百語を採り上げて、考証している。その考証の方法は、自説をまず展開し、『俊頼髄脳』『綺語抄』『和歌童蒙抄』『奥義抄』なども頻繁に引用し、厳密を極めている。とくに『万葉集』関係の「歌語」が約百語をしめるのは、御子左家《みこひだり》の『古今集』尊重に対し、『万葉集』尊重の六条藤家の立場を示していようか。考証の姿勢は、漢籍・仏典・歌集などの文献から博引傍証して、帰納法によって「歌語」の正確な意味を考究している。まさに当代随一の歌学者たること疑い得ない論述といえようか。

以上、王朝以来の知識や言説を捉え直そうとする文化史的動向の中から、「歌語」の用例の集成や解釈を中心とする院政期歌学の代表的な著作を生み出した藤原清輔や、諸文献を実証的な姿勢で考証して優れた著作を残した顕昭らの六条藤家の歌人の著作を略述してきたが、ここで院政期から鎌倉時代初期にかけて、歌の「家」「道」の自覚のもとに古典和歌の新しい規範を求めて、『古今集』をはじめとする歌書の校勘《こうかん》・注釈に力を注いだ結果、以後の中世歌学を方向づけた御子左家の藤原俊成・同定家らの歌学書に言及しよう。

五　中世前期

さて、俊成の歌論書『**古来風体抄**《こらいふうていしょう》』は初撰本と再撰本とに大別され、前者が建久八年（一一九七）七月ごろ、後者が建仁《けんにん》元年（一二〇一）正月の成立。式子内親王の依頼に応じて献じたもの。内容はまず、『万葉集』から『千載集』にいたる歌風の変遷を、「姿」「詞」の在り方を中心に概観し、次いでこの八集から例歌（証歌）を抄出して、抄出歌の一部に注釈と批評を加えている。この中で重要なのが、詠歌とは対象の「もとの心」（本性）を明らかにする道だと主張するほか、和歌の本質を、詩的言語の韻律効果と複雑な情趣美の種々相にあるとした点で、このうち、「詩的言語の韻律効果」の指摘は、当面の「歌語」の問題と密接に関連して重要である。要するに、本書には俊成歌論の精髄が遺憾なく発揮されていて、以後の歌論書に絶大な影響を及ぼしている。

次に、俊成の子息、藤原定家の歌論書に『近代秀歌』『詠歌大概』『毎月抄』などが存することは周知の事柄に属するが、まずは『近代秀歌』を採り上げよう。

『**近代秀歌**《きんだいしゅうか》』は承元三年（一二〇九）、源実朝に贈った消息体の歌論書。伝本は、原形本系統、流布本系統、自筆本系統などに分類される。本書は前半と後半に分かれる。前半では、『古今集』以降当代にいたる和歌史を批判して、紀貫之以後、源経信《つねのぶ》ら六人を除けば、継承されてこなかった「寛平《かんぴょう》以往の歌」の在原業平・小野小町に代表される歌を復活させようと、自己の立場を鮮明にしながら、「余情妖艶の体」を標榜《ひょうぼう》し、後半では、それに基づいて作歌の原理と主要な技法としての本歌取りについて叙述している。なお、自筆本では、序文と『二四代集《にしだいしゅう》』から抄出した秀歌例が付されている。要するに、本書は定家における作歌の原理と方法の集約と要約できようが、本歌取りの見解には「歌語」に関わる定家の見解も纏められていて、貴重である。

次に、**『詠歌大概《えいがのたいがい》』**は承久《じょうきゅう》の乱（一二二一）以後、梶井宮尊快《かじいのみやそんかい》法親王に献ずべく、『近代秀歌』に続いて成った歌論書だ。真名《まな》文の歌論部分と秀歌例（百三首）の部分とから成る。歌論内容は、定家が晩年に到達した作歌についての自覚、和歌的表現の原理と方法に及んだもので、簡にして要を尽くした論述が明快である。就中、「詞」と「風体《ふうてい》」と「景気」とに分けて、古典の学び方に言及した部分には、『近代秀歌』にはない見解が指摘される。そして、本書にも本歌取りには三代集に限定して本歌を採ること、同時代の歌人が創出した詞を盗用しないことなど、「歌語」にかかわる見解も数多《あまた》見られ、実用性を重視した範例と手本とに特徴が窺知《きち》される歌論書となっている。

また、**『毎月抄《まいげつしょう》』**は、偽書説、存疑説などあるが、奥書などから定家真作の歌論書と考慮してよかろうか。前書きによれば、本書は著者のもとに送られてきた、百首歌の詠草を添削して返送する際に添えられた、書簡の体裁をとる。内容は、十体論・心詞論・秀逸体論・本歌取り論を大きな柱として、『万葉集』の古風・秀句・題詠の技法・歌病・漢詩と和歌など多岐《たき》にわたり、定家の歌論・和歌観を、多面的・総合的に伝えている。初心者宛ての書簡体の形式による歌論書であるため、叙述はきわめて具体的、懇切丁寧である。「歌語」との関連でいえば、「本歌取り」の修辞法を説く見解など、間接的ではあるものの、参考になる言説は多々あるように愚考される。要するに、様式分類としての十体論、「有心体《うしんたい》」など詠歌態度論に重点を置いて論じられた本書は、主に詠歌技法論を説いた『近代秀歌』『詠歌大概』と相互補完的関係にある歌論書として把握することができようか。

ところで、藤原定家の歌論書に言及したとなると、同時代の後鳥羽院歌壇の領袖《りょうしゅう》たる後鳥羽院の歌学書**『後鳥羽院御口伝《ごとばいんごくでん》』**の登場となるであろう。本書の執筆時期は、建暦《けんりゃく》二年（一二一二）九月以降建保《けんぽう》三年（一二一五）以前であろうか。内容はまず、初心者の心得るべき七箇条を掲げ、次いで源経信・同俊頼・藤原俊成・同清輔・俊恵《しゅんえ》の代表歌人と、式子《しょくし》内親王・藤原良経《よしつね》・慈円・寂蓮・藤原定家・同家隆《いえたか》ほか、新古今時代の歌人らの計十五人の詠風を、例歌を挙げて論評する。このうち、定家評は著しく長く、その歌人としての才能を賞賛する一方、和歌観や人間的欠陥を厳しく峻別《しゅんべつ》して魅力的だ。本書の院の歌人評は的確な論評として評価が高く、歌風研究に参考になる点が多いが、「歌語」の問題を考察するうえでも、資する点が少なくない歌学書といえるようだ。

次に、建仁元年（一二〇一）、後鳥羽院から和歌所の寄人《よりゅうど》の一人に選ばれた、鴨長明の歌学・歌論書**『無名抄《むみょうしょう》』**に言及しよう。建暦元年（一二一一）十一月以降と推察されるが、執筆は長期間にわたるか。伝本は一類〜三類に大別され、一類・二類は鎌倉期に遡る古写本の系統だが、三類は前者の脱文を補う混淆《こんこう》体の系統。内容は、詠歌の心得・歌体論、歌枕・和歌の故実、歌人の逸話など、多彩を極めている。八十一の章段は雑纂《ざっさん》的に見えるが、全体的に連想の糸で主題が連繫して有機的な構造体となっている。長明の和歌観のみならず、師の俊恵の歌論を知りえる点でも貴重な歌学・歌論書だが、「歌語」についても、和歌故実や歌枕を叙述した箇所にさりげなく語られて、興趣深い語りとなっている。

次に、後鳥羽院の第三皇子の順徳院《じゅんとくいん》の歌学・歌論書『**八《や》雲御《くもみ》抄《しょう》**』は、承久の乱（一二二一）ごろまでに草稿本（伝存せず）が成り、仁治三年（一二四二）までに精撰本が成立したか。内容は、真名序・「正義部」（六義・歌体・歌病・学書など二十三箇条）「作法部」（歌会・歌合・歌書様など十二箇条）「枝葉《しよう》部」（天象部・時節部・地儀部・居処部・草部・木部・鳥部・獣部・虫部・魚部・人倫部・人事部〈付、人体〉・衣食部・雑物部〈付、調度〉・異名部・権化部の十七箇条部類による歌語の集成）「言語部」（世俗言・由緒言の二箇条部類による歌語の集成と、料簡言による古歌の注釈）「名所《めいしょ》部」（山・嶺・嵩《かさ》など五十箇条の部類による歌枕の集成）「用意部」（「心」「詞」「風情」における禁制・準則各六箇条の提示と、院独自の有心《うしん》論の披瀝）の六部六巻から構成される。本書は、従来の諸歌学・歌論書に見られる諸説を組織的に集大成した、和歌史研究上膨大な重要資料を提供する宝庫と称しても過言ではあるまい。就中、巻三の「枝葉部」・巻四の「言語部」・巻五の「名所部」の三巻は、当面の問題の「歌語」そのものを主題および課題とした貴重な巻々であって、具体的には、巻三が種々の「歌語」を集成した辞典、巻四が「歌語」の種別による解説と、例歌（証歌）付きの注釈書、巻五が種別ごとの場所（地名）と出典付きの歌枕辞典と要約できよう。総じて、この部分は和歌を詠作する人びとへの実践的「歌語辞典」ともいうべき、至便このうえない手引書となっているといえようか。

六　中世中期

さて、中世和歌史は藤原俊成・同定家後の歌道師範家・御子左家が、同為家《ためいえ》に継承されて、その後は、二条家の為氏《ためうじ》、京極家の為教《ためのり》、冷泉家の為相《ためすけ》へと、三家分立して命脈を保っていくが、ここでは藤原為家の歌論書『**詠歌一体《えいがのいってい》**』を採り上げよう。本書は文永末年（一二七五）ころの成立か。伝本には広本と略本とがある。為家真作の広本は、冷泉家系統と二条家系統に大別され、前者が原形に近い。内容は元来、年少の為相に与えた庭訓《ていきん》で、稽古の必要性を説いた序について、「題をよくよく心得《う》べきこと」「歌の姿のこと」「歌にはよせあるがよきこと」「文字の余ること」「重ね詞のこと」「歌の詞のこと」「古歌を取ること」など、八箇条を説いている。このうち、特に注目されるのが「詞なだらかに言ひ下し、清げなる」という平淡美論と「主《ぬし》ある詞」（禁制詞）とで、『近来風体抄《きんらいふうていしょう》』（二条良基《よしもと》著）など、以後の中世歌論に強い影響を与えたが、就中、特定の発案・考案者が存在する独創的な秀句表現を尊重して、後人の安易な模倣・乱用を禁止した、所謂、禁制の詞である「主ある詞」に言及している点は、まさに当面の主題である「歌語」そのものを考察対象にしており、格好の指南書となっている。

次に、藤原為家の側室であった阿仏尼《あぶつに》の歌論書『**夜《よる》の鶴《つる》**』に言及しよう。本書は、序によると、ある貴人（女性か）の求めに応じて、初心者向きに和歌の心得を消息体で記した手引書であったが、後に、我が子為相へ授与したものか。内容は、題詠、本歌取り・制詞・作歌の心得、表現の虚実、歴代勅撰集の特色など、亡夫為家の歌論を祖述しながらも、阿仏尼独自の歌論を展開する部分も見られる。このうち、制詞・本歌取りの心得を説いた部分には、「歌語」にかかわる叙述が指摘され、当面の問題を考察するうえで重要な視点を提供してくれる。

さて、二条為氏・京極為教・冷泉為相にはまとまった歌論書類がないので、次には、藤原定家の曽孫で、京極家の為教の後継者為兼《ためかね》の歌論書『為兼卿《ためかねきよう》 和歌抄《わかしよう》』を採り上げよう。本書は、弘安八年（一二八五）から同十年（一二八七）の間の成立か。伝本には、陽明文庫本、冷泉家時雨亭文庫本など四本が伝存するが、文体の変化などから、未定稿的性格が指摘されている。内容は春宮熙仁《ひろひと》親王（のちの伏見院）のために執筆された和歌の入門書と見られ、禁制詞や歌病、俗語の忌避《きひ》など、詞によって心を詠もうとする同時代の二条派和歌のあり方を否定し、心の中に生じる感動を詞に表現したのが歌であるという和歌本質論を述べて、『玉葉集』に見られるような、清新な自然観照歌を生み出すことにもなった。本書は京極派歌風の問題を考えるうえで注目すべき歌論書と評価されるが、当面の「歌語」の問題を考えるうえでも、「禁制詞」や「俗語の忌避」の問題提起は充分考究すべき内容となっている。

次に、二条為氏の長男である同為世《ためよ》の歌論書『和歌庭訓《わかていきん》』を採り上げよう。同書は、元応《げんおう》二年（一三二〇）から嘉暦《かりやく》元年（一三二六）の間の成立か。内容は、「心は新しきことを求むべきこと」「詞は古きを慕ふべきこと」「京極入道中納言（定家）鎌倉右大臣（実朝）へ送られ侍る一巻の中に、大和歌の道は遠く求め広く聞く道にあらずと侍ること」「余情のこと」「題をよく心得よと申すこと」「本歌のこと」の六箇条から成る。これらの諸説は、定家の『詠歌大概』『近代秀歌』などの歌論書に依拠して二条派の歌論を平明に叙述したもので、為兼や為相らを非難している部分があるが、第二条や第六条には「歌語」にかかわる言説も指摘され、当面の問題を考察するうえでは無視できない内容を展開している。

次に、藤原為家の次男・源承《げんしよう》の歌論書『和歌口伝《わかくでん》』を採り上げよう。本書は永仁二年（一二九四）四月ころから同六年（一二九八）初めころの成立か。内容は、御子左家の庭訓に背く真観《しんかん》らを誹謗《ひぼう》する序に続き、「初本とすべき歌」「句のかかりよろしからぬ歌」「古歌を取り過ごせる歌」「主ある歌」「不審ある歌」「風情過ぎたる歌」「事新しき歌」「『万葉集』歌とること」「漢語を和歌に移し詠める用意有るべきこと」「訓説の思ひ思ひなること」の十箇条から成る。定家・為家以来の二条派正統の立場を墨守し、反御子左派や阿仏尼・為相母子を攻撃することが主要な内容で、創見に乏しいが、第四箇条の「主ある歌」をはじめ、「歌語」を直接、間接に問題にして叙述している内容は、当面の主題、課題と深く関わっていて、等閑視できない歌論書である。

次に採り上げる、鎌倉時代中期に御子左派に対抗した第一人者として注目される真観《しんかん》の歌論書『簸河上《ひのかわかみ》』は、文応元年（一二六〇）五月ごろ、将軍宗尊《むねたか》親王の依頼に応じて、鎌倉で執筆されたもの。内容は、「たけたかく遠白き」風体を第一に説き、「幽玄なる歌」や『新古今集』を尊重する態度、『万葉集』や三代集の歌を「本」とせよと叙述するなど、和歌を詠作する上での修行の心得に言及するが、『新撰髄脳』や『俊頼髄脳』に依拠して私説を展開している。当面の「歌語」との関連は、本書では本歌取りの修辞法に触れている点など、参考になる記述も少なくない。

七　中世後期

さて、平安時代には貴族階級の専有物であった和歌が、中世に入ると、武士層・地下《じげ》層・法体《ほつたい》層にまで浸透したが、ここで法体歌人で、二条為世門の和歌四天王の一人であった、頓阿《とんな》の歌論書『井蛙抄《せいあしよう》』を採り上げよう。本書は、全体が一時期に成ったのではなく、鎌倉時代最末期から延文五年（一三六〇）までの間に書き継がれて成ったか。内容は、「風体のこと」「本歌取りのこと」「制詞のこと」「同名名所」「同類のこと」「雑談」の全六巻から成る。具体的には、巻一が藤原公任・源俊頼・藤原俊成・同定家らの歌体論の要約と具体例歌の列挙、巻二が本歌取りの方法論、巻三が禁制詞の濫觴《らんしょう》と経緯の論、巻四が同名・類似の歌枕の解説、巻五が類句・類歌の判定をめぐる判詞例の指摘と、同字畳用・初五文字の表現の指摘、そして巻六の和歌口伝・歌人の逸話・歌語りなどの聞き書き集成に及んでいる。頓阿の個人的見解を叙述しているにもかかわらず、後代、二条家門流の東常縁《とうのつねより》・尭恵《ぎょうえ》らによって重視され、二条流歌学の継承に寄与した歌論書と評価された点、皮肉な側面を持っている。なお、当面の問題である「歌語」については、巻三・巻四・巻五などでは直接的に、巻二では間接的に論述されていて、定家、為家の見解を継承して重要な位相にあると評価されようか。

また、二条良基との共著に成る『**愚問賢注**《ぐもんけんちゅう》』は、良基の質問に頓阿が返答するという問答体の歌論書。書名は良基の命名による。二十九箇条の良基の質問に、頓阿が貞治《じょうじ》二年（一三六三）二月に返答したものを、三月に足利義詮《よしあきら》に、その直後、後光厳《ごこうごん》天皇に上覧されたのち、同年三月半ば過ぎに、良基が清書、跋文を付して本書は成立した。内容は、二つの作歌理念、詠歌の手本となる時代と歌風、心と詞、古歌に学ぶべきこと、歌体および歌の地と文、晴の歌の風体と兼日・当座の差異、本歌取り、主ある詞、制詞、本文取り・本説取り、本歌とする時代と作者、沈思と黙考、理想とする風体、趣向を凝らすこと、結題《むすびだい》、題字を隠して詠むこと、異季の景物を含む季題、傍題、結題の中の実字・虚字、雑題に四季の景物を詠むこと、贈答歌、艶色歌、経旨歌、歌合歌、歌病、字余り歌、名所歌、題詠論一、題詠論二の二十九箇条から成る。『詠歌一体』や『八雲御抄』から得た鋭い問題意識に基づく良基の質疑に対して、二条派歌学の精髄を穏健中庸《おんけんちゅうよう》な姿勢で応じた頓阿の返答内容が目立つが、それは、後光厳天皇とその周辺に、二条派歌学が正風体であることを認識・宣揚させるための演出であったようだ。ともあれ、本書は、当面の課題である「歌語」との関わりでいえば、詠歌の根本姿勢にかかわる風体論から、本歌取り・本説取り、主ある詞、制詞、名所歌などに及ぶ論述は、問答体で展開されるとはいえ、十二分に省察された興味ある展開となっており、重要な歌論書になっている。

それでは、二条良基が最晩年に単独で著わした『**近来風体抄**《きんらいふうていしょう》』はどのような歌論書であろうか。本書は、藤原俊成の『古来風体抄』に倣《なら》った書名を持ち、伝本には二系統がある。そのほとんどが、嘉慶元年（一三八七）十一月、室町幕府の奉行人松田貞秀《さだひで》に書き送ったと記す伝本だが、翌年正月、弁内侍《べんのないし》に「今来風体抄」と題して送った伝本もある。内容は三部から構成される。第一部は序に相当し、自身の歌道への取り組みを回顧し、親しく教えを受けた、為定《ためさだ》・為明《ためあきら》・為秀《ためひで》・為重《ためしげ》らの歌道家の人、為世の四天王のうちの頓阿・慶運《けいうん》・兼好、そのほか地下《じげ》の名人に及び、寸評を加えている。第二部は、三十三箇条に亘り、先達から受けた歌論・歌学の知識を断片的に記述するが、『愚問賢注《ぐもんけんちゅう》』を祖述した条も多い。第三部は、禁制詞で、分量的には本書の過半を占める。『詠歌一体』から「主ある詞」を転載し、従来の歌学書・歌合などで批判の対象となった「一向不《ル》レ可《カラ》レ用《ヰル》詞」（一向もちゐる可《べ》からざる詞）五十四語を提示し、論評している。本書は、南北朝期の歌壇史や歌人伝の資料として利用されることはあるものの、歌論としての価値に注目されることはあまりなかった歌論書だ。しかし、当面の「歌語」の問題については、本書第三部において、『六百番歌合』や『千五百番歌合』など二十六種類もの出典を駆使して、縦横無尽に具体論を展開している点、あたかも「歌語の論著」の趣さえ漂わせて圧巻である。

ここで、父祖以来南朝に仕え、旺盛な作歌活動をした耕雲《こううん》の歌論書『耕雲口伝《こううんくでん》』に触れておこう。本書は応永十五年（一四〇八）、ある僧侶に語った内容を、後日、回想したもの。長文の序のなかで、和歌陀羅尼《だらに》観を主張し、「堪能《かんのう》」より「稽古《けいこ》」を重視すべきと説く点がユニークだ。本論は、自身の和歌の本質論に言及し、「歌を詠ずるとき、心を本とすべきこと」「詞を磨くべきこと」「本歌取り様のこと」「当座の歌詠むとき、心得《う》べきこと」「兼日出題のとき、見るべきこと」「初学の人古歌の体におきて心得分《わ》くべきこと」の六箇条を、和歌の六義によそえて立論し、詠歌方法について詳論している。ここでは、『新古今集』を高く評価し、俊成・西行・定家らを「和歌の大聖人」として崇めるが、歌道師範家に伝わる伝統的な和歌の秘事や口伝を否定して、自由で清新な歌を詠むには「数奇の心ざし」をもって心境の練磨に努めることが肝要だと説いている。当面の「歌語」との関連では、「詞を磨くべきこと」「本歌取り様のこと」の各条で、間接的ではあるけれども、表現論、修辞法の側面から論究して参考になる視点も提供している。

南朝に仕えた耕雲の活躍したのち、室町前期の歌壇では、冷泉派では冷泉為尹《ためまさ》や今川了俊《りょうしゅん》、その弟子の正徹《しょうてつ》らが立ち並び、対立したが、ここに今川了俊の歌論書『二言抄《にごんしょう》』を採り上げよう。本書は別名を「和歌所へ不審の条々」ともいう。奥書によれば、応永十年（一四〇三）二月の成立。内容は、前半が「歌言《うたこと》」と「只《ただ》言《こと》」の区別について和歌所へ疑問を提示した質問状、後半が冷泉家の当主為尹への提言を開陳した申し条となっている。総じて、二条家の教え・歌風を難じ、その冷泉家に対する誹謗に反論しているが、前半の内容は、当面の問題を、「歌語」と「ただこと」の視点から提言し、論究している点で、まさに和歌史において重要な位相にある、無視できない歌論書となっている。

また、同じ著者の歌論・連歌論書『落書露顕《らくしょろけん》』を採り上げよう。本書は応永十九年（一四一二）冬ごろ成立か。序文によれば、当初、冷泉為尹の歌風に対する誹謗《ひぼう》への反駁《はんばく》として、匿名で「落書記」と題されたが、了俊の作が明らかなので「落書露顕」と後に、号したという。本書は、自作の「六帖歌合」（現存しない）が後小松天皇に及び、勅点・御製を下されたという栄誉の自信・矜持《きょうじ》を背景に、冷泉派の長老としての自覚から、執筆されたとも言われている。内容は為尹の擁護に終始せず、むしろ和歌・連歌に関する正統な相伝を祖述し、和歌も連歌も「立て所」によるべきこと、為秀の説の祖述、当代連歌への批評、各歌体の模範になる詠法、「自由の言」、「枕ことば」、「歌言（うたこと）」のこと、『竹園抄《ちくえんしょう》』、和歌の短冊のことなど、全部で三十七箇条に及び、啓蒙性・指導性の強い和歌・連歌の教導書となっている。当面の「歌語」の問題との関連は、「替詞」の例として「松のこま」への言及や「歌言」の説明、「枕ことば」の解説など、一部ではあるが直接・間接的に論究しており、無視できない内容を持っている。総じて、本書は冷泉派歌学を体系づけ、門弟正徹への影響など和歌史的な意義は少なくない。

また、『了俊弁要抄《りょうしゅんべんようしょう》』は、別名を『了俊一子伝《りょうしゅんいっしでん》』という歌論書。応永十六年（一四〇九）七月、著者八十四歳のときに、子息彦五郎のために執筆したもの。内容は、序文と詠歌の心得二十五条から成り、自己の歌道修業の体験をもとにきわめて具体的に記述されている。初心者の心得として、「心の数奇になるまで」稽古すべきこと、稽古に三段階のあることなどを説き、常に参考とすべき書目として、三代集のほかに『三十六人集』『伊勢物語』『枕草子』『源氏物語』を挙げ、さらに「詞」の稽古には『和歌初学抄』『俊頼髄脳』『和歌一字抄』などを勧めている。詠歌の方法として、「和歌は眼前只今さしむかひて見様《みるよう》の体《てい》を」、「詠みあらはすべきなり」と、「歌の余情《よせい》」を庶幾し、「めづらし言《こと》」にとらわれず、虚心に「心風情」を追求すべきであると説いている。これらの叙述には、了俊の他の歌論書にも共通する所説が見られるが、「歌語」の問題では、「めづらしき言」や、本歌取りの手法などにも言及して、有益な問題提起になっている点、見逃しえない歌論書といえようか。

次に、了俊の門弟で、室町前期の歌壇において冷泉派歌風の流れを汲む正徹の歌論書『**正徹物語**《しょうてつものがたり》』を採り上げよう。本書は、前半を「徹書記物語《てつしょきものがたり》」、後半を「清巌茶話《せいがんさわ》」と別称し、正徹からの聞き書きの体裁をとる。成立時期と筆録者は未詳だが、文安五年（一四四八）以後、宝徳二年（一四五〇）の成立か。内容は多岐《たき》にわたるが、大別すれば、歌学に関するものと、和歌の具体的な詠み方に関するものなど、長短約二百十項目が箇条書で記されている。前者では、古今の歌人・歌集・歌学に関する伝承や故実から、古書の注解や和歌説話など広範囲にわたって、多くの知見を書き残している。後者では、自他の実際の詠作例に即して、歌体・歌語について批評や詠作技法から歌会作法に至るまで、多彩な説明がなされている。とりわけ、冒頭に、「歌道に於いて定家を難ぜむ輩《やから》は冥加《みやうが》もあるべからず。罰をかうぶるべき事なり」とあるように、正徹が藤原定家を崇拝する精神は随所に見られるが、和歌の真髄を「恋歌」に見出し、その縹渺妖艶《ひょうぼうようえん》の情趣に美的理念を形象化しようとする営為が認められる点は特徴的であろう。当面の「歌語」との関連でいえば、自身の詠歌について解説している箇所に、「歌語」を説く見解が散見されて、貴重な知見を提供している。

次に、正徹亡き後、応仁から文明期（一四六九―八七）の歌壇で活躍した、飛鳥井雅親《あすかいまさちか》の歌学書『**筆**《ふで》**のまよひ**』を採り上げよう。本書は、奥書によれば、「大樹《たいじゅ》」（足利義尚か）の求めに応じて上覧したものゆえに、文明六年（一四七四）から延徳元年（一四八九）の間の成立か。内容は、冒頭に稽古のことなど総論的な叙述をしたのち、四季・恋・雑《ぞう》の歌題を挙げて、各々、詠作の方法・詞・証歌・歌病・本歌取り・故実などについて、雑然とした叙述が八十八箇条に及んでいる。問題の「歌語」については、本歌取りの修辞法、歌ことば、歌枕などに関係する叙述がまま散見する程度だが、それらは和歌の初心者向けの作歌心得に収斂《しゅうれん》されるなか、有益な情報提供といえようか。

ここで、正徹と堯孝から和歌を学んだ、東常縁《とうのつねより》の歌学書『**東野**《とうや》**州聞書**《しゅうききがき》』に触れておこう。本書は宝徳元年（一四四九）七月から康正二年（一四五六）の間の成立か。伝本には広本系と略本系があり、広本系が本来の形態と推察される。内容は、歌題・歌語・歌人に関する事柄、歌会の日次《ひなみ》や作法に関する事柄、和歌故実など、多岐にわたるが、ほぼ聞き伝えた年代順に記述されている。正徹の歌話も含まれているが、ほとんどは堯孝からの聞き書きであって、二条派流の見解がかなりの部分を占めている。当面の「歌語」の関連でいえば、『新古今集』の歌人の詠歌を聞き書きするなかで、歌詞に関わる記述、説明もしばしば見られるので、本書は当時の歌学・歌壇史研究に資するとともに、重要な位置を占めているといえようか。

さて、この時期の歌人で、江戸時代初期の堂上歌人に影響を与えた点では、『碧玉集《へきぎょくしゅう》』の上冷泉政為《かみれいぜいまさため》、『柏玉集《はくぎょくしゅう》』の後柏原院《ごかしわらいん》、『雪《せつ》玉集《ぎょくしゅう》』の三条西実隆《さんじょうにしさねたか》の「三玉集」の三人の歌人が重要だが、歌論・歌学書の著作はないので、次に進もうと思う。そこで、永禄（一五五八―七〇）、天正（一五七三―九二）から慶長（一五九六―一六一五）にかけての代表的歌人を挙げると、細川幽斎《ゆうさい》であろう。その幽斎の歌学書のうち、**『聞書全集《ききがきぜんしゅう》』**は、成立年時未詳だが、延宝《えんぽう》六年（一六七八）刊の版本が存する。内容は、幽斎の所説を基幹に、『毎月抄』『愚問賢註《ぐもんけんちゅう》』などの先行する歌学書を祖述したものを加え、さらに下河辺長流《しもこうべちょうりゅう》の『枕詞燭明抄《まくらことばしょくみょうしょう》』などの記述を取り込み、『和歌題林抄《わかだいりんしょう》』や『筆のまよひ』なども参照しているが、『耳底記《じていき》』や佐方宗佐《さかたむねすけ》による『幽斎聞書』とは異なって、正統な幽斎の歌学を伝えるものではなく、一種の偽書《ぎしょ》の様相を呈しているといえようか。しかし、巻二の「歌に詠むまじき詞のこと」「一向に除くべき詞のこと」「名所の歌のこと」の条、巻三・巻四の「歌句註釈」の合計百七条などは、まさに「歌語」の注釈辞典ともいえる内容であって、本書は、当面の問題に深く関連する歌学書として看過できない書目といえるであろう。

また、同じ著者の歌論書**『耳底記《じていき》』**は、慶長三年（一五九八）八月四日から同七年十二月晦日に至る七十三回にわたって、烏丸《からすまる》光広《みつひろ》が幽斎の座談を筆録したもの。内容は、詠作上の疑問点、実際に詠まれた和歌に対する批評、文学史や語義などについての光広の質問に幽斎が回答した部分と、和歌を学ぶために参考とすべき書物、和歌の詠み方の口伝を幽斎自身が語った部分とに大別されるが、折に触れての幽斎の雑談も述べられている。日常の座談を記しているので、二条家流の歌学を伝える中に、柔軟な思考も垣間見《かいまみ》えて、当代の和歌認識を知るうえでも貴重な書物である。要するに、幽斎の和歌や歌学は、種々の面で中世和歌を総括し、近世和歌への橋渡しの役割を担っていると評しえよう。なお、当面の「歌語」の問題との関連では、巻末に付された「詠歌制之詞」は、光広が別紙に書き留めていたものだが、為家の『詠歌一体』の主ある詞と詠歌を掲載したものであり、幽斎の座談の中にも「歌ことば」に言及した箇所もあって、多分に参考になる記述もあるようだ。

そのほか、この時期の見るべき歌学書に、地下歌壇の人物の著作だが、松永貞徳《ていとく》の歌学書**『歌林樸樕《かりんぼくそく》』**がある。本書は成立年時未詳だが、貞徳晩年の成立であろう。内容は、和歌に用いる用語や故実を集成して、それぞれの用語の出典を掲げて注解を施し、いろは順に配列構成した歌語辞典だ。掲載語数は千百二十五語（東洋文庫蔵本）を数え、『能因歌枕』『綺語抄』『和歌童蒙抄』『奥義抄』などの歌学書から引用するが、そのほとんどが顕昭の『袖中抄』と『釈日本紀』に依拠している。ただし、注解は先学の諸説を引用するばかりではなく、貞徳の見解も多く紹介されて注目に値する内実になっている。「歌語」の集成と注解は、まさに当面の問題そのものであって、格好の「歌語」の入門書と評価されるであろう。

八　近世前期

ところで、詠歌の実作を中心として貞徳流を継承したのが望月《もちづき》長孝《ちょうこう》だが、その長孝から数多の歌道秘伝書の類を継承したのが平《ひら》間《ま》長雅《ちょうが》で、その長雅に入門して和歌を学んだのが有賀長伯である。その長伯の歌学書『和歌八重垣』に依拠して本書を執筆しているわけだが、ここでは有賀家七部作と称される、『和歌世々《よよ》の栞《しおり》』『初学和歌式』『浜の真砂《まさご》』『和歌八重垣』『歌林雑木抄《かりんざつぼくしょう》』『和歌分類』『和歌麓の塵』の名称のみ紹介しておこう。

なお、長伯にはこのほか、「歌語」の要素を持つ点で重要な「歌枕」をその内容とする**『歌枕秋《うたまくらあき》の寝覚《ねざめ》』**なる歌学書が存するので、当書について紹介しておこう。本書は、元禄五年（一六九二）正月刊の版本。歌枕辞典。内容は、『八雲御抄』の名所部の分類に倣って、名所を「山」「嶺」「谷」～「寺」「社」「雑」に部類し、全五十四項目に及ぶ。その記述方法は、いろは順に歌枕を掲出し、その所在地の国名を示してその属性を説明したあと、用語例や出典を注記した例歌（証歌）の整理、記述に及ぶという体裁を採っている。出典は『万葉集』以下の諸作品に依拠しているが、なかに『現葉集《げんようしゅう》』や『良玉集《りょうぎょくしゅう》』など散逸《さんいつ》歌集の名が見えるのは注目される。本書は、長伯自身補訂を企てたが果たせず、門人欲賀《ほしが》光清《こうせい》が正徳《しょうとく》四年（一七一四）に、「増補」の角書《つのがき》を付して、版行された。要するに、『歌枕秋の寝覚』は長伯の著作のうち、「歌語」の視点からいうと、『和歌八重垣』と一対になる側面をもつ歌学書といえようか。

ところで、近世初期の堂上《どうじょう》歌壇においては古今伝授を中心に伝統的歌学が継承されていたが、その権威を否定する新しい動きの中にあって、歌論書**『梨本集《なしもとしゅう》』**を著わして二条家歌学の不条理を論破した戸田茂睡《とだもすい》もその一人であった。その『梨本集』は元禄十一年（一六九八）五月成立、同十三年刊。内容は、序に「歌詞」の自由であることを提言し、巻一に「初五字に置くべからずといふ詞」、巻二に「終りに言ふまじきといふ詞」「遠慮すべきといふ詞」「主ある詞といふこと」、巻三の上・下に「詠むまじきといふ詞」の五項目を立てて、計百三十語の「歌詞」について数多の実例を示して、伝統歌学の「制詞」が根拠のないことを論理的に実証している。骨子は『寛文五年文詞《かんぶんごねんふみことば》』にすでに見えているが、因襲《いんしゅう》的な堂上歌学を批判した点で、和歌史上の意義は大きい。本書は、結論的には撤廃を提唱するが、当面の「歌語」に真正面から取り組み、論証した歌論書としても高く評価されるであろう。

ここで、「歌枕」の関連で、契沖の歌学書**『勝地吐懐編《しょうちとかいへん》』**に触れておこう。本書は、序文によれば、里村昌琢《さとむらしょうたく》編『類字名所和歌集《るいじめいしょわかしゅう》』（元和三年〈一六一七〉刊）の補正を企図したもので、一巻本と三巻本とがある。成立は、前者が元禄五年（一六九二）、後者が同九年。内容は、「石蔵」以下、名所をあげて、二十一代集の例歌（証歌）は勿論、『万葉集』からも「初瀬」「敏馬《みぬめ》」などの名所を加えて訓読し、さらに『六国史《りっこくし》』ほか諸種の撰集・家集からも収集して、精細な考証を展開している。本書と並行して成ったと推定される同じ著者の歌学書に『類字名所補翼抄《るいじめいしょほよくしょう》』（元禄十年刊）『類字名所外集《るいじめいしょがいしゅう》』（同十一年）があるが、この両集の説明についてはここでは省略に従いたい。

九　近世後期

ちなみに、契沖に少し遅れて世に出て神学・歌学を研究し、歌学の方面で復古調を唱えた人物に荷田春満《かだのあずままろ》がいて、『万葉集僻案抄《まんようしゅうへきあんしょう》』なる注釈書を著わしているが、この春満が江戸幕府にも仕えて、その江戸への往還の途中、浜松に滞在中に奇しくも、出会ったのが賀茂真淵《かものまぶち》であった。その真淵には数多の和歌関係の著作があるが、その晩年の著作の『歌意考《かいこう》』と『にひまなび』とが彼の代表的な歌論書である。

まず、**『歌意考《かいこう》』**は、草稿本が明和元年（一七六四）ごろの成立のようだが、刊行は寛政十二年（一八〇〇）。内容は、「文意」「歌意」「国意」「語意」「書意」の「五意考」のうち、「歌意」を説いたもので、「いにしへ人のなほくして、心高く、みやびたるを、萬葉に得て、後に古今歌集へ下りてまねぶべし」と叙述している。古代和歌を古代人の性質と関連づけて賛美し、外国文化の流入とともに歌や人の心が衰えたことを嘆き、古代和歌を学ぶことによって本来の精神を取り戻すよう、復古、真情主義を主張する。真淵歌論の精髄が表明されて貴重だが、「歌語」との関連では、母親から『万葉集』の興趣深さを例歌（証歌）を引用して教示された中の歌句に窺知《きち》される程度で、それほど深くはないようだ。

なお、『**にひまなび**』は明和二年（一七六五）の成立で、版行は寛政十二年（一八〇〇）。『万葉集』の丈夫振《ますらおぶ》りを称揚し、国学・古道・古典観・語学説・文章論に及ぶが、『歌意考』と重複する部分もあり、「歌語」との関連はほとんどないので、以下省略に従いたい。

ここで真淵に反駁《はんばく》された荷田在満《ありまろ》の歌学書『**国歌《こっか》八論《はちろん》**』に触れておこう。本書は寛保《かんぽう》二年（一七四二）八月の成立。田安宗武《たやすむねたけ》の求めに応じて執筆されたという説、加藤枝直《かとうえなお》の勧めで書かれたという説などがある。内容は、歌源・翫歌《がんか》・択詞《たくし》・避詞《ひし》・正過・官家・古学・準則の「八論」から成る。まず、歌源論では、『古今集』が生まれて歌謡性が喪失し、表現の美しさを志向するようになったこと、翫歌論では、和歌には政教性がないこと、択詞論では、優美な歌語を選んで詠むこと、避詞論では、歌語に制詞などの制約をつけないこと、正過論では、語法上の正しさを追究して、旧来の歌学に囚われないこと、官家論では、堂上歌学には根拠がないこと、古学論では、定家の歌論を批判して、契沖や春満の古学を継承すること、準則論では、『新古今集』を推奨し、藤原良経《よしつね》を高く評価している、などである。これらの「八論」の中でもっとも独特なのは「翫歌論」で、和歌を政教性や日常生活の実用性に認めないで、心を慰藉《いしゃ》するものとして位置づけ、その点に価値を見出そうとする姿勢である。以後の田安宗武・賀茂真淵らによる論争もこの点を問題とするが、当面の「歌語」との関連でいえば、「択詞論」や「避詞論」で展開される在満の見解は、この問題に正視して考察を加えた、在満のユニークな論述として評価されるのでなかろうか。

ところで、賀茂真淵の門流の県居《あがたい》派には、歌風の上から大別すれば、田安宗武・加藤宇万伎《うまき》・楫取魚彦《かとりなひこ》らの万葉派、古今調を庶幾する加藤千蔭《ちかげ》・村田春海《はるみ》らの江戸派、新古今歌風を尊重する本居宣長らの鈴屋《すずのや》派の三流となろうが、ここでは宣長の歌論書の『排蘆小船』と『石上私淑言』に言及しておこう。

まず、『**排蘆小船《あしわけおぶね》**』は、宣長が松阪へ帰郷後の宝暦《ほうれき》八年（一七五八）・九年ごろの成立か。内容は自己の和歌観を、問答体で六十六項目にわたって説いたもの。それは和歌の本質、堂上歌学批判、伝授思想の批判など多岐にわたるが、歌風の変遷、古今伝授、制詞、「もののあはれ」論の萌芽を詳述する箇所には、後年に展開される宣長の歌論の基礎が窺知されて、記念碑的な述作と評価されよう。ちなみに、当面の問題である「歌語」との関連では、「制詞」をテーマに採り上げている点で、宣長の歌論上の興味・関心の幅が知られて興趣深い歌論書となっている。

つぎに、『**石上私淑言《いそのかみささめごと》**』は宝暦十三年（一七六三）に成立と推定される、宣長の第二の歌論書。内容は、全編が問答体となっており、巻一が二十六項目、巻二が五十項目、巻三が二十六項目の、都合百二項目から成っている。巻一は、歌の定義・起源・本質などをめぐって論じ、「もののあはれ」の論を文献資料を引用しながら詳細に展開する。巻二は、日本の和歌が中国の漢詩と異なり優れている所以《ゆえん》を、国号「やまと」や「歌道」の語義に言及しながら、種々の視点から論じている。巻三は、余論ともいうべき趣で、和歌の道が儒教の道と本質的に異なること、「歌の詞」が雅な「古言《ふるごと》」を用いること、などに及んで雑多な内容になっている。前著の『排蘆小船』の内容を継承し、和歌・物語などの本質を「もののあはれ」論に収斂《しゅうれん》して、宣長の前半生の金字塔といえる歌論書といえよう。なお、「歌語」との関連でいえば、巻三の「歌の詞」の定義・主張の中に宣長の見解もほの見えて、貴重であるといえようか。

ここで、江戸で賀茂真淵が和歌の革新運動を展開したのに対し、京都で和歌革新の先駆者になった、小沢蘆庵《ろあん》の歌論書『**布留《ふる》の中道《なかみち》**』を採り上げよう。本書は寛政二年（一七九〇）九月の成立だが、版行は同十二年。「塵ひぢ」「蘆かび」「或問《わくもん》」の三部より成る。『古今集』仮名序の中の「ただこと歌」の説に立って、和歌は心に思うことをそのままに自分の言葉で人に理解されるように詠むのがいいと主張し、その根拠として人情は「天地一体」の理に基づいてみな同じゆえに、その同じ情を詠出すれば歌になるという「同情」の説、とはいえ、人情は移り変わって新しい情が生じ、それによって歌は新しく生まれるという「新情」の説を論じて、そのための具体的な心得を説いている。ちなみに、「歌語」との関連でいえば、至るところで『万葉集』の歌句を引用している点が関係するが、就中、「或問」に、「吾嬬者《わがつまは》耶《や》」「あさしのはら」など具体的に歌句を引用して、自身の見解を吐露している部分が散見するのは、この方面・分野への蘆庵の関心が高いことを露呈しているわけで、興味深い歌論書となっている。

また、『**振分髪《ふりわけがみ》**』は同じ著者の歌論書で、寛政八年（一七九六）の成立、同年三月版行。序で、本書の目的を幼童の作歌の手引きと説き、「思ふ心に法なし、いふ詞に法なし」、「心を平易にして、理ただしき詞をもて一筋につづくれば、おのづからよく聞こえて、別にならふことなし」と説く点は、『布留の中道』における「ただこと歌」の主張と軌を一にするものだ。後半は、文法・語法に関する記述があり、心詞の働き、てにをはの用法、詞の五種（過去・現在・未来・噂・下知《げち》）など、具体例を示して説明する。「歌語」との関連では、例歌（証歌）に示された歌句を説明する中に見られる「ただこと歌」の主張が、この問題に示唆を与えるであろう。

ところで、小沢蘆庵に次いで京都の歌壇に新風を吹き込んだのが香川景樹《かがわかげき》だが、景樹には歌論書『**新学異見《にいまなびいけん》**』がある。本書は文化八年（一八一一）の成立で、同十二年の版行。村田春海・加藤千蔭の『筆のさが』（享和二年〈一八〇二〉冬成立）による景樹批判に反駁《はんばく》しようと、春海と千蔭の師である賀茂真淵の歌論書『にひまなび』を採り上げて、その冒頭部分を十四条に分割し、逐一痛烈に批判して、景樹が自説を展開したものだ。和歌の本質が真心・誠実から出た自然な調べにあるという思想は、真淵のそれと共通するが、景樹は今の世の歌は今の世の詞と調べで詠むべきで、その規範は『古今集』の「たをやめぶり」に見られる、優美で上品な調べに見出し得ると説くわけだ。これは蘆庵の『古今集』を尊重する立場から、現代性に基づく情の意義と実践とを主張する説を継承し、発展させたものである。なお、「歌語」の問題では、『古今集』の歌句の調べを重要視する視点から論じて有益で、参考になるといえようか。

ちなみに、香川景樹の歌論を体系的にまとめたものに、門人の内山真弓《まゆみ》が編集した『**歌学提要《かがくていよう》**』がある。本書は天保《てんぽう》十四年（一八四三）の成立で、版行は嘉永三年（一八五〇）。内容は、総論・雅俗・偽飾・精粗・強弱・趣向・実景・題詠・贈答・名所・本歌拠・

仮名・天仁遠波（てにをは）・枕詞・序歌・歌書・歌詞・文詞の十八章なら成る。その所説は、『新学異見《にいまなびいけん》』『桂園遺文《けいえんいぶん》』などと同じ趣意だが、それらと異なって、本書が師説を忠実に祖述したうえ、桂園派の歌学説を体系的に整理したところには、近世歌学史上の重要な意義があろう。なお、「歌語」との関連では、「枕詞」「序歌」「歌詞」「文詞」など、四章にわたってこの問題を直接に採り上げて論述し、総論でも「制の詞」に言及するなどして、景樹の歌論にとっても、この問題は重要な位相にあることを提示していて、読者にも興趣深い内容となっている。

十　補遺　堂上家の歌論・歌学書

以上、奈良時代から江戸時代までの「歌ことば・歌語」を扱った歌論、歌学書について、ほとんど繁簡よろしきを得ない叙述、展開に終始してきたが、以後は、近世和歌研究会編『近世歌学集成（上）（中）』（平成九年十月、同年十一月、明治書院）に収載の諸書目が、何らかの点で「歌ことば・歌語」に関連する記述を含んでいると判断されるので、以下には当該書に収載のそれらの書目と最低限の情報のみを掲載して、大方の参考に供したいと思う。なお、近世和歌研究会の諸氏には厚く御礼申しあげたい。

1『和歌秘決』　元和元年（一六一五）以降の成立か。中院《なかのいん》通《みち》勝《かつ》・細川幽斎の説を伝える聞き書きと三条西実条《さねえだ》の詠草。編者など未詳。

2『武家尋問条々《ぶけじんもんじょうじょう》』　寛文二年（一六六二）より以前の成立。中院通村《みちむら》述。編者未詳だが、中院通茂《みちしげ》か。

3『飛鳥井雅章卿聞書』　寛文二年（一六六二）二月七日から同九年正月二日までの記事。後水尾院《ごみずのおいん》述。

4『後水尾院《ごみずのおいん》御仰《おんおおせ》和歌《わか》聞書《ききがき》』　寛文三年（一六六三）三月十六日から同六年十一月六日までの記事。後水尾院述、日野弘資《ひろすけ》ら記。

5『麓木鈔《れいぼくしょう》』　寛文十三年（一六七三）以降の成立か。後水尾院述、霊元《れいげん》天皇記。

6『聴賀喜《ききがき》』　延宝五年（一六七七）正月八日から同年三月二十五日までの記事。後水尾院述、霊元天皇記。

7『尊師聞書』　延宝七年（一六七九）以前の成立。飛鳥井雅章述、心月亭孝賀記。

8『清水宗川《しみずそうせん》聞書《ききがき》』　元禄十一年（一六九八）十月以降の成立。貞享年間（一六八四―八八）から元禄十年（一六九七）ころまでの宗川の歌話。聞き書き者は未詳。

9『日野殿三部抄』　一冊本として三部が成立したのは、宝永二年（一七〇五）ころより以前。日野弘資述。第一部の聞書者が田村宗永、第二部の聞き書き者が毛利綱元、第三部の聞書者は未詳。

10『資慶卿口授《すけよしきょうくじゅ》』　寛文六年（一六六六）八月十六日の成立。烏《からす》丸資慶《まるすけよし》述、岡西惟中《おかにしいちゅう》記。

11『続耳底記《じてい》』　寛文四年（一六六四）末ころの成立か。烏丸資慶述、細川行孝記。

12『光雄卿口授《みつおきょうくじゅ》』　天和三年（一六八三）正月二十日以後の成立。烏丸光雄述、岡西惟中記。

13『用心私記』　享保二十年（一七二七）冬の成立。烏丸光雄述、坂光淳記。

14『和歌聞書』　明暦二年（一六五六）より寛文元年（一六六一）ころまでの成立か。三条西実教《さねのり》説、正親町実豊《おおぎまちさねとよ》記。

15『渓雲問答《けいうんもんどう》』　正徳年間（一七一一―一六）の成立っ中院通茂述、

松井幸隆《ゆきたか》記。

16 『水青記《すいせいき》』 元禄六年（一六九三）十一月晦日から同十年八月二十四日までの記事。元禄期後半の成立か。清水谷実業《しみずだにさねなり》述、恕《じょ》堅《けん》記。

17 『清水谷大納言実業卿対顔《しみずだにだいなごんさねなりきょうたいがん》』 元禄七年（一六九四）閏五月二十一日から同十年閏二月までの記事。成立は元禄期後半にかかるか。清水谷実業述、次雄《つぐお》記。

18 『等義《とうぎ》聞書《ききがき》』 宝永三年（一七〇六）二月直後の成立か。清水谷実業述、中川等義《とうぎ》記。

19 『高松重季聞書《たかまつしげすえききがき》』 享保十年（一七二五）以降の成立。武者小路実陰《さねかげ》述、高松重季《しげすえ》記。

20 『初学考鑑《しょがくこうかん》』 享保末年（一七三六）から元文（一七三六―四一）ころまでの成立。武者小路実陰述。聞き書き者は未詳。

21 『詞林拾葉《しりんしゅうよう》』 元文四年（一七三九）十月二十日の成立。武者小路実陰《さねかげ》述、似雲《じうん》記。

22 『竹亭和歌読方条目《ちくていわかよみかたじょうもく》』 享保二十年（一七三五）の成立。姉小路実紀記。

23 『在京随筆』 享保末年（一七三六）ころの成立か。享保六年（一七二一）九月から翌七年五月にかけて、仁木充長《にきみつなが》が冷泉為綱《ためつな》・為久の歌学、持明院基雄《じみょういんもとお》の入木道《じゅぼくどう》、山科持言《やましなもちとき》・尭言《たかとき》の有職《ゆうそく》故実に関する諸説を聞き書きしたもの。仁木充長記。

24 『烏丸光栄卿口授《からすまるみつひできょうくじゅ》』 享保十五年（一七三〇）から延享三年（一七四六）四月直後の成立か。烏丸光栄《みつひで》述。筆録者は、加藤信《のぶ》成《なり》、妻谷秀員《つまやひでかず》、村田忠興《むらたただおき》、『鶯宿雑記《おうしゅくざつき》』の筆録者（未詳）など。

25 『実岳卿口授之記《さねたけきょうくじゅのき》』 宝暦九年（一七五九）の成立か。武者小路実岳《さねたけ》述。聞き書き者未詳。

26 『義正聞書《よしまさききがき》』 安永四年（一七七五）以降の成立か。冷泉為村《ためむら》述、宮部義正《よしまさ》記。

27 『広橋卿江畑中盛雄歌道伺《ひろはしきょうえはたなかもりおかどううかがい》』 安永五年（一七七六）から天明元年（一七八一）までの間の成立か。畑中盛雄《もりお》・茂木義明《よしあき》の両名からの歌道についての質問に、広橋勝胤《かつたね》が返書したものを書写したもの。広橋勝胤述。書写者未詳。

28 『和歌問答』 明和元年（一七六四）から享和元年（一八〇一）十月一日までの記事。享和元年十月の成立か。日野資枝《すけき》述、石塚寂翁《じゃくおう》記。

29 『和歌物語』 延享五年（一七四八）夏の成立。芝山広豊《ひろとよ》・園《その》基香《もとよし》・芝山重豊《しげとよ》・中山兼親《かねちか》・石山師香《もろか》・中院通躬《なかのいんみちみ》などからの聞き書きを、多田義俊《よしとし》が門人に口述させたもの。多田義俊記。

30 『雲上歌訓《うんじょうかくん》』 明和七年（一七七〇）の書写奥書があるが、成立年時は未詳。烏丸資慶《すけよし》・中院通茂《みちしげ》・烏丸光栄・冷泉為久《ためひさ》・飛鳥井雅章・良恕《りょうじょ》法親王・烏丸光雄・久世通夏《くぜみちなつ》・日野弘資・高松重季・職仁《よりひと》親王の十一人の言説。萩原宗固《そうこ》編。

参考文献

本書を叙述する際に、諸種の面で活用させていただいたが、本文中では注記できなかった参考文献を、ここで一括して掲載し、著者、編者の各位に衷心より厚く御礼申しあげたく思う。

一 現代語・古語・漢語辞典類

尚学図書編『国語大辞典』（昭和五十六年十二月、小学館）
岡見正雄ほか編『角川古語大辞典』（昭和五十七年六月〜平成十一年三月、角川書店）
中田祝夫ほか編『古語大辞典』（昭和五十八年十二月、小学館）
鎌田正ほか著『漢語林』（平成二年四月、四版、大修館書店）
尾崎雄二郎ほか編『角川大字源』（平成四年二月、角川書店）
秋山虔ほか編『三省堂詳解古語辞典』（平成十二年一月、三省堂）
三角洋一ほか編『最新全訳古語辞典』（平成十八年一月、東京書籍）

二 文学・文学史辞典（事典）類

有吉保編『和歌文学辞典』（昭和五十七年五月、桜楓社）
谷山茂編『日本文学史辞典』（昭和五十七年九月、京都書房）
井上宗雄・武川忠一編『新編和歌の解釈と鑑賞事典』（昭和五十七年九月、笠間書院）
市古貞次・野間光辰監修『日本古典文学大辞典』（昭和五十八年十月〜六十年二月、岩波書店）
犬養廉ほか編『和歌文学大辞典』（昭和六十一年三月、明治書院）
片野達郎・佐藤武義編『歌ことばの辞典』（新潮選書、平成九年十月、新潮社）
大曾根章介ほか編『日本古典文学大事典』（平成十年六月、明治書院）
久保田淳・馬場あき子編『歌ことば歌枕大辞典』（平成十一年五月、角川書店）
片桐洋一著『歌枕歌ことば辞典　増補版』（平成十一年六月、笠間書院）
島津忠夫ほか監修『和歌文学大辞典』（平成二十六年十二月、古典ライブラリー）

三 テキスト類

佐佐木信綱ほか編『日本歌学大系　第一巻〜第一〇巻』（昭和三十八年一月〜四十七年八月、風間書房）
久曽神昇ほか編『日本歌学大系　別巻一〜別巻一〇』（昭和四十七年八月〜平成九年二月、風間書房）
和歌史研究会編『私家集大成　一〜七』（昭和四十八年十一月〜五十一年十二月、明治書院）
久松潜一監修『契沖全集　第十五巻』（昭和五十年十二月、岩波書店）
三村晃功編『明題和歌全集』（昭和五十二年二月、福武書店）
大阪俳文学研究会編『藻塩草　本文篇』（昭和五十四年十二月、和泉書院）

『新編国歌大観　第一巻～第一〇巻』（昭和五十八年二月～平成四年四月、角川書店）
三村晃功編『明題拾要鈔　上・下』（平成九年七月・八月、古典文庫）
國枝利久著『続撰吟集諸本の研究』（平成十一年十二月、思文閣出版）
日下幸男編『類題和歌集』（平成二十二年十二月、和泉書院）

四　注釈書類

片桐洋一ほか校注・訳『竹取物語　伊勢物語　大和物語　平中物語』（日本古典文学全集、昭和四十七年十二月、小学館）
荻原浅男ほか校注・訳『古事記　上代歌謡』（日本古典文学全集、昭和四十八年十一月、小学館）
峯村文人校注・訳『新古今和歌集』（日本古典文学全集、昭和四十九年三月、小学館）
久保田淳校注『新古今和歌集　上・下』（新潮日本古典集成、昭和五十四年三月・四月、新潮社）
橋本不美男ほか校注『歌論集』（日本古典文学全集、昭和五十年四月、小学館）
川口久雄全訳注『和漢朗詠集』（講談社学術文庫、昭和五十二年二月、講談社）
細野哲雄校注『方丈記』（日本古典全集、昭和五十四年一月、十刷、朝日新聞社）
片桐洋一訳・注『古今和歌集』（全対訳日本古典新書、昭和五十五年六月、創英社）
久保田淳著『訳注藤原定家全歌集　上・下』（昭和六十年三月、六十一年六月、河出書房新社）
小町谷照彦訳注『古今和歌集』（対訳古典シリーズ、昭和六十三年五月、旺文社）
小島憲之ほか校注『古今和歌集』（新日本古典文学大系、平成元年二月、岩波書店）
川村晃生ほか校注『金葉和歌集　詞花和歌集』（新日本古典文学大系、平成元年九月、岩波書店）
小町谷照彦校注『拾遺和歌集』（新日本古典文学大系、平成二年一月、岩波書店）
片桐洋一校注『後撰和歌集』（新日本古典文学大系、平成二年四月、岩波書店）
伊藤敬ほか校注『中世和歌集　室町篇』（新日本古典文学大系、平成二年六月、岩波書店）
樋口芳麻呂ほか校注『中世和歌集　鎌倉篇』（新日本古典文学大系、平成三年九月、岩波書店）
田中裕・赤瀬信吾校注『新古今和歌集』（新日本古典文学大系、平成四年一月、岩波書店）
工藤重矩校注『後撰和歌集』（和泉古典叢書、平成四年九月、和泉書院）
片野達郎・松野陽一校注『千載和歌集』（新日本古典文学大系、平成五年四月、岩波書店）
木船重昭編著『続古今和歌集全注釈』（平成六年一月、大学堂書店）
久保田淳・平田喜信校注『後拾遺和歌集』（新日本古典文学大系、平成六年四月、岩波書店）
犬養廉ほか校注『平安私家集』（新日本古典文学大系、平成六年十二月、岩波書店）
藤岡忠美校注『袋草紙』（新日本古典文学大系、平成七年十月、岩波書店）

犬養廉ほか編『後拾遺和歌集　上・下』（笠間注釈叢刊、平成八年二月・九年二月、笠間書院）
岩佐美代子著『玉葉和歌集　上巻・中巻・下巻』（笠間注釈叢刊、平成八年三月～九月、笠間書院）
深津睦夫著『続後拾遺和歌集』（和歌文学大系、平成九年九月、明治書院）
久保田淳・山口明穂校注『六百番歌合』（新日本古典文学大系、平成十年十二月、岩波書店）
佐竹昭広ほか校注『萬葉集　一～四』（新日本古典文学大系、平成十一年五月～十五年十月、岩波書店）
村尾誠一著『新続古今和歌集』（和歌文学大系、平成十三年十二月、明治書院）
岩佐美代子著『風雅和歌集全注釈　上巻・中巻・下巻』（笠間注釈叢刊、平成十四年二月～十六年三月、笠間書院）
小林一彦著『続拾遺和歌集』（和歌文学大系、平成十四年七月、明治書院）
青木賢豪ほか著『堀河院百首和歌』（和歌文学大系、平成十四年十月、明治書院）
中川博夫著『新勅撰和歌集』（和歌文学大系、平成十七年六月、明治書院）
石川一・山本一著『拾玉集（上）・（下）』（和歌文学大系、平成二十年十二月・二十三年五月、明治書院）
谷知子ほか著『秋篠月清集／明恵上人歌集』（和歌文学大系、平成二十五年十二月、明治書院）

五　その他

三省堂編修所編『コンサイス人名辞典　日本編』（昭和五十一年三月、三省堂）
伊藤正雄著『近世の和歌と国学』（昭和五十四年五月、皇学館大学出版部）
尚学図書編『故事俗信ことわざ大辞典』（昭和五十七年三月、三刷、小学館）
織田得能著『織田仏教大辞典』（昭和五十八年六月、新訂六刷、大蔵出版株式会社）
島津忠夫ほか著『和歌史――万葉から現代短歌まで』（和泉選書、昭和六十年四月、和泉書院）
久保田淳編『古典和歌必携』（『別冊国文学』昭和六十一年七月、学燈社）
三省堂編修所編『コンサイス日本地名事典　改訂版』（昭和六十二年三月、三省堂）
藤平春男著『歌論の研究』（昭和六十三年一月、ぺりかん社）
宗政五十緒ほか編『明題部類抄』（平成二年十月、新典社）
西角井正慶編『年中行事辞典』（平成四年一月、三十五版、東京堂出版）
上野理責任編集『王朝の和歌』（和歌文学講座　第五巻、平成五年十二月、勉誠社）
野島寿三郎編『公卿人名大事典』（平成六年七月、日外アソシエーツ）

あとがき

近時、筆者の周辺では、短歌、俳句などの創作活動に意欲的な人びとが増えている。卑近な例で恐縮するが、筆者の妻もそのひとりである。彼女は或る俳誌の同人で、本年五月に「俳人協会」の会員に登録されたばかりの新米だが、毎月一度開催される句会で歓談した内容を、我が家の食卓を囲んでの雑談で嬉々として披露してくれる。その雑談の中に必ず登場するのが、俳句の真髄ともいうべき「季語」にまつわる話題である。ところが、彼女の話す季語に関係する雑談の中に『歳時記』をより活用（参照）するとさらに上達するのではないかと憶測されるような、誤解にもとづく発言がまま指摘されるのだ。古典和歌に精通することは容易なことではないが、江戸時代に遡って有賀長伯が残した『和歌八重垣』を繙くならば、現代歌人のみならず現代俳人にも大いに裨益する契機《モーメント》があるように思量される。

その本書が依拠した有賀長伯の『和歌八重垣』は、近世（江戸時代）中期の和歌の初心者向けの入門書とされるが、長伯はその序文で当該書の効用・役割を、次のごとく明言している。

（前略）このたび、わたしは新奇な試みとして、和歌の詠み方の初歩の段階から、稽古・五句の由来（次第）・会席の作法・表現、措辞などの禁止事項（禁制）・和歌の用捨・歌病・題の詠み方・てにをは（助詞・助動詞の用法）などに至るまで、ほぼ全領域にわたって達意の文章表現を駆使して、諸種の歌語（歌ことば）を部類し、それぞれに注釈を施した和歌の入門書を刊行しようと決意した。

> ちなみに、（中略）作り物語などで広範囲にわたって駆使されている、優美で奥ゆかしい表現・措辞（艶言）に限って、（中略）それらの用語も好意的に採用するなど、全七冊になる和歌の入門・啓蒙書を編纂、刊行して、（中略）『和歌八重垣』と命名することにした。

以上、『和歌八重垣』の序文から当該箇所のみを抄出し、筆者の稚拙な表現で訳述したが、ここに紹介した長伯の和歌にかかわる諸種の言説は、和歌の詠み方の初歩の段階から、稽古・会席の作法・表現措辞の禁止事項・歌病・題の詠み方・「てにをは」秘伝・歌語の注釈など、やや専門的な段階に至るまでの種々様々な領域に及んで、およそ和歌の初心者や初学の人が興味・関心を抱いて取り組まなければならない、換言すれば、和歌を実際に詠む人びとが等し並みに一般教養として十二分に具備しておかなければならない、必須事項（知識）に言及して憚らない。

このように『和歌八重垣』は、これから和歌を実際に詠もうと企図している人びとに、免許皆伝への道筋を提示し、その実践的な諸種の方法・手段を提供する、言わば「和歌の指南書・奥義書」ともいうべき意義を担った書物であり、しかも、近現代にかなり近接する近世中期の成立にもかかわらず残念ながら、今日まで活字本がないために近世文学研究者以外にはほとんど江湖の視野には入らない、不幸な状況下にあったわけだ。

このような不幸な出版状況にあった『和歌八重垣』が陽の目を見ることになったこの好機に、筆者が心底から念願（熱望）するのは、近世文学の研究者はもとより、短歌、俳句など創作活動に携わる人びとも含めた、広範囲にわたる日本古典文学の享受者たちが、本書を待望の出版物と捉えて手許に置き、常時活用して（嗜んで）ほしいという、この身勝手なただ一点にほかならない。

と同時にこの際、筆者の希望をさらに表明させていただくならば、日本古典文学に本格的に取り組まなければならない高校・大学生、再度勉学に励んで古典文学の真髄に触れてみたい一般読者の諸氏にも、本書を是非活用（熟読玩味）してほしいという心底からの願望である。そのためには、日本各地に所在する国公私立の図書館に本書が常備されている必要があります。全国の図書館長のみなさま、どうぞ本書を「参考図書コーナー」に必備して、本書に興味を抱く読者諸氏への斡旋に一役買っていただけないでしょうか。厚かましくも重ねて、筆者の身勝手な懇望を表出させていただきました。

それにしても、本書が筆者の和歌文学研究の掉尾を飾る一書になるかと思量すると感慨無量だが、それゆえにこそまた、本書の「あとがき」に我が研究生活を吐露する拙い回顧（感慨）録を、著作物の視点から記述（保存）しておきたいとも愚考するわけである。この点、読者諸賢には筆者の最後の我が儘をお許しいただきたいと思う。

さて、我が和歌文学研究の出発点は、岡山大学附属図書館で発見した室町期の和歌注釈書をまとめた、「岡山大学所蔵『六花抄』について」（『国語国文』昭和四四・八）に始まるが、終生の研究対象となったのは、中世の類題集と私撰集、および近世の類題集であった。

このうち、最初に上梓したのが『明題和歌全集』『同全句索引』（ともに昭和五一・二、福武書店）であったが、それは当該書が『為兼集』などの私家集を書名とする、得体の知れない中世私撰集を、撰集源の視点から解明する貴重な類題集と想定されたからであった。

ところが、これらの私撰集の大半の撰集資料となったのはじつは、『明題和歌全集』に先立つ『和歌題林愚抄』なる類題集である事実を発見して、筆者は『中世私撰集の研究』（昭和六〇・五、和泉書院）でその詳細を克明に論証したのであった。なお、『和歌題林愚抄』は、田中登氏らの協力を得て、『新編国歌大観　第六巻』（昭和六三・四、角川書店）に翻刻した。

こうして筆者の私撰・類題集研究は順調に伸展して、我が畢生の大業たる『中世類題集の研究』（平成六・一、和泉書院）と『近世類題集の研究　和歌曼陀羅の世界』（平成二一・八、青簡社）が誕生した。前者は、中世に成立した類題集のうち、一次的撰集と二次的撰集を対象に個別的実証を種々積み重ね、類題集の意義と価値を新たに発掘して学位論文ともなった研究であり、後者は、近世に成立した堂上派和歌の系列、地下派和歌の系列、県居派の諸流と江戸堂上派和歌の系列、小沢蘆庵と香川景樹門流の和歌の系列に属する諸々の類題集を対象に鋭意個別的論究を進展させたのち、諸種の類題集に内在する各編者固有の編纂意図（目的）を「和歌曼陀羅の世界」の展開にある、と大胆に総括した研究であった。

ともに従来未開拓であった中世と近世に成立した類題集の領域に、初めて鍬を入れて相応の成果（新見）を獲得できた、筆者にとって画期的な意義を担う内容と自負しえる論著だ。しかし、この両書が生誕する前後にも、筆者は『摘題和歌集　上・下』（平成二・一一、同三・一、古典文庫）、『続五明題和歌集』（平成四・一〇、和泉書院）、『明題拾要鈔　上・下』（平成九・七、同九・八、古典文庫）、『公宴続歌　本文編』『同　索引編』（編者代表、ともに平成一二・二、和泉書院）などの翻刻作業の実践とともに、『風呂で読む西行』（平成七・二、世界思想社）、『中世隠遁歌人の文学研究　和歌と随筆の世界』（平成一六・九、和泉書院）などの文学研究書（一般書）も刊行するかたわら、冷泉家時雨亭叢書として『中世百首歌　七夕御会和歌懐紙』（第三四巻、平成八・六、朝日新聞社）、『大嘗会和歌　文保百首　宝治百首』（第三五巻、平成一五・一〇、朝日新聞社）、『古筆切拾遺二』(第八四巻、平成二〇・二、朝日新聞社)など、冷泉家に伝存する重要文化財指定の貴重な古典籍を調査して、影印本に詳細な解題を付したユニークな出版、提供も果たしたのであった。

なお、現職を退任後は、一般読者を対象に執筆活動を始めて、『古典和歌の世界―歌題と例歌(証歌)鑑賞―』(平成二二・一二、新典社)、『古典和歌の文学空間―歌題と例歌(証歌)からの鳥瞰《スコープ》―』(平成二四・七、新典社)、『古典和歌の時空間―「由緒ある歌」をめぐって―』(平成二五・三、新典社)、『続・古典和歌の時空間―長流と契沖の「由緒ある歌」の展望―』(平成二六・一、新典社)、『古典和歌の詠み方読本―有賀長伯編著『和歌八重垣』の文学空間―』(平成二六・一二、新典社)など数種の啓蒙書を刊行し、平明で達意な文章表現・措辞を通じて、古典和歌に興味・関心のある人びとが普く、多彩で豊饒な古典和歌への理解と鑑賞眼をさらに深めることを心底、熱望した。

そうして今回、『いろは順　歌語辞典―有賀長伯『和歌八重垣』―』を刊行する運びとなった。本書は江戸時代の地下の一流として望月長孝らの学統を継ぐ、有賀長伯の『和歌八重垣』(第四巻~同七巻)に収載の歌語二千三百余語を、簡にして要を得た現代語に訳述して、筆者の識見も加えて総合的に補訂を図り、例歌(参考歌)も付して和歌・短歌・俳句の初心者向けの歌語辞典としたものである。

最後に、類題集の翻刻で出発し歌語辞典の上梓で完結するという、我が和歌文学研究の道程を回想すると、筆者はこの紆余曲折を経て突然変異的に結実した、人間の成長過程にも比喩しえる研究方向(推移)を、よもや奇跡では?、と真実、驚愕したものの、欣喜雀躍の心境でもあった。

ところで、『いろは順　歌語辞典―有賀長伯『和歌八重垣』―』の文学史上の意義にはいささか言及したので、ここで改めて『和歌八重垣』の実態を別種（構成）の視点から確認しておきたいと思う。

まず、当該書の構成内容は「第1章　和歌の稽古のこと」に始まり、「第19章　和歌の詞部類」で終結するが、このうち、第1章から「第18章　四季・恋・雑の結び題に、数多出で合う熟字のこと」までの部分は「はじめに」で要約したように、前著『古典和歌の詠み方読本―有賀長伯編著『和歌八重垣』の文学空間―』で、近世中期の和歌の初心者が実際に詠作を試みる際に、長伯が構想する具体的な方法論を逐一論究して提供した、いわば和歌の初心者向けの理論編ともいうべき性格を担う部署、と定義しておいたとおりだ。

これに対して、『和歌八重垣』の第19章を主要内容とする本書は、長伯が認定した「歌ことば・歌語」二千三百余語を、平易にして達意の表現・措辞で例歌（参考歌）も交えながら、個々に詠作のポイントなどを具体的に提示して詳細に解き及んだ、「いろは順歌語辞典」の集大成の趣を呈して、いわば素人が和歌を詠作する立場から懇切丁寧に論述して余念がない、和歌の初心者向けの資料編ともいうべき性格を担っている部署、と定義できるであろう。

これを要するに、前著の理論編と本書の資料編とを総合すれば、有賀長伯の和歌に関する理論と実践とが有機的な構造体として掌握できるうえに、延いては近世中期の和歌初心者の実態と要望をもおおよそ把握しえるという、文学史上の重要な意義と価値を担った著作と認定することができるわけだ。その意味で今回の本書の刊行は、平成二十八年春に「瑞宝中綬章」を受勲したのと同様に、我が人生において筆舌に尽くしがたい、一時期（エポック）を画する記念碑ともなる（なった）営為（執筆活動）と評することができようか。

ちなみに、五十音順（あいうえお順）が定着している平成時代の現今に、何故に歌語の項目を「いろは順」で設定するのかというと、まったく他意はなくあえて贅言すれば、有賀長伯の生きた近世中期の和歌の初心者と同様の勉学・練成態度で「和歌辞典」の活用を試みてほしいと熱望する、筆者の身勝手に過ぎる欲求にほかならない。この項目設定の配列順序に不足・不便を託つ御仁には、歌語の内容項目（本文）の直前に「歌語目次」を付置しておいたので、せいぜい活用していただけるならば幸甚に思う。

なお、本書の叙述内容にかかわる倫理的な重要課題として、筆者が参照した参考文献への対処の仕方の問題がある。筆者は参看した諸文献について、参照したその時その場において逐一、著者名と参考文献を明記するという方法を採っていない。それは本書が純然たる古典和歌の専門書ではなくて、一般的な歌語の入門・概説書的な性格および制約をもつことから、已むを得ず採らせていただいた処置、処理の方法であって、ここに著者として参考文献の著者、編者等の各位に、この「あとがき」の場を借りて改めて、心底から感謝の意を表し、厚く御礼申しあげるものである。

それにつけても本書の上梓が、筆者の研究者人生における最後の刊行物になるかと憶測すると、そこに一抹の寂寥感と無限の感慨を禁じえないが、この厳しい現実も生きとし生けるものの避けて通りえない宿命だと覚悟、達観して、みずから静謐に遣り過ごす以外に方法はあるまい。

なお末筆ながら、採算が合いそうもない未熟で貧困な内容の本書を、かくも結構に装って刊行してくださった、和泉書院社長の廣橋研三氏に、衷心より御礼申しあげたいと思う。

平成三十年十一月三日

三村晃功

和歌索引

1、初・二句を、五十音順で平仮名書きにより表記し、歴史仮名遣いに従って、掲載ページではなく、「歌語」の目次番号を掲出した。なお、三句以下に語句の異動がある場合（別の歌）も同じ扱いとした点、ご了承いただきたい。
2、引用歌・掲出歌の濁点は、索引でもそのままの形で示した。
3、目次番号が複数ある場合は、異なる「歌語」の目次に、同一歌が掲載されていることを示している

【あ行】

【か行】

【な行】

【は行】

【ま行】

■著者略歴

三村晃功（みむら・てるのり）

昭和15年9月　岡山県高梁市に生まれる

昭和40年3月　大阪大学大学院文学研究科修了

平成28年4月　瑞宝中綬章受勲

専攻　日本中世文学（室町時代の和歌）

現職　京都光華女子大学名誉教授・前学長

学位　博士（文学・大阪大学）

主要編著書

『明題和歌全集』（昭和51年2月、福武書店）、『明題和歌全集全句索引』（昭和51年2月、福武書店）、『中世私撰集の研究』（昭和60年5月、和泉書院）、『続五明題和歌集』（平成4年10月、和泉書院）、『中世類題集の研究』（平成6年1月、和泉書院）、『公宴続歌　本文編・索引編』（編者代表、平成12年2月、和泉書院）、『中世隠遁歌人の文学研究』（平成16年9月、和泉書院）、『近世類題集の研究　和歌曼陀羅の世界』（平成21年8月、青簡舎）、『古典和歌の世界―歌題と例歌（証歌）鑑賞―』（平成22年12月、新典社）、『古典和歌の文学空間―歌題と例歌（証歌）からの鳥瞰《スコープ》―』（平成24年7月、新典社）、『古典和歌の時空間―「由緒ある歌」をめぐって―』（平成25年3月、新典社）、『続・古典和歌の時空間―長流と契沖の「由緒ある歌」の展望―』（平成26年1月、新典社）、『古典和歌の詠み方読本―有賀長伯編著『和歌八重垣』の文学空間―』（平成26年12月、新典社）など。

和泉辞典シリーズ34

いろは順歌語辞典

―有賀長伯『和歌八重垣』―

二〇一八年一二月五日　初版第一刷発行

著者　三村晃功

発行者　廣橋研三

発行所　和泉書院

〒543-0037　大阪市天王寺区上之宮町七―六

電話　〇六―六七七一―一四六七

振替　〇〇九七〇―八―一五〇四三

印刷・製本　遊文舎

装幀　仁井谷伴子／定価はカバーに表示

ISBN978-4-7576-0851-1 C1592

工藤力男 著

季語の博物誌

■四六並製・二三二頁・一六〇〇円

江戸時代から昭和期まで、七〇〇余りの名句・佳吟を味わいながら、季語をめぐって和の心を考え、奇説をわらい、日本語について楽しく学ぶ三六六日。鋭い言語感覚と豊富な知識で季語を語りつくす。

鶴﨑裕雄・小髙道子 編著

歌神と古今伝受

■A5並製・三二八頁・三〇〇〇円

歌神と歌道についての学際的研究成果。歌神への信仰と歌道（和歌両神・和歌三神・古今伝受・奉納和歌）、歌神と地域との関り（紀州の青石・中世都市堺・蟻通神社）、猪苗代家の古今伝受等、様々な分野の論考を収録。

三村晃功・寺川眞知夫
廣田哲通・本間洋一 編

日本古典文学を読む

■A5並製・二二八頁・一八〇〇円

上代から中世に至る日本古典文学作品に関わる八十八の重要事項を選定し、その作品を具体的に読解・鑑賞することを通して各作品の本質に迫る。多彩をきわめる日本古典文学の世界への道しるべであり、入門書。